KNAUR

Über die Autorin:
Sina Beerwald, 1977 in Stuttgart geboren, hat sich bislang mit fünfzehn erfolgreichen Romanen, darunter vier historische Romane und Sylt-Erlebnisführer, einen Namen gemacht. 2011 wurde sie Preisträgerin des NordMordAward, des ersten Krimipreises für Schleswig-Holstein. 2014 erhielt sie den Samiel Award. 2008 wanderte sie mit zwei Koffern und vielen Ideen im Gepäck auf die Insel Sylt aus und lebt dort seither als freie Autorin.

SINA BEERWALD

Die STRAND-VILLA

Ein Sylt-Roman

KNAUR

Besuchen Sie uns im Internet:
www.knaur.de

Aus Verantwortung für die Umwelt hat sich die Verlagsgruppe Droemer Knaur zu einer nachhaltigen Buchproduktion verpflichtet. Der bewusste Umgang mit unseren Ressourcen, der Schutz unseres Klimas und der Natur gehören zu unseren obersten Unternehmenszielen. Gemeinsam mit unseren Partnern und Lieferanten setzen wir uns für eine klimaneutrale Buchproduktion ein, die den Erwerb von Klimazertifikaten zur Kompensation des CO_2-Ausstoßes einschließt. Weitere Informationen finden Sie unter: www.klimaneutralerverlag.de

FSC www.fsc.org
MIX
Papier aus verantwortungsvollen Quellen
FSC® C083411

Originalausgabe März 2020
Knaur Taschenbuch

Ein Imprint der Verlagsgruppe
Droemer Knaur GmbH & Co. KG, München

Das Werk wurde vermittelt durch die AVA international GmbH
Autoren- und Verlagsagentur, München
Redaktion: Catherine Beck
Covergestaltung: ZERO Werbeagentur, München
Coverabbildung: © Ildiko Neer / Trevillion Images; © PixxWerk®, München, unter Verwendung von Motiven von shutterstock.com
Satz: Daniela Schulz, Rheda-Wiedenbrück
Druck und Bindung: CPI books GmbH, Leck
ISBN 978-3-426-52412-1

2 4 5 3

Für Lauris

Die Strandvilla

»Ein eigenthümlicheres Café mag es kaum auf Erden geben. […] Es herrschte eine clair obscur, eine Ruhe und Stille in dem kleinen Häuschen […] Ich ließ mich nieder und bat die Wirthin, die mit ihrer Tochter ganz allein der Wirtschaft vorstand, mich durch eine Tasse Kaffee zu erfrischen.«

Graf von Baudissin

1. Buch

Januar 1913

Was machen Sie denn da?« Entrüstet stellte sich Moiken dem jungen Burschen entgegen, der mit seinen Fellstiefeln den schneebedeckten Takerwai entlanggestapft war – schon dabei hatte sie ihn beobachtet, denn Fremde verirrten sich selten in die schmale Gasse –, und dieser dreiste Bursche hatte soeben sein hölzernes Stativ mit der Kamera vor ihrem kleinen Reetdachhaus aufgestellt und schickte sich an, unter dem schwarzen Tuch zu verschwinden. »Sie können doch nicht einfach mein Haus fotografieren!«

»Er hat mich gefragt, und ich habe es ihm erlaubt«, hörte Moiken ihre fünfzehnjährige Tochter von der Hausecke her sagen. Dort stellte Emma gerade einen halb gefüllten Sack mit Schafsötteln ab, nachdem sie zwei Stunden der Spur der Tiere durch die schneebedeckte Braderuper Heide gefolgt war, um das kostbare Brennmaterial zu sammeln.

Ärgerlich zog Moiken die Stirn in Falten. »Emma!« Mehr sagte sie nicht. Dieser ungebetene junge Fotograf war die eine Sache, der nur halb gefüllte Sack missfiel ihr jedoch viel mehr, und das wusste ihre Tochter.

Der Winter war noch lang. Erst seit drei Tagen schrieb Moiken das neue Jahr 1913 über die Einträge in ihr Tagebuch, die seit Ende Oktober von Ungewissheit handelten. Ihr Mann war nicht wie geplant in den Hamburger Hafen zurückgekehrt, sein Schiff, auf dem er als Steuermann fuhr, allerdings schon, so viel hatte sie herausgefunden.

Peter war zuverlässig, sie konnte sich nicht vorstellen, dass er sich abgesetzt hatte. Es musste ihm also etwas zugestoßen sein – auf dem Schiff oder an Land, darüber hatte sie noch keine Auskunft.

Deshalb hoffte sie täglich, er würde vor der Tür stehen, denn mit fünfunddreißig Jahren wollte sie noch nicht zur Witwe werden.

»Was ist?«, fragte Emma in gereiztem Ton. »Habe ich hier gar nichts zu sagen?«

Moiken versuchte schon allein wegen der Anwesenheit des Fotografen ruhig zu bleiben, aber um den würde sie sich gleich kümmern. Erst einmal musste sie Emma zurechtweisen. »Darum geht es nicht. Es ist dummes Zeug von dir gewesen, die Arbeit heute nur halb zu erledigen, das weißt du genau. Den Schafsmist brauchen wir dringend zum Heizen.«

Holz war ein kostbares Gut auf einer Insel, auf der die Einwohner eine Ansammlung von ein paar windschiefen Bäumen bereits als Wald bezeichneten und deshalb anstelle von Zäunen Friesenwälle aus Steinen bauten, große Steine, die ihnen das Meer vor die Füße warf.

Was Emma jedoch nicht wusste: In den vergangenen drei Monaten, seit sie auf die Rückkehr von Ehemann und Vater warteten, waren die Ersparnisse bis auf ein paar Mark geschrumpft.

Von dem Geld, das Peter nach Hause gebracht hatte, hatten sie immer gut leben können, und das, was sie mit dem Backen von Torten und Kuchen für Festlichkeiten verdiente, war ein nettes Zubrot gewesen. Leider auch nicht mehr, selbst wenn sie im östlichen Teil der Insel für ihre schmackhaften Köstlichkeiten bekannt war und viele Brautpaare und Jubilare zu ihr kamen. Doch die Bestellungen allein reichten nicht zum Überleben.

»Also, was hast du dazu zu sagen, Emma?«, forderte sie ihre Tochter auf.

Emma verdrehte die Augen. »Du willst ernsthaft eine Erklärung von mir, weshalb ich nur einen halben Sack gesammelt habe? Bitte. Gern. Es ist Winter. Die Schafe finden wenig zum Fressen. Darum scheißen sie nicht viel. Deshalb ist der Sack entgegen deinen Wünschen nur halb gefüllt. Zufrieden jetzt? Und ich werde doch wohl einem jungen Fotografen erlauben dürfen, unser Haus abzulichten.«

»Das stimmt, und Ihr Fräulein Tochter war so freundlich«, bestätigte der Bursche in heiterem Ton und zog seinen Hut tiefer ins Gesicht, um den Lichteinfall der schon um die Mittagszeit tief stehenden Wintersonne zu prüfen. Er achtete nicht weiter auf sie und lief geschäftig hin und her, um den besten Standort für seine Kamera zu finden.

Ihr Fräulein Tochter … dachte Moiken kopfschüttelnd, während sie den dreisten schlaksigen Burschen, der seine blonden Haare wie ein Künstler zum Zopf gebunden trug, mit einer Mischung aus Fassungslosigkeit und Amüsiertheit beobachtete. Er führte sich auf, als wäre er ein berühmter Fotograf.

Emma schien die Anrede gefallen zu haben, sie machte den Rücken gerade, nahm ihre Schultern nach hinten und lächelte.

Es fehlte nur noch ein halber Kopf, dann war ihre Tochter so groß wie sie. Wo war nur die Zeit geblieben? Eben war sie doch noch so klein gewesen, und nun wurde sie vom Mädchen zur Frau.

Emma stand unbeweglich an der Hausecke, ihre Augen hatte sie noch immer auf den jungen Fotografen gerichtet, und dennoch ging ihr Blick in die Ferne. Wenn sie ihre Tochter betrachtete, glaubte Moiken, sich selbst als junges Mädchen dort stehen zu sehen. Äußerlich waren sie sich wie aus dem Gesicht geschnitten. Beide hatten sie kräftiges, dunkelblondes langes Haar, wobei Emma es am liebsten zu einem geflochtenen Zopf und Moiken es meistens hochgesteckt trug. Beide waren sie groß und auffallend schlank, die blauen Augen waren von besonders dichten, dunklen Wimpern umkränzt, das Kinn ein wenig zu spitz, die Nase dafür klein und stupsig.

In letzter Zeit verlor sich Emma oft in ihren Gedanken, wahrscheinlich war ihr das eben beim Schafsmistsammeln auf dem acht Kilometer langen idyllischen Weg durch die Dünen von Keitum bis nach Kampen auch wieder passiert.

Moiken hätte zu gern gewusst, was in ihrer Tochter vorging, doch Emma ließ sie nicht daran teilhaben. Sicher war nur, dass auch Emma in Sorge um ihren Vater war und in Gedanken gern in andere Welten entfloh, indem sie Luftschlösser über dem Wattenmeer baute und sich in ihren Tagträumen mit dem Azurblau des stillen Wattenmeers, dem leuchtenden Gold des Sands und dem Immergrün der Heide ihre Zukunft bunt und schön malte.

Ihr Fräulein Tochter – solche Anreden benutzte niemand in ihrem Dorf im Osten der Insel. So sprach man nur im mondänen Seebad Westerland, wo seit rund fünfzig Jahren die gut betuchten Sommerfrischler Erholung suchten und kaum noch Ruhe fanden, angesichts der dicht an dicht stehenden Sandburgen, mit denen die rund dreißigtausend Gäste im Verlauf der Saison ihr Strandkorb-Revier begrenzten.

Zwar waren es bis zur Westseite ins quirlige Westerland nur vier Kilometer, mit der Inselbahn kaum zehn Minuten Fahrtzeit, und doch hatte Emma diese andere Welt noch nie bereist.

Alles, was sie für das tägliche Leben benötigten, gab es in Keitum, auch einen Arzt. Für Moiken Gründe genug, nicht in die Stadt zu fahren, in der sie aufgewachsen war. Tatsächlich aber wollte sie nicht mit ihren Erinnerungen konfrontiert werden.

Unbeirrt suchte der Bursche weiter die beste Position für seine Kamera, wobei er mittlerweile in deutlich schräger Linie zum Haus stand. Wie sollte das überhaupt etwas werden? Er war kaum älter als Emma, vielleicht siebzehn, wahrscheinlich noch ein Lehrling. Wie auch immer – an Dreistigkeit mangelte es ihm jedenfalls nicht.

Das kleine Reetdachhaus, in dem sie lebten, trug gewiss zu Emmas Empfindungen von Beengung bei. Besonders zwischen den anderen Reetdachhäusern, die entlang des schmalen Takerwais wie dahingewürfelt lagen, wirkte es wie ein Puppenhaus, denn es besaß einen auffallend niedrigen Giebel und eine Eingangstür, durch die sich jeder bücken musste.

Doch genau an dieser außergewöhnlichen Optik hatte wohl der junge Fotograf Gefallen gefunden, obwohl es genug schöne Häuser in Keitum gab, deren Abbilder man auf Postkarten hätte drucken und verkaufen können – doch diese Häuser waren eben austauschbar.

»Hübsch!«, rief er in diesem Moment und tauchte begeistert unter dem schwarzen Tuch vor.

Verdutzt legte Moiken den Kopf schräg. Das sah doch ein Blinder mit Krückstock, dass er aus diesem Winkel allenfalls die Hausecke aufgenommen haben konnte.

Und kaum hatte Moiken verstanden, was tatsächlich sein Motiv gewesen war, klopfte die Wut im Takt ihres schnellen Pulses in ihrer Halsader. Nun reichte es aber. Was für eine Unverfrorenheit!

»Was erlaubst du dir, ungebeten meine Tochter zu porträtieren?« Mit der höflichen Anrede war es vorbei. Und mit ihrem Gleichmut ebenfalls.

Sie raffte den Rock ihres grauen Hauskleids aus grobem Leinen, damit der Saum nicht von einer Mischung aus Schneematsch, feuchter Erde und Hühnerdreck beschmutzt wurde, und ging auf den Burschen zu, um ihn fortzuweisen.

Beschwichtigend hob der junge Mann die Hände. »Verzeihung, aber in Westerland freuen sich die Menschen, wenn ich sie fotografiere. Ich wollte Ihrer Tochter nicht zu nahe treten. Nur das Sonnenlicht fiel gerade so wundervoll auf ihr Gesicht – da konnte ich nicht anders. Wenn Sie uns im Fotoatelier in Westerland besuchen, bekommen Sie einen Abzug geschenkt.«

Ein scheinbar nettes Angebot, aber auf diese billige Masche des Kundenfangs fiel Moiken bestimmt nicht herein. »Ich fahre nicht nach Westerland«, gab sie brüsk zurück. »Schon gar nicht wegen einer Fotografie!«

Der enttäuschte und zornige Blick, den sie von ihrer Tochter erntete, versprach noch eine lebhafte Diskussion. Immerhin war Emma schlau genug, jetzt keine Widerrede zu leisten. Mit ihrem Dickschädel rannte sie nicht mehr gegen jede Mauer, daran merkte man, dass sie älter und reifer wurde. Eigensinnig blieb sie dennoch.

Der Fotograf stand da, als hätte er Wurzeln geschlagen.

»Geh deines Wegs, du hast mir schon genug Zeit gestohlen«, forderte sie ihn auf. Das war hoffentlich deutlich genug gewesen. Doch weit gefehlt. Der Fotograf packte zwar sein Stativ, allerdings zog er damit nur ein paar Meter weiter, von wo aus er nun tatsächlich eine perfekte Sicht auf das Haus hatte.

»Einen Augenblick nur, ich bin gleich fertig.«

Moiken blieb angesichts dieser Frechheit die Spucke weg. Konnte es sein, dass dieser Bursche sie überhaupt nicht ernst nahm? Aber war das wirklich verwunderlich?

In solchen Zeiten, in denen auch noch die jungen Mannsbilder lernten, dass das Wort einer Frau nichts galt? Hinter vorgehaltener Hand natürlich, vordergründig stimmte man dem allgemeinen Tenor zu, dass eine Frau zu respektieren sei und zudem mehr Recht auf Selbstbestimmung haben solle. Aber damit war selbstverständlich nur die Selbstbestimmung gemeint, die mit der Entscheidung zu tun hatte, was es zum Mittagessen geben, wo eingekauft und mit welcher Wolle das Kinderjäckchen gestrickt werden sollte.

Während Moiken tief Luft holte, um den Fotografen, der nach einigen prüfenden Blicken durch die Linse zufrieden war, endgültig und unmissverständlich zum Gehen aufzufordern, kam ihr im Hinblick auf ihre finanzielle Situation urplötzlich ein ganz anderer Gedanke: »Wenn dein Meister schon sein Geld mit dem Verkauf von Postkarten verdienen will und dich losschickt, dann sollte er auch so anständig sein und mir etwas für die Ablichtung meines Hauses bezahlen.« Ihre Stimme hatte sehr selbstsicher geklungen, was Moiken mit innerlichem Stolz erfüllte, und sie lobte sich für ihren Einfall, der ihnen helfen könnte, zumindest den Januar besser zu überstehen.

Nun war es an dem jungen Burschen, verdutzt dreinzuschauen. »Ist das hier nicht das Haus von Peter Jacobsen?«

»Doch, das ist es – aber was tut das zur Sache?«

»Ich komme genau genommen im Auftrag von Herrn Theodor von Lengenfeldt. Er hat gehört, dass dieses Haus zum Verkauf steht, und da dem gnädigen Herrn momentan selbst die Zeit fehlt, sich vor Ort ein Bild von dem Haus zu machen, hat er unser Atelier mit einer Fotografie beauftragt, und ich wurde losgeschickt. So entscheidend ist das Foto nämlich nicht, denn im Grunde ist der gnädige Herr bei dem günstigen Preis schon längst vom Kauf überzeugt. Das ist aber auch ein niedliches Häuschen.«

Nun musste Moiken doch lachen, vor allem, weil sie so erleichtert war. »Das ist ein Irrtum. Dieses Haus steht nicht zum Verkauf. Aber der Name meines Mannes ist ja nicht gerade selten vertreten auf der Insel.«

Irritiert zog der Bursche die Brauen zusammen und sah sich um. »Aber wir sind doch hier im Takerwai in Keitum? Gibt es hier noch einen Peter Jacobsen?«

»Nein, natürlich nicht. Da muss Ihrem Auftraggeber etwas Falsches zu Ohren gekommen sein.«

»Nein, nein, er hat es vom Buchhändler Julius Meyer gehört, und hier …« Er kramte in seiner Hosentasche und zog einen Zettel hervor, den er selbst noch einmal überflog, bevor er ihr die ausgeschnittene Zeitungsannonce entgegenhielt. »Gestern in der Sylter Zeitung erschienen.«

Mit zwei Schritten war sie bei ihm und riss ihm den Zettel aus der Hand. Tatsächlich. Schwarz auf weiß.

Wer hatte sich denn diesen Scherz erlaubt? Etwas anderes konnte das doch nicht sein.

Nun war auch Emma an ihrer Seite und las sich die Anzeige

durch. »Aber Mutter, warum hast du mir nichts davon gesagt? Ist es, weil Vater nicht zurückkommt? Ist er auf See geblieben?«

»Still jetzt. Sprich solche Dinge nicht aus, sonst werden sie wahr. Und selbst wenn es so wäre, dann bin ich die Erbin und würde einzig und allein über einen Verkauf bestimmen. Es ist also alles, wie ich schon sagte, ein großer Irrtum.« Sie sprach es überzeugt aus, doch in ihrem Kopf türmten sich die Fragen zu einem Berg auf. Trotzdem setzte sie hoch erhobenen Hauptes hinzu: »Richten Sie das Ihrem Auftraggeber, diesem Theodor Langenfels, aus, und …«

»Lengenfeldt …«, unterbrach sie der Bursche, der sich nun sichtlich unwohl in seiner Haut fühlte.

»Meinetwegen auch dem«, giftete Moiken ihn an, kurz davor, ihre gute Kinderstube zu vergessen.

»Ich werde Herrn von Lengenfeldt wohl kaum glaubhaft machen können, dass dies ein Irrtum ist.«

»Dann muss das eben Ihr Meister erledigen!«

»Der ist gerade in Berlin. Das werden Sie Herrn von Lengenfeldt wohl persönlich erklären müssen.«

»Ich muss gar nichts!«, gab sie zurück, wurde dann aber doch nachdenklich. Wäre es nicht besser, dieser Sache nachzugehen? Von Lengenfeldt … Moiken kramte in ihrem Gedächtnis, in welchem Zusammenhang sie diesen Namen schon einmal gehört hatte. »Ist er nicht der Besitzer dieses Hotels in Westerland, das so wagemutig auf der hohen Düne direkt am Meer erbaut wurde?« Moiken erinnerte sich an die Bauzeit, während der sie als Kind in Westerland gelebt hatte. Da war der Name Lengenfeldt in aller Munde gewesen, allerdings im selben Atemzug mit zweifelhaften Titulierungen wie *größenwahnsinnig, vollkommen verrückt* und *der Irre vom Festland.* Schließlich würde kein vernünftiger und vorausschauend denkender Hotelier den Platz für sein Bauwerk so auswählen, dass man es der gefräßigen Nordsee auch gleich in den Schlund werfen könnte.

Nun, immerhin stand das Gebäude heute noch, und Otto Busse hatte es ihm nach ein paar Jahren mit seinem Hotel Miramar ein paar Schritte weiter südlich tatsächlich nachgetan, sich sogar noch näher an den Flutsaum gewagt.

»So ist es«, bemerkte der Bursche, als sei er ihren Gedanken gefolgt. »Die Strandvilla. Das teuerste, aber zugleich auch modernste Hotel, das Westerland zu bieten hat. Gerade lässt er es für die nächste Saison erneut aufwendig renovieren. Darum hat er keine Zeit, selbst nach Keitum zu kommen.«

»Das ist ja auch eine Weltreise«, spottete Moiken. »Warum will er überhaupt meine kleine Puppenstube kaufen? Das ist doch ein Witz! Genau wie diese Annonce. Ich will nur wissen, wer die aufgegeben hat. Und dass es sich um einen Irrtum handelt, kläre ich mit diesem viel beschäftigten Herrn von Lengenfeldt in einer halben Minute.« Westerland, dachte Moiken bei aller Entschlossenheit mit starker Beklemmung, ausgerechnet Westerland. Ob sie ihm vielleicht doch nur einen Brief schreiben sollte? Dadurch könnte sie sich eine Konfrontation mit der Vergangenheit ersparen.

Andererseits hatte sie das dringende Bedürfnis, diese Angelegenheit persönlich zu klären und vor allem schnell aus der Welt zu schaffen.

Zweifelnd hob der Bursche die Augenbrauen, was sie innerlich noch mehr in Rage brachte. Nach seinem frechen Auftritt glaubte er wohl, sie könne einem Mannsbild kein Paroli bieten.

»Nun, dann wünsche ich Ihnen viel Erfolg«, sagte er achselzuckend und packte seine Kameraausrüstung ein. »Herr von Lengenfeldt ist sehr an dem Haus interessiert, und wenn sich der gnädige Herr einmal etwas in den Kopf gesetzt hat …«

»Dann kann er sich das an den Hut schmieren! Emma, spann Adriano vor den Karren! Wir fahren nach Westerland!«

Adriano schnaubte unwillig. Auf der Suche nach etwas Fressbarem senkte das schwarze Pferd den Kopf, doch das Maul des Friesen traf nur auf Schnee und Sand.

Die Räder zogen tiefe Spurrinnen. Den Karren durch die Strandstraße in Westerland, die ihrem Namen alle Ehre machte, dem Wind entgegenzuziehen erschöpfte Adriano. Sein Alter sah man ihm aufgrund der kräftigen, friesentypischen Muskeln nicht an, doch ihr treues Kutschpferd mit der langen schwarzen Mähne blieb immer wieder stehen, und darum stiegen sie beide vom Karren ab und führten den Rappen entlang zahlreicher kleiner Läden den ansteigenden Weg hinauf, begleitet von abfälligen und belustigten Blicken der Passanten und tuschelnden Bemerkungen hinter Moikens Rücken.

Das machte ihr besonders zu schaffen. Nicht, weil man über ihr treues Pferd lästern könnte. Vielmehr wollte Moiken gar nicht wissen, ob das Gerede auch ihr galt, weil jemand sie wiedererkannt hatte.

Das war Vergangenheit, und die sollte ruhen.

Als sie das Ende der Strandstraße erreichten und von der hohen Dünenkuppe aufs Meer blickten, wehte ihnen eine steife Brise entgegen. Der Sand, den der Wind mit sich trug, ließ ihre Wangen prickeln.

Moiken hatte ganz vergessen, wie frisch, herb und wunderbar würzig die raue Nordsee riechen konnte, seitdem sie in Keitum wohnte und ihr tagtäglich der algenschwere Duft des Wattenmeers in der Nase hing. Nicht unangenehm, aber anders.

An Tagen mit Ostwind musste sie jedoch oft die Fenster geschlossen halten, weil vom Schlickwatt her ein modriger Geruch herüberzog. Zuweilen stank es sogar nach fauligen Eiern, dann sagte man, das Wattenmeer arbeite, und alles Schlechte werde in etwas Gutes umgewandelt. Ein schöner Gedanke, aber das machte den unerträglichen Duft nicht besser.

Moiken nahm einen tiefen Atemzug, füllte ihre Lunge mit der frischen Meeresluft und dem salzigen Duft der tosenden Nordsee. Nur langsam ließ sie die Luft entweichen, und das linderte ihre Anspannung etwas.

Wie lange war sie schon nicht mehr hier gewesen? Ihre Eltern hatten ihre einzige Enkeltochter nicht mehr kennengelernt, die im November 1897 geboren worden war, weil beide im Jahr zuvor im Winter kurz hintereinander an einer schweren Lungenentzündung verstorben waren. Sie hatten schon nicht mehr erlebt, wie Moiken im März, acht Monate vor Emmas Geburt, mit neunzehn Jahren geheiratet hatte und nach Keitum in das kleine Reetdachhaus im Takerwai gezogen war.

Ihr Elternhaus war ein schlichtes Backsteinhaus in der Damenbadstraße unweit des Friedhofs der Heimatlosen gewesen, das Dach marode und das Mauerwerk undicht. So hatte sie nicht viel Geld dafür bekommen, aber für eine ordentliche Mitgift hatte es gereicht, und um die ersten zehn Jahre gut zu leben – von sorgenfrei konnte nicht die Rede sein, denn der Verkauf des Hauses hatte die Gerüchteküche erst recht angeheizt und dazu geführt, dass sie Westerland nicht mehr betreten hatte.

Fünfzehn Jahre lang hatte die Vergangenheit geruht.

»Ich will an den Strand, Mutter! Es ist wunderschön hier.« Mit diesem Ausruf riss Emma sie aus ihren Gedanken.

Es ließ sich nicht leugnen, selbst bei diesem stürmischen, aber sonnigen Winterwetter übte der breite und unendlich lange Strand, der sich vom Nord- bis zum Südzipfel der Insel erstreckte, einen unwiderstehlichen Reiz aus.

Erinnerungen an Kindertage stiegen in ihr hoch, als sie in den Dünen spielten und das Urlaubsleben der Badegäste von dort oben beobachteten, weil die profanen Inselkinder nichts zwischen den adretten Sommerfrischlern zu suchen hatten und auf der Promenade nicht erwünscht waren.

Sie erinnerte sich, wie sie als Mädchen die Frauen in ihren schönen Kleidern bewundert hatte, wie diese mit Schirmchen auf der hölzernen Wandelbahn entlangflanierten, vorbei an Strandkörben, die durch kunstvolle Sandwälle ringsum zum eigenen Revier erklärt wurden. So viele, dicht an dicht, dass selbst die einfachen Strandstühle, die für einen Tag zu mieten waren, kaum mehr Platz fanden.

Gebadet wurde streng getrennt im Damen- und Herrenbad, die gut einen Kilometer voneinander entfernt lagen. Die Männer wurden schon weit vorher mit Warnschildern, vor denen man die Hacken zusammenschlagen mochte, darauf aufmerksam gemacht, sich dem Damenbadbereich nicht weiter zu nähern.

Als vor sieben Jahren das Familienbad direkt vor der Strandvilla eröffnet wurde, drang der Aufschrei bis nach Keitum, und das, obwohl Junggesellen selbstverständlich keinen Zutritt haben sollten. Doch zum Erstaunen vieler Kritiker vollzog sich das Badeleben dort in tadelloser Ordnung, wie man auch zum Ende der vergangenen Saison in der Sylter Kurzeitung, dem Sylter Intelligenz-Blatt und der Sylter Zeitung übereinstimmend feststellte. Selten waren sich die Blätter so einig gewesen.

»Wir sind nicht zum Vergnügen hier«, konstatierte Moiken, nachdem sie aus ihren Erinnerungen zurückgefunden hatte, und richtete den Blick auf die Strandvilla, die vor ihnen auf der Düne thronte.

Eine Schlosstreppe führte zu dem aufwendig verzierten Portal in der Beletage des dreigeschossigen Gebäudes. Besonders auffällig war das große hölzerne Windrad, das wie ein Wahrzeichen neben dem Hotel stand.

Angesichts der imposanten Strandvilla begannen ihre Nerven zu flattern, und sie fühlte sich nicht mehr ganz so selbstbewusst wie vor ihrem beschaulichen Häuschen.

»Ich gehe da nicht mit rein«, sagte Emma entschieden.

Moiken seufzte. Widerworte konnte sie jetzt nicht gebrauchen. »Dann bleibst du eben bei Adriano, und du rührst dich keinen Schritt von ihm weg. Hast du gehört? Ich bin gleich wieder zurück.«

Emma verzog das Gesicht und nickte, während sie zu Boden sah und dabei die schwarze Mähne ihres Pferds kraulte.

Theodor von Lengenfeldt beugte sich in der Empfangshalle gemeinsam mit dem Bankier über einen Berg von Papieren. Umbaupläne, Buchungslisten und Bilanzrechnungen. Überzeugungsmaterial für den Bankier, bevor gleich der Rundgang durch die Villa beginnen sollte.

Er schenkte dem schmallippigen Mann, der mit seiner spitzen Nase und dem dünnen langen Schnurrbart an eine Maus erinnerte, ein gewinnendes Lächeln. »Dank des großzügigen Kredits Ihres Kreditinstituts konnten wir im vergangenen Winter bereits die Zimmer renovieren. Ein jedes verfügt jetzt über Warmwasser, elektrisches Licht, Heizung und eine eigene Toilette. Das müssen mir die anderen Hotels erst einmal nachmachen.«

»Sehr schön, ja«, sagte der Bankier, und sein Schnurrbart zitterte beim Sprechen tatsächlich wie bei einer schnuppernden Maus. Wirklich überzeugt hatte er nicht geklungen, doch ein Theodor von Lengenfeldt ließ sich davon nicht beirren.

Unauffällig prüfte er sein Aussehen im bodenlangen Spiegel des Foyers. Der weise Lessing hatte recht gehabt: Kleider machen Leute. Und für den Besuch des Bankiers hatte er seinen teuersten Frack herausgeholt, feinster Pariser Baumwollstoff, mit einem Revers aus Satin und auf seine stattliche Figur maßgeschneidert. Seinem buschigen Kaiser-Wilhelm-Bart hatte er heute Morgen eine Extraportion Wachs verpasst, damit ja kein Haar in die falsche

Richtung stand, wobei die aufgebogenen Spitzen des dunklen, mit grauen Haaren durchsetzten Schnurrbarts eigentlich bereits eine schöne Form hatten, weil er sie jede Nacht mit einer hinter den Ohren befestigten Bartbinde nach oben band. Doch hier durfte nichts dem Zufall überlassen werden.

»Und nun sehen Sie hier meine weiteren Pläne, werter Herr Erk. Vom großen Saal soll ein Konversationszimmer abgetrennt werden. Die Gäste der heutigen Zeit legen großen Wert auf Privatsphäre. Ein Separee für Besprechungen während eines Diners ist unabdingbar.« Mit einer beiläufigen Handbewegung prüfte er den Sitz seiner nach hinten gekämmten, grau melierten Haare, bevor er weitersprach. »Außerdem benötige ich neben der Rezeption ein Telefonkabinett hinter Glas für unsere Gäste. Da wir über einen eigenen Anschluss verfügen, ist es meinen Gästen nicht zumutbar, bei Wind und Wetter die gesamte Friedrichstraße hinunterzulaufen, um ein privates Telefonat zu führen. Und wir haben zwar schon unsere Dampfmaschine zur eigenen Stromerzeugung, es soll nun aber noch ein neuer großer Verteilerkasten für das elektrische Licht hinzukommen, was noch mehr sicheren Komfort bringt, damit die Gäste nicht wie in anderen Hotels von ständigen Stromausfällen aufgrund überlasteter Leitungen betroffen sind und beim Essen plötzlich im Dunkeln sitzen. Wir halten, was wir versprechen, und das schätzen unsere Gäste. Dazu die einmalige Lage, der vortreffliche Meerblick …«

Ein Windstoß unterbrach ihn in seinen Ausführungen, und die Eingangstür ging auf. Endlich, das konnte nur der Lieferant vom Kaufhaus H. B. Jensen sein, wo er Fleisch, Schinken, Käse, Eier, Butter, Rum und Cognac geordert sowie Teile seines Services nachbestellt hatte, die bei der ausschweifenden Silvesterfeier am Dienstag zu Bruch gegangen waren.

»Gur Dai. Verzeihen Sie bitte …«, sagte eine zögerliche Frauenstimme.

Theodor blickte nur halb von seinen Plänen auf und machte eine Handbewegung zur nächstgelegenen Tür. Die arme Frau sah recht abgekämpft aus, wie er mit einem weiteren Blick feststellte. Ihrer Begrüßung auf Söl'ring nach zu urteilen, stammte sie aus einem der östlichen Inseldörfer, wo diese Sprache noch gesprochen wurde. Tatsächlich war es ein richtiger Dialekt des Friesischen mit eigenen Wörtern, die er nicht verstand, weil er das Sylterfriesisch leider nie erlernt hatte. Er liebte dieses weiche Gur Dai, es klang viel schöner als das harte Moin zur Begrüßung, bei dem man stets versucht war, zugleich zu salutieren. Nun wurde also schon eine Verkäuferin ausgeschickt, weil es dem Kaufhaus offenkundig an Laufburschen mangelte.

Das wiederum war nicht verwunderlich, denn selbstverständlich war die Witwe von Hans Boy Jensen als Frau mit der Führung des Betriebs überfordert. Immerhin war sie klug genug gewesen, einen Geschäftsführer einzustellen, der vor sechs Jahren mit kaufmännischer Weitsicht entschieden hatte, das Grundstück des abgebrannten Strandhotels am unteren Ende der Friedrichstraße, Ecke Maybachstraße zu erwerben, um das Ladengeschäft aus dem Norden Westerlands dorthin zu verlegen, wo die Kundschaft von selbst hinfand.

Noch besser wäre natürlich eine Dependance in der Strandstraße, denn deren Verlängerung führte direkt zum Ostbahnhof, wo alle Sommerfrischler ankamen. Doch am klügsten wäre es, dachte Theodor von Lengenfeldt enerviert, ihn als besten Kunden unter den Hoteliers ganz oben auf die Prioritätenliste zu setzen. Andernfalls würde er doch wieder auf Einzellieferanten umschwenken, auch wenn das für die Bestellung und Abrechnung unkommod war.

»Das wurde aber auch Zeit!«, sagte er in deutlichem, aber für seine Verhältnisse noch recht mildem Ton, denn die Frau konnte schließlich nichts dafür – allerdings wollte er die Verspätung nicht unkommentiert hinnehmen. »Bringen Sie die bestellte Ware für das Neujahrsbankett in die Küche, dort wartet man schon. Ich hatte die Ware auf acht Uhr terminiert. Richten Sie Frau Jensen oder besser Herrn Alwart bitte aus, dass ich die Überstunden meiner Köche von der Rechnung abziehen werde. Bis morgen Abend muss schließlich alles vorbereitet sein.« Kaum ausgesprochen, wandte er sich wieder an den Bankier.

»Meine Strandvilla war schon immer ein modernes Haus, aber ich möchte nicht nur ein Hotel ersten Ranges sein, die Strandvilla Lengenfeldt soll unübertrefflich werden. Sehen Sie hier …« Mit schwungvoller Geste zog er ein großes Papier aus dem Stapel und tippte auf die Zeichnung. »Als absolutes Glanzlicht und zur Bequemlichkeit der Gäste soll ein elektrischer Aufzug eingerichtet werden. Die neueste technische Errungenschaft in meinem Haus, allein deshalb werden die Gäste hier hereinströmen und übernachten wollen.«

Der Bankier verzog den spitzen Mund. »Nun, das hört sich alles sehr formidabel an, aber das wäre eine beträchtliche Summe, über die Sie mit unserem Bankhaus im Begriff sind zu verhandeln. Und zuallererst sollten auch noch die ausgetretenen Treppenstufen erneuert werden, die das Bauamt bemängelt hat, davon haben Sie noch nicht gesprochen.«

»Wenn ich einen Aufzug einbaue, wird kein Mensch mehr Treppen steigen wollen, auch nicht in den ersten Stock, das werden Sie schon sehen. Aber meinetwegen lasse ich auch noch die Holztreppe erneuern, darauf kommt es schließlich nicht mehr an.«

»Es erhöht die ohnehin beträchtliche Kreditsumme.«

»Werter Herr Erk, Sie zweifeln doch nicht etwa an meiner wirtschaftlichen Integrität?« Theodor von Lengenfeldt straffte sich. Das wäre doch gelacht, wenn er diesen engstirnigen Zahlenbürokraten nicht überzeugen könnte. »Das habe ich in wenigen Jahren wieder hereingeholt. Die Geschäfte laufen sehr gut. Sylt ist zu einer beliebten Destination geworden. Denken Sie doch nur daran, wie bei der Gründung des Seebads vor gut 60 Jahren namentlich nur 98 Gäste in der gesamten Saison kamen, und heute sind es über dreißigtausend. Familie Hast wird an ihr Hotel zum Deutschen Kaiser doch auch in diesem Jahr noch sage und schreibe drei Logierhäuser anbauen. Damit verfügen sie dann über 131 Zimmer und 200 Betten. Diesen Kredit werden Sie doch auch bewilligt haben.«

Der Bankier gab einen unduldsamen Schnalzlaut von sich. »Ich weiß, dass es sich bei der Familie Hast um Ihre schärfsten Konkurrenten handelt.«

»Konkurrenz, pah!«, spie er das Wort aus, als hätte er auf eine Bittermandel gebissen. »Ich setze auf Qualität, nicht auf Quantität. Nicht einmal mein Nachbar Otto Busse kann mir mit seinem Hotel Miramar das Wasser reichen.« Er lachte, als hätte er einen Scherz gemacht. »Der Versuch hat ihn einen ordentlichen Griff in seine Privatschatulle gekostet und mir dieses Betonbollwerk als Promenade beschert. Aber die Gäste lieben es, dort zu flanieren. Und sie kommen zahlreich, daran gibt es nichts zu rütteln!«

»Sie vergessen eine Tatsache, werter Herr von Lengenfeldt. Vor rund fünfzig Jahren gab es nur das Hotel Union. Seither schießen die Unterkünfte wie Pilze aus dem Boden, über zweihundert Hotels, Logierhäuser und Privatunterkünfte gibt es jetzt allein in Westerland – und wir als Sylter Spar- und Leihkasse vergeben nur Gelder für solide finanzierte Projekte.«

Er hob die Augenbrauen und sah den Bankier leicht schräg an, so als könne dieser seine Worte nicht so gemeint haben. »Das sagen Sie einem Theodor von Lengenfeldt? Wollen Sie dem erfolgreichsten Sylter Hotelier unterstellen, er könne nicht rechnen? Werter Herr Erk, Sie wollen sich doch nicht lächerlich machen. Haben Sie von mir noch nicht genug Sicherheiten? Und sehen Sie sich die Einnahmen aus den vergangenen Jahren an, insbesondere von der letzten Saison. Stetig steigend, die Gäste schätzen den Luxus, und davon will ich ihnen noch mehr bieten. Als Geschäftsmann darf man niemals stehen bleiben.«

»Sie sollten sich aber auch nicht übernehmen. Und die wirtschaftliche Lage kann sich schnell ändern. Sie wissen, es gibt da gewisse Unruhen auf dem Balkan.«

»Papperlapapp, was geht uns das in Deutschland an. Befürchten Sie etwa einen Krieg? Immer dieses negative Denken, aber das scheint wohl zu Ihrer Geschäftspolitik zu gehören, um die Zinsen für den Kredit in die Höhe zu treiben. Und bitte, wenn Ihnen an einer weiteren Sicherheit gelegen ist, so soll es daran nicht scheitern. Ich bin gerade im Begriff, ein wundervolles Häuslein in Keitum zu kaufen, weit unter Wert. Das kann sich Ihre Bank gern als potenziellen Leckerbissen auf die Liste mit Sicherheiten schreiben. Bekommen werden Sie es von mir ohnehin nicht. Oder glauben Sie etwa diesen Unkenrufen, dass es einen Großen Krieg geben soll? Das ist ja nun wirklich absurd.«

»Da irren Sie sich«, ließ sich die Frau vernehmen, die er längst in der Küche vermutet hatte.

Theodor von Lengenfeldt sah ruckartig auf. Widerspruch war er nicht gewohnt, und mit einem Mal hatte sie seine volle Aufmerksamkeit. »Wie bitte?« Er musterte sie. Nicht verärgert, eher belustigt.

Dunkelblonde Strähnen hatten sich aus ihrem einfachen Haarknoten gelöst, ihr graues Leinenkleid war am Saum beschmutzt, und an der weißen Schürze hatte wohl ein Pferd sein Maul gerieben, jedenfalls begleitete sie ein entsprechender Geruch. Trotz des derangierten Erscheinungsbilds strahlte sie einen gewissen Zauber aus.

»Sie stehen ja immer noch hier herum. Sie werden verzeihen, dass es mir meine Zeit nicht erlaubt, mit einer Frau über Politik zu diskutieren«, beschied er ihr kurz angebunden.

»Ich bin keine Lieferantin und auch nicht gekommen, um mit Ihnen politische Debatten zu führen!«, fauchte die Frau. »Dafür ist mir meine Zeit nämlich auch zu kostbar!«

Stutzig und zugleich ein wenig erschrocken hob er die Augenbrauen. Wer wagte es, so mit ihm zu sprechen? Kaum stellte er sich die Frage, fiel ihm siedend heiß eine Erklärung ein. »Oh, dann sind Sie … Verzeihen Sie, Ihre Durchlaucht. Dann müssen Sie Prinzessin Lobkowitz aus Prag sein. Wir hatten Ihre Ankunft erst für den morgigen Samstag erwartet, aber das ist natürlich eine vortreffliche Idee, inkognito einen Tag eher anzureisen. Selbst in diesem einfachen Kostüm sehen Ihre Durchlaucht ganz bezaubernd aus.«

»Sie irren sich wiederum«, bekräftigte die Frau. Mit einer energischen Bewegung strich sie sich eine widerspenstige Strähne hinters Ohr. »Und zwar auf ganzer Linie. Mein Name ist Moiken Jacobsen, ich komme aus Keitum, und das Häuslein, von dem Sie sprechen, steht nicht zum Verkauf. Und schon gar nicht weit unter Wert.«

Jetzt wurde es interessant, aber nicht nur im Hinblick auf die Sachlage. Diese Moiken Jacobsen gefiel ihm zunehmend. »Wer behauptet das? Es stand doch so in der Zeitung, auch der fabelhafte Preis.«

»Ein schlechter Scherz. Ich muss es wissen. Das Haus gehört mir.«

Er lächelte. Wann hatte er es zuletzt erlebt, dass sich jemand gegen ihn auflehnte? Und nun wagte es diese einfache Frau. Nun ja, sie mochte in schlichter Kleidung stecken, doch ihre Art faszinierte ihn. »Ihre Resolutheit gefällt mir. Das ist ungewöhnlich.« *Sie* gefallen mir, hätte er beinahe noch hinzugefügt, doch er biss sich auf die Zunge. Es war nicht die Zeit für Komplimente.

Moiken Jacobsen verschränkte die Arme vor der Brust. »Die Keitumer Frauen sind so. An mir ist nichts Besonderes. Unser Dorf ist ein alter Seefahrerort, wir Frauen sind es gewohnt, über

Monate hinweg dem Haus allein vorzustehen und die Kinder zu erziehen. Ich backe Torten für Festlichkeiten im Inselosten und verdiene so das Zubrot, und wir Frauen warten geduldig, bis der Mann eines Tages wieder mit dem Geld von See nach Hause kommt – oder eben nicht.« Kaum hatte sie es ausgesprochen, verzog sie das Gesicht, als hätte sie auf eine Nelke gebissen.

»Sie sind also Witwe, da das Haus Ihnen gehört?«

»Das tut nichts zur Sache.«

Oh, dachte er betreten, da hatte er wohl einen wunden Punkt getroffen. »Verzeihen Sie, ich wollte Ihnen nicht zu nahe treten.«

Moiken Jacobsen richtete den Blick zu Boden und schwieg. Der Bankier beschäftigte sich geflissentlich mit den Papieren, doch seine Ungeduld konnte er dadurch nicht verbergen. Es war nicht gut, ihn warten zu lassen, aber die Sache mit dem Haus musste geklärt werden. Wenn ihr Mann nicht zurückgekehrt war, musste sie doch über kurz oder lang Geldsorgen haben.

»Mein Interesse an Ihrem Häuslein ist jedenfalls ungebrochen. Über den Preis lässt sich selbstverständlich reden, wenn sich da ein Fehler eingeschlichen haben sollte.«

»Ich sagte es bereits, das Haus steht nicht zum Verkauf«, entgegnete sie, und eine Zornesfalte erschien auf ihrer Stirn.

»Dann möchte ich nur wissen, wer die Annonce aufgegeben hat. Aber darüber wird mir Julius Meyer Auskunft geben können«, sagte er mehr zu sich selbst, denn sein guter Freund, der Papierwarenhändler in der Mitte der Friedrichstraße, war auch für die Annahme der Anzeigen zuständig.

Er musste dieses Haus besitzen, daran führte kein Weg vorbei. Es passte perfekt in seinen Plan. Und er musste diese Frau wiedersehen.

Noch während er darüber nachsann, wie er das am besten einfädeln könnte, ohne sie gegen sich aufzubringen, ging erneut die Tür auf.

Ein junges Mädchen erschien, durchgefroren und mit hochroten Wangen. Wenn man diesem Fräulein die gesamte Lieferung allein aufgebürdet hatte, wäre er tatsächlich die längste Zeit Kunde des Kaufhauses gewesen, so dringend er die Ware auch erwartete.

»Mutter, wo bleibst du denn?«, rief das Mädchen ohne Umschweife. »Ich dachte, es dauert nur zwei Minuten?«

Theodor lächelte in sich hinein. Da war der Apfel nicht weit vom Stamm gefallen. Nicht nur, dass Mutter und Tochter einander wie aus dem Gesicht geschnitten waren, wie er jetzt erkannte – das Mädchen war genauso wenig auf den Mund gefallen und in ihrem jugendlichen Temperament sogar noch forscher als die Mutter.

»Schon gut, Emma. Ich wollte mich gerade verabschieden.«

»Warten Sie einen Augenblick!«, rief er, nachdem sich Mutter und Tochter bereits zum Gehen gewandt hatten. »Kommen Sie beide doch morgen Abend zu meinem großen Neujahrsbankett. Es würde mir eine Freude sein, Sie begrüßen zu dürfen.«

Das Mädchen schaute überrascht, dann strahlte sie über das ganze Gesicht, und es fehlte offensichtlich nicht viel, dass sie auf der Stelle gehüpft wäre. Ihre Mutter hingegen schüttelte entschieden den Kopf. »Das ist sehr freundlich von Ihnen, vielen Dank. Aber mein Platz ist in Keitum, ich gehöre nicht auf ein solches Bankett.«

»Die Einladung gilt für alle, mein Hotel ist ein offenes Haus. Es kommen Gäste aus allen Berufsständen, ganz gleich, ob Diener oder Hausherr. Einmal im Jahr möchte ich mit allen feiern, und besonders willkommen sind mir zwei hübsche Damen aus Keitum.« Er lächelte, weil er es ehrlich meinte, doch er war im Zweifel, ob er sich nicht zu plump ausgedrückt hatte. Herrje, wann hatte er sich zuletzt so unsicher gefühlt?

Aber er konnte sich auch nicht erinnern, wann er zuletzt einer so bezaubernden Frau gegenübergestanden hatte. Nicht einmal seine verstorbene Gattin hatte diesen Reiz auf ihn ausgeübt, und dabei kannte er diese Moiken Jacobsen noch nicht einmal näher.

Er konnte regelrecht zusehen, wie sich ihre Miene noch mehr verschloss.

»Ich habe andere Dinge zu tun, der Winter ist noch lang.«

»Ihr Pflichtbewusstsein ehrt Sie, aber gönnen Sie sich doch einmal einen schönen Abend«, versuchte er es erneut.

»Mir ist nicht nach Feiern zumute, wenn Sie das bitte verstehen möchten. Komm, Emma.«

Mit diesen Worten verschwand sie mit ihrer Tochter aus der Tür, und er sah ihr versonnen nach, bis ihn der Bankier mit einem Räuspern in die Gegenwart zurückholte.

Das würde nicht einfach werden, dachte er, doch Herausforderungen hatten ihn schon immer gereizt.

»Warum können wir nicht auf dieses Fest gehen?«, platzte es aus Emma heraus, kaum dass sie die Strandvilla verlassen hatten.

»Du hast meine Gründe gehört.« Moiken fröstelte und zog sich die Kapuze ihres Mantels über. In Keitum, auf der Ostseite der Insel, war der Wind weit weniger spürbar. An einen Schal hätte sie denken müssen.

»Das sind Ausflüchte, mehr nicht!«, rief Emma erbost.

»Hüte deine Zunge«, gab Moiken zurück und griff nach dem Zügel von Adriano, um ihn die Strandstraße hinunterzuführen. Dort zweigte eine Querstraße zur Friedrichstraße ab, wo der alte Julius Meyer seit Jahr und Tag seine Buch- und Papierwarenhandlung führte. Ihn wollte sie aufsuchen, um der Sache auf den Grund zu gehen.

Adriano ging langsam, immer wieder musste sie ihn zum Weitergehen animieren. Wie sehr ihm sein Alter zu schaffen machte, hatte sich in Keitum noch nicht so bemerkbar gemacht, weil sie ihn dort nur für kurze Wege brauchte. Er wurde doch hoffentlich nicht krank? Einen Tierarzt könnten sie sich nicht leisten und ein neues Pferd schon gar nicht.

»Ja, ja!«, keifte Emma. »Mir den Mund verbieten und dein Leben schwer nehmen – mehr kannst du nicht.«

»Ich sorge mich um unsere Existenz«, zischte Moiken, doch Emma war schon außer Hörweite, denn sie war einige Meter weiter vor einem Ladengeschäft stehen geblieben, über dem ein handbemaltes Schild hing. *Südfrüchte, Conserven, Chocolade und Nougatstangen.*

Der Laden von Modje Köhler. Ein Paradies, verlockend besonders für Kinder. Moiken erinnerte sich peinlich berührt daran, wie respektlos sie sich früher als Kinderschar gegenüber der ledig gebliebenen »Großmutter« verhalten hatten. Wenn die Modje jeden Nachmittag mit einem Kinderwagen voller Waren durch die Straßen zog, um sie feilzubieten, hatten sie der klein gewachsenen Frau einen Spottvers hinterhergerufen. »Die Modje hat'n Fehler – an de Lung, an de Tung, an de Leber.«

Und wenn Marie Köhler sich als glühende Verehrerin Seiner Majestät, Kaiser Wilhelm II., mit ihrer Kundschaft im Laden mal wieder in wirtschaftlich-politische Diskussionen verstrickt hatte, hatten sie ihr hinterrücks die Süßigkeiten geklaut.

Die Wände ihres Lädchens, das konnte man durch die beiden großen Schaufenster erkennen, hatte sie noch immer mit Fotografien und Zeitungsausschnitten nahezu tapeziert, und direkt hinter der Kasse hing das gerahmte Telegramm, das der Kaiser an sie gerichtet hatte.

Wie gern, dachte Moiken, würde sie ihrer Tochter dieses Kuriositätenkabinett zeigen, doch erstens hatte sie kein Geld übrig, um eine der Leckereien zu kaufen, und zweitens hatte Moiken Angst vor einer Begegnung mit der Modje, weil diese den Grund kannte, weshalb sie in die Ehe und nach Keitum geflohen war.

Aus heutiger Sicht bewunderte Moiken die selbstständige Geschäftsfrau, die nie verheiratet gewesen und zugegebenermaßen recht wunderlich war. Bewunderte sie für die Kraft, die Sturheit und ihren Stolz – denn damit hatte sie sich ihre berufliche Existenz aufgebaut und erhalten. Wie alt mochte die Modje jetzt sein? Schon damals war sie als Großmutter bezeichnet worden, aber jetzt müsste sie aller Schätzung nach um die siebzig sein.

»Mutter, wo bist du denn mit deinen Gedanken? Lass uns in diesen Laden reingehen, da drin sieht es interessant aus und es gibt leckere Sachen.«

Erschrocken bemerkte Moiken, dass sie schon viel zu lange vor dem Schaufenster gestanden hatten. Es würde ihr gerade noch fehlen, wenn die Modje jetzt in Verheißung auf Kundschaft die Tür öffnen und sie hereinbitten würde.

»Wir haben für so etwas keine Zeit«, drängte sie Emma unvermittelt.

»Siehst du, genau das meine ich. Du willst mir einfach kein bisschen Vergnügen gönnen. Und warum hast du es auf einmal so eilig?«

Moiken überging die Provokation und entgegnete sachlich: »Wir müssen in die Friedrichstraße, zur Papierwarenhandlung von Julius Meyer. Ich muss wissen, wer diese Annonce aufgegeben hat.«

Das schien für Emma ein Argument zu sein, denn sie folgte ihr nun ohne Widerspruch – bis sie vor dem Schaufenster von Reichardt-Kakao stehen blieb. Deutschlands größte Kakaofabrik aus Hamburg unterhielt hier während der Sommermonate einen Fabrikverkauf, wie ein Schild an der Tür verriet.

Die Fenster des geschlossenen Ladens waren salzverkrustet, was Emma nicht daran hinderte, die dekorativ ausgestellten Verpackungen von Kakaodosen und Schokoladenkeksen und anderen

Leckereien zu bewundern. Ein weiteres Schild empfahl Hämoglobinkakao als besonderes Stärkungsmittel zur nachhaltigen Unterstützung jeder Erholungsreise.

»Wir müssen weiter«, sagte Moiken etwas sanfter zu ihrer Tochter, denn sie konnte natürlich verstehen, wie sehr Emma von der bunten Vielfalt dieser unbekannten Reize fasziniert war. Sie kannte nur den Krämerladen in Keitum, wo man die einfachen Dinge für den täglichen Bedarf erhielt. Für sie war Schokolade ein Luxusgut, das es nur gab, wenn ihr Vater von seinen Schiffsreisen zurückkehrte.

»Moin, meine sehr verehrten Damen, wie wäre es zum neuen Jahr mit einer Frisur à la Cléo de Mérode«, sprach sie ein dickbäuchiger Herr an, der in weißer Kittelschürze in seiner halb geöffneten Ladentür stand und Begeisterung heischend auf eine Fotografie zeigte, auf der eine bildhübsche junge Frau mit leicht geneigtem Kopf ihre Frisur präsentierte, bei der die Haare in sanften Wellen nur bis knapp über die Ohren reichten.

Wunderschön, dachte Moiken innerlich seufzend. So ein hübscher Schnitt, wenn sie sich den nur leisten könnte.

Der Friseur August Griepke schien sie nicht zu erkennen, woher auch, sonst hätte er sie wohl weder so überfreundlich angesprochen noch ihr als Insulanerin überhaupt einen teuren Haarschnitt nach der neuesten Mode offeriert. Sie kannte ihn natürlich als Ladenbesitzer, doch sie war in ihrem Leben noch bei keinem Friseur gewesen.

Seit sie nach Keitum gezogen war, hatte ihr immer die Nachbarin die Haare geschnitten, die sich ansonsten ihr Geld damit verdiente, die in der Vogelkoje gefangenen Enten zu rupfen, und genauso fühlte sich Moiken dann auch anschließend, nur mit dem Unterschied, dass sie ihre krumm und schief geschnittenen Haare wenigstens hochstecken konnte.

»Nun, meine Damen?«, fragte der Friseur und trat trotz der

Kälte ein paar Schritte vor, um sie mit einer einladenden Geste in sein schmuckes Haus mit der weißen Holzveranda im Seebäderstil zu bitten.

»Uah, was bietet der Friseur denn noch an?«, flüsterte Emma entsetzt, als sie nun das Schild neben dem Eingang entdeckte. »Operationen an Hühneraugen und eingewachsenen Zehennägeln.«

»Uah«, machte auch Moiken, und damit war ihr Traum von einer schönen Frisur zwar nicht geplatzt, doch sie war nun schon fast froh, ihre Wunschvorstellung mangels Geld nicht umsetzen zu können.

Als sie weitergingen, sah Emma erwartungsvoll in alle Richtungen. Keinen der neuen Eindrücke wollte sie verpassen, obwohl sie bereits sichtlich überwältigt war. Doch ihre Augen leuchteten, wie Moiken es schon lange nicht mehr bei ihr gesehen hatte.

»Was wird denn hier verkauft?«, fragte Emma, und man hörte das Erschaudern in ihrer Stimme, als sie an der Ecke zur Neuen Straße abermals innehielt. »Möwen-Bazar«, las sie zweifelnd vor, so als könne sie es besser glauben, wenn sie es laut aussprach. »Einziges Spezialgeschäft der Sylter Möwen-Industrie. Seehundswaren in unübertroffener Auswahl.«

An diesem Haus wollte Moiken besonders schnell vorbeigehen, und das lag nicht nur an dem zweifelhaften Warenangebot.

»Das gehört einer alten Schulkameradin von mir. Lass uns …«

Weiter kam Moiken nicht, denn die Ladenbesitzerin musste begierig auf Kundschaft an der Tür gelauert haben, so schnell, wie diese nun aufging.

»Einen schönen guten Tag, die Damen. Was kann ich für Sie tun? Suchen Sie etwas Dekoratives zum Verschenken? Oder für sich selbst etwas Kleidsames? Wir haben heute Handschuhe aus Seehundsfell im Angebot, das wäre doch etwas für das junge Fräulein, und für Sie hätte ich einen Schal … Oh, wir kennen uns doch?

Bist du nicht Moiken?«, fragte Henriette Grondziel bass erstaunt und unterbrach damit ihren eigenen Redefluss.

Ausgerechnet, dachte Moiken, und ihr Magen zog sich zusammen. Ausgerechnet von Henriette war sie erkannt worden. Zu Schulzeiten waren sie in eine Klasse gegangen und einst beste Freundinnen gewesen. Aber das war lange her, sehr lange, und aus Freundschaft war Feindschaft geworden. Henriette hatte sich über die Jahre wenig verändert. Ihr Gesicht war voller Sommersprossen, die im Verlauf der Jahre etwas dunkler geworden waren, genau wie ihre roten Haare, die sie mittlerweile kurz geschnitten trug. Zöpfe und Haarnadeln hatte Henriette schon immer gehasst, genau wie alle anderen weiblichen Attitüden.

Und nun? Leugnen – oder die Flucht nach vorne antreten und sich zu erkennen geben? Doch wozu, fragte sich Moiken. Als vor gut fünfzehn Jahren das Feuer in der Gerüchteküche besonders hell loderte, hatte Henriette Grondziel sozusagen am Blasebalg gestanden und dafür gesorgt, dass das Brodeln im Kessel nicht aufhörte, bis Moiken die Flucht nach Keitum ergriffen hatte.

Nachdem von ihr so lange keine Reaktion kam, wurde Henriette unsicher. »Bist du nicht Moiken Petersen aus Klanxbüll?«

Der Mädchenname stimmte, offenkundig war Henriette jedoch die Heirat entgangen, und mit einiger Genugtuung nahm Moiken zur Kenntnis, dass Henriette hinsichtlich des Wohnorts selbst einem Gerücht aufgesessen war.

»Jacobsen«, sagte Emma, noch ehe Moiken sich entschieden hatte, wie sie reagieren sollte. »Wir heißen Jacobsen und wohnen in Keitum.«

Henriette legte den Kopf schräg. »Nun, dann war das wohl eine Verwechslung – Verzeihung, es ist schon lange her. Aber das hätte mich auch gewundert, wenn sich diese Weibsperson noch einmal in Westerland blicken ließe. Nun, womit kann ich Ihnen also dienen? Kommen Sie doch herein!«

Wortlos zog Moiken ihr Pferd am Zügel weiter und ihre Tochter an der Hand hinterher.

»Lass mich los, ich bin doch kein Kleinkind!«, rief Emma, kaum dass die Ladentür mit einem Glöckchenläuten ins Schloss gefallen war. Und nachdem sie ein paar Schritte gegangen waren, setzte Emma hinzu: »Nun behaupte du noch einmal, ich sei unfreundlich zu den Leuten, weil ich vergessen habe, Bitte oder Danke zu sagen – du hast dich von der Ladenbesitzerin nicht mal verabschiedet.«

»Ich habe meine Gründe, das kannst du mir glauben.«

»So, so. Welche Gründe denn?«

»Das geht dich nichts an«, erwiderte Moiken harscher als gewollt, denn sie hatte nur die Absicht, ihre Tochter vor der Geschichte zu schützen, durch die ihre Mutter unter einen so schrecklichen Verdacht geraten war.

»Hör auf, mich wie ein kleines Kind zu behandeln! Ich bin fünfzehn! Und sag mir endlich die Wahrheit, warum Vater nicht zurückkehrt.«

Moiken holte Luft, und die scheinbar tonnenschwere Last auf ihren Schultern machte daraus einen tiefen Aufseufzer. »Das weiß ich selbst nicht.«

»Ihr habt euch doch vor seiner Abreise gestritten.«

»Gestritten?« Nun war es an Moiken innezuhalten. »Das stimmt doch gar nicht, wie kommst du denn darauf?«

»Ich bilde mir wohl nicht ein, dass Vater zwei Tage vor seinem Aufbruch plötzlich kaum mehr ein Wort für dich übrig hatte, er ist dir aus dem Weg gegangen, und zuletzt hättest du auch einen Baum umarmen können, so reglos, wie Vater dastand. Und am schlimmsten für mich war, dass er sich mir gegenüber genauso distanziert verhalten hat.«

»Abschiede sind manchmal schwierig«, wand sich Moiken unter den Vorhaltungen ihrer Tochter, mit denen sie natürlich recht hatte. Doch eine Erklärung für sein abweisendes Verhalten hatte sie von ihrem Mann auch nicht bekommen.

In den vergangenen drei Monaten hatte Moiken häufiger darüber nachgedacht, ob das ein Vorbote gewesen war, dass er nicht zurückkehren würde, allerdings konnte sie sich keinen wirklichen Reim darauf machen. »Wir haben jedenfalls nicht gestritten«, fügte sie hinzu.

»Du lügst!«, rief Emma.

»Hüte deine Zunge!«, raunte Moiken im Angesicht eines pelzbemäntelten Ehepaars, das kopfschüttelnd vorüberging. »Ich sage es dir ein letztes Mal.«

»Von dir lasse ich mir gar nichts mehr sagen!«, keifte Emma.

Moiken hielt es für angebracht, nichts zu entgegnen.

Schweigend gingen sie weiter die Neue Straße entlang und an der katholischen Kapelle vorbei, die vor siebzehn Jahren auf Betreiben eines einzigen Katholiken erbaut worden war.

Ob der stadtbekannte Wenzel Wohner wohl noch lebte? Der Österreicher war der Liebe wegen über 1000 Kilometer zu Fuß bis nach Westerland gegangen, doch mit seinem Brief, in dem er den zuständigen Bischof um einen Kirchenbau für sich, den einzigen Katholiken, bat, erreichte er nicht das Ziel. Keinen Pfennig, so schrieb der Bischof zurück, gebe er für den Bau einer solchen Kirche – auf einer Insel ohne Moral. Diese Antwort war bald in aller Munde gewesen, Spott hatte sich über Wenzel Wohner ergossen, doch er hatte nicht aufgegeben. Die Berge gegen das flache Eiland zu tauschen mochte der Liebe wegen ja noch angehen, aber auf den Weihrauch zu verzichten – undenkbar.

Moiken sah sogar noch die Anzeige mit der Bitte um Bausteine im Sylter Intelligenz-Blatt vor ihrem geistigen Auge. Tatsächlich kamen 2000 Goldmark zusammen, und die Zeitung freute sich, dass mit dem Bau der stattlichen Kapelle für 160 Personen nun für manchen ein Hindernis im Besuch des Seebades beseitigt sei.

Damals hatte Wenzel Wohner im Süden Westerlands am Anfang der Damenbadstraße gewohnt, nur ein paar Häuser weiter lebte Käpt'n Corl, wie man ihn im Volksmund nannte, jedenfalls auch ein Unikat. Er müsste mit seinen nunmehr rund fünfzig Jahren eigentlich noch leben, und sie würde ihn sehr gern mal besuchen, doch direkt daneben befand sich ihr Elternhaus, gegenüber dem Friedhof der Heimatlosen, wo Leichen beerdigt wurden, die das Meer angespült hatte. Was, wenn ihr Ehemann an irgendeiner Küste angespült worden war und nun auf einem solchen Friedhof lag? Ihre Briefe an die Reederei und sämtliche Nachfragen per Telegramm waren unbeantwortet geblieben.

Je näher sie der Friedrichstraße kamen, desto kälter pfiff der Westwind zwischen den Häusern hindurch, und Moiken zog die Kapuze unter dem Kinn zusammen, unter der sie im doppelten Sinne Schutz suchte, bis sie das Eckhaus erreichten.

Die Buch- und Papierwarenhandlung von Julius Meyer befand sich in einem Anbau, der schlicht und gerade so breit wie das Schaufenster nebst Tür war. In deutlichem Kontrast dazu stand das angrenzende mondäne Logierhaus im Seebäderstil mit schmucken, weiß gestrichenen Holzveranden auf allen drei Stockwerken.

Moiken kannte den freundlichen Besitzer noch von früher, mittlerweile müsste er bestimmt über siebzig sein. Jedes Kind, so erinnerte sich Moiken, das seinen Laden betrat, bekam ein Bonbon geschenkt, was viele weidlich ausgenutzt hatten.

Doch nichts konnte die Engelsgeduld des Mannes ins Wanken bringen, erst recht nicht die Schar seiner eigenen Kinder, für die zwei Hände gerade noch zum Zählen ausreichten.

Schöne Erinnerungen, und dennoch zögerte Moiken bei dem Gedanken, gleich durch diese Tür treten zu müssen. Was, wenn sie am Ende gar nicht hören wollte, wer die Annonce aufgegeben hatte – wenn es doch kein schlechter Scherz war? Aber blieb ihr eine andere Wahl, als das herauszufinden?

»Möchtest du wieder draußen warten?«, fragte sie ihre Tochter, die selbstvergessen Adrianos Zügel hielt und ein Ehepaar beobachtete, das aus dem gegenüberliegenden Hotel und Restaurant Seestern kam, wo auf einer großen Tafel für Suppe aus frischen Schildkröten geworben wurde. Als Kinder hatten sie sich mal in den Hinterhof geschlichen, wo die frisch geschlachteten Riesenschildkröten aufgehängt waren. Damals waren sie fasziniert gewesen, heute erschauderte sie allein beim Gedanken daran.

»Also, was ist nun, Emma?«

»Natürlich will ich nicht draußen warten! Erstens will ich nicht noch mal fast erfrieren, und zweitens will ich mit eigenen Ohren hören, wer diese Annonce aufgegeben hat – wer weiß, ob du mir die Wahrheit sagen würdest.«

Moiken zuckte unter den Worten zusammen, denn Emma hatte recht. Zwar wohl nicht in diesem Fall, doch grundsätzlich verbarg sie zu viel vor ihrer Tochter, und deshalb stand es leider mit ihrem Vertrauensverhältnis nicht zum Besten. Oft hatte Emma nach den Gründen gefragt, weshalb sie nicht mal nach Westerland fuhren, und nur Antworten erhalten, die ihre Tochter mittlerweile als faule Ausreden erkannte.

Es wäre längst an der Zeit, mit Emma über die Geschehnisse in jener Nacht zu sprechen, in der ihr Onkel ums Leben gekommen war, denn für seinen Tod war sie, Moiken, nicht verantwortlich. Aber das war schließlich nicht alles, was in jenen Stunden passiert war. Nur war es nicht besser, Emma zu schützen? Wie würde sie darauf reagieren, wenn sie erfuhr, dass auch ein anderer Mann ihr Vater sein könnte? Könnte Emma ohne dieses Wissen nicht unbeschwerter durchs Leben gehen? Wer tatsächlich Emmas Vater war, würde man ohnehin nie feststellen können.

Moiken seufzte tief. »Dann binde Adriano am Zaun an und komm.«

Julius Meyer stand wie immer hinter seiner hölzernen Theke, so als ob keine Zeit vergangen wäre. Schon damals waren sein langer Spitzbart und die bis in den Nacken reichenden Haare schlohweiß gewesen. Im Laden war wesentlich mehr Platz, als man von außen vermutete, da er sich über die gesamte Länge des Hauses erstreckte.

Der Buchhändler war gerade mit einer Kundin im Gespräch und hatte etwas in einem Verzeichnis nachgeschlagen.

Der Büchergeruch wirkte unmittelbar wie Seelenbalsam auf Moiken. Wie gern würde sie sich jetzt ein Buch kaufen und Emma sagen, dass sie sich auch eines aussuchen dürfe.

An langen Winterabenden am Ofen sitzen und lesen, anstatt Kleidung zu flicken oder Wolle zu spinnen. Welch ein Luxus.

Julius Meyer hatte ihr Eintreten bemerkt und bedeutete ihr mit einem freundlichen Nicken, noch kurz zu warten. Er schob seine Lesebrille mit den runden Gläsern zurück auf die Stirn, wie es seine Gewohnheit war. Nicht etwa auf den Kopf, sondern tatsächlich nur bis knapp über seine buschigen Augenbrauen, wo das Gestell erstaunlicherweise Halt fand, sogar als er die Stirn runzelte.

»Die blonde Sylterin von Max Eggendorf muss ich leider erst bestellen. Aber die Sagen und Erzählungen unseres Inselchronisten C. P. Hansen habe ich alle auf Lager. Wenn Sie sich einmal im Regal umschauen möchten?«

»Nein, möchte ich nicht«, entgegnete die Dame pikiert. »Welches davon empfehlen Sie mir, das nehme ich.«

»Ich weiß ja nicht, was Ihrem Geschmack entspricht«, entgegnete Julius Meyer leicht irritiert. »Grundsätzlich sind alle Schriften unseres Inselchronisten sehr empfehlenswert, aber suchen Sie sich doch gern etwas aus, das Ihnen inhaltlich zusagt. Die blonde Sylterin wäre dann zu nächster Woche hier.«

Die Dame schüttelte vehement den Kopf. »Sie verstehen nicht. Ich möchte ein Buch lesen, das mir empfohlen wurde, und keines nach Geschmack. Wir sind doch hier nicht in der Küche.«

»Ich fürchte, dann verstehen wir uns wirklich nicht. Mit einem guten Buch ist es wie mit der Liebe. Natürlich kann ich Ihnen ein möglicherweise geeignetes Exemplar empfehlen, doch besser ist es, Sie gehen selbst ans Regal, betrachten die Auswahl, befühlen das Buch, lesen hinein, und ich bin mir sicher, Sie merken dann sofort, für welches Ihr Herz schlägt.«

»Was reden Sie denn für dummes Zeug daher, ich muss mich wundern«, entgegnete die Dame. »Wobei ich während meines Aufenthalts hier schon zahlreiche Menschen mit wunderlicher Geisteshaltung angetroffen habe. Das scheint wohl an der Beschränktheit dieser Insel zu liegen, die sich auf ihre Bewohner überträgt. Offenkundig gilt das auch für Sie.«

Spätestens jetzt hätte Moiken anstelle des Buchhändlers aufgebracht reagiert, doch der zuckte unbeeindruckt die Schultern. »Genau genommen ist es so, dass das Buch seinen Leser findet, so wie die Liebe zu einem kommt, ohne dass man sich das aussuchen kann. Aber ich denke mir, das werden Sie erst recht nicht verstehen.«

»Wollen Sie damit jetzt sagen, ich sei dumm, nur weil ich Ihr Gerede nicht nachvollziehen kann?«, echauffierte sich die Dame.

»Niemals.« Julius Meyer stützte sich auf den Tresen. »Aber ich behaupte, dass es Menschen gibt, die das Reizklima auf dieser Insel nicht vertragen. Diese Personen sollten dann auch nicht mehr wiederkommen, wenn sie schlau sind.«

»Pah!«, machte die Dame, zog sich ihre weißen Handschuhe an und wandte sich zum Gehen. »Dann auf Wiedersehen.«

Kopfschüttelnd sah Julius Meyer die Frau an. »Wir haben uns immer noch nicht verstanden. Ich meinte nicht ›auf Wiedersehen‹.«

»Das ist ja unerhört! So etwas habe ich noch nicht erlebt!«, rief die Frau und rauschte aus dem Laden, dass die Tür krachend ins Schloss fiel.

Belustigt sah Moiken der Dame hinterher. Ganz schön mutig von dem Buchhändler, dachte sie, so mit seiner Kundschaft umzugehen. »Sind alle Sommerfrischler so?«, fragte Moiken. »Wobei Sie auf die Beleidigungen der Dame noch ganz anders hätten reagieren können.«

»Ich habe meine Prinzipien«, sagte Julius Meyer. »Und über die Jahre habe ich viel über wunderliche Sommerfrischler gelernt. Alles muss so laufen, wie diese das wünschen, ansonsten beschweren sie sich. Nun denn, vielleicht hätte ich ihr doch Sigmund Freud nahelegen sollen, insbesondere sein Buch zur Psychopathologie des Alltagslebens. Besonders schlimm ist es mit den Gästen, wenn das Wetter schlecht ist. Dann weiß ich schon am Morgen, dass schwierige Kunden auf mich warten. Aber das hier ist mein Laden und meine Art, Bücher zu verkaufen. Wer sich darauf nicht einlassen möchte und deshalb meint, mich beleidigen zu müssen, den muss ich enttäuschen. So einfach ist das.«

Moiken nickte. Wenn es nur immer so einfach wäre, dachte sie.

»Was kann ich für Sie tun?«, fragte Julius Meyer und wandte sich zugleich an Emma. »Du schaust dich so um, als ob du noch nie in einer Buchhandlung gewesen wärst?«

»Das stimmt auch«, entgegnete Emma. »Und das alles verkaufen Sie? So viele Bücher?«, hakte sie fasziniert nach.

Lächelnd kam Julius Meyer hinter seinem Tresen vor. »Sogar noch viel mehr. Man bekommt bei mir Papierwaren aller Art, außerdem Postkarten, wunderschöne Bildermappen der Insel, Landkarten, Reiseführer, Broschüren und in der Strandlesehalle, oberhalb der Promenade, stelle ich 450 der wichtigsten Tagesblätter, Zeitschriften, Illustrations- und Fachjournale bereit.«

»So viele …?«, begann Emma, doch es hatte ihr die Sprache verschlagen.

Der Buchhändler lachte auf, sodass sein Spitzbart erzitterte. »Ja, das ist eine beeindruckende Zahl, nicht wahr? Die Betreuung übernimmt zum Glück meine Frau, denn ich muss mich ja hier auch noch um meine wohlassortierte Leihbibliothek kümmern, die ich neben dem Verkauf führe. Und du kommst von der Insel, bist aber zum ersten Mal in Westerland, junges Fräulein?«, fügte er nahtlos an, als sei das, worüber er soeben gesprochen hatte, nichts Besonderes gewesen.

Emma nickte nur. Ihre Aufmerksamkeit wurde von einem Buch eingenommen, das auf dem Tresen mit dem Vermerk »neu« ausgestellt war. Darauf war als Zeichnung eine fliegende Möwenschar zu sehen, und der Titel war vor blauem Hintergrund mit gelben Buchstaben gesetzt: *Sylt – Nordseebäder Westerland und Wenningstedt.*

»Sieh es dir ruhig an«, ermunterte er sie und reichte ihr das Buch. »Es ist druckfrisch.«

Emma nahm es entgegen wie einen kostbaren Schatz und blätterte die bebilderten Seiten fasziniert durch. »Darf ich … also … könnte ich … dürfte ich mir dieses Buch vielleicht einmal ausleihen?«, fragte Emma.

»Leider kann man Reiseführer bei mir nicht ausleihen, nur kaufen.«

»Oh«, machte Emma und senkte den Kopf. Sie wusste, dass dafür kein Geld da war, allerdings war sie offenbar vollkommen in den Bann dieses Buches geraten, denn es führte ihr eine neue Welt vor Augen, über die sie unbedingt mehr wissen wollte.

Moiken überlegte einerseits, wie sie ihrer Tochter diesen Wunsch erfüllen könnte. Andererseits machte ihr das Interesse ihrer Tochter etwas Angst. Das Leben in Keitum war bislang so schön ruhig und beschaulich – und vor allem überschaubar gewesen. Das sollte auch Emma lieber zu schätzen wissen und nicht dem Reiz des Neuen verfallen.

In ihre Gedanken hinein ergriff Julius Meyer wieder das Wort, der Emma unterdessen genau dabei beobachtet hatte, wie sie erneut in dem Buch blätterte und den Inhalt der Seiten begierig aufsog.

»Wie heißt du denn?«, wollte Julius Meyer nun wissen, und er musste die Frage wiederholen, bevor sie reagierte, weil sie so versunken gewesen war.

»Emma.«

»Weißt du was, Emma, ich schenke dir das Buch.«

»Nein, nein«, fuhr Moiken dazwischen und erntete dafür einen bösen Blick ihrer Tochter. »Das können wir nicht annehmen. Außerdem sind wir keine Touristen.«

»Das weiß ich doch«, erwiderte Julius Meyer. »Außerdem habe ich dich erkannt. Du bist Moiken, nicht wahr? Bist lange nicht mehr in der Stadt gewesen.«

»Sie haben mich … und trotzdem reden … und schenken Sie … und sind Sie so freundlich zu mir?«, stotterte Moiken.

»Du kannst mich ruhig duzen, so wie früher«, sagte er leichthin und ging nicht weiter auf ihre Reaktion ein. »Das Buch wurde in der Druckerei meines Sohnes Carl hergestellt, der auch die Westerländer Kurzeitung und die Sylter Zeitung druckt. Angesichts dessen kann ich ruhig mal ein Exemplar verschenken, das er mir wiederum nicht berechnet. Also mach dir keine Gedanken, Moiken. Was führt dich überhaupt zu mir?«

»Ich benötige eine Auskunft. Aber wahrscheinlich wäre ich da bei Ihrem … bei deinem Sohn richtig, wenn er die Zeitung druckt.«

»Nun, worum geht es denn?«, hakte er nach.

Schnell brachte sie ihr Anliegen vor, und die Stirn von Julius Meyer legte sich zunehmend in Falten, sodass seine Brille nun doch abzurutschen drohte. »Das ist ja ein Ding! Aber da kann ich wohl weiterhelfen, denn die Annoncen verwalte ich. Dann wollen wir mal sehen.« Er setzte die Brille auf die Nase und beugte sich hinunter zu den Fächern hinterm Tresen. Dabei stöhnte er unvermittelt auf.

»Alles in Ordnung?«, fragte Moiken besorgt und wollte schon zu ihm eilen.

»Jaja«, versicherte er schnell. »Das sind nur die Knochen, ich bin nicht mehr der Jüngste. Aber ich will meinem Tun so lange nachgehen, bis mich das Rheuma ans Bett fesselt oder man mich hier waagrecht rausträgt. Denn das hier ist nicht meine Arbeit, es ist meine Leidenschaft.«

Unwillkürlich erwiderte Moiken sein versonnenes Lächeln. Was für eine schöne Vorstellung, sein Leben lang einer Arbeit nachzugehen, die das Herz erfüllte.

»Gut, also wollen wir mal sehen«, sagte er, während er Zeile für Zeile mit dem Finger auf der handbeschriebenen Seite entlangfuhr. »Ich kann mich noch erinnern, dass eine Frau bei mir im Laden gewesen ist. Eine ältere Dame. Ich habe sie nämlich noch zweimal gefragt, ob der Preis so richtig ist. Aber sie hat es mir bestätigt, und ich hatte den Eindruck, dass sie bei klarem Verstand ist. Was mich nicht weniger verwundert hat. Aber dann habe ich sogleich Herrn von Lengenfeldt informiert, denn er hatte mir gesagt, dass er auf der Suche nach einem Häuschen außerhalb von Westerland ist. Keine Ahnung, wozu er das braucht, schließlich hat er weder Frau noch Kinder, aber jedenfalls sollte ich ihm Bescheid sagen, wenn … Ach, da haben wir es ja. Eine Frau Berta Jacobsen hat die Anzeige aufgegeben – sagt dir der Name etwas? Moiken? Alles in Ordnung? Du bist auf einmal so bleich.«

»Alles bestens, ich brauche nur etwas frische Luft«, entgegnete Moiken knapp und verließ fluchtartig den Laden.

Auf dem Rückweg fielen die Schneeflocken dicht an dicht, Moiken musste ständig blinzeln und sich über die Augen wischen, um das Pferd noch sicher lenken zu können.

Wie gern hätte sie Adriano angetrieben, doch sie kannte die Tücken der Wegstrecke nicht, und für die trittunsicheren alten Hufe waren die winterlichen Verhältnisse gemeingefährlich.

Eisern behielt Moiken den weithin sichtbaren Backsteinturm mit dem Schindeldach der Keitumer Kirche St. Severin als Richtungsweiser im Blick, doch das Ziel wollte scheinbar nicht näher kommen.

Was war bloß in Berta, ihre Schwiegermutter, gefahren? Ein gutes Verhältnis hatten sie noch nie gehabt, aber musste das sein, ihr bei aller Last nun zusätzliche Aufregung zu verschaffen?

Tränen der Wut stiegen in ihr auf, sammelten sich in ihren Augen, die im eisigen Wind zu schmerzen begannen.

Auch Emma fror erbärmlich, sie hatte sich die Schafswolldecke bis über die Nase hochgezogen und sich schützend angekuschelt. »Großmutter kann unser Haus doch nicht einfach verkaufen«, sagte sie zum wiederholten Male, weil sie es einfach nicht fassen konnte.

»Und genau das mache ich Berta gleich in aller Deutlichkeit klar, mach dir keine Sorgen. Dass sie mich als Schwiegertochter von Anfang an nicht leiden konnte, wissen wir alle, aber ich bin nun mal die Ehefrau – daran kann auch sie nicht rütteln.«

Emma rückte wie zur Bestätigung noch dichter an ihre Seite. So nah hatte sie ihre Tochter schon lange nicht mehr bei sich gespürt, dachte Moiken.

»Seit Großvater vergangenen Winter gestorben ist«, sagte Emma nachdenklich, »ist sie noch unerträglicher geworden. Er war wenigstens immer nett zu mir, sie hat nie ein gutes Wort für mich übrig.«

Ihre Tochter neigte dazu, die Welt schwarz-weiß zu sehen, aber in diesem Fall musste Moiken ihr recht geben.

Berta Jacobsen wohnte ebenfalls im Takerwai, nur einen Steinwurf von ihrem Puppenhaus entfernt, allerdings in einem herrschaftlichen Kapitänshaus, in dem sie seit einem Jahr allein residierte. Und als Witwe schien sie nicht unglücklich zu sein, ganz im Gegenteil. Endlich kein Mann mehr im Haus, der sie auf ihr respektloses Benehmen hinwies. Keiner, der sie zur Wahrung des Familienfriedens in ihre Schranken wies.

Dass Berta ihre Schwiegertochter ganz offenkundig hasste und ihre Enkelin nicht mochte – obwohl es die einzige Tochter ihres heiß geliebten und nahezu vergötterten Sohnes war –, war die eine Sache.

Aber dieses Jahr hatte Berta es sogar fertiggebracht, ihrer Enkelin nicht mal zum Geburtstag zu gratulieren, und das stolz präsentierte Zeugnis, für das es vom Großvater immer ein paar Pfennige gegeben hatte, wurde kommentarlos zurückgereicht. Nicht einmal ein Blick aufs Papier war ihr ihre Enkelin wert gewesen.

»Aber wenn Vater nicht zurückkehrt, wenn …«, begann Emma stockend, »… wenn er tot ist, dann kann sie als seine Mutter das Haus verkaufen.«

»Unsinn!«, entgegnete Moiken heftig. »Das ist ein Irrtum. Ich verwahre das Testament deines Vaters, in dem er mich zur Alleinerbin bestimmt – es ist alles geregelt.«

Als sie Keitum erreichten, hörte es von jetzt auf gleich auf zu schneien, als hätten sie soeben eine magische Grenze überquert. Während sie durch den schnurgeraden Pröstwai in Richtung Wattenmeer fuhren, brach sogar die Wolkendecke auf, und die Sonne schien mit all ihrer winterlichen Kraft vom Himmel.

Wie in einer anderen Welt, dachte Moiken und seufzte. Eine heile Welt – die erste Risse bekam. Doch wenn sie ehrlich zu sich selbst war, hatte sie die ganzen Jahre über gewusst, dass sie sich auf dünnem Eis bewegte.

Aus der Ferne hörten sie Glöckchen, die im trabenden Rhythmus eines Pferds erklangen, nur woher das Geräusch kam, war schwer auszumachen. Aus dem Frachtenstegelk wohl kaum – das war der baumbestandene Pfad, der hinter dem Takerwai verlief und durch den keine Kutsche passte. Dafür war es ein wunderbar ungestörter Ort, um die Liebste, oder auch die Fracht, wie ein Seemann sein auserwähltes Mädchen nannte, heimlich zu küssen.

Moiken zügelte Adriano, um einer möglicherweise entgegenkommenden Kutsche die Vorfahrt zu lassen, ehe sie in den Weg einbiegen wollte, der zu ihrem Zuhause führte.

Doch dann hörte sie johlende Kinder. In der Kurve vom Kirchenweg her kommend hielten sie sich auf ihren Schlitten fest, die das Pferd in einer langen Reihe schwungvoll um die Ecke zog. Bestimmt zehn Schlitten waren hintereinandergebunden, ganz vorne saß der Schulmeister.

»Oh, wie schön«, rief Moiken, »sie sind wieder unterwegs. Komm, wir holen schnell deinen Schlitten aus dem Stall.«

»Mutter, ich bin kein Kind mehr!«

»Aber für so ein Vergnügen bist du doch noch nicht zu alt. Vergangenen Winter hast du noch mitgemacht.«

»Das war letztes Jahr, als ich noch zur Schule gegangen bin. Das Gekreische ist mir zu kindisch, außerdem bin ich halb erfroren. Ich möchte mich am Ofen aufwärmen und in dem Reiseführer lesen, den ich geschenkt bekommen habe.«

Moiken presste die Lippen zusammen, denn jede Erwiderung würde in einem Disput enden. Wie sehr sich Emma im vergangenen Jahr verändert hatte, besonders aber in den letzten drei Monaten, seit ihr Vater nicht wie erwartet von See zurückgekehrt war, dachte Moiken beklommen.

Dass Emma nicht mit ins Haus ihrer Großmutter gehen und bei einem Gespräch dabei sein wollte, das möglicherweise in einem Streit endete, konnte Moiken verstehen, aber das Vorhaben, in dem Reiseführer zu lesen, versetzte ihr einen leichten Stich. Es mochte unbegründet sein, doch es machte ihr Angst, dass ihre Tochter sich mit Dingen beschäftigte, die ihr reizvoller erschienen als ihr vertrautes Keitum. Dabei hatte Emma seit vergangenem Sommer im Dorf bei einer netten Weißnäherin lernen dürfen. Besser hätte sie es nicht treffen können, doch Emma hatte sich sehr widerwillig gezeigt und vor sechs Wochen die Quittung bekommen, dass sie dort nicht mehr hingehen durfte.

Geschehnisse, die damit zu tun hatten, dass Emma unter dem ungewissen Verbleib ihres Vaters litt, aber auch damit, dass sie reifer wurde und sich ihren eigenen Weg suchte.

»Denk daran, dass der Schafsmist, den du heute gesammelt hast, nicht genug war und außerdem noch nicht trocken ist. Unser Vorrat geht zur Neige – sei sparsam.«

»Ja, Mutter.«

So vertraut sie noch vor wenigen Minuten nebeneinander auf dem Kutschbock gesessen hatten, so viel Distanz herrschte nun wieder zwischen ihnen. Und wieder schwang etwas im Klang von Emmas Stimme mit, Worte, die Moiken förmlich zu hören glaubte: *Nicht mehr lange, dann kannst du mir nichts mehr vorschreiben.*

In Gedanken versunken lenkte Moiken ihren Friesen in den Takerwai, und dabei passierte es. Adriano geriet auf eine schneebedeckte Unebenheit und knickte mit dem rechten Vorderhuf um. Er fing sich zwar wieder, doch als er brav weiterging, lahmte er stark.

Das durfte doch nicht wahr sein, ausgerechnet auf den letzten Metern, dachte Moiken, und Tränen schossen ihr in die Augen. War das Päckchen auf ihrem Rücken nicht schon schwer genug? Musste ihr das Schicksal noch einen Knüppel zwischen die Beine werfen?

Hoffentlich hatte sich Adriano das Bein nur vertreten und brauchte einfach zwei, drei Tage Ruhe, versuchte sie sich selbst zu beruhigen, während sie das Pferd in den kleinen Stall hinterm

Haus stellte, ihm das Geschirr abnahm und das schwarz glänzende Fell mit Stroh trocken rieb. Bedrückt kraulte sie oberhalb der Stirn die Mähne, was Adriano am liebsten mochte. Über die Sorge um das brave Pferd war die Wut auf ihre Schwiegermutter in den Hintergrund getreten, doch nun war es an der Zeit, Berta zur Rede zu stellen.

Sie legte dem Rappen noch eine Extraportion Heu hin, denn wenigstens davon hatten sie aufgrund der eigenen Wiese genug. Sogar so viel, dass sie ihrer Schwiegermutter im Herbst davon hatte abgeben können. Nicht einmal ein Dankeschön hatte sie dafür erhalten.

Nicht ärgern, nur wundern, etwas anderes war von Berta nicht zu erwarten gewesen, dachte Moiken bitter, während sie auf das stattliche Reetdachhaus ihrer Schwiegermutter zuging. Wozu grämen, denn von einem warmen Händedruck wurde man nicht satt, genauso wenig, wie man sich den Magen mit Heu füllen konnte.

Und dennoch – es war unerträglich, wie Berta auf ihrem Reichtum hockte und ihrerseits keinerlei Hilfe anbot. Ganz im Gegenteil.

Lange hatte Moiken die Füße stillgehalten, aber nun war es an der Zeit, ihrer Schwiegermutter die Meinung zu sagen, dachte sie, und klopfte energisch an die hellblau gestrichene Klöntür.

»Gur dai, hur gair't wat?«, begrüßte Moiken ihre Schwiegermutter auf Söl'ring, der Sprache, die sie gelernt hatte, als sie nach Keitum gezogen war, um schneller Kontakt im Dorf zu finden, und weil sie damals noch das Bestreben gehabt hatte, von ihrer Schwiegermutter akzeptiert zu werden. Das Lernen war mühsam gewesen, denn diese eigene Sprache der Sylter wurde in den Dörfern noch immer gesprochen. Sie hoffte, durch die Ansprache auf Söl'ring leichter Zugang zu Berta zu finden.

»Komm herein«, sagte sie ohne Umschweife, so als hätte sie bereits auf den Besuch gewartet. An anderen Tagen öffnete sie nur den oberen Teil der Klöntür wie ein Fenster und fragte stets giftig, was sie denn wolle. Besuch von anderen bekam Berta höchst selten. Mit den Nachbarn hatte Berta es sich mit ihrer schroffen, eigenbrötlerischen Art längst verscherzt. Wenn einer klopfte, dann waren es fahrende Händler, denen sie gern etwas abkaufte, aber die waren im Winter selten unterwegs.

Dass Berta ihr so schnell geöffnet hatte und sie nun sogar ins Haus bat, brachte Moiken aus dem Konzept. Wortlos folgte sie der kleinen, aber stämmigen Frau durch den Flur, deren Schritte klangen, als sei ein Mann in schweren Stiefeln unterwegs.

Die Tür zur Küche stand offen, damit die Wärme durch das Haus ziehen konnte. Berta hatte sich genug Holzvorräte leisten können, und das selbst angesichts der Preise, die für diesen auf der Insel knappen Rohstoff verlangt wurden. An Essensvorräten schien es ihrer Schwiegermutter ebenfalls nicht zu mangeln, wie Moiken ein Blick in die offene Speisekammer verriet.

Offenkundig war Berta dort gerade zugange gewesen. Auf dem Boden standen eimerweise Kartoffeln, und von der Decke hingen zwei getrocknete Schinken, eine unzählbare Reihe an Blutwürsten und gleich fünf getrocknete Schollen. Wahrscheinlich aß sie diese Delikatesse so nebenher, dachte Moiken, während ihr schon bei der Vorstellung, ein kleines Stückchen davon lange und genüsslich zu kauen, das Wasser im Mund zusammenlief.

Mit Nachdruck schloss Berta die Speisekammer und bedeutete Moiken, ihr weiter zu folgen.

In der Wohnstube war es dunkel, denn die kleinen Fenster ließen kaum Licht herein. Auf dem schweren Eichentisch brannte nur eine Petroleumlampe, deren Schein sich in den goldenen Tellern widerspiegelte, die in dem Wandregal neben dem Ofen hingen. Der Ofen war mit kunstvoll bemalten Fliesen verkleidet und strahlte eine mollige Wärme aus, die Moiken schon lange nicht mehr gespürt hatte.

Auf dem Tisch lag ein aufgeschlagenes Buch, Berta hatte ihre Brille darauf abgelegt. Das Spinnrad stand mit Sicherheit nur noch zur Dekoration in der Ecke. Nicht nur, dass Berta sich ihre Wolle kaufen konnte, Moiken konnte sich nicht erinnern, wann Berta zuletzt eine selbst gestrickte Jacke getragen hätte.

Es war warm, fast schon stickig in der Stube, doch es roch nach frisch gebackenem Apfelkuchen, sodass Moiken augenblicklich der Magen knurrte. Sie schwor sich jedoch, keinen Bissen anzurühren, falls Berta ihr etwas anbieten würde, und sich auch nicht an den Tisch zu setzen.

Berta jedoch schien gar nicht im Sinn zu haben, sich mit ihr in der Wohnstube niederzulassen, denn sie ging weiter in den Pesel, jenes große und helle Eckzimmer, das nur zu besonderen Anlässen genutzt wurde.

Was bezweckte ihre Schwiegermutter damit? Moiken konnte es kaum mehr abwarten, den in ihr aufgestauten Ärger loszuwerden, doch wahrscheinlich wollte Berta sie mit ihrer Hinhaltetaktik verunsichern. Das gelang ihr, zugegebenermaßen, allerdings würde Moiken ihr nicht den Gefallen tun und die Beherrschung verlieren.

Im Pesel hatte sie zuletzt vor über fünfzehn Jahren gesessen, als sie sich bei ihren zukünftigen Schwiegereltern vorgestellt hatte. Danach hatte sie diesen Raum nie wieder betreten, in dem aller Prunk ausgestellt war, den ihr Schwiegervater von seinen Reisen mitgebracht hatte.

Moiken stand dieser Nachmittag plötzlich wieder vor Augen, als sei es erst gestern gewesen. Die Abneigung ihrer Schwiegermutter gegen sie war an diesem Tag noch nicht spürbar gewesen, sie hatte sich gefreut, dass ihr Sohn eine Frau mit nach Hause gebracht hatte.

Doch das gute Verhältnis hatte nicht lange gewährt, und aus der Reserviertheit war nach dem Tod von Bertas Mann offene Feindschaft geworden.

Nun war Berta die Herrin des Hauses, und das machte sie nicht zuletzt an ihrem Tonfall deutlich.

»Ich habe dir etwas mitzuteilen«, sagte sie und baute sich an dem kunstvoll geschnitzten Lehnstuhl an der Stirnseite des Tisches auf. Ein Schatten fiel auf ihr breites Gesicht, das durch die streng zurückgebundenen Haare besonders unförmig wirkte. Auf ihrer faltigen Oberlippe hatten sich Stoppel zu einem Bart versammelt, der bei diesen Lichtverhältnissen deutlich hervortrat.

Mit einer knappen Handbewegung wies Berta ihr den Platz auf einem der samtbezogenen Stühle seitlich des Tisches zu.

Doch Moiken dachte gar nicht daran, sich zu setzen. »Rede jetzt endlich mit mir. Was soll das?«, herrschte sie ihre Schwiegermutter ohne jegliche Diplomatie an, obwohl sie sich etwas anderes vorgenommen hatte. Diese Frau schaffte es einfach immer wieder, sie bis aufs Blut zu reizen.

»Was soll *was?*«, fragte Berta mit einer Unschuld, die Moiken zur Weißglut brachte.

»Du hast *mein* Haus zum Verkauf in die Zeitung gesetzt!«, donnerte sie.

»Das ist richtig. Und du hörst mir jetzt zu«, sagte Berta ruhig und zog dabei einen Umschlag aus ihrer Schürzentasche. »Dieser Brief kam aus Hamburg an.«

Hamburg? Unvermittelt bekam Moiken weiche Knie. Wurde das, was sie seit Wochen befürchtete, nun Gewissheit?

»Von der Reederei?«, fragte Moiken leise, obwohl sie es ahnte.

»Ja, er kam schon vor Weihnachten an. Peter ist vor England über Bord gegangen.«

»Und das sagst du mir jetzt erst?«, schrie Moiken und damit auch den Schmerz aus sich heraus, der sie wie eine Welle überkam.

Ihr wurde so schwindelig, dass sie sich nun doch am liebsten gesetzt hätte. Das kam aber nicht infrage. Eisern hielt sie sich an der Stuhllehne fest und drückte ihre weichen Knie durch, um ein wenig Stärke zu spüren, allerdings fühlte sie nur Schwäche.

»Ich wollte dir das Weihnachtsfest nicht verderben«, erklärte Berta achselzuckend.

»Du wolltest *was* nicht?« Ihre Stimme überschlug sich. War das zu fassen? So viel an Dreistigkeit konnte sich ihre Schwiegermutter doch nicht erlaubt haben. Moiken starrte auf das vergoldete Ziffernblatt der kostbaren Standuhr mit den aufwendigen Schnitzereien und überlegte sich ihre nächsten Worte. Vielmehr versuchte sie, überhaupt einen klaren Gedanken zu fassen. Wie konnte dieses Pendel so ungerührt weiterschlagen, während für sie die Zeit gerade stehen geblieben war?

»Zeig mir den Brief«, forderte Moiken, und dann las sie mit zitternden Händen die Zeilen. Worte, die ihr den Boden unter den Füßen wegzogen.

Hamburg, den 18.12.1912

Hiermit zeigen wir Frau Moiken Jacobsen, wohnhaft in Keitum auf der Insel Sylt mit oben stehendem Datum an, dass ihr Ehemann Peter Jacobsen auf dem weiten Meer vor England verstorben ist. Das Schiff befand sich in ruhiger See, weitere Hinweise, weshalb oben genannter Seemann über Bord ging, sind uns nicht bekannt. Die Reederei bittet von weiteren Nachfragen abzusehen. Auf dem Schiff verbliebene Habseligkeiten des Toten werden mangels Werts nicht übersandt.

Die nüchternen Worte machten die Nachricht noch schlimmer. Mit aller Kraft bemühte sich Moiken, vor Berta nicht in Tränen auszubrechen.

»Der ist an mich adressiert! Wie kommt er in deine Hände?«

»Ich hatte, für den Fall, dass ein Brief für dich aus Hamburg ankommt, unseren Postboten gebeten, ihn mir auszuhändigen. Er hat natürlich verstanden, dass es besser ist, wenn du beim Erhalt einer solchen Nachricht nicht allein bist. Und wenn du schon an Weihnachten gewusst hättest, dass du dir mit deiner Tochter eine neue Bleibe suchen musst, wäre es sicher ein betrübliches Fest geworden.«

»Du bist doch die Hinterhältigkeit in Person! Glaubst du, wir hatten ein schönes Fest? Wir waren in Sorge um Peter! Und nun sag mir endlich, wie kommst du verdammt noch mal dazu, *mein* Haus zum Verkauf in die Zeitung zu setzen? *Ich* bin die Witwe.« Witwe. Wie fremd sich dieses Wort auf ihrer Zunge anfühlte. Moiken sprach aus, was ihr Kopf verstanden hatte, was in ihrem Herzen aber noch längst nicht angekommen war.

»Richtig, du bist nun Witwe und außerdem bald mittellos, so wie du es verdient hast.«

»Was redest du da?«, fragte Moiken, und alles, was sie sich ursprünglich an Sätzen zurechtgelegt hatte, zerbröselte in ihr zu zusammenhanglosen Wörtern.

Berta sagte das nicht nur so dahin, das spürte Moiken, aber sie verstand noch nicht, welchen Hebel ihre Schwiegermutter so siegessicher benutzen wollte.

»Moiken, hast du dich mal gefragt, warum ihr kein zweites Kind bekommen habt?«, begann Berta lauernd.

»Was willst du mir damit sagen?« Moiken wollte Zeit gewinnen, denn natürlich wusste sie, worauf ihre Schwiegermutter hinauswollte. Auf das, was Moiken all die Jahre zu verdrängen versucht hatte, weil sie auf diese Frage selbst keine Antwort hatte. Wieder und wieder hatte sie während der Schwangerschaft darüber nachgedacht, doch dann hatte sie nach Emmas Geburt beschlossen, sich nicht länger verrückt zu machen. Was nicht sein durfte, konnte auch nicht sein. Und so hatte sie auch mit ihrem Mann nie darüber gesprochen. Darüber, ob Emma wirklich Peters Tochter war.

»Ich habe es all die Jahre geahnt«, sagte Berta, »aber mein Mann hat mir den Mund verboten. Ich sollte keine Unruhe in eure Ehe bringen, denn niemand konnte beweisen, dass Emma nicht Peters Tochter ist. Dabei kann mein Sohn offensichtlich keine Kinder zeugen, und Emma sieht ihm kein bisschen ähnlich.«

Moiken musste tief durchatmen. Sie hatte immer gewusst, dass sie eines Tages mit diesem Thema konfrontiert werden würde, aber doch nicht ausgerechnet jetzt, da sie gerade vom Tod ihres Mannes erfahren hatte. Aber es half nichts, gegen die Anschuldigungen ihrer Schwiegermutter musste sie sich verteidigen. »Mädchen sehen oft einzig ihren Müttern ähnlich. Und dass wir kein zweites Kind bekommen haben, kann auch an mir liegen, das sind doch alles keine Beweise.« Genau mit diesen Argumenten hatte sie sich immer selbst beruhigt. Es durfte einfach nicht anders sein. Nicht zuletzt, weil Peter ein guter Mann war, der keinen Kummer verdiente. *Verdient hatte. Und gewesen war*, verbesserte sich Moiken stumm.

»O doch, wer rechnen kann, hat den Beweis«, setzte Berta erneut an. »Ich habe Peter vor seinem letzten Aufbruch gefragt, ob es vor eurer Hochzeit einen Beischlaf zwischen euch gab, was er verneinte. Demnach ist Emma sechs Wochen zu früh geboren. Danach sah das Kind aber nicht aus.«

»Was geht dich das alles überhaupt an? Außerdem war Emma bei der Geburt klein und zierlich!«, rief Moiken und fühlte sich zunehmend in die Enge getrieben. Nun wurde ihr auch klar, weshalb sich Peter zuletzt so wortkarg und distanziert verhalten hatte – auch Emma gegenüber.

»Deine Tochter«, sagte Berta und betonte das erste Wort dabei besonders, »war reif und vollkommen entwickelt, weil sie noch vor der Ehe gezeugt wurde, und zwar sechs Wochen vor dem Ja-Wort. Zu diesem Zeitpunkt war Biike, und du bist nach der traditionellen Zusammenkunft am Feuerplatz auch beim Tanz gewesen, und wie man weiß, kommt es durch den Alkohol im Anschluss schon mal zu gewissen Vergnügungen. Mein Sohn hat dich in jener Nacht gesucht, weil du plötzlich verschwunden warst. In jener Nacht, als auch dein Bruder ums Leben gekommen ist!«

Nun hielt sich Moiken mit beiden Händen an der Stuhllehne fest. Wenn sie sich darauf verlassen könnte, dass ihre Beine sie noch tragen würden, würde sie davonlaufen.

»Ich habe mit dem Tod meines Bruders nichts zu tun«, brachte sie keuchend hervor.

»Das glaube ich dir sogar – so wie mein Sohn dir immer geglaubt hat. Deine Unschuld hast du in jener Nacht im Bett eines anderen verloren, und dabei wurde dieses Balg gezeugt, das du meinem Sohn untergejubelt hast. Und genau aus diesem Grund konntest du dich nicht verteidigen und erklären, wo du hingegangen bist, nachdem man dich zuletzt mit deinem Bruder gesehen hat, wie ihr gemeinsam das Fest verlassen habt.« Berta setzte ein triumphierendes Lächeln auf.

»Mein Bruder war sturzbetrunken, und ich habe ihn nach Hause gebracht, das schwöre ich. Und ich habe Peter Bescheid gesagt, wo ich hingehe, aber das hat ihn nicht weiter interessiert, er wollte auf dem Fest bleiben. Es war eine Plackerei, meinen Bruder, diesen schweren Mann, vom Conversationshaus quer durch die Stadt zu schleppen und im Haus die Treppe hinauf in sein Bett zu bringen. Nachdem mir das endlich gelungen war, bin ich weinend aus dem Haus gegangen. Ich habe nicht mitbekommen, wie er wieder aufgestanden, die Treppen hinuntergestürzt und zu Tode gekommen ist.«

»Ja, und die Leute haben geglaubt, du hättest Hand angelegt, weil du seine tägliche Sauferei nicht mehr ertragen hast und seine unbezähmbare Leidenschaft für das Glücksspiel, bei dem er euer gemeinsam geerbtes Haus zu verspielen drohte. Warum konntest du denn nicht mit der Sprache heraus? Warum konntest du nicht erklären, weshalb die Nachbarn euch zwar gehört haben, als ihr nach Hause gekommen seid, man dich kurz darauf aber nicht zu Hause angetroffen hat, als die Nachbarn nach dem schrecklichen Gepolter Alarm geschlagen haben? Es wäre ein Leichtes gewesen, dich zu verteidigen, du hättest ein Alibi und einen Zeugen gehabt, allerdings warst du zu diesem Zeitpunkt bereits mit meinem Sohn verlobt. Aber du hast immer noch diesen Boy geliebt.«

»Ich staune ja, wie gut du über alles im Bilde bist«, brachte Moiken mit Spott in der Stimme hervor, weil sie nicht wusste, wie sie sich retten sollte. Denn es entsprach alles der Wahrheit.

Von Richter Hanke war sie damals vernommen worden, und er war schnell zu dem Ergebnis gelangt, dass sie aus Mangel an Beweisen nicht bestraft werden könne. Er glaubte ihr zudem, dass sie erst in den frühen Morgenstunden heimgekehrt war, weil sie am Strand spazieren gegangen sei.

Wahrscheinlich dachte er sich seinen Teil, schließlich war es in jener Februarnacht recht kalt gewesen, aber er kannte ihre Familie und sie selbst von klein auf. Das war der Vorteil an einem Ort mit etwas über zweitausend Einwohnern, und so erklärte er sie für nicht schuldig am Tod ihres Bruders. Die Leute jedoch brauchten etwas zum Reden in ihrem eintönigen Leben, die Gerüchteküche bekam Feuer, und die Hetzjagd hörte nicht auf, bis sie nach Keitum floh.

»Es war nicht klug von dir, die Schatulle mit den Briefen auf den Heuboden zu stellen«, sagte Berta und verengte ihre runden Augen zu Schlitzen.

»Du hast …«, begann Moiken, dann fehlten ihr die Worte. Warum nur hatte sie Berta mit dem Heu ausgeholfen? Die Schatulle hatte sie gleich nach ihrer Hochzeit und dem Einzug in das kleine

Reetdachhaus zuunterst in die große Truhe gelegt, in der sie einige Erinnerungsstücke aus ihrem Elternhaus aufbewahrte, das sie nach dem Tod ihres Bruders verkauft hatte.

Die verschlossene Schatulle. Den Schlüssel hatte sie ins Meer geworfen. Die Briefe wollte sie nie wieder lesen, aber sie brachte es nicht übers Herz, sie wegzuwerfen oder gar zu verbrennen.

Die Truhe hatte sie aus Platzmangel auf den Heuboden des angrenzenden Stalls gestellt. Gut fünfzehn Jahre hatte sie dort unberührt gestanden.

»Ich habe Peter die Zeilen gezeigt«, fiel Berta in ihre Gedanken ein, »die Liebesbriefe zwischen dir und diesem Boy – er konnte sich an den Mann erinnern, wusste nur nicht, dass ihr ein Verhältnis hattet. Du kannst froh sein, dass dieser Boy nicht zu Hause war, als mein Sohn zu ihm nach Westerland gefahren ist und ihn zur Rede stellen wollte – wer weiß, ob der Nebenbuhler das überlebt hätte.«

»Du hast die Schatulle aufgebrochen, in der die Briefe lagen?«, hakte Moiken drohend nach und ignorierte alles ansonsten Gesagte.

»Natürlich«, sagte Berta leichthin. »Es war ein willkommener Fund, von dem ich mir Gewissheit erhofft habe, und siehe da, es war ein Volltreffer.«

»Was für eine Gewissheit hast du denn bekommen?«, schrie Moiken und hatte dabei Mühe, sich wieder zur Ruhe zu zwingen. »Ja, ich habe diesen Mann geliebt, bevor ich Peter geheiratet habe, und ja, es gab in dieser Nacht einen Beischlaf zwischen mir und Boy. Aber ich war zu diesem Zeitpunkt höchstwahrscheinlich nicht empfänglich, das hat mir auch meine Hebamme bestätigt, die ich ins Vertrauen gezogen hatte, als ich mit Emma schwanger war, weil ich diese Ungewissheit nicht mehr ausgehalten habe. Und seit meiner Hochzeit hat es nie einen anderen Mann außer Peter in meinem Leben gegeben.«

»Aber du hast diesen Boy geliebt, meinen Sohn hast du nur gemocht.«

Moiken nickte traurig. Dem konnte sie nicht widersprechen.

Nie würde sie ein schlechtes Wort über ihren Mann Peter dulden, er war immer gut zu ihr gewesen, aber aus tiefstem Herzen geliebt hatte sie ihn nie. Sie hatte immer gehofft, dass sich dieses Gefühl im Verlauf der Ehejahre einstellen würde, doch vergebens. Und sie hatte sich dafür geschämt, weil Peter sie aufrichtig geliebt hatte.

Moiken dachte daran, wie ihre Mutter ihr als Kind immer gesagt hatte, sie könne mit ihrem Starrsinn und ihrer klapperdürren Figur froh sein, wenn sie eines Tages überhaupt einen Mann abbekäme, der sie ernähren wolle. Wohl würde sie es aber nicht zu mehr als einem Tagelöhner bringen, weil sie selbst auch nicht mehr wert sei.

Diese Prophezeiung hatte Moiken über ihre Jugendjahre hinweg verfolgt, und nach ihrem siebzehnten Geburtstag hatte sie tatsächlich einen gleichaltrigen Tagelöhner kennengelernt.

Boy, ihre erste große Liebe.

Er hatte am Vormittag als Kofferdiener gearbeitet und am Nachmittag einem Strandfotografen die Ausrüstung hinterhergetragen.

Mit einem sandigen Kuss auf den Lippen hatte er ihr in fast noch jugendlichem Leichtsinn versprochen, sie eines Tages zu heiraten, wenn er zu Geld gekommen sei.

Ein Jahr lang hatten sie sich heimlich getroffen, harmlose Treffen, bei denen sie sich Briefe zugesteckt hatten, liebe Worte voller Sehnsüchte und Pläne, bis sie Peter kennengelernt und seinem Werben nachgegeben hatte. Sie hatte sich mit Peter aus Vernunft verlobt, weil sie ihn mochte, er ein netter Mann war und als Seemann ein solides Einkommen hatte – das war mehr, als sie vom Leben erwarten durfte.

Doch Boy war ihr im Gegensatz zu ihrem Verlobten Peter in

jener Februarnacht aus Sorge bis nach Hause nachgegangen, hatte sie weinend vor der Tür vorgefunden und sie mit zu sich nach Hause genommen, damit sie sich aufwärmen und beruhigen konnte.

Und in dieser Nacht hatte sie Boy ganz nah gespürt. Zum ersten Mal hatte sie das zugelassen, und zugleich hatte sie aufgrund ihrer Verlobung gewusst, dass es das letzte Mal war.

So seltsam es klang, aber sie brauchte diese innige Vereinigung, um Abschied nehmen zu können, und Boy war es ebenso ergangen. Es brach ihm das Herz, aber er wusste, dass die Vernunft vorging, und er machte ihr daraus keinen Vorwurf. Den richtete er gegen sich selbst, weil er es als Tagelöhner einfach nicht schaffte, auf finanziell sicheren Beinen zu stehen, damit sie sich ein gemeinsames Leben aufbauen konnten.

Die Liebe zu Boy war eine Liebe gewesen, die nicht sein durfte, weil sie die dunkle mütterliche Prophezeiung erfüllt hätte. Allerdings hatte Moiken schon damals gewusst, dass es eine Liebe war, die ihr Herz niemals mehr verlassen würde.

»Auch Hebammen können den Zeitpunkt der Empfängnis nicht sicher bestimmen, was heißt schon höchstwahrscheinlich …«, setzte Berta erneut an und riss Moiken damit aus ihren Gedanken. Offenbar hatte ihre Schwiegermutter beschlossen, nicht lockerzulassen. »Es gibt genug Frauen, die in der vermeintlich sicheren Zeit schwanger werden.«

Moiken schwieg. Es gab nichts, was sie ihrer Schwiegermutter entgegenhalten könnte. Doch, eines noch. Das Wichtigste. »Das alles hat jedenfalls nichts damit zu tun, dass du mir das Haus wegnehmen kannst, um mich mittellos zu sehen. Ich bin die Erbin.«

»Das ist ein Irrtum. Mein Sohn hat dich all die Jahre nur glauben lassen, dass ich ihm mein Elternhaus, in dem ihr wohnen durftet, zur Hochzeit wie versprochen übertragen habe. Öffne das Testament, das er dir hinterlassen hat. Darin wird lediglich stehen, dass dir nach seinem Tod das Pferd und all das Hab und Gut gehört, das sich im Haus befindet, nicht aber das Haus selbst. Zum Glück hat sich die Überschreibung des Hauses durch seine anstehende Seereise damals verzögert, ein Wink des Schicksals, denn nachdem deine Tochter geboren war, war ich nicht mehr willens, ihm das Haus zu übertragen. Ein falsches Weibsstück wie du, die nichts mit unserer Familie zu tun hat, sollte nicht eines Tages mit ihrem Balg mein Elternhaus erben. Ich habe meinen Sohn hingehalten und immer neue Ausreden erfunden, und siehe da, am Ende habe ich recht daran getan.«

Moiken rang um Fassung. All die Ehejahre hatte sie sich in der Sicherheit gewiegt, wenigstens das Haus zu besitzen, wenn Peter von einer seiner Seereisen nicht mehr zurückkehren sollte. Er hatte sie auch immer in diesem Glauben gelassen. Warum? Hatte er gedacht, sie würde mit der Wahrheit nicht umgehen können? Aber sie hätte sich für den Notfall rüsten und irgendwie Vorsorge für den Tag betreiben können, an dem sie sich eine neue Bleibe suchen musste. Der Tag, auf den ihre Schwiegermutter nur gewartet hatte.

»Du wolltest Peter gegen mich aufhetzen, ansonsten hättest du zuerst mit mir gesprochen«, stellte Moiken mit Beherrschung fest. »Und du hast die Schatulle aufgebrochen, weil du etwas gesucht hast, um mich zu vertreiben.« Sie machte eine kurze Pause, atmete tief durch und bemühte sich um Ruhe und Fassung. »Es ist richtig, ich kann nicht beschwören, dass Emma Peters Tochter ist. Die Wahrheit werden wir nie herausfinden, aber glaube mir, ich habe mir immer gewünscht, ich könnte es. Nun hast du deine Überzeugung gewonnen, dass Emma nicht Peters leibliche Tochter ist, und ihn dazu gebracht, auch daran zu glauben. Und er ist daran zerbrochen. Er ist nicht bei einem Sturm über Bord gegangen.« Nun wurde Moiken doch lauter. »Das steht in diesem Brief. Ich sage dir etwas: Du hast Peter in die Verzweiflung getrieben.

Denk darüber nach! *Du* hast das Leben deines Sohnes auf dem Gewissen!«

»Verschwinde!«, schrie Berta, nun ihrerseits außer sich. »Verschwinde aus meinem Leben. Noch heute!«

Am nächsten Morgen, als die ersten Sonnenstrahlen durch das Küchenfenster krochen, hörte Moiken Emmas Schritte auf der Stiege, die zu ihrer kleinen Kammer unterm Dach führte.

Moiken hatte die Nacht in der Küche verbracht und kein Auge zugetan.

Emma hatte sehr gefasst auf die Nachricht reagiert, dass ihr Vater nie mehr zurückkehren würde. Nicht einmal eine Träne hatte sie vergossen, nur stumm genickt. War das der Schock oder die Fassade, die sie schon wie eine Erwachsene aufrechtzuerhalten versuchte? Oder hatte sie schon so mit dem Tod ihres Vaters gerechnet, dass ihr die Gewissheit nun eher Erleichterung verschaffte?

Moiken wäre es jedenfalls fast lieber gewesen, wenn Emma geheult und geschrien hätte, dann hätte sie wenigstens gewusst, wie sie ihre Tochter hätte trösten können.

Emmas Vater, dachte Moiken, noch aufgewühlt von der Auseinandersetzung mit ihrer Schwiegermutter. Wäre es jetzt an der Zeit, mit Emma darüber zu sprechen? Nein, rief ihr Bauchgefühl. Erst einmal mussten sie eine neue Bleibe finden und wieder zur Ruhe kommen, dann könnte sie dieses Gespräch mit ihrer Tochter führen. Aber wäre es gut, in so einem Moment wieder alles aufzuwühlen? Und warum überhaupt in Emma Zweifel säen? War das wirklich notwendig? Moiken seufzte. Den richtigen Zeitpunkt gab es wohl nicht.

»Mutter?«, hörte sie Emmas zarte Stimme vom Flur her, und

dann stand sie auch schon in der Küche, angezogen und abreisefertig. »Hier ist es aber warm«, stellte Emma fest. »Ich habe mich schon beim Aufstehen gefragt, warum ich heute keine Eisblumen am Fenster hatte und stattdessen das Wasser an der Scheibe herunterperlte.«

Moiken nickte gedankenverloren. Im Feuer loderte seit Stunden alles, was brennbar war und ab heute nicht mehr zu ihrem Leben gehörte, weil sie es nicht mitnehmen konnten. Adriano lahmte, eine schwer beladene Kutsche konnte er nicht ziehen, und so blieb ihnen nur, was sie tragen konnten.

»Mein Sack steht noch oben, aber ich habe alles gepackt«, sagte Emma in einer Tonlage, als hätten sie eine schöne Reise geplant. Es war erstaunlich, wie scheinbar leicht ihre Tochter neben dem Tod ihres Vaters die Nachricht über die tatsächlichen Besitzverhältnisse des Hauses aufgenommen hatte.

Möglich, dass ihr die ungewisse Zukunft keine Angst machte, vielleicht konnte es in den Augen ihrer Tochter nur besser werden. Im Grunde jedoch misstraute Moiken Emmas Gelassenheit.

»Setz dich«, sagte Moiken liebevoll und deutete auf den Herd. »Da kocht alles, was die Speisekammer noch hergegeben hat und was wir nicht als Proviant mitnehmen können.«

»Und wo gehen wir nun hin? Hast du dich entschieden?«, fragte Emma zwischen zwei Löffeln Steckrübenmus.

Darüber hatte Moiken im Schein des Feuers bis zum Morgengrauen nachgedacht, nachdem sie ihre Habseligkeiten gepackt hatte. Wie viel Leben am Ende doch in einen Sack passte. In einen Mehlsack, der ausgedient in der Speisekammer gehangen hatte. An den hatte sie Ledergurte angebracht, die von einem alten Pferdegeschirr stammten.

Auf Sylt gab es für sie keine Perspektive, geschweige denn eine Möglichkeit, auf die Schnelle unterzukommen.

Auch wenn es viel Mut brauchte, ihre Entscheidung war gefallen.

Sie glaubte an einen Wink des Schicksals, dem sie folgen würde, um fern von der Insel noch einmal ganz von vorne anzufangen.

»Wir fahren nach Hamburg«, teilte Moiken ihren Entschluss mit, und sofort leuchteten Emmas Augen auf.

»Hamburg?«, rief Emma. »Das ist ja unglaublich! Ich kann es gar nicht fassen. Wir gehen weit weg? Wirklich?«

Moiken nickte. Die Verbindungen hatte sie dem Reiseführer entnommen, den Emma geschenkt bekommen hatte.

»Der Turbinenschnelldampfer legt um zwanzig nach neun in Hörnum ab. Um acht Uhr, also in einer Stunde, müssen wir mit der Inselbahn los nach Westerland. Dort steigen wir am Südbahnhof um und fahren noch eine halbe Stunde bis zum Hafen an der Südspitze. Dort steht unser Schiff dann schon bereit. Um sechs Uhr abends sind wir dann in Hamburg.«

»Mit einem Schiff bin ich noch nie gefahren, mit der Inselbahn auch noch nicht, ich war ja noch nicht mal in Hörnum! Ach, Mutter, ich erkenne dich gar nicht wieder, ich freu mich so!« Emma sprang auf, sodass ihre dunkelblonden Zöpfe aufflogen, und umarmte sie stürmisch.

»Es wird nicht leicht werden«, bremste sie ihre Tochter. »Unsere Ersparnisse reichen gerade mal für ein oder zwei Nächte in einer Unterkunft, denn die Fahrtkosten betragen allein schon 34 Mark für uns.«

»Und wenn wir ab Munkmarsch mit dem Schiff zum Festland nach Hoyerschleuse übersetzen und von dort mit dem Zug weiter nach Hamburg fahren?«, dachte Emma laut nach. »So ist Vater doch immer gefahren.«

»Das macht preislich keinen Unterschied, die Fahrscheine sind zugleich für den Land- und den Seeweg gültig. Aber es gibt einen gewichtigen Grund, warum ich nicht mit der Sylter Dampfschifffahrtsgesellschaft nach Hoyerschleuse übersetzen will.«

»Wegen Großonkel Robert?«

»Genau, der ist nämlich aus dem gleichen Holz geschnitzt wie deine Großmutter. Er wird ihr brühwarm erzählen, dass wir einen Fahrschein nach Hamburg haben – und das geht sie überhaupt nichts an.«

»Das stimmt. Sie soll nichts mehr von uns wissen. Und mach dir keine Sorgen, Mutter, wir schaffen das.«

»Ich muss gleich in den ersten Tagen eine Anstellung als Konditorin finden, und du wirst dir eine Lehrstelle suchen müssen.«

»Das werde ich machen!«, rief Emma, in ihrem Feuereifer nicht zu bremsen. Doch unvermittelt hielt sie inne. »Nur, was passiert mit Adriano? Wir müssen ihn in gute Hände abgeben. Ich will ihn nicht Großmutter überlassen.«

Moiken senkte den Blick. Sich von ihrem treuen Friesen zu trennen, der fünfzehn Jahre lang ihr zuverlässiger Begleiter gewesen und mit dem Emma aufgewachsen war, fiel ihr unendlich schwer. »Ich fürchte, uns bleibt keine andere Wahl. Wer wird denn ein altes Pferd durchfüttern wollen, das noch dazu lahmt und sich womöglich nicht mehr richtig erholt.«

»Großmutter wird Pferdewurst aus ihm machen lassen!«

Das stand leider zu befürchten, doch Moiken hatte die ganze Nacht darüber nachgedacht, und ihr wollte keine Lösung einfallen.

Hatte es eben an der Tür geklopft? Moiken horchte auf. Oder war es das Krachen eines Holzscheits im Herdfeuer gewesen?

»Da ist jemand«, sagte Emma auf das zweite Pochen hin.

Mit einem unduldsamen Laut verschränkte Moiken die Arme vor der Brust. Ihre Schwiegermutter konnte es tatsächlich nicht abwarten. Moiken überlegte sich, ob sie überhaupt aufstehen sollte. Doch vielleicht hatte Berta es sich anders überlegt oder noch einen Vorschlag zur Güte zu machen?

Weit gefehlt.

Überrascht hielt Moiken in der Tür inne, nachdem sie diese schwungvoll aufgerissen hatte.

»Herr von Lengenfeldt?«

»Guten Morgen, Frau Jacobsen, es freut mich, dass Sie so zeitig schon auf sind.«

Moiken antwortete mit einem Kopfschütteln und betrachtete den Mann im feinen Gehrock und Zylinder von oben bis unten. Dieser Mann meinte es wirklich ernst mit dem Hauskauf und ließ sich offenkundig nicht davon abbringen.

Im Hintergrund stand ein weinrotes Automobil, dessen Weißbandreifen ganz schön schmutzig geworden waren. Im Grunde wirkte das Fahrzeug wie eine Kutsche, der man ein Blechdach aufgesetzt hatte, doch Moiken hatte schon gehört, dass es trotz der schmalen Reifen, die aussahen wie gummierte Kutschenräder, im Vergleich enorm bequem sein sollte, damit zu fahren.

Von Lengenfeldt nahm seinen Zylinder zum Gruß ab, und die Bewegungen, mit denen er den Sitz seiner grau melierten Haare prüfte, wirkten leicht nervös. Diese Unsicherheit gab Moiken Oberwasser.

»Sie lassen wohl nicht locker. Ihnen scheint es ja sehr dringend mit dem Hauskauf zu sein. Aber ich habe eine gute Nachricht für Sie. Wenden Sie sich an meine Schwiegermutter, ihr gehört das Haus.«

Nun war es an Theodor von Lengenfeldt, verdutzt dreinzuschauen. »Das sind ja interessante Neuigkeiten. Tatsächlich bin ich aber gar nicht wegen des Hauses zu dieser frühen Morgenstunde nach Keitum gefahren, so eine frühe Störung würde ich mir nicht erdreisten. Ich bin hier, weil ich in Not bin.«

»In Not?«, echote Moiken und runzelte die Stirn.

»Ja, heute Abend ist mein großes Festbankett, wie Sie wissen, und meine Frage ist, ob Sie vielleicht kurzfristig … ich meine, also, meine Konditorin ist heute früh auf dem Weg zur Arbeit auf glatter Straße ausgerutscht und so unglücklich gefallen, dass sie sich den Fuß gebrochen hat. Aber das Fest heute Abend …«

Daher wehte also der Wind. Amüsiert musste sie sich ein Lächeln verkneifen. So eine Verlegenheit hätte sie diesem gestandenen Mann gar nicht zugetraut, und es imponierte ihr, dass er nicht nur zugehört hatte, als sie ihr Leben kurz umrissen hatte, sondern selbst nach Keitum gekommen war und nicht etwa einen Diener geschickt hatte.

Dennoch gab sie sich nach außen hin gelassen, obwohl ein Zuverdienst vor der Reise natürlich perfekt wäre »Das kommt leider sehr ungelegen«, sagte Moiken. »Wir sind gerade im Aufbruch nach Hamburg.«

»Hamburg?«, echote der Hotelier. Damit hatte er natürlich überhaupt nicht gerechnet und zeigte sich sehr bestürzt. »Könnten Sie Ihre Erholungsreise nicht vielleicht um einen Tag verschieben? Es ist noch jede Menge Arbeit, und ich weiß nicht, was ich sonst tun soll. Ein Neujahrsempfang ohne Törtchen, Kuchen und süße Häppchen für alle Gäste ist undenkbar, bislang ist gerade mal die Hälfte vorbereitet. Ich würde Sie auch sehr gut entlohnen.«

Auf dieses Stichwort hatte Moiken gewartet. »Nun gut. Einverstanden. So werde ich unsere Abreise um einen Tag verschieben.« Sollte er ruhig glauben, dass sie zur Erholung wegfahren wollten, alles andere ging ihn schließlich nichts an.

»Ich kann auch helfen«, mischte sich Emma ein, und Moiken bemerkte erst jetzt, dass ihre Tochter schon die ganze Zeit hinter ihr gestanden haben musste.

»Wunderbar, ach, ich bin sehr erleichtert!« Es fehlte nicht viel, und Theodor von Lengenfeldt hätte sie vor Freude umarmt.

»Wissen Sie vielleicht jemanden, der ein Pferd kaufen möchte?«, mischte sich Emma in einen Punkt ein, den Moiken nicht ansprechen wollte, denn sie konnte nicht erwarten, Geld für Adriano zu bekommen.

»Oh, das klingt interessant für mich, da muss ich gar nicht lange herumfragen. Gleich angrenzend an meine Strandvilla habe ich einen Stall, um meinen Gästen Pferde für Strandritte zu vermieten, das wird sehr gut angenommen. Und neben den Pferdestärken im Automobil liebe ich echte Pferdestärken. Mein Vater hat Holsteiner gezüchtet, ich bin sozusagen im Stall aufgewachsen. Was soll es denn kosten?«

Oweia, dachte Moiken, bei ihm wäre Adriano sicherlich in sehr guten Händen, doch er machte sich ganz falsche Vorstellungen, und die konnte sie schlecht ausnutzen. »Unser Adriano ist leider schon alt und lahmt derzeit, außerdem wollen wir unser Pferd auch gar nicht verkaufen, wir dachten eher an eine Pension …«

»Ach so, Sie wollen ihn während Ihrer Erholungsreise in Pension geben, damit er gut versorgt ist? Platz habe ich, und das bisschen Heu, was er frisst, werde ich erübrigen können. Da kommen keine Unkosten auf Sie zu.«

War das heute ihr Glückstag, oder warum verlief alles so reibungslos? Das war ja fast zu schön, um wahr zu sein. Nur glaubte der Hotelier, es würde sich um eine kurze Zeitspanne handeln. Und Moiken wollte ihm keine falschen Tatsachen vorspielen, nur damit Adriano gut untergebracht wäre – obwohl das natürlich eine echte Chance wäre.

»Das kann ich leider nicht annehmen«, sagte sie und hob abwehrend die Hände, woraufhin sie von ihrer Tochter einen Knuff in die Seite bekam.

»Natürlich können Sie das. Ich hab ein Herz für alte Tiere, ich habe noch keines meiner Pferde weggegeben, wenn sie zu alt für die Strandritte wurden. Sie haben alle ihr Gnadenbrot bei mir bekommen. Oder haben Sie etwa Sorge, dass er bei mir nicht in guten Händen sein wird?«

»Nein, nein, so war das nicht gemeint, aber …«

»Mama, bitte«, mischte sich Emma flehentlich ein. Natürlich, etwas Besseres könnte Adriano nicht passieren, und wenn sie in Hamburg Arbeit gefunden hätte, könnte sie auch Geld für die

Pension schicken – wobei das der Hotelier wohl sowieso nicht annehmen würde, so wie sie ihn einschätze. Also, könnte sie seinem freundlichen Vorschlag wohl vielleicht doch ohne schlechtes Gewissen zustimmen?

»Kein Aber«, betonte Theodor von Lengenfeldt. »Ich tue es gern.«

Einem hartgesottenen Geschäftsmann wie ihm traute man so eine nette Geste, gepaart mit diesem freundlichen Blick, gar nicht zu, dachte Moiken und lächelte ihn an. Dieser Hotelier schien trotz seines Geldes auf dem Boden geblieben und hilfsbereit zu sein, was ihn sympathischer machte als gedacht. »Dann möchte ich Ihr Angebot gern annehmen«, sagte Moiken, und Emma machte neben ihr einen Luftsprung. »Aber es gibt dennoch ein großes Problem. Ich weiß nicht, ob Adriano die Strecke bis nach Westerland überhaupt schafft, selbst wenn ich ihn führe. Er lahmt doch recht stark. Und wir müssen unser Gepäck zum Südbahnhof bringen. Damit es morgen früh schneller geht, werden wir im Bahnhofshotel übernachten«, fügte Moiken als kleine Notlüge an. Er musste nicht wissen, dass ihr Bett eine Holzbank in der Bahnhofshalle sein würde, damit der Verdienst nicht gleich wieder dahin wäre.

»Sie wollen per Schiff nach Hamburg fahren?«, fragte er irritiert, und Moiken war klar, dass er natürlich nicht verstand, warum sie abends nicht zurück nach Keitum wollte und zudem eine zwei Stunden länger dauernde Schiffspassage nach Hamburg in Kauf nahm. Das taten sonst nur die Badegäste, die unterwegs Seehunde betrachten wollten und die Reise auf See als Erholung ansahen.

»Ähm ja … ich … wir …« Fieberhaft überlegte sie, was sie entgegnen sollte.

»Meine Mutter verträgt das Zugfahren nicht«, sprang Emma ihr unerwartet zur Seite. »Wir sind eine Seefahrerfamilie, wir fühlen uns auf dem Schiff wohler.«

Vor Erstaunen klappte Moiken der Mund auf. Ihre Tochter konnte ja lügen wie gedruckt und errötete dabei nicht mal.

»Ach, so ist das«, bemerkte Theodor von Lengenfeldt nickend, doch Moiken hörte heraus, dass er ihr nicht so recht glaubte. »Nun, wie auch immer. Probleme sind da, um sie zu lösen. Bis zum Munkmarscher Bahnhof schafft er es doch bestimmt. Also werden wir Ihren Adriano mit der Inselbahn im Tierwaggon nach Westerland befördern.«

»Aber das ist sehr teuer!«, entfuhr es Moiken. Ein Pferd kostete zwei Mark, das hatte sie heute Nacht ebenfalls in dem Reiseführer gelesen, als sie den Fahrpreis für sich und Emma bis nach Hörnum ermittelt hatte. Von zwei Mark konnten sie vier Tage leben.

Der Hotelier lachte auf, und an den Seiten seiner graublauen Augen spannten sich unzählige Fältchen auf. »Das Aber scheint Ihr Lieblingswort zu sein. Ich regle das schon. Und den Transport Ihres Gepäcks übernehme ich mit dem Automobil, ebenso wie Sie selbstredend meine Fahrgäste sind. Außerdem sage ich beim Munkmarscher Bahnhof Bescheid, dass Sie gleich mit dem Pferd kommen werden, und entrichte die Fahrtkosten. Keine Widerrede – es wird nur Zeit, dass Keitum endlich einen Bahnhof erhält. Und ehe ich es vergesse zu erwähnen, selbstverständlich werden Sie für Ihre Umstände heute Nacht meine Gäste in der Strandvilla sein.«

Es gibt doch noch Glück im Leben, dachte Moiken, als sie erstaunt und zugleich dankbar einwilligte.

In der Küche, so groß wie ein Festsaal, liefen rund zehn Köchinnen und gut ebenso viele Gehilfinnen in weißen Schürzen, dunklen Kleidern und mit hochgesteckten Haaren geschäftig hin und her.

Es roch unbeschreiblich, so viele Düfte konnte ihre Nase gar nicht voneinander trennen, und es wurde geschnitten, gehobelt, gebraten und in Töpfen gerührt.

Zahlreiche große Rundbogenfenster ermöglichten das Arbeiten bei Tageslicht, so als ob man im Freien sitzen würde, unglaublich! Nach Osten hin sah Moiken die schneebedeckten Häuser der Stadt, nach Norden hin reichte ihr Blick über die glitzernden Dünen bis aufs Meer.

So edel, wie die Küche gestaltet war, könnte man meinen, hier seien früher Diners und Feste abgehalten worden. Von der hohen Stuckdecke hing eine verzierte, vierarmige Lampe aus Gusseisen, die in den Abendstunden bestimmt jeden Winkel des Raumes ausleuchten konnte.

Die schwarzen und weißen Bodenfliesen waren in einem aufwendigen Muster ausgelegt, die Wände am Übergang zur Decke ebenfalls mit üppigem Stuck versehen und bis in Arbeitshöhe mit hübschen Motivfliesen gekachelt, deren Abschluss eine breite Holzzierleiste bildete, in die jemand seine gesamte Schnitzkunst gesteckt hatte. Was allein das gekostet haben mochte!

Im Raum verteilt standen sechs Kachelherde, nein – zwei davon sahen anders aus, ihnen fehlten die Kohleneinschübe und die Aschekästen.

Einer davon stand hinten in der Ecke, beim Fenster mit Blick Richtung Meer, und daneben eine bestimmt drei Meter lange Arbeitsplatte aus grauem Marmor. Darauf befand sich eine gusseiserne Standwaage, fein lackiert und mit Blütenmotiven verziert, weißem Ziffernblatt und Weißblechschale. So etwas Hübsches hatte Moiken in ihrem Leben noch nicht gesehen, geschweige denn benutzt.

»Ihr Arbeitsplatz«, sagte Theodor von Lengenfeldt, der sie persönlich in die Küche begleitet hatte und ihrem Blick gefolgt war.

Zufrieden strich er sich über seinen Kaiser-Wilhelm-Bart, der wohl deshalb so perfekt saß, weil er ihn in der Nacht mit einer Bartbinde in Form hielt.

Überwältigt wandte sich Moiken dem groß gewachsenen Hotelier zu, der auf den Sitz seiner grau melierten Haare offenkundig ebenso viel Sorgfalt verwendete wie auf seinen Bart. »Ein Traum, sogar mit Aussicht aufs Meer.«

Moiken sah aus dem Fenster, bis ans Ende der Promenade, wo ein achteckiges verlassenes Gebäude einsam in den Dünen stand. Der hölzerne Pavillon war ziemlich heruntergekommen. Die Scheiben waren mit Brettern vernagelt, von Salz und Sand angegriffen, die blaue Farbe blätterte ab, und ein paar Bretter waren lose.

Vor ihrem geistigen Auge erstrahlte das achteckige Gebäude plötzlich wieder zu neuem Glanz. Ganz deutlich sah sie kleine Tischchen im Außenbereich vor sich, mit Blumen geschmückt. Es wehte ein leichter Sommerwind, der fröhliche Stimmen vom Strand herübertrug, alle Stühle waren besetzt, und sie stand mittendrin und servierte kleine Törtchen und Pralinen zum Kaffee.

»Wo sind Sie denn mit den Gedanken?«, fragte der Hotelier, und erst jetzt hörte Moiken wieder die arbeitsamen Geräusche, das Zischen und Brutzeln, das Klappern und Scheppern zwischen dem Stimmengewirr.

»Oh, verzeihen Sie bitte«, entgegnete sie peinlich berührt, weil sie sich wie aus dem Nichts so klar als Betreiberin eines kleinen Strandcafés gesehen hatte. Nicht dass der Hotelier noch einen schlechten Eindruck von ihr bekäme, wenn sie hier so gedankenverloren herumstand und irgendwelchen seltsamen Träumereien nachhing.

Wobei sie seit der ersten Begegnung mit dem Hotelier eher glaubte, dass er von ihr gebannt war, zumindest verhielt er sich so. Aber was wollte er denn von einer einfachen Seefahrerwitwe aus Keitum? Von einer Frau, die zwar hübsche blaue Augen hinter dunklen Wimpern und recht schöne dunkelblonde Haare hatte, aber davon gab es doch genug in seinen Kreisen? Außerdem war ihr Kinn zu spitz, die Nase zu stupsig, die Brüste zu klein und die Hüften zu schmal. Wahrscheinlich war er nur so zuvorkommend und freundlich zu ihr, weil sie ihm aufgrund ihrer Backkünste empfohlen worden war und ihm aus der Klemme helfen konnte.

»Sagen Sie, ist das etwa ein Gasherd?«, nahm sie das Gespräch wieder auf, ehe er noch einmal nachfragte, wo sie in Gedanken war. So einen Gasherd hatte sie sich schon immer gewünscht, um ihren Biskuitboden bei gleichbleibender Temperatur backen zu können. Welch ein Luxus.

»Noch besser. Das ist ein elektrifizierter Herd.«

»Ein elek…«, wollte Moiken wiederholen, doch vor Erstaunen versagte ihr die Stimme, und sie musste sich räuspern. »Aber so etwas gibt es doch gar nicht in Deutschland.«

»Doch, auf Sylt, in meiner Strandvilla. Ich habe den Electroheater aus Amerika importieren lassen. Mich faszinieren technische Neuerungen. In dem Herd befindet sich ein Draht, der durch Strom erwärmt wird. Verbraucht einiges, aber die Versorgung ist wiederum durch meine eigene Dampfmaschine zur Stromerzeugung problemlos machbar. In der Elektrifizierung liegt die Zukunft, glauben Sie mir. Damit wird noch vieles möglich sein, was wir uns heute noch gar nicht vorstellen können.«

Staunend sah sich Moiken weiter in der Küche um. Bis fast zur Decke hinauf waren die Regale mit Küchenutensilien gefüllt, sodass kein weißer Putz mehr zu sehen war. Manche Gegenstände waren nur mit Hocker oder Leiter zu erreichen. Emailliertes Kochgeschirr, gusseiserne Töpfe, Weißblechbüchsen, Krauthobel, Schneidebretter, Siebe, gleich sechs verschiedene Kaffeemühlen, Steinguttöpfe, Pfannen und Milchkannen entdeckte Moiken zwischen Schüsseln, Tellern und silbernen Servierplatten sowie Geräte mit Kurbeln, deren Zweck sie gar nicht kannte.

Der Hotelier wandte sich in Richtung einer kleinen, recht dicklichen Frau, die an der Kurbel eines Geräts drehte, das ihr mit wenigen Umdrehungen feinste Karottenstreifen lieferte. »Ah, wie ich sehe, funktioniert die neue Universalküchenmaschine hervorragend. Wilma, ich bringe dir eine Vertretung für die erkrankte Anna.«

»Herr von Lengenfeldt!« Hastig wischte sich die Gerufene die Hände an der Schürze ab und eilte herbei. »Gott sei's gedankt, meine Rettung!«

»Darf ich vorstellen, das ist Wilma Weidner, meine Küchenvorsteherin und gute Seele – Wilma, das ist Moiken Jacobsen aus Keitum, sie versteht sich erstklassig aufs Konditorenhandwerk.«

Wilma schüttelte ihr freudig die Hand und strahlte sie an, ihre roten Pausbacken wirkten dabei noch dicker. »Willkommen im Herzen der Strandvilla!«

»Vielen Dank«, entgegnete Moiken zurückhaltend, obwohl sie sich über die nette Begrüßung freute, doch die Vorschusslorbeeren des Hoteliers verursachten ihr Bauchschmerzen. Schließlich hatte sie noch nie in einer fremden Küche und unter Zeitdruck eine ganze Banketttafel bestückt. »Womit soll ich anfangen?«, setzte sie mit mulmigem Gefühl hinzu.

»Sie haben völlig freie Hand«, antwortete Theodor von Lengenfeldt anstelle von Wilma, und Moiken quittierte das mit einem Stirnrunzeln.

»Nun, in meinen Augen sollte eine Konditorin kreativ sein. Sie muss ihre Liebe zur Sache im Backwerk zum Ausdruck bringen und nicht auf Befehl arbeiten. Ansonsten schmeckt das Törtchen zwar süß, aber nicht nach Leidenschaft. Ist es nicht so? Das gleiche Prinzip gilt für meine Köche, nur so kann das Essen hervorragend schmecken.«

Beeindruckt von seinen Worten brachte Moiken ein Nicken zustande, doch so langsam fragte sie sich, worauf sie sich hier eingelassen hatte und ob sie der Aufgabe überhaupt gewachsen war. Ihr wäre es viel lieber gewesen, man hätte ihr ein paar Rezepte in die Hand gedrückt, um diese abzuarbeiten.

Aber im Grunde hatte Theodor von Lengenfeldt recht, obschon sie ihm solche Ansichten gar nicht zugetraut hätte. Viel eher hätte sie gedacht, dass in seinem Hotel alles nach Plan verlaufen müsse – und zwar nach seinem Plan.

»Wie ist der Stand der Dinge?«, rief er quer durch die Küche.

»Ich habe alles im Blick und kann Ihnen Auskunft geben«, sagte Wilma eilfertig. »Was die Vor- und Hauptspeisen anbelangt, liegen wir gut im Zeitplan. Nur ohne Konditorin wäre ich verloren gewesen.«

»Ich weiß, dass Sie alles im Griff haben. Auf meine gute Wilma ist immer Verlass«, sagte er wiederum an Moiken gewandt, »seitdem ich vor zweiunddreißig Jahren die Pforten der Strandvilla geöffnet habe, hat sie keinen Tag gefehlt.« Es schien, als glühten Wilmas Wangen jetzt noch röter. »Aber ich möchte, dass mir jede Köchin selbst Auskunft gibt«, setzte der Hotelier freundlich hinzu.

»Bouillon à la Chasseur, Morchelsuppe und legierte Kalbfleischsuppe sind fertig, Ochsenschwanzsuppe und Suppe Julienne mache ich noch«, sagte eine große und sehr schlanke Köchin neben ihnen, und dann folgten die Zurufe aus allen Ecken.

»Pasteten mit Hummer-Mayonnaise sind so weit, für die Kalbsvögel an Schwarzwurzeln habe ich die Schnitzel gerade mit Kalbsbrät bestrichen und mit je einem gekochten Wachtelei belegt und eingerollt, später müssen sie nur noch in den Ofen.«

»Kapernbällchen mit gefüllten Kartoffeln sind vorbereitet, Rebhühner mit Weinblättern auch, Rehrücken mit sauren Birnen ist in Arbeit!«

»Der Auerhahn ist mit Speck gespickt und ruht in der Kalbsknochenbrühe, gefüllte Tauben und Schnepfen mit Kürbissalat müssen noch gemacht werden!«

»Zungenragout mit Krebsschwänzen ist so weit, Forelle in Aspik mit kalter Meerrettichsauce auch, Kalbsbraten mit Birnenkompott folgt!«

So ging es immer weiter, und Moiken konnte gar nicht glauben, dass all diese erlesenen Speisen für ein einziges Fest gedacht waren. Bislang hatten ihr im Monat 45 Mark zur Verfügung gestanden, und da ein Kilo Butter bereits über zwei Mark kostete, bestand ihr Speisezettel aus Graupensuppe mit Kartoffeln, Gerstengrütze mit geräuchertem Fisch, Pflaumensuppe, Steckrübenmus und sonntags gelegentlich eine Milchsuppe mit Klößen und aufgebratenen Heringen. Hoffentlich würden sie es in Hamburg besser haben, denn in der Großstadt war es bestimmt auch nicht leicht, sein Brot zu verdienen, aber für sie jedenfalls einfacher als auf Sylt.

»Kommen Sie«, sagte der Hotelier in ihre Gedanken hinein, »ich zeige Ihnen die Speisekammer, und dann zaubern Sie aufs Büfett, was und so viel Sie nur können. Ihnen bleiben von nun an noch zehn Stunden Zeit.«

Zaudernd folgte Moiken dem Hotelier ein paar Stufen abwärts in einen Raum mit Gewölbedecke. Das war keine Kammer, das war ebenfalls ein Saal.

Die Vorräte in den Holzkisten, Fässern und Regalen waren alle ordentlich beschriftet. Solche Mengen an Kartoffeln, Kohl und geräucherter Wurst hatte sie noch nie gesehen.

Meterlange Kisten waren mit Sand oder Erde befüllt, und darin vergraben waren laut Aufschrift Sellerie, Karotten, Petersilienwurzeln, Meerrettich und Porree. Theodor von Lengenfeldt führte sie in den hinteren Bereich. Dort lagerten zentnerweise Äpfel und Winterbirnen, Mehl und Zucker, Töpfe mit Zwetschgenmus, Quitten in Cognac, Rumfrüchte, Pflaumen in Portwein, eingelegte Aprikosen, Rosinen, unzählige Marmeladen und Gelees in allen Farben, konservierte Südfrüchte und Kirschlikör, außerdem so viel Schokolade, dass beide Arme nicht zum Tragen reichen würden.

»Wenn es noch irgendetwas gibt, das Sie brauchen, wenden Sie sich an Wilma oder lassen Sie mich rufen.«

Moiken nickte und schüttelte zugleich den Kopf. Das Einzige, was sie jetzt zusätzlich brauchen könnte, wäre ein Schnaps, um diese Fülle an Eindrücken zu verdauen – und um sich ein klein wenig Mut anzutrinken.

Es wird schon schiefgehen, dachte Moiken und straffte sich. Wenn sie diese Feuerprobe bestünde, könnte sie sich auch mit mehr Selbstvertrauen um eine Stelle in Hamburg bewerben. Und da war noch etwas: So schnell würde sie nicht wieder einen Tag im Schlaraffenland verbringen dürfen, und sie beschloss, es trotz des Zeitdrucks zu genießen, stundenlang nach Herzenslust alles zu backen, was ihr in den Sinn kam.

»Habt ihr so was schon mal gesehen? Unglaublich!«, rief Wilma, als Moiken die letzte Silberplatte mit Portwein-Pflaumen-Marzipanpralinen auf den langen Tisch stellte, von dem aus die Speisen von Dienern in den Saal getragen wurden. Dort standen sämtliche Kuchen und Torten, darunter in ihrer schönsten Pracht die Prinzentorte, außerdem die Meringues mit Zitronencreme, gefüllte Beignets, Schokoladen-Birnen-Küchlein und Apfel-Calvados-Nestchen.

Um den Tisch herum hatten sich alle Köchinnen und Mägde versammelt und applaudierten.

Moiken schoss die Röte ins Gesicht. Sie hatte doch nichts weiter als ihre Arbeit getan, wie alle anderen auch, aber sie freute sich über diese Wertschätzung.

Ihr tat jeder Knochen weh, aber das Glücksgefühl, das ihren Körper durchströmte, machte die Schmerzen wieder wett.

»Ich kann nicht mehr«, stöhnte Emma und ließ sich auf den

nächstbesten Küchenschemel fallen. Auf ihrer Schürze konnte man die Farbe jedes Kuchens finden, bei dem sie mitgeholfen hatte. Aus ihrem Haarknoten hatten sich ein paar Strähnen gelöst, die ihr in das hochrote Gesicht fielen.

»Das hast du wunderbar gemacht!«, lobte Moiken ihre Tochter, beugte sich zu ihr und gab ihr einen Kuss auf die Stirn. Wenn sie ihre Haare zusammengesteckt trug, wirkte Emma gleich noch viel reifer.

Emma seufzte tief, doch aus ihrem zarten Lächeln war ein gewisser Stolz herauszulesen. Tatsächlich hatte sie, nachdem sie sich davon überzeugt hatte, dass Adriano gut im Stall angekommen war, die vergangenen Stunden mitgeholfen, ohne auch nur ein einziges Mal zu klagen oder sich gar einer mütterlichen Anweisung zu widersetzen.

Das hatte Moiken sehr erstaunt, und sie musste zu ihrer Schande gestehen, dass sie ihrer Tochter einen solchen Fleiß gar nicht zugetraut hätte.

»Trotzdem, das Backen macht mir keinen Spaß«, sagte Emma, während sie sich die Schürze im Sitzen auszog. »Dieses genaue Abwiegen, dann dieser klebrige Teig an den Fingern, der Küchenlärm, die Geduld beim Verzieren, ein Schnörkelchen hier, ein Zuckerperlchen da, nein, das ist nicht meine Leidenschaft.«

Moiken lachte auf. »Immerhin weißt du nach dem heutigen Tag schon mal, welche Lehrstelle du nicht haben möchtest.«

»Und dass ich nie wieder mit einem Automobil fahren möchte – so übel ist mir schon lange nicht mehr gewesen.«

Ein weiteres Gespräch wurde durch das Erscheinen des Hoteliers unterbunden, der eilig den Raum betrat.

»Nun, meine Damen, es ist 18 Uhr – wie weit …« Vor Erstaunen unterbrach er sich selbst. »Mir träumt! Das ist ja unglaublich!«, rief er angesichts der langen Reihe von Moikens Köstlichkeiten.

»Das habe ich gerade auch gesagt!«, entgegnete Wilma und

machte wie alle anderen einen Knicks vor dem Hotelier. »Alle Köchinnen haben heute Höchstleistungen vollbracht, aber Moiken hat Unglaubliches geleistet«, fügte sie hinzu und drückte sie.

Die Herzlichkeit der Küchenvorsteherin nahm Moiken fast die Luft, aber sie spürte zugleich, wie sie es vermisst hatte, von einer Frau, die vom Alter her ihre Mutter sein könnte, so gemocht und geschätzt zu werden.

Sie schenkte Wilma ein Lächeln. »Ich habe mein Bestes gegeben, und es freut mich auch, wenn Sie zufrieden sind, Herr von Lengenfeldt«, wandte sie sich an den Hotelier. So glatt, wie Wilma es ausdrückte, war es nämlich nicht gelaufen. Ein Blech mit Spritzgebäck war ihr verbrannt, dann hatte sie in der Aufregung zu viel Hefe in einen Teig gegeben, sodass er später aus der Schüssel gequollen war, und einmal hatte sie zu viel Rosenwasser in eine Creme gegeben, weil sie nicht ahnte, dass es sich in dem Fläschchen um eine Essenz handelte. Immerhin hatte danach die ganze Küche nach Rosen geduftet, aber die Füllung war unbrauchbar geworden. Das sei nicht schlimm, hatte Wilma sie belustigt beruhigt, und auch dem Hotelier müsse sie das nicht beichten, was in ihren Augen ein Weltuntergang gewesen war – in der Hektik einer Großküche würden schließlich immerzu irgendwelche Malheure passieren.

»Zufrieden ist gar kein Ausdruck!«, rief der Hotelier und klatschte in die Hände. »Ich hatte auf hübsche Kuchen und Torten gehofft, aber das ist ja alles eine Augenweide!«

»Und alles schmeckt auch noch himmlisch!«, rief Wilma. »Ich habe natürlich jede Kreation probieren müssen!«, ergänzte sie mit einem schelmischen Grinsen. »Diese Frau dürfen Sie nicht mehr gehen lassen, Herr von Lengenfeldt, sie wäre eine wahre Bereicherung für die Küche!«

»Das habe ich auch nicht vor«, schmunzelte Theodor von Lengenfeldt, und auf Moikens irritierten Blick hin fügte er hinzu:

»Zumindest heute nicht. Ihr Zimmer ist hergerichtet. Wenn mir die beiden Damen bitte folgen möchten?«

Wie gut, dass Theodor von Lengenfeldt die Einladung zum Bankett seit gestern nicht mehr erwähnt hatte, dachte Moiken, während sie über die mit Teppich bespannte Treppe in den zweiten Stock hinaufgingen. Das hatte er in dem ganzen Trubel wohl wieder vergessen, und das war ihr auch ganz recht so.

Jetzt nur noch ins Bett fallen und bis morgen früh schlafen, damit sie ausgeruht das Schiff erreichen würden.

Ob sie vor Aufregung überhaupt ein Auge zubekäme? Und wie würde es sein, zum ersten Mal in ihrem Leben in einem Hotelbett zu schlafen? Wie wohl die Zimmer aussahen, wenn schon der breite Hotelflur so gemütlich wirkte, dass man dort wohnen wollte?

Sie gingen über flauschigen Teppich, der sich unter ihren Stiefeln anfühlte, als würde sie über Wolken laufen, die Wände waren mit elegant gemusterten Stofftapeten bespannt, nach jeder zweiten Zimmertür hing eine elektrische Lampe, die angenehmes Licht spendete und verschiedene Möbelstücke erhellte, die hier zur Dekoration standen.

Zunächst ein kleines Tischchen mit elegant geschwungenen Füßen und dazu passenden Stühlen, dann ein Wandregal mit dekorativen Tellern, auf denen königliche Jagdszenen zu sehen waren. Danach folgte eine Nische, die so groß wie ein Zimmer sein musste, in der vor dem Fenster ein großer Schreibtisch stand, mit lederbespannter Platte und einem Polsterstuhl, auf dem man sich sofort niederlassen mochte.

Doch Moiken ahnte, dass dort noch nie jemand gesessen hatte, weil alles lediglich dem wohnlichen Ambiente diente, genau wie die nächste Nische, wo sie einen Esstisch mit acht aufwendig gedrechselten und samtbezogenen Stühlen bestaunte.

Am Ende des Flurs angekommen, holte Theodor von Lengenfeldt einen Schlüssel hervor, drehte am goldenen Knauf, stieß die

Tür mit einem sanften Schwung auf und trat dann zurück. Mit einer angedeuteten Verbeugung bat er sie, zuerst einzutreten.

Vor Erstaunen brachte Moiken kein Wort mehr heraus. Sie waren in einem Eckzimmer angekommen, größer als Stube, Küche und Schlafzimmer in ihrem Keitumer Zuhause zusammengenommen. In ihrem ehemaligen Zuhause.

Es gab drei Fenster zu jeder Seite, die mit schweren, weinrotgrün gemusterten Vorhängen versehen waren, und obwohl der Wind an den Fenstern entlangpfiff, war es im Zimmer behaglich warm. In der Ecke warteten zwei Ohrensessel, mit goldgewirktem Stoff bespannt, auf Leserschaft, die sich aus einer Schrankwand voller Bücher bedienen konnte, und das Herrlichste überhaupt war das große Himmelbett mit dicker Daunendecke und gleich drei Federkissen. Darin würde sie sich heute Nacht wie eine Königin fühlen.

»Ich hoffe, es ist alles zu Ihrer Zufriedenheit?«, fragte Theodor von Lengenfeldt, und sie konnte gar nicht glauben, dass er diese Frage offenkundig ernst gemeint hatte.

»Das ist ein Traum!«, platzte es aus Moiken und Emma gleichzeitig heraus.

»Wo ist denn hier der Kachelofen?«, fragte Emma und drehte sich in alle Richtungen um. »Es ist so wunderbar warm.«

»Das liegt an der elektrischen Heizung, dort neben der Tür zum Badezimmer. Um die Temperatur zu regulieren, müssen Sie einfach nur am Regler drehen. Meine Strandvilla empfängt ihre Gäste mit allem Komfort der Neuzeit, darunter fließend Wasser in allen Zimmern, dazu die neuesten amerikanischen Feuertonwaschtische, Kanalisation und elektrisches Licht.«

»Und bei dieser elektrischen Heizung muss man keine getrockneten Schafsköttel nachlegen?«, fragte Emma.

»Nein«, schmunzelte der Hotelier. »Auch kein Holz und keine Kohle.«

»Oh, da haben die vorherigen Gäste etwas vergessen!«, rief Moiken, als der große Eichenschrank neben der Tür in ihr Blickfeld kam. Dort hingen zwei Kleider aus feinstem Stoff, und davor standen passende Schuhe.

Der Hotelier lachte auf. »Wo denken Sie hin. Das ist ein kleiner Service des Hauses. Wir sehen uns gleich auf dem Bankett!«, sagte er und ging in Richtung Tür.

»Aber …«, rief Moiken ihm nach.

Mit einem verschmitzten Lächeln auf den Lippen drehte er sich noch mal um und schüttelte den Kopf. »Kein Aber. Es sei denn, eine der Konfektionsgrößen ist falsch. Dann lassen Sie mich rufen, indem Sie auf diesen Knopf neben dem Bett drücken, dann erscheint ein Diener. Aber ich sollte mich bei der Passform der beiden Reuniontoiletten nicht verschätzt haben. Ich erwarte Sie beide also in gut einer Stunde im Festsaal.«

Kaum hatte Theodor von Lengenfeldt das Zimmer verlassen, nahm Emma das etwas kürzere, zartrosa Kleid mit Schwung vom Haken und drehte sich damit um die eigene Achse, sodass der Seidenstoff sie in federleichten Wellen umwirbelte, und jauchzte. Ihre Erschöpfung war wie weggeblasen, während Moiken die Schwere in ihrem Körper immer deutlicher spürte. Nicht nur die Anstrengung in der Küche, auch die durchwachte Nacht forderte ihren Tribut.

Eilig entkleidete sich Emma mit zitternden Händen bis auf die Unterwäsche und wollte in das Kleid hineinschlüpfen.

»Das kannst du nicht machen!«, rief Moiken reflexartig.

Ihre Tochter hielt abrupt inne. »Was kann ich nicht machen?« Das zornige Funkeln in ihren Augen sagte alles.

Diesen Abend durfte sie ihrer Tochter nicht verwehren, und nicht zuletzt wäre es dem Hotelier gegenüber sehr unhöflich, wenn sie seiner Einladung nicht nachkommen würden. Er hatte sich um das Pferd gekümmert, sie großzügig entlohnt und ihnen noch dazu diese Kleider für den Abend besorgt. Wie hatte er es genannt? Reuniontoiletten. Ein Wort, das sie in ihrem Leben noch nicht gebraucht hatte und das sie innerlich schmunzeln ließ.

»Ich wollte damit nur sagen«, verbesserte sich Moiken, »dass du dich vorher waschen sollst. Du bist verschwitzt, und dein Gesicht und deine Haare sind noch voller Mehl.«

Emma nickte versöhnt, doch dann runzelte sie nach einem Blick durch das Zimmer die Stirn. »Hier steht aber gar keine Waschschüssel.«

»Vermutlich hinter dieser Tür? Der Hotelier hat etwas von Badezimmer gesagt«, überlegte Moiken laut, und Emma sah vorsichtig nach.

»Das gibt's ja nicht!«, rief sie aus. »Das musst du dir ansehen!«

Moiken staunte nicht schlecht. In einer marmorgetäfelten Nische war eine Badewanne untergebracht, rechts davon ein Waschtisch auf eleganten Füßen und links ein Klosett – alles mit fließend Wasser ausgestattet und an eine Kanalisation angeschlossen. In einem offenen Schränkchen standen allerlei Pflegemittel bereit, und auf dem Hocker darunter stapelten sich zahlreiche akkurat gefaltete Handtücher.

»Hier will ich nicht mehr weg!«, rief Emma übermütig, besah sich die Armatur und drehte an einem der beiden Knäufe. »Da kommt ja sogar warmes Wasser – ich glaub, ich bin im Paradies.«

Ja, dachte Moiken versonnen lächelnd, als sie das Badezimmer verließ. Das hatte sie in der Küche beim Backen heute schon mehrfach gedacht, und sie war so dankbar für diese Stunden, in denen sie nach sorgenvollen Wochen und Monaten endlich einmal durchatmen konnte.

Nur fiel es ihr schwer, dieses kleine Glück zu genießen, denn sie musste immer wieder an ihren Mann denken, daran, was wohl in seinen letzten Minuten in ihm vorgegangen war, was gewesen wäre, wenn sie miteinander geredet hätten, wenn sie ihm von

Anfang an ihre Zweifel an der Vaterschaft mitgeteilt, wenn, ja, wenn … wäre dann alles anders gekommen? Anders bestimmt. Nur wie?

Wäre es wirklich besser gewesen, wenn sie Peter mit Zweifeln belastet hätte, die gar nicht notwendig gewesen wären, weil er eben doch Emmas leiblicher Vater war? Damals hatte sie sich genau aus diesem Grund für das Schweigen entschieden, und das war nun nicht mehr rückgängig zu machen. Schuldgefühle würde sie bis an ihr Lebensende haben. Und dennoch blieb sie dabei, dass ihre Schwiegermutter ihren Sohn schlussendlich in die Verzweiflung getrieben hatte – denn in Bertas Augen war Emma definitiv nicht Peters Kind.

Als Emma aus dem Badezimmer kam, duftend und über das ganze Gesicht strahlend, zwang Moiken sich aus ihren schweren Gedanken heraus zu einem Lächeln, dann ging sie ihrerseits in die Badewanne.

Was war das für ein Luxus, mit dieser Handbrause frisches, warmes Wasser über ihre Haut laufen zu lassen. Moiken atmete tief durch. Eine Wohltat. Wundervoll. Zugleich war es ungewohnt, so untätig dazustehen, nicht ständig den Lappen in die Waschschüssel eintauchen zu müssen, die Arme herabhängen zu lassen – einfach nichts zu tun. Nur genießen. So, wie das Wasser an ihrem Körper hinablief, floss ein Glücksgefühl durch ihre Adern.

Es blieb ihr jetzt nur, nach vorne zu schauen, für Emma, für ihre Zukunft. Für ein neues Leben in Hamburg. Was geschehen war, war geschehen, die Uhr ließ sich nicht zurückdrehen, so sehr sie sich das auch wünschte.

Merkwürdig nur, was das für eine Träumerei gewesen war, als sie sich vor diesem Pavillon inmitten der Gäste gesehen hatte. Ein eigenes kleines Café am Meer, was für eine wunderschöne Vorstellung – und was für eine Spinnerei –, denn von Träumen konnte man nicht satt werden.

Mit resoluten Bewegungen trocknete sie sich ab und ging in das dicke Handtuch gewickelt zurück ins Zimmer, in dem es so wunderbar warm war. Am liebsten würde sie hier bleiben, zur Ruhe finden und in diesem himmlischen Bett einfach nur schlafen, schlafen, schlafen, mit dem Wissen, am nächsten Morgen nicht im Kalten aufzuwachen, weil das Feuer im Ofen ausgegangen war.

Wahrscheinlich war ihr das Kleid bei ihrer schmalen Figur sowieso viel zu weit, dachte Moiken, als sie das gelbblaue Seidenkleid zögernd vom Bügel nahm. Nach Feiern war ihr wirklich nicht zumute, streng genommen müsste sie sogar ein schwarzes Kleid tragen, doch von der Tradition, die Trauer nach außen hin zur Schau zu tragen, hielt sie nichts, und noch wusste außer dem Hotelier niemand, dass sie Witwe war.

Wenn ihr das Kleid nicht passen würde, wäre das eine sehr gute Ausrede, nicht am Bankett teilzunehmen. Sie schlüpfte hinein und bat ihre Tochter, das Kleid zu schließen.

Es passte wie angegossen, das war ja kaum zu glauben. Das gelbe Seidenunterkleid besaß einen reizvollen, aber nicht zu großen Ausschnitt, der mit Stickereien verziert war. Der knöchellange Rock war bis unten mit einer Reihe funkelnder kleiner Knöpfe besetzt. Darüber saß perfekt anliegend das blaue Spitzenüberkleid mit edlem, dunkelblauen Blumenmuster, in dem sich das Rosenmotiv von Emmas Kleid wiederholte. Besonders raffiniert war die funkelnde Brosche, die den Stoff des Überkleids in Kniehöhe zusammenhielt.

Nicht nur, dass der Hotelier einen ausgezeichneten Geschmack besaß – wie hatte Theodor von Lengenfeldt ihre beiden Größen so gut einschätzen können? Selbst die Schuhe passten.

»Ich werde mich heute Abend wie eine Prinzessin fühlen«, seufzte Emma freudig und drehte sich vor dem Spiegel. Dieses jugendliche Kleid war tatsächlich die perfekte Wahl. Über dem langen, schlank fallenden Rock aus Stehplissee in Zartrosa lag das bis zu den Knien reichende Überkleid aus mattrosa Chiffon, den zwei umlaufende dunklere Rosenranken verzierten. Besonders hübsch war der Taillengürtel aus einem dunkelrosa Seidenstoff, dessen Verschluss eine täuschend echte Seidenrose zierte.

»Mutter, komm zu mir und sieh dich auch an!«

Langsam ging Moiken durchs Zimmer, weil sie Angst vor ihrem eigenen Spiegelbild hatte. Was wäre, wenn sie sich nicht gefallen würde? Oder fände sie sich am Ende gar selbst schön?

Erstaunt hielt sie den Atem an. Sie betrachtete sich von oben bis unten. Der Ausschnitt war doch recht gewagt, allerdings brachte er ihre kleinen Brüste wunderschön zur Geltung. Zart strich sie an den Seiten ihres Körpers über den Seidenstoff und ließ ihre Hände schließlich auf der leichten Rundung ihrer Taille ruhen, wo der dunkelblaue Seidengürtel den Schnitt genau richtig betonte, denn das Kleid fiel an dieser Stelle in leichten Falten, damit sie besser dem üppigen Schönheitsideal entsprach und nicht zu dünn wirkte.

Obwohl sie ihre Haare noch nicht frisiert hatte – so hübsch hatte sie noch nie in ihrem Leben ausgesehen, nicht einmal bei ihrer Hochzeit. »Unglaublich«, brachte Moiken hervor.

»Ich glaube, das wird der bisher schönste Abend meines Lebens«, flüsterte Emma an ihrer Seite und sah sie über den Spiegel hinweg überglücklich an.

Vor Rührung stiegen Moiken Tränen in die Augen.

Das Leben konnte wundervoll sein.

Im Festsaal hingen riesige Kronleuchter, Säulen aus französischem Marmor trugen die Decke, die Wände waren mit Ebenholz und Mahagoni getäfelt und mit Intarsien aus Elfenbein und Schildpatt geschmückt, so erklärte es ihr Theodor von Lengenfeldt mit unverhohlenem Stolz, während Moiken die überwältigende Atmosphäre in sich aufsog und noch kaum glauben konnte, dass sie hier in ihrem wunderschönen Kleid mit ihrer Tochter den Abend verbringen würde.

Gleich würden sie sich an einem der zwanzig runden, geschmackvoll eingedeckten Tische niederlassen, an denen jeweils acht Personen Platz fanden, und umgeben von silbernen Kerzenleuchtern sowie aufwendig zur Blütenform gefalteten Servietten mit glänzendem Silberbesteck speisen.

Wenn ihr heute Morgen jemand erzählt hätte, dass dieser Tag so enden würde, als sie nach einer durchwachten Nacht erschöpft am Küchentisch gesessen hatte, dann hätte sie denjenigen rundweg für verrückt erklärt.

Schon allein mit diesen Kuchen, Törtchen und Pralinen, die nun auf dem langen Büfetttisch wie Kunstwerke zwischen hübschen Blumenbouquets arrangiert waren, hatte sie sich selbst übertroffen. Das erfüllte sie mit Stolz und verlieh ihr auch ein wenig mehr Selbstvertrauen beim Gedanken daran, morgen nach Hamburg zu fahren und dort hoffentlich recht schnell Fuß fassen zu können.

Zudem hatte sie der Hotelier mit fünfundzwanzig Mark mehr als großzügig entlohnt, denn das entsprach einem guten Wochenlohn. Widerspruch war zwecklos gewesen, und so freute sich Moiken über die Hilfe des Schicksals, in Hamburg auf jeden Fall erst einmal über die Runden zu kommen. Wenn die Vergangenheit nicht wäre, könnte sie sich auch eine Zukunft in der Strandvilla vorstellen, aber nach der Hetzjagd durch Henriette und den schlechten Erfahrungen mit weiteren Westerländern wollte sie keinesfalls auf Dauer in der Stadt bleiben.

Noch hatten die Gäste nicht Platz genommen, sondern standen in Grüppchen beisammen und genossen ein Gläschen Champagner zur Begrüßung. Ein kleines Streichorchester, das man im hinteren Bereich des Saals neben dem Büfett postiert hatte, untermalte den Beginn des Abends mit sanften Klängen.

Moiken bemühte sich, ihre Atemzüge der ruhigen Musik anzupassen. Innerlich war sie sehr nervös, aber nach außen hin wollte sie sich das nicht anmerken lassen, damit sich ihre Aufregung nicht noch zusätzlich auf Emma übertrug, die in ihrem zartrosa Plisseekleid ohnehin schon von einem Bein auf das andere trat und gar nicht wusste, wo sie zuerst hinschauen sollte.

Immerhin fühlte sich Moiken mit dem Kleid und ihrer aufwendigen Hochsteckfrisur äußerlich zugehörig, und die Nervosität nahm ihr die Müdigkeit, doch erschöpft war sie immer noch.

Die Frisur hatte ihr das Zimmermädchen Juliane innerhalb kürzester Zeit gezaubert. Erst sechzehn Jahre alt war sie, wie sich auf Moikens erstaunte Nachfrage hin herausgestellt hatte. Der Hotelier hatte sie vorbeigeschickt, um ihnen die Haare zu frisieren, und so war auch bei Emma das Bild von der Prinzessin nun wirklich perfekt. Auch Emma hatte Julianes Künste bewundert, und die Mädchen waren sofort auf einer Wellenlänge gewesen. Wie schön wäre es für ihre Tochter, dachte Moiken, wenn sie in Hamburg bald eine Freundin finden würde.

Kaum dass Theodor von Lengenfeldt sie entdeckt hatte, war er auf sie zugeeilt und hatte ihnen beiden nach zahlreichen Komplimenten von einem Diener zwei Gläser bringen lassen. Auch Emma sollte ruhig einmal von dem Champagner kosten, so seine Meinung – was Moiken nicht besonders lieb war, aber sie hatte sich vorgenommen, ihrer Tochter diesen Abend nicht zu verderben. Dazu gehörte auch einzusehen, dass Emma kein kleines Kind mehr war und zu so einem Anlass auch einmal Alkohol probieren durfte, besonders, wenn es sich um eine solche Köstlichkeit handelte. Moiken hatte selbst noch nie Champagner getrunken, sie hatte nur gehört, dass es besonders edel und wohlschmeckend sein sollte.

Der Hotelier schien die Gäste, mit denen er sich bis zu ihrem Eintreffen unterhalten hatte, völlig vergessen zu haben. Es war rührend, wie sehr er darum bemüht war, dass sie sich wohlfühlte.

»Auf einen wundervollen Abend.« Er hob sein Glas und stieß mit ihr an. Dabei sah er ihr lange und dankbar in die Augen.

Der Champagner schmeckte unerwartet bitter. Moiken gab sich Mühe, nicht das Gesicht zu verziehen, und nach nur zwei Schlückchen hatte sie bereits das Gefühl, beschwipst zu sein. Trunken war sie jedoch vor allem von der Menge an Leuten, dem Stimmengewirr und der Farbenpracht der Kleider.

Hinter vorgehaltener Hand stellte ihr der Hotelier sämtliche Gäste vor, die bereits eingetroffen waren, und war dabei auch nicht um die eine oder andere Anekdote verlegen, die Moiken zum Lachen brachte. Jetzt wies er sie auf einen Mann in dunklem Anzug mit offenkundig unbezähmbarem weißem Haupthaar hin, dessen Name Georg Busse sei, Sohn des Erbauers des Hotels Miramar.

»Der Busse wollte vor ein paar Jahren kühner sein als ich, indem er sein Hotel vis-à-vis auf einer kleinen Düne direkt am Strand erbaut hat. Aber stellen Sie sich vor, keine vier Jahre später hat der gute Mann nach einer Sturmflut in seine Privatschatulle greifen und ein Betonbollwerk als neue Promenade vorsetzen lassen müssen, weil ein Großteil der Düne weggerissen worden war und er von den Westfenstern aus direkt in den Abgrund geblickt hat. 30 000 Mark hat ihn das gekostet.«

Während Moiken sich erstaunt die Hand vor den Mund hielt, lachte Theodor von Lengenfeldt. »Die neue Promenade soll mir nur recht sein, und wenn daneben bald der nächste tollkühne Erbauer in Konkurrenz treten will, haben wir umso schneller eine lange Promenade aus Beton, ohne dass ich einen Pfennig dazugeben muss – und die hölzerne Wandelbahn, die bei jedem Sturm wie ein Haufen Mikadostäbchen in sich zusammenfällt, wäre endlich Vergangenheit. Das wäre doch wundervoll! Kennen Sie eigentlich das Spiel Mikado?«

Moiken verneinte. Woher auch? Ihre Mutter war wie viele der Meinung gewesen, dass das Spielen noch mehr als das Lesen Zeitverschwendung sei. »Aber mein Vater hat mir an langen Winterabenden das Schachspiel beigebracht.«

»Schach!«, rief von Lengenfeldt begeistert aus. »Ich habe mal eine Partie gegen die rumänische Königin gespielt und gewonnen.«

»Gegen die rumänische Königin?«, echote Moiken stirnrunzelnd.

»Ja, als sie 1888 die Insel besucht hat. Nun, unsere Partie ist womöglich der Grund, weshalb sie nie wieder nach Sylt gekommen ist«, fügte er verschmitzt hinzu. »Denn sie war eigentlich sehr begeistert vom Liebreiz der Insel. Vielleicht lag es aber auch daran, dass sie sich für die in zweiter Reihe gelegene Villa Roth als Urlaubsrefugium entschieden und nicht in meiner Strandvilla residiert hat«, mutmaßte er und prostete ihr mit einem Augenzwinkern noch einmal zu.

Tatsächlich vergaß Moiken über solche Geschichten ihre erste Aufregung, und es war ihr auch nicht unangenehm, dass der Hotelier sich zu ihr beugte, um ihr diese lustigen und teils vertraulichen Dinge ins Ohr zu flüstern, denn mit seinem Körper wahrte er höflichen Abstand.

Der Festsaal füllte sich mehr und mehr, bald war es unmöglich, alle Gäste zu überblicken. Sie hoffte jedoch, dass sie unter ihnen so schnell niemanden entdecken würde, mit dem ihr eine Begegnung unangenehm wäre. Andererseits: In ihrem Kleid und mit diesen aufwendig hochgesteckten Haaren würde keiner von den Westerländern sie erkennen, dessen war sie sich sicher.

Allerdings trafen sie zunehmend neugierige Blicke, und man sah den Leuten förmlich an, dass sie zu gern wüssten, wer die Frau an der Seite des Hoteliers war. Darüber konnte Moiken nur lächeln.

Nun kam aus der Menge das Zimmermädchen Juliane auf sie zu, die sich in einem einfachen blauen Leinenkleid ebenfalls sehr hübsch gemacht hatte. Wie Juliane ihnen berichtet hatte, waren alle Bediensteten zur Feier eingeladen. Keiner von ihnen musste heute arbeiten, das Personal, das für den Service zuständig war, hatte Theodor von Lengenfeldt für diesen Abend aus dem Hotel zum Kronprinzen aus Wenningstedt kommen lassen.

Wie sehr sich die Mädchen schon nach ihrem kurzen Kennenlernen mochten, zeigte sich nun, als Juliane direkt Emma umarmte, bevor sie überhaupt ihren Vorgesetzten, den Hotelier, grüßte.

Der lachte nur über dieses Versäumnis und meinte: »Wie schön, dass sich die Mädchen so gut verstehen, dann habt ihr ja aneinander gute Gesellschaft heute Abend. Ich glaube, es wird Zeit, meine Gäste mit einer kleinen Rede zu begrüßen. Sie entschuldigen mich bitte, meine Damen.«

Moiken sah dem hochgewachsenen Hotelier in Frack und Zylinder nach, wie er zu einem Podest ging, das an der Stirnseite des Saals errichtet worden war, und wie er auf seinem Weg jeden freundlich grüßte, ganz gleich, ob es sich um eine offenkundig höhergestellte Person handelte oder einen seiner Bediensteten. Seine Kleidung entsprach zwar nicht der neuesten Anzugmode, doch genau dadurch fiel er auf, und Respekt verschaffte er sich mit seinem Auftreten allemal.

Ohne seine unmittelbare Nähe fühlte sich Moiken plötzlich wieder unsicher, deshalb suchte sie zur Ablenkung das Gespräch mit Juliane und fragte sie, woher sie denn ihre erstaunlichen Frisierkünste besäße.

»Mit vierzehn habe ich in Hamburg in einem herrschaftlichen Haushalt als Dienstmädchen angefangen, wo man mir das beigebracht hat. Aber dann habe ich Heimweh bekommen und bin zurück auf die Insel«, erzählte Juliane und wirkte dabei sehr aufgeschlossen. »Seit zwei Jahren arbeite ich jetzt in der Strandvilla, es gefällt mir sehr gut, der Hotelier ist sehr nett zu seinen Angestellten, aber dennoch möchte ich wieder nach Hamburg.«

»Du warst schon in Hamburg? Allein, mit vierzehn?«, hakte Emma erstaunt nach. »Wir fahren morgen dorthin. Für immer. Meine Mutter will sich dort eine Arbeit als Konditorin suchen und ich mir eine Lehrstelle.«

»Oh, wie wunderbar, oh, wie schön!«, brach es aus Juliane heraus. »Ich muss nur noch ein bisschen Geld sparen, dann ziehe ich wieder nach Hamburg. Mittlerweile fühle ich mich der großen Stadt gegenüber gewappnet, und ich möchte dort unbedingt eine Stelle als Theaterfriseuse finden, aber leider gibt es fast nur Männer in diesem Beruf, und es ist schwierig, als Frau da hineinzufinden, deshalb brauche ich zur Überbrückung etwas Erspartes, bis es vielleicht klappt – aber es ist mein Traum.«

Emma hatte ihr fasziniert zugehört und fragte nun mit großen Augen: »Du traust dir wirklich zu, ganz allein nach Hamburg zu gehen?«

»Natürlich!«, gab Juliane zurück, als sei es das Selbstverständlichste auf der Welt. »Ich will doch nicht wie meine Eltern auf dieser Insel versauern, ich will etwas aus meinem Leben machen, und dieses Mal werde ich bestimmt kein Heimweh mehr bekommen. Mit sechzehn bin ich alt genug.«

Emma schwieg beeindruckt.

Theodor von Lengenfeldt hatte das Podest erreicht und läutete das Glöckchen, woraufhin es im Saal augenblicklich still wurde. »Meine Damen und Herren, ich freue mich, dass Sie so zahlreich zum beliebten Neujahrsbankett in der Strandvilla erschienen sind, und heiße Sie herzlich willkommen. Ich möchte keine lange Rede halten, aber lassen Sie mich zu diesem Anlass ein paar Worte verlieren. Vielerorts sind Seebäder gegründet worden, aber nicht das schlechteste ist dasjenige, wozu 1855 der Grundstein gelegt wurde, vielleicht das kräftigste von allen – unser Westerland!

Sylt hat, wie man in allem sieht, noch eine große Zukunft. Ein feines, lebenslustiges Publikum ist hier, wie mancher es nicht erwartet hat. Doch was wäre das Leben ohne Visionäre und Menschen mit Risikobereitschaft. Mit untrüglichem Weitblick habe ich bereits 1881 in die Zukunft der Insel investiert und als fünfundzwanzigjähriger Mann mein gesamtes Erbe in die Erbauung eines Traums gesteckt – meine Strandvilla. Zu einer Zeit, als Westerlands Straßen noch keine Namen hatten, als 3000 Sommerfrischler im Jahr die umständliche Embarquierung mit Schiff und Pferdekutsche nach Sylt auf sich nahmen, als es nur acht Hotels gab und keiner der Hoteliers sich mit seinem Bau so nah an die gefräßige Nordsee herangewagt hatte wie ich mit meiner Strandvilla. Doch wer nicht wagt, der nicht gewinnt.

Ich möchte an dieser Stelle unseren verehrten Dr. Nicolas zitieren, der auch heute Abend als unser aller geschätzter Sanitäts- und Badearzt mein Gast ist.

Schon vor zehn Jahren hat er in seiner viel beachteten Broschüre ›Die Nordseebäder auf Sylt‹ die Bedeutung der Insel als Luftkurort infolge ihres weichen Seeklimas früh und richtig erkannt, die den Kurgebrauch in jedem Lebensalter gestattet und an der europäischen Küste nur in Biarriz ihresgleichen hat.

Doch die hehre Schönheit unserer Insel ist einzigartig. Ein großartiges Meer, ein Strand, meilenlang ausgebreitet wie der köstlichste Samtteppich, die fantastische Dünenwelt – hier kann sich die vornehme Badegesellschaft in sorgloser Behaglichkeit einfinden und dem fröhlichen Lebensgenusse hingeben. Und überdies finden durch eine verständige Kur in Westerland fast ausnahmslos alle Leiden vollständige Heilung oder mindestens gründliche Besserung.

Darauf sollten wir gleich anstoßen! Aber lassen Sie mich zum Abschluss noch einen weiteren Gast zitieren, der heute zu meiner großen Freude unter uns weilt. Die folgenden Gedichtzeilen hat Gustav Stresemann, Syndikus aus Dresden, in meinem Gästebuch hinterlassen, und so möchte ich diese nun einem breiteren Publikum vorlesen, weil ich Herrn Stresemann nicht nur wegen seiner scharfzüngigen Reden als Politiker eine glänzende Zukunft vorhersage, sondern auch seine liebevolle Ode an die Insel bewundere, die er aus dem Handgelenk niedergeschrieben hat und die treffender nicht sein könnte.«

Theodor von Lengenfeldt räusperte sich und vergewisserte sich mit einem Blick in die Runde, dass er noch immer die ungeteilte Aufmerksamkeit besaß, dann verlas er das Gedicht:

»Flatternde Fahnen am Badestrand,
vielhundertfältig, von jedem Land,
Wohlige Freude, kindliches Lärmen,
Der Strandweg wimmelnd von Mädchenschwärmen.
Hoch aus den Lüften der Möwe Schrei,
Von Ferne grüßend ein Segel vorbei.
Da surrt es, ein ›Hoch‹ grüßt dem Flieger nach,
Das ist Westerland am sonnigen Tag.

In diesem Sinne, meine Damen und Herren, ehe ich noch mehr ins Schwärmen gerate, blicken wir munter voraus auf ein erfolgreiches, glückliches und gesundes Jahr 1913. Und nun wünsche ich Ihnen einen guten Appetit. Greifen Sie zu, es ist reichlich vorhanden. Sünhair, zum Wohl, liebe Gäste, auf einen wundervollen Abend!«

Er hob sein Glas, und unter zustimmenden Sünhair-Rufen prostete ihm die Gesellschaft zu.

»Erweisen Sie mir mit Ihrer Tochter die Ehre, am heutigen Abend meine Tischdame zu sein?«

Moiken erstarrte wie vom Blitz getroffen. Unbemerkt war Theodor von Lengenfeldt wieder an sie herangetreten, weil sie so fasziniert den Aufputz einer Dame beobachtet hatte, die einen Hut mit einer steil aufragenden Feder trug.

Was hatte er da eben gesagt? Seine Tischdame? Im Grunde war es gar keine Frage gewesen, schließlich konnte sie sein Ansinnen nicht ablehnen. Dennoch bot ihr Theodor von Lengenfeldt galant den rechten Arm und wartete so lange, bis sie sich einhakte.

»Ich möchte aber lieber bei Juliane am Tisch sitzen«, sagte Emma in gedämpftem Ton, allerdings doch laut genug, dass es der Hotelier auch gehört hatte.

Noch bevor Moiken ihre Tochter peinlich berührt in die Schranken weisen konnte, sagte Theodor von Lengenfeldt: »Aber selbstverständlich! Nur mit Erwachsenen am Tisch zu sitzen ist ja auch nicht so erquicklich, da hast du ganz recht. Daran hätte ich auch eher denken können. Also nehmen wir deinen Stuhl und stellen ihn an Julianes Seite.«

Nachdem er die Sitzordnung eigenhändig korrigiert hatte, kam er wieder zu ihr zurück, und sie gingen gemeinsam zum Büfett.

Wie hübsch auch hier alles dekoriert war! Aus Gurken waren exotische Schlangen geworden, aus Orangen schöne Blüten und aus Äpfeln Vögel mit Flügeln, die zwischen Rot und Grün changierten. Von der Vielzahl an Köstlichkeiten fühlte sich Moiken jedoch überfordert, vieles davon kannte sie nicht, und so nahm sie kleine Häppchen von dem, was Theodor von Lengenfeldt ihr empfahl, und hoffte, dass sie vor Nervosität überhaupt einen Bissen herunterbringen würde.

Sie steuerten auf den Tisch in der Nähe des Büfetts zu, an dem bereits fünf Herren saßen, die sich angesichts ihres Erscheinens sofort erhoben und leicht verbeugten.

»Meine Herren, darf ich vorstellen, Moiken Jacobsen. Frau Jacobsen, darf ich Sie mit den Herren Korwan, Dirks, Hast, Bürgermeister Frommhold und Dr. Nicolas bekannt machen?« *Ausgerechnet Dr. Nicolas,* dachte Moiken. Beklommen, aber freundlich nickte sie in die Runde, während sie dem Arzt gegenüber Platz nahm. Er hatte sich schon als Arzt auf Sylt niedergelassen, als sie noch ein kleines Kind gewesen war. Er hatte damals den Tod ihres Bruders festgestellt.

Dr. Nicolas musste jetzt etwas über sechzig Jahre alt sein, er war immer noch von kräftiger Statur, seine grauen streichholzlangen Haare waren zum Mittelscheitel gekämmt, er trug wie früher eine runde Brille und seinen kaiserlichen Schnurrbart.

Allerdings kannte auch Dr. Nicolas sie nur unter ihrem Mädchennamen, doch nachdem er sie nun ebenfalls etwas länger betrachtet hatte, erschien eine steile Falte zwischen seinen Augenbrauen, und ihr wurde ganz flau im Magen. Ob er sie mit der Frau in Verbindung brachte, die vor fünfzehn Jahren aus Westerland geflohen war?

Wider Erwarten sprach er sie nicht an, sondern wandte sich an den Bürgermeister, um ihm den Vorschlag zu machen, ob man nicht am Hotel Royal, in dem sich derzeit das Rathaus befindet, einen zusätzlichen Rezept-Briefkasten für die Apotheke anbringen könne, weil das Gebäude so schön nah am Strand liege, wo alle Badegäste vorbeikämen, doch der Bürgermeister beschied ihm, dass ein Briefkasten am Hotel zum Deutschen Kaiser und einer bei der Arztpraxis am Badebureau genügten. Zwar läge das Hotel Royal günstig, aber schließlich kaum einen Steinwurf vom Badebureau entfernt, also sei ein weiterer Kasten überflüssig. Dr. Nicolas hielt dagegen, dass die Briefkästen im Hochsommer, trotzdem sie dreimal am Tag geleert wurden, beinahe überquellen würden.

Moiken war froh, dass sich die Männer in eine kleine Diskussion verstrickten. Vom Bürgermeister musste sie zwar nicht unbedingt befürchten, erkannt zu werden, denn der war erst seit rund fünf Jahren im Amt und zuvor aus Leipzig auf die Insel gekommen, doch ganz sicher konnte sie sich nicht sein. Sofern er sich als Jurist für die Geschehnisse in seiner Stadt in der jüngsten Vergangenheit interessierte, könnte er dennoch von dem Todesfall gehört haben, der ihr angelastet wurde.

Auch die drei anderen Herren beteiligten sich nun an der Diskussion, und Moiken war dankbar dafür, dass man ihr keine neugierigen Fragen stellte.

Ein Diener kam und füllte die Gläser mit Rotwein.

»Auf das Jahr 1913!«, sagte der Hotelier und hob das Glas, und sie taten es ihm gleich.

Der Wein hatte einen leicht bitteren Geschmack und hinterließ ein pelziges Gefühl auf der Zunge. Moiken wandte sich nach ihrer Tochter um, ob man ihr auch Wein einschenken würde, doch sie konnte nur den Rücken ihrer Tochter sehen. Jedenfalls schien sie sich prächtig mit Juliane zu amüsieren, die Mädchen steckten die Köpfe zusammen, lachten und hatten beide hochrote Wangen. Das hing bestimmt mit den jungen Männern zusammen, die bei ihnen am Tisch saßen.

»Machen Sie sich keine Sorgen um Ihre Tochter, sie ist in bester Gesellschaft«, hörte sie Theodor von Lengenfeldt sagen, und Moiken wandte sich ertappt ab. Der Hotelier sah sie mit einem verständnisvollen Lächeln an, so als wüsste er ganz genau, was in ihr vorging.

»Du warst ja in deiner Rede ganz schön euphorisch, Theodor«, begann Franz Korwan, ein Mann mit weißem Haar und vollem Schnurrbart, der ihr hinter vorgehaltener Hand des Hoteliers vorhin als Herr Überall und guter Freund vorgestellt worden war. Tatsächlich war Korwan sein Künstlername, doch dieser bekannte Westerländer, der gleich hinter dem Conversationshaus am unteren Ende der Strandstraße wohnte, hieß eigentlich Sally Katzenstein und war nicht nur als Maler gerade in der St.-Severin-Kirche beschäftigt, wo er die Decke von Chorraum und Kirchenschiff mit den Sternbildern der nördlichen Hemisphäre ausgestaltete, er war zugleich auch als Ratsmann tätig, malte Werbeplakate und war zudem in der Leitung der Westerländer Spar- und Leihkasse.

Mit melancholischem Gesichtsausdruck fuhr der Tausendsassa fort: »Wenn man bedenkt, dass wir auf ein Jahr zurückblicken, in dem es für Deutschland bedrohlich nach Krieg ausgesehen hat, und vor uns ein Jahr liegt, in dem wir uns erneut gegen einen bevorstehenden Kriegsausbruch wappnen müssen …«

»Was sind denn das für pessimistische Reden?«, fragte Theodor von Lengenfeldt und ließ dabei ein helles, unduldsames Schnalzen hören. »Was geht uns denn die Krise auf dem Balkan an, mein guter Freund?«, fügte er fast lachend hinzu. »Sollen sich die Bulgaren, Serben und Griechen im Kampf gegen das Osmanische Reich doch dort unten gegenseitig die Köpfe einschlagen.«

»Ganz meine Meinung!«, pflichtete ihm Dr. Nicolas bei. »Warum sollten wir uns als Großmacht in dieses regionale Scharmützel einmischen?«

»Scharmützel?«, fragte ein groß gewachsener Mann mit gezwirbeltem Schnurrbart und riss dabei in gespieltem Erstaunen seine hellwachen Augen auf. »Dafür bin ich ja wohl zuständig.« Damit hatte Andreas Dirks allerdings recht, dachte Moiken, und erinnerte sich an zahlreiche Geschichten, die sie von dem Sylter Künstler gehört hatte.

»Stellen Sie sich vor, da war ich kürzlich mit dem Zug in meine Heimat unterwegs gewesen, und aufgrund der ruckartigen Fahrweise des Lokführers schwappte der Wein aus meinem Glas. Da habe ich kurzerhand die Notbremse gezogen. Und als mich der Schaffner deshalb zu 100 Mark Geldstrafe verdonnern wollte, habe ich zu ihm gesagt: Sie können zweihundert haben, Hauptsache, Sie lassen mich in Ruhe meinen Wein trinken.«

Die Tischgesellschaft lachte, und wieder wurde sich zugeprostet.

Doch nach einem Schluck aus seinem Glas wurde der Maler ernst. »Dort unten auf dem Balkan«, hob er an, »wütet ein blutiger Krieg, der schnellstens ein Ende finden muss.«

»So ist es«, pflichtete ihm sein Künstlerfreund Korwan bei. »Und in London sitzen die Großmächte seit einem Jahr am Verhandlungstisch und beraten darüber, wie sie als Schutzherren der kleinen Staaten dem Blutvergießen ein Ende setzen könnten.«

Andreas Dirks nickte. »Was dort am runden Tisch aufgeführt wird, ist ein schlechtes Theaterstück. Es geht doch nicht um echte Hilfe, sondern um eigene Eitelkeiten. Die Großmächte streiten sich, bringen sich dabei selbst um ihre Glaubwürdigkeit. Viel reden können sie, aber nichts tun, um diesen Balkankrieg zu beenden. Die Großmächte machen sich lächerlich!«

»Der Große Krieg wird kommen, auch Kronprinz Wilhelm lässt in den Zeitungen keinen Zweifel daran«, bekräftigte Franz Korwan und bedeutete dem Diener mit einer kurzen Geste, sein bereits geleertes Glas aufzufüllen.

»Großer Krieg?«, mischte sich nun Dr. Frommhold ein, der als Bürgermeister und Leiter des Bades die Debatte bislang still verfolgt hatte. »Das sind doch nur große Töne, die der Sohn des Kaisers da spuckt. Er ist lediglich der Kronprinz und nicht der Kaiser mit Entscheidungsgewalt.«

»Eben. Sein Vater Wilhelm ist nicht umsonst unser Friedenskaiser«, ließ sich Theodor von Lengenfeldt wieder vernehmen, und sein Gesichtsausdruck machte deutlich, wie überflüssig er diese Debatte fand.

»Wohl wahr!«, pflichtete ihm ein untersetzter Mann bei, der sich in der Runde bislang ebenfalls zurückgehalten hatte. Es war Adam Hast, ihm gehörte das größte Hotel in Westerland, das Hotel zum Deutschen Kaiser, das unweit des Kaufhauses H.B. Jensen lag. »Seit fünfundzwanzig Jahren ist unser Kaiser an der Macht und hat uns nur friedliche Zeiten beschert. Erst im vergangenen Monat ist er für den Friedensnobelpreis vorgeschlagen worden – und das von keinem Geringeren als Alfred Nobels Sohn.«

»Ganz richtig«, sagte Theodor von Lengenfeldt, obwohl es ihm sichtlich schwerfiel, seinem größten Konkurrenten recht zu geben. Als Gast durfte dieser natürlich nicht fehlen, das hatte Moiken verstanden, vordergründig gab man sich als Hotelier loyal, doch von Lengenfeldt musste ihm schließlich zeigen, dass die Strandvilla im Hinblick auf die technischen Neuerungen dem Hotel zum Deutschen Kaiser überlegen war.

»Ein deutlicheres Zeichen für den erklärten Friedenswillen unseres Kaisers kann es wohl nicht geben«, setzte Theodor von Lengenfeldt hinzu, und es fehlte offenkundig nicht viel, dass er diese Diskussion beendet hätte.

»Wilhelm der Friedliche, dass ich nicht lache!«, rief Franz Korwan. »Seiner Majestät eine pazifistische Krone aufzusetzen wäre allein angesichts des Boxeraufstands, den er blutig niederschlagen ließ, wohl ein ziemlicher Hohn.«

»Man muss doch nur hinsehen, dann weiß man, was passieren wird«, seufzte Andreas Dirks und schüttelte den Kopf. »Deutschland will als Bündnispartner fest an der Seite der Donaumonarchie stehen, sollte Österreich-Ungarn gegen die Serben in den Krieg ziehen. Alle Zeichen stehen auf Angriff.«

»Da sind Sie wohl doch nicht ganz auf dem Laufenden«, widersprach ihm Theodor von Lengenfeldt ebenfalls seufzend. »Unserem Kaiser wurde von seinem Cousin Georgi in aller Deutlichkeit gesagt, dass Großbritannien im Falle eines Kriegs eben nicht neutral bleiben könne, denn er als König Georg V. müsse gegenüber Frankreich und Russland schließlich seine Bündnisverpflichtungen erfüllen.«

»Nun also, da haben wir es doch«, echauffierte sich Franz Korwan. »Frieden auf dem Balkan wird nur noch durch das Eingreifen der Großmächte zu erreichen sein. Und ein Krieg gegen Russland und Frankreich wird zu einer militärischen Einmischung Großbritanniens führen. Es gibt also nur eine folgerichtige Konsequenz: Ein Krieg gegen die Triple Entente ist unvermeidlich.«

»Undenkbar ist das!«, rief der Hotelier Hast. »Deutschland hat nicht die militärische Stärke, Kaiser Wilhelm wird es niemals auf einen Krieg ankommen lassen, er hat doch vergangenen Monat seine Versprechungen gegenüber Österreich-Ungarn wieder zurückgenommen und Kaiser Franz Joseph außerdem dringend vor einem Alleingang gewarnt. Die internationalen Konsequenzen wären unberechenbar.«

»Hingegen hat Generalstabschef Helmuth von Moltke öffentlich verlauten lassen, dass das deutsche Heer zum sofortigen Einsatz bereit ist«, sagte Franz Korwan deutlich ruhiger und zeigte dadurch trotz allen Engagements erste Ermüdungserscheinungen in der Diskussion.

»Aber Deutschlands militärische Stärke ist bei Weitem nicht ausreichend für einen Großen Krieg!«, hob Theodor von Lengenfeldt noch einmal an, um in dieser leidigen Debatte in jedem Fall das letzte Wort zu behalten. »Der U-Boot-Hafen auf Helgoland ist eine Baustelle, und auf dem Kaiser-Wilhelm-Kanal können zwischen Nord- und Ostsee lediglich die Fischerboote pendeln, solange die geplante Vertiefung nicht fertig ist. Abgesehen davon verfügt die Marine über viel zu wenig Großkampfschiffe.«

»Und genau darum heißt es jetzt aufrüsten, aufrüsten, aufrüsten!«, rief Andreas Dirks aus und sah mit seinen hellwachen Augen beschwörend in die Runde.

»Dazu wird es nicht kommen«, sagte Dr. Nicolas unduldsam, »so sehr sich das Menschen wie Sie auch wünschen mögen. Die Reichsleitung ist sich bewusst, dass ein solcher Krieg einem Wahnsinn gleichkäme.«

»Jawohl, unser Kaiser ist und bleibt vernünftig«, konstatierte Theodor von Lengenfeldt, der den passenden Moment für das

Schlusswort gekommen sah. »Auf unseren Friedenskaiser!«, rief der Hotelier und hob sein Glas.

»Auf unseren Friedenskaiser«, schallte es ihm aus der Runde entgegen. Nur die beiden Maler blieben stumm.

»Auf das Leben, die Liebe und einen wundervollen Abend.« Nachdem sie zum Nachtisch Moikens viel gelobte Köstlichkeiten genossen hatten, hob der Hotelier seinen Cognac-Schwenker und bat die Tischgesellschaft, zum ausgelassenen Teil bei Tanz und Musik überzugehen.

Das kleine Orchester spielte auf, und sogleich fanden sich einige Paare auf der Fläche vor dem Büfett zusammen, während sich an den Stehtischen neue Grüppchen bildeten, Frauen beim Likör und die Männer bei einem Cognac mit Zigarre.

»Immer diese leidigen politischen Debatten«, begann Theodor von Lengenfeldt an Moiken gewandt, »es tut mir leid, dass ich mich Ihnen nicht so widmen konnte, wie ich das gewollt hätte«, fügte er hinzu.

Zunächst hielt Moiken das für eine höfliche Floskel, doch sein gesenkter Blick machte deutlich, dass er es tatsächlich bedauerte.

»Sie sind mir doch nichts schuldig! Im Gegenteil, Sie kümmern sich schon den ganzen Abend rührend um mein Wohlbefinden, und wie kam ich überhaupt zu der Ehre, Ihre Tischdame zu sein?«

»Nun …«, begann Theodor von Lengenfeldt, dann zögerte er und sagte schließlich: »Ich möchte, dass Sie diesen Abend genießen und in wunderbarer Erinnerung behalten.«

»Das werde ich«, sagte Moiken bestimmt. Ihr war allerdings nicht entgangen, dass der Hotelier ihr ausgewichen war. Natürlich könnte sie glauben, dass er ihr Avancen machen wollte, denn das dachten bestimmt auch einige Gäste, die immer noch zu gern wüssten, wer die Frau an der Seite des Hoteliers war. Doch seine vornehme Zurückhaltung hinterließ bei Moiken eher den Eindruck, dass ihm tatsächlich schlicht daran gelegen war, ihr einen schönen Abend zu bereiten.

Wenn er die Absicht hätte, die Nacht nicht allein im Bett zu verbringen, müsste er nur eine der Frauen wählen, die ihm ganz offensichtlich schöne Augen machten, so wie die Dame, die sich in ihrem roten Kleid mit verboten tiefem Ausschnitt an einem Stehtisch unweit des Hoteliers so postiert hatte, dass er beste Sicht auf ihre Vorzüge hatte.

Auf Wangen und Stirn hatte sie veilchenblauen Puder aufgetragen, was dem Teint einen samtartigen Schmelz verlieh, in Moikens Augen jedoch sehr unnatürlich wirkte. Doch es gab ein paar Frauen im Saal, die sich so geschminkt hatten. Der letzte Schrei aus Paris, hatte der Hotelier achselzuckend dazu bemerkt. Nun hob die Dame ihr Likörglas und zwinkerte dem Mann ihrer Begierde kokett zu.

»Gräfin von Schöneck«, sagte Theodor von Lengenfeldt, der ihrem Blick offenbar aufmerksam gefolgt war, »seit langer Zeit Stammgast in meiner Strandvilla, ihr Mann ist letztes Frühjahr verstorben. Mit der Trauerzeit sieht sie es nicht ganz so eng.«

Richtiggelegen, dachte Moiken, als der geringschätzige Blick der Dame sie traf. Deren Miene hellte sich allerdings sofort wieder auf, als der Hotelier ihr freundlich zunickte, doch aus seinem Lächeln konnte Moiken nicht herauslesen, wie er zu den Avancen dieser Frau von Schöneck stand.

Warum machte sie sich überhaupt über mögliche Liebschaften des Hoteliers Gedanken?

»Mein Freund!«, rief Theodor von Lengenfeldt unvermittelt, und dann erkannte Moiken, wem der Ausruf gegolten hatte. »Darf ich vorstellen, Julius Meyer, ein kluger Kopf und der belesenste Mensch, den ich kenne. Julius, das ist …«

»Wir kennen uns«, unterbrach ihn der Buchhändler mit einem Lächeln. »Schön, dich hier wiederzutreffen, Moiken.« In seinem wohlwollenden Blick lag jedoch auch Irritation darüber, sie so einträchtig an Lengenfeldts Seite vorzufinden. »Haben sich die Dinge mit dem Hausverkauf geklärt?«, fragte er rundheraus.

»Das ist Sache meiner Schwiegermutter«, entgegnete Moiken knapp.

»Aha?«, entgegnete der Buchhändler, sah ratlos zwischen ihnen beiden hin und her und strich sich dabei verlegen über den Spitzbart.

»Du hättest vorhin an unserem Tisch sitzen sollen, lieber Julius«, sagte Theodor von Lengenfeldt, offenkundig entschlossen, das heiße Eisen nicht anzufassen und den Buchhändler auf ein anderes Thema zu bringen. »Stell dir vor, während des Essens ging es nur um diese unselige Kriegsfrage. Es gibt doch tatsächlich Leute, die so sehr davon überzeugt sind, dass es einen Großen Krieg gibt, als hätten sie eine Glaskugel, und deshalb in ihrem missionarischen Übereifer nicht nachlassen können.«

»Mir soll es recht sein, dass das Thema die Leute beschäftigt«, sagte Julius Meyer achselzuckend. »Reißenden Absatz findet derzeit das im vergangenen Jahr erschienene Buch von General und Kriegshistoriker Friedrich von Bernhardi *Deutschland und der nächste Krieg.*«

»Nichts als heiße Luft«, entgegnete Lengenfeldt kopfschüttelnd. »Und dieser Bernhardi spielt auch noch mit den Ängsten der Leute und verdient damit sein Geld. Keine Sorge, mein Freund, ich gönne dir diesen Umsatz, mich ärgern jedoch diese falschen Propheten, die mehr Unruhe ins Land bringen, als die Tatsachen es rechtfertigen. Und darum wollen wir diesen Abend nun genießen. Wo ist denn deine werte Gattin, mein Freund?«

»Sie musste leider zu Hause bleiben, eines der Kinder ist krank geworden.«

»Ach, das ist aber bedauerlich. Wie viele sind es mittlerweile an der Zahl? Da verliert man ja so langsam den Überblick«, fügte er schmunzelnd hinzu.

»Acht.«

»Meinen Respekt!«, staunte der Hotelier und deutete mit einem Griff an die Krempe das Heben seines Zylinders an. »Ich wäre schon mit einem Kind sehr glücklich, aber das ist mir durch den frühen Tod meiner Gattin bislang ja leider nicht vergönnt gewesen.«

»Der Respekt gilt meiner Frau, ich bewundere sie für ihre Kraft, mit der sie die Kindererziehung und den Haushalt perfekt meistert und mir auch noch im Laden zur Hand geht.«

»Da kann ich dir nur beipflichten, es wird ohnehin Zeit, dass die Frau in ihrer häuslichen Lebenswelt mehr Wertschätzung durch uns Männer erfährt. Zwar erwirtschaftet die Frau mit ihrem Tun kein Geld, aber ist es nicht so, dass die Arbeit einer fleißigen Hausfrau selbst mit Gold nicht aufzuwiegen ist?«

Julius Meyer legte seinem Freund die Hand auf die Schulter. »Du bist ein feiner Kerl, trotz deines Erfolgs auf dem Boden geblieben und hast die richtigen Ansichten. Du wirst bestimmt wieder eine Frau finden, mit der du glücklich wirst.«

»Das würde ich mir wünschen«, sagte Theodor von Lengenfeldt und blickte kurz versonnen in die Ferne, als sähe er sich dort schon am Ziel seiner Träume. »Auf das Leben, die Liebe und einen wundervollen Abend.« Er hob seinen Cognac-Schwenker, stieß zunächst mit seinem Freund und dann auch mit Moiken an.

»Darf ich bitten?«, fragte er, kaum dass er sein Glas abgestellt hatte, und bot ihr galant den Arm.

Moiken verschluckte sich vor Schreck an ihrem Eierlikör und hustete wenig damenhaft.

»Alles in Ordnung?«, fragte er besorgt.

»Vielen Dank, ja«, gab sie mit brüchiger Stimme zurück. Nur was sollte sie jetzt machen? Zuletzt hatte sie auf ihrer Hochzeit getanzt und dabei genauso wenig Talent bewiesen wie ihr Mann. Moiken horchte auf die Musik. Was war das überhaupt für ein Tanz? Die Schritte kannte sie nicht, die Posen und Bewegungen wirkten erotisch aufgeladen und ziemlich verrucht.

»Das ist Tango«, sagte Theodor von Lengenfeldt, der ihre Gedanken offenbar abermals erraten hatte. »Vor zehn Jahren kam der Tanz aus Argentinien erstmals nach Europa und verbreitet sich seither zusehends. Auf der kommenden Welttanzlehrerkonferenz in Paris soll diskutiert werden, ob der Tango sozusagen auf den Index kommt, und die Chancen stehen leider gut. Das heißt, in Zukunft werde ich bei solchen Veranstaltungen nicht nur mit Polizeikontrollen rechnen müssen, sondern sogar mit einer Strafanzeige, wenn ich zu solch anstößigen Tänzen animiere. Aber ich bitte Sie, sehen Sie doch nur hin, was die Gäste für einen Spaß haben, wahre Tangopassionisten sind darunter, und keineswegs Verbrecher und Dirnen, wie allenthalben behauptet wird. Nun, darf ich also bitten?«

»Es tut mir leid, wenn ich Sie enttäuschen muss, aber ich beherrsche diesen Tango leider nicht.« Eigentlich bedauerte sie es gar nicht, denn sie hatte große Angst, sich zu blamieren, auch wenn sie dieser Tanz durchaus reizen würde.

»Ich habe verstanden, dass Sie die Schritte nicht beherrschen. Aber vertrauen Sie mir. Es ist ein Tanz, bei dem Sie nur spüren müssen, was ich tue, wohin ich Sie führe – Ihre Beine werden sich scheinbar ganz von allein bewegen, Sie werden schon sehen. Kommen Sie, bitte.« Er setzte seinen Worten einen solch treuherzigen Blick hinzu, dass Moiken lachen musste, und dabei löste sich ihre Anspannung.

»Lass dir dieses Vergnügen nicht entgehen, Moiken«, riet ihr Julius Meyer mit einem Augenzwinkern. »Theodor ist ein sehr guter Tänzer.«

»Nun gut, versuchen wir es, aber ohne Gewähr«, sagte Moiken

und reichte dem Hotelier ihre Hand. Sie war bereit für dieses kleine Abenteuer.

»Eine Garantie gibt es niemals im Leben, wir können die Dinge immer nur wagen«, entgegnete Theodor von Lengenfeldt und führte sie in stolzer Haltung auf die Tanzfläche.

Nun fühlte sich Moiken endgültig wie eine Prinzessin. Waren das die starken Arme, von denen jede Frau träumte? Sicherlich, Peter war auch muskulös, sein Körperbau aber viel schlanker und sehniger gewesen.

Warum verglich sie den Hotelier überhaupt mit ihrem Mann, Gott hab ihn selig? Was würde er sagen, wenn er sie jetzt so sehen könnte? Wahrscheinlich würde er sie überhaupt nicht wiedererkennen, weder an ihrem Aussehen noch an ihrem Verhalten. Dass sie auf einem so großen Fest mit einem fast fremden Mann tanzte – und dann auch noch Tango! Bestimmt trug der Alkohol das Seinige dazu bei.

Es war auch nicht ganz so, wie Theodor von Lengenfeldt es gesagt hatte: Vor Aufregung konnte sie nur schwer erfühlen, wohin sie ihren Fuß setzen musste – von wegen, sie brauchte einfach nur seiner Führung zu vertrauen und alles andere geschah wie von selbst. Ständig musste sie aufpassen, nicht zu stolpern, und sie war ihm bestimmt schon dreimal auf den Fuß getreten.

»Sie sind eine wundervolle Tänzerin«, flüsterte er nahe an ihrem Ohr, sodass sie für einen Augenblick sogar seine Lippen spürte.

Moiken lachte über das Kompliment, mit dem er Süßholz raspeln wollte, doch ihr kleiner Schwips sorgte dafür, dass sie nichts dagegen hatte. Warum auch, er war ein Gentleman vom Zylinder bis zur polierten Schuhspitze, und letztlich hatte sie keinen Grund, sich in seinen Armen unwohl zu fühlen.

Einzig der Gedanke an Peter ließ tiefe Wehmut in ihr aufkommen. War sein Tod der Preis dafür, dass sie nun all das erleben durfte? Was hatte das Schicksal mit ihr vor?

Dass andere Frauen sich an ihre Stelle wünschten, war an einigen neidvollen Blicken zu erkennen. Nach einer Drehung hob der Hotelier ihr Bein in eine gewagte Pose, und dabei fiel ihr Blick auf diese Frau von Schöneck. Moiken versteinerte regelrecht unter den imaginären Giftpfeilen, die diese Frau auf sie abschoss.

Prompt setzte Moiken den nächsten Schritt falsch, sie stolperte, und damit waren sie außer Takt geraten. »Verzeihung«, sagte sie peinlich berührt. »Diese Dame hat mich völlig aus dem Konzept gebracht.«

Theodor von Lengenfeldt bot ihr seinen Arm an, um sie von der Tanzfläche zu führen. Die andere Hand legte er auf den Brustkorb und gab damit den Anschein, dass seine Kondition der Grund für den vorzeitigen Abbruch des Vergnügens sei. Er war wirklich ein Gentleman.

»Frau von Schöneck?«, fragte er, ohne hinzusehen, und wartete auch gar nicht erst ihre Bestätigung ab. »Nehmen Sie sich das nicht zu Herzen, Stammgäste können anstrengend sein. Nachdem ich mich bei ihrem letzten Aufenthalt ein wenig um ihr Seelenwohl gekümmert habe, ist diese Frau nun wohl leider dem Irrtum verfallen, sie habe ein Exklusiv-Abonnement auf mich.«

Moiken nickte. Nur wenige Schritte entfernt stand ihre Tochter in eleganter Pose an eine Marmorsäule gelehnt, und gleich darauf sah sie den Grund dafür.

Dieser junge Fotograf erdreistete sich doch tatsächlich, Emma ein zweites Mal zu fotografieren. Ihr Blut geriet in Wallung, doch äußerlich versuchte sie, gelassen zu bleiben, damit sie ihre Tochter ohne großes Aufsehen zu sich holen konnte.

»Wenn Sie mich bitte einen Augenblick entschuldigen würden?«, bat sie Theodor von Lengenfeldt.

»Aber natürlich«, erwiderte er. »Ich werde mich zu den Herren Hast und Busse dort drüben am Stehtisch gesellen, mit ihnen ein wenig über Westerlands Entwicklung als Badeort philosophieren und dabei mal unauffällig horchen, was die Herren mit ihren Hotels so für Pläne haben.« Er zwinkerte ihr zu. »Aber es wäre schön, wenn ich Sie gleich wieder an meiner Seite hätte, vielleicht können wir dann noch einen Tanz wagen. Damit würden Sie mir eine große Freude machen.«

Moiken schenkte ihm ein unverbindliches Lächeln, mit dem sie sich abwandte und auf ihre Tochter zuging, denn sie hatte jetzt ganz andere Dinge im Kopf. »Kommst du mal bitte zu mir?«, forderte sie Emma sehr freundlich, aber doch bestimmt auf.

Zum Glück kam sie sofort und sprudelte dann auch gleich hervor: »Mutter, Bernhard hat mir seine Karte gegeben. Er sagt, er hat das Foto von gestern entwickelt, und es ist wunderschön geworden. Und dieses zweite Foto, das er gerade gemacht hat, kostet nur eine Mark. Das wäre auch eine wunderschöne Erinnerung. Können wir morgen in den Laden gehen? Er ist leicht zu finden, er liegt ganz oben an der Friedrichstraße, gleich am Strandübergang, von hier aus ein Katzensprung, und wir könnten doch morgen früh, bevor wir zum Zug …«

»Eine Mark? Davon kann ich fünf Kilo Kartoffeln kaufen und lange satt werden«, unterbrach sie ihre Tochter. Moiken musste an sich halten und atmete tief durch, während sie auf den jungen Fotografen zuging, um ihm kurz und bündig die Meinung zu sagen. »Ihr Geschäftsgebaren ist eine Unverfrorenheit, richten Sie das Ihrem Meister aus.«

»Das können Sie ihm selbst sagen, er steht dort drüben. Er ist gerade heute Nachmittag aus Berlin zurückgekehrt. Herr Lassen?«, rief er in Richtung eines Mannes, der mit dem Rücken zu ihnen als Einziger in einer Gruppe von Frauen stand.

Der Angesprochene drehte sich um.

Moiken konnte das Glück dieser Begegnung kaum fassen. Er hatte sich in all den Jahren kaum verändert, er trug die blonden langen Haare wie der junge Fotograf zum Zopf gebunden, war äußerlich nur wenig älter geworden und seine Gesichtszüge etwas markanter. Auch er schien sie erkannt zu haben, denn die Wiedersehensfreude breitete sich als ungläubiges Lächeln auf seinem Gesicht aus.

Augen, die so hellblau waren wie die Nordsee an windstillen sonnigen Tagen. Augen, von denen man sich aufgrund der Lachfältchen nicht vorstellen konnte, dass sie jemals traurig wirken könnten. Augen, die ihr vertraut waren.

Ein Mann, auf den jede Faser ihres Herzens reagierte.

Boy Lassen. Tonlos formten ihre Lippen seinen Namen, und dabei durchströmte sie eine Wärme, von der sie hoffte, dass sie sich nicht in einer Röte auf ihren Wangen niederschlagen würde. Über fünfzehn Jahre hatten sie sich nicht gesehen. Ihre Liebe gab es, seit er ihr mit sandigen Lippen den ersten unschuldigen Kuss geraubt hatte.

»Moiken? Was machst du denn hier?«, fragte Boy und kam ein paar vorsichtige Schritte auf sie zu, so als könne er seinen Augen nicht trauen. »Du hast dich ganz schön verändert. Ich dachte, du seist gar nicht mehr auf der Insel.«

Bei ihm war dieses Gerücht also auch angekommen.

»Ich freue mich, dich zu sehen«, entgegnete Moiken atemlos. Ihr fehlte die Luft, so als hätte sie gerade erst den Fuß von der Tanzfläche gesetzt. »Ich bin in Keitum verheiratet«, setzte sie knapp hinzu.

»Meine Mutter ist Witwe«, korrigierte Emma ungefragt. In solchen Dingen war ihre Tochter doch immer noch wie ein kleines Kind, dachte Moiken. »Wir haben gestern Nachricht bekommen, dass mein Vater auf See geblieben ist«, gab Emma weiter ihrem Mitteilungsbedürfnis nach. »Morgen fahren wir nach Hamburg, um dort ein neues Leben anzufangen. Aber vorher möchte ich unbedingt noch das Foto abholen.«

»Oh«, machte Boy. Mehr brachte er offenkundig nicht über die

Lippen, doch sein Blick sagte alles. In seinen Augen konnte sie noch so gut lesen wie früher. Jedes Wort. Weil es dasselbe war, was sie dachte.

Warum habe ich dich nicht eher wiedergefunden? Warum erst jetzt?

Moiken begegnete seinem Blick mit Bedauern und gab ihm eine stumme Antwort. *Weil es nicht sein sollte.*

Mit Herzklopfen verglich sie Boys Aussehen mit dem ihrer Tochter, sie suchte nach Ähnlichkeiten, doch sie fand keine. Vielleicht die Mundpartie, Emma hatte ebenfalls recht schmale Lippen, aber das konnte man sich auch einbilden. Schließlich war sie selbst nicht mit einem Schmollmund ausgestattet. Ansonsten standen da zwei Menschen, die abgesehen von der Haar- und Augenfarbe, die bei sämtlichen Syltern gleich war, äußerlich nichts gemeinsam hatten.

Boy hatte eine hohe und leicht vorgewölbte Stirn, ungewöhnlich viele Fältchen um die Augen, die er schon als junger Mensch gehabt hatte, eine eher lange Nase und ein spitzes Kinn. Somit war er das ganze Gegenteil von Emma. Einerseits erleichterte sie das, andererseits blieb die Ungewissheit.

Viel mehr Ähnlichkeit gab es zwischen Boy und dem jungen Fotografen – das sah sie erst jetzt, als die beiden nebeneinanderstanden. Das gleiche breite Lächeln, beide wussten ohne Kamera in der Hand nicht, wohin mit ihren langen Armen, selbst der Augenausdruck war identisch. Am Ende war es sein Sohn, der bei ihm in die Lehre ging, aber da dieser Bernhard bestimmt zwei, drei Jahre älter war als Emma, wüsste Moiken doch, wenn Boy so früh Vater geworden wäre.

Der junge Fotograf wurde unterdessen ungeduldig. »Die Dame wollte sich bei dir über unsere Geschäftspraxis beschweren, weil ich ein zweites Foto von ihrer Tochter gemacht und ihr das zum Kauf angeboten habe.«

»Oh, du solltest dich keinesfalls gezwungen fühlen, das zweite Bild zu kaufen«, entschuldigte sich Boy rasch. »Das erste Foto vor dem Haus ist allerdings tatsächlich wunderschön geworden, und mir ist sofort die Ähnlichkeit zu dir aufgefallen, aber ich wähnte dich ja nicht mehr auf der Insel, also habe ich es nicht für möglich gehalten, dass sie tatsächlich deine Tochter ist. In diesem Fall würde ich dir das Foto natürlich sehr gern schenken.«

»Dafür gibt es keinen Grund«, entgegnete Moiken, und sie wusste ohne hinzusehen, dass Emma gerade zornig die Stirn runzelte. Doch selbst wenn sie sich das Foto nicht leisten konnten, wollte sie von Boy kein Geschenk annehmen.

»Ich dachte nur, weil …« Er führte seinen Satz nicht zu Ende, sondern hob von Neuem an. »Dann sieh es als mein Abschiedsgeschenk an dich. Ich bin morgen ab acht Uhr im Laden, ich kann aber auch jetzt schnell hinüberlaufen und das Foto holen, falls dir das morgen wegen der Abreise zu knapp ist«, bot er an.

»Ich bin erschöpft«, bemerkte Moiken, und natürlich musste das in seinen Ohren wie eine Ausrede klingen. Es war auch eine, aber eine, die der Wahrheit entsprach. »Wir haben morgen in der Tat eine lange Reise vor uns. Darum werden Emma und ich uns jetzt schlafen legen.«

Erwartungsgemäß erntete sie von ihrer Tochter Protest. »Das Fest ist doch noch nicht vorbei, und ich möchte wenigstens das bereits entwickelte Foto von mir haben.«

»Wir werden Herrn Lassen jetzt nicht bemühen«, stellte Moiken klar, »wer weiß, wie viele schöne Motive von den Gästen ihm in dieser Zeit entgehen. Und für uns ist das Fest jetzt zu Ende. Es ist nach Mitternacht, und wenn es nach dir ginge, Emma, würdest du die ganze Nacht nicht ins Bett gehen wollen, aber wir müssen jetzt schlafen, und ich glaube, du hattest sehr viel Vergnügen – oder willst du das etwa bestreiten?«

»Nein«, sagte Emma mit gesenktem Kopf.

»Dann bis morgen früh in meinem Atelier«, sagte Boy, um ihr nicht in den Rücken zu fallen, auch wenn ihm das sichtlich schwerfiel. In seinem Abschiedsgruß schwang hörbar die Hoffnung mit, dass sie wirklich kommen würde.

»Gute Nacht«, entgegnete Moiken höflich. Ihre Vorfreude auf morgen wollte sie nicht zeigen, aber natürlich war sie neugierig darauf, was Boy aus seinem Leben gemacht und wie er sich als Fotograf eingerichtet hatte. Auch wenn diese Begegnung zugleich den Abschied bedeuten würde.

Nun war es an der Zeit, dass sie auch dem Hotelier für die Einladung dankte und ihm Bescheid gab, dass sie sich nun zurückziehen würde.

Mit den Augen suchte sie nach ihm, doch er stand nicht bei den Herren Hoteliers, wie er es angekündigt hatte. Schließlich entdeckte sie ihn etwas abseits an einem Tisch im trauten Gespräch mit dieser Frau von Schöneck. Er hatte sich nah zu der Dame gebeugt, es wirkte sehr vertraut, und jetzt nahm er auch noch ihre Hand und hielt sie fest.

Das gab Moiken tatsächlich einen Stich, wovon sie selbst überrascht war. Daran waren wohl der Alkohol und die gesamten Ereignisse der letzten Stunden schuld, die sie ziemlich durcheinandergebracht hatten.

Aber warum hatte er noch betont, sie solle so schnell wie möglich wieder zurückkommen, wenn er sich nun doch nicht der Herrengruppe, sondern dieser Dame zugewandt hatte? Wahrscheinlich hatte sie ihn in Beschlag genommen, kaum dass sich die Gelegenheit dazu ergeben hatte.

Einerlei. Es war wirklich Zeit, schlafen zu gehen. Schon allein beim Gedanken an das herrliche Zimmer durchströmte Moiken eine innerliche Wärme. Wie sehr freute sie sich auf dieses himmlische Bett.

Allerdings verspürte sie überhaupt keine Lust auf eine nähere

Begegnung mit dieser Frau von Schöneck, und noch weniger hatte sie das Bedürfnis, die beiden bei ihrem fast innigen Gespräch zu stören. Nicht dass sich diese Dame am Ende noch in einen feuerspuckenden Drachen verwandelte.

Von dem Hotelier würde sie sich auch morgen Vormittag noch verabschieden und ihm für das schöne Fest danken können.

Vor Aufregung hatte Emma in der Nacht kein Auge zugetan, während ihre Mutter in dem bequemen Himmelbett tief und fest geschlafen hatte, auch jetzt noch, obwohl es schon dämmerte.

Wie Schmetterlinge flatterten all die schönen Erlebnisse und Eindrücke durch Emmas Körper. Sie konnte noch immer nicht fassen, wie sehr sich ihr Leben seit gestern verändert hatte. Das war bestimmt ihr Vater, dachte Emma, der auf sie herabschaute und ihnen dieses Glück schenkte.

Lächelnd wischte sich Emma eine Träne aus dem Augenwinkel. Nur nicht weinen. Das hatte sie sich fest vorgenommen. Denn sie war sich sicher, dass ihr Vater sie sehen konnte, und sie wollte ihm zeigen, dass sie ein tapferes Mädchen war.

Nur, würde dieses Glück auch anhalten, wenn sie in Hamburg waren? Erste Zweifel krochen in ihr hoch, ob ihre Mutter sich mit diesem Plan nicht übernommen hatte. Eine riesengroße Stadt, über eine Million Einwohner, hatte ihr Juliane erzählt, und diese Zahl hatte Emma gehörigen Respekt eingeflößt. Und wenn sie ganz ehrlich war, hatte sie ein bisschen Angst bekommen.

Als die ersten winterlichen Lichtstrahlen ins Zimmer krochen, hielt Emma es im Bett nicht mehr aus und stand auf. Sie hatte keine Ahnung, wie spät es war, aber eigentlich müsste Juliane wie abgemacht jeden Moment anklopfen, um sie zu wecken.

Was für eine Wohltat, morgens keine kalten Füße zu haben, sich mit warmem Wasser zu waschen, das direkt aus dem Wasserhahn floss, und danach, ohne zu frieren, weil der Ofen noch nicht angeheizt war, in ihr gelb-grünes Leinenkleid zu schlüpfen. Mit den Blüten des Rainfarns, der am Wattenmeer in den Salzwiesen wuchs, hatte sie es als Kontrast zum Grau und Weiß des Winters sonnengelb färben wollen, aber es hatte leider einen Grünstich bekommen. Tragen musste sie es trotzdem. Aber immer noch besser als das Leinen in Einheitsgraubeige, das ihre Mutter trug.

Sehnsüchtig fiel ihr Blick auf das hellrosa Kleid am Schrank, das sie gestern Nacht am liebsten gar nicht ausgezogen hätte. Ganz gleich, was sie in Hamburg erwarten würde, so ein Kleid würde sie so schnell nicht wieder tragen. Vielleicht war es sogar das einzige Mal in ihrem Leben gewesen, und darum war sie froh, dass Bernhard davon ein Foto gemacht hatte. Der junge Fotograf hatte ihr versprochen, noch zu später Stunde nach der Feier in die Dunkelkammer zu gehen, damit sie das Bild als weiteres Andenken mitnehmen konnte.

Nachdenklich betrachtete Emma ihre schlafende Mutter. Warum nur missfiel ihr wirklich alles, woran sie als junges Mädchen Freude hatte? Mittlerweile glaubte Emma, dass ihre Mutter gar nicht wollte, dass sie glücklich war, eigenständig und frei. Davor schien sie regelrecht Angst zu haben, dachte Emma und hoffte, die beiden Fotos heute Morgen wirklich abholen zu dürfen. Nicht dass ihre Mutter es ihr in letzter Minute doch noch verbieten würde.

Denn den Besitzer des Fotoateliers kannte ihre Mutter offensichtlich von früher, die Blicke zwischen den beiden hatten Bände gesprochen, das hatte Emma sehr wohl bemerkt. Aber sie konnte sich keinen eindeutigen Reim darauf machen, ob es gute oder schlechte Erinnerungen waren, die ihre Mutter zu dem plötzlichen Rückzug aus dem Festsaal bewogen hatten.

Jedenfalls war es klüger gewesen, dachte Emma, ihr widerspruchslos aufs Zimmer zu folgen, auch wenn sie sehr gern geblieben wäre.

Nun stand sie am Fenster, horchte auf die tiefen Atemzüge ihrer Mutter und blickte über die hölzerne Promenade und das Meer in Richtung des Hotels Miramar, wo der Flanierweg in Beton überging. Dort in der Nähe, am oberen Ende der Friedrichstraße, müsste das Fotoatelier sein. Am liebsten würde sie jetzt schon dorthin laufen, vorbei an den zahlreichen Strandbuden und Restaurationen, die über den Winter leider alle mit Brettern vernagelt waren.

Wie wundervoll musste es hier im Sommer sein, wenn das Leben am Strand pulsierte. Der Reiseführer hatte ihr davon eine erste verlockende Vorstellung vermittelt, denn darin war von einem Strandburgenbau-Wettbewerb die Rede gewesen – und damit waren nicht etwa die Sandburgen gemeint, die kleine Kinder mit ihrer Schaufel bauten, sondern kunstvoll aufgeschichtete und aufwendig verzierte Wälle rund um einen Strandkorb herum. Außerdem gab es den süßen Heinrich, der mit seinem Bauchladen dort umherging und allerlei Zuckerwerk verkaufte, und dann war da noch dieser turmartige Bau mit Zipfeldach, der zu den Strandanlagen hin offen war und eine Bühne beherbergte.

Emma hörte förmlich, wie die sommerlichen Konzertklänge zu ihr geweht wurden, und sie konnte sich vorstellen, wie unter diesen Klängen das Internationale Heiratsbüro besucht wurde, frei zugänglich und mit einem Schreibtisch und zwei Stühlen charmant improvisiert, wo mittels Briefkästen Bekanntschaften zwischen Mann und Frau gemacht wurden.

Das könnte doch nach dem Trauerjahr eine gute Gelegenheit für ihre Mutter sein, einen neuen Mann kennenzulernen, vielleicht sogar einen Badegast aus Hamburg.

Wie froh wäre sie, wenn ihre Mutter tatsächlich nicht lange allein bleiben würde, denn sie neigte zum Grübeln und Trübsalblasen, das kannte Emma schon aus den Monaten, in denen ihr Vater auf Reisen gewesen war.

Emma hatte sich oft die bange Frage gestellt, wie das Leben weitergehen würde, wenn ihr Vater eines Tages nicht von See zurückkehren würde. Bang vor allen Dingen deshalb, weil ihre Mutter bislang stets nur in kleinen Kreisen gedacht und keinen Fuß aus Keitum hinausgesetzt hatte. Umso überraschter war Emma gewesen, als es gestern plötzlich hieß, die Reise gehe nach Hamburg.

Was ihre Mutter wohl dazu bewogen hatte? Emma hatte die Entscheidung in ihrer ersten Begeisterung gar nicht lange hinterfragt, doch nun machte sich zunehmend die Angst in ihr breit.

Hamburg wäre zwar ein wunderbares Abenteuer, aber wenn das Geld so knapp war, könnten sie es doch so machen wie Juliane und erst einmal noch auf Sylt bleiben, um die Ersparnisse wieder aufzufüllen. Hier hatte ihre Mutter schon Kontakte, und es war sicher leichter, eine Bleibe und auch Arbeit zu finden. Außerdem müsste sie sich dann nicht von Adriano verabschieden, sondern könnte noch Zeit mit ihm verbringen.

Weshalb zog ihre so auf Sicherheit bedachte Mutter eigentlich überhaupt nicht in Betracht, in Westerland zu bleiben? War sie so geschockt von der Todesnachricht, dass sie gar nicht klar denken konnte?

Möglich wäre es.

Emma seufzte, tiefer und lauter als beabsichtigt, und durch das Geräusch regte sich ihre Mutter. Sie rekelte und streckte sich, rieb sich über die Augen, doch kaum bemerkte sie die Helligkeit im Zimmer, saß sie senkrecht im Bett.

»Wir haben verschlafen!«, rief sie entsetzt. »Warum hat uns Juliane nicht geweckt? Emma, weshalb stehst du angezogen am Fenster und lässt mich schlafen?«

»Juliane war noch nicht hier, es wird noch nicht an der Zeit sein.

Ich bin im Morgengrauen aufgestanden, weil ich die ganze Nacht nicht schlafen konnte.«

»Warum gibt es denn in diesem Zimmer keine Uhr?« Hektisch sah sich ihre Mutter nach allen Seiten um und sprang dabei aus dem Bett. »Ich muss ins Bad und mich anziehen. Viel Zeit haben wir bestimmt nicht mehr.«

»Warum bleiben wir denn eigentlich nicht hier?«, fragte Emma durch die halb geöffnete Badezimmertür in das Rauschen des Wassers hinein.

»Ach du große Güte, Juliane hat uns vergessen!«, hörte sie ihre Mutter anstelle einer Antwort rufen. »Hier steht eine kleine Uhr im Regal. Um Himmels willen, es ist schon neun. Große Güte, ich muss mich beeilen, wir müssen zum Zug, wir haben nur noch zwanzig Minuten.« Die Haare zu einem schnellen Knoten hochgesteckt, kam sie aus dem Badezimmer geeilt und schlüpfte in ihr Kleid.

Emma wehrte sich gegen die aufkommende Hektik. »Aber ich muss mich noch von Adriano verabschieden. Und die Fotos …«

»Hast du nicht gehört? Wir müssen unseren Zug bekommen, sonst reist unser Gepäck ohne uns auf dem Schiff nach Hamburg. Der Hotelier hat es gestern gleich zum Südbahnhof gebracht, damit es von dort uns voraus mit dem gesonderten Gepäckwaggon zum Schiff expediert wird.«

»Ich will nicht mehr nach Hamburg!«, rief sie aus.

Ihre Mutter hielt im Anziehen inne. »Was hat dich denn heute Nacht gebissen? Reiß dich zusammen, zieh dir Mantel und Schuhe an. Los, beeil dich.«

»Du bist so herzlos!«, brach es aus Emma heraus. Jetzt war sie kein tapferes Mädchen mehr. Die Tränen rannen ihr haltlos über die Wangen. Keinen Kuss auf Adrianos warme Nüstern. Keine Fotografien. »Ich hasse dich!«, schleuderte sie ihrer Mutter entgegen.

»Emma!«, kam es atemlos zurück. »Was ist denn nur in dich gefahren?«

»Ist doch wahr! Denk doch mal nach!«

»Ich soll nachdenken? Hör auf jetzt mit diesem Theater!« Energisch schlüpfte ihre Mutter in ihre Schnürstiefel und band sie zu. »Erstens tue ich gerade alles dafür, dass wir ein neues Leben beginnen können. Ein gutes Leben. Und zweitens gibt es keine Möglichkeit, noch etwas Zeit zu gewinnen. Selbst das Automobil des Hoteliers wäre keine Lösung – weil es gar keine Straße in den Inselsüden gibt, es fährt nur die Bahn. Und die müssen wir erreichen. Willst du mich dafür etwa hassen?«

»Hast du nicht gehört? Ich will hierbleiben, ich will nicht nach Hamburg fahren!«, rief Emma.

»Kind, du weißt doch nicht, was du redest. Und jetzt Schluss mit dieser Diskussion. Wir müssen uns beeilen. Gestern Morgen warst du noch Feuer und Flamme. Also, Punkt.«

»Das war gestern«, presste Emma hervor, und dann schwieg sie. Aber tief in ihrem Inneren wusste sie, dass sie ihrer Mutter nicht mehr lange folgen würde. Bald würde die Zeit reif sein, um ihre Stimme zu erheben.

Bald würde sie auf eigenen Beinen stehen.

Bald würde sie ihr eigenes Leben leben.

Auch gegen den Willen ihrer Mutter, das schwor sich Emma in diesem Moment.

Das große Gebäude des Südbahnhofs, mit dem Fachwerkaufbau, der steinernen Balustrade und dem turmartigen Anbau, wirkte wie ein Jagdschlösschen, das am Rande der Dünen nahe dem Meer vom Himmel gefallen war. Ringsum schneebedecktes Niemandsland, die Häuser der Damenbadstraße lediglich in Sichtweite, was Moiken ganz recht war – denn sie mochte nicht dorthin sehen, nicht zu ihrem Elternhaus, nicht hin zu ihren Erinnerungen.

Wie gut, dass sie schnell weiterlaufen mussten, um den Zug noch zu erreichen.

Einzig der hohe Friesenwall, der den Friedhof der Heimatlosen umgab, nur wenige Schritte vom Bahnhof entfernt, war natürlich nicht zu übersehen. Noch bis vorgestern hatte sie mit Bangen darüber nachgedacht, ob ihrem Ehemann vielleicht ein ähnliches Schicksal widerfahren und er an irgendeine Küste angespült worden war. Nun wusste sie sicher, dass Peter über Bord gegangen war, und sie hoffte inständig, dass das Meer ihn bald freigeben und er ein würdiges Grab in der Erde bekommen und seine letzte Ruhe wenigstens unter einem windschiefen Holzkreuz finden würde, auf dem Fundort und Datum vermerkt waren.

Ob ihrer Tochter ähnliche Gedanken durch den Kopf gingen, überlegte Moiken, denn sie war ihrem Blick zum Friedhof der Heimatlosen gefolgt und langsamer geworden.

Moiken ließ ihre Tochter noch einen Moment gewähren, dann trieb sie sie wieder zur Eile an, nicht zum ersten Mal, seit sie die Strandvilla verlassen hatten.

Atemlos erreichten sie den zum Glück noch wartenden Zug, dessen Lok bereits dicke Qualmwolken in die Kälte stieß. Unter dem schrägen Blick des Schaffners bezahlte Moiken ihre Fahrkarten nach Hörnum, und kaum waren sie in den cremefarbenen Waggon gestiegen und hatten auf einer der Holzbänke Platz genommen, setzte sich der Zug auch schon in Bewegung.

Emmas Atem hatte sich schon wieder beruhigt, sie starrte mit verschlossener Miene aus dem Fenster und ließ keinen Zweifel daran, dass sie sich nicht unterhalten wollte. Zugleich machte sie damit deutlich, wem sie die Schuld dafür gab, dass sie die Fotos nicht mehr abholen konnten. Am Ende glaubte Emma wohl noch, ihre Mutter habe dieses Vorhaben absichtlich boykottiert, dachte Moiken.

Dabei hatte sie lediglich in diesem Bett in der Strandvilla so gut geschlafen wie noch nie in ihrem Leben, und sie konnte sich genauso wenig einen Reim darauf machen, weshalb Juliane nicht zum Wecken erschienen war.

An der Rezeption hieß es, der Hotelier schliefe noch und man wisse nicht, wo Juliane sei, man würde beide jedoch über die Abreise informieren.

Ein Abschied von Adriano war erst recht nicht mehr möglich gewesen, und das tat Moiken im Herzen weh, umso mehr, wenn sie ihre Tochter betrachtete, wie sie mit leerem Blick auf die schneebedeckte Dünenlandschaft starrte, die langsam an ihnen vorbeizog.

Obwohl sie den Bahnhofsbereich längst verlassen hatten, fuhren sie kaum schneller als Schritttempo. *Blumen pflücken während der Fahrt verboten* warnte ein Schild über dem hinteren Ausstieg, wo man auf eine Plattform hinaustreten konnte. Das war eben die friesische Art, die Dinge mit Humor zu nehmen, denn auf diesem Sandknust blühten Ginster, Heckenrose und Heide und ganz bestimmt keine hübschen Blumen für die Vase.

In ihrem Waggon saßen erstaunlich wenige Fahrgäste, Moiken zählte nur zwölf Personen. In ihrer Nähe saß ein Mann mit seiner Frau, die ebenfalls nur einfache Kleidung trugen, und im hinteren Teil hockten zehn Männer beieinander, die in ihren derben Arbeitshosen erst recht nicht wie Badegäste wirkten.

Vielleicht waren das die Maschinisten auf dem Schiff – nur weshalb waren die nicht längst an Bord? Hatten sie die Nacht in Westerland durchgefeiert? So derangiert, wie sie aussahen, und so laut, wie sie sich unterhielten, lag die Vermutung nahe.

Die übrigen Schiffsreisenden saßen wahrscheinlich in den vorderen Waggons oder hatten schon einen Zug eher genommen. Vielleicht hätten sie das auch besser tun sollen, dachte Moiken, aber im Reiseführer hieß es, dieser Zug diene als Zubringer zum Schiff.

Merkwürdig war der kaum besetzte Waggon schon, andererseits waren derzeit kaum Gäste auf der Insel, und letztlich war Moiken einfach nur froh, den Zug überhaupt noch erreicht zu haben.

Hoffentlich war es Glück, überlegte Moiken, denn nach Emmas Gefühlsausbruch war sie sich nicht mehr sicher, ob sie das Richtige tat. Dabei hatte sie geglaubt, ihrer Tochter mit Hamburg einen Traum zu erfüllen. Doch was, wenn sich ihr Neustart in Hamburg zu einem Albtraum entwickeln würde?

So durfte sie gar nicht denken, verbot sich Moiken selbst. Fort mit diesen trüben Gedanken, sie musste auf das Gute hoffen, denn sie glaubte an das Schicksal. Hätte es anders kommen sollen, hätten sie den Zug nicht in letzter Minute erreicht.

Seitdem die Strecke in den Inselsüden vor gut sechs Jahren eröffnet worden war, redete ihre Tochter davon, mit der Bahn fahren zu wollen, aber für Vergnügungsfahrten war kein Geld da gewesen. Schon gar nicht, um zu einer der groß angekündigten Abendveranstaltungen mit Tanz zu gehen, die im Sommer während der Liegezeit der Schiffe stattfanden. Letztlich war es Moiken ganz recht gewesen, das mangelnde Geld vorschieben zu können, um Keitum nicht verlassen zu müssen. Nie hätte sie sich träumen lassen, dass eine Reise nach Hamburg der Grund für ihre erste Fahrt in den Inselsüden sein würde.

Nachdem sie das kleine Dorf Rantum hinter sich gelassen hatten, war es, als ob sie eine Grenze zu einer anderen Welt passiert hätten.

Wohin das Auge reichte, nur schneebedeckte Sanddünen, zwischen denen das einspurige Gleis in sanften Kurven ins Nirgendwo zu führen schien.

Zwar hatten die Dünenhalmpflanzer in den vergangenen fünfzig Jahren besonders in Rantum dafür gesorgt, dass der Sandflug abgenommen und die Leute sonntags nicht mehr durch ein Fenster in die Kirche einsteigen mussten, weil der Eingang des Gotteshauses zugeschüttet war, aber weiter voran Richtung Süden waren die Dünenhalmpflanzer noch nicht gekommen.

Unwillkürlich musste Moiken an die Zeit denken, als sie diese acht Kilometer lange Strecke zwischen Hörnum und Rantum, wo Boy damals noch im Haus seiner Eltern gelebt hatte, unzählige Male zu Fuß zurückgelegt hatte, um ihn zu besuchen, wenn er an seinen freien Tagen nicht in Westerland war.

Seine Großmutter Merret Lassen hatte einundzwanzig Kinder zur Welt gebracht und es mit diesem Kinderreichtum auf der Insel zu solcher Berühmtheit gebracht, dass sogar der dänische König sie bei einem seiner Besuche auf Sylt sehen wollte. Das war eine amüsante Begebenheit, mit der sie Emma vielleicht etwas aufmuntern könnte.

»Hast du eigentlich schon von der lustigen Geschichte gehört, als der dänische König bei seinem Besuch die Rantumerin sehen wollte, die einundzwanzig Kinder hatte?«

Keine Reaktion von Emma, aber Moiken wollte noch nicht aufgeben. »Merret Lassen ließ dem König ausrichten, wenn er sie sehen wolle, so solle er nach Rantum kommen, sie hätte keine Zeit, mit der Kutsche nach Westerland zu fahren. Und als der König tatsächlich vor ihrem Haus ankam, öffnete sie die Tür und sagte: ›Majestät wünschen mich zu sehen? Das bin ich von vorn‹ – dann drehte sie sich um und ergänzte: ›Und das bin ich von hinten.‹ Daraufhin machte sie dem verdutzten König die Tür vor der Nase zu. Er soll es aber zum Glück mit Humor genommen haben.«

Emmas Gesicht blieb versteinert, nicht einmal ihre Mundwinkel zuckten.

Traurig senkte Moiken den Blick. Wäre doch nur mehr Zeit für den Abschied gewesen. Sie hätte es Emma so gern leichter gemacht, und nun fand sie keinen Zugang zu ihrer Tochter, denn wenn Emma einmal mauerte, war das gleich eine vom Format der Chinesischen Mauer.

Plötzlich bremste der Zug, bis er zum Halten kam. Stille breitete sich im Waggon aus. Die Fahrt sollte rund fünfundvierzig Minuten dauern, da konnten sie Hörnum noch nicht erreicht haben. Die Fahrgäste sahen einander ratlos an.

Kurz darauf öffnete der Schaffner die Tür, und eine eiskalte Böe wehte herein. »Alle Männer aussteigen und ran an die Schaufeln!«

»Was ist denn los?«, rief Moiken in das Dampfgeräusch der Lokomotive hinein, während alle anderen anscheinend wussten, was los war.

»Da vorne ist eine Schneewehe auf dem Gleis«, murrte einer der Männer im Vorbeigehen, »ist ja nicht so, dass ich bei der Arbeit nicht schon den ganzen Tag schuften muss – und dann auch noch den vollen Fahrpreis zahlen. Immer dasselbe.«

Hoffentlich würden sie das Schiff noch rechtzeitig erreichen, dachte Moiken und sah dem Mann nach, der draußen die Schaufel entgegennahm. Da jedoch keiner der Fahrgäste in Panik verfiel, die Männer sogar im Gegenteil in aller Seelenruhe ausstiegen, waren solche Zwischenfälle im Winter wohl in der Fahrzeit einkalkuliert, und das Schiff würde in jedem Fall auf sie warten.

Emma starrte unverwandt aus dem Fenster, wo es nichts außer Schnee zu sehen gab, innerlich schien sie unerreichbar weit weg zu sein, und Moiken unternahm keinen zweiten Versuch, sie anzusprechen. In Hamburg würden so viele neue Eindrücke auf Emma einstürmen, dass sie darüber hoffentlich bald ihren Abschiedsschmerz vergessen konnte. Denn ihre Tochter so zu sehen bedrückte Moiken sehr.

Nach einer endlos scheinenden Zeit betraten die Männer schnaufend und mit geröteten Gesichtern den Zug, und es konnte endlich weitergehen.

Kaum waren die Männer wieder zu Atem gekommen, unterhielten sie sich lautstark über diese Plackerei auf der Bahnfahrt, mit der endlich mal Schluss sein müsse, und dann kam der Plan auf, ihrem Arbeitgeber, dem Reeder Albert Ballin, einen Brief mit sämtlichen Unterschriften zukommen zu lassen, damit er ihnen grundsätzlich das Fahrtgeld bis zur Arbeitsstelle bezahlte. Schließlich könne es nicht angehen, dass sie als Arbeiter keine Rechte besäßen, sondern nur Pflichten und Nachteile hätten. Außerdem gehöre dem Reeder sowohl die Inselbahn als auch das HAPAG-Haus, an dem sie gerade in Hörnum bauten.

Also doch keine Maschinisten, sondern Bauarbeiter, dachte Moiken, und sie konnte die Beschwerden der Bauarbeiter nachvollziehen. Da dachte der Hotelier von Lengenfeldt bereits wesentlich fortschrittlicher und zum Wohle seiner Angestellten.

Die Männer beschwerten sich aber auch über die Arbeitsbedingungen auf der Baustelle mitten im Winter und waren gerade bei der Frage angelangt, was das überhaupt für eine blödsinnige Idee sei, in diesem Nest ein Hotel zu eröffnen – wer wolle denn in diesem Sandhaufen wohnen –, da hielt der Zug erneut an.

»Nicht schon wieder«, stöhnte der Mann im vorderen Teil des Waggons, der neben seiner Frau trotz der Lautstärke die Augen für ein kurzes Nickerchen geschlossen hatte. »Mein Rücken. Das darf doch in hundert kalten Wintern nicht wahr sein.« Der Mann erhob sich, setzte seine runde Brille auf, und erst jetzt bemerkte Moiken, wie ungewöhnlich groß er war.

Er öffnete die Zugtür, und da hörten sie, wie der Schaffner einen Passanten ansprach, der sich entlang der Schienen durch den Schneesturm kämpfte.

»Und du willst wirklich nicht mitfahren, Hauke? Sind mindestens noch zwei Kilometer bis Hörnum.«

»Vielen Dank, aber ich hab's eilig«, gab der Angesprochene zurück, zog seinen Hut tiefer und marschierte weiter durch den Schnee.

Das war wohl einer der wenigen Menschen, die in Hörnum inmitten einer unwirtlichen Dünenwelt lebten. Die Bauarbeiter sprachen davon, dass es kaum zwanzig Bewohner im täglichen Kampf gegen die Sandmassen dort aushielten.

Doch seit zwölf Jahren legten die großen Schiffe aus Hamburg regelmäßig an der Seebrücke in Hörnum an. Unvorstellbar, was das für ein Tumult sein musste, und erst recht vor Eröffnung der Südbahn, als sich die vielen Sommerfrischler noch um die wenigen Pferdekutschen schlagen mussten, die von Westerland gekommen waren, um die Gäste abzuholen.

Wie erleichtert war Moiken, als sie endlich Hörnum erreichten. Die Bremsen kreischten ohrenbetäubend, und sie hielten vor dem großen Bahnhofsgebäude, in dem sich unübersehbar eine Restauration befand und ein ebenso großes Schild im Fenster auf Zimmervermietung hinwies.

Angesichts des großen Bahnhofsgebäudes glaubte Moiken fast, sich im Ort geirrt zu haben und wieder in Westerland gelandet zu sein, doch als sie ausstiegen, erkannte sie, dass es hier tatsächlich nichts gab außer diesem schmucken Bahnhof, einem Leuchtturm, zwei halb von Sand- und Schneewehen vergrabenen Blockhäusern, eine Baustelle, unterhalb des Leuchtturms ein zweistöckiges Haus sowie auf der hohen Düne, am Fuße des Leuchtturms, allen Wetterlagen schonungslos ausgesetzt, noch ein kleineres Gebäude. Auf einem Sandhügel hinter dem Bahnhof setzte eine Turmruine der Ödnis noch die Krone auf.

Kein Wunder, dass Hörnum seit Pidder Lüng immer noch den sagenumwobenen Ruf hatte, ein Versteck für zwielichtige Gestalten und Seeräuber zu sein. Fünf Wohngebäude, ein Leuchtturm, eine Baustelle und eine Ruine. Es war unvorstellbar, wie dieses Nest täglich von einer Schiffsladung Menschen überschwemmt wurde, die nach Westerland strebten, und – da musste Moiken den Bauarbeitern innerlich beipflichten – weshalb sollte man hier eine große Gästeunterkunft bauen? Wer um alles in der Welt würde denn in dieser wüstenähnlichen Einsamkeit seine Sommerfrische verbringen wollen? Da reichten doch die wenigen Zimmer im Bahnhof, um erschöpften Passagieren eine Nacht Unterkunft zu gewähren.

»Wo ist denn das Schiff?«, fragte Emma.

Endlich, ihre Tochter sprach wieder, doch was sie gefragt hatte, behagte Moiken ganz und gar nicht.

Ruckartig wandte sie den Blick nach links, wo sich die Seebrücke ins Meer hinaus erstreckte. Vielleicht verdeckte der Zug den Blick auf das Schiff?

»Welches Schiff?«, mischte sich der übergroße Mann mit Brille ein, der mit seiner Frau hinter ihnen ausgestiegen war, und klang ziemlich irritiert.

»Natürlich das nach Hamburg?«, entgegnete Moiken halb fragend, halb verdutzt, doch dann wurde ihr klar, dass etwas nicht stimmen konnte.

»Das fährt doch im Winter gar nicht. Wenn Sie nach Hamburg wollen, wären der Ostbahnhof in Westerland und der Zug nach Munkmarsch die richtige Wahl gewesen. Dann mit dem Boot von Munkmarsch nach Hoyerschleuse und dort den Zug nehmen. Aber der ist für heute raus, der fährt zurzeit nur einmal am Tag nach Hamburg und zurück. Gibt ja nur wenige Gäste, die sich auch im Winter auf unsere Insel wagen.«

Vor Ärger hätte Moiken am liebsten ein unflätiges Wort laut hinausgeschrien. Fälschlicherweise hatte sie die Angaben im Reiseführer so interpretiert, dass sie das gesamte Jahr über galten. »Aber wo ist dann unser Gepäck?«, fragte sie in einem Anflug von Panik. »Ich habe es gestern am Südbahnhof abgeben lassen.«

Nun war auch der Schaffner hellhörig geworden und trat hinzu: »Ich habe mich doch gleich gewundert, was Sie mit Ihrer Tochter in Hörnum zu suchen haben – aber Sie kamen so atemlos an, da schien es mir dringend zu sein, und man will ja nicht fragen. Jedenfalls haben wir gestern keine Gepäckstücke expediert.«

Moiken glaubte sich verhört zu haben. »Keine?«

»Glauben Sie mir, ich bin für die Verladung verantwortlich, und gestern herrschte gähnende Leere im Gepäckwaggon, wie eigentlich immer im Winter, wenn nicht gerade ein Hörnumer etwas transportieren will.«

Dieser Hotelier!, schoss es Moiken wütend durch den Kopf. Weshalb hatte er sie im Glauben gelassen, ihr Gepäck zum Bahnhof gebracht zu haben?

Moiken spürte, wie ihre Tochter sie am Mantelärmel zupfte. »Mutter, das bedeutet, ich kann mich doch noch von Adriano verabschieden und die Fotografien abholen.« Emma war von einer Sekunde auf die andere wie ausgewechselt und strahlte.

Darüber verblasste Moikens Ärger über den Hotelier, die verpasste Abreise und ihre Sorge um das Gepäck. Das würde sich schon wieder einfinden – höchstwahrscheinlich in der Strandvilla. Hauptsache, Emma redete und lächelte wieder.

Der Schaffner zog seinen Mantelkragen höher und schickte sich an, den Bahnhof zu betreten. »Die Bahn fährt aber erst heute Nachmittag wieder zurück, um die Arbeiter nach Westerland zu bringen.«

»Und was machen wir so lange?«, fragte Emma.

Unentschlossen wiegte Moiken den Kopf. Angesichts der Temperatur blieb ihnen ja nichts anderes übrig, als sich in der Bahnhofs-Restauration aufzuhalten, aber dort müssten sie auch etwas verzehren, und der Gedanke an die Reisekasse ließ sie das Gesicht verziehen.

»Sie wollen doch nicht den halben Tag in der Restauration sitzen?«, fragte die mitreisende Frau in diesem Augenblick und setzte sogleich ihren Vorschlag hinzu: »Kommen Sie doch mit zu uns ins Leuchtturmwärter-Haus, ich mache Kaffee und uns allen ein kleines Frühstück. Waren Sie nicht auch bei der Feier in der Strandvilla? Jedenfalls sehen Sie der Frau des Hoteliers sehr ähnlich.«

Daher rührte also die Freundlichkeit, dachte Moiken enttäuscht. »Ich war auch auf dem Fest, ja. Mein Name ist Moiken Jacobsen, und das ist meine Tochter Emma. Aber ich war lediglich die Tischdame des Hoteliers. Und ich möchte Ihnen keine Umstände bereiten, wir setzen uns gern in die Restauration.«

Der fragende Blick von Emma war unübersehbar.

»Das sind doch keine Umstände«, widersprach ihr Ehemann und stellte sich und seine Frau vor: »Mein Name ist Christian Ilpan, und das ist meine Frau Dorothea. Und ich hätte noch einen weiteren Vorschlag zu machen. Ich muss noch auf dem Leuchtturm nach dem Rechten sehen, heute Nacht war nur der Hilfswärter da, und die Kohlestifte in der Lichtbogenlampe müssen getauscht werden. Wenn Sie Lust haben, begleiten Sie mich doch auf den Turm, während meine Frau das Frühstück macht. Die Aussicht ist fantastisch, gerade hört es auf zu schneien, und die Sonne kommt wieder durch – das kann auch nur unser Sylter Wetter.«

»Oh, das ist wirklich sehr freundlich von Ihnen«, entgegnete Moiken, »aber ich war noch nie so hoch oben. Wir verzichten lieber, ich glaube, ich habe Höhenangst.«

»Du kannst gern verzichten, Mutter«, ließ sich Emma unvermittelt und deutlich hören, »aber *ich* nehme dieses nette Angebot gern an, denn *ich* möchte unbedingt auf den Leuchtturm.«

»Ja, wenn das so ist«, sagte Moiken und lächelte peinlich berührt über die Aufmüpfigkeit ihrer Tochter hinweg. »Ich bleibe dabei. Ihr Angebot zum Frühstück und Kaffee ist wirklich sehr freundlich, aber nicht notwendig. Dann warte ich in der Restauration, während meine Tochter den Leuchtturm besichtigt.«

Der erste kleine Sieg, dachte Emma glücklich, während sie sich von ihrer Mutter entfernte und hinter dem Leuchtturmwärter den steilen Weg die Düne hinaufging. Eigenständige Schritte, die sie sich erobert hatte, und dann gleich hoch hinauf.

Als sie am Fuße des Leuchtturms angekommen waren, legte Emma den Kopf in den Nacken und sah hoch zu der schneebedeckten schwarzen Kappe. Darunter verlief die Brüstung, von der aus sie gleich die Aussicht genießen sollte.

Doch ganz schön hoch, dachte Emma, und ihre Knie wurden weich. Da hatte sie sich wahrscheinlich ein bisschen selbst überschätzt – aber zugeben würde sie das nicht.

Der Leuchtturmwärter schloss die Tür auf und fügte hinzu: »Zähl mal die Stufen.«

Und schon stiegen sie in dem kühlen Turm die steile hölzerne Treppe hinauf. Emma war froh, dass er ihr diese Aufgabe gegeben hatte, damit konnte sie sich etwas ablenken, während sie höher und höher stiegen. Durch die Bullaugen sah Emma die Dünen, die lange Seebrücke und das Meer. Atemberaubend. Und ganz schön hoch. Jetzt nur nicht den Mut verlieren.

»Und, wie viele Stufen?«, fragte der Leuchtturmwärter, als sie die Plattform erreichten, wo eine Tür nach draußen führte.

Keuchend suchte Emma Halt an der runden Wand, fand aber keinen. Ihre Knie fühlten sich so weich an, dass sie glaubte, jeden Moment umzukippen, doch sie zwang sich zu einem Lächeln. »Einhundertachtundzwanzig«, brachte sie hervor.

»Richtig gezählt!«, freute sich der Wärter. »Und was glaubst du, wie viele Meter befinden wir uns jetzt über dem Meeresspiegel?«

Zu viele, dachte Emma, doch laut sagte sie: »Ich weiß nicht … zwanzig vielleicht?«

Er lachte auf. »Das Leuchtfeuer befindet sich in 48 Metern Höhe über dem mittleren Hochwasser und ist bei guter Sicht 19 Seemeilen weit zu sehen – das sind 35 Kilometer und seit bald acht

Jahren, seit dem achten August 1907, weist das Licht den Schiffen den Weg. Da hat Albert Ballin sich selbst ein Denkmal geschaffen, er ist ein großartiger Mann, ein Kaufmann und Reeder mit Weitblick. Er ist Generaldirektor der HAPAG, der größten Schifffahrtslinie der Welt. Hoffen wir nur, dass er mit seiner Vorhersage verkehrt liegt, was einen kommenden Krieg anbelangt. Ist dir nicht gut?«, unterbrach er sich. »Du bist ein bisschen blass um die Nase. Hast du Höhenangst?«

»Nein«, log Emma tapfer, obwohl sie mit dem Begriff nichts anfangen konnte. Aber er meinte bestimmt dieses fürchterliche Kribbeln im ganzen Körper, das ihr den Atem nahm. »Mir geht es gut, ich bin oft ein bisschen blass.«

»Ich dachte nur, weil du versuchst, dich an der Wand festzuhalten?«, hakte er nach.

»Nein, ich wollte herausfinden, wie diese Platten zu einem Turm aufeinandergebaut wurden«, flunkerte sie. »Sind das Schrauben?«

»In der Tat. Alles verschraubt. 600 gusseiserne Einzelplatten, jede einen knappen Quadratmeter groß, wurden in der Isselburger Hütte am Niederrhein gefertigt, dort auf dem Gelände zur Probe aufeinandergeschraubt, wieder abgebaut und dann an dieser Stelle wieder aufgebaut. Zweiundneunzig Tonnen wiegt der Leuchtturm, kannst du dir das vorstellen?«

Emma schüttelte ehrfürchtig den Kopf. Sie wusste nur, dass sie unter Höhenangst litt.

»Bist du bereit, mit nach draußen zu kommen?«, fragte der Leuchtturmwärter mit einem Lächeln.

Wieder hätte Emma am liebsten den Kopf geschüttelt, doch Kneifen zählte nicht, also nahm sie all ihren Mut zusammen und trat hinter ihm ins Freie.

Der kalte Wind schnitt ihr ins Gesicht, und es war, als wäre ihre Angst plötzlich wie weggeblasen. Was für eine Aussicht! Und diese Farben! Die Wintersonne brachte die schneebedeckten Dünen zum Leuchten, das Meer schimmerte in kräftigen Blautönen, und Emma schirmte ihre Augen ab, damit sie besser in die Ferne sehen konnte.

Zum Greifen nah erschienen ihr die beiden Inseln Amrum und Föhr, viel näher, als sie sich das von der Schulkarte her vorgestellt hatte, nur peinlicherweise wüsste sie nicht zu sagen, welche Insel welche war.

»Rechts Amrum, links Föhr«, sagte der Leuchtturmwärter, als hätte er abermals ihre Gedanken erraten. »Das konnte ich mir früher auch nie merken. Komm, lass uns auf der Brüstung einmal herumgehen.«

So einfach, wie er es sagte, war das gar nicht. Mit jedem Schritt zerrte der Wind an ihr, die Angst kam wieder, ihre wackligen Beine wollten sie kaum tragen, und sie war dankbar, als der Leuchtturmwärter auf der Hälfte der Runde erneut stehen blieb.

Unter ihnen lagen nun die wenigen Gebäude Hörnums, direkt zu Füßen des Leuchtturms das zweistöckige Haus des Leuchtturmwärters mit ausgebautem Dach und links davon das Bahnhofsgebäude.

Vergebens suchte Emma dessen Umfeld nach ihrer Mutter ab. Sie hatte sich erhofft, dass sie dort sorgenvoll stehen und zum Leuchtturm hinaufschauen würde, dann hätte sie ihr winken und ihren Triumph voll auskosten können.

Das wäre die Belohnung für ihren Mut gewesen, dachte Emma enttäuscht und zugleich sauer. Wenn diese Nichtbeachtung durch ihre Mutter der Preis war, den sie für ihre Selbstständigkeit bezahlen sollte, dann bitte schön, sehr gern. Natürlich konnte sie auch gut ohne die Aufmerksamkeit und Bewunderung ihrer Mutter leben.

»Was ist das für eine Ruine dort hinter dem Bahnhof?«, fragte Emma zu ihrer eigenen Ablenkung. »Gab es hier mal eine Burg, in der Seeräuber gehaust haben?«

»Es gibt viele Geschichten über zwielichtige Gestalten in den Hörnumer Dünen, wer weiß schon, was daran stimmt«, antwortete der Leuchtturmwärter achselzuckend. »Diesen Turm allerdings ließ Albert Ballin erst vor ein paar Jahren erbauen – und zwar gleich als Ruine. Denn darin befindet sich das Wasserreservoir für die Dampflok und uns Bewohner, einundzwanzig sind wir. Wie gesagt, der Reeder hat Weitblick, und er traut dem Frieden nicht. Ziemlich schlauer Schachzug, falls es zu Angriffen kommen sollte. Ich glaube aber, so weit wird es nicht kommen. Die werden sich auf dem Balkan schon wieder beruhigen, ohne dass sich die Großmächte einmischen müssen. Und, wie gefällt es dir hier oben?«

»Ich weiß gar nicht, was ich sagen soll. Das ist ein ganz besonderer Moment für mich …« Im Stillen fragte sie sich, warum so viele schöne Dinge geschahen, seitdem sie vom Tod ihres Vaters erfahren hatte. Sollte das so sein? Wollte er nicht, dass sie traurig war?

»Und wahrscheinlich bist du jetzt auch froh darüber, dass du dich gegen deine Mutter durchgesetzt hast.«

Emma nickte leicht beschämt, da das natürlich nicht zu den guten Tugenden zählte.

»Weißt du, mein Mädchen, ich finde, du hast richtig reagiert. Auch für die Zukunft gilt: Jeder darf nach seiner Façon glücklich werden. Lass dir nichts anderes einreden.« Er tippte sich auf die Stelle, wo sich sein Herz befand, und wies dann auf den Horizont. »Rüm Hart, klaar Kiming.«

»Großes Herz, weiter Horizont«, gab Emma seine friesischen Worte leise wieder.

»Genau das ist es, worauf es ankommt. Lass dich davon leiten, und du wirst immer gut durchs Leben kommen. Du bist ein sehr mutiges Mädchen, weißt du das? Du wirst deinen Weg finden.«

Emma fühlte, wie ihr die Röte ins Gesicht schoss. Nun konnte der Leuchtturmwärter bestimmt nicht mehr behaupten, sie sei blass um die Nase. Gerührt über seine Worte stiegen ihr sogar die Tränen in die Augen. Ihre Mutter hatte ihr noch nie Mut zugesprochen, und ihr Vater hatte sich stets aus allem rausgehalten, was seine Tochter anbelangte.

Wie gut, dass dieser scharfe Wind wehte, so fielen ihre Tränen nicht auf. Sie wischte sich über die Augen und heftete ihren Blick auf den Horizont, froh, dort etwas zu entdecken, worauf sie in ihrer Verlegenheit das Gespräch bringen konnte.

»Was bewegt sich denn dort hinten am Strand auf uns zu?«, fragte sie angesichts des großen Punkts, der erstaunlich schnell aus Richtung Westerland näher kam.

Der Leuchtturmwärter folgte ihrem Blick hin zur Ostseite, wo das Wattenmeer einen breiten sandigen Küstenstreifen freigegeben hatte, und griff in seinem Mantel. »Mit diesen neumodischen Ferngläsern komme ich ja noch nicht zurecht«, sagte er und hielt es sich vor die Augen, »aber das ist eindeutig ein Automobil. Davon gibt's nicht viele auf der Insel. Das kann also nur der Bürgermeister sein, wobei der sich zuletzt anlässlich der feierlichen Inbetriebnahme des Leuchtturms in Hörnum hat sehen lassen. Oder es ist einer der großen Hoteliers, die auf diesem Wege schon mal besondere Gäste abholen, die sich zu fein für die Inselbahn sind. Aber das kann es ja um die Jahreszeit auch nicht sein. Die wissen doch alle, dass die Schiffe nicht fahren.«

Emma klappte vor Erstaunen der Mund auf. Sie hatte durchaus eine Vermutung, wer das sein könnte.

»Ich muss mich jetzt noch um die Lampe kümmern«, fuhr der Leuchtturmwärter fort. »Willst du mir dabei zusehen, wie ich die Kohlestifte austausche, oder möchtest du das Fernglas ausprobieren und noch ein wenig die Aussicht genießen?«

»Dann bleibe ich lieber noch einen Moment hier«, sagte Emma, denn sie hatte noch etwas entdeckt. Auf der Westseite näherte sich ebenfalls ein Punkt. Nicht so groß wie der andere und nicht ganz so schnell.

Emma nahm das Fernglas. Es war ein Reiter auf einem Pferd.

»Herr von Lengenfeldt!«, rief Moiken erstaunt, als die Tür zur Restauration aufschwang und nicht wie erwartet ihre Tochter, sondern der Hotelier eintrat. Seine Morgentoilette hatte er offenbar sehr schnell erledigt, denn Strähnen seines grau melierten Haares fielen ihm in die Stirn. Den Spitzen seines Kaiser-Wilhelm-Barts fehlte der elegante Schwung nach oben, sie standen wie Richtungsanzeiger waagrecht ab, und nicht zuletzt hatte er auch noch sein Hemd falsch geknöpft.

Unter normalen Umständen hätte sie ihn darauf hingewiesen, aber jetzt war ihr nur eine Sache wichtig: »Warum haben Sie mir nicht gesagt, dass derzeit kein Schiff ab Hörnum fährt, und wo ist unser Gepäck?« Ihr Ton ließ keinen Zweifel daran, wie erbost sie war.

»Bitte verzeihen Sie, ich bin gekommen, um Ihnen genau das zu erklären. Ihr Gepäck steht bei mir im Hotel. Ich habe es gestern nicht am Bahnhof abgegeben, das gebe ich zu – weil mir in der Tat bekannt ist, dass ab Hörnum derzeit keine Schiffe fahren.«

»Und warum haben Sie *mir* das nicht gesagt?« Moiken wurde zunehmend ungehaltener. Hätte er sie darauf hingewiesen, könnten sie jetzt im Zug nach Hamburg sitzen.

Besonnen strich er sich den Bart entlang und brachte die Enden dadurch etwas in Form. »Nun, erinnern Sie sich, als ich gestern am frühen Morgen vor Ihrer Haustür stand? Da habe ich ganz erstaunt auf Ihren Plan reagiert, mit dem Schiff nach Hamburg reisen zu wollen. Sie haben etwas herumgedruckst, und Ihre Tochter sprang dann schnell in die Bresche und sagte, Sie würden das Zugfahren nicht vertragen. Nun, für mich klang das eindeutig nach einer Ausrede – aber mit welchem Recht hätte ich Ihre Pläne hinterfragen sollen, wenn Sie mir offenkundig nicht die Wahrheit sagen wollten? Dennoch habe ich Ihnen zugesagt, mich um Ihr Pferd zu kümmern, weil ich gespürt habe, dass Sie in echter Not sind. Allerdings habe ich Juliane angewiesen, Sie heute Morgen ausschlafen zu lassen. Denn, so dachte ich, vielleicht würden Sie mir nach einer ruhigen und ausgeschlafenen Nacht erzählen, warum Sie nicht mehr in Ihr Haus nach Keitum zurückwollen – das ist zumindest der Eindruck, den ich bei dem Besuch bei Ihnen gewonnen hatte. Ich dachte, wir könnten in Ruhe miteinander reden, und habe nicht geahnt, dass Sie so früh wieder auf den Beinen und tatsächlich davon ausgegangen sind, dass die Schiffe fahren. Leopold von der Rezeption gab Juliane Bescheid, und sie ließ mich wecken. Ich bin eilends in mein Automobil gestiegen, und jetzt bin ich hier, um Sie zurück nach Westerland zu bringen.«

Moiken schwieg nach seiner langen Rede peinlich berührt. Zu einer Erklarung war sie immer noch nicht bereit. Schließlich ging es ihn tatsächlich nichts an, weshalb und wie lange sie nach Hamburg reisen und warum sie nicht mehr in ihr Haus nach Keitum zurückkonnte und -wollte, ganz gleich, wie freundlich er war. Für Adriano würde sie schon aufkommen können, sollte er etwas dafür verlangen, überlegte sie weiter, ungeachtet dessen, dass er eine Reaktion von ihr erwartete.

Es war ihr unangenehm, dass er ihretwegen nach Hörnum gefahren war, seine Nacht war bestimmt sehr kurz gewesen. Andererseits hatte sie nicht von ihm verlangt, sie abzuholen. Sie wäre heute Nachmittag schon von selbst bei ihm in der Strandvilla aufgetaucht, um nach ihrem Gepäck zu fragen.

»Wo ist denn Ihre Tochter?«, fragte er in die Stille hinein.

»Sie ist auf dem Leuchtturm und macht dort eine Besichtigung«, entgegnete Moiken knapp.

»Oh, haben Sie Herrn Ilpan gerade im Zug getroffen? Ein sehr netter Mann! Er war auch auf dem Bankett in der Strandvilla, denn ich hatte schon ein paarmal das Vergnügen, auf dem Leuchtturm zu stehen, wenn ich besondere Gäste empfangen habe. Dann hat er immer eine Ausnahme gemacht und uns eine Besichtigung ermöglicht. Das hätten Sie sich nicht entgehen lassen dürfen. Es ist wundervoll dort oben.«

»Vielen Dank, aber ich entscheide selbst, was für mich gut ist«, entgegnete Moiken barscher als notwendig, jedoch noch unter dem Eindruck der Meinungsverschiedenheit mit Emma. Da er davon nichts wusste, reagierte der Hotelier natürlich irritiert.

»Selbstverständlich, ich habe das auch nur in meinem Überschwang so gesagt, weil die Aussicht von dort oben wirklich herrlich ist. Aber dann wird Emma ja gleich zurück sein, und wenn Sie erlauben, nehme ich Sie mit dem Automobil zurück nach Westerland.«

Innerlich seufzte Moiken. Das war seine höfliche Art, ihr keine Wahl zu lassen – jedenfalls konnte sie sein Angebot schlecht ablehnen.

»Es wäre nicht notwendig gewesen, unseretwegen nach Hörnum zu fahren, wir hätten die Nachmittagsbahn zurück genommen. Aber so haben Sie vielen Dank.«

»Wunderbar, dann kann es ja gleich losgehen. Wenn Sie mich bitte noch einen Augenblick entschuldigen würden, ich muss vor der Rückfahrt noch kurz austreten …« Kaum war von Lengenfeldt durch die Hintertür in Richtung des Klosetthäuschens im Garten verschwunden, ging abermals die Tür zur Restauration auf, und ein Mann kam hereingestürmt, die Wangen hochrot. Der Schnee rieselte von seiner Kapuze zu Boden, als er sie zurückstreifte.

Boy Lassen.

»Moiken, da bist du ja tatsächlich!«

»Boy, was machst du denn hier?« Ihr Herz raste plötzlich, und sie war genauso außer Atem wie er, obwohl sie die ganze Zeit gesessen hatte.

»Ich ...« Boy musste erst einmal tief Luft holen, schenkte der Bedienung ein Nicken, als sie ihm den Mantel abnahm, und bestellte einen Grog für sich. »Ich habe im Atelier auf euch gewartet. Als ihr nicht aufgetaucht seid, habe ich mir Gedanken gemacht. Ich bin zum Hotel, und man sagte mir, du hättest ganz überstürzt die Strandvilla verlassen und seiest mit der Südbahn nach Hörnum. Ich habe das für einen Scherz gehalten. Wusste ja, dass ihr nach Hamburg wolltet, aber Südbahn? Dann dachte ich, vielleicht fahren ja doch Schiffe, du musst es ja wissen. Hab mein Pferd geschnappt, am Südbahnhof hat mir der Kohlearbeiter bestätigt, dass eine Frau deines Aussehens mit ihrer Tochter in den Zug gestiegen ist, und dann bin ich losgaloppiert. Und hier bin ich jetzt ...« Noch immer rang er nach Luft, sah sie jedoch mit seinen meerblauen Augen überglücklich an. »Ich dachte, ich schaffe es nicht mehr. Ich wollte Emma doch noch unbedingt ihre Fotografien geben und ... ich wollte mich von dir verabschieden«, fügte er leise hinzu.

»Es fahren tatsächlich keine Schiffe, wir nehmen morgen den Zug nach Hamburg«, sagte Moiken, weil ihr nichts Besseres einfiel, um ihre Verlegenheit zu überspielen. »Und wir haben einander doch auf dem Fest auf Wiedersehen gesagt.«

»Das stimmt. Aber ich ... mir hat etwas gefehlt. Ich wollte dich umarmen – wenn ich dich schon gehen lassen muss, kaum dass ich dich wiedergefunden habe.« Mit einem fragenden Blick öffnete er seine Arme.

Moiken zögerte keinen Augenblick, ganz gleich, was sich die Bedienung denken mochte. Jede Sekunde war kostbar, so wie damals, wenn sie sich trafen, vor allem aber während ihrer ersten und einzigen gemeinsamen Nacht, von der sie wussten, dass es keine zweite geben würde.

Es war so lange her, und doch fühlte sich alles wieder wie früher an. Sie schmiegte sich an seine Brust. Ein wunderschönes Gefühl, das zugleich schmerzhaft war, denn auch dieses Mal musste sie ihn gehen lassen. Langsam, ganz langsam löste sie sich von Boy und sah, dass ihm die Tränen in den Augen standen.

Hinter sich hörte Moiken ein lautes Räuspern, und sie fuhr herum.

Theodor von Lengenfeldt. Er musste schon länger an der Hintertür gestanden haben. Moiken fühlte sich ertappt, obwohl es dazu keinen Grund gab, und erst recht hatte der Hotelier keine Veranlassung, Boy so böse anzufunkeln.

»Herr Lassen, ich hatte Ihnen den Auftrag erteilt, das Haus der Dame zu fotografieren – nicht mit ihr anzubandeln.«

»Wir kennen uns schon länger«, entgegnete Boy kühl, als von Lengenfeldt näher kam.

»Wir sind alte Freunde«, setzte Moiken hinzu, weil sie das Gefühl hatte, etwas sagen zu müssen, das sie beide nicht in einem schlechten Licht dastehen ließ.

»Ich bin wieder zurück, Mutter«, hörte sie Emma in diesem Moment von draußen rufen, dann stürmte sie herein. »Hast du gehört, ich bin wieder da! Es war so toll auf dem Leucht… Herr Lassen! Waren Sie der Reiter auf dem Pferd?«

Boy lächelte. »Ich wollte dir die Fotografien bringen.« Er griff in seine Manteltasche und wickelte die sorgsam eingepackten Bilder aus. »Ich wollte dir noch Rahmen dazu schenken, wenn du heute Morgen ins Atelier gekommen wärest, aber das können wir jetzt noch nachholen. Euer Zug geht ja erst morgen.«

Staunend nahm Emma die Fotografien entgegen. Moiken hätte gern einen Blick darauf geworfen, doch Emma ließ es nicht zu.

»Die sind … wunderschön geworden. Danke«, sagte sie überwältigt.

»Das freut mich sehr. Aber der Dank gebührt Bernhard. Du kannst ihm ja auch noch …«

»Wenn ich den Herrn unterbrechen darf, in der Strandvilla warten Geschäfte auf mich«, meldete sich Theodor von Lengenfeldt ungeduldig zu Wort. Oder war er sogar ungehalten? »Die Damen, wenn ich Sie dann zum Automobil bitten dürfte.«

»Komm, Emma«, forderte Moiken ihre Tochter auf. Warten lassen wollte sie ihn wirklich nicht. »Wir fahren mit Herrn von Lengenfeldt nach Westerland zurück.«

»Mir wird im Automobil übel, das weißt du doch noch von der letzten Fahrt«, protestierte Emma.

»Du kannst auch gern mit mir zurückreiten, wenn dir das nicht zu kalt ist und du dich ohne Sattel halten kannst?«, bot Boy ihr an, und Emma strahlte.

»Ein Pferd hält doch schön warm. Und natürlich kann ich mich ohne Sattel halten«, entgegnete Emma sofort.

»Emma!«, entgegnete Moiken scharf. »Wir fahren mit dem Automobil! Auf dem Pferd ist es viel zu kalt und ohne Sattel zu gefährlich!« Schon am Blick ihrer Tochter erkannte Moiken, was jetzt kommen würde.

»Du kannst gern mit dem Automobil fahren, Mutter. *Ich* reite mit Boy nach Westerland, weil *ich* Autofahren nicht vertrage.«

~

»Wo sind Sie denn in Gedanken?«, fragte Theodor von Lengenfeldt, als sie ihm gegenüber am wuchtigen Schreibtisch in seinem behaglich warmen Büro saß. Unterdessen hatte er offenkundig seine Morgentoilette nachgeholt, sodass an seinem Aussehen vom Scheitel bis zur Sohle alles perfekt war. Ein imposanter Mann, vor dem sie sich in ihrem schlichten Leinenkleid noch geringer fühlte – obwohl er ihr mit seiner freundlichen Art keinerlei Veranlassung dazu gab, ganz im Gegenteil.

Nur wenn sie ihm die Wahrheit sagen würde, wäre er wohl

wenig begeistert. Aus irgendeinem Grund schien er etwas gegen Boy Lassen zu haben. Es war von Lengenfeldt gar nicht lieb gewesen, dass sie sofort nach ihrer Ankunft zum Atelier gelaufen war, um dort nervös auf Emma zu warten, denn er wollte sie dringend sprechen, und so hatten sie sich darauf verständigt, dass sie sich umgehend in seinem Büro einfinden solle, sobald ihre Tochter heil angekommen war.

An den großen Fenstern waren schwere Vorhänge aus dunkelgrünem Stoff mit goldgewirktem Muster angebracht, die Wände waren mit Holz vertäfelt, und dort waren in regelmäßigen Abständen hübsche zweiarmige Wandlampen aus poliertem Messing angebracht, in der Ecke eine aufwendig gearbeitete Stehlampe und auf dem Schreibtisch eine Tischlampe mit einem geschmackvollen Glasschirm. Das Licht war selbst bei Tag notwendig, erst recht bei dem mittlerweile wieder wolkenverhangenen Winterhimmel.

»Ich …«, begann Moiken, und dann schwieg sie. Was gingen ihn überhaupt ihre Gedanken an? Vielmehr wüsste sie gern, weshalb er sie zu einer dringenden Unterredung herbestellt hatte. Schließlich hätte er schon auf der Rückfahrt mit ihr reden können, doch da hatte er nur über sein Automobil gesprochen und davon geschwärmt.

Ein Elektroauto, wie sie nun gelernt hatte. Der Mann, der einen Detroit Electric besitzt, muss keinen anderen Menschen mehr beneiden. Dieser Satz war ihr noch in Erinnerung geblieben, und dass der Wagen fast siebentausend Mark gekostet hatte.

Das wäre doch eine Möglichkeit, überlegte Moiken, gerade in Gedanken noch einmal bei seinem Automobil zu sein.

»Was sagten Sie noch, wie viele Kilometer Ihr Automobil fahren kann?«

»Meinen Sie Kilometer pro Stunde oder die Reichweite? Also, die Höchstgeschwindigkeit beträgt dreißig Kilometer pro Stunde, und mit einer Batterieladung komme ich gut 150 Kilometer weit.

Das ist schon was, denn ab Werk wird das Fahrzeug nur mit einer Bleibatterie ausgeliefert, die für knapp 50 Kilometer reicht. Aber ich habe nun noch für 2500 Mark eine Nickel-Eisen-Batterie nachrüsten lassen, damit ich bei einer Fahrt nach List nicht Gefahr laufe, nicht mehr bis zur Ladestation am Hotel zurückzukommen.« Er lächelte verschmitzt, und Moiken war froh, ihn auf ein Thema gebracht zu haben, über das er gern redete. Nur musste sie dazu ihr gesamtes Halbwissen hervorkramen, um das Gespräch am Laufen zu halten.

»Aber gibt es nicht seit einigen Jahren auch andere Motoren, solche, die mit … wie heißt das … mit Deisel funktionieren.«

»Diesel. Erfunden von Herrn Diesel. Dieselmotoren werden sich nicht durchsetzen, glauben Sie mir. Die Zukunft liegt im elektrischen Antrieb. Die Ladestation für mein Automobil ist in dem mannshohen Bretterverschlag untergebracht, vor dem ich vorhin geparkt habe, erinnern Sie sich?« Der Hotelier hielt inne. »Aber sind wir mal ehrlich, mein Automobil ist doch nicht das, worüber Sie nachgedacht haben?«

Moiken kniff die Lippen zusammen. So leicht wie erwartet ließ er sich also nicht täuschen – jetzt nur nicht das Gesicht verlieren. »Doch, mir ging gerade noch einmal durch den Kopf, was Sie über Ihre Motorkutsche gesagt haben«, bekräftigte sie. Das war zumindest nicht gelogen, wenn auch nur die halbe Wahrheit.

Warum entgegnete Theodor von Lengenfeldt nichts mehr? Nahm er ihr etwa nicht ab, was sie gerade gesagt hatte?

»Ist das elektrisches Licht aus Glühlampen?« Technik faszinierte ihn, und damit könnte sie ihn vielleicht endgültig von seiner ursprünglichen Frage ablenken, solange er offenkundig nicht zum eigentlichen Grund kommen wollte, weshalb er sie zu diesem Gespräch gebeten hatte.

Aus Keitum kannte sie nur das Licht von Kerzen und stinkenden Öllampen. Zwar hatte in ihrer Stube eine bildschöne Schiffslampe gehangen, die Peter von einer seiner Reisen mitgebracht hatte und die dem Hotelier sicher auch sehr gut gefallen hätte, doch von sündhaft teuren Glühlampen keine Spur, und wehe, sie hatte vor dem Anzünden der Schiffslampe vergessen, den Docht zu kürzen. Dann rußte es und stank zum Himmel. Schlimmer noch: Wenn die Lampe zu lange gebrannt und sich überhitzt hatte, schoss eine Stichflamme aus deren Zylinder, und das ganze Zimmer war mit Rußflöckchen übersät gewesen.

»In der Tat, alles Glühlampen. Aber das war es doch auch nicht, worüber Sie nachgedacht haben?« Mit seinen graublauen Augen sah er sie freundlich und zugleich durchdringend an.

Moiken fühlte sich ertappt, obwohl es keinen Grund dafür gab. Warum interessierte es ihn so sehr, was in ihrem Kopf vorging? Und warum nahm er ihr nicht einfach ab, was sie sagte? Warum rückte er stattdessen nicht einfach damit raus, was er von ihr wollte? Wieder mied sie seinen Blick.

Immerhin war sie seiner Aufforderung zu einem Gespräch umgehend nachgekommen, obwohl sie sich viel lieber mit Emma das Atelier angesehen und mit Boy Lassen noch etwas Zeit verbracht hätte, was der Hotelier offenkundig verhindern wollte.

Aber weshalb sollte er etwas gegen Boy Lassen haben, wenn er ihn doch selbst als Fotografen für das Haus und beim Bankett engagiert hatte?

Also ließ sich sein Verhalten nur mit Eifersucht erklären, seit dem Augenblick in Hörnum, als er sie in der Umarmung mit Boy gesehen hatte. Aber warum Eifersucht? Der Hotelier machte ihr doch gar keine Avancen. Er war lediglich freundlich zu ihr. Zugegebenermaßen sehr freundlich, aber da musste man nicht gleich etwas hineindeuten. Er war eben ein Mensch, der gern Gutes tat.

Glaubte er etwa, sie wäre ihm Rechenschaft über ihr Verhältnis zu Boy schuldig, nach dem, was er seit gestern für sie getan hatte? Die fürstliche Entlohnung, die Ballkleider, die Ehre als Tischdame, das himmlische Bett zur Nacht … Hatte er sich doch mehr versprochen?

Der Raum, in dem er sein Büro eingerichtet hatte, war baugleich zu dem Eckzimmer, in dem sie übernachtet hatte, nur befand er sich auf der anderen Seite des Gebäudes. Eine Etage über der Küche, mit Aussicht über die Strandstraße, auf das Meer und den Pavillon, den sie schon während des Backens im Blick gehabt hatte.

Und während ihre Augen noch immer auf dem Pavillon ruhten, wusste sie plötzlich, worauf sie das Thema bringen könnte, und das auch noch von ganzem Herzen. »Ich frage mich schon die ganze Zeit, wem dieser schöne Bau dort am Ende der Promenade gehört und weshalb er zusehends verfällt? Das ist doch ein Jammer.«

Endlich schien er ihr abzunehmen, dass diese Frage ihre Gedanken bewegte. »Der Pavillon gehört mir. Dort hat meine Frau bis zu ihrem plötzlichen und viel zu frühen Tod Bademoden und verschiedene Strandartikel verkauft.« Es schien ihn sehr zu bedrücken, dass es diese Frau nicht mehr an seiner Seite gab. »Aber das Geschäft lief nicht gut.«

»Warum nicht?«

»Warum? Das liegt doch auf der Hand, und ich habe ihr das gleich prophezeit. Die Männer kauften nicht bei ihr, da sie eine Frau war, und deren Gattinnen durften nicht, weil ihre selbst geschneiderten Badekostüme zu extravagant waren und nicht dem Reglement des Badebureaus entsprachen, mit dem sie obendrein Ärger bekommen hat. Hätte sie besser gleich auf mich gehört. Jedenfalls steht der Pavillon nun seit fünf Jahren leer, und ich wüsste nicht, was ich dort etablieren sollte. Alles, was der Gast braucht, gibt es auf der Promenade zu kaufen. Darf ich Ihnen einen Kaffee anbieten?«

»Gern«, sagte Moiken, erleichtert, dass er nun endlich von der Frage nach ihren Gedanken abließ. Außerdem wurde sie nach dem aufregenden und anstrengenden Vormittag in diesem warmen Raum tatsächlich zunehmend müde.

Zu ihrer Verwunderung klingelte er nicht nach einem Bediensteten, sondern ging durch eine Durchgangstür in sein Schlafzimmer, wie er ihr mitteilte. Von dort kehrte er mit einer kompliziert aussehenden Apparatur zurück, die auf einem Holzbrett montiert war, das er auf beiden Unterarmen tragen musste.

»Meine Erfindung: Der Wecker, der Kaffee macht«, präsentierte er ihr stolz die Vorrichtung und stellte sie vorsichtig auf dem Schreibtisch ab.

Moiken erkannte einen handelsüblichen Wecker, eine kleine Kupferkanne, eine Spirituslampe, einen Porzellanfilter, eine Kaffeetasse und zahlreiche Hebel und Federn.

»Für morgen früh habe ich den gemahlenen Kaffee bereits in den Filter füllen lassen und das Wasser in die Kanne. Normalerweise werde ich um halb neun mit frischem Kaffee geweckt, aber nun wollen wir mal sehen … wenn ich hier am Rädchen drehe und den Wecker umstelle, dann müsste gleich …«

Gespannt warteten sie beide, ob sich an der Vorrichtung etwas bewegte. Und tatsächlich: Der Wecker klingelte, daraufhin entzündete sich ein Streichholz an einem Stück Sandpapier und setzte den Spiritus in Brand. Der Kocher erhitzte das Wasser in der Kanne, und als es den Siedepunkt erreichte, kippte eine Feder die Kanne. Das Wasser floss durch den Filter in eine darunter bereitgestellte Tasse. Das leere Behältnis kippte nach einer Weile wieder in seine Ausgangsstellung zurück und löste dabei einen kurzen Klingelton aus.

»Der Kaffee ist fertig!« Mit den strahlenden Augen eines Jungen, dem ein genialer Streich gelungen war, reichte er ihr die feine Porzellantasse mit dem duftenden Kaffee.

»Famos!«, staunte Moiken ehrlich beeindruckt.

»Ich liebe solche technischen Spielereien, und an dieser Erfindung habe ich lange getüftelt, bis sie mir gelungen ist. Möchten Sie Milch oder Zucker dazu?«

»Nein, danke, ich trinke meinen Kaffee immer schwarz.« Zumindest seit diesen Wintermonaten, setzte sie gedanklich hinzu, da hatte sie sich das angewöhnt, um Milch und Zucker zu sparen – bis sie sich auch das Kaffeepulver nicht mehr leisten konnte.

»Und Sie, warum trinken Sie keinen Kaffee?«, fragte sie verwundert.

»Nun, die Apparatur ist natürlich nur für die Zubereitung einer Tasse ausgelegt«, erwiderte er. »Probieren Sie nur. Ich bin gespannt, ob er Ihnen schmeckt.«

Moiken hob den Tassenrand an ihre Lippen, pustete ein wenig und nahm vorsichtig einen Schluck.

»Himmlisch!«, rief sie spontan aus, was dem Hotelier ein erleichtertes Lachen entlockte.

»Wie schön. Wenn ich Ihnen eine Freude machen kann, macht mich das glücklich«, bekräftigte er, doch dann wurde er unvermittelt wieder ernst. »Lassen Sie mich nun zu dem Grund kommen, weshalb ich Sie zu dieser Unterredung gebeten habe.«

Endlich, dachte Moiken.

Er jedoch machte eine kurze Pause und suchte nun selbst nach den richtigen Worten. »Ich muss Ihnen etwas beichten.«

»Mir? Etwas beichten?«, fragte sie bass erstaunt und hätte beinahe über das groteske Ansinnen gelacht, dann allerdings wurde ihr ein wenig mulmig zumute. Wollte er ihr am Ende doch ein Liebesgeständnis machen? Hatte sie einen verstellten Blick auf seine Zeichen gehabt?

»Nun also, wo soll ich anfangen. Sie erinnern sich, als ich in aller Herrgottsfrühe vor Ihrem Haus stand …«

»Jaa?«, erwiderte sie gedehnt.

»Und ich Sie gebeten habe, für meine Konditorin einzuspringen …«

»Weil sie auf der glatten Straße ausgerutscht und sich den Fuß gebrochen hat«, setzte sie fort.

»Die Wahrheit ist …«, hob er an. Dann senkte er verlegen den Blick. »Dass sie der Arbeit nicht gewachsen war und mich am Tag vor dem Bankett im Stich gelassen hat. Aber ich dachte, wenn ich Ihnen das vorher sage, könnten Sie glauben, ich sei ein jähzorniger Mensch und meine Angestellte sei deshalb geflüchtet.«

Ein erleichtertes Lächeln flog auf Moikens Lippen. Kein Liebesgeständnis, stattdessen eine kleine rührende Beichte, eine winzige Lüge, deren Erwähnung in ihren Augen nicht einmal der Rede wert gewesen wäre. Da hatte sie viel mehr zu beichten.

»Und deshalb haben Sie mich hergebeten?«, hakte sie verwundert nach.

»Nun, bevor Sie nach Hamburg abreisen, sollen Sie wissen, dass die Arbeit in der Küche der Strandvilla durchaus sehr anstrengend sein kann, ich als Hotelier aber kein Unmensch bin. Das ist mir sehr wichtig.«

»Aber das weiß ich doch!« Moiken lachte auf. »Und mir ist klar, dass die Arbeit als Konditorin kein Zuckerschlecken ist.«

Nun lachte auch Theodor von Lengenfeldt.

»Nur, weshalb sollte ich das unbedingt wissen, bevor ich nach Hamburg fahre?«

»Nun … also … Sie haben Ihre Fähigkeiten mit Bravour unter Beweis gestellt, und ich möchte Ihnen ein Angebot machen, über das Sie während Ihrer Erholungsreise nachdenken sollen. Wenn ich es recht verstehe, müssen Sie nach dem Tod Ihres Ehemanns eine feste Arbeit aufnehmen. Nun, ich möchte Sie als Zuckerbäckerin einstellen. Sie haben freie Hand in der Küche, bekommen mit Ihrer Tochter ein großes Zimmer in der Strandvilla, zwei freie Tage die Woche, beste Entlohnung bei freier Kost und Logis, und wenn Emma sich nützlich machen möchte, so kann sie Juliane zur Hand gehen, natürlich ebenfalls gegen Bezahlung. Sie erhalten von mir ein monatliches Salär von einhundert Mark. Ich wäre sehr glücklich, wenn Sie über dieses Angebot nachdenken würden.«

Moiken fühlte, wie ihr schwindelig wurde, und sie nahm aus Verlegenheit noch einen Schluck Kaffee. In der Strandvilla Kuchen und Köstlichkeiten zaubern, unter der herzensguten Küchenvorsteherin Wilma arbeiten, zu diesen generösen Bedingungen, das war doch ein Traum! Einhundert Mark, das waren zehn Mark mehr als der übliche Monatslohn, und das auch noch bei freier Kost und Logis. Unglaublich! Und wenn sie an Emmas Wünsche dachte, war das perfekt. Fast zu schön, um wahr zu sein. Es würde auch bedeuten, keinen Steinwurf entfernt von Boy zu leben. Mitten in Westerland. Unter all den Menschen, die sie aus der Stadt vergrault hatten. Wollte sie das?

»Wann genau werden Sie denn wieder aus Hamburg zurück sein?«, fragte Theodor von Lengenfeldt in ihre Überlegungen hinein.

Moiken dachte noch einen Augenblick nach, dann sagte sie geradeheraus: »Ich muss Ihnen auch etwas beichten. Mein Plan war keine Erholungsreise, die Umstände zwingen mich nach dem Tod meines Ehemanns, ein neues Leben zu beginnen, und das wollte ich in Hamburg tun.«

»Aber warum denn nicht auf Sylt? Wollen Sie die Insel unbedingt verlassen?«

Von wollen kann keine Rede sein, dachte Moiken bitter und schwieg.

»Sie wollen also doch gern bleiben, wenn die Umstände es zuließen«, interpretierte der Hotelier die Stille. »Sodann möchte ich Ihnen wirklich gern die Möglichkeit dazu bieten.«

»Meiner Tochter würde ich wohl einen immensen Gefallen tun, wenn wir hierblieben. Die große Stadt ist verlockend, aber auch beängstigend, und Emma kann sich nur schwer von ihrem Pferd trennen.«

»In Ihr Keitumer Haus möchten Sie aber nicht zurück?«

»Nein!«, rief Moiken so entschieden aus, dass der Hotelier zusammenzuckte.

»Möchten Sie mir die Hintergründe dafür erläutern?«

»Nein«, entgegnete Moiken und stellte ihre Tasse so ruckartig ab, dass der Kaffee überschwappte. »Oh, Entschuldigung!« Betroffen suchte sie nach einer Möglichkeit, den Fleck zu beseitigen.

»Nicht der Rede wert«, entgegnete er und wischte das Malheur mit seinem blütenweißen Taschentuch weg.

»Nun haben Sie meinetwegen Ihr schönes Tuch ruiniert«, bemerkte sie bang.

»Es gibt Schlimmeres, meinen Sie nicht?«, entgegnete er. »Außerdem muss ich mich entschuldigen. Ich wollte nicht neugierig sein, als ich eben nach den Hintergründen fragte. Aber wie Sie wissen, bin ich immer noch an dem Kauf des Häuschens interessiert. Es wundert mich zwar, dass Sie nicht die Erbin sind, aber diese Dinge gehen mich wahrlich nichts an, auch nicht, weshalb Ihre Schwiegermutter es zu dem sagenhaft günstigen Preis veräußern möchte. Die Frage ist jedoch, ob Sie – falls ich das Häuschen kaufen würde – wieder dort wohnen möchten?«

»Das kommt nicht infrage! Zumindest, solange meine Schwiegermutter lebt. Das ist für mich so sicher wie das Amen in der Kirche.«

»Ich verstehe …«, entgegnete er nachdenklich.

»Warum möchten Sie eigentlich ausgerechnet dieses Haus kaufen, wenn ich fragen darf? Es ist sehr günstig, keine Frage, aber in Keitum ist nichts los, und in Westerland gibt es bestimmt auch gute Angebote.«

»Sicherlich würde es hier in der Stadt auch Objekte geben, die eine sehr gute Rendite versprechen, aber dieses Reetdachhäuschen fernab von Westerland, es ist …« Er brach ab, und sein Blick ging an ihr vorbei in die Ferne. »Es ist wie geschaffen für mich.«

»Hm«, machte Moiken leicht verwundert, er schien sich allerdings auch nicht weiter erklären zu wollen.

»Gehe ich also richtig in der Annahme, dass Sie nicht nach Hamburg reisen werden? Möchten Sie noch ein paar Tage über mein Angebot nachdenken?«

Moiken sah aus dem Fenster, hinüber zum Pavillon. Und plötzlich wusste sie, was sie wollte. So sicher, wie sie noch nie in ihrem Leben etwas gewusst hatte. Es war jedoch noch nicht an der Zeit, diesen Gedanken laut auszusprechen.

Sie streckte dem Hotelier eine Hand entgegen. »Ich möchte gern in der Strandvilla als Zuckerbäckerin arbeiten.«

Begeistert nahm Theodor von Lengenfeldt ihre Hand und schien sie gar nicht mehr loslassen zu wollen. »Das freut mich sehr. Wirklich sehr.«

Glänzten da Tränen in seinen Augen, oder war es das Licht, das diesen Anschein erweckte? Es war jedenfalls sehr rührend, wie glücklich er darüber war, dass sie für ihn arbeiten wollte, und Moiken freute sich darauf, ihrer Tochter die grandiose Neuigkeit zu verkünden. Wenn Emma ihr jetzt nicht um den Hals fallen würde, dann wüsste sie auch nicht weiter. Oder hätte sie diese Entscheidung gar nicht treffen dürfen, ohne ihre Tochter gefragt zu haben?

»Wir werden natürlich noch hören, was Ihre Tochter dazu sagt«, fiel er in ihre Gedanken ein.

»So machen wir es«, sagte Moiken erleichtert. »Ich bin mir sicher, Emma wird einverstanden sein. Und wenn Sie möchten, dann kann ich gleich morgen anfangen.«

»Das ist ein Wort!«, rief der Hotelier strahlend, dann wurde er noch einmal ernst. »Darf ich Ihnen noch eine Frage stellen?«

»Bitte sehr«, entgegnete Moiken leichthin.

»Wie ist Ihre Beziehung zu Herrn Lassen?«

Also wehte der Wind doch daher. Moiken überlegte blitzschnell. »Es ist so, wie ich Ihnen schon in Hörnum gesagt habe: Wir sind gute alte Freunde. Mehr nicht.« Alles andere war ihre Erinnerung, ihr Schatz, der still und geborgen in ihrem Herzen ruhen sollte.

»So darf ich vielleicht ein klein wenig Hoffnung haben?«

»Hoffnung?« Moiken verschlug es die Sprache. Also doch. Wie sollte sie denn nun reagieren? Ihn vor den Kopf stoßen? Ohne Zweifel war er ein sehr netter Mann, den sie sympathisch und attraktiv fand und dessen Gefühle sie nicht verletzen wollte. Schon gar nicht, solange sie selbst nicht klar denken konnte. »Ich muss nach meiner Tochter sehen«, sagte sie und stand ruckartig auf.

Schnell erhob er sich ebenfalls und begleitete sie zur Tür.

»Verzeihen Sie bitte, es war mein Fehler. Ich habe Sie damit völlig überrumpelt. Aber ich musste es aussprechen. Nur fühlen Sie sich bitte nicht gedrängt. Auf gar keinen Fall. Sie haben ja gerade erst Ihren Mann verloren. Sie sollen nur wissen, dass ich mehr als Sympathie für Sie hege. Aber lassen Sie sich Zeit mit einer Antwort.« Als sie bei der Tür angelangt waren, legte er die Hand auf die Klinke. »Darf ich Sie einstweilen dennoch um etwas bitten? Solange Sie mir keine Antwort geben können, wünsche ich mir, dass Sie mir jeden Sonntag nach dem Kirchgang zwei Stunden Ihrer Zeit schenken. Zum Spazierengehen irgendwo auf der Insel, Kaffee trinken und plaudern, damit wir uns besser kennenlernen können.«

»Wie Sie wünschen«, entgegnete Moiken etwas steif, obwohl sie sich über sein Verständnis freute. Und gegen seinen Wunsch war ja nichts einzuwenden. Es war ihr nur ein Rätsel, weshalb er ausgerechnet an ihr Gefallen gefunden hatte. Bei seiner Attraktivität könnte er doch sämtliche Frauen mit einem Fingerschnips haben, wie sich auf dem Bankett gezeigt hatte.

»Wie schön, dann also heute in einer Woche. Wir unternehmen, was immer Sie möchten. Überlegen Sie sich etwas bis dahin. Und wenn Sie … ach«, unterbrach er sich selbst, »wie schwer mir dieses Sie über die Lippen kommt, wo *Sie* mir doch so vertraut erscheinen. Ich möchte Ihnen gern das Du anbieten. Theodor …«, sagte er.

»Aber Herr von Lengenfeldt!«, widersprach sie. »Sie sind mein Vorgesetzter, was sollen denn die Angestellten denken?« Das war doch ein gutes Argument, mit dem sie ihn etwas ausbremsen konnte.

»Das *Aber* scheint tatsächlich Ihr Lieblingswort zu sein, daran werde ich mich wohl gewöhnen müssen«, sagte er mit einem Augenzwinkern. »Allerdings haben Sie vollkommen recht, das wäre tatsächlich unangebracht, aber für die Sonntage möchte ich … vielleicht darf ich mir wohl für diese zwei gemeinsamen Stunden das Du erbitten?«

Dagegen konnte sie ebenfalls schlecht etwas einwenden, dachte Moiken. Überhaupt war es doch sehr rührend, wie vorsichtig und zurückhaltend sich der gestandene Hotelier ihr gegenüber benahm. »Moiken«, erwiderte sie.

Sanft griff er nach ihrer Hand, um sie in Richtung seiner Lippen zu führen, dabei verbeugte er sich, und sie gestattete ihm einen formvollendeten Handkuss.

Boy Lassen stand in großen schwarzen Lettern über dem blau gestrichenen Eingang. Nicht mehr und nicht weniger. So als sei dem Badepublikum längst bekannt, welche Art von Geschäft sich hier am oberen Ende der Friedrichstraße direkt gegenüber dem Hotel Miramar befand.

Als sie die Tür zum Verkaufsraum aufdrückte, läutete ein Glöckchen. Der Laden schien verlassen, auch kam niemand hinter dem Vorhang hervor, der wohl zu einem weiteren Raum führte. Es roch nach Kartoffelsuppe, wie sie zu ihrem Erstaunen feststellte, und sofort knurrte ihr der Magen. Sie war es gewohnt, wenig zu essen, doch nun hatte sie seit gestern Abend nichts mehr zu sich genommen, und wahrscheinlich hatte Boy für ihre hungrige und durchgefrorene Tochter Mittagessen gekocht. Wie lieb und fürsorglich von ihm.

»Hallo?«, rief Moiken verhalten. »Ist jemand hier? Emma? Boy?« Unsicher blieb sie vor der Ladentheke stehen. Dahinter waren, in einer kleinen Glasvitrine gesichert, eine Reisekamera mit drei Doppelkassetten ausgestellt sowie das neueste Modell einer Klappkamera mit dreifachem Auszug und auswechselbaren Objektivbrettern, wie die Schilder verrieten. Daneben hing ein gelbliches Plakat an der Wand, auf dem für Damenbildnisse, Kinderaufnahmen, Herrenbildnisse und Gruppenaufnahmen geworben wurde, auch unter natürlichen Bedingungen am Strand.

Außerdem wurden fotografische Postkarten nach individuellen Wünschen offeriert sowie Urlaubskurse für Amateure mit praktischen Ratschlägen für Ausrüstung und Arbeitsweise.

»Emma? Boy?«, rief sie erneut, dieses Mal etwas lauter. Nachdem sich noch immer niemand rührte, schob sie den dicken schwarzen Vorhang des Durchgangs beiseite und betrat staunend den bestimmt acht bis zehn Meter langen Atelierraum. Die komplette Seitenwand nach Norden hin bestand aus Glas, ebenso das schräge Dach, damit genug Tageslicht einfallen konnte. Im Moment jedoch waren drei Lagen heller und dunkler Vorhänge so geschickt zugezogen, dass das beste Licht genau auf den Strandkorb auf dem schwarzen Podest gelenkt wurde, der vor einer gemalten Nordseekulisse mit tosenden Wellen und einem Segelschiff aufgestellt war. Als zusätzliche Requisiten lagen im Zwielicht ein Rettungsring, ein Schiffstau und ein Fischernetz bereit.

»Hallo, ist jemand hier? Hallo!«, rief sie noch einmal – in Gedanken schon bei der Frage, wo Emma abgeblieben sein könnte. Auf einem Tisch entdeckte sie benutzte Teller samt Besteck.

Waren die beiden unterbrochen worden? Oder was war so wichtig gewesen, dass nicht abgeräumt worden war? Da hörte sie auf einmal ein Geräusch und Boy kam am anderen Ende des Raumes um die Ecke.

»Moiken! Entschuldige, ich war so vertieft, dass ich dich erst gar nicht gehört habe. Komm nur und schau, was deine Tochter gerade macht.«

Durch einen abgedunkelten Vorraum betrat sie das Herz des Ateliers, die Dunkelkammer. Da sich ihre Augen noch nicht an das fehlende Licht gewöhnt hatten, ahnte sie im schwachen Schein einer rubinroten Lampe nur, dass sie sich in einem großen hohen Raum befand. Ein chemischer Geruch stieg ihr in die Nase.

»Ich führe dich«, sagte Boy und nahm ihre Hand. Augenblicklich breitete sich ein Kribbeln von ihren Fingerspitzen über den ganzen Körper aus, ihre Knie wurden weich, und sie glaubte, keinen Schritt mehr gehen zu können. Ahnte Boy überhaupt, was er mit seiner Berührung in ihr auslöste? Offenbar schon, denn er griff nun ein wenig fester zu, so als wollte er ihr die Angst nehmen und ihr zeigen, dass es kein Fehler war, ihm zu vertrauen, und dass er gern ihre Hand hielt.

Langsam kristallisierten sich Umrisse aus dem Dunkel heraus. Emma stand mit dem Rücken zu ihnen an einem langen Tisch, nein, es waren zwei flache Wannen, die auf Tischfüßen im rechten Winkel aneinandergereiht waren, und mit sanft schaukelnden Bewegungen hielt sie eine rechteckige Schale in den Händen. Über ihr lagerten auf drei Regalbrettern offenbar Chemikalien in Flaschen und Pulvergläsern, deren Beschriftung Moiken allerdings nicht entziffern konnte.

»Nun, Emma, dann bin ich mal gespannt auf das Ergebnis«, sagte Boy, als sie näher gekommen waren. Er hätte jetzt ihre Hand loslassen können, doch das schien gar nicht in seinem Sinn zu sein.

»Das ist so aufregend«, sagte Emma atemlos und reichte Boy die

Schale. »Mutter, ich durfte mit einer Kamera Fotos von Boy machen und jetzt die Glasplatte entwickeln.«

»Nur leider …«, sagte Boy, »hat sie weiße Flecken. Schau, hier auf meinem Körper sieht man welche, und der Himmel hat mehr Wolken, als dort tatsächlich auf der Kulisse gemalt sind, und zu Füßen liegen mir ein paar Bälle, die da nicht hingehören – obwohl: Für die Strandszene passt das ja ganz gut.« Er lachte fast, aber natürlich sollte Emma nicht glauben, er würde sie auslachen wollen.

»O nein, wie ist das denn passiert?«, fragte Emma bestürzt und zugleich sehr geknickt.

»Bedauerlicherweise ein kleiner Fehler mit großer Wirkung. Es haben sich Luftbläschen auf der Platte gebildet, sodass die Entwicklerflüssigkeit nicht angreifen konnte. Wenn sich Luftblasen entwickeln, muss man sie immer gleich mit dem Finger wegstreichen. Aber das konntest du ja nicht wissen. Die Arbeit in der Dunkelkammer ist überhaupt eine heikle Angelegenheit, bei der viele Fehler passieren können. Das braucht viel Übung.«

»Ich möchte das aber unbedingt können!«, ereiferte sich Emma.

»Nun ja, meinetwegen darfst du gern ein Foto von deiner Mutter machen und es noch einmal mit dem Entwickeln versuchen, aber ich denke …«, sagte er und wandte sich nun Moiken zu, »du bist bestimmt gekommen, um deine Tochter abzuholen, und hast es eilig, oder? Und morgen reist ihr ja schon nach Hamburg.«

»Das ist ein Irrtum«, sagte Moiken, und sie musste sich zusammenreißen, nicht gleich mit der Neuigkeit herauszuplatzen, um ihrer Tochter behutsam die Änderung des Lebensplans zu erklären.

»Was ist ein Irrtum?«, hakte Emma prompt nach. »Willst du mich nicht abholen, oder fahren wir etwa nicht nach Hamburg? Sag bitte, dass wir nicht nach Hamburg fahren.« Ihre flehende Stimme unterstrich die Bitte eindrucksvoll.

Also hatte sie richtig entschieden, dachte Moiken sehr erleichtert. Nun blieb abzuwarten, wie Boy reagierte. Aber vielleicht ließ er sich auch gar nichts anmerken.

»Wir fahren nicht nach Hamburg. Ich habe eine Stelle als Konditorin in der Strandvilla angenommen, bei freier Kost und Logis, einem traumhaften Gehalt und zwei freien Tagen in der Woche.« Ihre Sonntagsverpflichtung verschwieg sie, das tat schließlich nichts zur Sache.

Emma stieß einen Jubelschrei aus und sprang ihr in die Arme, dass Moiken fast das Gleichgewicht verlor. »Danke, danke! Du bist die beste Mutter auf der Welt!«

Schmunzelnd löste sich Moiken aus der stürmischen Umarmung und erwiderte: »Das hätte ich gern schriftlich, damit ich es dir bei nächster Gelegenheit vorhalten kann.«

Doch Emma reagierte gar nicht auf diese kleine Spitze, denn sie sang vor sich hin. »Wir bleiben auf Sylt, wir bleiben auf Sylt!«

»Ich gratuliere! Das ist wirklich die schönste Nachricht des Tages«, sagte Boy sanft.

»Ich freue mich auch«, sagte Moiken und spürte, wie sie rot wurde. Ihre Schüchternheit ihm gegenüber wurde sie einfach nicht los. Ein Glück, dass sie in der Dunkelkammer standen. »Und ich bin auf die Fotos gespannt, die du von mir machen wirst«, fügte sie an.

»Dafür haben wir ja nun jede Menge Zeit«, freute sich Boy.

»Nur jetzt nicht mehr«, bremste sie ihn ein wenig aus. »Ich muss unsere Sachen aufs Zimmer bringen und mich etwas einrichten. Heute Abend stehe ich schon wieder in der Küche. Den Nachtisch zubereiten für das Abendessen und süße Kleinigkeiten für das Frühstück zaubern.«

»Hast du nicht auch Hunger?«, fragte Boy. »Es ist noch jede Menge Kartoffelsuppe übrig. Wenn ich die koche, dann immer gleich für eine ganze Mannschaft«, fügte er lachend hinzu.

»Wenn ich ehrlich bin, habe ich großen Hunger«, gestand

Moiken, und nur kurze Zeit später saß sie vor einem dampfenden Teller. Die Kartoffelsuppe war ein Gedicht, sie hatte gar nicht geahnt, dass Boy so gut kochen konnte.

Gerade als sie den Tisch abgeräumt hatten und zurück in den Verkaufsraum gingen, hörten sie das Türglöckchen.

Zusammen mit einem kräftigen Windstoß, der eine Menge kalter und feuchter Salzluft mit sich führte, kam eine Frau herein. Das Gesicht voller Sommersprossen, die Wangen waren gerötet, und mit einer burschikosen Bewegung streifte sie sich die Kapuze von den roten Haaren.

Henriette Grondziel. Ihre alte Schulfreundin.

Dieses Weibsstück.

Ausgerechnet.

»Hab ich es doch gewusst!«, rief diese, während sie sich die Handschuhe aus Seehundsfell abstreifte. »Jetzt, wenn ich dich neben Boy sehe, kein Zweifel. Moiken! Dass du es tatsächlich wagst, nach Westerland zurückzukehren.«

»Was meint die Frau damit?«, flüsterte Emma an ihrer Seite.

»Das weiß ich nicht«, entgegnete Moiken laut und straffte die Schultern, obwohl sie am liebsten davongelaufen wäre. Denn eines war ihr klar: Die Nachricht, dass Moiken Jacobsen, die Brudermörderin, zurückgekehrt war, würde sich wie ein Lauffeuer in der Stadt verbreiten.

»Nicht zu fassen«, fuhr Henriette fort und maß sie mit einem geringschätzigen Blick. »Und kaum bist du zurück, machst du dich wieder an Boy ran – so wie damals.«

Moiken versuchte ruhig zu bleiben. Henriette war diejenige gewesen, die Boy schöne Augen gemacht hatte, und zwar von jenem Tag an, als sie Henriette als bester Freundin mit hochroten Wangen anvertraut hatte, von Boy am Strand geküsst worden zu sein – da hatte Henriettes Blick unvermittelt Feindschaft geschworen, obwohl man sich schon damals hinter vorgehaltener Hand erzählt hatte, dass sich Henriette gar nichts aus Männern machen würde und nur Interesse an Frauen hätte.

»*Ich* habe Boy keine schönen Augen gemacht – das war nämlich gar nicht notwendig«, entgegnete Moiken mit einer gewissen Bissigkeit, die sie gar nicht an sich gewohnt war. Bei Henriette jedoch kannte ihre Abneigung mittlerweile keine Grenzen. »Boy hat mich um meiner selbst willen geliebt.« Das auszusprechen war seltsam, erst recht in seiner Gegenwart, doch es entsprach der Wahrheit. Die Liebe war da gewesen, vom ersten Augenblick an, auf beiden Seiten. Keine bezirzenden Worte, keine schmeichelnden Taten, keine Versprechen. Nur Liebe, vom ersten Tag an.

Henriette stieß ein helles Lachen aus. »Stimmt. Und dieser Trottel liebt dich bis heute. Hat nie geheiratet. Keine andere Frau konnte dir je das Wasser reichen. Er hat sie nicht mal angeschaut. Stattdessen hat er auf dich gewartet. Mittlerweile sein halbes Leben lang. Hach, das muss Liebe sein!« Der Spott troff förmlich aus ihrer Stimme. »Und was willst du jetzt von ihm? Doch nicht etwa nur einen Besuch machen? Eine hübsche Tochter hast du übrigens. Wie alt ist sie denn?«, fragte sie spitz.

»Es tut mir leid, die Fotos sind nichts geworden«, ließ sich Boy scharf vernehmen, während Moiken sich noch an Henriettes Bemerkungen aufhielt. Wenn sie sich ausrechnen wollte, dass Emma Boys Tochter sein könnte, lag sie natürlich nicht falsch – doch wenn sie es auch nur wagen würde, das als Tatsache zu verbreiten …

»Was hast du gesagt?«, fragte Henriette Grondziel an Boy gewandt, als könne sie sich verhört haben.

»Ich habe die Platten leider, ohne sie zuvor zu entwickeln, in die Fixiernatronlösung eingebracht. Alles schwarz. Keine Spur eines Bildes.« Er gab sich alle Mühe, den Anschein von Bedauern zu erwecken.

»Das soll dir passiert sein? Das glaube ich nicht. Willst wohl eher deinen Sohn in Schutz nehmen.«

»Er hat einen Namen«, sagte Boy mit deutlich aufkommendem Ärger.

»Das weiß ich, aber weshalb sollte ich ihn mir merken? Ihr seid doch beide Taugenichtse. Nun habe ich also keine Fotos vom Neujahrsbankett und kann keinem meiner Kunden zeigen, wie kleidsam eine Stola aus Robbenfell zu einem Festkleid ist. Und was soll ich jetzt machen?«

»Meinen Laden verlassen«, knurrte Boy.

»Das wirst du mir noch büßen«, rief Henriette auf diese Deutlichkeit hin, machte auf dem Absatz kehrt und schlug die Tür hinter sich zu.

Während Boy recht gelassen dreinschaute, saß Moiken der Schreck in den Gliedern. Außerdem gab es etwas, worüber sie nachdenken musste. Bernhard war tatsächlich Boys Sohn. Also hatte er ihr damals entweder etwas verschwiegen, oder Bernhard war jünger als geschätzt, etwa in Emmas Alter. Dann aber konnte Henriettes Behauptung, er habe angeblich nie eine andere Frau angesehen, nicht stimmen.

»Ausgerechnet die Fotos von Henriette«, brachte Moiken hervor, um etwas zu sagen.

»Natürlich sind die Bilder etwas geworden, aber nach diesem Auftritt und so, wie sie dich behandelt hat, kann ich auf Geschäfte mit dieser Weibsperson dankend verzichten.«

Moiken blieb vor Entsetzen der Mund offen stehen. »Aber sie wird in der ganzen Stadt erzählen, dass du ein schlechter Fotograf bist.«

Boy zuckte mit den Schultern. »Und wenn schon. Das nehme ich gern in Kauf. Ich lasse mir doch von dieser Xanthippe nicht in die Suppe spucken. Also, Emma, bis morgen, dann üben wir alles noch einmal mit deiner Mutter als Fotomodell, und als Nächstes zeige ich dir, wie man Negative retuschiert.«

»Ich freu mich so auf morgen!«, sagte Emma überglücklich.

Als ihre Tochter schon hinausgegangen war, schenkte Moiken Boy zum Abschied ein dankbares Lächeln, und sie musste daran denken, dass Emma sich gerade mit ihrem leiblichen Vater verabredet haben könnte.

Das würde sich nie beweisen lassen, aber das Schicksal wollte es offenbar so, dass die beiden nach Peters Tod zusammenfanden. Und allein, dass Emma glücklich sein konnte, zählte.

Aber eins wollte sie noch genauer wissen. »Bernhard ist dein Sohn?«

»Ich weiß, was du denkst, aber er sieht älter aus, als er ist. Ihn und Emma trennen nur wenige Monate. Es war eine kurze Zeit mit Henriette damals, sie hat mich verführt, und ich dachte, ich könnte so besser meine Enttäuschung darüber vergessen, dass du nach Keitum gegangen bist und einen anderen geheiratet hast.«

»Soll das jetzt ein Vorwurf an mich sein?«

»Ja … nein, natürlich nicht. Unsere Wege haben sich damals getrennt, und ich verfluche diese Kreuzung bis heute. Wir hätten nicht in unterschiedliche Richtungen gehen dürfen.«

»Das stimmt«, sagte sie kaum hörbar und verließ das Atelier, ohne sich noch einmal nach Boy umzusehen.

Vor dem Atelier keine Spur mehr von Henriette. Zum Glück.

Mit Emma an der Seite schlug sie den Weg in Richtung Strand ein, sie gingen die Treppen hinunter zur Promenade, was bei dem Gegenwind gar nicht so einfach war.

»War diese Frau vorhin eigentlich eifersüchtig?«, fragte Emma, die in Gedanken offenbar auch noch einmal bei der Begegnung war.

»Und wenn schon«, sagte Moiken. »Dann ist das eben so. Ich habe ihr keinen Anlass gegeben.« Es klang mehr nach Verdrängung als nach der Leichtigkeit, die sie hatte vermitteln wollen. Sie schlug den Mantelkragen höher und stemmte sich dem Wind entgegen. An diese Böen musste sie sich erst wieder gewöhnen.

Wahrscheinlich sollte sie sich ein Beispiel an Boy nehmen und nicht so ängstlich auf ihren Ruf bedacht sein, sich weniger um das scheren, was andere Leute über sie reden könnten, dachte Moiken, als sie über die Promenade am Meer entlang zurück zur Strandvilla gingen.

Nein, nicht zurück. Vorwärts, in ein neues Leben.

2. Buch

August bis Dezember 1913

Emma vergrub ihre Zehen im warmen Sand. Ein wohliges Gefühl durchströmte sie, und sie schloss die Augen.

Nun schien die Augustsonne mit aller Kraft vom dunkelblauen Himmel, der seit zehn Tagen wolkenlos war. Schon der Frühling hatte zahlreiche Badegäste auf die Insel gelockt, wie Schneeglöckchen waren sie plötzlich überall zu sehen gewesen, doch jetzt war die Insel mit Sommerfrischlern übersät wie die Dünen mit blühendem Heidekraut.

Nach dem langen Winter hatte sie geglaubt, die Sonne würde ihre Kraft nie mehr zurückgewinnen, und ebenso lange hatte es gedauert, bis wieder Sonne in ihrem Herzen schien, besonders in Momenten, in denen sie an ihren Vater dachte.

Mittlerweile glaubte sie fest daran, dass ihr Vater sehen konnte, was sie auf Erden machte, und er jeden Tag bei ihr war. Nur ob es ihm gefiel, dass sie sich entgegen dem Willen ihrer Mutter für eine Lehre bei Boy Lassen, dem Strandfotografen, entschieden hatte, dessen war sie sich nicht so sicher. Schließlich hätte sie wie Juliane weiter als Zimmermädchen arbeiten können, den Winter über hatte sie auf diese Weise sogar einiges an Geld zusammengespart. Doch im April hatte sie ihre Mutter vor vollendete Tatsachen gestellt, und seltsamerweise hatte sie zwar ordentlich Gegenwind bekommen, allerdings hatte ihre Mutter auf ein Donnerwetter verzichtet, unter dem sie gezwungen gewesen wäre, die Lehrstelle bei Boy doch wieder abzusagen.

Den Gegenwind hatte sie locker ausgehalten, es hatte ihr sogar ein verbotenes Vergnügen bereitet, gegen den Widerstand ihrer Mutter zu handeln.

Moschusduft hing schwer über der Wandelbahn, wo die Damen ausschließlich in weißen Kostümen spazierten, als gäbe es keine andere Farbe. Schirmchen und Spazierstöcke, wohin man sah, Kinder mit Schleifen im Haar, die an diesem Sonntag brav an der Seite ihrer Eltern gingen, und Männer, die ihre viel zu warmen Sommermäntel ausführten, indem sie diese mit dem glänzenden Futter nach außen über dem Arm trugen.

Das Ziel des feinen und internationalen Badepublikums waren die fahnengeschmückten weißen Zelte am Strand, aufgebaut in einer langen Reihe, wo die Klänge der Kurmusik mit dem Meeresrauschen verschmolzen und sich die Herrschaften nahe der Promenade windgeschützt und nach Familien geordnet wie zu Hause am Esstisch niederließen. Selbst bei dieser Hitze liefen die Diener in voller Montur durch den Sand und kredenzten auf Silbertabletts kleine Erfrischungen.

Dazwischen der süße Heinrich mit seinem Bauchladen, der trotz seines Alters – das an seinem langen weißen Bart unschwer zu erkennen war – mit Kochmütze, schwarzer Jacke und langer weißer Schürze unermüdlich in seinen schweren Stiefeln durch den Sand stapfte und seine Süßigkeiten feilbot, die bei Erwachsenen und Kindern gleichermaßen beliebt waren. Schließlich war er seit dreißig Jahren aus dem Strandbild nicht mehr wegzudenken.

Wer sich nicht zu vornehm war, die Hände in den Sand zu stecken, beschäftigte sich frohgemut mit der Ausgestaltung seines Urlaubsrefugiums in Form eines kunstvoll errichteten Sandwalls rund um den Strandkorb.

Einem Heerlager gleich drängten sich die Strandburgen zusammen, hoch flatternde Fahnen und Wimpel gaben mit einem Augenzwinkern über die Besitzer Auskunft, und so wurden die Refugien von der feuergefährlichen Strohwitwe und der lustigen Schwiegermutter über Wochen hinweg hartnäckig gegen die tückische Flut und missgünstige Nachbarn verteidigt.

Es wurde vor bissigen Junggesellen gewarnt, Xanthippes Ruheplätzchen nutzte eine ältere Dame, der Emma tatsächlich besser nicht zu nahe kommen wollte, und nur wenige Meter weiter versprach eine Fahne die liebevolle Aufnahme junger Damen in der Strandburg. Und tatsächlich hatten sich bestimmt fünf oder sechs adrett gekleidete Damen von den dort anwesenden Herren zu einem Tässchen Tee einladen lassen und plauderten vergnügt, während sich die jungen Männer fröhlich mit ihren Schnapsgläsern zuprosteten. Nur was es mit der Harmlosen G. m. b. H. – der Gesellschaft mit besonderen Hintergedanken – auf sich hatte, erschloss sich Emma nicht.

Ebenso wenig konnte sie verstehen, wie man sich zum Bad in die hohen Wellen wagen konnte. Zwar hielten sich alle, die nicht gut schwimmen konnten, vorschriftsmäßig an einem langen Seil fest, das mit einem schweren Pflock am Flutsaum verankert war, doch was, dachte Emma, wenn sie es einmal versuchen würde und sie sich nicht mehr halten könnte?

Schwimmen hatte sie nie gelernt. Wozu auch am Wattenmeer, wo man einen Spaziergang durchs kühle Nass unternehmen konnte und nach einem gefühlten Kilometer immer noch nur bis zur Hüfte im Wasser stand.

Vor diesen raubtiermäßigen Wellen an der Westseite hatte sie jedoch größten Respekt, und leider wirkten auch die Rettungsschwimmer, die selbst einen Gürtel mit breiten Korkblöcken über Hemd und Hose trugen, nicht gerade vertrauensfördernd.

Nein, da blieb sie doch lieber auf dem sicheren Strand, dachte Emma. Barfuß. Vermutlich war sie die Einzige, die hier ohne Schuhe herumlief. Zwar fand sie ihre Füße nicht hübsch, weil ihre kleinen Zehen lediglich als unansehnliche Knubbel ausgebildet waren, aber so genau sah schließlich niemand hin, und sie liebte es so sehr, den warmen Sand unter den Fußsohlen zu spüren. Zudem kannte sie es nicht anders.

Allerdings war ihre Mutter der hartnäckigen Meinung, das zieme sich nicht zwischen dem feinen Badepublikum und sie müsse, wie alle anderen auch, Schuhe tragen.

Sie war aber nicht wie alle anderen. Darum lag ihr Schuhwerk neben dem Strandkorb, in dem Requisiten wie Schirmchen, Buch, Picknickkorb und Zeichenpapier lagen.

Ihre Mutter saß nur einen Strandkorb weiter, in einem hübschen Sommerkleid, das ihr der großzügige Hotelier geschenkt hatte, hellblau, mit dem allein sie schon aus der Menge der Frauen herausstach. Zudem hatte sie die Haare heute wieder kunstvoll hochgesteckt, sodass die Meeresbrise der Frisur kaum etwas anhaben konnten. Nur ihre Wangen waren vom Nordseewind zartrosa gefärbt – oder hatte sie etwa Rouge aufgelegt?

In Keitum hatte ihre Mutter nie etwas aus ihrem Äußeren gemacht, selbst wenn sie mehr Geld gehabt hätten, hätte sie sich wohl weiterhin in Sack und Asche gehüllt. Doch seit sie in Westerland lebten, schien sie plötzlich Lust zu haben, mehr aus sich zu machen, und war deutlich selbstbewusster geworden.

Nur ihre Ansichten hatten sich nicht geändert. Sie war gegen die Lehrstelle bei Boy gewesen, wahrscheinlich, weil Frauen es sehr schwer hatten, in diesem Beruf Fuß zu fassen. Emma jedoch hatte den Moment auf dem Hörnumer Leuchtturm nicht vergessen.

Rüm Hart, klaar Kiming.

Sie war unterwegs in ihr eigenes Leben, die Segel waren gesetzt, und sie musste nur noch auf den Wind warten, der sie in die richtige Richtung davontreiben würde.

Fort von ihrer Mutter.

Wohin, wusste Emma auch schon. Nur ihre Mutter ahnte noch nichts davon.

Umso erstaunlicher, dass ihre Mutter sich trotz der Vorbehalte gegen die Lehrstelle sehr gern als Modell zur Verfügung stellte, und so ließ sie sich voller Stolz nicht nur im Atelier, sondern auch zwischen dem vornehmen Badepublikum fotografieren. Diese Leidenschaft hätte sie ihrer Mutter nicht zugetraut, und Emma wunderte sich bis zum heutigen Tage, warum diese fast keine Gelegenheit ausließ, an ihren freien Tagen oder sogar noch nach der Arbeit im Atelier zu erscheinen.

Boy Lassen schien das jedoch sehr recht zu sein. Schließlich könnte er ihr im Angesicht ungeduldiger Kunden nicht so viele technische Kniffe in Ruhe beibringen.

Mit der Atelierkamera und der noch größeren Reproduktionskamera war Emma zwischenzeitlich vertraut, und seit ein paar Wochen konnte sie auch schon recht gut mit der Handkamera umgehen, die Platten in einer Größe von lediglich 9 mal 12 Zentimetern benötigte.

Diese Kamera erforderte eine ruhige Hand und ein lichtstarkes Objektiv, damit die Momentaufnahmen mit Aussicht auf Erfolg gemacht werden konnten und nicht durch Unterbelichtung unnützerweise Platten geopfert wurden – was sie bereits ausgiebig getan hatte.

Außerdem musste die Kamera ganz gerade stehen und stets senkrecht zur Objektivachse geführt werden, denn schon eine leichte Neigung oder Schrägstellung erzeugte ein unscharfes Bild, was sie zu ihrem eigenen Leidwesen ebenfalls schon häufig geschafft hatte.

Doch Boy trug all diese Malheure mit erstaunlich viel Fassung, wofür sie ihm unendlich dankbar war. Sie wusste nicht, woher ihre Faszination für diesen Beruf rührte, aber von dem Tag an, als sie Boys Atelier betreten und ihre erste Aufnahme gemacht hatte, konnte sie sich nichts anderes mehr vorstellen.

Seit Kurzem besaß Boy eine zum Transport zusammenlegbare Spiegelreflexkamera der Firma Mentor, und die sollte sie heute erneut am Strand ausprobieren, wobei Emma mit der Handhabung noch einige Mühe hatte.

Wie einen Bauchladen musste sie die Kamera zum Fotografieren vor ihre Brust halten, und der Apparat war trotz der Trageriemen ziemlich schwer. Der große Vorteil war jedoch, dass man das Motiv in seiner wahren Größe und Ausdehnung aufrecht stehend betrachten konnte, bevor man abdrückte, und man konnte das Bild auch bei eingesetzter Kassette und zur Aufnahme vorbereiteter Platte noch einstellen, weil der Spiegel die Platte lichtdicht abschloss.

»Und, kann es weitergehen?«, fragte ihre Mutter, der es im Strandkorb zunehmend langweilig zu werden schien.

»Ja, sofort«, entgegnete Boy lachend. »Du kannst tatsächlich vor der Kamera genauso wenig genug bekommen wie deine Tochter dahinter. Allerdings machen wir nach ein oder zwei Aufnahmen Schluss für heute. Wir haben schon genug Motive, außerdem wollte ich bei einer Tasse Kaffee noch etwas mit dir besprechen.«

Emma musste kichern, weil Boy sich größte Mühe gegeben hatte, möglichst beiläufig zu klingen, dabei war es eine große Neuigkeit, ein aufregende Idee, die zu einem Plan reifte und in Emma zu einem immer größeren Herzenswunsch heranwuchs.

»Worum geht es denn?«, fragte Moiken. »Und was gibt es da zu kichern, Emma?«

Noch ehe einer von ihnen antworten konnte, wurden sie von einer jungen Dame angesprochen, die ein weißes Kostüm trug und ein Schirmchen über sich aufgespannt hielt, das sie mit Mühe im Wind balancierte.

»Verzeihen Sie bitte die Störung …« Während sie sprach, hielt sie mit der anderen Hand die breite Krempe ihres Huts fest. »Ziemlich stürmisch hier am Meer.«

Ganz offensichtlich ein Badegast, und mit ihren rund fünfundzwanzig Jahren wohl zum ersten Mal auf Sylt, dachte Emma amüsiert.

»Stürmisch?«, fragte Boy belustigt nach. »Sturm herrscht auf

Sylt erst dann, wenn die Schafe auf dem Deich keine Locken mehr haben. Womit kann ich dienen?«

Die junge Frau lachte, klappte ihr Schirmchen zu, steckte es in den Sand und ordnete eine schwarze Strähne unter ihren Hut. Sie schien Humor zu haben, eine Eigenschaft, die unter den Sommerfrischlern eher selten zu finden war. »Da habe ich mich wohl direkt als Stadtpflanze zu erkennen gegeben, was? Sind Sie der berühmte Strandfotograf?«, fragte die junge Frau mit Blick auf die tragbare Holzkiste mit den schwarzen Lettern, in der die Ausrüstung verwahrt wurde.

»Nun, ich bin Boy Lassen, und ich bin Strandfotograf – dass ich berühmt bin, wage ich zu bezweifeln. Also weiß ich nicht, ob Sie mich suchen.«

»Mein Name ist Felice Bauer, und Sie sind mir wärmstens empfohlen worden. Mein Verlobter wünscht sich ein Foto von mir.«

»Oh, das mache ich selbstverständlich gern. Möchten Sie eine Atelieraufnahme, oder darf es hier am Strand sein?«

Die Kundin dachte nach, und Emma ertappte sich bei dem Gedanken, dass sie die junge Frau nicht sonderlich hübsch fand. Ihr Gesicht war recht länglich, und die großen Augen standen eng beieinander, was Emma nicht mochte.

Doch Boy hatte ihr schon mehrfach gesagt, dass Schönheit immer im Auge des Betrachters liege, und als Fotografin war es nun mal ihre Aufgabe, diese mit der Kamera einzufangen. Und schließlich lag darin auch der Reiz: Emma liebte es, das Besondere im Gesicht eines Menschen zu finden, ins richtige Licht zu rücken und für die Ewigkeit festhalten. Vielleicht wäre diese junge Frau für eine lebendige Momentaufnahme zu gewinnen, überlegte Emma, denn Menschen in gestellten Posen abzulichten langweilte sie zunehmend. Man könnte so viel mehr an echten Emotionen einfangen, aber die Kunden waren schon für Fotos unter freiem Himmel nur schwer zu gewinnen. Sie bevorzugten das Atelier mit entsprechender Kulisse, da die Haare nicht vom Wind verweht wurden, kein Sandflug störte und man nicht so auf dem Präsentierteller saß.

Die Dame zuckte die Schultern, während sie nun einen Brief hervorzog. »Ich kann mich nicht entscheiden. Warten Sie, Franz schreibt …« Sie suchte die entsprechende Zeile. »In Seebädern wird so viel fotografiert, ich möchte dich zum Beispiel im Strandkorb sitzen sehen oder in den Dünen, könnte ich nicht ein Bild bekommen?« Ratlos sah sie von dem Brief auf. »Ich denke mal, er möchte ein Foto direkt am Strand, aber nun bin ich unsicher, ob er nicht vielleicht doch ein klassisches Foto im Atelier mit entsprechender Kulisse meint. Ich kann ihn immer so schwer einschätzen.«

»Lassen Sie uns die moderne Variante nehmen«, schlug Boy vor. »Wenn Sie sich hier in den Strandkorb setzen, den Blick aufs Meer gewandt, dann habe wir die Dünen im Hintergrund – also alles, was sich Ihr Verlobter wünscht in einem Bild und mit erfrischender Natürlichkeit. Das würde außerdem sehr gut zu Ihrem Naturell passen. Nehmen Sie doch bitte Platz.«

»Oh, jetzt sofort?« Felice Bauer zögerte. »Was wird mich das denn kosten? Ich wollte mich erst mal erkundigen, wissen Sie, ich bin Stenotypistin bei einer Schallplattenfirma in Berlin und verdiene nicht allzu viel Geld.«

Mit solchen Aussagen versuchten die Kunden gern mal die Preise zu drücken, das kannte Emma schon, doch Boy ging dieses Mal schnell darauf ein. »Sie haben Glück, ich übe gerade mit meinem Lehrmädchen. Die Aufnahme wäre also umsonst, ich würde Ihnen nur für den Abzug etwas berechnen. Vorausgesetzt, Sie haben nichts dagegen, dass mein Lehrmädchen die Aufnahme macht.«

»Nein, ganz und gar nicht. Mir ist es ehrlich gesagt ganz lieb, wenn mir noch Geld in der Urlaubskasse bleibt. Ich versende dieses Bild mehr aus einer Pflicht heraus.«

»Aber es soll doch für Ihren Verlobten sein?«, hakte Boy irritiert nach.

»Ganz richtig«, entgegnete sie knapp und sah auf ihre langen, zartgliedrigen Finger. »Und dennoch ist es eine Pflicht. Sie können nicht glauben, wie anstrengend Franz sein kann, wenn er sich etwas in den Kopf gesetzt hat. So wie nun eben dieses Foto aus meinem Urlaub. Zum Glück lebt er noch in Prag und ich in Berlin. Sie können sich die Briefflut nicht vorstellen, seitdem wir uns kennengelernt haben. Seitenlange Beschwörungen, Liebesbekundungen, die Ausbreitung seiner emotionalen Leiden, wenn ich ihm einen Tag nicht schreibe oder zu wenig schreibe oder nicht das, was er hören will …«

»Vielleicht ist er einfach nur sehr verliebt, und wenn Sie erst verheiratet sind, werden Sie sehr glücklich sein«, entgegnete Boy beschwichtigend und forderte die Dame freundlich auf, im Strandkorb Platz zu nehmen, während sie unbeirrt weiter von ihrem Verlobten erzählte.

Emma wollte nichts über irgendwelche Liebesprobleme hören, sondern wartete ungeduldig darauf, das Foto machen zu dürfen.

Wenn die Leute stillsitzen mussten, so wie beim Friseur, dann war das für viele offenbar die Gelegenheit, sich den Kummer von der Seele zu reden, selbst vor wildfremden Leuten schütteten sie ihr Herz aus.

Ihre Mutter klappte ein Buch auf, aber ob sie wirklich darin las, wagte Emma zu bezweifeln, denn über den Rand der Seiten hinweg beobachtete ihre Mutter die Szenerie ganz genau.

Boy war es gewohnt, ein guter Zuhörer zu sein und zugleich seine Arbeit professionell zu erledigen. Ein Phänomen, das Emma jedes Mal aufs Neue fasziniert beobachtete, während sie froh war, sich lediglich auf das Einstellen der Kamera konzentrieren zu müssen.

Sie hielt die Kamera an den Trageriemen vor ihre Brust, beugte sich über den kaminförmigen Lichtschutzaufsatz, dessen Öffnung ihr gesamtes Gesicht umschloss, und zog das Objektiv mit dem Ziehharmonika-Balg etwas weiter nach vorne.

Nun jedoch ließ Felice Bauer nach einem schweren Seufzer die Schultern hängen, und Boy musste sie freundlich ermahnen, wieder Haltung einzunehmen.

»Wissen Sie«, fuhr die Kundin fort, und Emma fluchte innerlich, weil sie die Kamera nicht mehr lange in dieser Position halten konnte. »Franz will einmal Schriftsteller werden, er hat gerade eine Erzählung veröffentlicht, die *Das Urteil* heißt und mir gewidmet ist. Er hat einen ganz besonderen Stil, vielleicht wird er später wirklich mal Erfolg haben, aber darauf kommt es mir gar nicht an. Schriftsteller sind schwierige Menschen, das war mir von Anfang an bewusst, und damit könnte ich noch leben, aber mir wird seine manische Art immer deutlicher. *Das Urteil* hat er zum Beispiel vergangenen September in nur einer Nacht geschrieben. Und dann schafft er es trotzdem noch, täglich seitenlange Briefe an mich zu Papier zu bringen – die allerdings allein von seinen Leiden handeln. Und seine Verlustängste rauben mir bald den Atem. Mittlerweile glaube ich, dass die Verlobung ein Fehler war. Aber das ist ja nicht Ihr Problem. Entschuldigung, dass ich mir das alles von der Seele geredet habe – es hat mich einfach überkommen, normalerweise ist das nicht meine Art. Nun soll er dieses Bild erhalten, und dann hoffe ich, dass ich für den Rest des Urlaubs meine Ruhe habe.«

Emma bewunderte unterdessen Boys Gabe, die Dame erneut geduldig ins rechte Licht zu rücken, bis ihre Haltung wieder anmutig und das schwarze Haar voller Sonnenglanz war, das Gesicht in der leicht schrägen Kopfhaltung weniger länglich und die Augen nicht mehr so eng stehend wirkten.

»Und du möchtest einmal Fotografin werden?«

Emma hatte gar nicht damit gerechnet, von der Kundin angesprochen zu werden, und nickte schlicht, weil sie nicht wusste, was sie entgegnen sollte. Doch natürlich wünschte sie sich nichts sehnlicher, selbst wenn Boy ihr schon mehrfach deutlich gemacht hatte, dass sie es als Frau in diesem Männerberuf nicht einfach haben würde. Doch er respektierte nicht nur ihren Wunsch, sondern förderte sie ohne Vorbehalte.

»In Berlin gibt es eine berühmte Fotografin«, ließ sich die Kundin erneut vernehmen, obwohl Emma nun gerade das Foto machen wollte. »Madame d'Ora, hast du schon von ihr gehört?«

»Bitte stillhalten«, rief Emma leicht panisch, betete darum, dass die redselige Dame der Aufforderung wenigstens für die nächsten Sekunden nachkommen würde, und drückte entschlossen auf den kleinen Hebel an der Seite der Kamera. Sie hörte, wie der Spiegel in die Höhe schnellte, der Momentverschluss ausgelöst wurde, und zugleich schoss ihr wieder die Aufregung durch den Körper – ein Gefühl, nach dem sie fast süchtig war.

Immerhin musste man nicht mehr wie früher so lange unbeweglich verharren, dass man die Belichtungsdauer nur mit Nackenstütze überstehen konnte.

»Das Foto ist im Kasten!«, verkündete sie mit unverhohlenem Stolz und fragte dann nach: »Sie kommen aus Berlin?« Das Stichwort hatte ihre Neugier geweckt, und auch Boy wurde hellhörig. Nur ihre Mutter sah gelangweilt drein, sie ahnte ja noch nicht, welchen Plan sie mit Boy ausgeheckt hatte, und Emma konnte es kaum erwarten, ihr davon zu erzählen. Aber Boy wollte dies erst in Ruhe bei einem Kaffee wagen.

»Ja, wobei es die Stadt niemandem leicht macht, dort zu leben. Sie ist wie ein Chamäleon, nicht fassbar, weil sie so viele unterschiedliche Seiten hat. Bei jedem Blick präsentiert sie sich anders. Kommt man aus der Untergrundbahn, die vor sechs Wochen zwischen Spittelmarkt und Alexanderplatz eröffnet wurde, stolpert man über Pferdeäpfel und muss klapprigen Fuhrwerken ausweichen, die sich die Straße nun mit schnittigen Automobilen teilen müssen. So viele Welten in einer Stadt. Und für Fußgänger hat das mittlerweile lebensgefährliche Ausmaße angenommen, aber diese Schnellbahnen im Untergrund sind eine tolle Sache! Was möchten Sie denn noch über Berlin wissen?«

»Alles!«, gab Emma spontan zurück und vermied dabei den Blick auf den Strandkorb, in dem ihre Mutter saß.

Die junge Frau lächelte. »Nun, seit März hat das völlig neu gestaltete Café Kranzler Unter den Linden wieder eröffnet. Es gibt nun auch ein Restaurant, die erste Etage ist sehr edel mit Ahorn-Paneele ausgestaltet, die Türen mit Palisander-Holz. Wann immer ich es mir leisten kann, gehe ich in den dazugehörigen Sarotti-Laden, der wie eine riesige Bonbonniere gestaltet und allein deshalb schon eine Sehenswürdigkeit ist. Und im Inneren erst …« Sie warf einen träumerischen Blick in die Ferne, und es dauerte einen Moment, bis sie wieder in die Realität zurückkehrte. »Meist reicht mein Geld aber nur für eine feine Tasse Kaffee auf dem Balkon, von dem aus man wunderbar das Treiben beobachten kann. Menschen, wohin das Auge reicht. Und in Berlin gehen die Uhren ganz anders als hier. Alle haben es eilig. Nur die Kokotten stehen über Stunden hinweg am Potsdamer Platz unter den Laternen und warten auf Kundschaft. Es gibt leider auch viel Armut und Elend in der Stadt …«

Während Emma sich noch fragte, was die Dame wohl mit Kokotten meinte und was diese wohl verkauften, war Boy offenkundig plötzlich daran gelegen, das Gespräch abzukürzen. Vielleicht auch deshalb, dachte Emma, weil ihre Mutter recht missmutig aus dem Strandkorb herausschaute.

»Das ist ja alles sehr interessant«, bemerkte Boy ein wenig ungelenk. Er war doch sonst nicht auf den Mund gefallen.

»Ja, aber die Hektik ist nicht zu unterschätzen. Ich liebe die Ruhe hier auf der Insel. Nur vor meinem Verlobten finde ich sie nicht. In seinem letzten Brief erkennt er immerhin selbst, dass ich es als Tyrannei empfinden könnte, dass er jeden Tag einen Brief von mir verlangt, und zugleich unterstellt er mir, dass mir nichts mehr an ihm liegt, andernfalls würde ich mich in seinen Augen nicht so sehr gegen den täglichen Briefwechsel sträuben. Noch hat er damit unrecht, aber ganz ehrlich, wenn er so weitermacht, hat er mich so weit, dass ich das Verlöbnis auflösen werde.«

»Wie lange bleiben Sie denn auf Sylt?« So ganz schien Boy von den Erzählungen der Frau doch noch nicht loslassen zu wollen, dachte Emma. Ihre Mutter hielt es unterdessen nicht mehr im Strandkorb. Wahrscheinlich war ihr das Sitzen im Schatten zu frisch geworden, und nach den vielen Stunden am Strand wollte sie so langsam zurück in die Strandvilla.

Die Sonne neigte sich schon allmählich dem Westen zu, dieses Licht war zwar nicht leicht zu beherrschen, doch die unbeschreiblich schönen Fotos waren am Ende der Lohn für alle Mühe und lösten pure Glückseligkeit in ihr aus. Zu gern würde sie noch einige Aufnahmen machen, sie konnte von der Arbeit mit der Kamera einfach nicht genug bekommen.

»Oh, ich bleibe noch eine gute Woche. Womöglich verlängere ich meinen Aufenthalt auch noch.«

»Vielleicht könnten wir …«, begann Boy und dann brach er kurz ab, um nachzudenken. »Wenn es Ihre Zeit erlaubt und Sie so gern im Café sitzen, vielleicht könnten wir uns morgen Vormittag im Café Orth in der Friedrichstraße auf einen Kaffee treffen, Sie erzählen mir noch mehr von Berlin, und ich bringe Ihnen den fertigen Abzug mit.«

Die junge Dame zögerte nicht lange. »Das ist ein sehr schöner Vorschlag.«

Moiken glaubte, sich verhört zu haben. Aber natürlich war jedes Wort, das der Wind zu ihr herübergetragen hatte, deutlich zu vernehmen gewesen.

In ihrer Gegenwart hatte Boy diese Dame um eine Verabredung gebeten. Und noch schlimmer: Wie fasziniert er die Frau die ganze Zeit über angestarrt hatte.

In ihr braute sich ein Sturm der Entrüstung zusammen, doch sie glättete die Zornesfalte zwischen ihren Augenbrauen schnell, indem sie die Mundwinkel zu einem Lächeln auseinanderzog.

Er konnte tun und lassen, was er wollte, sie waren beide frei, und nicht zuletzt war sie es, die nicht müde wurde, das zu betonen – zum Beispiel, wenn Boy fragte, warum sie diese Ausflüge mit Theodor von Lengenfeldt machte.

Boy sollte bloß nicht glauben, sie sei eifersüchtig, nur weil er sich mit einer Dame im Café verabredete, die, abgesehen von ihrer guten Figur, nicht einmal sonderlich hübsch und noch dazu verlobt war. Andererseits hatte diese Felice Bauer mehr als deutlich gemacht, dass sie in ihrer Beziehung zu diesem Schriftsteller unglücklich war.

Hatte Boy sich etwa gerade auf den ersten Blick verliebt? Ihr wurde heiß und kalt zugleich. Oder wollte er mit dieser Verabredung ein Zeichen setzen, überlegte Moiken, dass er auf ein Signal von ihr wartete, seitdem sie sich wiedergesehen hatten?

Doch die Grenzen waren nun einmal da. Zum einen stand das Trauerjahr wie eine Mauer zwischen ihnen, und das akzeptierten sie beide, auch wenn sie nicht willens war, ihrem Kummer in schwarzer Kleidung Ausdruck zu verleihen. Und zum anderen gab es in ihrem Herzen eine Hürde, die sie nicht zu überspringen bereit war.

Noch nicht, und wenn sie ganz ehrlich war, wusste sie trotz ihrer tiefen Gefühle nicht, ob sie sich jemals wieder binden wollte. Aus einem einzigen Grund: Viel zu groß war ihre Angst, auch Boy eines Tages zu verlieren.

Im Moment war sie einfach glücklich, ihn fast jeden Tag sehen zu können, ganz zwanglos, nur er schien damit nicht mehr zufrieden zu sein.

Mit einer Verbeugung verabschiedete sich Boy von der Dame, und während die den Saum ihres Kleids raffte und über den Strand zur Promenade ging, sah er ihr versonnen nach, sodass Moiken ihn am liebsten geschüttelt hätte.

Was rechnete sich Boy von diesem Treffen aus? Moiken zwang sich, ihre Fantasien zu zügeln, die mit ihr davongaloppieren wollten wie ein wildes Pferd. Selbst Emma musste ihn zwei Mal ansprechen, bis er auf ihre Frage reagierte, welche Aufnahme sie als Nächstes vorbereiten solle.

»Macht, was ihr wollt«, rief sie dazwischen. »Ich stehe heute nicht mehr zur Verfügung«, setzte sie zur Verwunderung von Boy und Emma hinzu.

»Oh, das ist aber schade«, entgegnete Boy. »Ich dachte, du hättest noch Zeit.«

Moiken warf einen Blick zum Himmel. Für Boy wirkte es wahrscheinlich so, als wolle sie den Stand der Sonne prüfen, denn tatsächlich vergaß sie in seiner Gegenwart oft die Zeit, auch die Wochentage hatten keine Namen mehr, sie unterschieden sich nur in Tage mit und ohne Boy. Nun hingegen suchte sie nach einer Antwort, die nicht patzig klingen und mit der sie Haltung vor ihm bewahren würde.

Auf jeden Fall hatte sie jetzt keine Lust mehr, als Modell zur Verfügung zu stehen. Schließlich tat sie das doch nur, um Boy unauffällig nah zu sein, und ihr war jeder Vorwand recht, sich für ihn hübsch zu machen – hatte Boy das in den vergangenen Monaten nicht verstanden? Sie waren sich so vertraut geworden. Sehr sogar.

»Ich habe jetzt keine Zeit mehr«, entschloss sie sich, schlicht und möglichst freundlich zu betonen.

»Aber ich wollte doch bei einem Kaffee etwas mit dir besprechen«, insistierte Boy.

»Du bist schon zum Kaffee verabredet.« Moiken hatte den Pfeil nicht abschießen wollen, aber der Bogen war überspannt gewesen.

»Aber doch erst morgen«, entgegnete Boy verwundert und gab sich offenkundig alle Mühe, harmlos zu klingen, so als würde lediglich ein Termin mit einem Hamburger Händler auf ihn warten.

»Ich habe auch meine Verpflichtungen«, entgegnete sie brüsk, ermahnte Emma, nicht so spät zurückzukommen, raffte ihren Rock und kehrte Boy den Rücken.

Auf ihrem Weg zurück sah sie hinauf zur Strandvilla, wo sie sich inzwischen wie zu Hause fühlte. Viel gelobt wurde sie von der Küchenvorsteherin Wilma und den Gästen für ihre süßen Backkreationen und natürlich auch vom Hotelier, der sich unverändert um sie bemühte. Mit viel Geduld wartete er darauf, dass sie die Weichen nach Ablauf des Trauerjahrs in seine Richtung stellte, und es würde schwer werden, seine Hoffnungen vielleicht enttäuschen zu müssen, denn nicht zuletzt wegen seiner Freundlichkeit hatte sie ihn ins Herz geschlossen. Er war ein guter Mann, so wie Peter es gewesen war.

Hatte sich gerade die Gardine an dem Fenster bewegt, das zum Büro des Hoteliers gehörte? Moiken wurde den Verdacht nicht los, dass er das Geschehen auf der sommerlichen Lebensbühne mit dem Opernglas beobachtete und ihr Tun somit genau im Blick behielt.

Nur ins Atelier konnte er nicht hineinschauen – und das war auch gut so. Im Mai hatte ein Maler aus Keitum im Conversationshaus einen Vortrag über Aktmalerei gehalten, an dem Boy teilgenommen hatte. Das Pikante daran: Dieser Magnus Weidemann war zugleich Pastor, nur hatte er seine Schäflein verlassen, um sich nun ganz der Kunst zu widmen, eine Kunst, die Boy vollkommen fasziniert hatte und die er unbedingt fotografisch umsetzen wollte.

Nach anfänglichem Zögern hatte sich Moiken dazu entschieden, sich vor der Atelierkamera zu entblößen – mit der unausgesprochenen Bedingung, dass Boy jederzeit sittlichen Abstand wahrte. Und nur, wenn die Tür zum Atelier abgeschlossen war, Emma zudem frei hatte und Bernhard, der einen Schlüssel besaß, bei einem auswärtigen Termin war. Zeitlich trafen diese Begebenheiten zu Boys Bedauern nur selten aufeinander, doch auch sie mochte das Spiel von Licht und Schatten auf ihrem Körper, das Verruchte, den Reiz, das Geheimnis, die Leidenschaft, die in der Luft lag, und das Intime des Moments, von dem sie bislang erwartet hatte, dass er ihn nur mit ihr teilte.

Ein Gedanke überraschte sie wie ein Hagelschauer. Was, wenn Boy diese Felice Bauer treffen wollte, um sie für Aktaufnahmen zu gewinnen? Was, wenn er ihr ein Angebot für kostenlose schöne Aufnahmen machte? Was, wenn sie mit dieser Vermutung richtiglag?

Nichts. Es war ihr Problem, mit ihrer Eifersucht zurechtzukommen. Er war Künstler, und sie konnte weder über seine Arbeit noch über die Wahl seiner weiblichen Modelle bestimmen. Nachdenklich blickte sie auf den Sand, durch den sie mühsam ihre Schritte setzte. Sollte sie nicht besser ihren Weg allein weiter und nach Hamburg gehen, so wie sie es zunächst geplant hatte?

Allerdings war sie in Westerland besser aufgenommen worden, als sie geglaubt hatte. Der eine oder andere sah sie zwar schief an, aber für den Scheiterhaufen, den einzig Henriette so gern lodern sehen würde, kam nicht genügend Holz zusammen.

Deshalb traute sich Moiken mittlerweile auch, durch Westerlands Straßen zu gehen, und je häufiger sie das tat, desto mehr entspannte sie dabei. Das quirlige Leben in Westerland gefiel ihr besser als erwartet. Einzig den Bereich um Henriette Grondziels Laden mied sie, und ihr Elternhaus in der Damenbadstraße lag außerhalb ihrer persönlichen Bannmeile, in der sie sich sicher fühlte.

Das Schicksal schien nicht zu wollen, dass sie die Insel verließ – nur auf welchen Weg wollte es sie führen?

Als sie plötzlich das Weinen eines kleinen Kindes hinter sich hörte, merkte sie erst, wie lange sie ihren Gedanken nachgehangen hatte.

Schnell ging Moiken zu dem Jungen hin, der ungefähr ein Jahr alt sein mochte und mit seinen kurzen Beinchen offenkundig allein die Welt erobern wollte, denn auf den ersten Blick war nicht zu erkennen, zu wem der Junge gehörte. Nun war er gefallen und mit dem Kopf gegen einen Strandkorb gestoßen.

Sie kniete sich zu dem bitterlich weinenden Jungen, nahm ihn in die Arme und pustete ihm auf die leicht rötliche Stelle auf der Stirn. Zu ihrem Glück beruhigte er sich erstaunlich schnell, neugierig sah er sie mit verweinten großen blauen Augen an.

Es kam ihr vor, als wäre es gestern gewesen, dass ihre Tochter so klein gewesen war, und doch hatte sie ganz vergessen, was es für ein schönes Gefühl war, so ein kleines Wesen im Arm zu halten und zu trösten. Damals hatte sie sich so sehr ein Geschwisterchen für Emma gewünscht, das ihr verwehrt geblieben war, und heute war sie mit ihren fünfunddreißig Jahren eigentlich schon zu alt dafür. Eigentlich.

»Da bist du ja! Böser Junge, du darfst nicht weglaufen!«, hörte Moiken eine Frau rufen, und schon im nächsten Moment wurde ihr das Kind entrissen, das prompt wieder zu schreien begann. »Böser Junge!«, bekräftigte die Dame im Weggehen anstelle eines Trosts, und Moiken sah der herzlosen Mutter fassungslos nach, die nicht einmal ein Wort des Dankes für sie übrig gehabt hatte.

Moiken erhob sich, klopfte sich den Sand vom Rock und sah dem Jungen wehmütig nach. Natürlich hatte auch sie nicht immer richtig reagiert, als Emma klein gewesen war, und sicherlich zu viel geschimpft. Hätte sie heute noch einmal ein kleines Kind, würde sie es zwar wieder mit der notwendigen Strenge, aber auch mit viel liebevoller Nachsicht und mehr Geduld erziehen.

»Das war sehr rührend, wie du dich um den kleinen Jungen gekümmert hast.« Theodor von Lengenfeldt war von der Seite an sie herangetreten.

»Oh, was machen Sie … was machst du denn hier?«, fragte sie überrascht. Das Du wollte ihr auch nach einem halben Jahr noch nicht so recht von den Lippen gehen, aber der Hotelier bestand darauf. War er nicht eben noch hinter dem Fenster seines Büros gewesen, oder hatte lediglich der Wind die Gardine bewegt?

»Ich suche dich schon eine ganze Weile, laufe auf der Promenade auf und ab und habe zwischen den vielen Gästen nach dir Ausschau gehalten, bis ich dich gerade endlich entdeckt habe.«

»Aber warum hast du mich gesucht?«

»Weil du offenbar unseren heutigen Ausflug vergessen hast.« Aus jedem Wort war die Enttäuschung deutlich herauszuhören.

Moiken durchfuhr ein Schreck, so als ob eine Möwe zu dicht über ihren Kopf hinweggeflogen wäre. Heute war ja Sonntag! Das hatte sie ganz vergessen – wie peinlich. Und noch viel schlimmer: Das war ihr nicht zum ersten Mal passiert.

Mit schlechtem Gewissen betrat Moiken hinter dem Hotelier die Strandvilla, in der es nach Bohnerwachs und glänzender Sauberkeit roch. Nachdem die Zimmer am Vormittag in Ordnung gebracht wurden, war am Nachmittag das Reinemachen in den übrigen Hotelräumen angesagt, wenn die Gäste unterwegs waren.

Zum Glück legitimierte der Lärm irgendeines Geräts im Foyer ihr Schweigen. Das musste dieser neuartige Staubsauger sein, den Theodor von Lengenfeldt aus Amerika bestellt hatte.

Ein Bediensteter hielt eine Art Besenstiel in der Hand, an dem so etwas wie ein Mehlsack mit der Aufschrift *The Hoover Cleaner* befestigt war, und mit diesem Stiel schob der Mann den schweren viereckigen Metallfuß über den Teppich hin und her. Als der Bedienstete den Hotelier erblickte, schaltete er das Gerät sofort aus.

»Und, wie ist die Arbeit mit diesem elektrischen Staubsauger?«, fragte Theodor herausfordernd, so als wisse er längst die Antwort.

»Perfekt, Herr von Lengenfeldt! Was für eine Arbeitserleichterung – der saugt wenigstens was weg. Viel besser als der Vakuumstaubsauger, den wir zuvor hatten. Und ein weiterer unschlagbarer Vorteil von diesem Wunderding ist, man braucht keinen zweiten mehr, der zum Antrieb auf die Fußbälge treten muss, als würde er über alle Sylter Dünen rennen.«

Von Lengenfeldt lächelte zufrieden. »Körperliche Ertüchtigung soll ja gesund sein, aber ich hoffe, Ihr Kompagnon ist mit seiner neuen Aufgabe als technischer Kontrolleur auch zufrieden. Wo finde ich ihn denn?«

»Gerade noch hat er das neue Telefonkabinett überprüft. Ich glaube, jetzt macht er seine tägliche Testfahrt mit dem Aufzug. Vorher begebe ich mich damit auch nicht in die nächste Etage. Dieser fahrbare Käfig ist mir, mit Verlaub, immer noch suspekt.«

»Haben Sie etwa Angst stecken zu bleiben?« Der Hotelier lachte. »Eher fallen Sie die Treppe runter.«

Auch Moiken hatte zugegebenermaßen Angst vor dem Aufzug, und wenn sie nicht durch Theodors Gegenwart gezwungen war, damit zu fahren, nahm sie auch lieber die ausgetretenen Stufen. Die Treppe war das Stiefkind der Renovierung, wohingegen alle anderen Arbeiten abgeschlossen waren, auch auf der Terrasse mit den eleganten Sitzmöbeln.

Dorthin hatte Theodor sie zu einer Unterredung gebeten. Immerhin nicht in sein Büro, dachte Moiken. In der Öffentlichkeit würde er nicht ungehalten werden – wobei er ihr gegenüber noch nie zornig geworden war, nicht einmal unfreundlich. Aber jetzt hätte er allen Grund dazu …

Auf der Terrasse waren zu Moikens Erleichterung zahlreiche der weißen Stühle mit schmucker viktorianischer Schmiedeeisenkunst von Gästen besetzt, die sich bei Sonnenschein und leichter Meeresbrise zum Kaffee ein Stück Kuchen schmecken ließen.

Besonders beliebt war heute ihr Butterkuchen mit einer Schicht aus roter Grütze und Mandeln, wie Moiken mit einem Blick auf die Teller feststellte, außerdem natürlich als Klassiker ihre Friesentorte, und besonders freute sie sich über jene Gäste, die sich für die Schoko-Mango-Törtchen entschieden hatten, denn die kamen in den Genuss einer besonderen Gaumenfreude, nachdem sie die außergewöhnlichen Südfrüchte endlich wieder bei Modje Köhler in der Strandstraße bekommen hatte.

Theodor bat sie, an einem der Tische entlang der steinernen Balustrade Platz zu nehmen, und wies die herbeieilende Kellnerin an, ihnen zwei Tassen Kaffee zu bringen. Tilda gehörte zu jenen Bediensteten in der Strandvilla, die hinter vorgehaltener Hand über eine mögliche Beziehung zwischen Moiken und dem Hotelier tratschten, und als sie kurz darauf den Kaffee servierte, fing Moiken wieder einen ihrer eifersüchtigen Blicke auf.

Nachdem Tilda sich entfernt hatte und sie beide ihren ersten Schluck getrunken hatten, kam Theodor mit gedämpfter Stimme zum Thema. »Seit acht Monaten lebst und arbeitest du jetzt hier«, begann er und hielt den Blick dabei gesenkt, was ungewöhnlich war, da er sonst den direkten Augenkontakt nicht scheute, »und ich glaube, ich war auch sehr großzügig, als ich dir und deiner Tochter im Frühjahr eine komplett neue Garderobe spendiert habe – und bevor du widersprichst …«, unterbrach er sich und sah sie geradewegs an, »ja, ich hätte das nicht tun müssen. Ich habe es aber gern getan, genauso gern, wie ich euer Pferd versorge und dir eine wirklich gut bezahlte Stelle biete. Ich verlange im Gegenzug auch nichts dafür – außer das, was du mir damals in die Hand versprochen hast. Nun hast du unseren Sonntagsausflug aber schon zum dritten Mal vergessen. Weil dir andere Dinge wichtiger waren.« Bei seinem letzten Satz wandte er den Blick ab und fuhr mit zwei Fingern nachdenklich die Form seines Kaiser-Wilhelm-Barts nach.

Voller Schuldgefühle sah Moiken an ihm vorbei aufs Meer, das in der Sonne glitzerte, und auf den Strand, wo sie gerade noch inmitten des Trubels gewesen war. Natürlich wussten sie beide, wen er mit seiner sachlichen Umschreibung meinte.

»Es tut mir wirklich sehr leid, Theodor. Natürlich hast du mit allem recht, was du sagst, und ich danke dir von Herzen für deine Großzügigkeit. Das ist keineswegs selbstverständlich für mich. Aber was ich dich schon längst fragen wollte: Wie konntest du eigentlich unsere Konfektionsgrößen auf dem Festbankett so gut abschätzen?«

Theodor machte eine unwirsche Handbewegung. »Lenk bitte nicht ab, und mit einer weiteren Entschuldigung ist es dieses Mal einfach nicht getan.«

Eine unerwartete Windböe fegte über die Terrasse, und die zarten Tassen klapperten auf den Untertellern, sodass Moiken reflexartig nach ihrem Henkel griff. Betroffen dachte sie darüber nach, wie sie Theodors berechtigte Enttäuschung etwas mildern konnte. »Wirklich, es tut mir sehr leid. Es wird nicht wieder vorkommen. Dann lass uns doch jetzt noch zu einem kleinen Ausflug aufbrechen. Wir könnten zum Beispiel nach Braderup ans Weiße Kliff fahren, dort war es doch letztes Mal so schön. Oder nach Wenningstedt, ein wenig promenieren und deinem Freund im Hotel zum Kronprinzen mal wieder einen Besuch abstatten.«

»Ich weiß es zu schätzen, dass du den Tag noch retten willst, aber ich hatte für heute einen besonderen Plan. Alles andere wäre jetzt erzwungen. Moiken, du hast zwei freie Tage, und schon den ganzen Samstag verbringst du immer bei diesem Fotografen.«

Moiken nahm einen Schluck Kaffee, um Zeit zu gewinnen. »Du hattest nichts dagegen, dass Emma bei ihm eine Lehre macht.«

»Damit war nicht gesagt, dass *du* jede freie Minute bei ihm als Modell verbringst. Moiken …«, begann er und sah ihr dabei fest in die Augen, während er die Stimme senkte, »ich wünsche mir einfach nur, dass du meine Gefühle bedenkst. Du hast deinen festen Platz in meinem Herzen, und das werde ich auch nicht müde zu betonen. Ich weiß, ich muss noch warten, das Trauerjahr ist noch nicht vorbei, aber ich wüsste so gern, wie es um deine Gefühle bestellt ist. Bisher hast du nur in die vertrauliche Anrede eingewilligt. Aber soll ich mir davon mehr erhoffen? Ich will dich nicht drängen, ich möchte dich nur so gern um ein kleines Zeichen bitten.«

Ein unsicheres Lächeln glitt über ihre Lippen, wie ein Windhauch, der das Dünengras erzittern ließ. Gleichzeitig dachte sie darüber nach, wo die Wahrheit lag und was sie ihm antworten wollte. Er erinnerte sie in seiner Fürsorge und Geduld so sehr an Peter, sie schätzte seine höfliche und zuvorkommende Art, und nicht zuletzt fühlte sie sich immer wohl in seiner Gegenwart – selbst jetzt, denn auch diese Unterredung könnte ganz anders verlaufen. »Ich mag dich sehr gern«, sagte sie leise, damit niemand an den anderen Tischen ihre Antwort hören konnte. »Wirklich gern.«

Sein Gesicht hellte sich auf. »Das freut mich sehr. Und kann ich wenigstens darauf zählen, dass du nebenbei kein Leben in Hamburg mehr planst? Das würde mich sehr beruhigen.«

Diese Frage konnte sie mittlerweile guten Gewissens beantworten. »Ich möchte gern auf der Insel bleiben. Das wollte ich immer. Es waren nur die Umstände, die mich fast dazu gezwungen hätten, aber du hast mir und Emma buchstäblich in letzter Minute ein neues Zuhause in der Strandvilla geschenkt.«

»Und das soll auch für die Zukunft gelten, wenn du das möchtest.«

»Gib mir bitte während meines Trauerjahrs die Zeit«, verdeutlichte Moiken. Zeit, die sie dringend benötigte. Wenn es nach Theodor ginge, würde er sie wohl vom Fleck weg heiraten. Ganz anders hingegen Boy, der generell nichts von der Ehe hielt und der festen Überzeugung war, dass ein Paar auch ohne Trauschein glücklich werden könne.

Das war Moiken nicht ganz geheuer, denn der Hafen einer Ehe bot doch einer Frau einen unbestreitbaren Schutz. Der Hafen der Ehe … wehmütig dachte sie an die vielen schönen Jahre mit Peter, an ihren herzensguten Mann, für den sie sich entschieden hatte, weil er ihr Sicherheit hatte bieten können. Wehmütig auch deshalb, weil sie ihn nie hatte lieben können, so sehr sie das auch gewollt hätte, und weil sie sich in falscher Sicherheit gewiegt hatte. Aber vielleicht würden sich die Gefühle für Theodor noch einstellen?

Die Entscheidung für Theodor wäre die richtige, das wusste ihr Verstand, doch ihr Herz leistete schmerzhaften Widerspruch.

Jeder vernünftige Mensch würde ihr dazu raten, seinem Werben nachzugeben – was könnte es für eine bessere Partie geben? Aber wollte sie ihrer Vernunft folgen?

Das fragte sie sich bald jeden Tag, wenn sie in der Küche der Strandvilla stand und sich ihr Blick entlang der Promenade in Träumen verlor, die am Pavillon scheinbar lebendig wurden. Nicht nur, wenn sie an Boy dachte, weitete sich ihr Herz – die Vorstellung von einem Café am Meer verursachte ihr ebenso starkes Herzklopfen.

Anfang Januar hatte sie noch das Gefühl gehabt, ganz allein dazustehen, und nun schien es, als ob sie am Ende des Trauerjahrs eine Entscheidung zwischen zwei Männern treffen musste, eine Entscheidung zwischen Herz und Verstand. Wer sollte da gewinnen? Oder konnte sie am Ende nur verlieren?

Unwillkürlich glitt ihr Blick zum Dünenpavillon hinüber. »Könntest du dir eigentlich vorstellen, den Pavillon wieder herzurichten? Es ist doch ein Jammer, wie er zusehends verfällt«, begann sie vorsichtig, um nicht gleich mit der Tür ins Haus zu fallen. Sie hatte noch gut im Ohr, wie er sich abfällig über die misslungenen Geschäfte seiner Frau geäußert hatte.

Theodor warf die Stirn in kräftige Falten, so hoch wie die Wellen der Nordsee an stürmischen Tagen. »Wie kommst du jetzt auf diesen Pavillon? Diese Hütte ist mir gerade nicht wichtig. In letzter Zeit habe ich sehr viel Geld in die Renovierung der Strandvilla gesteckt, denn da spielt die Musik. Ich brauche keine weitere Baustelle, aber ich glaube, das ist auch gar nicht das Thema. Weißt du, Moiken, als du eben gesagt hast, dass du mich sehr magst, habe ich es für die Wahrheit gehalten, aber mir scheint, du bist nicht ehrlich zu mir, denn immer, wenn ich über unsere Zukunft sprechen will, weichst du mir aus.«

In ihr holperten die Worte durcheinander. Einerseits fühlte sie sich ertappt, andererseits hatte sie durch seine Frage endlich den Mut gehabt, ihn auf den Pavillon anzusprechen – es war aber doch ganz offenbar der falsche Moment gewesen.

»Aber ich …«, begann sie.

»Alles in Ordnung bei Ihnen? Darf es noch etwas sein?«, wurden sie von Tilda unterbrochen, die an ihren Tisch herangetreten war.

In einem Zug trank der Hotelier seinen restlichen Kaffee aus. »Vielen Dank. Wenn Sie bitte dem Stallknecht Bescheid geben würden, dass er mein Pferd sattelt. Umgehend.«

Mit einem Knicks entfernte sich Tilda eilig, und dennoch entging Moiken nicht der hämische Gesichtsausdruck der Bediensteten.

»Du willst noch ausreiten?«, fragte sie überrascht. »Aber dann könnten wir doch …«

»Ich möchte allein sein«, entgegnete er brüsk und erhob sich so ruckartig von seinem Stuhl, dass die Metallfüße lautstark über den Steinboden schabten und alle Gäste zu ihnen hersahen.

Zum ersten Mal geschah es, dass Theodor – sogar in aller Öffentlichkeit – seine Manieren missachtete und sie einfach sitzen ließ.

Wolken hatten die Sonne verhängt, seit gestern zeigte der Himmel sein grau-schwarzes Kleid, selbst der Wind vermochte das Wetter nicht zu verbessern. Stattdessen jagte er Gewitterschauer über die Insel, die über dem flachen Knust selbst im Hochsommer normalerweise selten waren.

Wo zuvor noch heiteres Strandleben herrschte, waren jetzt nur vereinzelte, in lange Mäntel gehüllte Gestalten auf der Wandelbahn zu sehen, so als hätte der Herbst bereits Einzug gehalten.

Ebenso kühl wie die Temperaturen war auch die Stimmung zwischen dem Hotelier und Moiken geworden, was sie sich sehr zu Herzen nahm. Er hatte es wirklich nicht verdient, dass sie die sonntägliche Verabredung so oft vergessen hatte, und sie überlegte seit zwei Tagen, womit sie ihm zeigen könnte, dass er ihr durchaus wichtig war.

Und gerade war ihr eine Idee gekommen. An jenem Tag im Januar, als sie in seinem Büro die Abmachung zu diesen wöchentlichen Ausflügen getroffen hatten, hatte er mit seinem schönen Taschentuch ihren verschütteten Kaffee aufgewischt und es damit unbrauchbar gemacht. Nun hatte sie ein neues besorgt und es mit seinem Monogramm bestickt.

Die Geschenkschachtel wollte sie ihm jedoch nur zusammen mit seinem Lieblingskuchen überreichen, und dafür musste sie noch bei Modje Köhler Passionsfrüchte besorgen. Außerdem wollte sie noch bei Julius Meyer in der Friedrichstraße vorbeigehen. Nicht nur, weil ihr bestelltes Buch angekommen war, sondern auch, weil der Buchhändler in den vergangenen Monaten ihr väterlicher Freund geworden war. Gewiss hatte er eine Einschätzung, ob sie mit ihrem Geschenk als versöhnliche Geste wirklich richtig- oder doch verkehrtlag, denn niemand kannte den Hotelier länger und besser als er.

Von der Strandvilla aus waren es nur wenige Schritte bis zum Ladengeschäft von Modje Köhler. Dort war sie bei ihrem ersten Besuch vor Monaten gleich erkannt und dennoch sehr herzlich empfangen worden, denn die Modje hatte den Gerüchten nie geglaubt, wie sich herausgestellt hatte.

Seither kaufte Moiken alle Waren, die sie für ihre Backkreationen benötigte, bei dieser Frau ein, die ein lebendes Unikat war und jeden Besuch zu einem Erlebnis machte.

Theodor war zunächst gegen diese Geschäftsverbindung gewesen, da er seinen gesamten Einkauf auf einen Händler konzentrieren wollte, doch da es immer wieder zu Lieferschwierigkeiten bei H. B. Jensen kam und Moiken der Weg bis zum Ende der Friedrichstraße zu weit war, wenn sie nur schnell noch etwas besorgen oder einen Gästewunsch erfüllen wollte, so hatte sie den Hotelier doch schlussendlich davon überzeugen können, bei der Modje einkaufen zu dürfen, obwohl er sich sehr skeptisch gegenüber dieser selbstständigen Geschäftsfrau zeigte, die noch dazu schon recht alt war.

Doch ihre Rechnungen waren noch nie fehlerhaft gewesen, und sie lieferte immer pünktlich. Zuverlässig wie ein Uhrwerk stand sie jeden Morgen um sieben mit ihrem Kinderwagen vor der Strandvilla und brachte die süßen Zutaten.

Jetzt zur Mittagszeit saßen die meisten Gäste bei den Mittagsdiners, und der Wind fegte durch die nahezu verlassene Strandstraße. Moiken fröstelte und zog ihren schicken, knielangen Sommermantel enger, den sie sich gestern von ihrem ersparten Geld bei einem fliegenden Händler gekauft hatte.

Obwohl sie sich die Gedanken an Boy verboten hatte, überlegte sie unwillkürlich, ob ihm dieses Kleidungsstück wohl gefallen würde. Der Händler hatte damit geworben, dass solche Mäntel in der Weltstadt Berlin getragen wurden, und so hatte er sie nicht länger überzeugen müssen.

Es hätte sie brennend interessiert, wie das Treffen zwischen Boy und dieser Felice Bauer verlaufen war, doch sie hatte entgegen ihrer Gewohnheit seither keinen Kontakt zu ihm gesucht und Emma nur vage Erklärungen mitgegeben, die von Unpässlichkeit bis hin zu enorm viel Arbeit in der Strandvilla reichten.

»Dann gehen Sie eben ins Kaufhaus, werter Herr!«, hörte sie Modje Köhler schimpfen, als sie die Ladentür aufzog und besagter Herr in dem Moment an ihr vorbeirauschte. »Und dass ich keine Granatäpfel habe, liegt nicht an meiner Unzulänglichkeit als Frau«, rief die Modje ihm nach, obwohl er es auf der Straße wahrscheinlich nicht mehr hören konnte und ein Hustenanfall sie unterbrach, »sondern daran, dass meine Lieferung aus Hamburg heute ausgeblieben ist!«

Entrüstet stützte die Modje ihre kurzen, stämmigen Arme auf die Theke. Ihr Gesicht wirkte durch den straffen grauen Haarknoten noch strenger, die dunklen Augen hatten sich zu Schlitzen verengt. Wegen ihrer bräunlichen Haut und der Hakennase glich sie dem Märchenbild einer bösen Hexe, besonders, wenn sie wie jetzt in Rage war – obwohl sie ansonsten sehr freundlich war. »Die Badegäste werden immer unverschämter. Bald verlangen sie, dass ich die Ware herbeizaubere.« Je mehr sie sich aufregte, desto stärker wurde ihr Lispeln. »So eine Dreistigkeit. Beleidigt mich als Frau, nur weil er seine Granatäpfel will und er keinen Tag darauf warten kann.«

»Auf solche Kunden kann man wirklich verzichten«, tröstete Moiken. »Dann soll er doch ins Kaufhaus gehen!«

Wieder hustete die Modje, was nicht auf eine Erkältung, sondern auf ihren Zigarrenkonsum zurückzuführen war. »Ja, auf diesen Herrn kommt es mir bestimmt nicht an, aber das Aufkommen der Warenhäuser bereitet mir große Sorgen. Stell dir nur vor, wenn bald jeder Käufer so denkt, dann kann ich meinen Laden schließen, und nicht nur ich – der Einzelhandel wird vor große Probleme gestellt werden. Ich werde noch Seiner Majestät, dem Kaiser, davon berichten.«

Trotz der Ernsthaftigkeit des Themas lächelte Moiken in sich hinein, denn bislang war kein Einkaufsbesuch bei der Modje vergangen, ohne dass sie nicht vom Kaiser gesprochen hätte. Und tatsächlich redete sie nicht nur davon, ihm zu schreiben, wie die Modje ihr einmal anhand eines dicken Stapels Briefkopien an Seine Majestät bewiesen hatte. Zwar blieben die Antworten aus, doch die Modje war sich sicher, dass der Kaiser ihre Zuschriften las.

Wer das nicht glaubte, dem zeigte sie das gerahmte Telegramm, das zwischen all den Abbildern des Kaisers an der Wand hing, eine Gratulation zu ihrer Veröffentlichung mit dem Titel »Appell an unsere deutschen Frauen und Jungfrauen«, ein patriotisch-sozialer Vortrag, in dem sie in fundierter Weise für die Eigenständigkeit des weiblichen Geschlechts warb, wie die Modje auch im persönlichen Gespräch nicht müde wurde zu betonen.

In Moikens Betrachtung hinein bimmelte wieder das Glöckchen, doch in der Tür war niemand zu sehen. Dafür ertönten gleich mehrere Kinderstimmen im gehässigen Chor: »Die Modje hat'n Feeehler, an de Lung, an de Tung, an de Leeeber!« Und schon hörte man die freche Bande davonlaufen, zu der Moiken peinlicherweise früher auch gehört hatte. Schon damals hatte die Modje diesen Husten gehabt, und immerzu hatten sie versucht, sie zum Schimpfen zu bringen, um ihr drolliges Lispeln zu hören. Was eine Leber war, hatten sie als Kinder zwar noch nicht gewusst, wohl aber, dass die Modje dafür bekannt war, einen Mann bei einer gepflegten Zigarre mit Whisky unter den Tisch trinken zu können.

An den Hänseleien hatte sich offenkundig bis heute nichts geändert, nur dass die Modje darauf nicht mehr reagierte.

»Nun, min Deern, was kann ich für dich tun?«, fragte sie stattdessen, als sei nichts gewesen.

»Ich hätte gern sechs Passionsfrüchte, dann zweihundert Gramm von der Herrenschokolade und …« Sie ließ den Blick über die bunte Obstauslage schweifen, das Regal mit den Konserven, in dem auch Neuheiten im Sortiment ausgestellt wurden, sowie die Süßwarenecke, auf der Suche nach etwas, womit sie Theodor noch eine zusätzliche Freude bereiten könnte. »Und eine gemischte Tüte mit Rahm- und Lakritzstangen bitte.« Die Rahmstangen, die sie der Modje als Kinder hinterrücks geklaut hatten, hatte Moiken in Form von Trinkgeld mittlerweile doppelt und dreifach zurückbezahlt und damit ihr Gewissen erleichtert.

»Sehr gern. Ich schreibe es auf die nächste Rechnung«, sagte die Modje beiläufig, während sie alles einpackte.

»O nein«, sagte Moiken schnell, »ich bezahle diesmal selbst.«

»Ach so?« Die Modje hob den Kopf. »Ein Geschenk für den Hotelier also«, kombinierte sie mit einem wissenden Lächeln. »Herr von Lengenfeldt ist ein guter Mann«, fügte sie hinzu, »und du tust recht daran, ihn zu heiraten, wenn das Trauerjahr vorbei ist.«

Moiken seufzte. Zu der Verbreitung von Gerüchten gehörte auf der Insel auch, dass die Leute immer weiter waren als man selbst. »Davon ist nicht die Rede. Er hat mir keinen Antrag gemacht«, stellte sie klar.

»Noch nicht, min Deern, noch nicht«, entgegnete die Modje mit einem unbeeindruckten Schmunzeln und reichte ihr den Einkauf. »Nur bewahre dir immer deine finanzielle Unabhängigkeit, das will ich dir dringend raten.«

Moiken reichte ihr das Geld. »Das habe ich vor, so viel ist sicher.«

Als sie den Laden der Modje verließ, hatte sie den Pavillon vor

Augen. In Gedanken putzte, renovierte und räumte sie, bis ihr Café am Meer für die Gäste bereit zur Eröffnung war. Aber bis dahin war es noch ein weiter Weg.

Eigentlich mied sie die Ecke, an der sich Henriette Grondziels Möwen-Bazar befand, doch der andere Weg hätte sie über die Promenade an Boys Atelier vorbeigeführt, und dort wollte sie noch weniger entlang.

Ein wenig Abstand tat ihnen sicherlich ganz gut, vor allem, damit sie nach dieser Sache mit Felice Bauer wieder einen klaren Kopf bekam und ihre Eifersucht vergaß. Ob Boy sie überhaupt vermisste?

Schließlich erreichte sie am Ende der Neuen Straße die Buch- und Papierwarenhandlung von Julius Meyer, wo gerade eine ausnehmend gut gekleidete Dame aus dem Geschäft kam.

Moiken glaubte sie nicht zu kennen, bis sie von dem abschätzigen Blick der Frau getroffen wurde, ehe diese weiter die Friedrichstraße hinunterging. Da wusste Moiken auf einmal, wen sie vor sich gehabt hatte, nur der Name hatte ihr nicht einfallen wollen.

»Guten Tag, Julius«, grüßte sie den alten Buchhändler, der sogleich freudig hinter seiner Theke hervorkam. »Sag mal, kennst du diese Kundin, die eben bei dir war?«

Er hob seine buschigen weißen Augenbrauen hinter den runden Brillengläsern. »Sicherlich, das war die Gräfin von Schöneck.« Verwundert strich er an seinem Spitzbart entlang. »Du musst sie doch kennen, Sie ist mehrfach im Jahr Stammgast bei euch.«

»Ich weiß, wer sie ist, nur fiel mir ihr Name nicht mehr ein«, entgegnete Moiken und dachte an den Tango beim Neujahrsbankett, bei dem sie den ersten unangenehmen Blickkontakt mit dieser Frau gehabt hatte. »Aber sie hat seit Januar nicht mehr bei uns gemietet. Ich wusste gar nicht, dass sie auf der Insel ist«, wunderte sie sich.

»Nun ja, es gibt ja auch noch genug andere Hotels – und

wahrscheinlich macht sie jetzt einem anderen Hotelier schöne Augen, nachdem sie bei Theodor auf Granit gebissen hat«, lachte der Buchhändler. »So, aber du kommst bestimmt, um dein Buch abzuholen«, fügte er hinzu und ging zurück hinter die Theke. Seit einem halben Jahr machte ihm seine Hüfte aufgrund des Rheumas zunehmend Schwierigkeiten, doch außer einem leichten Humpeln versuchte er sich nichts anmerken zu lassen. »Hier ist das neueste Werk von Hermann Hesse für dich. Ich bin gespannt, wie dir *Rosshalde* gefällt. Es ist ihm ja wahrlich gut gelungen, vom bedrückenden Scheitern seiner Ehe zu erzählen, aber sprachlich ist es für mich kein typischer Hesse.«

»Ich bin gespannt«, sagte Moiken und nahm das Buch entgegen, das sie nun als Erste lesen durfte, bevor es in die Leihbibliothek einsortiert wurde. Das Lesen war ihre zweite Leidenschaft geworden, und sie freute sich jeden Abend auf die Badewanne und ihr kuscheliges Federbett. In was für einem ungeahnten Luxus sie doch mittlerweile lebte, dachte sie und bedankte sich bei Julius. »Ich bin aber nicht nur wegen des Buches gekommen, sondern auch, weil ich deinen Rat brauche«, sagte sie rundheraus und erzählte ihm, was geschehen war und mit welchen kleinen Aufmerksamkeiten sie sich bei Theodor entschuldigen wollte.

Mit gerunzelter Stirn wiegte Julius den Kopf. »Ich kann mir nicht vorstellen, dass Theodor dir wirklich zürnt. Dafür liebt er dich viel zu sehr. Und wenn er dir tatsächlich böse ist, dann muss das noch einen anderen Grund haben.«

Es fiel ihr nicht leicht, aber sie fügte ehrlich hinzu, dass sie zuletzt zu viel Zeit bei Boy verbracht habe und das ändern wolle.

»Ach je, so was hab ich mir schon beinahe gedacht, weil du auch mir gegenüber schon so oft deine Jugendliebe erwähnt hast. Manchmal weiß man im Leben nicht, wer entscheiden soll, das Herz oder der Verstand. Aber vielleicht solltest du gar nicht so sehr über die Zukunft nachdenken, sondern mehr im Moment leben – und zwar so, dass du glücklich bist. Dadurch stellen sich die Weichen von allein in die richtige Richtung. Denk nicht länger darüber nach, welche Entscheidung du treffen sollst, denk nur daran, dass das Leben endlich ist und schon morgen vorbei sein kann. Lebe im Hier und Jetzt, so wie ich das tue.«

»Du bist ein Vorbild für mich«, seufzte Moiken. »Du ruhst in dir, hast eine Arbeit, die dich erfüllt und die du ausübst, obwohl du dich längst in den Lehnstuhl setzen könntest, und du hast eine Frau und Kinder, die dich glücklich machen.«

»Und die mich jung halten«, ergänzte Julius lachend. »Ich glaube, der neue Gedichtband von Franz Werfel wäre auch noch genau das Richtige für dich.« Zielstrebig holte er ein Büchlein mit dem Titel *Wir sind* aus dem Regal und reichte es ihr. »Er gibt darin seinem Glücksgefühl über die menschliche Existenz und zugleich seinem Schmerz über die Vergänglichkeit Ausdruck. Sein Buch *Die Versuchung* solltest du auch einmal lesen.«

Kurz darauf hielt Moiken auch dieses Werk in Händen. »Ich dachte, du sprichst keine Empfehlungen aus?«

»Gegenüber fremden Leuten nicht, aber bei Menschen, die mir im Herzen sehr nahestehen, kann ich das getrost tun. Ich habe das Büchlein bereits gelesen und bin durch ihn wieder einmal von der Erkenntnis beflügelt, mein Dasein nicht nur fristen zu wollen, sondern am Ende wirklich gelebt zu haben. Ich hoffe, aus dem jungen Mann wird eines Tages noch ein großartiger Dramatiker und Romancier – das Zeug hat er in meinen Augen jedenfalls dazu.«

»Ich danke dir«, sagte Moiken leise und schlug die Augen nieder.

»Du hast doch noch etwas auf dem Herzen, Mädchen. Das sehe ich dir an. Weißt du was, ich mache uns einen Tee, und dann setzen wir uns in die Leseecke. Bei dem Wetter ist sowieso nichts los. Frau von Schöneck war heute Vormittag erst meine dritte Kundin.«

Bis Julius mit dem duftenden Kräutertee auf dem Tablett wiederkam, saß Moiken in dem Lesesessel umgeben von Büchern und dachte darüber nach, mit welchen Worten sie Julius ihre Pläne für ihr Café im Dünenpavillon näherbringen könnte.

Als er sich zu ihr setzte, wusste sie nicht, wie sie anfangen sollte. Sie druckste ein wenig herum, dann beschloss sie mit einer Frage zu beginnen, die ihr leichter fiel, auch wenn sie die Sache nicht weniger beschäftigte.

»Hast du vielleicht auch ein Buch über Berlin?«

»Du meinst einen Reiseführer?« Julius runzelte die ohnehin faltige Stirn. »Nein, da muss ich passen. Meine Hauptkundschaft sind schließlich die Badegäste, und die wollen der Stadt entfliehen. Wie kommst du denn auf Berlin?«

Moiken nahm einen Schluck von ihrem Tee, der köstlich nach Früchten und einem Hauch Minze schmeckte. »Nicht ich. Emma spricht seit Tagen nur noch davon und malt sich die Stadt in den schillerndsten Farben aus – da wollte ich gern mitreden können, weil ich nicht glaube, dass alles Gold ist, was glänzt. Irgendein Affe muss sie gebissen haben. Noch vor einem Dreivierteljahr war sie nicht von Sylt nach Hamburg zu bewegen, und nun will sie am liebsten vorgestern nach Berlin. Das ist wirklich ein schwieriges Alter. Vielleicht hast du einen Roman, der in der Stadt spielt?«

»Da musst du ausnahmsweise mal kein Buch lesen, sondern kannst mich fragen. Ich werde regelmäßig von Verlagen, die mir ihr Programm schmackhaft machen wollen, dorthin eingeladen, schließlich liefere ich einiges an Absatz. Früher war ich mindestens zwei Mal im Jahr da, aber seit ein, zwei Jahren sind mir die Reisen dorthin vergangen.«

»Dein Rheuma?«

Julius stellte seine Teetasse ab und holte tief Luft. »Ach, wenn es nur das wäre. Viel schlimmer ist, wie sich die Stadt entwickelt hat. Viel zu rasant in den letzten dreißig Jahren. Wie einem Rennläufer geht dieser Zweimillionenmetropole die Puste aus, früher zwickte und zwackte es überall, jetzt treten die offenen Wunden deutlich zutage, sind nicht mehr zu übersehen.«

»Was genau meinst du damit?«

»Die Kluft zwischen Arm und Reich, Fortschritt und Rückstand. In der einen Straße stinkt es nach Fäkalien, und um die Ecke schwimmen die Fabrikanten, Warenhausbesitzer und auch die Zeitungsverleger im Reichtum. Es herrscht blanke Not, wo nur eine Straße weiter der Kanzler sitzt und Reichstag und Bundesrat zum Wohle der Menschen agieren sollen. Und gerade die Arbeiter, die alles ans Laufen gebracht haben, leben nun im Schatten des Wirtschaftswunders, drängen sich als Familie mit sechs oder gar acht Personen in nur einem Zimmer zusammen, das oft nicht einmal beheizbar ist. Und wer allein ist und sich wegen der hohen Mieten keine Wohnung leisten kann, lebt auf der Straße oder ist als Schlafgänger unterwegs, der sich für ein paar Stunden in der Nacht ein Bett in einem privaten Quartier mietet, am nächsten Morgen seine Habseligkeiten packt und mit zur Arbeit nimmt – wenn man diese Maloche und Ausbeutung überhaupt so nennen kann.«

»Große Güte, was sind das nur für Zustände – dagegen geht es uns auf der Insel ja richtig gut – das muss ich unbedingt auch Emma klarmachen.«

»Allerdings. In Berlin stinkt es wie die Pest. Straßenkehrer, die den Müllbergen nicht mehr Herr werden, und deshalb alles im offenen Rinnstein landet, daneben ziehen die Lumpensammlerinnen ihren Karren entlang, ihre schmutzigen Kinder zuoberst auf den Stoffbergen, und fischen aus dem Morast, was sich irgendwie noch zu Geld machen lässt. Einerseits werden U-Bahnen gebaut, aber keine vernünftige Kanalisation, das ist doch eine Schande! Meine Güte, nun habe ich mich richtig in Rage geredet. Aber damit kannst du deiner begeisterten Tochter vielleicht den Kopf etwas zurechtrücken, indem du ihr von der Realität erzählst. Und wenn sie dir nicht glauben will, schick sie zu mir. Wie kommt sie denn überhaupt zu ihrer Begeisterung für die Stadt?«

»Ich glaube, das liegt an dieser Berlinerin, von der Emma ein Foto gemacht hat. Sie ist nicht besonders hübsch, scheint aber für ihre Stadt ziemlich eingenommen zu sein und vor allen Dingen ein überzeugendes Wesen zu haben, auch Boy gegenüber.«

»Ach, meinst du diese Dunkelhaarige mit den eng stehenden Augen? Die habe ich in den vergangenen Tagen ständig in Gesellschaft von Boy gesehen. Am Strand, wenn ich in der Lesehalle nach dem Rechten gesehen habe, oder nebenan im Café Orth, zum Frühstück und zum Nachmittagskaffee liefen sie hier am Laden vorbei.«

Moiken erwiderte nichts, denn das musste sie erst einmal verdauen.

»Ich wollte dich damit nicht beunruhigen, aber ich dachte mir, du solltest es vielleicht wissen. Also, soll ich dir jetzt noch ein Buch über Berlin bestellen, oder reicht dir das, was ich gesagt habe?«, versuchte er ein wenig abzulenken.

»Das reicht mir an Information, vielen Dank«, sagte Moiken und ließ das in aller Doppeldeutigkeit stehen. Wut und Traurigkeit vermengten sich in ihrer Kehle zu einem Kloß. Da kam nun einfach diese Frau daher und verdrehte Boy den Kopf. Aber vielleicht war es auch ein Wink des Schicksals, damit sie den richtigen Weg wählte?

Das waren wohl die Weichen, von denen Julius vorhin gesprochen hatte. So sehr es auch schmerzte, die Liebe zu Boy durfte offenkundig in diesem Leben nicht sein.

Julius bedachte sie mit einem tröstenden Blick durch seine runde Brille, und plötzlich fand sich der Anfang, der ihr vorhin noch gefehlt hatte. Die Sätze flossen nur so aus ihr heraus, als sie ihm von dem Pavillon in den Dünen erzählte, von einem Café am Meer und ihren Ideen, die ihr vor Augen standen.

»Das klingt wundervoll, Moiken. Ich kann es mir bildlich vorstellen. Warum sollte ich dich wegen solcher Pläne auslachen? Ganz und gar nicht. Ich kann mir sehr gut vorstellen, dass so ein Café zum Erfolg wird. Was sagt denn Theodor dazu?« Er hielt inne und ließ dabei seine Tasse mit dem hübschen blauen Muster für einen Moment über dem Unterteller schweben, bevor er sie an die Lippen setzte.

»Ich weiß nicht recht. Ich habe vor zwei Tagen zum ersten Mal mit ihm darüber gesprochen, bislang hatte ich mich nicht getraut … und leider war es nicht der richtige Augenblick. Jedenfalls hoffe ich, dass er nicht generell dagegen ist.«

Julius zuckte mit den Schultern. »Nun, seiner Frau hat er ja auch gestattet, eine Arbeit außerhalb der Strandvilla aufzunehmen.«

»Nur ist das leider ziemlich missglückt, wie du auch weißt, und es wird mich wohl noch einiges an Überzeugungsarbeit kosten, bis er mir den Pavillon überlässt. Aber nachdem ich mich nun in der Strandvilla eingelebt habe und seither jeden Tag auf diesen Pavillon schaue, bin ich bereit, mich dafür einzusetzen. Weißt du noch, als wir uns im Januar zum ersten Mal wieder begegnet sind? Da hast du gesagt, dieser Laden ist nicht deine Arbeit, er ist deine Leidenschaft. So fühle ich es, wenn ich an das Café denke. Als ob ich dorthin gehöre.«

»Ich sehe es am Leuchten in deinen Augen … Nur bis diese Bretterbude wieder zu neuem Leben erweckt ist, muss einiges getan werden.«

»Und genau das ist Theodor im Moment zu viel. Für ihn hat der Pavillon keine Priorität. Glaubst du, ich könnte das selbst in die Hand nehmen? Ich habe in den vergangenen sechs Monaten einiges von meinem Lohn gespart …«

Julius schob seine Brille auf die Stirn. »Handwerker sind teuer«, wandte er mit skeptischem Blick ein.

»Nein, damit meine ich, ich könnte einiges selbst machen. Ich habe früher alles am Haus in Keitum allein instand gesetzt. Mein Mann, Gott hab ihn selig, war ja die meiste Zeit auf See. Nur weiß ich nicht, ob ich mir mit der Renovierung des Pavillons vielleicht doch zu viel zumute und mich überschätze, nur weil ich mir den Traum so gern erfüllen will.«

»Nicht, wenn du Menschen an deiner Seite hast, die dir dabei helfen.«

»Ich kann schon froh sein, wenn Theodor mir den Pavillon verpachtet, mehr kann ich nicht von ihm verlangen. Mit meiner Tochter gerate ich ständig aneinander, und für handwerkliche Arbeiten hat sie leider zwei linke Hände. Boy würde mir vielleicht helfen«, dachte sie weiter laut nach und nahm einen Schluck Tee, »aber ich weiß nicht, ob ich das will, und er hat ja selbst genug zu tun.«

»In der Hochsaison haben wir alle viel Arbeit, aber ich kenne jemanden, der dir garantiert ab Oktober helfen wird.«

»Wer denn?«

»Er sitzt vor dir.«

»Du …?« Moiken verschlug es für einen Moment die Sprache. »Aber … dein Rheuma, deine Hüfte … und überhaupt …«

»Meine Hüfte kann mich kreuzweise. Und wer rastet, der rostet. Also, meine Hand drauf. Im Oktober fangen wir an, und im nächsten Frühjahr, wenn die ersten Badegäste kommen, feierst du Eröffnung. Ich hätte da nur eine Bedingung …«, fügte er hinzu.

»Und die wäre?«, fragte Moiken, als sie bereits seine Hand nehmen wollte, und hielt mitten in der Bewegung inne.

»Dass ich auf Lebzeiten einen Stammplatz bekomme. Windgeschützt und schön in der Sonne – wegen dem Rheuma.«

Moiken lachte, und sie reichten sich die Hände. »Versprochen. Dein Platz bekommt eine Plakette mit deinem Namen und wird immer für dich frei sein.«

Beschwingt verließ sie den Laden und machte sich auf den Weg zurück in die Strandvilla. Mit Julius Meyer hatte sie nicht nur einen guten Freund und erfahrenen Handwerker an ihrer Seite, sondern jetzt auch einen Trumpf in der Hand, den sie ausspielen konnte, um Theodor zu überzeugen. Doch bevor sie erneut das Gespräch mit ihm suchte, wollte sie erst einmal seinen Lieblingskuchen backen.

In Gedanken schon bei der Renovierung des Pavillons, achtete sie nicht darauf, wie weit sie schon die Neue Straße entlanggegangen war, und vor allem übersah sie Henriette Grondziel, die aus ihrem Laden heraus geradewegs auf sie zusteuerte, wobei ihre flammend roten Haare sonst immer eine regelrechte Signalwirkung auf Moiken hatten – nämlich die, auf der Stelle kehrtzumachen.

»Ach Moiken, so ganz allein unterwegs?«, fragte Henriette spitz, »ansonsten sieht man dich doch nur als Schatten von Boy. Oder teilst du jetzt das Schlafzimmer mit dem Hotelier und hast Boy den Laufpass gegeben? Deshalb wohl auch der schicke neue Mantel.«

Moiken überlegte so zu tun, als ob sie nichts gehört hätte, doch dann wollte sie Henriettes Provokation doch nicht unkommentiert stehen lassen. »Das geht dich alles einen feuchten Kehricht an, und den Mantel habe ich mir übrigens selbst gekauft, wenn du es genau wissen willst. Nimm den Besen und geh vor deine eigene Haustür.«

»Ich muss dich enttäuschen, dort ist alles sauber.«

»Ach ja?« Nun blieb Moiken doch stehen. Sie wollte sich nicht provozieren lassen, aber sie hatte dieser Weibsperson doch einiges zu sagen, und dafür war die Gelegenheit günstig. »Du zerreißt dir über andere das Maul, damit man nicht über dich redet. Und da gäbe es einiges zu sagen, so wie du Boy ausnutzt. Er tut alles für Bernhard!«

»Es ist ja auch sein Sohn«, entgegnete Henriette ungerührt.

»Und du bist die Mutter!«, entgegnete Moiken scharf. »Du hast dich an ihn rangemacht, weil du mir eins auswischen und vor allem dir selbst beweisen wolltest, dass du ihn haben kannst, wenn du nur willst«, machte sich Moiken endlich einmal Luft. »Nur wusstest du nach jener kurzen Zeit ganz sicher, dass dir kein Mann das geben kann, was du bei einer Frau findest. Habe ich recht? Unglückseligerweise aber bist du von Boy schwanger geworden. Das Kind hast du bekommen, aber du kümmerst dich nicht mal um deinen Sohn, behandelst ihn wie Luft.«

Henriette verzog das Gesicht, weil das Gespräch überhaupt nicht so verlief, wie sie sich das vorgestellt hatte.

»Das geht dich nichts an, und jetzt lass mich in Ruhe!«

Der Wind pfiff Moiken empfindlich um die Beine, aber nun war sie es, die nicht lockerlassen wollte. »Wer hat denn mit der Provokation angefangen? Was habe ich dir eigentlich getan, dass du *mich* nicht in Ruhe lassen kannst? Und das ist noch milde ausgedrückt. Als mein Bruder gestorben ist, hast du eine wahre Hetzjagd auf mich veranstaltet. Dabei müsstest du mich kennen und wissen, dass ich meinen Bruder nicht umgebracht habe. Wir waren mal beste Freundinnen. Bedeutet dir das heute eigentlich gar nichts mehr? Wofür willst du mich bestrafen?« Noch während sie die Frage stellte, hatte Moiken plötzlich eine Eingebung, die alles erklärte und so nahelag, dass sie zuvor nicht darauf gekommen war. »Unsere Freundschaft damals … Es ging nie in erster Linie um Boy, richtig?«, stellte sie atemlos fest. »Es ging um mich. Um uns. Und nicht nur um uns als beste Freundinnen. Nein, es ging um mehr.«

»Richtig. Es ging um dich«, erwiderte Henriette und senkte den Blick.

»Jetzt verstehe ich. Du warst verliebt in mich und dachtest, ich würde deine Gefühle erwidern. Bis *ich* mich zum ersten Mal verliebt habe, in Boy. Da wusstest du, dass ich niemals mehr als deine beste Freundin sein würde. Und weil ich deine Hoffnung zerstört habe, wolltest du mich vernichten. Hast ein Gerüchtefeuer entfacht, um mich zu vertreiben. Du konntest mich nicht mehr in deiner Nähe ertragen und wolltest schon gar nicht, dass ich mit Boy glücklich werde. Habe ich recht?«

In Henriettes Augen glänzten Tränen. Wortlos wandte sie sich um, ging schnellen Schrittes zurück in ihren Laden und drehte das Türschild auf »Geschlossen«.

Als Moiken die Küche der Strandvilla betrat, war sie noch immer beschäftigt mit der Trauer, die sie in Henriettes Augen gesehen hatte, und zugleich war sie erleichtert, nun endlich den Grund zu kennen, weshalb ihre einst beste Freundin ihr den Fehdehandschuh hingeworfen hatte.

In der Küche war es um diese Uhrzeit ruhig, am Nachmittag machten die Köchinnen Pause, erst in gut einer Stunde würden sie mit den Vorbereitungen für das Abendessen beginnen. Moiken war diese Stille sehr willkommen. An ihrem Arbeitsplatz mit Blick auf das Meer atmete sie tief durch und stellte die Zutaten bereit, die sie für die Passionsfrucht-Törtchen auf einem Bett aus Mousse au Chocolat benötigte.

Wie Henriette sich wohl in Zukunft verhalten würde, nachdem die Wahrheit nun auf dem Tisch lag, fragte sie sich, während sie das Mark aus den Passionsfrüchten kratzte und in einen Topf gab.

Nachdenklich fügte sie Zucker, Eier und etwas Zitronenabrieb hinzu und schaltete den elektrischen Herd an.

Wenn sie Glück hatte, dachte Moiken und rührte dabei in der kochenden, fruchtig-süßen Creme, bis sich der Zucker aufgelöst hatte, würde sich nun alles zum Guten wenden. Doch wenn Henriette nicht damit umgehen konnte, überlegte sie und fügte die kalten Butterstückchen hinzu, würde alles nur noch schlimmer werden.

Moiken nahm den Rührlöffel aus der sämigen Masse und stellte sie zum Abkühlen beiseite. Dabei schaute sie auf, hinaus aufs Meer und zum Pavillon in den Dünen.

Ein Kribbeln überkam sie, als würde ihr jemand Zucker über die Arme streuen. Es stimmte schon, was Julius vorhin gesagt hatte; es war müßig, sich über die Zukunft Gedanken zu machen. Doch das war leichter gesagt als getan.

Henriettes trauriger Blick ging ihr nicht aus dem Kopf, auch nicht, als sie energisch in der Schüssel über dem dampfenden Wasserbad rührte, in der sie die Mousse au Chocolat zubereitete. In einem Teil ihres Herzens regte sich Schuldbewusstsein, weil sie die wahren Gefühle ihrer Freundin so lange nicht erkannt hatte. Aber es hätte letztlich nichts geändert, und Henriette hatte ihr zu viel angetan, als dass sie bei allem Verständnis jetzt einen Schritt auf sie zumachen würde, entschied Moiken und machte sich an die Vorbereitung des Teigs.

Und selbst wenn sich Henriette entschuldigen würde, ob sie ihr überhaupt verzeihen könnte, stand noch auf einem ganz anderen Blatt, und bevor nichts in dieser Richtung passierte, war Henriette keinen weiteren Gedanken mehr wert.

Moiken konzentrierte sich auf den verschnörkelten Zeiger der wunderschönen Waage, mit der sie Mehl, Butter und Zucker abwog. Nun stand erst einmal ihre Entschuldigung bei Theodor im Vordergrund, eine Entschuldigung, die er hoffentlich annehmen würde. So sicher wie Julius war sie sich da nämlich nicht.

Sie rührte gerade ein kleines Fläschchen Passionsfruchtsaft zu den Eiern in den Teig, als sie hinter ihrem Rücken ihren Namen hörte.

»Moiken! Habe ich mich doch nicht getäuscht«, sagte Wilma erstaunt. »Ich war gerade in der Speisekammer und habe die

Bestände kontrolliert, als ich Geräusche aus der Küche gehört habe. Was machst du denn da?« Neugierig kam die kleine, dickliche Küchenvorsteherin näher.

»Die Lieblingstörtchen des Hoteliers«, entgegnete Moiken und goss den Teig in die kleinen Förmchen.

»Also ehrlich, er könnte dir mit seinen Wünschen aber auch mal eine Pause gönnen. Schließlich stehst du genug am Herd.«

Moiken schob die Förmchen in den Ofen und ließ sich mit einem Seufzer auf dem Küchenschemel nieder. »Ach Wilma, er hat sich die Törtchen nicht gewünscht. Ich mache sie als Überraschung für ihn.«

»Oh, gibt es einen besonderen Anlass, von dem ich nichts weiß?«, fragte Wilma alarmiert. »Muss noch mehr vorbereitet werden?«

»Nein«, beruhigte Moiken die Küchenvorsteherin. »Ich mache seinen Lieblingskuchen, weil ich mich bei ihm entschuldigen will. In letzter Zeit habe ich nämlich sehr oft nicht auf seine Wünsche geachtet und stand mehr vor der Kamera als am Herd.«

»In meinen Augen hast du deine Arbeit immer ganz vortrefflich erledigt. Aber mir ist schon aufgefallen, dass du jede freie Minute mit deiner Tochter am Strand verbringst, damit sie den Umgang mit der Fotokamera lernt. Aber daran ist doch nichts Verwerfliches, wenn die Mutter ihre Tochter bei der Ausbildung unterstützt?«

»Meine Tochter ist nicht der eigentliche Grund, weshalb ich immer dort gewesen bin …«, sagte Moiken leise. Natürlich hätte sie Wilmas Aussage unkommentiert stehen lassen können, aber so wie Julius zu einem väterlichen Freund geworden war, so kümmerte sich Wilma mit mütterlicher Herzensgüte um sie, und Moiken wollte ihr nicht länger verschweigen, was sie bedrückte.

Wilma machte große Augen. »Aber weshalb …? Ach …« Nun schien bei ihr der Groschen gefallen zu sein. »Der Fotograf?«

»Er ist meine Jugendliebe«, ergänzte Moiken leise und ehrlich.

»Moiken.« Wilmas Stimme hatte einen sorgenvollen Ton angenommen. »Ich will dir keine Ratschläge erteilen, du musst selbst wissen, was für dich gut ist. Aber glaub mir, der Hotelier ist ein herzensguter Mann. Ich kenne ihn, seitdem ich hier arbeite, und in zweiunddreißig Jahren hat er noch keine Frau so geliebt wie dich, da bin ich mir sicher. Wenn du ihn heiratest, wirst du glücklich werden.«

Moiken wich Wilmas Blick aus, indem sie vorgab, den Bräunungsgrad der Törtchen, die nur zehn Minuten backen mussten, kontrollieren zu wollen, und öffnete die Ofentür des elektrischen Heaters.

Plötzlich entglitt ihr aus Unachtsamkeit der Topflappen, und sie fasste mit der linken Hand gegen das heiße Blech.

»Verflucht! Aua. Uh, tut das weh!« Scharf sog Moiken die Luft ein. Der Schmerz überkam sie mit einer solch unerwarteten Wucht, dass ihr sogar schwindelig wurde. Sie ließ sich zurück auf den Küchenschemel fallen und starrte ihre Hand an.

»Oh, da hast du dich aber ordentlich verbrannt. Ich bringe dir etwas zum Kühlen, und dann machen wir ungesalzenes Salatöl drauf und einen Verband drum.«

»Nein, kein Öl!«, protestierte Moiken, weil sie gehört hatte, dass sich die Brandwunde einer Nachbarin daraufhin ganz furchtbar entzündet hatte, doch da war die Küchenvorsteherin schon losgeeilt.

»Das hilft«, sagte Wilma energisch, als sie mit den Utensilien zurückkehrte. »Glaub mir, ich hab in meinen drei Jahrzehnten in der Küche schon einige Brandwunden auf diese Weise bestens versorgt. Nun zier dich nicht länger. Je schneller, desto besser.«

Seufzend ergab sich Moiken ihrem Schicksal.

Da stand sie nun am Abend mit einem dicken Verband an der linken Hand vor der Tür zum Wohnbereich des Hoteliers, mit der rechten trug sie einen Teller, darauf das mit Passionsfrucht gefüllte Törtchen auf einem Bett aus Mousse au Chocolat, garniert mit einer aufgeschnittenen Frucht und Schokosplittern, und wusste nicht, mit welcher Hand sie anklopfen sollte.

Sie brachte den Teller auf ihrem linken Unterarm in Balance und klopfte mit der gesunden Hand an.

Niemand öffnete ihr. Verwundert klopfte Moiken noch einmal. Theodor pflegte sein Abendessen immer um Punkt achtzehn Uhr einzunehmen, und nun war es halb sieben, und sie wollte ihm den Nachtisch als Überraschung servieren. Nebenan in seinem Büro war er auch nicht.

Nach einer weiteren Zeit des Wartens entschloss sie sich, an die Rezeption zu gehen und dort nach Theodor zu fragen.

»Oh, des schaut aber leiwand aus«, sagte der Portier in seinem Wiener Dialekt, in den Leopold immer wieder verfiel, obwohl er schon vor dreißig Jahren aus dem Hotel Sacher auf die Insel gekommen und der Liebe zu Wilma wegen geblieben war. Er war neben seiner Frau die zweite treue Seele in der Strandvilla. Von der Gestalt her war er das Gegenteil von Wilma, er war zwar ebenso klein wie sie, aber dabei so dünn und schmal, dass er fast wie ein Schuljunge wirkte, allerdings mit spärlichen und grauen Haaren. Seine Haut hingegen wies erstaunlicherweise kaum Alterserscheinungen auf, nur um seine Knopfaugen zeigten sich unzählige Lachfältchen.

»Für mich?«, schmunzelte er. »Des is aber a Ehren. Da muss ich meine Frau heut ja gar nicht ablenk'n, um mir was aus der Küchen zu steßn.«

Moiken fiel in sein volles Lachen mit ein, doch dann wurde sie ernster und fragte nach dem Hotelier.

»Der gnädige Herr hat ausreiten woll'n. Um zwei Uhr hat er die Strandvilla verloss'n.«

»Dann ist er aber schon lange unterwegs. Hat er gesagt, wohin er wollte?« In ihrer Stimme machte sich leichte Sorge breit, was den treuen Leopold zum Nachdenken veranlasste und ins Hochdeutsche wechseln ließ.

»Er hat etwas von Wattseite gesagt, Braderup, Keitum, Munkmarsch, da sei es immer so schön ruhig.«

»Das ist aber nicht gerade das richtige Wetter für einen langen Ausritt«, entgegnete Moiken. »Ihm wird doch nichts passiert sein? Er kommt sonst nie zu spät zum Abendessen. Hat man sich in der Küche noch nicht gewundert?«

»Doch, aber er wollte sich in diesen Tagen noch einmal mit dem Bankier zusammensetzen, ich dachte mir, die Herren sind wohl ins Hotel Stadt Hamburg gegangen, um dort zu dinieren.«

Moiken runzelte die Stirn. »In Reitkleidung? Wohl kaum.«

Leopold hob die Schultern. »Wahrscheinlich war ich gerade nicht an der Rezeption, als er kurz zurück war, um sich umzuziehen.«

»Also ich mache mir Sorgen. Es passt nicht zu ihm, dass er das Abendessen versäumt. Und wenn er zu einem Geschäftsessen verabredet wäre, würde er doch eine Notiz hinterlassen, oder nicht?«

Nachdenklich presste Leopold die Lippen aufeinander. »Das stimmt, normalerweise ist er sehr zuverlässig und gibt immer Bescheid, wo er zu finden ist. Aber er ist ja noch keine Stunde über der Zeit, vielleicht kommt er auch gleich.«

Vielleicht aber auch nicht, dachte Moiken, und dabei wallte Panik in ihr auf.

»Ich sehe im Stall nach, ob sein Pferd dort steht. Und wenn nicht, müssen wir ihn suchen.« Moiken ließ den Teller bei Leopold stehen und eilte los.

Leises Schnauben und kauende Geräusche empfingen sie in dem großen warmen Stall, in dem vierzehn Pferde in zwei langen Reihen in ihren Boxen standen. Ein Wiehern begrüßte sie. Adriano hatte sie erkannt und warf den Kopf mit der langen schwarzen Mähne freudig auf und ab.

Atemlos streichelte Moiken ihm über die samtigen Nüstern. »Geht's dir gut, Großer? Ist dein Kumpel Don noch nicht zurück?« Mit einem Blick hatte sie die offen stehende Box von Theodors großem schwarzen Rappen erfasst, mit dem Adriano Freundschaft geschlossen hatte.

Hoffentlich war Theodor nichts passiert! Nicht auszudenken, wenn er irgendwo auf der einsamen Wattseite schwer gestürzt war. Noch schlimmer, wenn er bei Ebbe weit hinausgeritten war und die Flut ihn geholt hatte.

»Was soll ich denn jetzt machen?«, fragte sie, als könne Adriano sie verstehen. In Gesellschaft der anderen war ihr Pferd regelrecht aufgeblüht, obwohl sie zunächst große Bedenken gehabt hatte, ob er sich als altes Einzelpferd daran noch gewöhnen würde, doch nun konnte er dank des Hoteliers hier einen schönen Lebensabend verbringen. »Wo soll ich denn suchen?«

Adriano wieherte erneut, als wollte er ihr eine Antwort geben. Moiken runzelte die Stirn, und da erst hörte sie das Hufgetrappel vor der Stalltür, das Adrianos feine Ohren längst vernommen hatten.

Im nächsten Moment kam Theodor mit seinem Pferd am Zügel herein. Unversehrt und entspannt.

»Große Güte, ich habe mir schon solche Sorgen gemacht!«, rief Moiken anstelle einer Begrüßung.

Überrascht bemerkte er ihre Anwesenheit und schenkte ihr einen warmen Blick. »Du hast dir Sorgen gemacht?« Es waren die ersten Worte, die er seit zwei Tagen mit ihr sprach.

»Und wie!«, bestätigte Moiken, denn ihr Herz raste trotz seiner wohlbehaltenen Rückkehr noch vor Aufregung. »Wo warst du denn so lange?«

»Ausreiten«, gab er verwundert zurück, so als sei das nicht klar erkennbar, und führte sein Pferd an ihr vorbei in die Box.

Was für ein attraktiver Mann, dachte Moiken unwillkürlich, als sie ihm nachsah. In seinem dunkelblauen Reitjackett mit den goldenen Knöpfen, den weißen Hosen und den schwarzen Stiefeln wirkte er viel jünger und sportlicher als in seinem ewig gleichen Hotelier-Dress, der zwar auch schick, aber langweilig war. Außerdem haftete ihm in der Strandvilla immer eine besondere Haltung an, um nicht zu sagen, eine gewisse Anspannung, die sich gerade völlig verloren hatte. Selten hatte sie Theodor so gelöst gesehen.

»Der Ausritt scheint dir gutgetan zu haben. Aber es ist schon fast sieben Uhr.«

»Oh, dann muss mir die Zeit völlig entglitten sein.« In aller Seelenruhe streifte er seinem Pferd den Sattel ab und rieb das nasse Fell mit Stroh ab – eine Arbeit, die er ansonsten immer den Stallknecht übernehmen ließ, doch der hatte nun schon Feierabend.

Tatsächlich hörte es sich nicht so an, als ob Theodor die Verspätung wirklich leidtun würde. Aber so, wie sie sich in letzter Zeit verhalten hatte, war er schließlich der Letzte, der sich vor ihr rechtfertigen oder gar entschuldigen müsste, auch wenn sie gerade einige Nerven gelassen hatte.

»Ich habe eine Überraschung für dich, Theodor. Dein Lieblingskuchen wartet an der Rezeption auf dich. Ich bin damit erst zu deinem Wohnbereich gegangen, habe dich nicht gefunden und bin dann in aller Eile zum Stall gerannt.«

»Was ist denn überhaupt mit deiner Hand passiert? Bist du gestürzt?«

»Nein, ich habe sie mir nur ein wenig am Backblech verbrannt. Ist aber halb so wild.« Zumindest versuchte sie ihm das tapfer vorzugaukeln, obwohl ihre Hand ein einziger Schmerz war. Schnell versteckte sie sie hinter ihrem Rücken, weil sie kein Mitleid erwecken wollte, auch wenn es ihr wahrscheinlich geholfen hätte.

Mit einem Bündel Stroh in der Hand hielt er auf dem nassen Pferderücken inne. »Dieser große Verband sieht nicht so harmlos aus, aber wenn du meinst?«

»Wilma hat sich um die Verbrennung gekümmert, es sieht wirklich schlimmer aus, als es ist.«

»Dann bin ich halbwegs beruhigt. Du hast mir also meinen Nachtisch gemacht?« Theodor bückte sich nach frischem Stroh. »Weshalb?«

Moiken atmete tief durch, weil sie Angst vor seiner Reaktion hatte. »Ich wollte mich bei dir entschuldigen. Von Herzen. Und ich habe noch etwas für dich«, schob sie schnell nach und nestelte die kleine weiße Schachtel mit dem bestickten Taschentuch aus ihrer Rocktasche.

»Wie hübsch! Das ist aber eine liebe Geste«, freute er sich. »Für eine Entschuldigung hatte es aber kein Geschenk gebraucht, ich nehme sie auch so an. Und schon gar nicht solltest du dich meinetwegen verbrennen. Wenn sich die Wunde entzündet oder du sogar Fieber bekommst, dann gib mir umgehend Bescheid, und ich lasse nach Dr. Nicolas schicken.«

Bloß nicht, dachte Moiken. Nicht Dr. Nicolas. Zum Glück erwartete Theodor keine Antwort, denn er fuhr fort: »Der Nachtisch an sich kommt mir jedoch sehr gelegen, ich habe nämlich großen Hunger. Hoffen wir mal, dass Leopold ihn noch nicht verspeist hat.«

Als sie in sein Lachen mit einstimmte, durchströmte sie eine herrliche Wärme. »Ich bin wirklich sehr erleichtert, dass du meine Entschuldigung annimmst.«

Theodor lächelte sanft und berührte sie im Vorbeigehen wie zufällig an der gesunden Hand. »Wir holen alles nach. Lass uns nächsten Sonntag eine große Inselrundfahrt machen, zieh dein schönstes Kleid an, und dann führe ich dich zu meiner Überraschung, die ich mir ursprünglich für vergangenen Sonntag ausgedacht hatte.«

Im Verlauf der Woche war der Sommer nach Sylt zurückgekehrt, und die Sonne zauberte so intensive Farben in die Landschaft, dass er aus dem Staunen nicht herauskam und sich fragte, ob das alles Wirklichkeit war, so leuchtend schön war der Anblick der lilafarbenen Heideblüte zwischen den weißgoldenen Dünen vor dem wolkenlosen, sattblauen Himmel und dem Meer mit Blautönen in allen Facetten.

Doch auf der Inselrundfahrt galt sein Blick immer wieder der bezaubernden Frau an seiner Seite, wenn er sich nicht gerade besonders auf den Fahrweg konzentrieren musste, so wie im ländlichen Osten der Insel, in Archsum, wo es mehr Hühner als Dorfbewohner gab und zudem offenbar keine Ställe für das Federvieh vorhanden waren, denn die Tiere liefen kreuz und quer über die holprige Straße und stoben erst auf sein Hupen hin in alle Richtungen auseinander – was die Fahrbahn allerdings nicht freier machte.

Moiken kicherte und fand den Zickzack-Kurs spannender als das Troja des Nordens, mit dem er sie in Archsum eigentlich beeindrucken wollte. Doch die zweitausend Jahre alten Riesenbetten waren für sie nichts weiter als ein paar im Watt herumliegende Findlinge – was es im Grunde ja auch war, pflichtete er ihr im Stillen bei, wenn man die archäologische Brille abnahm.

Bis zu diesem Zeitpunkt hatten sie kaum miteinander gesprochen, was hauptsächlich an ihm und den Zweifeln lag, die ihn belasteten, seit ihn diese Dame gestern in der Strandvilla aufgesucht und um ein Gespräch gebeten hatte.

Auf der Fahrt nach Morsum, wo es außer gelben Rapsfeldern und grünen Wiesen nicht viel zu sehen gab, standen ihm wieder die Geschehnisse der vergangenen Woche vor Augen.

Angefangen hatte alles mit dem hohen Fieber, von dem Moiken heimgesucht worden war, weil die Brandwunde sich stark entzündet hatte, und Moikens vehementer Weigerung, Dr. Nicolas kommen zu lassen. Mit Engelszungen hatte er auf sie eingeredet, schließlich war er ein hervorragender Arzt, über den in seiner bald dreißigjährigen Dienstzeit noch kein schlechtes Wort gefallen war, doch schlussendlich drohte Moiken sogar damit, sich aus dem Fenster zu stürzen, wenn er an ihr Krankenbett käme.

»Bloß nicht Dr. Nicolas« hatte sie in ihrem Fieberwahn immer wieder gerufen, und er hatte mit sich gehadert, ob er gegen ihren Willen agieren sollte, denn sie musste dringend behandelt werden. Da bekam er von Leopold die rettende Mitteilung, dass ein Arzt unter den Gästen der Strandvilla sei, und den ließ Moiken tatsächlich in ihr Zimmer. Mit der verordneten Medizin erholte sie sich zum Glück recht schnell, sodass sie heute schon wieder auf den Beinen sein konnte, auch wenn sie noch nicht wieder ganz bei Kräften war.

Was ihn am Ende stutzig gemacht hatte, war ihr Widerwille gegen Dr. Nicolas gewesen, was sie auf Nachfrage jedoch auf ihr hohes Fieber schob, durch das sie nicht mehr richtig bei Sinnen gewesen sei.

Bei dieser Erklärung hätte er es belassen, wenn nicht gestern plötzlich eine Dame in seinem Büro erschienen wäre, die ihm bislang nur entfernt als Ladenbesitzerin in der Strandstraße bekannt gewesen war. Zunächst hatte er geglaubt, sie wolle ihm eine Modenschau in den Räumen der Strandvilla vorschlagen, bei der seine Gäste einen Rabatt erhalten sollten. Solche Anfragen erreichten ihn öfter, und er wollte gleich abwinken, denn als er einmal ein Paar Handschuhe bei ihr gekauft hatte, hatte ihm die aufdringliche

Art dieser rothaarigen Frau missfallen, und so hatte er ihren Bazar kein zweites Mal aufgesucht.

Doch was sie ihm in einem vertraulichen Gespräch zu sagen gehabt hatte, hatte ihm den Boden unter den Füßen weggezogen.

»Achtung!«, rief Moiken, und er trat gerade noch rechtzeitig auf die Bremse, um nicht das Schaf zu überfahren, das in aller Seelenruhe den Weg querte. Ihm folgte der Rest der Herde, sodass er den Motor abstellte und wartete.

»Hast du das Tier nicht gesehen?«, fragte Moiken entsetzt.

»Nein«, gab er zu. »Ich war zu sehr in Gedanken.«

»Ich habe schon bemerkt, dass du heute ziemlich in dich gekehrt bist. Dabei wollten wir uns doch einen schönen Tag machen. Ich bin wieder gesund, die Sonne scheint …«

Er nickte und sah dabei auf die Hände in seinem Schoß. Auch er hatte sich diesen Ausflug anders vorgestellt. Wie so oft hatte er sich ausgemalt, wie er sie am Ende zu der Überraschung führen und wie sie reagieren würde, doch nun wusste er nicht einmal mehr, ob er es so weit kommen lassen wollte, bevor nicht Klarheit herrschte.

»Mir ist da etwas zu Ohren gekommen …«, begann er.

»Was denn?«, fragte sie etwas zu laut und rückte von ihm ab.

Er hätte zu gern gewusst, was in ihrem Kopf vorging. »Was glaubst du denn, worum es sich handeln könnte?«

»Keine Ahnung«, gab sie achselzuckend zurück und schien sich wieder gefangen zu haben.

So würde er nicht weiterkommen.

»Es hat mit dem Tod deines Bruders zu tun.«

Ihre Augen weiteten sich, und ihm wurde ganz schlecht bei der Vorstellung, dass der Vorwurf doch kein Gerücht sein könnte, obwohl er es inständig hoffte.

Stockend gab er wieder, was ihm vertraulich von der Dame berichtet worden war. »Du warst zu Hause, als dein Bruder die Treppe heruntergefallen ist. Selbst die Nachbarn sind von seinen

Schreien und dem Poltern wach geworden. Doch als sie in euer Haus eingedrungen sind, warst du unauffindbar.«

»Das stimmt alles so nicht!«, echauffierte sich Moiken, und eine steile Zornfalte erschien auf ihrer Stirn. »Ich habe ihn nach Hause geschleppt und betrunken, wie er war, in sein Bett gelegt. Dann habe ich es zu Hause nicht ausgehalten und bin … spazieren gegangen. So habe ich es auch dem Richter Hanke erzählt, und er hat mich vom Verdacht freigesprochen, meinen Bruder getötet zu haben. Nur die Leute haben nicht aufgehört … Moment mal – war etwa Henriette Grondziel bei dir?«

»Ja, wie kommst du darauf?«, gab er irritiert zurück.

Moikens Seufzer klang schwer, aber zugleich nach Erleichterung. »Wir waren mal beste Freundinnen, und sie hat mir vergangene Woche offenbart, dass sie als junge Frau eine Liebe zu mir empfunden hat, wie sie sonst zu einem Mann üblich ist. Ich hatte gehofft, nach diesem Geständnis könnten wir zu einem vernünftigen Umgang miteinander finden, aber sie kann es offenbar bis heute nicht ertragen, mich glücklich zu sehen.«

Nun machte sich auch in ihm ein wenig Erleichterung breit. »Das erklärt einiges – wobei …« Er dachte nach, denn so ganz war die Sache für ihn trotzdem noch nicht aus der Welt, und er musste über diesen Zweifel sprechen, auch wenn es ihm sehr schwerfiel. »Ich will dir glauben, dass diese Henriette Grondziel dich bei mir schlechtmachen wollte, aber ehrlich gesagt finde ich deine Aussage mit dem Spaziergang auch nicht besonders glaubwürdig. Es war Februar und mitten in der Nacht …« In Erwartung einer Erklärung sah er sie an, doch sie schien nicht mehr reden zu wollen. Also musste er deutlicher werden. »Du kannst vielleicht verstehen, dass ich keine Frau beschäftigen kann, die unter Mordverdacht steht. Und noch weniger könnte ich sie lieben. Ich muss diese klaren Worte mit dir sprechen. Es wäre schön, wenn du mir die Wahrheit sagst.«

Moiken zupfte an ihrem Verband herum, der zwar dünner geworden war, aber noch ihre verkrustete Wunde schützte. Sie schwieg.

Panik wallte in ihm auf, sich in dieser Frau getäuscht zu haben. Er studierte ihr Gesicht, jede Regung um ihre zartrosa Lippen. Sie war so schön. Ihre blauen, unergründlich tiefen Augen mit den dunklen Wimpern, ihre süße Stupsnase, die sie nicht leiden mochte, und ihr verführerischer Mund, den er nicht küssen durfte.

Herz und Verstand kämpften in ihm. Es konnte doch nicht sein, dass er sich in ihr getäuscht hatte. In der Liebe seines Lebens. Voller Ungeduld forderte er sie auf zu reden. Harscher als gewollt.

Er sah, wie sich Tränen in ihren Augenwinkeln sammelten, unter denen sie ihm ihr Geständnis machte.

»Ich war in dieser Nacht mit Boy zusammen. Es war unsere erste und einzige Nacht, von der niemand wissen durfte, und deshalb …«

Die Sätze trafen ihn wie Schläge ins Gesicht. Um seine Eifersucht im Zaum zu halten, hatte er sich bislang an die naive Vorstellung geklammert, dass Boy ihr als junger Frau einen unschuldigen Kuss, aber nicht die Unschuld geraubt hatte. Noch mehr wollte er davon nicht hören, deshalb schnitt er ihr das Wort ab. »Ich danke dir für deine Ehrlichkeit. Ich kann und will dir glauben. Aber sprich jetzt bitte nicht weiter. Jedes Wort über Boy schmerzt mich.«

Nun hatte auch das letzte Schaf den Weg gekreuzt, und er ließ den Motor wieder an, dankbar, die Fahrt fortsetzen zu können, wild entschlossen, ihr zu beweisen, dass er der richtige Mann in ihrem Leben war und nicht dieser dahergelaufene Strandfotograf, dem ihr Herz aus Nostalgie nachhing.

Am Morsum-Kliff, am östlichsten Zipfel der Insel, stellten sie das Automobil ab und flanierten auf gelbsandigem Untergrund über zehn Millionen Jahre Erdgeschichte, bunte Gesteinsschichten, die einst von einem Gletscher aufgeschoben und dadurch zutage gefördert worden waren.

Tiefes Schwarz, leuchtendes Rotbraun und strahlendes Weiß vor dem kräftigen Blau des Wattenmeers, umsäumt von sattgrüner, violett blühender Heidelandschaft.

Beeindruckt von diesem prächtigen Farbspiel legten sie am Ende des Wegs eine Rast ein und genossen die weite Aussicht über das Wattenmeer bis nach List und hinüber zum Festland.

Still hörte Moiken ihm zu, als er ihr die Sylter Besonderheit dieses geologischen Denkmals nahebrachte, denn die Erdschichten waren nicht wie üblich nach Zeitalter ordentlich gestapelt. Unbedingt wollte er das unangenehme Gesprächsthema von vorhin so weit wie möglich in den Hintergrund schieben, er hatte es zur Sprache gebracht, und nun wollte er nichts mehr davon wissen, er wollte ihr glauben und diesen Boy als Konkurrenten aus seinem Kopf bekommen.

Deshalb überlegte er, welche Besonderheit ihm noch zum Morsum-Kliff einfiele, und so erzählte er ihr von Ludwig Meyn, der vor vierzig Jahren ernsthafte Pläne zum Bau eines Bergwerks zur Eisengewinnung vorgelegt hatte, die ein paar vernunftbegabte Köpfe zum Glück in den Wind geschossen hatten. Moiken teilte seine Empörung über diesen Mann, der sich auch noch Geologe schimpfte.

Wie schön es doch war, hier mit ihr in der warmen und weichen Heide zu sitzen, dachte er, ungewohnt für ihn, ohne Sitzbank oder Stuhl mit der Natur verbunden zu sein, aber er wusste, Moiken liebte diese Einfachheit, und auch er genoss es, fernab vom Alltag in Westerland und den Badegästen zu sein, die diesen wundervollen Ort noch kaum entdeckt hatten.

Während sie darüber philosophierten, dass es möglich sein müsste, solche Gebiete per Gesetz unter Schutz zu stellen, gestattete Moiken ihm zum ersten Mal, seinen Arm um sie zu legen, und er fühlte sich wie der glücklichste Mann auf Erden.

Wie aufregend es war, diese Frau mit Fingerspitzengefühl und enormer Geduld zu erobern, wo er doch sonst nur mit dem Finger schnipsen musste, wenn er Gesellschaft in seinem Bett haben wollte.

Besonders leicht war es bei der Gräfin von Schöneck gewesen, die sich insofern als besonderer Glücksfall erwiesen hatte, als sie sich bei der körperlichen Begegnung ungewohnt abenteuerlustig und aktiv zeigte. Doch er war nun mal ein Jäger und schätzte es nicht, wenn sich die Rehe vor seine Füße legten.

Nach einer Zeit des Verweilens oberhalb des Kliffs, in der sie den Schreien der Möwen zugehört und ein schwarz gefiedertes Austernfischer-Paar beobachtet hatten, wie sie mit ihren langen, leuchtend roten Schnäbeln den Wattsaum nach Köstlichkeiten durchstöberten, setzten sie ihre Inselrundfahrt fort.

Der Tag war noch jung, es gab genug zu sehen, und für die krönende Überraschung sollte am Ende besonders viel Zeit bleiben.

Mit dem Automobil legten sie die Strecke von Morsum nach Keitum in rund einer halben Stunde zurück und umfuhren auf Moikens Wunsch hin ihren Heimatort, was er gut verstehen konnte. Mit ihrer Schwiegermutter hatte er zwischenzeitlich auch schon ein paar weniger angenehme Begegnungen gehabt, aber der Hauskauf war glatt über die Bühne gegangen, und er bereute ihn bis heute nicht, ganz im Gegenteil. Dort war sein Geld sehr gut angelegt.

Hinter Keitum war der lange Anstieg, bei dem ein Pferd ins Keuchen geriet, mit dem Automobil kaum spürbar, und Moiken war sichtlich überrascht, dass schon nach fünf Minuten der Munkmarscher Hafen zu sehen war, wo gerade der Raddampfer angelegt hatte und die schwankenden Passagiere in die wartende Inselbahn umstiegen.

Sie waren sich einig, hier nicht anhalten zu wollen, aber auf der Strecke durch die Braderuper Heide bis nach Kampen fuhr er langsamer, damit sie den fantastischen Ausblick auf den goldgelben Sandstreifen zwischen Küste und tiefblauem Wattenmeer genießen konnten. Es schien ihm, als hätte die Insel ihnen zu Ehren an diesem heutigen siebzehnten August ihr prächtigstes Kleid angezogen.

Auch Kampen durchfuhren sie, und er verriet Moiken nicht, dass sie später noch einmal dorthin zurückkehren würden. Stattdessen bot er ihr an, die Vogelkoje außerhalb des Dorfs zu besichtigen. Zunächst war Moiken von dem Vorschlag ganz angetan, bis sie verstand, dass sich hinter diesem anheimelnden Namen eine Entenfanganlage verbarg.

Verborgen im wahrsten Sinne des Wortes. Denn inmitten eines idyllischen Wäldchens lag ein Süßwasserteich, der für Wildenten aus der Luft gut zu sehen und spätestens ab Ende August eine willkommene Gelegenheit für eine Rast auf dem Flug in ihr südliches Winterquartier war. Eine tödliche Rast und Hochsaison für den Kojenwärter.

Absolute Ruhe war oberstes Gebot, wenn er sich in den Rauch von Kohlefässern einhüllte, um seinen Geruch zu überdecken, bis die Wildtiere am Ende einer langen Fangpfeife im Netz in der Falle saßen und vom Kojenwärter mit einem routinierten Schleudergriff getötet wurden. Moiken empfand den Fangrekord von knapp zwanzigtausend Tieren im vergangenen Jahr als ziemlich fragwürdig, doch die Pfeif-, Stock-, Spieß- und Krickenten waren eine beliebte Delikatesse und landeten stets in bester Qualität auch auf den Tellern der Gäste in der Strandvilla.

Da war es längst an der Zeit, dem Kojenwärter einmal wieder einen anerkennenden Besuch abzustatten, doch seinen Dank würde er wohl an einem anderen Tag nachholen müssen, denn Moikens angewidertes Gesicht sprach Bände.

Ihre manchmal etwas burschikose Art machte sie so liebenswert, dachte er versonnen, als sie der wunderschönen Blidselbucht im sanften Bogen folgten und weiter durch eine prachtvolle und hohe Dünenlandschaft fuhren, auf einem holprigen Kutschenweg, immer entlang der Nordbahntrasse, auf der die Züge bis List verkehrten.

Dieses nördlichste Dorf der Insel wies nur dreizehn Gehöfte auf, von denen acht Gebäude zur Königlich-Preußischen Austernfischerei-Pachtung gehörten, die modernste Europas, die auch bei den Sommerfrischlern ein beliebtes Ausflugsziel war.

Er hatte beim Betriebsleiter eine Führung organisiert, und so spazierten sie nun unter seinen kundigen Ausführungen zur Aufzucht und Pflege von fiskalischen Austern entlang der mit Nordseewasser gefüllten Bassins, die zwischen den Häusern auf einer Fläche von dreitausendsechshundert Quadratmetern eine wichtige Ergänzung zum Wattenmeer vor List waren, wo es ebenfalls Austernbänke gab. Aus diesen Bassins wurden die Austern in alle Welt versandt, wie der Betriebsleiter mit unverhohlenem Stolz anmerkte und sie in die Probierstube führte.

Als Moiken von der Delikatesse kostete, verzog sie wenig damenhaft das Gesicht, woraufhin Theodor einen Lachanfall bekam. Dafür liebte er sie. Sie ließ sich nicht verbiegen, er schätzte ihre Bodenständigkeit und war vom ersten Augenblick an von ihrer Schönheit verzaubert gewesen. So eine Frau hatte er sich immer gewünscht: Sie machte sich nichts aus Geld und Luxus, im Gegensatz zu den Damen, die bislang seinen Lebensweg gekreuzt hatten.

Wenn da nur nicht dieser Boy wäre … Schnell versuchte er den Gedanken an seinen Rivalen zu verscheuchen, gegen den er eine nie gekannte Eifersucht hegte. Aber dieser Tag gehörte ihnen, und nichts sollte diese kostbaren Stunden mehr trüben. Im Gegenteil, dieser Tag sollte ihnen auf ewig in wunderschöner Erinnerung bleiben.

Da es an der Zeit war, etwas zu essen, lud er Moiken spontan in den Gasthof Königshafen ein und ließ sich von ihr zu einer deftigen Portion Labskaus überreden. Diese recht unansehnliche

Masse aus Pökelfleisch, Gurke und Kartoffeln, mit Roter Beete, Matjes und Spiegelei hatte ihm seit jeher schon beim Gedanken daran einen Knoten im Magen verursacht. Doch da Moiken dasselbe Argument gegen die Austern vorgebracht und ihm zuliebe dennoch probiert hatte, ließ er sich einen Teller Labskaus servieren.

Ziemlich verhalten schob er sich die erste Gabel davon in den Mund und erlebte eine wahre Geschmacksexplosion. Wie konnte ein so unappetitlich aussehendes Essen so lecker schmecken? Wenn er das schon früher gewusst hätte!

Moiken glaubte, dass die Besichtigung des Austernetablissements und die Verkostung seine Überraschung gewesen sei, doch da hatte sie weit gefehlt. Nach einem ausgiebigen Verdauungsspaziergang entlang des Königshafens, einer landschaftlich wunderschönen Bucht – wo jedoch, anders als es der Name vermuten ließ, weder einst ein Hafen gewesen noch je der König an Land gegangen war –, war es noch ein wenig zu früh, nach Kampen zu fahren, wie er mit einem Blick auf seine Taschenuhr feststellte. Dort waren Wilma und Leopold unterdessen am Strand vor dem Roten Kliff hoffentlich dabei, die Überraschung vorzubereiten.

Um noch etwas Zeit zu gewinnen, wollte er Moiken dazu überreden, den Ellenbogenberg zu besteigen, um von dort die Aussicht über den nördlichsten Zipfel Deutschlands und das Wanderdünengebiet zu genießen.

Doch Moiken fühlte sich erschöpft, und er zeigte Verständnis dafür, auch wenn es schade um den prächtigen Ausblick war. Aber sie sollte sich nach ihrem überstandenen Fieber keinesfalls überanstrengen, selbst wenn dieser Berg in den Augen eines Festländers allenfalls als Hügel durchgehen würde. Doch da hatten die Insulaner auf ihrem flachen Eiland nun mal andere Maßstäbe.

Also setzten sie sich auf eine nahe Bank und unterhielten sich beim Blick auf die beiden rot-weißen Leuchttürme, die auf dem

Ellenbogen so nah beieinanderstanden, dass sie sich die Hand reichen könnten, über die Gefahren der Seefahrt. Seit bald sechzig Jahren sicherten der Leuchtturm mit der roten Bauchbinde im Osten und sein leuchtend weißer kleiner Bruder im Westen die tückische Einfahrt in das Lister Tief, wo sich auf dem Meeresgrund schon zahlreiche Schiffswracks versammelt hatten.

Moikens Blick wurde traurig, und er ahnte, woran sie dachte. Erneut legte er vorsichtig den Arm um sie, kaum merklich berührte er ihre Schultern. Sie sah ihn an, eine Träne rollte aus ihrem Augenwinkel, er fing sie an ihrer Wange auf und wischte sie sanft weg.

Sie schwiegen, und er wanderte mit seinen Gedanken der Sonne am Himmel hinterher. Er hätte ewig so mit ihr sitzen können, zwischen Meer und Dünen, in ihrer Zweisamkeit nur begleitet von Schafen, die geruhsam um sie herum an den Heidepflanzen knabberten.

»Sieh mal, dort sind Seehunde«, rief Moiken unvermittelt und deutete auf eine nur wenige Meter große Insel inmitten des Königshafens, wo sich die Tiere zum Ausruhen hingelegt hatten. Die Sonne neigte sich nun schon dem Westen entgegen, und es wurde Zeit, aufzubrechen, auch wenn Moiken sich vom Anblick der Seehunde kaum losreißen konnte.

Doch er versprach ihr, dass es am nächsten Ort noch schöner sein würde, und voller Neugierde auf die Überraschung folgte Moiken ihm zurück zum Automobil, mit dem sie nach Kampen fuhren, geradewegs auf den Langen Christian zu, den Leuchtturm aus gelb-grau verwitterten Klinkern, der ihnen auch an Land den Weg wies.

Sie erreichten den ruhigen Ort, in dem sich die vereinzelten Reetdachhäuser wie eine Herde grasender Mammuts in den Dünentälern duckten, wo sich Künstler, Dichter und Denker niedergelassen hatten, und bogen in die schnurgerade Kurhausstraße ein, die Richtung Weststrand führte.

An deren Ende hielten sie vor einem lang gestreckten Hotelgebäude, das von einem Unikum namens Nann geführt wurde, dem es trotz seiner Alkoholleidenschaft und der Hässlichkeit seiner wenig komfortablen Zimmer gelang, seine Gäste für sich und das Hotel zu begeistern – was Theodor ein Rätsel war, aber er wollte hier ja auch nur parken und nicht übernachten.

Das einzig wirklich Bewundernswerte war die fantastische Lage des Hotels auf der Anhöhe über dem schmalen Teil der Insel, wo Nordsee und Wattenmeer sich beinahe küssten.

»Das sind doch unsere Pferde und die Kutsche, mit der Leopold die Gäste vom Bahnhof abholt?«, fragte Moiken irritiert, als sie neben dem Gefährt ausstiegen.

»Nun, wahrscheinlich sind die Gäste in diesem Etablissement unzufrieden und wollen in die Strandvilla umsiedeln, das wäre nicht das erste Mal«, bot er ihr als plausible Erklärung an und lächelte in sich hinein. Es lief also alles nach Plan.

Unvermittelt blieb Moiken auf dem Roten Kliff stehen, schirmte ihre Augen gegen die Sonne ab und sah nach Süden in Richtung Westerland. »Man kann von hier aus die Strandvilla sehen«, rief sie freudig beeindruckt.

Erleichtert, dass sie nichts entdeckt hatte, was den Ablauf hätte stören können, stimmte er ihr zu und wollte sie zum Weitergehen bewegen, doch sie verharrte in ihrer Position. »Und ich glaube, man sieht sogar den Pavillon in den Dünen.«

»Mag sein«, gab er desinteressiert zurück, denn ihn drängte es, an den Strand hinunterzugehen.

»Du siehst ja gar nicht hin!«, beschwerte sie sich. »Sag mir doch, kann man den Pavillon wirklich von hier aus sehen?«

»Was hast du nur für einen Narren an dieser verfallenen Holzhütte gefressen?«, entgegnete er recht unwirsch. »Komm, gehen wir weiter.«

»Meinetwegen lach über mich oder schimpf mit mir wegen

irgendwelcher Hirngespinste – aber ich sehe meine Zukunft in diesem Pavillon. Ich möchte ein Café am Meer eröffnen.«

Er stutzte. Was hatte sie da eben gesagt? Natürlich hatte er es genau gehört, aber er brauchte einen Moment, um zu begreifen.

Immerhin sah sie ihre Zukunft nicht im Atelier dieses Fotografen, das war schon mal beruhigend. Aber was für eine Schnapsidee, ein Café eröffnen zu wollen, mit dessen Führung sie als Frau völlig überfordert sein würde. Sie ahnte ja gar nicht, was dazugehörte, solch ein Etablissement zu leiten.

Moikens faszinierende Augen glänzten voller Hoffnung. »Du denkst darüber nach – du lachst nicht über mich und erklärst mich nicht für verrückt, das freut mich sehr, Theodor.«

»Nun, ich … in der kommenden Zeit hatte ich nicht vor, mich weiter mit Handwerkern herumzuärgern«, begann er diplomatisch.

»Das hast du mir kürzlich schon gesagt, ich weiß.« Sie zögerte und suchte offenbar nach den richtigen Worten. »Aber wenn du davon einmal absiehst, könntest du dir das grundsätzlich vorstellen?«

»Grundsätzlich schon …« Seine Antwort war mehr ein Reflex, denn dahinter stand ein großes Aber.

»Würdest du mir deine Hand darauf geben, dass in dem Pavillon ein Café eingerichtet werden kann?«

Es war nicht in seinem Sinne, ihr die Stimmung zu verderben, aber genau das müsste er mit seiner Antwort tun – dann jedoch könnte er seine Überraschung vergessen, und das wollte er auf keinen Fall riskieren.

Genau genommen sollte er ja nur darauf einschlagen, dass dort ein Café entstehen solle, und das war an sich keine schlechte Idee. Sie hatte außerdem keinen Zeitpunkt erwähnt, und falls er sich eines Tages vielleicht dazu entschließen sollte, diese Holzhütte instand setzen zu lassen, dann könnte Moiken dort seinetwegen als

Serviererin arbeiten, wenn sie in der Strandvilla noch nicht genug ausgelastet war. Damit wäre ihrem Wunsch für die Zukunft Genüge getan, und vor diesem Hintergrund konnte er ihr guten Gewissens die Hand darauf geben.

Ihre Freude kannte keine Grenzen, und es fehlte nicht viel, dass sie auf dem Kliff zu tanzen begonnen hätte. Nun wurde es aber wirklich höchste Zeit, weiterzugehen.

Er reichte Moiken seinen Arm, um sie den steilen Weg an den Strand hinunterzuführen. Von der Überraschung war vom Trampelpfad aus noch nichts zu sehen, aber genau so sollte es sein.

Das Rote Kliff machte seinem Namen alle Ehre: Das Gestein leuchtete in der Abendsonne, die warm auf ihre Gesichter schien, und die Wellen rollten sanft und leise an den Strand, so als wolle die Nordsee die besondere Stimmung nicht durch lautes Getöse stören. Weit und breit waren außer ihnen nur zwei Menschen zu sehen.

Moiken strahlte ihn an, sie war so gelöst, wie er es noch nie erlebt hatte. Alles war perfekt, fast zu schön, um wahr zu sein.

»Aber was machen denn Wilma und Leopold hier am Strand?«, fragte Moiken bass erstaunt, nachdem sie die beiden entdeckt hatte.

»Sie haben für die Überraschung gesorgt«, sagte er und bat sie, die Augen zu schließen. »Ich führe dich.«

Es war ein wunderschönes Gefühl, Moikens Vertrauen zu spüren, und während sie sich näherten, hob Leopold auf sein Handzeichen hin das weiße Laken vom Boden.

Darunter kam eine rote Picknickdecke zum Vorschein, mit silbernen Tellern, frischem Brot, Käse, luftgetrocknetem Schinken, einem Schälchen Krabben und einer Platte mit Obst, darunter besonders viele Erdbeeren. Simple Köstlichkeiten, die Moikens Lieblingsspeisen waren. Perfekt angerichtet von seinen beiden Komplizen, die ihm verschwörerisch zuzwinkerten.

Wilma entzündete wie verabredet die Kerzen an dem etwas im Sand eingegrabenen fünfarmigen Kerzenleuchter, und Leopold stand mit der Champagnerflasche parat.

Theodor atmete tief durch, dann bat er Moiken, die Augen zu öffnen, und zeitgleich ließ Leopold den Korken knallen.

Moiken zuckte zusammen, und mit dem nächsten Wimpernschlag war sie vor Freude kaum mehr zu halten. »Ein Picknick am Strand? Was für eine wundervolle Idee, Theodor!«

Selbst gerührt über seinen Volltreffer, stiegen ihm die Tränen in die Augen. Am liebsten hätte er Moiken umarmt, die glückselig die Überraschung bestaunte.

Moiken wollte sich schon setzen, doch er bat sie noch stehen zu bleiben. Er hob die silberne Schale hoch, in der sich das Gebäck befand, und konnte dabei nur mit Mühe das Zittern seiner Hand verbergen. Große Güte, wann war er zuletzt in seinem Leben so nervös gewesen?

»Spritzgebäck«, rief Moiken. »Du hast wirklich an alles gedacht, was ich gern esse.«

»Das habe ich gebacken«, sagte er nicht ohne Stolz, und Wilma nickte eifrig zur Bestätigung.

»Du?«, fragte Moiken ungläubig, und er merkte, wie sich in ihr das Bild vom steifen Hotelier zunehmend wandelte. Zugegebenermaßen hatte Wilma ihm jeden Handgriff einsagen müssen, doch er hatte alles allein ausgeführt und am Ende Moikens Lieblingsgebäck gezaubert, obwohl er zum ersten Mal in seinem Leben am Herd gestanden hatte, und das allein Moiken zuliebe.

»Was glitzert denn da?«, fragte sie und hob genau das Spritzgebäck heraus, das er zu einem Herz gebacken hatte, mit einer schmalen Öffnung oben für das Schmuckstück. »Aber das ist ja ein Ring!«, rief Moiken. »Wie kommt der denn dahin? Sind das Diamanten?«

Diese wunderbar bescheidene Frau schien tatsächlich noch

nichts zu ahnen. Als wollte er den Fund prüfen, löste er den funkelnden Ring vom Herz und sah ihn sich genau an. »Da ist etwas eingraviert«, gab er sich verwundert. »Mal sehen, ob ich es lesen kann. O ja, da steht Moiken und Theodor.«

Nun wurden ihre Augen groß, und er nutzte den Moment ihrer Sprachlosigkeit, um vor ihr in die Knie zu gehen.

»Moiken, du bist die Liebe meines Lebens, und ich verspreche dir von ganzem Herzen, ich werde alles tun, um dich glücklich zu machen, für immer und ewig. Ich frage dich hier und jetzt – möchtest du meine Frau werden?«

Reglos stand sie da, viel zu überrascht, um gleich eine Antwort zu geben. Ihr Blick glitt hinüber zu Wilma und Leopold, die ihr aufmunternd zunickten, dann sah sie in die Ferne, Richtung Westerland.

Für ihn verging eine Ewigkeit. Doch es rührte ihn, dass sie ihre Entscheidung weder leichtfertig traf noch ihm sofort ein Nein entgegenwarf, weil er sie ja nun doch vor die entscheidende Frage gestellt hatte, obwohl sie ihn noch um Zeit gebeten hatte. Aber er musste endlich klare Verhältnisse haben, wie sein Leben in Zukunft aussehen würde. Und sie schien das zu seinem Glück auch so zu sehen.

»Ja, Theodor, das möchte ich.« Es klang ein wenig steif, aber das schob er auf ihre Aufregung, die sie nun auch erfasst hatte. Wilma und Leopold klatschten und jubelten.

Als er ihr den Verlobungsring auf den Finger schob, sah er Moiken tief in die Augen. »Du hast mich gerade zum glücklichsten Mann auf Erden gemacht.«

»Das freut mich«, entgegnete sie für seinen Geschmack immer noch zu steif, obwohl sie lächelte. Doch ihr nächster Satz versöhnte und beruhigte ihn. »Wir werden beide in Zukunft glücklich sein. Jetzt glaube ich daran«, sagte sie, während ihr Blick erneut in die Ferne ging.

Waren das Freudentränen in ihren Augen, oder schimmerte etwa Traurigkeit darin? Nein, das waren bestimmt Freudentränen. Das mussten Freudentränen sein.

»Zeit für Champagner!«, rief er ausgelassen, um sie in der Stimmung mitzureißen, und ließ sich von Leopold die gefüllten Gläser reichen.

Ein lachender Himmel, fröhliche Menschen und bunte Blumentöpfe überall auf der Wandelbahn, dazwischen flatterten farbige Bänder im Wind. Die Sommerfrischler hatten sich an diesem achtzehnten August besonders herausgeputzt, um den Geburtstag des Kaisers zu feiern, dessen Höhepunkt am Abend ein Feuerwerk am Strand sein sollte. Dabei spielte es für die Badegäste auch keine Rolle, dass es sich nicht um ihren Kaiser Wilhelm II. drehte, der leider unpassend zur Saison im Januar Geburtstag hatte, sondern um Franz Josef I., den österreichischen Kaiser, den sie heute hochleben ließen. Hauptsache, es gab etwas zu feiern.

Im Musikpavillon auf der Promenade spielte die Kurkapelle schon seit elf Uhr unter dem ehemaligen Königlichen Kapellmeister Hirse aus Berlin ihre mit viel Applaus bedachten Stücke.

Nur die Kinder waren von diesem festlichen Anlass weniger begeistert, denn die Jungen durften in ihren feinen Matrosenanzügen heute nicht an der Wasserkante spielen, und den Mädchen zerrte der Wind an den propellergroßen weißen Schleifen in den viel zu fest geflochtenen Haaren.

Von der Promenade aus beobachtete Moiken mit Emma die Preisrichter, die an diesem festlichen Montag seit Stunden mit gewichtiger Miene im schwarzen Anzug, mit englischer Melone und Gehstock um die Strandburgen herumgegangen waren, um diese in den verschiedenen Kategorien zu prämieren, und endlich durften nun die stolzen Besitzer der schönsten Burg, der hübschesten Blumenburg, der Burg mit den prächtigsten Einlegearbeiten aus Sand und die Erbauer der mühevollsten Kinderburg ihr Preisgeld von bis zu 60 Mark entgegennehmen. Außerdem wurde Herrn Hinsch aus Berlin ein wertvoller Nashornzahn als Sonderpreis zuteil, allerdings verbunden mit dem freundlichen Hinweis der Jury, Monumentalbauten in Zukunft zu unterlassen.

Natürlich war auch Boy zugegen, um von den glücklichen Gewinnern vor ihren Burgen Fotos zu schießen und damit seinen Teil des Geschäfts zu machen. Weil er so sehr darauf konzentriert war, nahm er seine unmittelbare Umgebung nicht wahr, was ihr ganz recht war.

Natürlich hatte Boy gestern gleich durch Emma von der Verlobung erfahren, seine Glückwünsche ausrichten lassen und wohl sehr gelassen reagiert, wie ihre Tochter ihr erzählt hatte, die natürlich nicht verstand, warum Moiken ihm die Nachricht nicht persönlich überbringen wollte und warum Boy seinerseits keine Anstalten gemacht hatte, sie während den Tagen des Fiebers in der Strandvilla zu besuchen.

Die Schmetterlinge in ihrem Bauch, die zuvor schon beim leisesten Gedanken an Boy wild umhergeflattert waren, hatten einem Schwarm wütender Wespen Platz gemacht, den sie am liebsten auf ihn jagen würde. Sollte er doch diese Stiche abbekommen, die sie seinetwegen spürte. Auch jetzt wieder. Aber auch das würde irgendwann vergehen, und dann würde sie ihm ohne Schmerz begegnen können.

Er hatte sich, wie Emma arglos berichtete, eine Woche lang jeden Tag mit dieser Felice Bauer getroffen, bis die Dame gestern endlich abgereist war.

Warum dachte sie »endlich«? Warum konnte sie sich nicht einfach für Boy freuen, der offenbar seine große Liebe gefunden hatte? Schließlich war sie nun glücklich mit Theodor verlobt, jeder gratulierte ihr begeistert, sogar Emma zeigte ihre Freude, wenn auch nicht ganz so überschwänglich, und Wilma war seit gestern sowieso ganz aus dem Häuschen und plante schon das Menü für den einunddreißigsten Dezember. Die Hochzeit sollte noch in diesem Jahr stattfinden, kaum dass man guten Gewissens vom Ende des Trauerjahrs sprechen konnte, aber Theodor wollte nicht länger warten.

Die Trauung sollte im kleinsten Kreis mit dem Pfarrer vollzogen werden, das hatte Moiken sich aus Respekt gegenüber ihrem verstorbenen Mann so erbeten, und sie war mit Theodor übereingekommen, dass die Hochzeit zugleich mit dem großen Silvesterbankett in der Strandvilla gefeiert werden würde, weil sie um die Eheschließung allein kein großes Aufhebens machen wollten. Theodor war mit allem einverstanden. Seit sie in die Heirat eingewilligt hatte, verging keine Stunde, in der er ihr nicht sagte, wie glücklich er sei.

»Boy will übrigens nach Berlin gehen und dort ein Atelier eröffnen«, sagte Emma so beiläufig, als hätte sie davon gesprochen, heute noch ein Pfund Butter kaufen zu wollen.

Moiken hingegen hatte das Gefühl, von einer haushohen Welle übermannt, durcheinandergewirbelt und dann rücklings auf den Strand geworfen worden zu sein, sodass ihr die Luft wegblieb. »Oh!«, brachte sie nur hervor.

»Da ist ja auch Bernhard!«, rief Emma halblaut und deutete aufgeregt in Richtung einer Strandburg, die er wegen der sandigen Intarsienarbeiten, vor denen sich der beste Holzschnitzer verneigen würde, fotografierte. »Was macht Bernhard denn hier? Er sollte doch im Atelier die Kundschaft bedienen.«

»Dort ist heute wahrscheinlich nichts los«, mutmaßte Moiken. Gedanklich war sie noch bei der Neuigkeit, die Emma ihr soeben sozusagen im Vorbeigehen eröffnet hatte.

Boy machte also Nägel mit Köpfen. Nun gut, von ihr dachte er wohl nicht anders. Aber sein Sohn war viel zu jung, um das Atelier zu übernehmen. Wahrscheinlich würde er ihn mit nach Berlin nehmen, und vielleicht war auch das ein Wink des Schicksals.

Sie hatte bereits in den vergangenen Monaten bemerkt, dass ihre Tochter in Gegenwart des jungen Mannes zunehmend nervös geworden war, während er sich besonders gelassen zeigte. Eine Entwicklung, die ihr nicht gefiel. Immerhin könnte Bernhard der Stiefbruder von Emma sein.

Auf jeden Fall würde sie die beiden im Auge behalten müssen, und wieder stand sie vor dem Problem, mit Emma über die Frage ihrer Herkunft sprechen zu müssen, obwohl diese sich vielleicht gar nicht stellte. Am einfachsten hätte sich das tatsächlich erledigt, wenn Bernhard und Boy nach Berlin gehen würden.

»Aber wenn Bernhard mich beim Baden sieht …«, sagte Emma, und ihre Stimme schnappte dabei leicht über.

»Wir haben die Badekarre hier im Familienbad reserviert, und ich laufe jetzt nicht wegen Bernhard auf gut Glück einen Kilometer weiter ins Damenbad, wer weiß, wie viel da los ist.«

Nun hatte sie ihre Tochter endlich überredet, mit ihr baden zu gehen, schließlich war ihnen der Kaisergeburtstag gleichgültig, und es war an ihrem freien Tag die Gelegenheit, überhaupt einen der begehrten Badekarren zu ergattern, da diese sonst über Wochen hinweg ausgebucht waren, weil nur von sechs Uhr morgens bis ein Uhr mittags gebadet werden durfte – schon allein deshalb durfte man eine solche Karre nicht länger als fünfundvierzig Minuten benutzen.

»Emma, lass uns losgehen, die Karre ist um Viertel nach zwölf Uhr reserviert, es bleibt nicht mehr viel Zeit …«

»Aber wenn Bernhard …«, unterbrach Emma.

»Und schon gar nicht für Diskussionen. Du ziehst dich in der Badekarre um und trägst ein hochgeschlossenes Badekostüm, das dir bis zu den Knien reicht. Arme und Beine sieht man auch in dem Kleid, das du gerade trägst. Es macht also keinen Unterschied, und nun komm. Um Punkt ein Uhr werden die Flaggen eingeholt, und damit ist für den Rest des Tages das Baden strengstens verboten.«

»Bitte, Mutter, lass uns wenigstens ins Damenbad gehen.«

»Ich werde bestimmt nicht diesen Unsinn mitmachen und einen Kilometer bis zum Damenbad laufen, damit wir außer Sichtweite sämtlicher Herren sind, auch der Jungen über acht Jahren, die bestimmt schon besonderes Interesse an weiblichen Formen haben«, spottete sie.

»Immer muss es nach deinem Kopf gehen«, maulte Emma, während sie über den Strand auf die Badekarre zugingen.

Moiken entschied, sich nicht provozieren zu lassen. »Manchmal muss man dich eben ein kleines bisschen zu deinem Glück zwingen«, bemerkte sie augenzwinkernd. »Und nun mach bitte wegen der acht Minuten, die wir nach der Stechuhr des Badewärters überhaupt nur im Meer baden dürfen, nicht so einen Aufstand.« Doch ihre Tochter hörte ihr gar nicht zu, weil sie mit ihrem Problem beschäftigt war.

»Aber Bernhard …«, hob Emma erneut an und warf einen bangen Blick zurück.

»Bernhard hat zu tun, er wird gar nicht bemerken, dass du hier bist, und schon gar nicht, dass du baden gehst. Warum wäre es denn überhaupt so schlimm, wenn er dich sieht? Du bist doch nicht etwa in ihn verliebt?«

»Natürlich nicht!«, protestierte Emma.

Eine andere Antwort hatte Moiken auch nicht erwartet. »Geht Bernhard denn mit nach Berlin?«

»Nein, wo denkst du hin? Boy ist schließlich nicht von allen guten Geistern verlassen und verkauft sofort sein Atelier auf Sylt, ohne zu wissen, wie es in Berlin läuft. Er wird es als Filiale an seinen Bruder verpachten. Das kleine Atelier in der Boysenstraße hat zwar eine gut frequentierte Dunkelkammer für Amateure, aber kaum Laufkundschaft und so wenig neue Aufträge. Bernhard will auf Sylt bleiben und gegebenenfalls bei seinem Onkel zu Ende lernen – aber ich nicht.«

»Warum nicht, du kennst den Mann doch noch gar nicht. Oder willst du etwa ganz mit der Lehre aufhören?«

»Niemals! Fotografieren ist mein Leben. Aber ich werde nicht auf Sylt bleiben, ich werde nach Berlin gehen. Juliane hat schließlich auch zum ersten Juni die Strandvilla verlassen und ist nach Hamburg gegangen, es geht ihr gut dort, sie hat sogar eine Lehrstelle als Theaterfriseuse gefunden. Du hast den Brief ja selbst gelesen – und was sie kann, gelingt auch mir. Auch ich werde mir meinen Traum erfüllen.«

»Genau, träum weiter, mein Fräulein«, beschied ihr Moiken mit einem lachenden Kopfschütteln.

»Du nimmst mich überhaupt nicht ernst!«, rief Emma gegen das zunehmende Tosen des Meeres an.

»Richtig, mit erkennbarer Unvernunft kann ich nichts anfangen. Nur weil dir diese Frau einen Floh ins Ohr gesetzt hat, willst du plötzlich nach Berlin. Solange ich noch das Sagen habe, bleibst du bei mir auf Sylt. Du hast keine Ahnung, was Berlin für ein Moloch ist – von wegen glänzende Metropole des Fortschritts, das wird Boy auch noch merken.«

»*Du* hast keine Ahnung!«, pfefferte Emma ihr entgegen.

Moiken beließ es dabei, da sie sich der langen Reihe der Badekarren näherten. Anders als sonst üblich wurden diese Karren auf Sylt nicht ins Wasser gezogen, da der nasse Sand zu weich war, sondern sie verblieben auf dem trockenen Sand und man musste nach dem Umziehen noch ein paar Meter bis ins Wasser gehen.

»Still jetzt«, zischte Moiken und reichte dem Badewärter, der bereits auf sie wartete, die fünfundachtzig Pfennige für die Benutzung ihrer Badekarre.

»Die Anmietung eines Badetuchs kostet zusätzlich je zehn Pfennige und das Badekostüm je 30 Pfennige, die Badekappe auch je zehn Pfennige, macht also zusätzlich noch eine Mark. Wenn Sie das Wochen-Abonnement nehmen, wird es wesentlich günstiger«, leierte der Badewärter seinen Sermon herunter.

»Wir haben unsere eigenen Sachen dabei«, sagte Moiken und deutete auf ihren kleinen Koffer, den er noch gar nicht beachtet hatte, »und wir kommen auch nur heute.«

»So ein kurzer Badeurlaub«, stutzte der Wärter, »wo gibt es denn so was?«

»Wir sind Insulaner und haben beide heute frei, das wollen wir ausnutzen.«

Nun machte er ein so fassungsloses Gesicht, als sähe er Makrelen freiwillig an den Haken springen, und bewegte sich nicht von der Stelle.

»Und wir würden gern baden gehen«, erinnerte Moiken ihn freundlich, damit er sich aus seiner Erstarrung löste und ihnen die Karre aufschloss.

Drinnen roch es nach salziger Feuchtigkeit, die beiden kleinen Bullaugenfenster auf Kopfhöhe ließen nur wenig Licht herein.

»Der Badewärter denkt, wir gehören in die Irrenanstalt, und ich kann ihn gut verstehen. Wann hat er wohl zuletzt einen Insulaner im Meer schwimmen sehen?«

»Es kann ja auch keiner schwimmen, weil in der Saison immer gearbeitet werden muss. Ich finde das unverantwortlich. Gerade ein Kind, das am Meer aufwächst, muss doch schwimmen können. Aber wenn die Eltern das noch dazu für einen überflüssigen Zeitvertreib halten …«

»Ich wünschte, ich hätte so eine Mutter, die mich nicht zwingt, etwas zu lernen, was ich nicht will. Und wenn ich erst mal in Berlin bin, hat sich das sowieso erledigt.«

»Dort gibt es den Wannsee und die Spree«, konterte Moiken

unbeeindruckt. »Du wirst merken, es macht Freude, wenn du es erst mal kannst.«

»Das behauptest du, aber mir ist das Meer einfach nicht geheuer.«

»Warum immer diese leidigen Diskussionen, Emma? Du hast eingewilligt, heute mit mir schwimmen zu gehen.«

»Damit du endlich Ruhe gibst. Seit Sommerbeginn liegst du mir damit in den Ohren. Aber vielleicht solltest du mit deiner Brandwunde besser gar nicht schwimmen gehen?«

»Wie du siehst, trage ich bereits keinen Verband mehr, es ist alles gut verkrustet, und das Salzwasser fördert die Heilung.«

»Können wir nicht wenigstens den Badewärter dafür bezahlen, dass er mit uns ins Wasser geht? Das kostet nur 30 Pfennige«, bat Emma mit Blick auf das handgeschriebene Schild an der weißen Holzwand.

»Nun komm schon und zier dich nicht. Du hältst dich am Seil fest, und ich bin doch bei dir.«

»Ich habe aber Angst vor den Wellen.«

»Dann wird es Zeit, diese Angst zu überwinden. Hernach wirst du stolz auf dich sein. Und so hoch sind die Wellen heute wirklich nicht, sonst würde ich nicht mit dir ins Wasser gehen.«

Zögernd folgte Emma ihr in ihrem schwarzen Badekostüm zum Flutsaum und machte dort wieder drei Schritte rückwärts. »Brr, ist das kalt, das Wattenmeer war immer wärmer.«

»Das ist ja auch die Nordsee, die muss man sich erobern. Los, zügig einen Schritt nach dem anderen, dann fühlt es sich gleich wärmer an«, lachte Moiken und nahm ihre Tochter an die Hand, mit der anderen ließ sie sie das dicke Halteseil greifen, das am Strand und einige Meter weiter draußen im Meer fest verankert war.

Moiken jauchzte, als der erste Wellenschlag ihre Knie berührte, und ein Glücksgefühl durchströmte ihren Körper. Viel zu lange war sie nicht im Wasser gewesen, wie sehr hatte sie dieses Vergnügen vermisst! Als Kinder hatten sie sich nicht darum geschert, wann Badezeit war und wie hoch die Wellen an den Strand schlugen. Sie waren einfach dort ins Meer gesprungen, wo sie gerade durch die Dünen getollt waren, und hatten sich gegenseitig das Schwimmen beigebracht. Aus heutiger Sicht grenzte es an ein Wunder, dass keiner von ihnen ertrunken war.

Bald stand Emma bis zu den Hüften im Wasser, stocksteif, die Schultern hochgezogen, und sobald eine Welle auf Bauchhöhe anzulanden drohte, machte sie einen kleinen Hüpfer und klammerte sich dabei mit beiden Händen am Seil fest. Die Hand ihrer Mutter noch länger zu halten war ihr offenbar zu peinlich.

Moiken wartete auf die nächste Welle, hielt die Luft an und tauchte mit einem Sprung hindurch. Und die nächste, und gleich noch eine!

Ausgelassen drehte sie sich zu ihrer Tochter um, die sich unterdessen bis zu den Schultern ins Wasser getraut und dabei sogar ein Lächeln auf den Lippen hatte.

»Siehst du, es klappt doch. Und jetzt lass los und schwimm zu mir her.«

»Ich trau mich nicht!«

»Du schaffst das! Im Wattenmeer hast du die Bewegungen schon geübt.«

»Ich will aber nicht!«

»Komm, die paar Meter schaffst du!«

Emma ließ das Seil los und schwamm mit wenigen Armzügen zu ihr her.

»Wundervoll, du kannst es!«, lobte sie begeistert.

»Ich will wieder zurück zum Seil«, entgegnete Emma, der die Sache offenkundig nicht geheuer war.

»Du schummelst ja, nimm die Füße vom Boden«, rief Moiken ihr enttäuscht nach, als sie entdeckte, wie sich ihre Tochter tatsächlich fortbewegte.

Nun stellte Emma sich erst recht auf ihre Beine und drehte sich mit zornigem Gesicht noch einmal um. Dabei achtete sie nicht auf die ankommende Welle. Plötzlich war Emma darin verschwunden.

»Emma!«, schrie Moiken und kämpfte sich in Richtung ihrer Tochter vor.

Sekunden später tauchte Emma am Flutsaum wieder auf, hustend und schniefend rappelte sie sich auf.

»Nicht so schlimm!«, sagte Moiken tröstend, als sie ihre Tochter erreicht hatte, um Emma und sich selbst zu beruhigen.

»Doch, das war schlimm! Und alles nur, weil du schwimmen gehen wolltest.«

»Nun gib mir nicht die Schuld, weil du nicht aufgepasst hast. Du musst schon selbst auf die Wellen achten.«

»Das muss ich nicht, weil ich nie mehr schwimmen gehen werde!«, schleuderte Emma ihr entgegen. »Aber ich werde in Zukunft mehr achtgeben, und zwar auf das, was ich will. Und ich will dir was sagen, Mutter, ich gehe mit Boy nach Berlin, ganz egal, ob du dagegen bist. Notfalls haue ich ab!«

»Das wirst du nicht tun!«

»O doch, das werde ich!«

»Ich war der erste Hotelier, der auf Sylt einen Fernsprecher sein Eigen nannte, aber nun gibt es sogar eigens für meine Gäste einen Apparat, von dem aus internationale Telefonate geführt werden können.« Stolz wollte er dem Tausendsassa Korwan, der ihm am heutigen Sonntagmittag überraschend einen Besuch abstattete, das neue Telefonkabinett vorführen, doch der Maler, Bankier und Politiker in einer Person winkte ab.

»Nun mal keine Höhenflüge, Theodor. Noch ist es mit den internationalen Gesprächen nicht so weit. Seit April erst funktioniert die Verbindung Köln-London, Berlin-London ist noch nicht so stabil ausgefallen.«

Dieser Korwan war doch ein alter Erbsenzähler, aber von ihm würde er sich seine gute Laune nicht verderben lassen, denn schließlich war es gleich Zeit für den Sonntagsausflug mit seiner geliebten Moiken, seiner Verlobten. Was für ein Glücksgefühl, sie nun endlich so nennen zu dürfen. Sie wollte ihn beim Picknick eine neue Backkreation probieren lassen und werkelte deshalb gerade noch in der Küche. »Aber es wird nicht mehr lange dauern, bis ich meinen Gästen den Luxus dieses Telefonkabinetts verbunden mit dem Service internationaler Gespräche bieten kann.«

Korwan verzog den Mund, sodass sich sein voller weißer Schnurrbart unförmig vorwölbte. »Wäre Heinrich von Stephan nicht gewesen, Gott hab ihn selig, hätte die Insel bis heute noch kein Telefon.«

»Ja, was für ein Glück, dass der Generalpostmeister so ein Sylt-Liebhaber war. Wie lange ist das her? Knapp zwanzig Jahre, als er die ersten Fernsprecherkabel auf die Insel ziehen ließ? Jedenfalls wussten zu diesem Zeitpunkt die meisten Leute noch nicht mal, was ein Telefon ist.«

Nun hellte sich die Miene seines Gastes auf. »Wusstest du eigentlich, dass der Bildhauer Berwald die Büste des Generalpostmeisters in meinem Atelier in der Strandstraße angefertigt hat? Das war eine Gaudi. Von Stephan konnte keine Minute stillsitzen und hat uns mit Anekdoten unterhalten, weil ihm langweilig war. Erinnerst du dich noch an die Geschichte, als der zum Staatsminister avancierte von Stephan zur Revision die Insel betrat und das Postamt Keitum eilends nach Westerland telegrafierte: ›Nehmt Euch in Acht, Stephan ist unterwegs; er steckt seine Nase in alles‹, und postwendend die Antwort zurückkam – von ihm höchstpersönlich: ›Er hat sie schon drin!‹?«

»Ja, das weiß ich noch gut! Darüber hat man noch tagelang gesprochen und gelacht. Aber du bist doch nicht gekommen, um mich mit solchen Schwänken zu unterhalten?«

Nun wurde Korwan ernst, und Theodor bereute es augenblicklich, so locker nachgefragt zu haben. »In der Tat nicht. Ich bin in meiner Eigenschaft als Vorstand der Westerländer Spar- und Leihkasse hier. Es stehen seit einiger Zeit Zahlungen von dir aus.«

Das war ein Gesprächsthema, das ihm gar nicht behagte, vor allen Dingen nicht außerhalb seines Büros. Zum Glück waren gerade keine Gäste oder Angestellten im Foyer in Hörweite, zumindest hoffte er das.

Nun musste er so tun, als ob er souverän wie ein Bergsteiger an der Klippe hing, nicht wie einer, dem der Absturz drohte. »Ach, Korwan, mein Freund, daran erinnerst du mich am heiligen Sonntag? Aber es ehrt mich ja, dass du nicht einen deiner Angestellten schickst, sondern dir sogar selbst die Zeit nimmst.«

»Theodor, wenn du weiter mit den Raten in Verzug gerätst, dann habe auch ich ein Problem, weil ich dir diesen letzten hohen Kredit Anfang des Jahres gar nicht hätte bewilligen dürfen, nachdem ihn mein Mitarbeiter Erk bereits abgelehnt hatte.«

»Ich weiß. Nun verlier bitte nicht die Nerven. Es läuft doch alles hervorragend, es ist Hochsaison, und die Strandvilla ist ausgebucht. Außerdem habe ich genug Sicherheiten. Kein Grund zur Sorge. Heute ist der vierundzwanzigste August, Ende des Monats überweise ich dir alle ausstehenden Raten auf einen Schlag, versprochen.«

»Das ist ein Wort, Theodor.« Korwan sah ihm fest in die Augen und nickte.

Innerlich atmete Theodor tief durch. Die Kuh hatte er gerade noch vom Eis geholt. Nicht auszudenken, was andernfalls geschehen würde. »Du machst dir einfach immer zu viele Sorgen, mein Freund.«

»Vorsicht ist mein zweiter Vorname«, entgegnete der Bankier. »Und die Spekulationen über einen baldigen Kriegsbeginn machen die Finanzlage nicht entspannter.«

»Ach, mein guter Korwan, die Krise auf dem Balkan dient seit über einem Jahr dazu, Ängste zu schüren. Mehr passiert nicht.«

Energisch schüttelte sein Gegenüber den Kopf. »So würde ich das nicht sehen. Anfang Juli hat Serbien den Bulgaren den Krieg erklärt, und seitdem ist der Balkankrieg ein zweites Mal aufgeflammt. Das sieht nicht gut aus. Den österreichischen Kaiser erreichen ständig Depeschen, dass eingegriffen werden muss.«

»Ach, und wo erreichen unseren Franz diese Eilmeldungen?«, hakte Theodor nach, auch wenn er diese Diskussionen über einen möglichen Krieg mittlerweile hasste. Nun jedoch war es ein probates Mittel, um Korwan abzulenken, denn Eile schien er nicht zu haben. So schnell würde er Korwan nicht aus der Tür bekommen, und es wäre taktisch sehr unklug, ihn auf dieselbe hinzuweisen.

Darum bot er ihm freundlich einen Platz in einem der Ohrensessel im Foyer an, mit Meerblick durch die hohen Fenster, aber nicht etwa im Herrensalon oder im Büro, denn allzu willkommen sollte sich der Bankier auch nicht fühlen.

Korwan setzte sich dankend und sagte auch zu einer Tasse Kaffee nicht Nein, die Leopold ihnen wie gerufen servierte. Hatte der Portier doch vom Anfang des Gesprächs etwas mitbekommen? Theodor blieb keine Zeit, länger darüber nachzudenken, denn sein Gast nahm den Gesprächsfaden wieder auf.

»Wenn man der Zeitung glaubt, ist der österreichische Kaiser gerade in Bad Ischl, wo er seinen Sommerurlaub mit seiner Geliebten Katharina Schratt verbringen will.«

»Genau, und zwar ungestört von irgendwelchen Kriegstreibern. Ihm steht der Sinn nicht nach Krieg. Abgesehen davon leben wir Gott sei Dank in einer Zeit, in der sämtliche Länder wirtschaftlich viel zu eng miteinander verknüpft sind und die internationalen Verbindungen, nicht zuletzt in der Finanzwelt, schweren Schaden nehmen würden. Ein Grund unter vielen, warum es nicht zu einem Krieg kommen wird – das musst du doch auch so sehen, mein Freund.«

Der Tausendsassa blies in die Tasse auf seinen Kaffee. »Nun ja, wie der Zeitung vor gut vier Wochen zu entnehmen war, wurde die Heeresstärke von gut 111 000 Mann auf über 700 000 erhöht und …«

»Die Zahlen interpretierst du ganz falsch, wenn ich dir das so sagen darf. Der Reichstag hat einer Erhöhung der ›Friedenspräsenzstärke‹ zugestimmt, mehr nicht. Und das ist gewiss vernünftig, aber eine Mobilmachung sieht anders aus. Glaub mir, mein Freund, der Krieg wird nie kommen. Du bist viel zu nervös und malst dir deshalb solche Schreckensszenarien aus. Wenn du einmal ruhig nachdenkst, wirst du zugeben müssen, dass die Banken nicht das Geld für einen solchen Krieg auftreiben werden, die Industrie wird ihn nicht in Gang halten können, ebenso wenig wie am Ende die Staatsmänner selbst.«

»O doch. Letzteres traue ich Erzherzog Franz Ferdinand durchaus zu. Nicht umsonst hat der österreichische Kaiser seinen Sohn zum Generalinspektor der gesamten bewaffneten Macht erklärt.«

Die Debatte drohte nun doch anstrengend zu werden, dachte Theodor. Er musste sich irgendetwas einfallen lassen. Ruhig nahm er einen Schluck von seinem Kaffee und verbrannte sich dabei prompt die Zunge, wobei er versuchte, sich das nicht anmerken zu lassen. »Das hat nichts zu bedeuten, rein gar nichts, denn Franz Ferdinand wird nicht blindwütig losschlagen. Den geforderten Präventivkrieg gegen Serbien und Montenegro lehnt er schließlich auch ab.«

Korwan lachte auf. »Du hast ja ein ganz schönes Vertrauen zu einem Erzherzog, der in seinem böhmischen Schloss unauffällig von Psychiatern in Lakaienuniform beobachtet wird, weil er den ganzen Tag auf dem Boden liegt und für sich allein Eisenbahn spielt.«

»Ach, das sind doch alles nur böse Gerüchte und Verleumdungen«, hielt er ihm entgegen, und gleichzeitig hielt er es für angebracht, nun im eleganten Bogen das Thema zu wechseln. »Darf ich dich vielleicht noch auf eine Zigarre einladen, bevor ich wieder meinen Geschäften nachgehe? Und ich könnte meine Verlobte fragen, ob es noch welche von ihren leckeren Mokkatörtchen gibt – die musst du probieren!«

Korwan hob seine weißen Augenbrauen. »Potzblitz, du hast dich mit dieser Frau aus Keitum verlobt?«

»Ja, da staunst du, was? Ende Dezember werde ich die schönste und beste aller Frauen heiraten, und auf dem Silvesterbankett wird groß gefeiert. Du bekommst natürlich auch noch eine Einladung.«

»Das sind ja Neuigkeiten! Meinen herzlichen Glückwunsch. Aber …«, Korwan beugte sich zu ihm herüber, »was sagt Gräfin von Schöneck dazu, wenn ich ein wenig indiskret sein darf?«

Theodor musste sich beherrschen, um gelassen zu reagieren. Zum einen natürlich wegen der Indiskretion, zum anderen aber, weil Korwan seinen Finger heute wirklich zielsicher auf alle Wunden legte. »Was soll sie dazu sagen? Ich habe ihr nie eine Heirat in Aussicht gestellt.«

»Nun, wenn das so ist …«, bemerkte Korwan. »Die richtige Wahl hast du jedenfalls getroffen. Mit so einer hübschen und patenten Frau an deiner Seite bist du wirklich zu beneiden, und ich gönne dir dieses Glück von Herzen, mein Freund.«

»Moiken ist gerade in der Küche, ich werde sie fragen, ob sie sich ein wenig zu uns gesellen möchte.«

»Moiken, das ist ja eine Überraschung!« Voller Erstaunen sah Boy hinter der Theke seines Ateliers auf, wo er gerade eine neue Kamera in die Vitrine stellte.

Freude war aus seiner Stimme nicht herauszuhören, aber das hatte sie auch nicht erwartet. Als Erstes fiel ihr auf, dass sein sandfarbenes Leinenhemd makellos gebügelt war, denn sonst wirkten seine Hemden eher, als hätte er darin geschlafen. Und seine Haare waren kürzer, sodass er sie gerade noch zum Zopf binden konnte.

»Guten Tag, Boy, ich muss mit dir reden. Über Emma«, fügte sie nachdrücklich hinzu, damit er nicht auf den Gedanken käme, sie sei seinetwegen hergekommen. »Emma wird nicht mit dir nach Berlin gehen. Bitte hör sofort auf, ihr solche Flausen in den Kopf zu setzen.«

Was Emma betraf, mussten sie an einem Strang ziehen, und sie war gekommen, um ihm das in aller Deutlichkeit klarzumachen. Er durfte Emma nicht länger im Glauben lassen, dass sie mit ihm nach Berlin gehen konnte. Nicht auszudenken, wenn Emma abhauen würde, nur weil sie der Meinung war, der Schwarze Peter läge allein bei ihrer Mutter.

Seufzend schloss Boy die Vitrine ab und wandte sich ihr wieder zu. »Darüber wollte ich eigentlich schon vor vierzehn Tagen in Ruhe mit dir reden, aber du bist von einem Tag auf den anderen nicht mehr für mich zu sprechen gewesen.« Sein Blick zielte auf den Brillantring an ihrem Finger. »Ich habe es ja schon von Emma gehört, du hast eine große Entscheidung getroffen.«

Einen Glückwunsch brachte er natürlich nicht über die Lippen, dafür war sein unterschwelliger Vorwurf deutlich herauszuhören. Dabei hatte *er* den Anfang gemacht, er war doch von dieser Felice Bauer wie gebannt gewesen – selbstverständlich hatte sie ihm angesichts dessen nichts mehr zu sagen gehabt. Und nun hielt er ihr das vor? Oder wollte er einfach von sich ablenken, davon, dass er seine Entscheidung zuerst getroffen hatte, weil er dieser Frau beim ersten Anblick sofort verfallen war, und nun musste er mit dieser Bemerkung sein schlechtes Gewissen beruhigen?

Moiken atmete tief durch. Es sollte nicht in einen Streit ausarten, aber Boy war nicht in der Position, ihr Vorhaltungen zu machen. »Ich war nicht mehr für dich zu sprechen, weil du deine Entscheidung vor mir und vor allen Dingen ohne mich getroffen hast«, machte sie ihm ruhig, aber unmissverständlich deutlich.

Boy machte eine hilflose Geste und kam hinter der Theke hervor. »Weil du mir keine Möglichkeit gegeben hast, mit dir zu reden.«

»Hör auf, die Tatsachen zu verdrehen«, fuhr sie ihn nun doch an. Vorbei war es mit ihrem Plan, ein ruhiges Gespräch zu führen. »Du hast es nicht einmal für nötig gehalten, mir Genesungswünsche überbringen zu lassen, als ich hohes Fieber hatte.«

»Hätte ich den Stier noch mehr reizen sollen? Für den Hotelier bin ich doch ein rotes Tuch und …«

»Ich rede nicht von ›persönlich erscheinen‹, sondern von ›Grüße ausrichten lassen‹. Zum Beispiel durch Emma. Aber nicht einmal das hast du für notwendig gehalten. Das fand ich ehrlich gesagt ziemlich schwach von dir und sehr enttäuschend.«

Boy senkte den Blick. »Stimmt, das war ein Fehler von mir. Ich war ziemlich sauer auf dich, denn ich habe die Welt nicht mehr verstanden. Noch bevor du krank geworden bist, hast du kein Wort mehr mit mir geredet und mich gemieden, dabei wollte ich dich doch nach Berlin mitnehmen. Ständig war ich in Gedanken bei dir.«

»Du meinst, mit Ausnahme der vielen Stunden, die du mit dieser Felice Bauer verbracht hast«, giftete sie ihn an. Dann erst erfasste sie, was er noch gesagt hatte. »Nach Berlin? Ich? Mit dir? Habe ich richtig gehört? Das wird dieser Frau aber gar nicht gefallen, und mir übrigens auch nicht.«

»Felice will mir helfen, dort Fuß zu fassen, darum haben wir lange Nachmittage im Café mit der Planung … Moment, dachtest du etwa, ich …?«

Beschämt und betroffen sah Moiken auf ihre Füße, die passend zu ihrem fliederfarbenen Kleid in hellrosa Riemchenschuhen steckten. Ein nachträgliches Verlobungsgeschenk von Theodor, der es beim Ring allein nicht belassen wollte.

Was für eine fatale Missdeutung von Boys Verhältnis zu Felice – das durfte doch nicht wahr sein. Moikens Herz machte ihr schmerzhaft deutlich, wie viel sie immer noch für Boy empfand, doch schon beim ersten Ziehen schalteten sich auch ihr Verstand und das schlechte Gewissen ein. Sie hatte Theodor ihr Versprechen gegeben – und nicht nur das.

»Boy, selbst wenn ich nun nicht verlobt wäre, wie kommst du auf den Gedanken, ich würde einfach so die Insel verlassen und dir nach Berlin folgen?«

»Warum nicht? Das ist eine tolle Stadt, noch viel besser als Hamburg, und dort wolltest du doch auch hin.«

Entschieden schüttelte sie den Kopf. »Das war aus der Not heraus geboren. Mein Traum ist ein anderer. Du weißt genau, wie gern ich dieses Strandcafé eröffnen würde, und nun hat mir Theodor die Erlaubnis dazu gegeben.«

»Das hat er gemacht?«, staunte Boy. »Kaum zu glauben. Das hätte ich nicht von ihm gedacht. Da musst du entweder mächtig Eindruck bei ihm hinterlassen haben, oder er hat dir falsche Versprechungen gemacht, nur damit er dir den Ring anstecken konnte. Oh, Moiken …« Der Blick aus seinen meeresblauen Augen wurde stumpf, so als ob Regenwolken über das zuvor sonnenbeschienene Meer zogen. »Warum musste es nur zu diesem Missverständnis kommen?«

Der Stich ins Herz nahm ihr fast die Luft, Tränen sammelten sich in ihren Augen. Am liebsten hätte sie sich ihm in die Arme geworfen, weil sie glaubte, nur so könne der Schmerz vergehen.

Aber sie blieb standhaft, im doppelten Sinn. »Warum? Nun ja, sagen wir mal so, es war unübersehbar, wie du vom ersten Moment an von dieser Frau fasziniert gewesen bist, sodass es dir nicht einmal etwas ausgemacht hat, dich vor meinen Augen mit ihr zu verabreden. Und sieh dich an, wie du dich in der kurzen Zeit verändert hast. Seit wann achtest du auf gebügelte Hemden, und wann warst du davor zuletzt beim Friseur?«

Boy kam aus dem Kopfschütteln nicht mehr heraus. »Mir hat es doch nicht Felice angetan, sondern die Stadt, aus der sie kommt. Seit Langem denke ich darüber nach, in Berlin ein Atelier zu eröffnen, und kaum habe ich die Entscheidung getroffen, diesen Plan konkret zu verfolgen, steht an dem Tag, an dem ich mit dir darüber reden wollte, plötzlich Felice vor mir. Das war für mich ein Zeichen. Und ja, ich sehe anders aus, weil Bewegung in mein Leben gekommen ist. Aber wie konntest du deshalb an meinen Gefühlen zweifeln?«

Unaufhaltsam stiegen die Tränen in ihren Augen höher, sie blinzelte, aber es half nichts, im Gegenteil, die ersten Tränen rollten über ihre Wangen.

»Moiken, meine Liebe hat immer nur dir gehört, all die Jahre …«

»Unterlassen Sie es sofort, meine Verlobte mit solchen Worten zu bedrängen, Sie Lebemann!«, hörte Moiken zugleich mit der Türglocke die Stimme von Theodor. Schnell wischte sie sich unauffällig mit dem Handrücken über die Augen und drehte sich zu ihm um. Theodors Gesicht war so ausdruckslos und undurchschaubar wie die Insel bei Seenebel.

»Moiken, was machst du hier? Wir hatten wichtigen Besuch in der Strandvilla, und deine Anwesenheit wäre sehr schön gewesen. Wie peinlich für mich, als du nirgendwo auffindbar warst. Selbst deine Tochter wusste nichts. Ich habe fast den Eindruck, du wolltest dich davonschleichen.« Er maß Boy von oben bis unten.

»Ich …«, begann Moiken, ohne zu wissen, was sie sagen sollte. Natürlich hatte sie die Strandvilla heimlich verlassen, nachdem sie in der Küche fertig gewesen war, natürlich hatte sie gehofft, Theodor würde nichts davon mitbekommen – aber nur deshalb, weil er so eifersüchtig war und sie mit Boy ja nur über Emma sprechen wollte.

Niemals hätte sie geahnt, dass dieses Gespräch in einem Liebesgeständnis enden würde, das auch noch ausgerechnet an Theodors Ohren gelangen würde. »Ich habe mit Boy über Emma gesprochen und ihm gesagt, dass sie nicht mit ihm nach Berlin gehen darf. Boy will dort ein fotografisches Atelier eröffnen und sich niederlassen.«

»Das stimmt«, pflichtete Boy ihr bei. »Und alles andere, was ich gesagt habe, auch«, fügte er leise hinzu.

Moiken konnte nicht einschätzen, ob Theodor den letzten Satz überhört oder wirklich nicht vernommen hatte. Jedenfalls bot er ihr mit einer versöhnlichen Geste den Arm an. »Wenn das so ist, können wir ja jetzt zurück in die Strandvilla gehen und dort alles Weitere klären.«

Selbstverständlich konnte Moiken nicht anders, als sich bei ihrem Verlobten einzuhaken. Im Gehen warf Theodor einen abschätzigen Blick zurück auf Boy. »Ihm habe ich nämlich nichts weiter zu sagen – außer dass er in Zukunft seine verliebte Zunge hüten und sich gehörig in Acht nehmen soll.«

»Sagen Sie, liegt in der Strandvilla etwa nicht die ›Rangliste des gesamten aktiven Offizierskorps‹ aus?«

Dieser Ladislaus von Szögyény-Marich hatte ihm gerade noch gefehlt, dachte Theodor unwirsch, als er mit Moiken am Arm das Foyer betrat.

Die grauen Haare des österreichisch-ungarischen kaiserlichen Botschafters standen ihm so forsch vom Kopf ab, wie es seinem Auftreten entsprach. Behängt mit mehreren Orden, nicht zuletzt mit dem vom Goldenen Vlies für besondere Verdienste, pendelte der Diplomat zwischen Österreich und Berlin und machte regelmäßig nach seinen politischen Anstrengungen einen Abstecher nach Sylt, um sich dort mit seiner Gattin ein paar Tage in der Strandvilla zu erholen.

Selbstredend lag dieses Nachschlagewerk, in dem alle Offiziere namentlich mit den erhaltenen Orden- und Ehrenzeichen, ihrem Dienstgrad und den Beförderungen verzeichnet waren, an der Rezeption aus, so wie in jedem Hotel, das etwas auf sich hielt.

Leider war Leopold, laut dem goldenen Schild auf dem Tresen, gerade in der Mittagspause. Bedauerlich, ansonsten hätte sich der Portier in seiner wienerischen Gelassenheit um den kaiserlichen Botschafter kümmern können.

Kaum hatte er dem Gast das gewünschte Buch ausgehändigt, legte von Szögyény es auch schon wieder beiseite, so als hätte man ihm eine Werbebroschüre gereicht, nach der er nicht verlangt hatte.

»Ach, eine Frage hätte ich noch …«, begann von Szögyény und überlegte offenkundig dabei erst, welches Thema er aufgreifen wollte.

Theodor wusste, die Anwesenheit des kaiserlichen Botschafters bedeutete für ihn als Hotelier stets eine anstrengende Zeit, weil von Szögyény ihn mit einem persönlichen Diener verwechselte, der für stundenlange Unterhaltung zu sorgen habe, wenn dem Herrn langweilig war und er mit sich selbst nichts anzufangen wusste, während seine Frau Irma das Angebot der Westerländer Geschäfte studierte.

»Sagen Sie, um wie viel Uhr beginnt heute in Ihrem Hause der Wilhelm-Busch-Abend mit der Rezitation von Georg Fritzschler?«, fragte von Szögyény, weil ihm offenbar nichts Besseres einfiel.

»Der ist erst morgen um halb acht«, gab er geduldig zurück. »Heute findet um sieben Uhr der Vortrag der bekannten Schönheitslehrerin und Hygienikerin Madame Barkamp aus Berlin statt.«

»Oh, das könnte für meine Frau interessant sein. Worum geht es denn in dem Vortrag?«

Theodor seufzte innerlich auf. Er hatte wirklich andere Dinge im Kopf und wollte nun gern mit Moiken unter vier Augen sprechen, die wartend neben ihm stand und wohl am liebsten gleich auf ihr Zimmer gegangen wäre.

Auf dem Rückweg in die Strandvilla hatte sie noch mehrfach betont, nur bei diesem Boy gewesen zu sein, um mit ihm über Emma zu sprechen. Diese Betonung hatte für ihn alles nur noch schlimmer gemacht. Hielt sie ihn denn wirklich für so dumm, dass er ihr das glauben würde?

»Wie Sie dem Plakat dort drüben entnehmen können …« Er deutete auf den gerahmten Aushang, der unübersehbar an der Wand zwischen Rezeption und Aufzug angebracht war, wo jeder Gast bestimmt drei Mal am Tag vorbeilief. »Der Vortrag lautet ›Ein Leben in Schönheit‹.«

»Ah, und was kosten die Karten?«, hakte von Szögyény nach.

Gerade noch rechtzeitig biss Theodor sich auf die Lippe, bevor ihm eine unpassende Bemerkung über die Lesefähigkeit des Botschafters herausgerutscht wäre. Von Szögyény war ein wichtiger Gast, der nicht nur bei jedem Besuch auf dasselbe Zimmer Wert legte, sondern eben auch auf die persönliche Ansprache. Wenn er nur nicht so ein einnehmendes Wesen besäße, dachte Theodor seufzend. Dennoch, mit diesem Gast durfte er es sich aufgrund seines großen Einflussbereichs auf keinen Fall verscherzen, aber er, Theodor, war neben seiner Aufgabe als Hotelier auch noch ein Mensch und vor allen Dingen ein Mann, der Angst davor hatte, dass es sich seine Verlobte noch einmal anders überlegen könnte.

»Die Karten kosten drei Mark«, gab er der Länge seines Geduldsfadens entsprechend Auskunft.

Von Szögyény hob die Augenbrauen. »Das ist aber ein recht stolzer Preis.«

Theodor glaubte, sich verhört zu haben. Als ob es dem kaiserlichen Botschafter auf eine Mark ankommen würde. Die Karten waren genau genommen fast geschenkt, denn schließlich hatte es seinen Preis, diese berühmte Dame aus Berlin anreisen zu lassen. Für diesen Abend zahlte er sogar drauf, aber Madame Barkamp zog viele auswärtige Gäste ins Hotel, und das war der eigentliche Gewinn, denn eine bessere Werbung um die Gäste von morgen konnte es kaum geben. Wer einmal die Strandvilla betrat, der kam wieder – auch wenn Theodor auf so manchen Gast lieber verzichtet hätte.

Ruhig entgegnete er: »Der Vortrag enthält auch Ausführungen und Demonstrationen am lebenden Modell. Günstiger wird diese Veranstaltung direkt in Berlin sein, weil für den Veranstalter keine Reisekosten anfallen. Aber bei den Damen unter meinen Gästen ist der Vortrag immer sehr beliebt.«

»Natürlich werde ich meine Frau auch hinschicken. Aber sagen Sie, wie lange dauert der Vortrag wohl?«

»Bis er zu Ende ist!«, schoss es aus ihm hervor, schneller, als er darüber hatte nachdenken können, darum schob er hinterher: »Ich meine damit, bis keine der Damen mehr eine Frage hat. Wenn Sie mich nun bitte entschuldigen würden, auf mich wartet meine Pflicht im Büro. Gern lade ich Sie heute Abend zu einer Verkostung meiner erlesenen Whiskysammlung ein, während Ihre Gattin bei dem Vortrag weilt, dann werden Ihnen die Stunden sicherlich nicht lang«, fügte er versöhnlich hinzu, und der Botschafter stimmte dem Vorschlag begeistert zu.

In diesem Moment erschien Leopold wieder in der Tür. Ein Blick zwischen ihnen genügte, und der Portier übernahm sofort das Gespräch mit dem kaiserlichen Botschafter.

Schnell nutzte Theodor die Gelegenheit, sprach einen kurzen Abschiedsgruß, drückte seine Vorfreude auf den Abend aus und begab sich mit Moiken zum Aufzug.

Dieser Selbstfahrer aus dem Berliner Hause Flohr war sein ganzer Stolz. Er brauchte nur das schmiedeeiserne Gitter zu sehen, mit dem die äußere Aufzugtür verkleidet war, schon breitete sich ein Lächeln in seinem Gesicht aus. Nur an die Kosten dafür durfte er nicht denken. Aber man musste nun mal tief in die Tasche greifen, um seinen Gästen Luxus zu bieten.

Er wusste, Moiken fuhr nur ihm zuliebe mit dem Aufzug, ohne ihn nahm sie immer die Treppen, das hatte er schon beobachtet. Wenn es bei diesen kleinen Heimlichkeiten bliebe, könnte er ja darüber lächeln. Aber was tat sie noch alles ohne sein Wissen?

Er drehte an dem goldenen Knauf, um die äußere Tür zu öffnen, dann ließ er sie voran durch die Flügeltüren in die mit Mahagoni ausgekleidete Fahrkabine gehen. Er verriegelte die Türen und drückte auf den goldenen Knopf mit der Nummer Zwei. Der Aufzug setzte sich mit einem Ruckeln langsam in Bewegung.

Wirklich langsam. Das bemängelte er einzig an dieser ausgefeilten Technik. Durch die Glasscheiben konnte man auf die alte Holzstiege sehen und sich vorstellen, wie man zu Fuß schneller wäre.

»Der Vortrag von Madame Barkamp ist wirklich interessant«, begann er, damit die Stille nicht zwischen ihnen stand. »Du solltest ebenfalls teilnehmen, obwohl du bereits eine wunderschöne Frau bist.«

»Danke für das Kompliment«, erwiderte Moiken hölzern und in Gedanken offenkundig ganz woanders. »Wenn du meinst, dann gehe ich dahin – aber das ist nicht meine Welt.«

Eigentlich hatte er Moiken erst in seinem Büro zur Rede stellen wollen, aber bei dem Stichwort hielt er es nicht länger aus. »Was ist denn deine Welt? Dieser Boy und sein Atelier? Vorhin habe ich mit eigenen Ohren gehört, was ich längst vermutet habe. Es ist nicht nur eine alte Freundschaft, wie du mir damals in Hörnum weismachen wolltest. Dieser Boy liebt dich – und nun sag mir ehrlich, wie du zu ihm stehst. Ganz ehrlich.«

Moiken richtete den Blick auf das vergoldete Bedientableau. »Ich wollte mit ihm wirklich nur über Emma sprechen. Und ich habe dieses Mal auch nicht unseren Ausflug vergessen. Die Törtchen sind zur Verkostung bereit, und wenn du möchtest, können wir gleich aufbrechen.«

Er hob die Augenbrauen. Noch nie hatte er ein anderes Gefühl als Liebe und Zärtlichkeit für diese wunderschöne Frau empfunden, die so anders war als alle anderen Frauen. Doch zu seiner Enttäuschung und der Angst, sie zu verlieren, spürte er plötzlich drückende Wut in sich. »Wenn das die Wahrheit ist, weshalb hast du nicht wenigstens an der Rezeption Bescheid gegeben? Sieh mich bitte an! Sonst lässt du Leopold auch immer wissen, wo du zu finden bist.«

Nun sah sie ihn direkt an. »Weil ich dich nicht grundlos eifersüchtig machen wollte.«

Fast hätte ihn der Blick ihrer dunkel umkränzten, wunderschönen blauen Augen zum Einlenken bewegt, doch ihn störte ein Wort in diesem Satz besonders. »Grundlos … so, so.« Zudem sollte seine Eifersucht nicht zum Thema werden, denn er wollte auf etwas ganz anderes hinaus. »Und dieser Boy will also wirklich nach Berlin gehen? Wann denn?«

»Ende der Saison, also in sechs oder acht Wochen.« Moikens Blick verharrte auf dem Schild an der Wand, als hätte sie die Zeilen noch nie gelesen. *Vorsicht! Aufzug! Tragkraft 300 Kilogramm oder 4 Personen. Als Selbstfahrer zugelassen. Vor der Anfahrt und nach dem Verlassen des Aufzugs die Türen fest schließen.*

Natürlich wollte sie dadurch vermeiden, ihn anzusehen, dennoch konnte er die Traurigkeit in ihren Augen erkennen, ja, es schimmerten sogar Tränen darin.

Das sagte ihm mehr als jedes weitere Wort von ihr. Er hatte also nur eine Wahl, wenn er sein Glück retten wollte. »Moiken, ich verbiete dir, diesen Mann weiterhin zu treffen.«

Nun ging ihr Kopf ruckartig zu ihm hin, sie starrte ihn an, entsetzt. »Theodor, das geht zu weit. Schließlich macht Emma eine Lehre bei Boy, da wird es nicht ausbleiben, dass ich mit ihm sprechen muss.«

»Nur noch in meiner Gegenwart. Und wenn ich mitbekomme, dass du wieder heimlich …« Der Rest seiner Drohung ging in einem Krachen und Quietschen unter.

Der Aufzug stand still.

»Was ist los?« Moiken wurde kreidebleich und sah sich in der engen Kabine um, so als würde sich dort irgendwo die Lösung befinden.

»Wir stecken fest«, gab er lapidar zurück, obwohl ihm das Herz bis zum Hals schlug, aber er durfte sich seine Panik nicht anmerken lassen.

Er drückte noch einmal auf den Knopf für den zweiten Stock, den sie fast erreicht hatten, klopfte gegen die Glasscheibe und rief nach Leopold.

Bis man sie bemerkte, würde es bestimmt nicht lange dauern, spätestens, wenn jemand die Treppen nutzte, weil der Aufzug nicht käme. Doch wie lange würden sie in dieser Kabine ausharren müssen?

Während es für ihn nur eine Frage der Zeit war, schien für Moiken jede Sekunde zu viel zu sein. »Ich muss hier raus, sofort!«, keuchte sie.

»Beruhige dich …« Sanft nahm er ihre Hand von dem kleinen Riegel, mit dem die inneren Flügeltüren verschlossen waren. »Das bringt jetzt nichts, wir müssen warten.«

»Lass mich los! Ich bekomme hier drin keine Luft mehr. Ich muss raus!« Wie von Sinnen wehrte sie sich gegen den Versuch einer Umarmung, wich sogar einen Schritt von ihm zurück, und wäre da nicht die Kabinenwand gewesen, so wäre sie wohl am liebsten noch weiter zurückgegangen. Warum konnte er sie durch seine Nähe nicht beruhigen, dachte er verzweifelt. Er hätte ihr vorhin nicht drohen dürfen. Sie wollte keinen Schutz bei ihm suchen, stattdessen flüchtete sie sich wie ein Tier in die Ecke.

»Moiken, du musst versuchen, ruhig zu atmen. Siehst du die Lüftungsschlitze? Du erstickst nicht. Einatmen … ausatmen. Mach es mir nach …«

Mit geweiteten Augen schüttelte sie den Kopf. Ihr Atem ging so schnell, dass sie zu hyperventilieren drohte.

Mehrfach drückte er auf alle Stockwerksknöpfe, obwohl er sich nichts davon versprach, und rief wieder nach Leopold.

Unvermittelt setzte sich der Aufzug mit einem kräftigen Ruck wieder in Bewegung.

Moiken schrie auf, weil sie wohl glaubte, sie würden abstürzen. Doch die Fahrt ging nach oben, und nach wenigen Sekunden hatten sie das zweite Stockwerk erreicht. Mit zitternden Fingern machte sich Moiken an dem inneren Türriegel zu schaffen.

Ihm war klar, dass sie nach diesem Schreck sofort auf ihr Zimmer rennen würde, und er bereute sehr, wie er sich gerade verhalten hatte. Das wollte er so nicht stehen lassen. Als sie nach dem goldenen Knauf der äußeren Tür fasste, hielt er sie am Arm zurück. »Bitte verzeih, ich wollte dir nicht drohen. Aber so kann es nicht weitergehen. Versprich mir, dass du Boy nicht mehr allein aufsuchst. Bitte.«

»Ich verspreche es dir!«, presste sie hervor, während sie sich losmachte und aus dem Aufzug lief.

Bedrückt sah er ihr nach. Er hätte sie wohl in diesem Augenblick auch darum bitten können, das Café am Meer nicht zu eröffnen, und sie hätte ihm ihr Wort darauf gegeben, das so viel Wert gehabt hätte wie ein Boot auf dem Trockenen.

Endlich war der Abend mit dem kaiserlichen Botschafter vorbei. Berauscht vom Whisky verspürte Theodor einen starken Drang, seine Verlobte zu sehen. Wenigstens das, wenn er schon bis Dezember warten musste, bis er das Bett mit ihr teilen durfte – und er wollte unbedingt noch wissen, ob sie sich von dem Schrecken im Aufzug erholt hatte, denn zu einem Ausflug war sie nicht mehr in der Lage gewesen. Aber sie hatte versprochen, zum Vortrag von Madame Barkamp zu gehen.

Die Standuhr auf dem Weg zu Moikens Zimmer schlug zehn Uhr. Kurz überlegte er, ob es vielleicht schon zu spät war, aber um diese Zeit müssten sie und Emma normalerweise noch wach sein. Der Alkohol sorgte dafür, dass er seine Bedenken fallen ließ und an ihrer Tür klopfte.

Während er wartete, dachte er darüber nach, was er gleich sagen wollte, aber der Whisky machte ihm das Formulieren schwer. Vielleicht war es doch keine so gute Idee, in diesem Zustand vor ihr zu erscheinen, aber diesen Zweifel verdrängte er gleich wieder. Er brauchte Bestätigung, nur ein kleines Lächeln, einen Funken Freude in ihrem Gesicht, weil er so spät noch kam, um sich nach ihrem Befinden zu erkundigen.

Er brauchte die Bestätigung, dass sie ihn nicht zornig zurückwies, sondern liebevoll auf seine Sorge reagierte, weil sie ihn verstand. Womöglich auch, weil sie ihn liebte. Vielleicht. Ein kleines bisschen.

Als er begriff, wie lange er schon vor der Tür wartete, legte sich

Resignation wie ein schwerer Mantel über ihn. Mit gesenkten Schultern hatte er sich gerade abgewandt, als Emma ihm schlaftrunken öffnete.

»Oh, ich dachte, meine Mutter hätte geklopft, weil sie den Schlüssel vergessen hat.« Plötzlich wurde Emma wacher. »Ist etwas passiert?«

»Nein, warum?«, fragte er zurück und bemerkte dabei, wie viel Mühe ihm das Sprechen bereitete.

»Weil meine Mutter nicht in ihrem Bett ist, da dachte ich …«

»Deine Mutter ist noch nicht zurück? Aber der Vortrag ist doch schon seit über einer halben Stunde zu Ende.«

»Dort war sie gar nicht, sondern bei mir auf dem Zimmer, weil sie sich von dem Erlebnis im Aufzug erholen musste. Ich glaube, das ging ihr ganz schön nach. Schon um neun Uhr haben wir uns hingelegt, und ich bin erschöpft vom Tag gleich eingeschlafen. Aber wo ist sie jetzt?«

»Mach dir keine Sorgen, ich werde sie schon finden. Wahrscheinlich ist sie in der Küche, weil sie nicht schlafen kann.«

Nach einem kurzen Gruß zur Nacht wandte er sich von Emma ab und ging, so schnell es ihm der Alkohol erlaubte, aus der Strandvilla hinaus in Richtung Friedrichstraße.

In der Küche musste er nicht nachsehen, so viel war ihm klar.

Es war eine sternenklare Vollmondnacht und noch fast so warm wie am Tag, sodass sie nicht mal ein Tuch um die Schultern brauchte, während sie einsam auf der Wandelbahn am Meer entlangging, wo ein kaum spürbarer Wind wehte. Sonst half ihr der Wind immer, den Kopf freizubekommen, aber jetzt schien das aussichtslos.

Der Schreck saß Moiken noch in den Gliedern. Wobei sie das

Gefangensein in diesem Aufzug schon etwas verarbeitet hatte, vielmehr plagte sie seither eine ganz andere Angst: In Zukunft in der Strandvilla eingesperrt zu sein, buchstäblich mit Handschellen an Theodors Seite gekettet, wenn sie sich nicht nach seinen Wünschen verhielte.

Im Zimmer hatte sie es nicht mehr ausgehalten. Nachdem Emma fest eingeschlafen war, hatte sie auf ihr Bauchgefühl gehört und noch eine halbe Stunde abgewartet, denn sie hatte geglaubt, Theodor würde sich noch persönlich nach ihrem Befinden erkundigen, sobald Frau von Szögyény nach dem Ende des Vortrags zu ihrem Mann zurückgekehrt und der Whiskyabend damit beendet war. Doch nachdem Theodor wider Erwarten nicht zu ihrem Zimmer gekommen war, weil er wahrscheinlich zu viel getrunken und sich vernünftigerweise gleich ins Bett gelegt hatte, hatte sie sich auf den Weg gemacht.

In den vergangenen Wochen hatte sie Theodor mehr und mehr ins Herz geschlossen, sie hatte geglaubt, ihn wenigstens so lieb haben zu können wie ihren verstorbenen Mann. Die beiden waren sich so ähnlich im Wesen – auch Theodor war treu, fleißig, ausgeglichen und liebevoll – dazu noch attraktiv. Bessere Voraussetzungen konnte es doch für eine Ehe kaum geben. Gedankenverloren drehte sie den kostbaren Ring an ihrem Finger, der ein wenig locker saß, seit sie in den Tagen ihrer Krankheit so abgenommen hatte. Wenn sie ihr Gewicht nicht bald wieder aufholen würde, müsste sie Theodor bitten, den Ring enger machen zu lassen.

Enger … kein gutes Stichwort, dachte sie. Vielleicht war eine Änderung des Rings auch gar nicht notwendig, wenn es zum Eklat kommen würde, nur weil sie weiterhin allein zu Boy ins Atelier gehen wollte. Wovor hatte Theodor Angst? Sie wusste doch, wo die Grenzen waren, und indem er jeden ihrer Schritte überwachen wollte, trieb er sie nur von sich weg.

Ob Boy es mit der Treue so genau nahm, hätte sie allerdings zu gern gewusst. Ob die Tage mit der Berlinerin wirklich so harmlos gewesen waren, wie er es darstellte? Jedenfalls hatte sie ihm seit der Begegnung mit Felice alles zugetraut, und das hatte ihr zu denken gegeben.

Nun hatte sie sich für ein Leben mit Theodor entschieden, mit allen Konsequenzen – aber nicht gegen ihre Freiheit und Selbstbestimmung. An dieser Stelle hätte er das Messer nicht ansetzen dürfen. Niemals würde sie sich von Theodor verbieten lassen, Boy allein zu treffen, ihn lediglich zu sehen und mit ihm zu reden. Nicht mehr – aber auch nicht weniger.

Doch wie würde Theodor auf ihren Willen reagieren? Es gab zwei Möglichkeiten. Entweder sperrte er sie nicht nur buchstäblich in der Strandvilla ein und überwachte jeden ihrer Schritte, oder er verlangte den Ring zurück und wies ihr die Tür. In beiden Fällen wäre es aus mit ihrem Traum von einem Café am Meer.

Sie holte den Schlüssel aus der Rocktasche ihres grauen Leinenkleids und nahm ihn fest in die Hand. Es war nicht mehr weit bis zum Pavillon am Ende der Wandelbahn.

Das schlichte und abgetragene Kleid, das diesen Namen kaum verdiente, hatte seit ihrer Ankunft in der Strandvilla im Kleiderschrank gehangen, aber heute Abend war ihr danach gewesen, es wieder anzuziehen. Den Schlüssel hatte sie noch vor Feierabend von Leopold bekommen. Er hatte nicht gefragt, und sie hatte nichts gesagt.

Im Verlauf der Jahre hatten der Wind und der Sand ihre Spuren an dem achteckigen Holzbau hinterlassen, das war nun sogar im Mondlicht mehr als deutlich zu sehen.

Besonders auf der zum Meer hin gewandten Seite blätterte die blaue Farbe ab, Sand hatte sich rundherum angesammelt, an manchen Stellen sogar bis auf halbe Höhe der acht großen Fenster, die zum Glück mit Brettern vernagelt worden waren, damit sie keinen Schaden nehmen konnten.

Direkt neben der Tür jedoch, die nach Süden hin ausgerichtet war, weil der Wind selten aus dieser Richtung kam, waren zwei Bretter lose.

Hatte etwa ein Landstreicher versucht, hier einzudringen, und dann festgestellt, dass der mit Holz verkleidete Pavillon eine Mauerschicht besaß?

Da die dünnen Schindeln des runden, mützenartigen Dachs den Stürmen wenig Angriffsfläche geboten hatten und vollzählig waren, nährte das ihre Hoffnung, einen trockenen Raum vorzufinden.

Als sie nun so nah vor dem Gebäude stand, spürte sie ein prickelndes Gefühl, wie Dünengras, das auf der Haut kitzelte.

So nah an ihrem Traum. Das war der Platz, an dem sie sein wollte, der Ort, wo sie hingehörte, es war wie ein tieferes Wissen, das sie sich nicht erklären konnte.

Aufgeregt schob sie am Türschloss das Kläppchen beiseite, das zum Schutz vor Sandflug dort angebracht war, und steckte den Schlüssel hinein. Nur noch einen Schritt, hinein in ihre Zukunft. Es war so unwirklich und zugleich so real. Ihr Atem ging schneller, die Luft roch salzig und frisch, zum Glück nicht modrig. Drinnen konnte sie nur so weit sehen, wie das Mondlicht hereinschien, aber das genügte, um einen vollgestellten Raum zu erkennen.

Moiken griff in ihre linke Rocktasche und entzündete die Kerze, die sie in weiser Voraussicht mitgenommen hatte.

Grundgütiger! Vollgestellt war gar kein Ausdruck. In den vergangenen Jahren schien Theodor diesen Ort als Abstellkammer oder besser gesagt als Schrottplatz genutzt zu haben.

Erschrocken versuchte sie, sich im flackernden Kerzenlicht ein Bild zu machen. Wie in einer meterhohen Welle, die alles durcheinandergewirbelt hatte, türmte sich ausrangiertes Mobiliar aus der Strandvilla vor ihr auf, zuvorderst die alten hölzernen Terrassenmöbel, Tische, Stühle, dazwischen zwei Sessel und ein Sofa aus dem Foyer, allerlei Dekorationsgegenstände, darunter silberne Vasen, Kerzenhalter, Bilder, Lampen, mittendrin auch noch alte Küchengegenstände, Töpfe, Pfannen, rostige Eimer, verschiedenste Teller und Tassen, Reste vom Speise-Service, Generationen von Geschirr, mit dem sich Hotelgeschichte erzählen ließe. Und wie zum Hohn lag zwischen all diesen Sachen eingeklemmt auch noch ein Besen.

Moiken ließ sich in die Knie sinken. Vom Inneren des Pavillons hatte sie sich einiges vorgestellt – aber das nicht. Wie sollte sie diesen Berg bloß bewältigen? Julius mit seinen alten Knochen konnte sie diese Schlepperei nicht zumuten, Emma war auch nicht kräftig genug dafür, und Boy wollte sie nicht fragen. Da würde sie sich noch etwas einfallen lassen müssen.

Aber das nächste Problem – wohin mit all den Sachen? Dafür hatte Theodor offenkundig auch keine Lösung gehabt.

Aus der Hocke gesehen wirkte der Berg noch größer auf sie, überwältigend, unbezwingbar.

Kopfschüttelnd verharrte sie in ihrer Position und dachte nach. Dann kam ihr plötzlich eine Idee.

Sie erhob sich, steckte die Kerze in den nächstbesten Halter, stellte ihn in die Fensternische und klopfte sich Sand und Staub aus ihrem Rock. Wer sagte denn, dass sie all diese Dinge fortschaffen musste? Tische und Stühle könnte sie doch abschleifen und streichen, die Teller und Tassen waren zwar ein buntes Sammelsurium, aber das hatte doch auch seinen Reiz, und von den Dekorationsgegenständen könnte sie sicher auch noch einiges verwenden.

Fieberhaft rechnete sie und überschlug die Summen im Kopf. Vielleicht könnte sie mit ihrem Ersparten das Café renovieren und einrichten, ohne dass sie Theodor um Geld bitten müsste. Sie stieß einen kleinen Jubelschrei aus, mutterseelenallein im kerzenbeschienenen Durcheinander, und am liebsten hätte sie gleich angefangen aufzuräumen, aber bei aller Euphorie war sie doch vernünftig genug, damit bis zum Tagesanbruch zu warten.

Morgen würde sie Julius bitten, einige Bretter auf der windabgewandten Seite von den Fenstern zu nehmen, damit sie genug Licht zum Arbeiten hatte. Morgen, und nicht erst im Oktober.

Beschwingt blies sie die Kerze aus, schloss den Pavillon ab und konnte es schon jetzt kaum erwarten, bis die Nacht vorbei war.

An Schlaf war noch nicht zu denken, dafür war sie viel zu aufgekratzt. Andererseits würde sie morgen alle Kraft brauchen. Moiken beschloss, am Strand entlang zurückzugehen, denn der Gang durch den Sand war anstrengend genug, damit sie müde werden würde. Übermütig streifte sie sich die Schuhe von den Füßen – ein Affront, den sie sich bei Tage nicht leisten dürfte. Sie grub ihre Zehen in den Sand, der erstaunlich kühl unter ihren Fußsohlen war, und mit jedem Schritt in der Meeresbrise sortierten sich die vielen Ideen in ihrem Kopf, und sie wurde etwas ruhiger.

Wie schön sich das Mondlicht in den sanften Wellen spiegelte, und wie wundervoll, allein unter dem glitzernden Sternenhimmel am breiten Strand entlangzugehen. Wobei, ein wenig unheimlich war es in der Dunkelheit schon, anders als gerade eben noch auf der Wandelbahn, wo sie jeden Schritt um sich herum hören konnte und die beleuchteten Fenster der Strandvilla und die des Hotels Miramar wie warme Blicke aus wohlwollenden Augen über ihr wachten.

In Gedanken war sie jedoch viel zu sehr mit dem Dünenpavillon beschäftigt, sodass keine Angst in ihr hochkam. Sie horchte auf den gleichmäßigen Wellenschlag, hob ihren Rocksaum an und marschierte zügig voran, während ihre Ideen zu Plänen reiften.

Umso mehr erschrak sie, als sie plötzlich ihren Namen hörte. Nur einen Steinwurf entfernt, hatte eine windverzerrte männliche Stimme sie gerufen. Wie versteinert blieb sie stehen, als sich die

Gestalt aus der Dunkelheit schälte. »Boy!«, rief sie erleichtert und erstaunt zugleich. »Was machst du denn hier?«

»Ich bin am Strand unterwegs, weil ich nicht schlafen kann. Ich dachte, davon werde ich müde. Und dann sah ich plötzlich Feuerschein im Dünenpavillon, bin schnurstracks losgelaufen, aber auf einmal war dieses Flammenlicht wieder weg und alles dunkel. Sehr merkwürdig. Hast du das auch bemerkt?«

»Ich war im Pavillon. Und was du gesehen hast, war der Kerzenschein durch die offene Tür. Du kannst dir nicht vorstellen, wie es da drin aussieht. Da wartet jede Menge Arbeit auf mich.«

»Wollen wir uns vielleicht einen Augenblick setzen, ich bin ganz außer Atem«, sagte Boy.

Warum nicht?, dachte Moiken. Sie hatte dieses Treffen nicht herbeigeführt, und wenn es das Schicksal so wollte, würde sie sich dem nicht widersetzen. »Aber nicht wie alte Leute in den Strandkorb, sondern so wie früher in den Sand«, bestimmte sie schmunzelnd, und so suchten sie einen geeigneten Platz in der Nähe, lehnten sich mit dem Rücken an einen der Körbe und blickten aufs Meer.

Boy dachte nach, und Moiken fühlte sich unsicher. Als sie sich zuletzt gesehen hatten, hatte er ihr das Liebesgeständnis gemacht. Doch er nahm den Gesprächsfaden anders als erwartet auf. »Berlin kommt also wirklich nicht für dich infrage?«

»Nein«, gab sie ihm deutlich zu verstehen. »Ich verfolge meine Pläne mit dem Café mehr denn je. Morgen fange ich an.« Mit der Woge ihres Elans schwappte jedoch ein Gefühl von Traurigkeit auf sie über, weil sie Boy nicht nach Berlin gehen lassen wollte.

»Wenn du meine Hilfe brauchst, dann sag Bescheid«, bot er ihr nun doch an und ließ dabei gedankenverloren den Sand durch die Finger rieseln.

»Das ist sehr nett von dir, aber ich versuche es so weit wie möglich allein oder mithilfe von Julius. Theodor verlangt von mir, dass ich dich nur noch in seiner Gegenwart treffe. Das würde also nur Ärger geben.«

»Seitdem wir hier sitzen, hatte ich plötzlich die Hoffnung, dass du dich doch für mich und Berlin entschieden hast.«

»Nur weil ich mich neben dir niedergelassen habe? Können wir uns nicht wie Freunde unterhalten, ohne dass es gleich mehr bedeutet?«

»Aber du widersetzt dich gerade den Wünschen deines Zukünftigen. So kenne ich dich auch, dass du dir nichts vorschreiben lässt, und darum dachte ich, du hast das Verlöbnis gelöst.«

»Aber solche Differenzen sind noch lange kein Grund für mich, ein so großes Versprechen aufzuheben. So gut solltest du mich auch einschätzen können.«

»Ich weiß, dass du deinen Entscheidungen immer treu warst, auch wenn sie, wie damals, gegen mich und die Liebe ausfielen und damit für den Verstand und für Peter. Und jetzt hast du wieder den Weg eingeschlagen, der dir mehr Sicherheit bietet, der dich aber wahrscheinlich wieder nicht erfüllen und glücklich machen wird. Ich dachte, du hättest diese Parallele erkannt und dich nun doch für die Liebe entschieden, weil du den Ring nicht mehr trägst …«

»Weil ich … Was?« Moiken fuhr auf. Panisch tastete sie zuerst ihre Finger, dann ihren Rock und schließlich die nahe Umgebung ab. »O nein, ich habe ihn verloren!«

»Das ist ein Zeichen«, entgegnete Boy ruhig und machte keine Anstalten, ihr beim Suchen zu helfen.

»Wie kannst du nur so reden!«, fuhr sie ihn an. »Das ist kein Zeichen, das ist ein großes Unglück. Der Ring ist ein Vermögen wert! Große Güte, was wird Theodor dazu sagen? Ich mag es mir gar nicht vorstellen.« Sie ging auf die Knie und tastete dort, wo sie gesessen hatte, im fahlen Mondlicht über den Sand. Voller Hoffnung, obwohl sie wusste, wie aussichtslos es war. »Vielleicht liegt er hier irgendwo. Auf dem Hinweg habe ich ihn noch gehabt, das weiß ich.«

»Und ich weiß, dass er schon nicht mehr an deinem Finger war, als wir uns gerade getroffen haben. Mein erster Blick galt deiner Hand. Ansonsten hätte ich auch nicht den Mut gehabt, dich so einfach zu fragen, ob wir uns hier mitten in der Nacht allein an den Strand setzen. Moiken, hör auf zu suchen. Den Ring findest du nie wieder.«

Unablässig schüttelte sie den Kopf. »Das darf nicht wahr sein. Als ich mit Emma im Meer baden war, habe ich ihn extra vorher ausgezogen. Der Ring saß etwas locker, aber ich hätte nie geglaubt, er könne so einfach vom Finger rutschen.« Fassungslos ließ sie sich zurück in den Sand sinken, dann kamen ihr die Tränen. Vor Boy wollte sie nicht weinen, aber sie konnte nichts dagegen tun. Die Tränen flossen in Strömen über ihre Wangen. Was für ein großer Verlust! Wie sollte sie Theodor das nur beibringen?

»Er wird dir bestimmt nicht böse sein«, sagte Boy, als hätte er ihre Gedanken erraten. »Das war ja keine Absicht von dir … Moiken, beruhige dich.«

Vorsichtig streichelte er ihre Hand, mit der sie aus Verzweiflung wieder über den Sand tastete. Seine Berührung ging ihr durch und durch.

Sie verharrte.

»Weißt du noch«, fragte Boy, »als wir damals am Strand saßen, so wie jetzt, wir waren jung, und die Zukunft lag noch vor uns.«

»Ja, aber das war damals«, entgegnete sie abwesend. Dennoch kamen auch in ihr die Erinnerungen wieder hoch. In jener Nacht hatte Boy sie zum ersten Mal geküsst. Seine sandigen Lippen auf ihren – die Erinnerung daran war noch so lebendig, genauso wie an ihre erste und einzige gemeinsame Nacht. Und plötzlich sehnte sich alles in ihr danach, seine Lippen noch einmal auf ihrem Mund zu spüren.

»Zwischen uns hat sich aber nie etwas verändert, wenn wir ehrlich sind«, sagte Boy und ließ ihre Hand nicht los. »Ich habe mein halbes Leben lang auf dich gewartet, weil ich nicht anders konnte, aber nun habe ich mich für Berlin entschieden, und du hast immer noch die Wahl, mir zu folgen.«

Moiken schwieg, weil zu viele widerstrebende Gefühle in ihr kämpften. Jedes Mal brachte seine bloße Gegenwart ins Wanken, wofür sie sonst so fest einstand. »Ich habe dir meine Meinung zu Berlin gesagt«, entgegnete sie recht brüsk und zog ihre Hand weg.

»Du hast mir deutlich gemacht, was dein Verstand will«, entgegnete Boy, und dann rief er unvermittelt: »Meeresleuchten, schau!« Begeistert sprang er auf.

Ergriffen starrte Moiken auf das Phänomen in den Wellen, von dem sie bislang nur gehört hatte. Direkt vor ihnen zog sich ein glitzernder, hell leuchtender, türkisgrüner langer Streifen durch die Wellen, so als würde eine Reihe von Menschen am Meeresgrund entlanggehen und das dunkle Wasser von unten mit Lampen erhellen. Faszinierend! Die wirkliche Ursache konnte niemand erklären, und nun war sie Zeugin dieses seltenen Ereignisses. Was für ein Gefühl!

Übermütig streifte sich Boy Schuhe und Socken ab. »Lass uns baden gehen. Es ist fantastisch, durch dieses Leuchten zu schwimmen. Einmal habe ich das bisher erst erlebt und mir es seither wieder gewünscht, du bringst mir Glück!« Übermütig zog er sich das Hemd aus und machte sich dann an seiner Hose zu schaffen.

Schnell wandte Moiken den Blick ab, der dabei auf Boys Füße fiel. Was sie sah, nahm ihr den Atem. Seine kleinen Zehen! Was ihr in jener besonderen Nacht gar nicht aufgefallen war, traf sie jetzt wie ein Schlag.

Knubbelig verkümmert. Wie bei Emma.

»Moiken?«, fragte er. Zu ihrem Erstaunen erkannte er offenbar den Grund, weshalb sie kein Wort mehr herausbrachte. Leise sagte er in das Rauschen der Wellen hinein: »Ich wusste es, seitdem ich deine Tochter barfuß am Strand gesehen habe. Unsere Tochter. Für möglich gehalten habe ich es schon, seit ich ihr Geburtsdatum im Lehrvertrag gelesen habe. Aber sie weiß davon nichts, habe ich recht?«

Sie löste sich aus ihrer Erstarrung. »Ich muss zurück«, brachte sie nur hervor und rannte los, so schnell es über den Sand möglich war.

Mühsam unterdrückte Moiken ihren keuchenden Atem, als sie durch das Foyer an der Rezeption vorbei zur Treppe ging.

Boy war Emmas Vater. Ein kleines Merkmal und zugleich der große Beweis.

Unter dem dröhnenden Gong der Standuhr zuckte sie zusammen. Bereits halb zwei – wo war die Zeit nur geblieben? War sie wirklich so lange weg gewesen?

Vereinzelte Lampen brannten in der Strandvilla zur Sicherheit der Gäste auch bei Nacht, aber sie wäre lieber durch die Dunkelheit zurück in ihr Bett geschlichen, denn so fühlte sie sich wie ein Reh auf der Lichtung.

Die Stufen knarrten unter ihren Schritten, und sie unterdrückte ein Fluchen. Leise schlich sie im zweiten Stock den Gang entlang. Hatte sie da eben ein Geräusch gehört? Das hatte wie eine Tür geklungen, die jemand sanft zu schließen versucht hatte, ein Klacken, deutlich wahrnehmbar, danach wieder Stille.

Endlich kommt sie zurück, dachte Emma.

Leise zog ihre Mutter das Kleid aus und schlüpfte vorsichtig unter die Decke, wohl im Glauben, ihre Tochter würde schlafen. Aber seit Theodor hier gewesen war, hatte sie voller Sorge um ihre Mutter kein Auge mehr zugetan.

»Wo warst du so lange?«, fragte sie in die Dunkelheit hinein. Emma horchte in der Stille auf den unregelmäßigen Atem ihrer Mutter, ein paarmal verriet ihr Luftholen, dass sie zu sprechen ansetzte.

Nach mehreren solcher Versuche sagte sie schließlich: »Ich war in der Küche …«

Emma musste sich beherrschen, weil sie wusste, dass es eine Lüge war. »Und was hast du da gemacht?«

»Gebacken, ich hatte einen Einfall, den ich unbedingt gleich umsetzen musste«, sagte ihre Mutter leichthin.

Das reichte. Emma fuhr auf und saß nun kerzengerade im Bett. »Lüg mich nicht an. Ich war in der Küche, nachdem Theodor hier war – er hat dich auch gesucht.«

»Oh«, machte ihre Mutter und leise, in betretenem Ton fuhr sie fort: »Es tut mir leid, ich wollte dich nicht anlügen, aber ich dachte, es wäre besser, wir würden morgen ausgeschlafen und mit viel Zeit darüber sprechen.«

»Worüber?«

Langes Schweigen folgte. Emma gingen so viele Möglichkeiten durch den Kopf, irgendetwas Schlimmes musste es sein. Wenn sie ihr Bauchgefühl fragte, dann hatte es zwischen ihrer Mutter und Theodor einen großen Streit gegeben, und einer von beiden hatte das Verlöbnis gelöst. Wahrscheinlich wegen Boy. Zwischen ihrer Mutter und ihm lag irgendetwas in der Luft.

Aber was wäre so schlimm daran, wenn die beiden sich liebten? So zuvorkommend und nett Theodor auch war, aber als ihren zukünftigen Stiefvater konnte sie sich diesen Mann nicht vorstellen, nur hatte sie ihr das nicht so direkt sagen wollen und Freude vorgeschoben.

Eine Auflösung des Verlöbnisses fände sie nicht dramatisch, dachte Emma, im Gegenteil, ihr Traum von Berlin würde dadurch in greifbare Nähe rücken.

»Emma, ich muss dir etwas sagen. Es geht um deinen Vater.«

Sie stutzte. Wenn ihre Mutter sonst von ihm sprach, fügte sie stets ein »Gott hab ihn selig« an. Und warum hatte sie dieses Wort *Vater* gerade so ganz anders ausgesprochen als sonst?

Ein Gedanke überflutete sie. Vermutete sie richtig? Zumindest würde plötzlich alles einen Sinn ergeben. Alles, was seit ihrer Kindheit diese Zweifel in ihr genährt hatte.

Sie war wie gelähmt. Konnte das wirklich sein? Ja, zumindest würde alles passen. War das die Erklärung dafür, weshalb sie sich von ihrem Vater zwar gemocht, aber nie geliebt gefühlt hatte und warum ihre Großmutter Berta eine so starke Abneigung gegen ihre Enkelin an den Tag gelegt hatte – und weshalb ihre Mutter Westerland gemieden hatte wie die Pest? War das die Erklärung dafür, weshalb sie sich mit Boy so stark verbunden fühlte und woher ihre Leidenschaft für die Fotografie rührte?

Sie schaltete das Licht ein. Zunächst musste sie genau wie ihre Mutter blinzeln, bis sich die Augen an die Helligkeit gewöhnt hatten, aber sie wollte ihrer Mutter ins Gesicht sehen, wenn sie ihr die alles entscheidende Frage stellte.

»Du meinst, es geht um Boy?«, fragte sie geradeheraus.

Ihre Mutter zögerte. »Ja«, sagte sie dann und sah ihr fest in die Augen.

Nun war Emma doch nahe daran, die Fassung zu verlieren. So groß die Erleichterung über die Gewissheit im ersten Moment war, so groß war nun ihre Wut. »Warum sagst du mir das jetzt erst?«

Ihre Mutter nestelte an der Bettdecke und antwortete mit gesenktem Blick: »Weil ich mir selbst erst seit wenigen Minuten sicher bin. Ich habe es an den Zehen deines Vaters erkannt, sie sind genauso geformt wie deine.«

»Und er … Boy … mein Vater, weiß er, wer ich … dass ich seine Tochter bin?«

»Er hat seit vorhin ebenfalls Gewissheit. Geahnt hat er es schon.«

»Und du?« Scharf sah sie ihre Mutter an, ihr erwachsenes Ebenbild, das ihr nun so fremd war wie ein verzerrtes Spiegelbild. »Hast du das schon immer gewusst? Sei ehrlich!«

»Nein, gewusst nicht. Ich hatte während der Schwangerschaft meine Zweifel, aber …«

»Du warst mit zwei Männern zusammen? Mit meinem Vater … also, ich meine mit Peter und mit Boy?« Ihre Gedanken drehten sich, so vieles wollte sie wissen, und gleichzeitig fühlte sie sich wie ein junger Baum, dem man die Wurzeln gekappt hatte, mit dem Versprechen, dass ihm neue wachsen würden. »Und hast keinem der beiden etwas gesagt? Mich bis zu seinem Tod glauben lassen, Peter sei mein Vater? Ihm ein Kind untergejubelt?«

»Emma, was denkst du von mir? Ich habe mir das nicht leicht gemacht, ich war sehr verzweifelt.«

»Das behauptest du«, giftete sie ihre Mutter an. »Du willst doch nur im goldenen Licht dastehen, willst immer alles richtig gemacht haben. Aber das hast du nicht! Du hättest mir viel früher die Wahrheit sagen müssen, uns allen!«, brach es aus ihr heraus.

»Vergiss nicht, ich kannte die Wahrheit selbst nicht. Aber du hast recht, ich hätte früher Zweifel äußern müssen, aber das habe ich aus Angst nicht getan. Ich wollte doch immer nur das Beste für uns.«

»Pah!« Vor Zorn hielt Emma es nicht mehr im Bett aus, und dabei überkam sie eine neue Frage. »Warum hat sich Vater, also Peter, bei seinem letzten Abschied so merkwürdig verhalten? War er deshalb so distanziert? Hing es damit zusammen?«

»Ja, aber nicht so, wie du denkst. Berta hat alte Briefe von Boy und mir gelesen und sich darauf ihren Reim gemacht. Zu diesem Zeitpunkt wusste ich noch nicht, wie recht sie damit hat. Aber sie hätte mich zur Rede stellen müssen. Dein Vater hat die Wahrheit nicht verkraftet, die sie ihm mitgeteilt hat.«

»Meine Großmutter soll schuld sein, weil du es dir leicht machen wolltest?«

»Emma, ich … lass dir doch erklären …«

»Da gibt es nichts mehr zu erklären. Ich hasse dich!«

»Emma, bitte!«

»Nein, kein Bitte mehr. Aus Feigheit hast du fünfzehn Jahre lang die Wahrheit verschwiegen!«

»Verflucht, ich kannte die Wahrheit nicht! Versteh mich doch.«

»Ich verstehe sehr gut. Du hast dir den bequemsten Weg gesucht, unter dem Deckmantel, dass ich behütet aufwachsen kann, und hast meinen Vater, also Peter, damit so schwer enttäuscht, dass du ihn in den Tod getrieben hast. Nur damit du es weißt: Für mich bist du ebenfalls gestorben.«

Sie ging zum Kleiderschrank, riss ihren Beutel heraus und stopfte wahllos ein paar Sachen hinein.

»Emma, was machst du denn da?«

»Ich gehe«, stieß sie hervor. »Zu Boy. Zu meinem Vater. Für immer.«

Mit Engelszungen hatte Moiken in der Nacht auf ihre Tochter eingeredet und sie schließlich wie durch ein Wunder doch so weit zur Vernunft gebracht, dass sie ihr Bündel zurück in den Schrank und sich ins Bett legte.

Aber heute Morgen war Emma wortlos aus dem Zimmer gegangen, zu Boy, hatte jedoch immerhin ihre Habseligkeiten dagelassen.

Hoffentlich brauchte Emma einfach nur Zeit, dachte Moiken, während sie ins Badezimmer ging. Wenn sie ihr doch nur begreiflich machen könnte, weshalb sie damals so gehandelt hatte. Von den Konsequenzen machte sich Emma kein Bild.

Was wäre denn passiert, wenn sie beiden Männern ihre Zweifel mitgeteilt hätte? Dann hätte sie allein dagestanden. Allein mit einem Säugling. Wie eine Aussätzige wäre sie von den Insulanern behandelt worden, Bastard hätten sie ihrer Tochter hinterhergeschrien, und die Endstation wäre ein Heim für gefallene Mädchen und Frauen gewesen.

Womöglich, dachte sie nun. Wer vermochte das zu sagen?

Vielleicht wäre es auch ganz anders gekommen. Ihr hatte schlicht der Mut gefehlt, es auszuprobieren, viel zu wichtig war ihr die Sicherheit gewesen, in der ihre Tochter aufwachsen sollte.

Darum hatte sie sich eingeredet, dass Boy nicht der Vater sein konnte, bis sie es selbst fast geglaubt hatte. Vor allen Dingen hatte sie geglaubt, dass sich nie beweisen ließe, wer wirklich Emmas Vater war. Und nun ließ sich das Rad der Zeit nicht mehr zurückdrehen.

Am liebsten wäre sie zu Boy gegangen, Emma hinterher, aber das wäre nun wirklich der falsche Weg, Emma zu bedrängen, um sie zur Vernunft zu bringen. Wahrscheinlich hatte Emma in der Nacht einfach nicht gewusst, wohin mit ihrer Wut, und nach dem ersten Schock wollte sie ihre Drohung nun doch nicht wahr machen.

Viel besser wäre es, dachte Moiken, wenn sie Theodor aufsuchte, um ihm den Verlust des Rings zu beichten – die Sache nicht hinauszögern, auch wenn sie nicht wusste, wie sie es ihm beibringen sollte.

Nur eines war ihr klar: Bei der Wahrheit wollte sie bleiben.

In seinem Büro war Theodor jedoch nicht anzutreffen, und auf Nachfrage an der Rezeption erklärte ihr Leopold, der gnädige Herr sei gerade eben zum Stall gegangen, weil er ausreiten wolle.

In letzter Zeit war Theodor wirklich oft auf dem Pferd unterwegs, dachte Moiken auf dem Weg in den Stall, zwei Mal hatte er erneut das Abendessen verpasst, aber wirklich ungewöhnlich war nun sein Ausritt um diese Uhrzeit mitten an einem Montag. Denn der Vormittag am Schreibtisch war ihm normalerweise sehr wichtig, um nicht zu sagen heilig, damit Ordnung in der Buchhaltung herrschte, die er sich auch von niemandem abnehmen ließ, weil er erstens keinem vertraute und zweitens befürchtete, ansonsten den Überblick zu verlieren.

Wahrscheinlich hatte er vom gestrigen Whiskyabend noch Kopfschmerzen, die er mit frischer Luft vertreiben wollte.

Zu ihrer Überraschung wirkte er sehr munter, als er ihr auf der Stallgasse mit seinem vom Knecht bereits gesattelten Rappen entgegenkam.

»Moiken, was machst du hier, solltest du nicht in der Küche sein?«, fragte er, und sie überlegte kurz, ob sie sich über diese Begrüßung ärgern oder nur wundern sollte. Es war noch nicht Zeit für ihren Arbeitsbeginn, aber er wollte sie am liebsten wohl nur noch in der Küche sehen.

Sein unfreundlicher Ton verwunderte sie allerdings nicht, immerhin wusste er schon von Emma, dass sie gestern Abend nicht in ihrem Zimmer gewesen war. Erstaunlich, warum er ihr deshalb nicht gleich Vorhaltungen machte.

»Theodor, ich muss dir etwas Wichtiges sagen …«, begann sie.

»Ach?«, entgegnete er und tat erstaunt.

Sie ging auf seine kleine Provokation nicht weiter ein und wartete ab, bis er sich nicht mehr auf sein Pferd konzentrieren musste, weil es unwillig mit dem Kopf schlug. »Vielmehr muss ich dir etwas beichten, Theodor. Es war gestern Abend, als ich noch unterwegs war …« Moiken unterbrach sich selbst, denn so klang es verfänglich. Darum schob sie schnell hinterher: »Es tut mir unendlich leid, aber ich habe meinen Ring verloren.« Mit nervöser

Anspannung wartete sie seine Reaktion ab, und die Sekunden erschienen ihr ewig. Hätte sie es anders formulieren, ihm den Verlust nicht so direkt beibringen sollen?

Nun machte er wirklich große Augen – bestimmt hatte er eine ganz andere Beichte erwartet.

»Was hast du überhaupt da draußen zu suchen gehabt?«, wollte er nun wissen, so als sei das die wichtige Frage, und nicht, wie sie den Ring überhaupt verlieren und ob sie einen Bereich eingrenzen konnte.

»Ich konnte nicht schlafen und bin zum Pavillon gegangen. Um müde zu werden, bin ich am Strand zurückgelaufen.« Moiken zögerte, ob sie ihm direkt von der Begegnung mit Boy erzählen sollte.

Wenn Theodor sie beobachtet hatte, und davon ging sie mittlerweile aus, wäre es besser, ihm nichts zu verschweigen. Andererseits, wenn er es bislang nur ahnte, könnte ihn die Wahrheit erst richtig in Rage bringen. Nach kurzer Abwägung entschied sie sich für Offenheit, schließlich hatte sie sich nichts vorzuwerfen. »Auf dem Rückweg habe ich Boy getroffen, zufällig, am Strand. Er hat das Fehlen des Rings bemerkt. Ich habe ihn gleich im Sand gesucht, aber das war natürlich aussichtslos. Ich muss ihn irgendwo auf der Strecke verloren haben. Es tut mir so unendlich leid, Theodor, ich weiß, was das für ein großer Verlust ist, ich bin ganz verzweifelt, der Ring muss ein Vermögen wert sein. Auf der Wandelbahn hatte ich ihn noch, aber ich habe in den Tagen meiner Krankheit so abgenommen, dass er mir vom Finger gerutscht ist …«

»Du hast Boy also *zufällig* getroffen«, bemerkte Theodor, der gedanklich offenkundig an ihrem ersten Satz hängen geblieben war.

»Ja, das musst du mir glauben. Ich habe den Ring gesucht, und wir haben miteinander geredet, mehr war da nicht. Und ich wüsste wirklich nicht, seit wann das verboten ist.« Diesen Nachsatz konnte sie sich nicht verkneifen, weil sie sich zu Unrecht angegriffen fühlte.

Theodors Pferd wurde unruhiger, weil es nicht länger in der Stallgasse stehen wollte, und so zog Theodor am Zügel, damit der Rappe die Kandare spürte. »Seitdem ich dir nicht mehr vertrauen kann, und du weißt, warum. Wenn dir irgendetwas an mir liegt, dann triffst du diesen Mann nicht mehr – weder absichtlich noch zufällig.«

Moiken schwieg, aber er schien dieses Mal auch kein Versprechen zu erwarten.

»Und warum bist du beim Pavillon gewesen?«, fragte er stattdessen.

Er wollte also das Thema wechseln, was ihr nur recht war, denn diese Frage ließ sich leicht beantworten. »Ich habe mir von Leopold den Schlüssel geben lassen, weil ich mir doch ein Bild machen muss, was vor der Eröffnung meines Cafés noch zu tun ist.«

»*Deines* Cafés?«, fragte er und runzelte die Stirn.

»Ja, natürlich, mein Café am Meer. Darüber haben wir doch gesprochen«, gab sie irritiert zurück.

Theodor zog noch einmal an der Kandare, dieses Mal kräftiger, um seinem Rappen eindeutig klarzumachen, wer das Sagen hatte. »Ich glaube, da hast du etwas falsch verstanden. Wir sprachen von *einem* Café, nicht von *deinem.* Und nicht davon, schon morgen mit der Renovierung zu beginnen.«

Nun war Moiken sprachlos. Sie schluckte und musste erst ihre Fassung wiederfinden. »Aber du hast mir versprochen …«, begann sie, und dann nahm ihr die Enttäuschung wieder die Worte. Denn Theodor hatte sie *getäuscht,* das wurde ihr plötzlich klar, als sie sich an den Augenblick am Roten Kliff zurückerinnerte.

Er hatte ihr tatsächlich gar nichts versprochen, er war vage in seinen Aussagen geblieben, sowohl was die Leitung des Cafés als auch den Zeitpunkt der Eröffnung betraf, und sie hatte sich von ihm blenden lassen, weil sie nur gehört hatte, was sie hatte hören wollen.

»Ich habe dir versprochen, dass ich dich heirate«, sagte Theodor in ihre Gedanken hinein. »Nicht mehr und nicht weniger. Aber dir scheint es gar nicht in erster Linie um unsere Zukunft zu gehen, sondern nur um dich.«

»Das stimmt doch gar nicht!«, fuhr sie ihn an.

»O ja, richtig«, höhnte Theodor. »Wie gut, dass du mich korrigierst. Es geht um dich und um diesen Boy.«

»Theodor, du unterstellst mir ständig Dinge, die einfach nicht stimmen, und das macht es mir ehrlich gesagt manchmal nicht leicht, dich zu lieben.« Sie schlug die Augen nieder und unterdrückte ihre aufsteigenden Tränen.

»Jetzt bist du endlich wirklich mal ehrlich. Aber du machst es auch mir nicht leicht, Moiken, ist dir das eigentlich klar? Denk doch mal nach. Ständig schleichst du dich fort, jetzt sogar schon mitten in der Nacht, und wieder ist dieser Boy mit im Spiel. *Zufällig!* Willst du mich für dumm verkaufen? Und nun ist auch noch der Ring weg. Das ist schlimm, aber viel schlimmer ist, dass ich einen ganz anderen Verdacht habe, weil du einfach nicht von diesem Boy lassen kannst.«

»Was für einen Verdacht denn?«, brachte sie hervor.

»Wer sagt mir, dass du den Ring nicht mit Absicht *verloren* hast? Schließlich würde der Verkauf ein hübsches Sümmchen ergeben, mit dem sich gut ein neues Leben mit deinem Boy in Berlin beginnen ließe.«

»Theodor, das ist eine üble Unterstellung! Wie kannst du nur so über mich denken?«

»Weil ich glaube, dass es dir um finanzielle Sicherheit geht, aber nicht um mich. Deine Liebe gehört diesem Boy, nicht mir, und jetzt lass mich durch, das Gespräch ist beendet. Warte heute nicht auf meine Rückkehr.«

»Was machen Sie denn da?«

Etwa zum fünfundzwanzigsten Mal an diesem Tag hörte Moiken diese Frage von Gästen, die an der offenen Tür zum Pavillon neugierig stehen geblieben waren. Mittlerweile fühlte sie sich wie eine lebendige Sehenswürdigkeit und überlegte schon, ob sie nicht vielleicht Eintritt verlangen sollte. Dennoch blieb sie jedes Mal freundlich und gab zur Antwort: »Zum Beginn der neuen Saison eröffne ich hier mein Café am Meer.«

»Ach, Ihr Café?« In allen Nuancen hatte sie dieses »Ach, Ihr Café?« heute schon zu hören bekommen. Erstaunt, abfällig, belustigt – noch keiner der fragenden Männer hatte sich wohlwollend oder gar begeistert geäußert. Die meisten Frauen erwiderten nichts, warfen ihr jedoch bewundernde Blicke zu.

Die Reaktionen der Männer nagten ungewollt an ihr, während sie Stühle und Tische vor den Pavillon schleppte, um drinnen von Grund auf sauber zu machen und die Wände für das Streichen vorzubereiten.

Julius hatte die Bretter von den Fenstern zur Meerseite hin abgenommen, denn das Wetter war noch sehr stabil in diesen ersten Septembertagen, und so hatte sie natürliches Licht im Inneren und musste nicht in einem fensterlosen Loch werkeln.

Nach getaner Arbeit stellte sie die Bretter jedoch stets zum Schutz vor neugierigen Blicken wieder von innen an die Scheibe. Julius hatte auch schon die schadhafte Stelle an der Tür repariert und wollte ihr anschließend weiter zur Hand gehen, doch sie hatte ihm versichert, dass sie es bis auf Sessel und Sofa gut allein schaffen würde, das Mobiliar auszuräumen.

Keinesfalls durfte sich der alte Buchhändler zu sehr anstrengen. Aber es war doch kräftezehrender als gedacht.

Nach weiteren acht Stühlen und vier runden Tischen lehnte sie sich erschöpft gegen die schmale Wand zwischen zwei Fenstern und sah aufs Meer hinaus.

Auch heute war wieder ein sonniger, aber recht windiger Tag. Darum vergnügten sich nur wenige Sommerfrischler am Strand, die meisten waren auf der Wandelbahn unterwegs. Die Wellen warfen sich türkisgrün schimmernd mit gewaltiger Gischt und Getöse an den Strand, und jeder, der ihnen zu nahe kam, wich respektvoll vor den weiten Ausläufern zurück.

Sie betrachtete das Schauspiel, während ihr jeder Muskel schmerzte. Da hatte sie sich doch ganz schön viel vorgenommen, aber an Aufgeben war nicht zu denken. Nur eine kurze Pause. Und für ihre Arbeit später in der Küche der Strandvilla brauchte sie auch noch Kraft.

Unter keinen Umständen wollte sie Theodor Anlass zur Unzufriedenheit mit ihren Backkreationen liefern, keinesfalls durfte er merken, wie erschöpft sie war, denn momentan duldete er ihr Tun am Pavillon. Wobei dulden der falsche Begriff war. Er sagte einfach gar nichts mehr dazu.

Theodor war in jener Nacht tatsächlich nicht in die Strandvilla zurückgekehrt. Zunächst hatte sie wilde Fantasien gehabt, wo er sich rumtreiben könnte. Im Bett einer Frau zum Beispiel. Plötzlich war dieser Gedanke da gewesen, zusammen mit einem eifersüchtigen Stich, eine Vorstellung, die sie bislang für abwegig gehalten hatte.

Doch als sie Theodor am frühen Morgen im Foyer angetroffen hatte, waren Rauch und Alkohol schon von Weitem zu riechen gewesen, also hatte er die Nacht wahrscheinlich irgendwo beim Kartenspiel verbracht, wie sie mit einer gewissen Erleichterung feststellte.

Theodor verließ seither jedoch weiterhin zu unterschiedlichen Tageszeiten für mehrere Stunden die Strandvilla, um auszureiten, was erneut Skepsis in Moiken hervorrief. Doch die eigenen Wege, für die man sich nicht erklären musste, forderte sie schließlich auch für sich ein.

»Hallo?«, hörte sie unvermittelt die Stimme ihrer Tochter an der Tür und drehte sich zu ihr um. Der Wind hatte ein paar Strähnen aus Emmas Haarknoten gezupft, die sie mit geübten Griffen wieder unter die Haarnadeln steckte. Erschien es ihr nur so, oder war Emma praktisch über Nacht älter geworden? Oder lag es an ihrem entschlossenen Gesichtsausdruck und der spürbaren Distanz, die ihre Tochter aufgebaut hatte und die Moiken nun zu überbrücken versuchte.

»Oh, hallo Emma, was führt dich denn hierher? Hast du bei Boy schon frei heute?«

»Bei meinen Vater. Ja«, entgegnete Emma, knapp wie üblich. Mehr als das Notwendigste sprach sie nicht, seitdem sie von ihrem wahren Vater wusste.

»Möchtest du mir helfen? Du siehst ja, es gibt jede Menge zu tun.«

»Nein, möchte ich nicht. Ist schließlich nicht mein Café. Aber wenn es unbedingt sein muss …«, murrte Emma und schnappte sich einen Stuhl, den sie mit energischen Schritten nach draußen trug.

Moiken sah ihrer Tochter nachdenklich hinterher. War das Emmas Art, langsam wieder Kontakt aufzubauen?

Sie wartete, bis Emma zurückkam, und fragte dann, während ihre Tochter bereits den nächsten Stuhl in der Hand hielt: »Warum hast du denn schon so früh frei heute?«

Emma stellte den Stuhl wieder ab. »Mein Vater hat mich geschickt, weil ich mit dir reden soll.«

»Aha.« Daher wehte der Wind also. Wollte Boy zwischen ihnen vermitteln? »Worüber sollst du denn mit mir reden?«

»Über Berlin.« Emma machte auf dem Absatz kehrt und trug den Stuhl nach draußen.

Moiken atmete tief durch. Wie sollte so ein vernünftiges Gespräch zustande kommen? Noch dazu über ein heikles Thema, zu dem Boy ihre Meinung ganz genau kannte.

»Lass bitte mal die Stühle stehen«, sagte sie zu Emma, als diese wieder hereinkam.

»Du weißt auch nicht, was du willst. Gerade sollte ich dir noch helfen.« Emma verschränkte die Arme, dadurch hob sie ihre Brüste an, die schon weit entwickelt waren.

»Da wusste ich noch nicht, dass du mit mir reden willst«, entgegnete Moiken möglichst ruhig.

»Ich *soll* mit dir reden.«

»In Ordnung.« Moiken atmete tief durch. »Du kennst meine Einstellung dazu. Warum will Boy … also, dein Vater, ausgerechnet jetzt nach Berlin? Kann er nicht abwarten, bis du auf Sylt deine Lehre zu Ende gemacht hast, dann bist du wesentlich älter, und wenn du dann immer noch nach Berlin …«

»Ich will aber jetzt gehen, und mein Vater auch. Jetzt hat er durch den Kontakt zu Felice Bauer die Möglichkeit …«

»Emma, wir drehen uns im Kreis. Warum willst du überhaupt auf einmal von Sylt weg? Nach Hamburg wolltest du auch nicht mehr, obwohl du zuerst Feuer und Flamme warst. Ich habe jedenfalls meine Meinung und werde sie nicht ändern.«

»Das habe ich meinem Vater auch gesagt. Du bist so stur!«

»Ich?«, fuhr Moiken auf, entschied sich aber sogleich wieder, mit ruhigem Beispiel voranzugehen. »Felice wird euch auch in zwei Jahren helfen können, wenn es dann immer noch Berlin sein muss.«

»Du verstehst mich einfach nicht!«, schrie Emma.

»Doch, das tue ich. Du möchtest nicht akzeptieren, was ich sage.«

»Genau so ist es. Dir geht es nämlich nur um dein verdammtes Café, und was ich will, ist dir völlig egal. Immer bist du nur auf deinen eigenen Vorteil bedacht, hast mir jahrelang deine Zweifel verheimlicht, wer mein wahrer Vater ist, anstatt mich einzuweihen.«

»Emma! Glaubst du wirklich, du hättest besser mit der Unsicherheit leben können? Nicht zu wissen, wer dein Vater ist?«

Emma zögerte. Sie holte tief Luft, um ihr die Antwort entgegenzuschmettern, doch dann schwieg sie.

»Verstehst du jetzt?«, fragte Moiken sanft. »Ich hatte wirklich immer nur dein Bestes im Sinn.«

»Mein Bestes?«, brauste Emma auf, und Moiken wusste im selben Augenblick, dass sie diesen abgedroschenen Satz nicht hätte sagen dürfen. »Stell dir mal vor, du hättest mit fünfzehn Jahren plötzlich erfahren, dass dein Vater gar nicht dein Vater ist. Merkst du was? Meine Gefühle sind dir überhaupt nicht wichtig. Was *ich* will, ist dir nicht wichtig. *Ich* bin dir überhaupt nicht wichtig!«, schrie Emma, stieß voller Zorn einen Stuhl um und rannte aus dem Pavillon.

Verzweifelt sah Moiken ihrer Tochter nach und spürte schmerzhaft, wie das Band zwischen ihnen gedehnt wurde und zu zerreißen drohte.

Ihr nachzulaufen wäre ein großer Fehler. Emma zur Vernunft zu bringen würde ihr nicht gelingen. Ihr blieb nur eine Möglichkeit, dachte Moiken, wenn sie ihre Tochter nicht verlieren wollte. Sie musste Boy davon überzeugen, nicht nach Berlin zu gehen.

Koste es, was es wolle.

Es war am nächsten Morgen um halb sechs, als Theodor zum Dienstboteneingang hereinkam, während Moiken schon vorzeitig in die Küche gehen wollte, damit sie ihr Tagespensum schaffte. Sie erschrak. »Theodor? Kommst du jetzt erst nach Hause? Wo bist du gewesen?« Der Geruch, der von ihm ausströmte, beantwortete ihr diese Frage zwar schon zur Genüge, aber sie wollte es endlich einmal von ihm selbst hören.

»Ich war ausreiten.«

Sein Atem ließ sie einen Schritt zurückweichen. »Bis in welche Kneipe? Theodor, was ist nur in dich gefahren? Ich erkenne dich kaum wieder. Ständig bist du fort, immer mehr, immer länger.«

»Ich war in der Baumannshöhle, wenn du es genau wissen willst, da werden die Abende gern länger.«

Allerdings, dachte Moiken. Sie kannte dieses Nachtlokal in der Paulstraße vom Hörensagen, ein berüchtigtes Lokal, dem sein Ruf vorauseilte und das der Wirt als »größte Sehenswürdigkeit der Insel« bewarb. Die Knobelbecher machten dort genauso schnell die Runde wie das Bier, und es gab diverse Gerüchte darüber, was sich in den Hinterzimmern abspielte. Weibliche Gäste waren zwar nicht ausgeladen, aber auch nicht ausdrücklich eingeladen.

»Und nun wolltest du dich gerade durch den Hintereingang in dein Hotel schleichen?« Natürlich wusste sie um die Provokation in ihrer Frage, aber sie wollte sein langes Fortbleiben nicht länger unkommentiert hinnehmen.

»Ganz richtig, *mein* Hotel. Und durch welchen Eingang ich *mein* Haus betrete, geht dich einen feuchten Kehricht an. Ich gehe jetzt schlafen und will bis zum Mittag nicht gestört werden. Richte das Leopold aus.«

»Aber … deine Bürozeit?«, fragte sie ruhig.

Schwankend bahnte er sich den Weg an ihr vorbei. »Wann ich arbeite, bestimme ich!«, rief er ihr über die Schulter zu, ohne sich noch einmal umzudrehen.

Erschrocken sah sie ihm nach. Seine Stunden am Vormittag waren ihm immer heilig gewesen, die Buchhaltung stand immer an erster Stelle, anders hatte sein Tagesbeginn nie ausgesehen. Und dann noch diese Gleichgültigkeit im Ton.

Hingegen kam es ihr sehr gelegen, dass Theodor seinen Rausch ausschlafen musste. So konnte sie ihren Plan auf den Weg bringen.

»Du kommst hierher?«, fragte Boy, als er auf das Läuten des Glöckchens hin im Verkaufsraum erschien. »Emma ist nicht da. Sie hat heute Vormittag frei.«

»Ich weiß. Ich muss mit dir reden, ungestört. Wäre das möglich, oder ist Bernhard hier?«

»Bernhard erledigt gerade einen Fotoauftrag bei Marta Rinken, die heute neunzig wird. Komm mit nach hinten ins Atelier, da können wir in Ruhe reden. Ich sitze gerade an einer Retusche.« Leidlich versuchte er seine Nervosität zu überspielen, die in seiner Stimme deutlich zu hören war. »Bist du böse, weil ich Emma gesagt habe, sie soll noch einmal mit dir reden?«, fragte er mit schlechtem Gewissen, während sie sich an den Tisch setzten, wo er das Retuschiergestell aufgebaut hatte.

»Nein, ich bin nicht böse, aber das Gespräch über Berlin war dennoch überflüssig. Ich werde meine Meinung nicht ändern.«

»Die Dame auf dem Foto möchte keine Sommersprossen haben, die soll ich alle verschwinden lassen«, erklärte er, so als wäre zuvor die Retusche das Thema gewesen. »Dafür nehme ich einen mittelharten Grafitstift. Je härter er ist, desto zarter und feinkörniger ist der Strich und damit die zu retuschierende Stelle. Sommersprossen sind …«

»Boy, ich bin nicht bei dir in der Lehre. Ich bin gekommen, um mit dir über Emma zu sprechen.«

»Du hast doch gerade schon alles dazu gesagt«, entgegnete Boy abweisend und richtete den Spiegel im Retuschiergestell aus, der ihm zur Belichtung der Mattscheibe diente.

»Emma ist noch viel zu jung!«, begann sie, weil sie sich zu einer Rechtfertigung gezwungen fühlte. »Die Stadt wird sie überfordern. Warte doch noch zwei Jahre. Felice Bauer wird euch auch dann noch helfen, in der Stadt Fuß zu fassen.«

Boy wiegte zweifelnd den Kopf und griff nach einem schwarzen Papier, in das er ein Loch in der Größe des Kopfes schnitt. »Das ist die Frage. Jetzt ist die Chance da.« Er holte das schwarze Tuch, mit dem er das Retuschiergestell bedecken konnte, um darunter zu arbeiten.

»Ich habe immer noch nicht begriffen, warum du so Hals über Kopf nach Berlin willst. Seit diese Felice Bauer aufgetaucht ist, scheinst du von dieser Idee wie besessen zu sein.«

»Ich habe es dir schon einmal zu erklären versucht, Moiken. Ich trage mich schon lange mit dem Gedanken, die Insel zu verlassen, und von Berlin war ich schon immer sehr angetan. Bevor wir uns wiedergesehen haben, war ich dort auch auf einem Fotografenkongress. Die Geschäfte auf Sylt laufen zwar gut, aber nicht so gut, wie ich mir das vorstelle. Es gibt einfach zu viel Konkurrenz auf diesem kleinen Sandhaufen. Überleg mal, allein vier Fotoateliers in Westerland.« Boy seufzte und legte das schwarze Tuch wieder beiseite.

»In Berlin hast du noch viel mehr Konkurrenz.«

»Aber auch wesentlich mehr Kundschaft.«

Moiken verzog den Mund. »Die auch erst mal erobert werden will. Auf Sylt hast du einen festen Kundenstamm, und du bist als der beste Strandfotograf bekannt.«

Boy hob ratlos die Hände. »Ich sehe in Berlin einfach mehr Chancen für mich. Der beste Strandfotograf, ja toll, tagein, tagaus die Badegäste fotografieren, die dann doch lieber keinen Wind in den Haaren haben wollen und das Atelier bevorzugen, keine Sommersprossen oder weniger Wolken am Himmel haben möchten – damit will ich nicht alt werden. Ich will mich weiterentwickeln.«

»Dann mach Fotos, die dich von deinen Berufsgenossen abheben. Erfinde dich neu, das geht auch hier auf Sylt. Versteh doch, Boy. Cafés gibt es ebenfalls wie Sand am Meer. Kuchen kann auch jeder backen. Verführerisch und unwiderstehlich muss das Angebot sein.«

»Hm«, machte Boy nachdenklich. »Und so süß wie du.« Ein verlegenes Lächeln huschte über seine Lippen, weil ihm das Kompliment einfach so rausgerutscht war.

Er ahnte noch nicht, worauf sie hinauswollte, ansonsten hätte es ihm längst die Sprache verschlagen. Es musste ihr gelingen, ihn davon zu überzeugen, in den kommenden zwei Jahren nicht nach Berlin zu gehen. Andernfalls würde sie ihre Tochter nicht auf der Insel halten können. Und wenn sie ganz ehrlich war, wollte sie auch Boy weiterhin in ihrer Nähe haben.

»Was ist eigentlich mit deinem Wunsch, dich weiter in der Aktfotografie zu üben?«, fragte sie ihn, um etwas deutlicher zu werden.

»Nun ja, der ist immer noch da. Ich liebe diese Kunst, dieses Spiel von Licht und Schatten auf den weiblichen Kurven, besonders auf deinen …« Schnell verstummte er. »Ich weiß, das geht nicht mehr, wegen Theodor.«

»Und hast du in Felice Bauer ein neues Model gefunden?«

»Nein, wo denkst du hin? Ich hätte nicht einmal gewagt, sie zu fragen. Solche anrüchigen Fotos könnte ich ohnehin nur unter dem Ladentisch verkaufen.«

»Richtig. Und genau das wird sich zu einem Renner entwickeln.« Sie holte tief Luft, damit ihre Stimme kraftvoll und sicher klang. »Boy, ich möchte dir ein Angebot machen. Ich bekomme dreißig Prozent von jedem Abzug und verlange nur, dass man mein Gesicht nicht erkennt und man nur Details, nicht meinen gesamten Körper sieht.«

Ungläubig starrte er sie an.

»Du kannst dich in der Aktfotografie neu entfalten und zudem mehr Geld verdienen. Wenn das Geschäft läuft, und davon gehe ich aus, wirst du dich nicht nur weiterentwickeln, sondern dir in den kommenden zwei Jahren einiges für einen Neustart in Berlin ansparen können.«

»Aber Moiken …«

»Denk darüber nach …«

»Da muss ich nicht lange nachdenken – das wäre perfekt! Nur – wenn das herauskommt …«

»Das ist das Risiko. Aber ich bin bereit, es einzugehen. Und du?« Sie streckte ihm ihre Hand entgegen.

»Du kannst deinen guten Ruf verlieren. Warum tust du das? Ich weiß nicht …«, zögerte er.

»Ich weiß, was ich tue. Deine Hand drauf?«, fragte sie unbeirrt.

»Nun gut … Meine Hand drauf.«

Der Pakt war geschlossen. Ihr Plan konnte aufgehen. Ein riskantes Vorhaben, von dem niemand und als Allerletztes Theodor etwas erfahren durfte, natürlich, das war ihr bewusst.

Aber wie sollte er? Die Aufnahmen würden bei geschlossener Ateliertür stattfinden, und die Chance, dass er ein solches Foto in die Hände bekommen würde, war recht gering. Falls es durch einen unglücklichen Zufall doch passieren sollte, würde weder ihr Gesicht noch ihr gesamter Körper zu erkennen sein – den er bislang auch nicht kannte.

Riskant blieb es dennoch. Ein Spiel mit dem Feuer hatte begonnen. Ein Feuer, das sie entfacht hatte.

Es brannte, damit Boy nicht nach Berlin ging. Damit Emma bei ihr auf Sylt blieb.

»Entschuldige bitte, dass du mich in letzter Zeit vermehrt in desolatem Zustand antreffen musstest.«

Moiken nickte und sah in die Kerzenflamme, die auf dem Tisch brannte, den Theodor im Restaurant Seestern reserviert hatte. Es war ein ungewöhnlich lauer, fast windstiller Abend, wie man ihn auf Sylt an einem achtzehnten September nicht mehr erwarten würde, sodass sie auf der überdachten Veranda sitzen und die auf der Friedrichstraße flanierenden Menschen beobachten konnten.

Möwen schwebten über sie hinweg und riefen der Sonne einen letzten Gruß zu, dazwischen die Klänge eines Akkordeonspielers, der die Gäste mit leisen Melodien unterhielt. Die Atmosphäre rund um das Restaurant war wunderschön und die Einladung eine sehr nette Geste, aber an den Tischen ging es sehr steif zu, weshalb Moiken sich unwohl fühlte. Außerdem hatte Theodor zur Vorspeise die Spezialität des Hauses bestellt – Schildkrötensuppe, und sie bezweifelte, auch nur einen Löffel davon essen zu können. Erst recht, nachdem ihnen der Inhaber voller Stolz erzählt hatte, dass die großen Meeresbewohner über eine sehr weite Strecke lebend nach Sylt transportiert wurden und erst vor Ort frisch geschlachtet werden – was er ihnen, wie jedem Gast, zum Beweis im Hinterhof präsentiert hatte, wo die großen Schildkröten an starke Seile gebunden mit dem Kopf nach unten hingen. Schon in diesem Moment wäre sie am liebsten davongelaufen.

»Und ich möchte dich um Verzeihung bitten, weil ich dir unterstellt habe, du hättest deinen Verlobungsring mit Absicht verloren«, fuhr Theodor in ihre Gedanken hinein fort. »Das ist alles meiner Unsicherheit geschuldet, weil ich dich über alles liebe und dich nicht verlieren will.«

Überrascht von dem Geständnis blickte Moiken von der Kerzenflamme auf. Schimmerten da wirklich Tränen in Theodors graublauen Augen, oder täuschte das im flackernden Licht?

Immer noch brachte sie kein Wort hervor, auch wenn sie diese Entschuldigung berührte.

»Ich finde, wir sollten wieder mehr miteinander unternehmen«, ergänzte Theodor, der in seinem Frack zwar altmodisch, aber so gepflegt wirkte, als sei er in der Nacht zuvor nicht wieder weg gewesen. Seine grau melierten Haare glänzten akkurat frisiert im

Licht, nachdenklich strich er sich durch seinen Kaiser-Wilhelm-Bart. »Was hältst du von einem gemeinsamen Ausritt?«

Freude durchrieselte sie. »Das würde ich liebend gern wieder einmal machen, aber Adriano ist zu alt dafür.«

Der livrierte Kellner brachte den teuersten Wein der Karte, den Theodor bestellt hatte. Dabei hätte sie viel lieber einen einfachen Traubensaft getrunken, aber Theodor hatte sie gar nicht erst gefragt.

»Natürlich kannst du dir eines von meinen Pferden aussuchen. Also, worauf warten wir noch?«

»Wie? Jetzt?«, gab sie stirnrunzelnd zurück.

»Natürlich. Ich sehe doch, dass du dich hier nicht wohlfühlst.«

Nun blieb ihr der Mund offen stehen.

»Und ich bin dir deshalb auch nicht böse«, fügte Theodor schnell hinzu. »Höchstens, weil du nichts gesagt hast und mir zuliebe hier ausgeharrt hättest. Allerdings habe ich über deinen Kopf hinweg entschieden, und das war mein Fehler, wie mir gerade aufgegangen ist. Also, lass uns gehen.«

»Aber der Wein … und das Essen ist doch bestellt …«

»Und wird selbstverständlich von mir bezahlt. Das Restaurant soll mir in Rechnung stellen, was ihnen der Tisch heute Abend wert ist. Meine Adresse kennt man schließlich«, sagte Theodor in Richtung des erstaunten Kellners.

»Aber es ist schon spät, die Sonne geht bald unter«, machte Moiken einen letzten Einwand geltend.

»Das ist doch perfekt. Wir reiten im Sonnenuntergang am Weststrand entlang, so weit, wie uns die Hufe tragen. Und wo die Pferde aufhören zu galoppieren, lassen wir uns in den Dünen nieder.« Theodor beugte sich zu ihr vor und sagte verschwörerisch: »Bei uns gibt es heute Abendessen aus dem Rucksack mit frisch gebackenem Brot, kühler Butter, deinem leckeren Holunderblütensaft, und vielleicht sind ja noch welche von deinen göttlichen

Schokoladentörtchen übrig. Und nun wollen wir keine Zeit mehr verlieren. Ich habe Hunger«, sagte Theodor und zog sie unter den irritierten Blicken der Leute aus dem Restaurant hinaus.

Das Wasser spritzte im Takt des Galopps an den Beinen der Pferde empor, ihr hellblaues Kleid war bis zu den Knien nass, aus ihrem Haarknoten hatten sich bereits einige Strähnen gelöst, aber das alles kümmerte sie nicht. Sie fühlte sich so frei und losgelöst von allem wie schon lange nicht mehr. Einfach glücklich. Das Lächeln wollte nicht mehr aus ihrem Gesicht weichen.

Sie bestaunte die intensiven Farben, die die Sonne noch auf ihren letzten Metern mit kräftigen Pinselstrichen in die Welt malte. Am Himmel dunkelrote und hellorange Streifen, dazwischen weiße Wolkentupfen, der goldgelbe Strand, die sattgrünen Dünen, die in Richtung Rantum immer heller und höher wurden.

Moiken gab ihrer weißen Stute die Zügel frei, die es ihr dankte und noch mehr Tempo aufnahm, dem Rappen immer eine Pferdelänge voraus. Im sicheren Takt griffen die Hufe weit aus, mit gespitzten Ohren nahm die Stute ihre Umgebung wahr, sie schnaubte, wenn Sand in ihre Nüstern gelangte, doch an eine Pause war nicht zu denken.

Moiken drehte sich nach Theodor um, der mit seinem schwarzen Pferd verschmolzen zu sein schien. Lächelnd warf er ihr eine Kusshand zu und signalisierte ihr, sie könne gern im vollen Tempo vorausreiten.

Erst auf Höhe des Dorfs Rantum verfielen die Pferde wie abgesprochen in den Trab und danach in den Schritt. Sie lenkten sie auf die Dünenkette zu, stiegen ab und gaben den Tieren Wasser und Karotten. Danach ließen sie sich im Sand nieder, während die Pferde im nahen Dünental die kleinen Heidebüsche anknabberten.

»Es ist ein Traum hier auf der Westseite«, sagte Theodor und sah in die Sonne, die genau in diesem Moment das Meer berührte und wie davon entzündet hell erstrahlte.

»Reitest du nicht lieber an der Wattseite aus?«, fragte sie ihn, während er herzhaft in sein Brot biss. Er kaute und konnte deshalb nicht gleich antworten, dafür stießen sie mit dem Holunderblütensaft an, und Theodor trank seinen Zinnbecher in einem Zug aus.

»Köstlich!«, rief er. »Ja, ich gebe zu, ich liebe die Ruhe am Watt, bin sehr gern zwischen Keitum und Munkmarsch unterwegs, aber ich weiß, dass du dich dort nicht mehr so gern aufhältst, und darum wollte ich mit dir hier ausreiten.«

Moiken sah zu den Pferden hin, und ihre Gedanken wanderten weiter nach Keitum, zu dem kleinen Friesenhaus, dieser Puppenstube, die so lange ihre Heimat gewesen war und die ihr nun so fern schien. »Es stimmt, ich bin froh, nicht mehr dort zu sein, allein wegen Berta.«

Dieses Stichwort hätte sie ihm besser nicht liefern sollen, dachte sie, als er nachfragte: »Was ist damals eigentlich zwischen euch passiert? Du bist mir immer noch eine Antwort darauf schuldig, warum du unter keinen Umständen in deinem Haus bleiben wolltest, selbst wenn ich es gekauft hätte. Lag es allein an der räumlichen Nähe zu deiner Schwiegermutter? Vor allem habe ich immer noch nicht verstanden, weshalb ihr das Haus gehörte und dein Mann es dir nicht vererbt hat.«

»Das ist ein Thema, das nicht zu diesem schönen Abend passt«, wich sie schnell aus und suchte nach einer Möglichkeit, das Gespräch in eine andere Richtung zu lenken. »Aber weißt du, was ich aus dem Haus vermisse? Ich habe in meiner Küche eine Backform zurückgelassen, die schon meiner Mutter gehörte. Damit kann man wunderschöne Rosenmuster zaubern.«

»Ach, so eine Form kannst du doch nachkaufen und gern auf meine Rechnung schreiben lassen.«

»Es wäre doch viel einfacher, wenn ich sie mir aus dem Haus hole.«

»Das halte ich für keine gute Idee«, gab Theodor zurück.

»Warum nicht? Hast du alles wegwerfen lassen, was noch im Haus war? Nein? Also, dann kann ich schon selbst einschätzen, ob eine mögliche Konfrontation mit meiner Schwiegermutter gut für mich wäre.« Auch Theodor würde sie gern die Wahrheit über Emmas leiblichen Vater sagen wollen, aber wohl besser erst nach der Hochzeit, damit seine Eifersucht auf Boy ihn nicht zu unüberlegten Handlungen hinriss.

»Das Haus ist derzeit vermietet.«

»Ach so?« Sie hob die Augenbrauen. »Das wusste ich nicht. An wen denn?«

»An den Grafen von Szögyény-Marich.«

»Wie bitte? Der kaiserliche Botschafter ist doch gerade erst abgereist?«

»Er wollte noch verlängern und ist auf meine Empfehlung hin in das Häuschen gezogen – es gefällt ihm ausgesprochen gut dort«, sagte Theodor zwischen zwei Bissen. »Die Ruhe, die Ursprünglichkeit …«

»Ach so?«, verwunderte sich Moiken. »So ganz ohne persönliche Ansprache durch dich und ohne Diener?«

»Ja, er sagt, er fände gerade zu sich und seinen Wurzeln zurück. Selbst Feuer machen am Herd, seine Frau kocht …«

»So, so«, gab Moiken zurück. »Es geschehen Zeichen und Wunder.«

»Das stimmt«, antwortete Theodor sanft. »So wie du in mein Leben getreten bist – das ist für mich auch ein Wunder.« Er ergriff ihre Hand und streichelte nachdenklich über die Finger. »Da fehlt etwas«, sagte er leise, und seine Anspielung auf den Ring war ihr unangenehm.

Doch im nächsten Moment stockte ihr der Atem. Er nestelte aus der Tasche seines Reitjacketts eine kleine Schatulle hervor und bat sie, diese zu öffnen.

»Meine Güte, Theodor …« Mit zitternden Fingern betrachtete sie den neuen Ring, der mit einem noch größeren Brillanten besetzt war. »Aber …«, brachte sie hervor. »Du hast noch einmal ein solches Vermögen ausgegeben. Das wäre doch nicht nötig gewesen.«

»Doch, mir war das wichtig. Wie sieht das denn aus, wenn du ohne Ring umhergehst.« Zärtlich steckte er ihr das Schmuckstück an den Finger.

»Vielen Dank, Theodor. Ich weiß gar nicht, womit ich das verdient habe.«

»Weil du die schönste, liebste und geduldigste Frau bist, die ich je kennenlernen durfte.« Er gab ihr einen sanften Kuss auf die Stirn. »Außerdem danke ich dir für deine Geduld mit mir in letzter Zeit. Ich weiß, ich habe es etwas übertrieben, und ich werde in Zukunft nicht mehr so oft unterwegs sein, das verspreche ich dir.«

»Ich mache es dir auch nicht leicht, Theodor.«

»Das stimmt schon«, entgegnete er und ließ Sand durch seine Finger rieseln. »Du hast deinen eigenen Kopf – vor allen Dingen aber liebe ich dich vom ersten Moment an, seitdem du in der Strandvilla plötzlich vor mir standest. Du hast mich verzaubert …«

Er beugte sich zu ihr, und wie immer, wenn er sich ihr näherte, spannte sie sich unwillkürlich an.

Er streichelte über ihre Wangen und sah sie zärtlich an. Seine Augen erzählten ihr von seinen Gefühlen, und sie erkannte darin, wie ernst er es meinte.

Sie spürte, wie sie sich selbst im Weg stand, denn das Glück war zum Greifen nah, und es lag allein an ihr, ihr Leben endlich wieder in geordnete Bahnen zu lenken und damit auch Emma Sicherheit zu bieten. Für Boy würde sie wahrscheinlich ihr Leben lang tiefe Liebe empfinden, im Herzen würden sie immer verbunden sein, aber die Vorstellungen von einem gemeinsamen Leben gingen zu weit auseinander, das musste sie sich endlich eingestehen.

Langsam gab sie ihre Abwehrhaltung auf, was Theodor sofort wahrnahm. Vorsichtig näherte er sich ihrem Gesicht, zart küsste er ihre Stirn, dann ihre Nase, und schließlich fanden sich ihre Lippen.

Ihr Körper reagierte mit Herzklopfen. Vor Aufregung oder weil sie doch mehr für Theodor empfand, als sie sich eingestehen wollte?

Plötzlich hatte sie das Bedürfnis, es herauszufinden. Sie ließ seine Berührungen zu, während sie sich küssten. Seine Finger glitten sanft, fast flüchtig, ihren Arm hinauf, über ihr Schlüsselbein und dann hinunter zu ihren Brüsten. Als sie ihn nicht zurückhielt, machte er sein Verlangen deutlicher.

Moiken spürte ihre Erregung – wie sehr hatte sie dieses Gefühl vermisst. Es gab noch einen Moment des Zögerns, als er ihren Rock hochschob, ein kurzer Zweifel in ihr, ob sie das Richtige tat, dieser verdammte Kopf, der Gedanke an die Moral, an Boy, doch als er sie zwischen den Beinen berührte, flogen alle Bedenken davon, und als er in sie eindrang, gab sie sich ihm hin, überrascht davon, dass er auch auf ihre Lust achtete.

In ihrem Rhythmus wurden seine Bewegungen leidenschaftlicher und schneller, sie spürte, wie sich eine Welle in ihr aufbaute, sie spannte ihre Muskeln an und kam zu einem Höhepunkt, wie sie ihn noch nicht erlebt hatte. Dann gab es auch für ihn kein Halten mehr.

Erschöpft sank er neben sie in den Sand, Moiken atmete tief durch, ihre Erregung ließ nach, und sie entspannte sich. Dann, von einer Sekunde auf die nächste, fiel sie unsanft in die Realität zurück. Erst jetzt konnte sie wieder klar denken.

Panik überflutete sie.

War das eben ein großer Fehler gewesen?

Die ersten Oktoberstürme fegten die Gäste von der Insel, und je mehr Ruhe einkehrte, desto nervöser wurde Emma, denn Boy sprach schon seit geraumer Zeit nicht mehr von Berlin. Und wenn sie nachgefragt hatte, hatte er abgeblockt. Zunächst hatte sie das auf die anstrengende Saison geschoben und geglaubt, er hätte nur keinen Kopf für den Umzug frei.

Nun jedoch wäre es für Boy, ihren Vater – an diese Anrede hatte sie sich immer noch nicht richtig gewöhnt –, längst an der Zeit, die Koffer zu packen und die Übernahme des Ateliers zu regeln. Allerdings machte er keine Anstalten dazu, obwohl die Aufträge deutlich weniger geworden waren.

Wie gern hätte sie mit ihm über Berlin geredet, aber natürlich hatte sie schnell verstanden, dass Boy sie nicht gegen den Willen ihrer Mutter mitnehmen würde. Aber das war auch gar nicht notwendig.

Wichtig war nur, dass er seine Zelte in Berlin aufschlug. Nachreisen könnte sie ihm allein, die Zugverbindungen hatte sie schon am Bahnhof erfragt, das Geld für die Fahrkarte längst beiseitegelegt, und wenn sie erst einmal in Berlin wäre, dann würde er sie nicht wieder zurückschicken – so hoffte sie jedenfalls.

Wenn Boy nun wider Erwarten doch auf Sylt bleiben würde, dann … ja, dann blieb ihr nichts anderes übrig, als sich allein durchzuschlagen und Felice Bauer in Berlin ausfindig zu machen – in der Hoffnung auf ihre Hilfe.

Den Oktober wollte sie noch abwarten und sich Boy gegenüber solange jede Bemerkung über Berlin verkneifen, denn das Verhältnis zwischen ihnen war ohnehin ziemlich angespannt. Er wusste nicht so recht, wie er mit seiner neuen Rolle als Vater umgehen sollte, er ließ keine tiefergehenden Gespräche zu, Nähe schon gleich gar nicht, und die Arbeit ging immer vor, auch wenn nicht viel zu tun war.

Boy hielt sich neuerdings viel im Laden auf, putzte seine Ausstellungstücke, räumte seine Kameras von einer Vitrine in die andere und wieder zurück. Die wenigen Kunden, die hereinkamen, sahen sich nur um und gingen wieder. Über die wenigen Einnahmen hörte man ihn allerdings nie klagen.

Heute sollte Boy in Kampen bei einer chinesischen Teezeremonie die verkleideten Gäste fotografieren, die vor aufwendiger Kulisse im Kurhaus-Hotel ihren Tee einnahmen. Die Hoteliers ließen sich immer verrücktere Dinge einfallen, um die wenigen verbliebenen Gäste bei dem Wetter bei Laune zu halten.

Da Boy schon nach Kampen unterwegs war, wartete Emma an diesem kühlen Vormittag vor dem Atelier auf Bernhard, der ihr aufschließen sollte. Das Putzen der Dunkelkammer stand heute auf dem Programm.

Sie blickte die Friedrichstraße hinunter, wo sie die Menschen an einer Hand abzählen konnte. Unter ihnen ein kleiner Zeitungsjunge, der mit dem Wind kämpfte und den schweren Blätterstapel auf seinem Arm mühsam beisammenhielt, während er ihr entgegenkam.

Hoffentlich würde Bernhard nicht mehr lange auf sich warten lassen, der frische Wind war sehr unangenehm um ihre Waden herum. Morgen musste sie unbedingt dickere Strümpfe anziehen, dachte Emma, auch wenn Bernhard sie dann als Frostbeule bezeichnen und seine Witze machen würde.

Kein Problem, dafür würde sie ihm seinen geliebten heißen Kakao wie im Sommer kalt anrühren und sich über sein verdutztes Gesicht amüsieren. Mit Bernhard war alles unkomplizierter geworden, seitdem sie als Halbgeschwister voneinander wussten. Keine zufällige Berührung konnte mehr missdeutet, kein Vorschlag einer gemeinsamen Unternehmung als falsche Aufforderung verstanden werden.

Nur mit Boy hatte sie sich das alles einfacher vorgestellt, auch von ihrer Seite aus, denn so sehr ihre Freude anfänglich überwogen hatte, nun ihre wahre Herkunft zu kennen und mit ihrem Vater, mit dem sie die Leidenschaft für die Fotografie teilte, in Berlin zu leben, mittendrin in dieser abenteuerlichen Stadt, so sehr vermisste sie den Mann, den sie all die Jahre für ihren Vater gehalten hatte und dessen Körper nun verloren im Meer trieb.

An manchen Tagen fühlte sie sich sehr einsam, entwurzelt und allein mit ihren Gedanken. Das Leben zog vorbei und sie ließ sich einfach nur treiben, wie eine Möwe auf dem weiten Ozean, als Spielball auf den Wellen.

Und dann gab es diese Tage, an denen sie voller Kampfgeist war. Sie würde den Erwachsenen schon beweisen, dass sie für ihren Weg weder Vater noch Mutter brauchte. Für ihren Weg nach Berlin.

Ein bisschen mulmig war ihr schon zumute, aber keinesfalls wollte sie auf dieser Insel versauern und für ihre Mutter die Erfüllungsgehilfin spielen, damit diese ihr Café am Meer eröffnen konnte. Denn ihre Mutter hatte schon angedeutet, dass sie ihre Hilfe nach Feierabend im Atelier beim Servieren erwartete.

»Möchten Sie die Sylter Zeitung kaufen?«, fragte der blonde Zeitungsjunge und holte sie damit aus ihren Gedanken. Mit hoffnungsvollem, fast bettelndem Gesichtsausdruck sah der schmächtige Junge sie an. Er fror in seiner fadenscheinigen Kniebundhose, über dem viel zu großen Hemd trug er nur eine dünne Strickjacke, und überdies erschien er Emma viel zu jung für diese Arbeit – wobei sie sich geehrt fühlte, von ihm gesiezt worden zu sein.

»Wie alt bist du denn?«, fragte sie anstelle einer Antwort.

»Acht. Aber meine sechs Geschwister sind alle jünger, deshalb muss ich los, um das Geld für Brot und Butter zu verdienen. Möchten Sie eine Zeitung kaufen?«, wiederholte er, schniefte und wischte sich mit dem Ärmel über die gerötete Nase.

»Du bist ja völlig durchgefroren. Warte hier kurz mit mir, das Atelier wird gleich aufgeschlossen, und dann spendiere ich dir einen heißen Kakao.«

»Ich habe keine Zeit, Vater wartet auf mich, ich muss ihm das Geld bringen. Aber erst muss ich alle Zeitungen verkaufen, zehn Stück sind es noch, vorher darf ich nicht nach Hause kommen, sonst legt der Vater mich übers Knie.«

Emma bekam Mitleid. Kurz entschlossen kramte sie eine Münze aus ihrer Rocktasche. »Hier, für dich, die Zeitung brauche ich aber nicht, die lese ich sowieso nicht.«

»Doch, die müssen Sie nehmen, Sie haben sie gekauft. Ich bin doch kein Betteljunge«, protestierte der Blondschopf.

»Dann verkauf das Blatt noch einmal, ist doch ein gutes Geschäft.«

»Nein, so etwas mache ich nicht.«

Emma lächelte in sich hinein. Der Kleine war sogar in seiner Not eine ehrliche Haut. »Nun gut, dann gib sie mir«, lenkte sie ein.

»Es steht auch etwas Spannendes drin heute.« Er deutete auf die Schlagzeile, der Emma noch gar keine Beachtung geschenkt hatte.

Rudolf Diesel spurlos verschwunden

»Hm, klingt wirklich spannend, aber wer ist das?«

»Das ist der Erfinder des Dieselmotors«, belehrte sie der kleine Naseweis, »schon vor zwanzig Jahren hat er den Motor in Berlin zum Patent angemeldet.« Das klang ziemlich auswendig gelernt, und Emma lächelte über seine Altklugheit. Aber ihr Interesse war geweckt, und sie vertiefte sich in den Artikel.

Rudolf Diesel ist während einer Schiffsreise spurlos verschwunden. Am Montag befand er sich gemeinsam mit Dr. Georges Carol aus Gent auf dem Dampfer »Dresden« der Great Eastern Railway auf dem Weg nach London, um dort an einer Generalversammlung seiner Gesellschaft teilzunehmen. Dr. Diesel hatte eine Kabine für sich allein gemietet, die man am Morgen bei der Ankunft in Harwich unbenutzt vorfand. Dr. Carol bestätigte, sein Freund sei bei der Abreise gesund

und guter Dinge gewesen. Sie hätten noch das Glas auf seine Motoren gehoben, denen der Erfinder selbst unzweifelhaft eine große Zukunft prophezeite, auch wenn es zahlreiche Kritiker gibt. Da er privat ebenfalls in geordneten Verhältnissen lebt, scheint der Gedanke an Selbstmord ausgeschlossen, und die Bevölkerung wird um Hinweise auf den Verbleib des verehrten Dr. Diesel gebeten.

Vielleicht hatte er trotz seines Erfolges Kummer gehabt, genug von seinem alten Leben und wollte in einem anderen Land neu anfangen, dachte Emma.

Unbekannte Ufer, die ausgetretenen Pfade verlassen, keine Verpflichtungen mehr, keine Erwartungen mehr erfüllen, endlich allein nach den eigenen Vorstellungen leben – wenn er so gedacht hatte, könnte sie ihn nur zu gut verstehen.

Plötzlich hörte Emma, wie das Atelier von innen aufgeschlossen wurde, und schon stand Bernhard in der Tür.

»Du bist schon da und lässt mich in der Kälte warten?«, beschwerte sie sich. »Und warum hast du dich eingeschlossen?«

»Entschuldige, ich bin schon länger hier, weil ich etwas sehr Wichtiges zu tun hatte, und darüber habe ich die Zeit völlig vergessen.«

»Aha«, gab Emma missmutig zurück. »Dann lass mich jetzt schleunigst rein, und er hier braucht unbedingt einen Kakao zum Aufwärmen.« Sie schob den kleinen Jungen vor sich her in den Verkaufsraum und weiter Richtung Küche. Auf den schwachen Protest des Kleinen hin entgegnete sie: »So viel Zeit muss sein, schließlich hast du gerade eben eine Zeitung verkauft. Wie heißt du eigentlich?«

»Matthis.«

Während Matthis kurz darauf glückselig am warmen Herdfeuer in der Küche hockte und seinen Kakao schlürfte, ging Emma zu

Bernhard ins Atelier, der mit einem Stapel Fotos auf sie zu warten schien.

War etwa eine Kundin unzufrieden mit den Aufnahmen, weil ihr Hinterteil auf den Fotos so üppig wie in der Realität war? Oder sollte sie einem Herrn noch ein paar Haare auf den Kopf retuschieren, die bei der Entwicklung des Films merkwürdigerweise verloren gegangen sein mussten?

Emma beschloss, sich nicht schon am frühen Morgen die Laune verderben zu lassen, griff nach einer Glasplatte und trug sie wie eine Kellnerin mit wiegenden Hüften zu Bernhard hin. »Womit kann ich dem gnädigen Herrn dienen? Einen Kaffee und ein Mokkatörtchen? Möchten Sie Sahne oder Milch zum Kaffee?«

Bernhard prustete laut los. »Deinen Humor werde ich ganz schön vermissen. Und in Berlin solltest du dich mal beim Theater vorstellen, da schlummert ein Talent in dir.«

»Ach Unsinn. Und mit Berlin, das wird alles nicht so leicht, wenn unser Vater seine Pläne aufgegeben hat. Aber egal, ich schaffe das auch allein.«

»Ich weiß, du hast nämlich einen ganz schönen Dickschädel.«

»Den braucht es für mein Vorhaben auch.«

»Und du wirst die Insel nicht vermissen? Und deine Mutter?«

»Doch, schon. Und meine Mutter wahrscheinlich auch, ein bisschen«, gab Emma zu. »Aber ich halte an meinem Plan fest«, fuhr sie energisch fort. »Nach meinem Geburtstag Mitte November ziehe ich notfalls allein nach Berlin. Und du sagst kein Sterbenswörtchen zu irgendwem, das hast du mir versprochen.«

Bernhard legte den Fotostapel mit der Bildseite nach unten auf den Tisch und hob seine Hand zum Schwurzeichen. »Du weißt doch, dass du mir vertrauen kannst.«

»Darf ich dann auch wissen, was du schon so früh im Atelier gemacht hast?«, fragte Emma und deutete auf die verdeckten Fotos.

»Ich sorge für Ordnung«, antwortete er schlicht.

Emma sah sich stirnrunzelnd um. »Danach sieht es hier aber nicht aus.«

»Ich meine die geordneten Verhältnisse. Ich habe gestern beim Aufräumen etwas gefunden, gut versteckt. Diese Fotos hier. Und wenn ich mit meiner Vermutung richtigliege, dann werden diese Aufnahmen uns dabei helfen, dass unser Vater endlich mit deiner Mutter zusammenkommt, die beiden nach Berlin umziehen und dich mitnehmen.«

»Was redest du denn da? Und was für eine Vermutung?«

Wortlos drehte er die Fotos um und breitete sie wie einen Fächer vor ihr aus.

»Das sind ja …« Emma schlug sich die Hand vor den Mund. »Aber … das ist doch … der Körper meiner Mutter!«

»Bist du sicher?«

»Eindeutig, ich weiß doch, wie sie nackt aussieht, außerdem hat sie so ein Muttermal auf der Brust, genau an der Stelle.«

»Perfekt. Das wollte ich nur von dir hören.«

»Aber was …? Warum?« So schockiert, wie sie von den Fotos war, brachte sie keinen klaren Gedanken mehr zustande.

»Emma, denk doch mal nach. Wir müssen die Fotos nur Theodor von Lengenfeldt zuspielen.«

»Puh, das wird aber gewaltigen Ärger geben.« Hatte sie das gerade tatsächlich ausgesprochen? War das wirklich ihre Sorge?

»Genau das wollen wir doch«, bekräftigte Bernhard. »Er wird euch rauswerfen, der Traum vom Café ist für deine Mutter ausgeträumt, und mein Vater wird versuchen, alles wiedergutzumachen, indem ihr euch in Berlin ein neues Leben aufbaut.«

»Ich weiß nicht … Und soll ich etwa Theodor die Fotos geben? Dann bin ich für meine Mutter gestorben – das will ich auch nicht.« Emma ging vor dem Tisch auf und ab wie ein nervöser Vogel vor dem Nest.

»Keine Sorge, ich werde das in die Wege leiten«, sagte Bernhard mit ruhiger Stimme.

Emma hielt abrupt inne. »Dann bekommst du den Ärger. Nein, Bernhard, das können wir nicht machen.«

»Richtig, wir nicht. Das Einzige, was ich gemacht habe, ist ein Abzug von diesem Foto – die anderen wandern wieder vollzählig in ihr Versteck zurück. Es wird sich nicht nachvollziehen lassen, wer ihm das Corpus Delicti zugespielt hat. Es könnte ein Käufer gewesen sein, der sich einen Reim auf die Dinge gemacht hat.«

»Ein Käufer? Du meinst, Boy hat solche Fotos von meiner Mutter *verkauft?*«

»Davon ist auszugehen. Es ist die Erklärung, weshalb er in letzter Zeit immer allein im Verkaufsraum sein wollte und so viele Herren den Laden betreten haben, ohne etwas zu kaufen. Dachten wir.«

»Das ist so widerlich! Warum hat meine Mutter das gemacht?« Emma konnte nicht länger hinsehen und wandte den Blick ab.

Bernhard räumte die Fotos zusammen und legte den Stapel wieder verdeckt auf den Tisch.

»Wahrscheinlich, damit unser Vater die Insel nicht verlässt und du auch bei ihr bleibst.«

»Da hat sie sich aber geschnitten!«, rief Emma voller Zorn. »Und mit diesen Fotos, das muss aufhören«, setzte sie voller Abscheu nach. »Sofort. Ich will nicht, dass fremde Männer den nackten Körper meiner Mutter anschauen. Das ist widerwärtig!«

»Wir werden so schnell wie möglich handeln«, versuchte Bernhard sie zu beruhigen.

»Nein, ich lasse keine Minute mehr verstreichen.« Emma versah den Abzug mit dem Ateliersstempel und steckte das Foto in einen Umschlag.

Bernhard hielt sie sanft, aber bestimmt am Arm fest. »Du darfst jetzt nicht vorschnell handeln, Emma. Bitte überleg gut, was du tust.«

Sie machte sich von ihm los. »Keine Sorge. Theodor wird um zehn Uhr anfangen, seine Post zu öffnen. Bis dahin muss der Umschlag in der Strandvilla sein – und unser Bote wartet schon. Und ich hoffe, dass Theodor meine Mutter auf den Fotos erkennt. Aber seitdem sie verlobt sind, gehe ich davon aus, dass Theodor ihr nähergekommen ist, Trauerzeit hin oder her.«

Unter Bernhards verdutztem Blick lief sie in die Küche, wo Matthis gerade seinen Becher austrank, den Kopf weit in den Nacken gelegt, sodass man Angst haben musste, dass der Junge hintenüber vom Stuhl fiel.

»Du musst heute noch zehn Zeitungen verkaufen, richtig?«, fragte sie ihn.

Sofort stellte Matthis den Becher auf den Tisch und sprang schuldbewusst auf. »Vielen Dank für den Kakao, mir ist auch schon wieder richtig warm. Ich gehe jetzt los.«

»Warte.« Sie hielt ihn davon ab, den schweren Stapel Zeitungen auf den Arm zu nehmen. »Die lässt du alle hier. Ich kaufe sie dir ab.«

»Alle?« Matthis bekam große Augen. »Aber was wollen Sie denn damit?«

»Das lass mal meine Sorge sein. Du müsstest mir nur einen kleinen Gefallen dafür tun. Weißt du, wo die Strandvilla ist?«

»Natürlich!«, rief Matthis eifrig. »Die kennt doch jedes Kind!«

»Gut. Dann hast du jetzt eine sehr wichtige Aufgabe. Du gibst den Umschlag an der Rezeption ab und sagst ›Von einem Gast für den Hotelier persönlich‹. Wenn du wieder zurück bist, bekommst du dein Geld und einen Kakao obendrein.«

»Aber wenn mein Vater erfährt, dass ich die Zeitungen nicht ordentlich verkauft habe?«

Emma lächelte in sich hinein. Einen zuverlässigeren Jungen hätte sie sich für ihr Vorhaben nicht wünschen können. »Du bringst das Geld nach Hause, das ist die Hauptsache. Von mir wird dein

Vater es nie erfahren, und du kannst unser kleines Geheimnis doch sicher auch für immer gut hüten?«

»Das kann ich«, sagte Matthis ernst.

Als der Junge zur Tür hinaus war, legte sie dem sprachlosen Bernhard eine der Zeitungen hin. »Hier, lies, bevor sie im Herdfeuer landet. Ist ein spannender Artikel über Rudolf Diesel drin.«

»Diesel? Kenne ich nicht. Was ist mit dem Mann?«

»Er ist verschwunden. Vor zwanzig Jahren hat er eine bahnbrechende Erfindung zum Patent angemeldet. In Berlin. Aber viele glauben nicht an seinen Erfolg.«

Verwundert stand Moiken am Abend an der Rezeption, als Leopold ihr ausrichtete, der Hotelier habe sich gegen halb sechs auf einen Ausritt begeben.

Lange hatte sie dieses Stichwort nicht mehr gehört, von dem sie nicht wusste, ob es für die Wahrheit oder etwas ganz anderes stand.

»Wir haben Oktober, es dämmert draußen schon. Und wir waren doch jetzt um achtzehn Uhr zum Essen verabredet. Hat er das etwa vergessen?«

Leopold hob die Schultern und sah sie ratlos an. »Warten'S noch a bisserl, wahrscheinlich kommt der gnädige Herr jeden Moment zurück.«

Moiken hob die Augenbrauen. Leopold wollte sie doch nur beruhigen, er wusste genauso gut wie sie, was es bedeutete, wenn Theodor am Abend noch ausritt. Nur wo er sich aufhielt, war immer noch die Frage.

Darüber hatte sie in den vergangenen gut vier Wochen nicht mehr nachdenken müssen, seit dem Abend, an dem sie einander am Strand nahegekommen waren.

Danach war Theodor wie ausgewechselt gewesen – stets guter Laune, obwohl sie ihm deutlich gemacht hatte, dass das vor der Hochzeit eine einmalige Sache gewesen sei. Er war selten unterwegs und niemals mehr betrunken gewesen und voller Pläne für das Hochzeitsfest, die er in jeder freien Minute mit ihr besprechen wollte.

Ihre anfängliche Panik, ob das körperliche Zusammensein ein Fehler gewesen war, hatte sich unter seiner guten Laune abgemildert. Sie öffnete sich mehr und mehr für seine liebenswerte Art und fühlte, dass sie auf dem richtigen Weg war. Als dann auch noch ihre monatliche Blutung pünktlich einsetzte, zwar schwach, aber immerhin, löste sich auch die Angst auf.

Was blieb, war ihr schlechtes Gewissen wegen der Aktfotos, die Boy an einem Abend von ihr gemacht hatte, und dem prickelnden Gefühl im Bauch, das sie dabei gehabt hatte.

Doch in den vergangenen Wochen hatte sie sich an Theodors Regel gehalten und Boy nicht aufgesucht. Lediglich ein einziges Mal war sie schwach geworden, weil sie Boy einfach nur sehen wollte, jede Faser ihres Körpers hatte danach geschrien. Sie hatte sich selbst schon für verrückt erklärt, weil sie an nichts anderes denken konnte, und so war sie unter dem Vorwand, Emma abholen zu wollen, zum Atelier gegangen.

Bei dieser Gelegenheit hatte Boy ihr signalisiert, dass die Geschäfte sehr gut liefen, und sie war erleichtert, dass ihr Plan aufzugehen schien, und auch ruhiger, nachdem sie ihn gesehen hatte.

Dieser Mann war wie eine Droge für sie, sie konnte nicht ohne ihn – aber auch nicht mit ihm, und eines Tages würde sie ganz sicher von ihm loskommen. Mit diesem Entschluss holte sie sich selbst aus ihren Gedanken.

»Und Theodor hat wieder nicht gesagt, wo er hinreitet?«, fragte sie Leopold.

»Nein, wortlos gegangen ist er, der gnädige Herr. Ich glaube, er hat mich im Vorbeigehen nicht mal bemerkt, so sehr war er in Gedanken. Er war so fröhlich in letzter Zeit, aber seit gestern Abend …«

Moiken wusste, was Leopold sagen wollte. »Ich weiß, er kam mir betrunken im Flur entgegen. Aber ich habe das nicht weiter kommentiert und mich auf mein Zimmer verzogen.«

»Heute Vormittag ist er für niemanden zu sprechen gewesen, um elf Uhr habe ich ihm seine Post gebracht, nachdem er sie nicht wie immer bei mir abgeholt hat. Mit Verlaub, er wirkte sehr derangiert, als er mir geöffnet hat, er nahm mir nur wortlos die Briefe ab und schloss die Tür wieder, ohne sich wie sonst nach wichtigen Vorgängen an der Rezeption zu erkundigen. Genau so, wie er sich zu Beginn des Sommers verhalten hat. In den vergangenen Wochen dachte ich, es würde alles wieder gut werden, aber wenn ich offen sprechen darf – ich mache mir große Sorgen, dass dem gnädigen Herrn die Geschäfte entgleiten.«

»Ach nein, so schlimm ist es nicht, wir sollten nicht gleich den Teufel an die Wand malen. Aber ich werde seinem Verbleib nun auf den Grund gehen und in der Baumannshöhle nachsehen.«

»Sie wollen als Dame doch nicht dieses Etablissement …« Leopold fehlten die weiteren Worte.

»O doch. Und beten Sie für uns alle, dass ich Theodor nicht beim Glücksspiel erwische.«

Die enge Paulstraße lag eingeklemmt zwischen den Hauptflaniermeilen Friedrichstraße und Strandstraße und normalerweise mied Moiken dieses kurze, sandige Wegstück, das von der Neuen Straße abzweigte, wo Henriette Grondziel ihren Laden hatte.

Aber nicht nur wegen dieser unmittelbaren Nähe, vielmehr fühlte sie sich von den Wänden der einfachen Häuser erdrückt, und sie glaubte, die hohen, schiefen Giebel könnten jederzeit über ihr einstürzen.

Auch Laternen hielt man in dieser Ecke wohl für überflüssig. Wer hier versteckt wohnte, fand seinen Weg, und wer zu später Stunde in die Baumannshöhle ging, wollte nicht unbedingt gesehen werden. In kaum einer der Stuben brannte noch Licht, zu allem Überfluss hatte sich auch noch dichter Herbstnebel über die Stadt gelegt, und ihre Knie wurden mit jedem Schritt weicher.

Weit entfernt waren die hell erleuchteten Fenster des Hotels zum Deutschen Kaiser, das als stattliches Quergebäude am Ende der Paulstraße lag.

Für einen Moment dachte sie darüber nach umzukehren, während sie ängstlich nach rechts und links schielte, wo dichte Hecken die Holzveranden und Eingänge säumten.

Endlich hatte sie das vorletzte Haus erreicht, aus dem dumpfe Stimmen drangen, vermischt mit einem Seemannslied aus dem Grammophon.

Unschlüssig blieb Moiken vor der Baumannshöhle stehen, einem zweistöckigen Backsteinhaus mit holzverziertem mittigen Giebel, wo hinter dem Fenster ebenfalls noch Licht brannte. Wenige Stufen führten zu einem hübschen Eingangsportal hinauf, hinter dem man ein besseres Hotel erwartete und keine zwielichtige Spelunke.

Von außen machte die Baumannshöhle gar keinen schlechten Eindruck, dachte Moiken ermutigt, vielleicht waren es auch nur wilde Gerüchte um dieses Lokal.

Sie trat näher und studierte das große Werbeschild mit den schwarzen Lettern auf kupferfarbenem Untergrund: *Pension und Restauration. Ältester Ausschank von Pilsener Urquell und anderen Bieren, angenehmer, kühler Aufenthalt, Wanddekorationen berühmter Künstler, hervorragende Sammlung griechischer Altertümer, Sammelplatz der Badegäste.*

Das klang doch gar nicht schlecht, dachte Moiken und ging

entschlossen auf die Tür zu. Drinnen empfing sie ein Mann, der fast so breit war wie der Tisch, hinter dem er saß. »Wir haben leider kein Zimmer mehr frei.«

»Ich möchte nicht übernachten, sondern in das Lokal hinein.«

Er musterte sie mit hochgezogenen Augenbrauen. »Kein Zutritt für Damen«, beschied er ihr. »Oder sind Sie mit einem der Herren im Separee verabredet?«

So etwas gab es hier? Also könnte doch eine andere Frau im Spiel sein, dachte Moiken erschrocken und schluckte. Ausgerechnet Theodor, der immer von der großen Liebe sprach und ihr den Kontakt zu Boy verbot? Nun wollte sie es aber genau wissen.

»Ich bin mit Herrn von Lengenfeldt verabredet«, sagte sie, straffte den Rücken und ging einfach an dem verdutzten Wachhund vorbei die Treppen hinunter ins Souterrain, wo die Stimmen und die Musik herkamen.

Kaum hatte sie die Tür aufgezogen, wusste sie, weshalb der Begriff Höhle im Namen des Lokals stand. Dichter Zigarrenrauch waberte unter der niedrigen Decke entlang, über einfache Tische und vollbesetzte Stühle hinweg, die in den Nischen des dunklen Raums standen, der nur von ein paar Kerzen erhellt wurde.

An den Wänden die kaum erkennbaren Kunstwerke, wie auf dem Schild am Eingang angepriesen, unzählige griechische Vasen und Figuren, wohin man auch sah, Zeugen einer wilden Sammelleidenschaft, die eine ansprechende und würdige Ausstellung der Gegenstände unmöglich machte.

Neben dem Tresen das Grammophon, das raue Seemannslieder unter die lautstarken Männerstimmen mischte, die bei Bier und Schnaps an den Tischen saßen und Karten spielten. Auf dem Schoß mancher Herren rekelten sich Amüsierdamen in verboten knappen Kleidern, ließen sich begrapschen und sorgten dafür, dass immer volle Gläser vor den Gästen standen.

Nun wäre es ihr fast schon lieber, Theodor beim Glücksspiel und nicht mit einer solchen Dame vorzufinden, schon gar nicht in einem Separee.

Doch so gründlich sie sich auch umsah, sie konnte ihn an keinem der Tische erspähen. Dafür war sie von den ersten Herren bemerkt worden, die ihre Sitznachbarn mit Ellenbogenstößen und Kopfnicken in ihre Richtung auf sie aufmerksam machten. Es folgten Bemerkungen hinter vorgehaltener Hand, dann ertönten Pfiffe, schnell wurden einige mutiger und riefen ihr eindeutige Aufforderungen zu.

Am liebsten hätte Moiken kehrtgemacht, doch sie unterdrückte den Impuls, weil sie Gewissheit haben wollte.

Der schmalschultrige Mann hinter dem Tresen konnte ihr bestimmt Auskunft geben, in seinem Anzug wirkte er seriös, seine Gesichtszüge waren weich, sodass Moiken den Mut fasste und auf den Rothaarigen mit reichlich Pomade im Haar zuging.

Er hielt den Kopf gesenkt und konzentrierte sich auf das Zapfen der Biere, obwohl er doch von ihr Notiz genommen haben musste.

Als sie erkannte, weshalb der vermeintliche Mann sie zu ignorieren versuchte, blieb Moiken fast die Luft weg. »Henriette!«

»Schscht«, zischte die Angesprochene zornig und ließ einen unsicheren Blick durch den Raum huschen, ob jemand den Namen gehört hatte, doch das war bei dem Geräuschpegel und dem Abstand zu den Gästen nicht der Fall gewesen. »Was hast du denn hier zu suchen?«

»Theodor«, entgegnete Moiken knapp. Auf einmal war es ihr peinlich, dass sie ihrem Verlobten hinterherspionierte, und zugleich musste sie sich von der Überraschung erholen, Henriette in Männerkleidung hinter dem Tresen vorzufinden.

»Theodor von Lengenfeldt? Hier?« Henriettes Erstaunen war echt, und es fehlte nicht viel, dass sie in Lachen ausgebrochen wäre. »Wie kommst du denn auf solche Ideen?«

»Er hat mir vor einer Weile selbst erzählt, dass er hier verkehrt.«

Sie musste sich dicht zu Henriette vorbeugen, damit sie einander verstanden.

»Schätzchen, ich schwöre dir, dein Theodor hat hier noch keinen Fuß über die Schwelle gesetzt.«

Moiken zögerte. Sagte Henriette die Wahrheit? Könnte sie ihre Gründe haben, Theodor in Schutz zu nehmen?

»Woher willst du das so genau wissen?«, hakte Moiken deshalb nach. Ihre Stimme wurde schärfer. Unverziehen war Henriettes erneuter Versuch des Rufmords.

»Ich kellnere hier, siehst du das nicht? Schon seit Jahren. Wenn es also eine wissen muss, dann bin ich das, das kannst du mir ruhig glauben.« Henriette kam noch näher an ihr Ohr. »Dass du mich hier gesehen hast, bleibt unter uns. Das sind die Stunden, in denen ich ein Mann sein darf, und die nimmst *du* mir nicht. Verstanden? Wehe, du erzählst irgendwem davon.«

Moiken schwieg. Das wäre die Gelegenheit, ihr alles heimzuzahlen.

Alles.

»Natürlich nicht«, versicherte sie, ohne es zu beschwören. Seit Henriettes Liebesgeständnis sah sie die Beweggründe ihrer Freundin in einem anderen Licht, doch das war noch lange kein Grund, ihr zu verzeihen.

Unschlüssig blieb sie stehen und sah Henriette dabei zu, wie sie die frisch gezapften Biere auf ein Tablett stellte. »Wie kann ich sicher sein, dass du Theodor nicht deckst?«

»Wenn du mir nicht glaubst, frag gern die anwesenden Damen und Herren nach ihm.«

»Das bringt doch nichts, die werden ihn wahrscheinlich auch decken.« Dennoch ließ sie den Blick über die Anwesenden schweifen, ob vielleicht einer unter ihnen wäre, der es ehrlich mit ihr meinen könnte, und schon erntete sie wieder Pfiffe und anzügliche Kommentare. »Das ist ja nicht auszuhalten hier drin.«

»Wer solche Fotos von sich machen lässt, muss sich nicht wundern.«

»Wie bitte?« Moiken fuhr herum.

Zur Verdeutlichung zog Henriette lächelnd einen Stapel Fotos unter dem Tresen hervor, ein Blick darauf genügte.

»Wo hast du die her?«, fragte sie scharf.

»Von Boy«, entgegnete Henriette leichthin, »er weiß von meiner Arbeit in der Baumannshöhle und wäre ja blöd, wenn er diesen Vertriebsweg nicht als Einnahmequelle nutzen würde.«

Moiken blieb die Luft weg. Vor Scham, Enttäuschung und Wut – vor allem auf Boy, der Henriette ohne Rücksprache mit ihr eingeweiht hatte. Natürlich hatte sie gewollt, dass Boy möglichst viel Geld verdiente – aber doch nicht so! Und Henriette hatte ihren Mund nicht halten können.

»Es sollte niemand wissen, wer die Frau auf den Fotos ist. Was glaubst du, warum nur mein Körper zu sehen ist? Aber du musstest dir ja wieder das Maul über mich zerreißen!«, brauste sie auf.

Henriette blieb gelassen, zumindest nach außen hin. »Du bist ein ganz schönes Naivchen, aber das warst du schon immer. Hast du wirklich geglaubt, die Leute könnten nicht eins und eins zusammenzählen, nachdem man weiß, dass deine Tochter bei Boy als Lehrmädchen arbeitet und du ständig am Strand als Modell gesehen wurdest?«

Genau das hatte sie geglaubt, dachte Moiken, obwohl sie sich des Spiels mit dem Feuer sehr bewusst gewesen war. Wie eine Geliebte, die entgegen aller Vernunft glaubte, dass das Versteckspiel nie auffallen würde, obwohl sie ganz genau wusste, wie viele sich dabei schon die Finger verbrannt hatten.

»Gib mir sofort die Fotos, kein einziges davon wird mehr unter irgendeinem Tresen verkauft.« Moiken streckte ihre Hand aus und sah Henriette scharf an.

»Schwör mir, dass du niemandem davon erzählst, was ich hier tue und wie ich angezogen bin.«

»Ich schwöre es. Und jetzt gib mir die Fotos.«

Umgehend händigte Henriette ihr den Stapel aus, und Moiken ließ ihn in ihrer Rocktasche verschwinden, von wo aus die Bilder noch heute Nacht im Feuer landen würden.

»Gleich morgen früh werde ich Boy sagen, dass der Verkauf ein Ende hat«, fuhr Moiken aufgebracht fort, »und er wird vor meinen Augen alle Abzüge und Glasplatten vernichten. Und du schwörst mir, dass du Theodor nicht den kleinsten Hinweis auf diese Fotos gibst. Hast du mich verstanden? Ansonsten lasse ich dich auffliegen.«

Der Männerchor beendete sein Lied, und es rauschte aus dem Grammophon-Trichter.

»Verstanden«, sagte Henriette und wechselte mit flinken Bewegungen erst die Nadel, wie nach jeder abgespielten Platte üblich, legte dann eine neue auf und drehte die Kurbel, bis der Motor wieder aufgezogen war.

Moiken konnte nur hoffen, dass Henriette es ehrlich meinte. Aber davon war auszugehen, denn nun hatte sie Henriette in der Hand.

Vom Verlauf des Abends hatte sie viele Vorstellungen gehabt, aber dass er mit diesem Ergebnis enden würde, hätte sie im Traum nicht für möglich gehalten.

Außerdem blieb immer noch die Frage, ob Theodor wirklich nie in der Baumannshöhle gewesen war, obwohl er es ihr gegenüber behauptet hatte, oder ob Henriette log. Und wo er sich stattdessen aufhielt.

Unvermittelt rief eine männliche Stimme in das Schweigen des Grammophons hinein: »He, vor dem schönen Weib da am Tresen müsst ihr euch in Acht nehmen. Die hat ihren Bruder umgebracht!«

Moiken fuhr herum, konnte den Redeführer aber nicht ausfindig machen, und noch ehe sie den Mund aufbekam, reagierte Henriette.

»Nein, das hat sie nicht«, rief sie mit tiefer, rauchiger Stimme. »Sie ist unschuldig. Das ist ein unseliges Gerücht. Schluss damit. Und wenn ich denjenigen erwische, der es immer noch weiter verbreitet, dem schneide ich die Eier ab.«

Energisch setzte Henriette die Nadel auf die Schallplatte, und es ertönte Tangomusik.

»Hat unser Kaiser diese Musik nicht mittlerweile verboten?«, rief jemand aus einer anderen Ecke.

»Sei's drum«, entgegnete Henriette lautstark. »Gerade deshalb lege ich sie auf.«

»Nur noch vier Wochen bis zu unserer Hochzeit«, schwärmte Theodor, als Moiken mit ihm an diesem ersten Dezember nach dem Frühstück in sein Büro ging, um die Abläufe der Silvesternacht und damit auch das Hochzeitsfest genauer durchzusprechen und zu klären, was noch organisiert werden musste.

Theodor trug sie auf Händen – aber nur dann, wenn er Zeit für sie hatte, und das war nicht viel gewesen in den vergangenen Wochen. Nur die Sonntagsausflüge waren ihm heilig, und so waren sie gestern bei Schneetreiben am Strand entlangspaziert, bis sie glaubte, ihr würden die Füße abfrieren.

Vergnüglich war der kleine Ausflug dennoch gewesen, und am wichtigsten war, dass Henriette sich an ihren Schwur hielt, und das tat sie ganz offensichtlich, da es ihr wichtig genug war, ihr Doppelleben weiterführen zu können. Wichtiger, als das Leben ihrer ehemals besten Freundin ein zweites Mal zu zerstören.

Was Theodor betraf, hatte sie sich seit Oktober angewöhnt, gute

Miene zu seinen Eskapaden zu machen. Andere Ehefrauen mussten auch damit zurechtkommen, dass sich ihre Männer nachts in Kneipen herumtrieben, und waren manchmal sogar froh darum.

Als sie nun jedoch Theodors Schreibtisch sah, kamen ihr starke Zweifel, ob sie ihn weiterhin so gewähren lassen konnte. Früher lag um diese Uhrzeit nur die Tagespost unbearbeitet da, doch heute stapelten sich Zeitungen, Papiere und vor allem jede Menge ungeöffnete Briefe quer über den Schreibtisch verteilt in einem erschreckenden Durcheinander.

Nun war ihr mit einem Schlag klar, warum er sie seit Oktober nicht mehr in sein Büro gebeten hatte. Doch warum heute? Sollte das eine Art Hilferuf sein? Oder war es ihm schlicht gleichgültig geworden, wie es hier aussah? Belog er sich selbst so gut, dass er glaubte, alles im Griff zu haben?

Nachdem sie in der Baumannshöhle gewesen war, hatte sie ihn gleich am nächsten Tag zur Rede gestellt und ihn gefragt, ob er seine Abende und Nächte dort verbringen würde. Tatsächlich hatte er das noch einmal bestätigt, doch sie konfrontierte ihn mit ihren Nachforschungen und der Tatsache, dass er dort nicht bekannt sei.

Daraufhin hatte er erst schallend gelacht und das Stichwort Diskretion genannt, und als sie ihn gefragt hatte, ob er an jenem Abend mit einer der Amüsierdamen im Separee gewesen sei und sie ihn deshalb nicht angetroffen habe, war er richtig wütend geworden. Selbstverständlich würde er sich nicht mit solchen Damen vergnügen, er sei ausgeritten und erst später in die Baumannshöhle gegangen, dort habe er Karten gespielt, aber nicht um Geld, er sei schließlich vernünftig, und ja, er habe auch Alkohol getrunken, aber das sei schließlich kein Verbrechen. Und im Übrigen sei er sehr enttäuscht von ihr, dass sie ihm nachspionieren und nicht vertrauen würde.

So war sie am Ende diejenige gewesen, die sich bei ihm hatte entschuldigen müssen, obwohl ihr Zweifel blieben. Wenn er wirklich in der Baumannshöhle verkehrte, warum hatte ihn dann noch keiner der Herren auf die pikanten Fotos seiner Verlobten angesprochen? Andererseits, warum sollten sie – schließlich würden die Männer zugeben müssen, ein solches Foto erworben zu haben, und das wollte auch keiner, das war ihnen die Sache dann wohl auch nicht wert.

Zwischen Boy und ihr herrschte Eiszeit, seit sie ihn gezwungen hatte, die Fotos zu vernichten. Wenn er das gewusst hätte, wäre er lieber gleich nach Berlin umgesiedelt. Und es sei doch auch in ihrem Sinne gewesen, dass er möglichst viel Geld verdiene, da könne sie ihm doch nicht vorwerfen, dass er die Fotos auch über Henriette verkauft habe – schließlich habe sie Wort gehalten und geschwiegen.

Schweigen herrschte zwischen Boy und ihr, weil sie sich unverstanden fühlte und enttäuscht war. Selbst über ihren hohen Anteil am Gewinn der verkauften Fotos konnte sie sich nicht freuen, auch wenn sie das Geld gut für ihr Café am Meer gebrauchen konnte.

Das einzig Gute an der Sache war, dass Boy aufgrund der Fotos Berlin lange genug aus dem Blick verloren hatte und er wohl kaum im Winter dorthin übersiedeln würde. Zeit hatte sie also gewonnen.

Theodor verlor kein Wort über die Unordnung, stattdessen sprach er über das anstehende Fest: »Von den zweihundert eingeladenen Personen fehlen uns nur noch die Rückmeldungen des kaiserlichen Botschafters von Szögyény-Marich, von Ihrer Durchlaucht Prinzessin Lobkowitz aus Prag, von Großherzog Friedrich Franz IV. von Mecklenburg sowie von Graf Talleyrand-Périgord.«

Fast wäre Moiken eine Bemerkung rausgerutscht, dass sich die Antworten ja durchaus unter den ungeöffneten Briefen befinden könnten, aber sie biss sich auf die Lippen. Über die endgültige

Sitzordnung würden sie ohnehin erst ein paar Tage vorher entscheiden, bis dahin hatte Theodor hoffentlich Ordnung geschaffen.

»Es freut mich, dass so viele zugesagt haben«, sagte sie. »Die Gäste dürfen sich nun auch auf ein Singspiel freuen, ich habe die Westerländer Theatergruppe davon überzeugen können, bei uns aufzutreten und nicht im Hotel zum Deutschen Kaiser, obwohl es dort mehr Gage gibt.«

Theodor lächelte sie verliebt an. »Du bist wundervoll, ich kann es nur immer wieder betonen. Was bin ich doch für ein Glückspilz, dass ich dich bald als Frau an meiner Seite habe.« Er warf ihr einen Luftkuss zu, über den sie sich hätte freuen können, aber sie reagierte wie immer verhalten. Wenn sie ihm doch nur von ganzem Herzen vertrauen könnte …

Sie betrachtete den Mann, der in vier Wochen ihr Ehemann sein würde. Heute wirkte er ausgeschlafen und wie aus dem Ei gepellt. Sie mochte seine gepflegte Erscheinung, die Hingabe, mit der er seinen Bart in Form brachte, und die Mühe, die er auf seine Garderobe verwandte, seine Freundlichkeit und sein Lächeln, dem sie kaum widerstehen konnte – wenn da nicht der Alkohol und die langen Nächte auswärts und ihr damit verbundenes Misstrauen wären.

Seine Freude über das Engagement der Theatergruppe – dahingehend war sie sich sicher – war übertrieben. Denn er hielt nicht viel von diesen heiteren Bühnenstücken, ihm waren sie zu volkstümlich, und die Mischung aus Gesang und Dialogen behagte ihm nicht. Nachdem sie jedoch von Julius an einem Nachmittag ins Conversationshaus zu einer solchen Aufführung eingeladen worden war, als er gemerkt hatte, wie viel Kummer sie mit sich herumtrug, war sie wie verwandelt aus diesem Singspiel hinausgegangen, und seither stand für sie fest, dass die Theatergruppe in der Strandvilla auftreten sollte.

Theodor war zunächst ziemlich irritiert, um nicht zu sagen, gar nicht begeistert davon gewesen, dass sie ihre eigenen Ideen für die Silvesterfeier und damit ihr Hochzeitsfest einbringen wollte. Er war davon ausgegangen, dass sie sich lediglich um die Menügestaltung kümmerte, doch da hatte sie ihn schnell eines Besseren belehrt.

Allerdings, was die Gage anbelangte, war Theodors Angebot nahezu beschämend gewesen, aber die Theatergruppe erhoffte sich weitere Auftritte in der Strandvilla. Ihr jedoch war es sehr peinlich gewesen, mit diesem schlechten Angebot bei der Theatergruppe anzufragen, wahrscheinlich hatte Theodor angesichts dessen gehofft, dass sie eine Absage bekäme.

»Worüber denkst du nach?«, fragte er, und sie schreckte auf.

»Oh, ich … dachte gerade darüber nach, was noch erledigt werden muss. Du wolltest doch gern diese berühmte Wahrsagerin aus Hamburg engagieren. Was hat sie zu deinem Angebot gesagt?«

»Ach herrje!« Theodor machte eine betroffene Miene. »Wie gut, dass du mich erinnerst, das habe ich ganz vergessen!«

Nicht das Einzige, worum er sich in letzter Zeit nicht gekümmert hatte, dachte Moiken bitter. Wobei ihr das Versäumnis mit der Wahrsagerin sogar gelegen kam, denn sie hielt nichts von diesem Hokuspokus. Die Dame versprach für teures Geld alles, was die Leute sich wünschten, und die glaubten auch noch daran.

»Nicht so schlimm«, besänftigte sie Theodor deshalb. »Die Dame verlangt bestimmt sehr viel Honorar, lass uns doch lieber ein Nussschalenorakel mit Kerzenschiffchen und Wünschezetteln in einem Wasserbassin machen. Das ist romantisch, macht allen Freude und kostet praktisch nichts.«

»Ach Moiken, für unsere Hochzeit ist mir nichts zu teuer! Ich werde der Wahrsagerin gleich heute noch einen Brief schreiben! Das Fest soll allen auf ewig in wundervoller Erinnerung bleiben. Und da es zugleich eine Silvesterfeier ist, darf eine Wahrsagerin nicht fehlen, das erwarten unsere Gäste! Dein niedliches Nussschalenorakel können wir ja trotzdem machen, wenn du darauf bestehst. Was ist nun eigentlich mit der Hochzeitstorte, willst du sie wirklich selbst backen? Hast du darüber nachgedacht, ob nicht doch Wilma diese Aufgabe erledigen könnte? Du hast wirklich schon genug um die Ohren.«

»Wilma auch. Nein, das möchte ich mir nicht nehmen lassen. Ich habe schon genaue Vorstellungen, und die möchte ich gern umsetzen.«

Theodor schüttelte den Kopf und strahlte sie zugleich mit einem breiten Lächeln an. »So eine patente Frau wie dich muss man einfach lieben – und heiraten!« Theodor hob den Zeigefinger, weil ihm augenscheinlich etwas eingefallen war, und tippte auf die Sylter Zeitung, die zuoberst auf einem Stapel lag. »An die Annonce müssen wir auch noch rechtzeitig denken«, sagte er.

»Das übernehme ich«, bot Moiken in Anbetracht des Durcheinanders an, »ich bringe den Text zu Julius. Ich muss ohnehin noch einmal bei ihm vorbei.«

»Das ist gut. Warte mal, ich habe schon einen Entwurf geschrieben, den können wir auch gleich besprechen. Wo ist denn nur der Zettel?«

Moiken konnte nicht mit ansehen, wie er in den Stapeln kramte, und flüchtete sich in Gedanken in ihr Café am Meer, wo sie bis zum Beginn des Winters mit Julius' Hilfe gut vorangekommen war. Er hatte noch vor dem Winter die Fensterrahmen ausgebessert, und als sie mit ihren Arbeiten fertig gewesen war, hatte er die Scheiben wieder mit Brettern vernagelt.

Nach dem Ausmisten hatte sie die Wände neu grundiert, das bunt zusammengewürfelte Geschirr sortiert und ergänzt, die Möbel geschliffen, die Stühle und Tische in verschiedenen bunten Farben gestrichen – was Julius zu einem Aufschrei veranlasst hatte, weil ihm schon die Stühle zu knallig waren und er ein schlichtes Weiß bevorzugt hätte.

Aber das kam gar nicht infrage, schließlich sollte man das Café schon von Weitem sehen, was bei der Lage am Ende der langen Wandelbahn sehr wichtig war.

Im Frühjahr war dann noch der Außenanstrich dran und der Dielenboden, den Julius komplett austauschen wollte, weil sich an einigen Stellen die Fugen geweitet hatten. Selbst wenn der Boden hier und da schief war, ihr gefiel der Charme der alten Schiffsplanken. Sie stammten von der Honnegina, die 1898 vor Hörnum gesunken war. Deshalb wollte sie mit Julius sprechen, ob er die Fugen nicht einfach nur erneuern könnte, und sie würde den Boden streichen und polieren, bis er wie neu aussähe. Auf diese Weise hätte Julius seine alten Knochen geschont und sie einiges an Geld gespart.

Mit Theodor hatte sie über das Café nicht mehr gesprochen, denn er blendete das höchstwahrscheinlich aus oder hatte genug mit sich selbst zu tun.

Er kramte immer noch in seinen Papieren herum, schichtete sie von einer Seite auf die andere, und so langsam schien ihm das selbst peinlich zu werden, denn plötzlich nahm er die Zeitung, auf die er eben schon getippt hatte, und las die Schlagzeile vor: »*Zabern-Affäre bedroht den Frieden zwischen Frankreich und Deutschland.* Was sagst du dazu, Moiken? Die Presse bedroht den Frieden mit ihren reißerischen Artikeln, so herum wird ein Schuh draus.«

Offenkundig wollte er ein Ablenkungsmanöver starten, und sie tat ihm den Gefallen, auch wenn sie keine Lust auf eine politische Diskussion mit Theodor hatte, der so sicher wie ein Hellseher darauf beharrte, dass es keinen Krieg geben würde. Aber wenn es der Ablenkung diente …

Denn natürlich verfolgte sie aufmerksam die Geschehnisse in Zabern seit Ende Oktober, und sie fragte sich, wie es sein konnte, dass letztlich wegen eines einzigen aufrührerischen blutjungen preußischen Leutnants der Belagerungszustand über die Stadt verhängt worden war, sodass das Militär faktisch die Regierungsgewalt übernommen hatte und die zivile Verwaltung außer Kraft gesetzt worden war.

»Nun ja, auf den ersten Blick scheint so eine Schlagzeile tatsächlich übertrieben zu sein«, lenkte Moiken ein, um nicht in einer unerquicklichen Debatte mit ihm zu enden, schließlich hatten sie andere Themen zu besprechen.

»So ist es, völlig übertrieben!«, ereiferte sich Theodor. »Und hätte die Presse damals die Hinweise dieses Informanten nicht so aufgebauscht oder gar nichts darüber geschrieben, was in dieser kleinen deutschen Kaserne von einem unbedeutenden Offizier, der noch grün hinter den Ohren ist, herausposaunt wurde, dann hätten wir jetzt kein Politikum. Zabern-Affäre, dass ich nicht lache! Wer kannte denn schon vorher dieses kleine Garnisonsstädtchen in Elsass-Lothringen? Keiner! Und nun fühlt sich sogar der Kaiser bemüßigt, einzugreifen.«

»Aber die Franzosen haben schon zu Recht gegen die Äußerungen dieses deutschen Offiziers demonstriert«, konnte sie sich nicht verkneifen zu antworten.

»Ach, nur weil dieser Möchtegerngroß sein Maul aufgerissen hat und zu seinen Rekruten gesagt hat: *›Auf die französische Fahne könnt ihr scheißen.‹* Meine Güte! Zwanzig Jahre ist dieser Freiherr von Forstner erst alt und schon Offizier – den kann man doch nicht ernst nehmen.«

Nun fühlte sie sich doch bemüßigt, dagegenzuhalten. »So lustig ist das nicht, wenn er darüber hinaus seine Rekruten auffordert, sie könnten ruhig vom Seitengewehr Gebrauch machen, wenn ihnen ein Franzose querkäme, er die Einwohner als Wackes, also als Taugenichtse bezeichnet, und auch noch 10 Mark Belohnung aussetzt, wenn sie einen von ihnen erstechen. Ich finde schon, dass die Demonstration der Bevölkerung gerechtfertigt war, wenn sich die Soldaten wie Besatzer aufführen.«

Theodor lehnte sich auf seinem Stuhl zurück und schüttelte unduldsam den Kopf. »Bis dahin war doch noch gar nichts passiert, außer dummes Gerede, das an die Presse gelangt ist. Ein paar lärmende Tumulanten und hetzerische Presseorgane, mehr ist da nicht, und schon gar nicht kommt es deshalb zum Krieg zwischen Deutschland und Frankreich. Lächerlich!«

»So lächerlich finde ich das nicht, wenn die deutschen Soldaten die französischen Demonstranten unter Androhung von Waffengewalt vom Platz prügeln und dreißig Personen verhaftet werden. Darunter waren sogar der Präsident, zwei Richter und ein Staatsanwalt des Zaberner Landgerichts, die beim Verlassen des Gerichtsgebäudes zufällig in die Menge geraten waren. Alle wurden in einen regelrechten Kerker gesperrt, und dieser unselige junge Offizier lässt öffentlich verlauten, dass er es als Glück betrachtet, dass nun Blut fließt, und er es der Armee schuldig sei, sich Respekt zu verschaffen. Das alles hat mit Lächerlichkeit nichts mehr zu tun!«

Theodor spannte die Arme zu einer erklärenden Geste auf. »Er hat die Demonstranten zuvor dreimal friedlich aufgefordert, das Kasernengelände zu verlassen.«

»Natürlich haben die Demonstranten darauf nicht reagiert, aber das gibt dem Militär noch lange nicht die Befugnis, sich gegen die zivile Bevölkerung außerhalb jeglichen Rechts zu verhalten und Leute zu verhaften. Auch das Militär untersteht dem Gesetz, wenn nun das Militär Willkür gegen die Bevölkerung ausüben darf, dann ist es nicht mehr weit bis zum Krieg.«

»Ach Moiken«, entgegnete Theodor kopfschüttelnd, »du kannst es aber auch übertreiben. Der Offizier hat sich mit seinen Männern gegen die aufständische Bevölkerung gewehrt, und das war sein gutes Recht. Der Kaiser tut gut daran, wenn er deshalb seinen Urlaub auf dem Gut des Fürsten zu Fürstenberg nicht unterbricht. Denn Krieg wird es deshalb nicht geben.«

»So wollen wir es hoffen«, sagte Moiken mit einem tiefen Seufzer und auf der Suche nach einem Weg, das Gespräch wieder auf die Vorbereitungen für das Fest zu lenken. Schon allein über die Möglichkeit eines bevorstehenden Kriegs war mit Theodor nicht zu sprechen, so sehr beharrte er auf seiner Friedensmeinung. »Wilma wollte noch wissen, ob du den Mokka, die Trüffel, das Olivenöl aus Italien und den Sherry aus Spanien bestellt hast, so wie ihr das für das Menü besprochen habt? Das dauert ja alles seine Zeit …«

»Ach du meine Güte, wo hab ich denn den Zettel?« Aufgeregt begann Theodor seine Stapel von Neuem zu durchsuchen, während Moiken innerlich aufseufzte und beschloss, ihn vorsichtig auf das Problem anzusprechen.

»Du hast deine Post schon länger nicht bearbeitet …«

»Doch, natürlich. Das ist alles nur unwichtiges Zeug hier.« Demonstrativ ließ er seinen vergoldeten Brieföffner durch das Kuvert gleiten und zog das Papier heraus. »Siehst du, nur Werbung. Und hier …« Energisch riss er das nächste Kuvert auf. »*Crema Activa von Marie Curie. Nur 6 Mark pro Tiegel. Bestellbar bei der Compagnie Francaise de Vulgarisation. Es ist eine Tatsache, dass durch die erstaunliche Wirkung der Radioaktivität das Altern nicht mehr existiert.* Ach, das ist ja interessant. Wobei meine hübsche Frau so eine Creme nicht braucht – oder möchtest du sie haben, dann bestelle ich sie dir.«

»Bloß nicht!«, protestierte Moiken.

Theodor ließ das Schreiben achtlos in den Papierkorb fallen, und schon öffnete er den nächsten Umschlag. Beim Blick hinein erstarrte er, die Farbe wich aus seinem Gesicht. Von einer Sekunde auf die andere war er kreidebleich geworden.

Moiken glaubte schon, es handle sich um eine Todesnachricht – bis sie das Foto sah.

Plötzlich schien die Welt um sie herum nicht mehr zu existieren. Sie sah nur noch ihren nackten Körper, das Foto in Theodors bebenden Fingern. Panik brach wie ein Sturm über sie herein und zerfetzte jeden klaren Gedanken in ihr.

»Ich kann dir das erklären«, brachte sie hervor. »Das … es hat alles längst ein Ende. Es ist vorbei, verstehst du? Ich habe alles vernichten lassen, alle Abzüge, alle Glasplatten, alles. Das ist schon Wochen her.«

»Dann ist ja alles in bester Ordnung.« Theodor erhob sich, kam um den Schreibtisch herum und gab ihr einen sanften Kuss auf die Stirn.

Fassungslos sah sie zu ihm auf. Mit allem hatte sie gerechnet, nur damit nicht. Das war doch nicht echt. Bestimmt stand er ebenfalls unter Schock, oder er riss sich gerade noch zusammen und würde gleich explodieren.

Flehend suchte sie seinen Blick. »Das war ein großer Fehler, aber ich kann dir meine Gründe erklären. Es war wegen Emma, damit sie nicht nach Berlin geht. Und dieses Foto, das hat dir Henriette zugespielt, das ist eine üble Intrige von ihr. Bitte, Theodor, hör mich an, dann wirst du mich verstehen. Jedenfalls hoffe ich das. Von Herzen. Ich hätte das nicht tun sollen, ich wusste mir nur nicht anders zu helfen.«

»Schon gut, Moiken. Schon gut. Du musst nicht weinen. Ich möchte gar keine Details wissen, denn ich sehe dir an, dass du die Sache ehrlich bereust, und es scheint wirklich ein dummer Fehler von dir gewesen zu sein. Aber jeder macht mal Fehler.«

Moiken glaubte, nicht richtig zu hören. War das der Theodor, der sonst bereits bei einem Blick zwischen Boy und ihr vor Eifersucht raste?

»Niemand treibt einen Keil zwischen uns«, fügte Theodor entschieden hinzu, während sie sich über die Augen wischte. »Weder dieser Boy noch diese Henriette. Ich nehme an, zwischen dir und Boy besteht trotz Emma nun endlich kein Kontakt mehr, so wie ich es gewünscht habe?«

»Ich schwöre es dir«, brachte sie hervor und konnte immer noch nicht glauben, wie besonnen Theodor reagiert hatte. Alles hätte sie erwartet, aber das nicht. Offenbar liebte er sie wirklich von ganzem Herzen.

Theodor nickte, zerriss die Fotos, warf sie in eine Schale neben dem Schreibtisch und zündete sie an. Während er in die Flammen starrte, sagte er: »Damit ist die Sache also erledigt. Ich stehe zu dir, genau so, wie ich hoffe, dass du fest zu mir stehst. Und nun verlieren wir kein Wort mehr darüber.«

»Danke«, sagte Moiken leise und unendlich erleichtert. Aber in ihrem Inneren regte sich die Wut auf jemanden, mit dem das letzte Wort noch nicht gesprochen war, auch wenn diese Intrige nur dank Theodors unschätzbarer Güte misslungen war. Denn es hätte ganz anders ausgehen können, und genau das hatte dieser Mensch einkalkuliert.

Henriette. Dieses Miststück sollte ihres Lebens nicht mehr froh werden.

Was war denn da los? Als Emma am Morgen die Strandstraße hinunterging, sah sie bereits von Weitem die lange Schlange vor dem kaiserlichen Postamt am Ostbahnhof. Heute war doch ein ganz normaler Donnerstag im Dezember?

In langen Mänteln, mit Pelzmützen und Hüten trotzten die Menschen dem Schneetreiben, doch mit jeder Windböe zogen sie die Schultern höher und wie die Schildkröten die Hälse ein.

Verwundert stellte sich Emma ans Ende der Reihe. Eigentlich wollte sie nur schnell vor ihrem Arbeitsbeginn im Atelier einen Brief an Felice Bauer aufgeben – wenn sie mithilfe des Postbeamten die Adresse der Schallplattenfirma herausgefunden hatte, in der Felice als Stenotypistin arbeitete.

Matthis hatte auf die Bibel geschworen, den Umschlag in der Strandvilla abgegeben zu haben, aber aus irgendwelchen Gründen hatte ihr Plan nicht funktioniert. Täglich hatte Emma auf die Explosion gewartet, es vor Nervosität bald nicht mehr ausgehalten, doch die Zündschnur musste an irgendeiner Stelle erloschen sein.

Also musste sie nun mit einem Brief an Felice Bewegung in die Sache bringen, in dem sie ihr mitteilte, dass sie zum ersten Januar eine Lehrstelle in Berlin gefunden habe und nun eine Unterkunft benötigen würde.

Das mit der Lehrstelle stimmte zwar nicht, aber was nicht war, konnte ja noch werden. Eine Unterkunft benötigte sie auf jeden Fall, denn bei der Vorstellung, ohne diese nach Berlin zu reisen, bekam sie doch kalte Füße. Die Sache musste gut geplant sein, so viel Vernunft hatte sie mittlerweile gewonnen, auch wenn sie es vor Ungeduld bald nicht mehr aushielt. Hoffentlich musste sie nicht mehr lange auf dieser Insel ausharren und die Handlangerin für ihre Mutter spielen, von der sie so sehr enttäuscht war.

Denn sie hatte den Geburtstag ihrer eigenen Tochter zwar nicht vergessen, aber so nebensächlich zwischen den augenscheinlich wichtigeren Hochzeitsvorbereitungen und den üblichen Arbeiten in der Küche am vierzehnten November abgehakt, dass Emma am Abend die Tränen gekommen waren.

Was für ein enttäuschender sechzehnter Geburtstag, da halfen auch die schönen Geschenke nichts. Zur Krönung wurde sie von ihrer Mutter auch noch als undankbar bezeichnet, schließlich sei sie kein Kind mehr, bei dem aus einem Geburtstag ein Staatsakt gemacht werden müsse. Natürlich nicht, das war in Keitum in all den Jahren nicht der Fall gewesen, es hatte nicht mal große Geschenke gegeben, aber das war auch nicht das gewesen, was sich ihr Herz gewünscht hatte.

Mit einem jedoch hatte ihre Mutter recht: Sie war kein Kind

mehr und mit sechzehn Jahren nun wirklich alt genug. Alt genug, allein ins Leben zu gehen.

Und da für Boy – für ihren Vater – wann würde sie sich endlich an diese Anrede gewöhnen? – Berlin kein Thema mehr war, musste sie sich diesen Weg selbst ebnen.

Ohnehin hatte sie viel zu lange gezögert, die ersten Schritte zu unternehmen. Bei allem Mut und Willen – der Gedanke an einen Abschied war nicht leicht, vor allem nicht von Adriano, ihrem treuen Friesen, der jeden Morgen in der Box darauf wartete, von ihr begrüßt zu werden.

In der Schlange ging es nur langsam vorwärts, und die Zeit verrann dagegen viel zu schnell. Zu spät ins Atelier kommen wollte sie auch nicht. Ungeduldig tippte sie der vor ihr stehenden Dame auf die Schulter, um sie nach der Ursache für den Ansturm zu fragen.

Als die Frau sich umdrehte, erkannte sie Bernhards Mutter Henriette, mit der sie Begegnungen vermied, aber nun war es schon zu spät.

»Ach Emma, du kannst vielleicht Fragen stellen. Heute wollen alle zwischen neun und zehn Uhr einen Brief aufgeben, um den begehrten Stempel zu erhalten – du etwa nicht auch?«

Emma schüttelte den Kopf. Außerdem wusste sie gar nicht, wovon die Rede war. »Welchen Stempel denn?«

»O Emma, du bist wirklich genauso dumm wie deine Mutter. Heute ist doch der elfte Dezember, und wer in dieser Stunde einen Brief aufgibt, erhält den besonderen Stempel 9–10.11.12.13.«

»Ich bin nicht dumm – und meine Mutter auch nicht.« Emma konnte nicht anders, als ihre Mutter ebenfalls zu verteidigen. Am liebsten hätte sie dieser Henriette ins Gesicht gesagt, dass sie selbst eine dumme Pute war. Sie mochte diese Frau nicht, und das beruhte auf Gegenseitigkeit – dabei wusste Emma nicht, warum. Sie hatte dieser Frau jedenfalls nichts getan.

»Dann eben naiv – nenn es, wie du es willst.« Henriette beugte sich unangenehm nahe zu ihr und raunte ihr ins Ohr: »Ich weiß von verbotenen Fotos, die deine Mutter nackt zeigen. Interessiert dich das?«

Emma durchfuhr ein Schreck, so als ob eine Dampflok auf sie zurasen würde. Wie zum Teufel hatte sie davon erfahren? Bernhard hatte doch auf ewig Stillschweigen geschworen.

Emma beschloss, sich ahnungslos zu geben. »Was behaupten Sie denn da? Und woher wissen Sie das?« Sie legte so viel Skepsis in ihre Stimme, wie ihr das unter ihrem wilden Herzschlag möglich war.

»Woher ich das weiß, spielt keine Rolle. Tatsache ist nur, dass deine Mutter eine Verräterin ist.«

Emma versuchte sich an einer ausdruckslosen Miene, während es in ihr arbeitete. Das Gespräch verlief in eine ganze andere Richtung, als sie erwartet hatte.

»Ja, Emma, hör dir das nur an und tu nicht so unberührt. Ich hätte Stillschweigen über die Sache bewahrt, weil ich mit deiner Mutter eine Abmachung hatte, aber diese Verräterin hatte nichts Besseres zu tun, als zum Besitzer der Baumannshöhle zu rennen und mich zu verpfeifen. Sie hat mir den wichtigsten Teil meines Lebens geraubt, verstehst du das?«

Emma hob vage die Schultern.

»Ach, woher sollst du kleines, naives Mädchen das auch ahnen. Ich stand als Mann hinterm Tresen, und keiner ahnte etwas davon. Als Mann unter Männern – das war mein Leben. Nicht meine notgedrungene Existenz als Besitzerin des Möwen-Bazars. Ach, was rede ich lange. Ich sage dir jetzt was: Deine Mutter wird mit ihrem Café keinen Fuß auf den Boden bekommen, dafür werde ich sorgen.«

Sprachlos starrte Emma auf Henriettes Rücken. Ihr gingen so viele Fragen durch den Kopf, aber sie brachte kein Wort über die

Lippen. Viel zu groß war die Scham, die sie für das Verhalten ihrer Mutter empfand. Ihre Mutter – eine Verräterin.

Natürlich wusste jeder, dass Henriette und Moiken sich nicht ausstehen konnten. Warum, das wollte oder konnte ihr keiner, den sie bisher gefragt hatte, so genau sagen – aber das gab ihrer Mutter noch lange nicht das Recht, Henriette an den Pranger zu stellen, nachdem sie sich mit diesen unsittlichen Fotos genauso wenig wie Henriette um die Moral geschert hatte. Da geschah es ihrer Mutter wohl ganz recht, wenn Henriette ihr jetzt Schwierigkeiten machte.

»Was kann ich für Sie tun, junges Fräulein?«

Emma hatte sich so sehr in Gedanken verloren, dass sie aufschrak, als sie zu einem der freien Schalter gerufen wurde. »Ich möchte diesen Brief an Felice Bauer in Berlin schicken, mir fehlt leider ihre Privatadresse, aber sie arbeitet dort in der Schallplattenfirma, nur ist mir diese Adresse leider auch nicht bekannt.«

Der Beamte seufzte verhalten, holte ein dickes Buch herbei und blätterte darin. »Wollen wir mal sehen, ob wir die Adresse der Dame ausfindig machen. Wie ist der Name des Ehegatten?«

»Sie ist nicht verheiratet – nur verlobt. Felice ist ihr Vorname«, wiederholte Emma, »also irgendwo hier bei Bauer, Felix«, kam sie dem Mann zur Hilfe und deutete auf die Stelle auf der eng beschriebenen Seite, wo sie den Vornamen entdeckt hatte.

»Das ist ein Irrtum, denn Fräulein, Frauen und Witwen stehen nach den Männern in erneuter alphabetischer Reihenfolge«, belehrte sie der Beamte mit leichter Ungeduld. »Also wollen wir mal sehen … nein, kein Eintrag. Wahrscheinlich wohnt sie zur Untermiete. Also, dann die Schallplattenfirma, aber da haben wir bestimmt schlechte Karten.« Wieder blätterte er. »Es gibt drei solcher Firmen. Star Record am Elisabethufer, dann noch eine in der Ritterstraße und eine in der Schinkestraße. Aber das sind nur die, die im Adressbuch unter Schallplattenfirma stehen. Da gibt es sicherlich noch zehn andere, die unter dem Namen ihrer Besitzer eingetragen sind. Dazu müsste man das ganze Adressbuch durchsuchen. Also, junges Fräulein, wohin soll der Brief gehen? Es ist viel los heute«, drängte er.

»Star Record am Elisabethufer«, entschied sich Emma aus dem Bauch heraus. Das klang nach einer feinen Adresse, die zu Felice Bauer passte.

Mit einem Blick auf die Dienststunden beschloss sie, dass sie bis heute Abend um acht Uhr noch zwei Briefe schreiben und an die anderen beiden Schallplattenfirmen schicken konnte – und morgen einen an den Verlobten von Felice in Prag. Dafür musste sie bei Julius in der Buchhandlung nur in Erfahrung bringen, wie dieser Franz mit Nachnamen hieß, der *Das Urteil* geschrieben hatte, denn das hatte Felice am Strand nicht erwähnt.

Es würde ihr schon gelingen, Felice Bauer ausfindig zu machen, dachte Emma, während der Beamte energisch den Stempel auf den Umschlag setzte. Ansonsten musste sie eben in jeder freien Minute zur Post gehen und das Berliner Adressbuch von A bis Z nach allen Schallplattenfirmen durchblättern, obwohl das wahrscheinlich Wochen dauern würde, so dick, wie dieses Buch war. Nun, ihr war keine Mühe zu viel.

Aber vielleicht brachte ihr dieser besondere Stempel ja Glück.

Die Tage vor dem ersten Weihnachtsfest in der Strandvilla waren für Moiken von großer Anspannung geprägt gewesen. Nicht nur, weil vieles rechtzeitig erledigt sein musste, damit die Gäste zufrieden waren, vielmehr gab es ein sehr trauriges Ereignis, das einen Schatten auf das Fest warf.

Adriano war vor zwölf Tagen, genau an Moikens Geburtstag, gestorben. Ausgerechnet Emma hatte ihn tot in seiner Box vorgefunden, als sie ihm wie jeden Morgen zur Begrüßung einen Apfel vorbeibringen wollte. Der Stallknecht war im Morgengrauen davon ausgegangen, dass der Rappe noch schlief, und hatte ihm nur das Futter in den Trog gekippt.

Nach diesem Schock hatte Emma tagelang kein Wort gesprochen, und wenn man sie suchte, fand man sie in der leeren Box von Adriano, den Blick auf die Stelle geheftet, wo er gelegen hatte. Jeder Aufmunterungsversuch scheiterte.

Seit heute Morgen jedoch schien Emmas Trauer etwas nachzulassen. Sie fand ihr Lächeln wieder und beteiligte sich an den letzten Vorbereitungen, sodass das Weihnachtsfest am Nachmittag im kleinen Kreis beginnen konnte.

Bei ungewohnt guter Laune saß Emma nun mit Theodor am Tisch im geschmückten Separee nahe des Speisesaals, wo es nach Moikens Wunsch zum Tee einfaches Spritzgebäck gab, während in der Küche unzählige Leckereien für das Weihnachtsmenü warteten.

Theodor hatte sie beide aus der Küche entführt, weil er darauf bestand, dass sie sich im Trubel wenigstens eine Stunde Zeit für ein privates Weihnachtsfest nahmen.

Er hatte zu dem riesigen Tannenbaum, der vom Festland geliefert und im Speisesaal aufgestellt worden war, noch einen kleinen kommen lassen und ihn eigenhändig geschmückt.

Darunter lag ein Geschenk in einem großen Karton, nur für Emma, denn mit Theodor hatte sie vereinbart, dass sie beide sich nichts schenken würden.

Ohnehin empfand Moiken die strahlenden Augen ihrer Tochter als größtes Geschenk nach diesen traurigen letzten Wochen, noch dazu war es das erste Weihnachten ohne Peter – ohne den Mann, den Emma ihr Leben lang für ihren Vater gehalten hatte.

»Lasst uns singen!«, rief Theodor, und schon stimmte er »O du fröhliche« an. Zu dritt könnten sie einen fünfstimmigen Chor bilden, dachte Moiken erheitert, während Emma mit einem Lachanfall kämpfte. Trotzdem sangen sie weiter, und Moiken konnte sich nicht erinnern, wann sie an einem Heiligabend zuletzt so viel gelacht hatte – und das ganz ohne Alkohol. Selbst Theodor hatte bislang noch keinen Tropfen angerührt, sogar seinen Tee hatte er im Gegensatz zu seiner sonstigen Gewohnheit ohne Rum verlangt.

Als ihnen die Bäuche vor Lachen schmerzten und ihnen keine Lieder mehr einfielen, sagte Theodor: »Bevor wir nun für Emma zur Bescherung kommen, möchte ich ein kleines Gedicht vortragen, ich muss nur eben ein paar Worte ergänzen.« Er holte einen vorbereiteten Zettel aus der Innentasche seines Fracks und schrieb nach kurzer Überlegung noch vier Sätze dazu, die er in die obere Ecke quetschte, dann las er vor:

Stille Nacht

Wir haben nicht schön gesungen,
doch laut und mit jubelndem Schall:
»Es ist ein Ros entsprungen«
und »Ihr Kinderlein kommet doch all«.

Der Schnee auf den Dünen und auf dem Sand,
flockig, sieht wie ein Winterpelz aus,
ein heller Stern im glitzernden Band
leuchtend, steht über uns'rem Haus.

In der Villa sind alle aufgeregt und munter,
was für eine herrliche Zeit,
voller Träume und Wunder,
voll mit Wünschen und Heimlichkeit.

Alle sollen glücklich sein in meinem Hause,
lachen und zufrieden sein,
sich laben am köstlichen Schmause,
und mit den Liebsten zieht das Glück auch ein.

So ist das also zur Weihnachtsstunde,
da strömen die Wünsche mit Macht,
und dann, ganz leise, wird das fröhlich Bunte
zur stillen, heiligen Nacht.

Vor Erstaunen sagte niemand etwas, dann fasste sich Moiken als Erste. »Hast du das geschrieben? Du kannst ja dichten!«

»Nun ja, ich habe es versucht«, entgegnete er und wirkte ehrlich verlegen. »Ein Theodor Fontane wird in diesem Leben nicht mehr aus mir, dafür ist es ein echter Lengenfeldt und ein spezielles Geschenk für euch. Ich habe aber noch etwas für euch beide, das war allerdings ziemlich schwer zu verpacken, darum steht es nicht hier.«

»Aber Theodor, wir wollten uns doch nichts schenken«, protestierte sie.

»Es ist auch nur eine kleine Geste, die allerdings besser im Stall stehen bleibt.« Er machte eine bedeutsame Pause. »Ich möchte euch Schneeflocke, meine weiße Stute, zum Geschenk machen.«

Moiken fand vor Überraschung zunächst keine Worte. Es war die zuverlässige und schöne Stute, auf der sie an jenem lauen Septemberabend mit Theodor an ihrer Seite bis nach Rantum am Strand entlanggaloppiert war. »Theodor, das ist eine sehr großzügige Geste von dir.«

»Ach nein. Wenn die Stute euch ein kleiner Trost ist, dann bin ich glücklich.«

»Ich möchte kein anderes Pferd«, ließ sich Emma vernehmen. »Adriano ist durch nichts zu ersetzen.«

Vor Verlegenheit starrte Moiken auf den Tannenbaum und beobachtete die Flammen der Wachskerzen. Was sollte sie darauf sagen? Andererseits war sie froh, in dieser Aussage ihre Tochter wiederzuerkennen. Ihre gute Laune war ja fast schon unheimlich gewesen.

»Das akzeptiere ich«, entgegnete Theodor ruhig. »Ich habe auch kein anderes Tier mehr so geliebt wie mein erstes Pferd. Nun, Emma, bevor es gleich Zeit ist, mit den anderen Gästen zu feiern, sieh dir dein Geschenk unterm Baum an, vielleicht können wir dir damit eine Freude machen.«

Ungläubig staunend packte Emma ihr Geschenk aus, und als ihre Tochter Jubelschreie ausstieß und kleine Hüpfer vollführte, traten Moiken Tränen der Rührung in den Augen.

Es war eine moderne Klappkamera von Goerz, die Theodor im Katalog des bekannten Berliner Unternehmens, das auch Filialen in Paris, London und New York unterhielt, ausgesucht und bestellt hatte. Bezahlt hatte auch Moiken ihren Anteil, darauf hatte sie bestanden.

»Da wird mein Vater aber Augen machen, wenn ich ihm die Kamera zeige!«, rief Emma in ihrem Überschwang.

Moiken blieb die Luft weg.

Es dauerte nur Sekunden, bis Theodor begriff, Sekunden, in denen Moiken das Gefühl hatte, ihr würde das Herz stehen bleiben.

Auch Emma hatte verstanden, dass sie gerade den Deckmantel eines gut gehüteten Geheimnisses weggerissen hatte.

Jetzt war alles vorbei.

Mit angehaltenem Atem wartete Moiken auf Theodors Reaktion, auch Emma verharrte reglos, aber ohne Angst in den Augen.

Zu Moikens großer Verwunderung konnte ihre Tochter ihren zukünftigen Stiefvater wohl besser einschätzen, denn er reagierte äußerst ruhig.

»Es ist bedauerlich, dass ich von den tatsächlichen Verhältnissen bislang nichts gewusst habe und sie auf diese Weise erfahren muss, aber mit der Wahrheit ließ es sich schon immer am besten leben.«

Kein einziger Vorwurf, wunderte sich Moiken, keine Drohung, dass sie sich nun erst recht von Boy fernhalten solle, ganz gleich, ob er Emmas Vater sei? Nein, im Gegenteil.

»Zu deinem tüchtigen Vater kann man dich nur beglückwünschen, Emma, und mir bleibt die Hoffnung, dass ich dir ein guter Stiefvater sein werde. Mehr Worte sollten wir darüber nicht verlieren. Darum lasst uns zu den Gästen gehen, es wird höchste Zeit.«

Während des gesamten Fests im weihnachtlich geschmückten Speisesaal war Moiken nervös, und nachdem alle Gäste gegangen waren, erwartete sie das große Donnerwetter.

Doch es blieb aus. Theodor betonte, dass er enttäuscht sei, die Wahrheit nicht schon früher erfahren zu haben, doch es gäbe nichts, was daran unverzeihlich für ihn wäre. Nur das Hier und Heute zähle.

Und so fand dieses unvergessliche Fest schließlich für Moiken einen lustigen Ausklang in der Küche mit Wilma und Leopold, wo sie lachend mit den Mägden zwischen den Bergen an Geschirr gehockt, schließlich beim Abwasch Weihnachtslieder gesungen und mit dem Besteck den Rhythmus von »O Tannenbaum« auf die Topfböden geklopft hatten.

Für die größte Überraschung sorgte Theodor am nächsten Nachmittag – ob mit gutem oder schlechtem Ausgang, wusste Moiken nicht zu sagen.

Er hatte Boy und Bernhard zu Kaffee und Kuchen in die Strandvilla gebeten, und die beiden waren der Einladung gefolgt. Während sich Bernhard ohne Punkt und Komma mit Emma unterhielt, fühlte sich Boy sichtlich unwohl und fragte sich bestimmt genau wie sie, was Theodor damit bezweckte.

Außerdem hatten sie sich seit dem letzten Streit darüber, dass er die pikanten Fotos an Henriette weitergegeben hatte, nicht mehr in die Augen gesehen, geschweige denn miteinander gesprochen. Das alles trug nicht gerade zu einer entspannten Atmosphäre bei.

Zum Glück rückte Theodor schon bei der ersten Tasse Kaffee mit der Sprache heraus. »Ich weiß nicht, ob es an den vergangenen Weihnachtstagen liegt, dass mir der Sinn nach Versöhnung und einem friedlichen Miteinander steht – vielleicht ist mein Bestreben auch nicht erwünscht, aber ich möchte Ihnen, werter Herr Lassen, meine Freundschaft anbieten.« Theodor streckte die Hand aus und verharrte in dieser Position, in Erwartung einer Reaktion seines überraschten Gegenübers.

Tu das Richtige, flehte Moiken innerlich, denn Boy zögerte. Er ließ sich nicht gern von anderen vor Entscheidungen stellen und legte auch keinen gesteigerten Wert auf eine Freundschaft mit dem Hotelier. Außerdem, was war jetzt überhaupt das Richtige?

Wenn er das Angebot annahm, dann wahrscheinlich nur ihr zuliebe – oder hatte er zwischenzeitlich weit genug von der Vorstellung von einem gemeinsamen Leben mit ihr Abstand genommen, dass er Theodor die Hand reichen konnte? Musste er es tun, wenn er weiter in Frieden leben wollte?

»Auf unsere Freundschaft«, sagte Boy nach einem weiteren Moment des Nachdenkens geradeheraus. »Sie sind ein bewundernswerter Mann.«

Als sich die beiden Männer die Hände reichten, fühlte sich Moiken wie in einem Traum. Hoffentlich war es von Boy nicht nur ein aufgesetztes und erzwungenes Verhalten. Irgendwas daran kam ihr nicht richtig vor.

»Darüber bin ich sehr erfreut«, sagte Theodor. »Es wird für alle Beteiligten nicht einfach werden, aber so ist es doch der beste Weg.

Und um den Beginn unserer Freundschaft zu besiegeln, möchte ich es nicht bei einem Handschlag belassen, sondern Ihnen und Ihrem Sohn Bernhard eine Einladung zu unserer Hochzeitsfeier am einunddreißigsten Dezember überreichen.« Er griff in die Tasche seines Fracks, zog das goldene Kuvert hervor und überreichte es Boy, dem für eine Sekunde die Gesichtszüge entglitten. Dann jedoch fing er sich und fand sein Lächeln wieder.

Oha, dachte Moiken, das hätte Theodor wirklich mit ihr absprechen sollen, auch wenn er es gut meinte.

»Sie beide werden doch kommen?«, versicherte sich Theodor.

Mit einem Seitenblick in ihre Richtung nahm Boy die Einladung an. »Sehr gern«, erwiderte er, »es ist uns eine Ehre.«

Wenn sie Boy doch nur hinter die Stirn blicken könnte, dachte Moiken, denn seine Stimme ließ keinen Zweifel an seiner Ehrlichkeit. Würde am Ende doch noch alles gut werden? Dann hatte sie das nur der großen Herzensgüte ihres zukünftigen Ehemanns zu verdanken, und von Theodors versöhnlicher Haltung könnte sie sich mindestens eine Scheibe abschneiden, überlegte Moiken weiter. So könnte sie Boy die Weitergabe der Fotos an Henriette verzeihen.

Nur noch vier Tage bis zur Hochzeit, und nun freute sie sich darauf – mehr, als sie jemals gedacht hätte.

Nachdem Moiken die Stute vor die Stalltür geführt und den Sattelgurt nachgezogen hatte, kraulte sie Schneeflocke die Mähne oberhalb der Stirn, dort, wo es das Pferd am liebsten mochte. Auch sie vermisste Adriano sehr, aber die Stute half ihr, über den Verlust hinwegzukommen.

Angespornt von Theodors beeindruckendem Verhalten hatte sie über die Weihnachtsfeiertage auch endlich den Mut und die Kraft gefunden, sich mit ihrer Vergangenheit auseinanderzusetzen, und dazu gehörte, nach Keitum zu reiten und Berta einen Besuch abzustatten.

Wenn das Wetter so anhielt, würden sie dieses Jahr im Schnee versinken. Das war keine weiße Pracht mehr, sondern längst eine Last, der man in Westerland mit vereinten Kräften auf der Friedrichstraße und der Strandstraße gerade noch Herr wurde.

Ob sie Berta gegenüber eine Entschuldigung über die Lippen bringen würde, wusste Moiken nicht, schließlich war Berta beileibe kein Engel. Aber sie war fest entschlossen, ebenfalls Größe zu zeigen, ihr ins Gesicht zu sehen und ihr mitzuteilen, dass sie mit ihren Äußerungen über die wahre Vaterschaft recht gehabt hatte.

Schon auf den Nebenwegen wurde der Ritt beschwerlicher, und auf dem Feldweg nach Keitum versank die Stute fast bis zum Bauch im Schnee. Doch im Gegensatz zu Adriano war Schneeflocke noch jung, sie nahm die Herausforderung an und kämpfte sich voran, ohne dass Moiken sie vermehrt antreiben musste.

Vor fast genau einem Jahr war sie auf diesem Weg mit Adriano vor der Kutsche unterwegs gewesen, voller Wut auf ihre Schwiegermutter. Unglaublich, welche Türen ihr das Schicksal geöffnet hatte, nachdem sie die Tür zu ihrem alten Leben geschlossen hatte.

Je näher sie den schneebedeckten Reetdachhäusern von Keitum kam, desto mehr verließ sie der angesammelte Mut. Sie verlangsamte Schneeflockes Schritt, und am Beginn des Takerwais zog sie die Zügel an, damit die Stute anhielt.

Am liebsten wäre Moiken umgekehrt. Wenn sie sich nur vorstellte, wie die steile Falte in Bertas teigigem, übellaunigen Gesicht beim Anblick des Besuchs aufquellen und sich ihre Miene zu einer triumphalen Fratze verzerren würde, sobald sie die Wahrheit zu hören bekäme, und wie ihre Bartstoppeln auf der Oberlippe bei der folgenden Schmachrede vor Vergnügen tanzen würden.

Musste diese Konfrontation wirklich sein? Würde es nicht genügen, sich bis zum Lebensende aus dem Weg zu gehen?

Möglich wäre das bestimmt, aber nach Theodors Vorbild wollte sie einen vernünftigen Umgang mit ihrer Vergangenheit finden und vor Konfrontationen und Konflikten nicht mehr davonlaufen.

Etwas Zeit wollte Moiken dennoch gewinnen, ehe sie bei Berta an die Tür klopfte, und da Theodor vergessen hatte, worum sie ihn schon vor Wochen gebeten hatte, nämlich die Rosen-Backform mitzubringen, würde sie diese nun selbst aus ihrem alten Zuhause holen. Denn ein Kuchen aus der Backform, die ihrer Mutter gehört hatte, und zwar auf der Festtafel der Strandvilla – das war ein schöner und zugleich auch versöhnlicher Gedanke. Wenn ihre Mutter sehen könnte, wessen Frau sie geworden war, wäre sie wohl stolz auf ihre Tochter, die es angeblich zu keinem vernünftigen Mann bringen würde.

Kerzenlicht schien durch die Fenster in den trüben Wintertag, also hatte Theodor das Haus wieder vermietet. Wie seltsam es war, an der Tür anzuklopfen, die gut fünfzehn Jahre lang in ihr Zuhause geführt hatte, und nun fremde Schritte im Flur zu hören.

Absatzschuhe.

»Sie wünschen? Oh.«

Das Erstaunen war auf beiden Seiten gleich, wobei das »Oh« der Gräfin von Schöneck eher erschrocken geklungen hatte und Moiken irritiert war. Natürlich hatte sie Gäste im Haus erwartet, aber nicht diese Frau. Vor Überraschung wollte ihr kein vollständiger Satz gelingen.

»Eine Backform. Die mir gehört. In der Küche.«

»Dort gibt es viele davon«, entgegnete die Gräfin, die sich schnell vom ersten Schreck erholt hatte. Ungeschminkt wirkte sie wesentlich hübscher als mit dem blauen Veilchenpuder im Gesicht. Ihr hellrotes Hauskleid ließ allerdings genauso tief blicken wie damals auf dem Festbankett.

»Mit Rosenmotiv«, ergänzte Moiken, da die Gräfin nicht willens schien, sie ins Haus zu bitten, was ein merkwürdiges Gefühl war.

»Moment bitte.«

Da stand Moiken nun, vor der geschlossenen Tür, und starrte auf das blaue Holz. Aber sie hatte keine Zeit, länger nachzudenken, denn die Gräfin war ziemlich schnell zurück.

»Finde ich nicht. Kommen Sie ein andermal vorbei, aber dann nicht wieder unangemeldet.«

In Moiken kochte der Zorn hoch, doch sie bemühte sich um Ruhe, um freundlich zum Ziel zu kommen. Abwimmeln lassen würde sie sich keinesfalls. »Ich brauche die Form bitte jetzt. Morgen fange ich mit dem Backen für das Fest an. Es tut mir leid, dass ich unangemeldet erscheine, aber wenn Sie mich kurz in die Küche lassen würden, dann bin ich in einer Minute wieder weg.«

Die Gräfin war zwar nicht begeistert von dem Vorschlag, doch die Aussicht, gleich wieder ihre Ruhe zu haben, brachte sie wohl dazu, ihrem ungebetenen Gast Einlass zu gewähren.

Ein ungebetener Gast – genau so fühlte sie sich auf dem Weg in die Küche.

Fremd und doch zu Hause.

Tastend und zugleich vertraut.

Tausend Erinnerungen, Bilder und Gefühle, weit weg und zugleich ganz nah. So viele Gefühle kamen in ihr hoch, dass es ihr unangenehm wurde.

»Wann sind Sie denn angereist?«, fragte Moiken, um etwas höfliche Konversation zu betreiben.

»Oh, ich bin erst gestern angekommen. Wirklich sehr hübsch hier.«

Gestern erst? In der Tat hatte sich die Gräfin bereits sehr wohnlich eingerichtet, stellte Moiken bei einem kurzen Blick in die Stube fest, und so sehr sie sich schon innerlich von ihrem Haus verabschiedet hatte, so wenig wollte ihr die Anwesenheit der Gräfin darin gefallen.

Das hatte sich Theodor wohl auch so gedacht und darum über diese Tatsache geschwiegen. Oder hatte das einen ganz anderen Grund? War die Gräfin schon viel länger hier, als sie vorgab, und das Ziel seiner nächtlichen Ausflüge? Immerhin hatte sie die Gräfin Anfang des Sommers vor der Buchhandlung getroffen – wenn also der Graf von Szögyény nur eine Ausrede gewesen war, um sie vom Haus fernzuhalten?

Schluss mit solchen Gedanken, ermahnte sich Moiken selbst. Kaum hatte Theodor seine Eifersucht im Griff, verlor sie sich in Spekulationen, nur weil ihr diese Frau unsympathisch war. Andererseits war es ein offenes Geheimnis, dass diese Dame ein Auge auf Theodor geworfen hatte.

»Das ist die Form«, sagte Moiken und griff sie zielsicher aus dem Regal.

»Das freut mich. Dann wünsche ich Ihnen noch einen schönen Tag und viel Freude beim Backen – wobei ich es doch sehr befremdlich finde, den Kuchen für die eigene Hochzeit backen zu müssen.«

»Ich muss nicht, ich mache das gern. Und Menschen sind ja zum Glück verschieden.«

»Das stimmt. Nur ich würde meine Prioritäten als Frau von Lengenfeldt anders setzen, wenn ich Sie wäre. Am Ende sind Sie völlig überarbeitet und schlafen in der Hochzeitsnacht ein.«

»Das lassen Sie ruhig meine Sorge sein. Auf Wiedersehen.«

Jetzt konnte Moiken nicht schnell genug aus dem Haus herauskommen – erneut vertrieben von einer Frau.

»Wir sehen uns auf dem Fest«, rief ihr die Gräfin hinterher, und es klang wie eine Drohung.

Ja, dachte Moiken und verkniff sich sogar eine höfliche Floskel zum Abschied. Leider nur auf eine einseitige Einladung hin.

Das war womöglich der Preis, den sie für die versöhnliche Geste von Theodor bezahlen musste, kam es ihr in den Sinn, während sie die Kuchenform in der leeren Satteltasche verstaute. Doch sie würde Theodor gleich bei ihrer Rückkehr fragen, weshalb er die Gräfin ohne ihr Wissen auf die Gästeliste gesetzt hatte. Bestenfalls hatte er es für nicht so wichtig erachtet und deshalb schlicht vergessen zu erwähnen.

Auf dem Sattel und dem Rücken des Pferdes hatte sich eine Schneeschicht angesammelt, und Moiken spielte mit dem Gedanken, dem Tier zuliebe gleich nach Westerland zurückzureiten.

Suchte sie etwa nach Ausflüchten? Schneeflocke hatte Winterfell, weil Theodor die Pferde auch im Winter regelmäßig auf die Koppel bei der Deckerstraße bringen ließ, damit die Tiere nicht immer in der Box stehen mussten. Außerdem bewies Schneeflocke eine genauso große Geduld wie Adriano. Mit eingeknicktem Hinterhuf stand sie nahe dem Friesenwall und machte selbst in Moikens Gegenwart keine Anstalten, sich zu bewegen.

Keine Gründe also, den Besuch bei Berta zu verschieben.

Leider.

Moiken nahm das große gegenüberliegende Reetdachhaus genauer in Augenschein, und dabei fiel ihr auf, dass kein Rauch aus dem Schornstein kam und keinerlei Spuren im Schnee zu sehen waren. Weder zum Haus hin noch ums Haus herum.

Merkwürdig, dachte Moiken. Zwar schneite es viel, aber die Schneehöhe direkt vor der Haustür ließ nichts Gutes erahnen, erst recht nicht der ruhende Schornstein. Mit den Nachbarn hatte es sich Berta längst verscherzt, wenn ihr im Haus etwas zugestoßen war, würde sich niemand drum kümmern.

Oder war Berta über die Feiertage und den Jahreswechsel verreist, weil sie sich im Innersten ihres Herzens doch einsam fühlte und es in ihrem Haus allein nicht aushielt?

Mit einem mulmigen Gefühl ging Moiken näher und klopfte.

Berta öffnete nicht.

Auch auf weitere Versuche hin nicht.

Moiken stapfte durch den Schnee am Haus entlang und wischte ein Guckloch in das Fenster zur Stube.

Da saß Berta in ihrem Lehnstuhl.

Verfaultes Obst in der Schale und schimmelige Brotreste auf dem Teller.

Zu spät.

Für Worte und Taten. Ihr blieb nur noch, eine Frau auf ihrem letzten Weg zu begleiten, die nie jemanden um sich haben wollte, am wenigsten ihre Schwiegertochter. Aber für Peter, der irgendwo auf dem weiten Meer seine letzte Ruhe gefunden hatte, würde sie es tun.

Eine Hochzeit und eine Beerdigung.

So würde das alte Jahr zu Ende gehen und das neue beginnen. Hoffentlich kein schlechtes Omen.

Die schönste Braut, die ein Mann sich vorstellen konnte. Die wundervollste Frau auf dem ganzen Fest. Seine Frau. Theodor hatte nur Augen für sie, während er nach dem Festmahl bei Cognac und Zigarre im Kreise seiner altvertrauten Freunde stand, die wieder nur ein Thema hatten, bei dem er längst nicht mehr zuhörte: die große Politik.

Am liebsten hätte er den Herren den Mund verboten, aber das wäre der Stimmung nicht zuträglich, und da sie sich trotz mehrerer Versuche schon während des Festessens nicht vom Kriegsgerede abbringen ließen, beobachtete er lieber seine Moiken, die in ihrem goldfarbenen Seidenkleid wie eine Fee zwischen den Gästen umherschwebte.

Dieses Kleid, das kaum mehr Haut zeigte als notwendig, hatte sie sich für die Feier gewünscht. Kein Brautkleid sollte es sein und nichts Extravagantes, dafür schlicht und elegant. Auch wenn er zunächst skeptisch gewesen war, so hatte er ihr diesen Wunsch doch erfüllt und war froh darüber, denn es stand ihr ausnehmend gut.

»Die Braut hat ein Lächeln wie die Mona Lisa«, schwärmte die Frau des Grafen von Szögyény nicht weit von ihm entfernt, und er pflichtete ihr im Stillen bei.

»Wussten Sie, dass das Gemälde vor zwei Wochen wieder aufgetaucht ist?« Das hatte die Gräfin von Schöneck gesagt, die mit dem Rücken zu ihm stand. Schon den ganzen Abend hielt sie sich wie ein Schatten in seiner Nähe auf.

»Was Sie nicht sagen!«, staunte Mária von Szögyény. »Die Gioconda war doch bestimmt zwei Jahre spurlos verschwunden.«

»Und jetzt ist sie beim Aushilfsglaser, der im Louvre gearbeitet hat, im Koffer wieder aufgetaucht. Jeden hat man verdächtigt, die Mona Lisa aus dem Glasrahmen genommen zu haben: den Direktor, den Historiker, den Archivar, sogar die Putzfrauen. Von jedem hat man Fingerabdrücke genommen, nur vom Aushilfsglaser nicht. Und der ist beim Diebstahl mit dem eingewickelten Gemälde unterm Arm einfach grüßend an den Wärtern vorbeispaziert und wollte nun, zwei Jahre später, unter falschem Namen einen Finderlohn von 500 000 Lire haben – dabei ist er aufgeflogen.«

»Das Naheliegendste sehen wir oft nicht«, bestätigte die Gräfin von Szögyény. »Wie gut, dass dieses berühmte Gemälde wieder an seinem Platz hängt.«

»Aber ich finde ihr Lächeln ehrlich gesagt ziemlich banal.«

»Das der Mona Lisa? Ich finde es bezaubernd.«

»Ich meine das der Braut. Und dann dieses Kleid, in dem sie noch schmächtiger wirkt, als sie sowieso schon ist. Fast wie ein Knabe. Wenn sie schon keinen aufreizenden Ausschnitt trägt, hätte eine Stola um ihre Schultern nicht geschadet, damit es wenigstens so wirkt, als hätte sie Brüste.«

Die Gräfin von Szögyény kicherte hinter vorgehaltener Hand. »Sie gehen ganz schön hart ins Gericht mit der frischgebackenen Hoteliersgattin. Lassen Sie sie das bloß nicht hören.«

»Warum nicht? Ein wenig Stilberatung von Frau zu Frau kann doch nicht schaden.«

Es wurde höchste Zeit einzugreifen, dachte Theodor, insbesondere, da der Graf von Szögyény Moiken in ein Gespräch zu verwickeln begann, weil kein anderes Opfer in der Nähe war. Es würde nicht lange dauern, bis sich dessen Gattin so kurz vor dem Feuerwerk zu ihm begeben würde – natürlich in Begleitung der Gräfin von Schöneck.

Ein Zusammentreffen von Moiken mit der Gräfin musste er unbedingt verhindern, wenn der Abend nicht in einem Eklat enden sollte – und den würde die Gräfin provozieren, das war angesichts ihrer Worte und den Gläsern Champagner, die sie offenkundig schon zu viel genossen hatte, so berechenbar wie Ebbe und Flut. Zum Glück kannte er ein wirkungsvolles Mittel, um sie ruhigzustellen, und davon würde er Moiken zuliebe nun Gebrauch machen müssen.

»Finden Sie nicht auch?«, fragte Graf von Szögyény, und Moiken schreckte aus der Betrachtung ihrer Tochter auf, die sich angeregt mit Bernhard unterhielt, während sie ihre Schicksalsschiffchen im Waschzuber schwimmen ließen: goldene Walnussschalen mit Kerzen und dem jeweiligen Namen bestückt, die auf einen der Häfen am Rand zusteuerten, Häfen in Form von Zetteln mit Neujahrsvorhersagen.

Leider hatte sie nur den letzten Halbsatz des Grafen gehört und wusste nicht, worum es ihm ging.

»Doch, ich bin ganz Ihrer Meinung«, stimmte sie ihm zu und

hoffte, keinen Fehler begangen zu haben, darum wechselte sie schnell das Thema. »Und wie hat es Ihnen in Keitum gefallen?«

»In Keitum?«, fragte er zurück und zog die Augenbrauen hoch.

»Nicht in diesen Tagen, ich meine im Sommer, als Sie dort gewohnt haben.«

»Ich habe auf Sylt noch nie woanders residiert als in der Strandvilla, und Keitum habe ich noch nie besucht, obwohl man hört, dass es ein schöner ruhiger Seefahrerort sein soll. Aber auf Sylt zählt doch das gesellschaftliche Leben – wenn ich meine Ruhe haben will, fahre ich in die Berge. Da muss eine Verwechslung vorliegen.«

Wohl eher eine glatte Lüge von Theodor, dachte Moiken, während sie sich wie elektrisiert nach ihrem frisch angetrauten Ehemann umsah. Wo war er abgeblieben?

Reichte es nicht, dass sie sich um Boy Sorgen machen musste? Er hatte wegen einer Unpässlichkeit nicht auf das Fest kommen können, wie er ihr durch Bernhard hatte ausrichten lassen, und so machte sie sich schon die ganze Zeit Gedanken, ob es der Wahrheit entsprach, oder ob er ihr am ersten Weihnachtsfeiertag nur vorgegaukelt hatte, er könne sich für sie freuen. »Verzeihen Sie bitte, dann war ich falsch informiert«, sagte sie an den Grafen gewandt. »Wenn Sie mich jetzt bitte entschuldigen würden, das Feuerwerk beginnt in fünfzehn Minuten, und ich möchte mich noch kurz frisch machen. Sichern Sie sich mit Ihrer Gattin lieber schon die besten Plätze auf der Terrasse.«

Der Graf nahm ihren Vorschlag dankend auf, und kaum hatte er sich abgewandt, zog Moiken möglichst unauffällig suchend durch die Gästeschar.

Ob Theodor vielleicht kurz austreten war? Oder war er etwa mit der Gräfin von Schöneck verschwunden? Schon den ganzen Abend hatte sie sich in seiner Nähe aufgehalten – das war ihr sehr wohl aufgefallen.

»Gnädige Frau von Lengenfeldt, Ihnen habe ich ja noch gar nicht aus der Hand gelesen!«

Nicht nur, dass Moiken sich erst noch mit dieser Anrede vertraut machen musste, für diesen Hokuspokus hatte sie jetzt keine Zeit, um die Prozedur höflich mit einem milden Lächeln über sich ergehen zu lassen.

»Später, das Feuerwerk beginnt gleich«, versuchte sie die Wahrsagerin zu vertrösten, eine kleine Frau, die fast so rundlich wie eine Glaskugel war.

»Doch, das muss noch vor Mitternacht sein.« Schnell schnappte die Wahrsagerin nach ihrer Hand und konzentrierte sich auf die Linien. »Also, dort sehe ich …« Die rundliche Frau zuckte zurück, als hätte sie sich verbrannt. »Es ist wirklich nicht mehr viel Zeit bis zum Feuerwerk, wir verschieben das lieber auf später.«

»Was haben Sie denn erkannt?« Nun war Moiken doch neugierig, um nicht zu sagen, beunruhigt.

»Nichts. Nichts von Bedeutung.«

»Ein Unglück?«

Als die Frau nicht reagierte, wiederholte Moiken ihre Frage. »Wird mir ein Schicksalsschlag widerfahren?«

Die bernsteinfarbenen Augen der Wahrsagerin waren starr in die Ferne gerichtet. »Nicht nur einer.«

Gemeinsam mit Bernhard stand Emma am Waschzuber und ließ ihr Walnussschiffchen fahren, gespannt, an welchem Hafen es anlanden würde. Zur Auswahl standen unter anderem »Du wirst einen guten Freund finden«, »Du wirst viel Geld erhalten«, »Du wirst bei guter Gesundheit sein« oder »Dein beruflicher Wunsch geht in Erfüllung«.

»Bei diesem Orakel müsste unser Vater auch mitmachen«, dachte

Emma laut nach. »An welchen Tisch ist Boy eigentlich gesetzt worden?« Kurz ließ sie ihr Kerzenschiffchen aus den Augen, damit sie sich unter den Gästen umschauen konnte. »Ich habe ihn schon beim Essen nicht gesehen, und jetzt entdecke ich ihn auch nicht.«

»Er ist unpässlich, leider. Er wäre so gern gekommen.«

Emma hob die Augenbrauen und fixierte den Blick ihres Halbbruders. »Wenn du lügst, sehe ich dir das auf drei Kilometer Entfernung an.«

»Dir kann man wirklich nichts vormachen«, seufzte Bernhard und quirlte das Wasser neben seinem Schiffchen vorsichtig mit dem Zeigefinger.

»Allerdings nicht«, sagte Emma mit unverändertem Gesichtsausdruck. »Und nimm deinen Finger raus, du darfst dein Schiff kein zweites Mal antreiben, sonst lügt das Orakel. Also, was ist mit Boy?«

»Kannst du die Wahrheit für dich behalten? Zumindest für heute Abend? Morgen wird es deine Mutter sowieso erfahren, aber ich möchte ihr das Fest nicht verderben.«

»Was ist los? Du weißt, ich kann schweigen wie ein Grab.«

»Du wirst dich über die Nachricht auch nicht freuen.«

»Nun aber raus mit der Sprache.«

Bernhard seufzte und holte danach tief Luft, um die Neuigkeit in einem Atemstoß herauszupressen, der wie ein Sturm über Emma hinwegfegte und sie ins Wanken brachte. »Unser Vater ist heute mit dem ersten Zug nach Berlin abgereist. Er hat mir eine Nachricht auf dem Küchentisch hinterlassen, dass er es auf der Insel nicht mehr aushält und es ihm das Herz gebrochen hätte, wenn er am Hochzeitsfest teilgenommen hätte. Bis zur letzten Stunde hatte er gehofft, deine Mutter würde sich für ihn und Berlin entscheiden und nicht ihrem Verstand folgen und Theodor heiraten. So ist er gegangen, ohne jemandem ein persönliches Wort zu sagen, nicht einmal mir – nur mit einem Koffer in der Hand und dem Versprechen auf dem Papier, dass er sich meldet, sobald er angekommen ist und eine Unterkunft gefunden hat. Und weißt du was, ich kann ihm nicht mal böse sein. Ich kann ihn sogar verstehen. Oh, meine Nussschale ist angelandet. ›Du wirst beruflichen Erfolg haben.‹ Das gibt's ja nicht. Das passt ja wie die Faust aufs Auge und wäre ein tolles Omen. Emma? Hörst du mir überhaupt noch zu?«

Nein, die letzten Sätze hatten sie nicht mehr interessiert, weil sie sich auf ihr Schiffchen konzentriert hatte, auf ihre Zukunft. Ein Prickeln durchlief sie, als sie las, was der Hafen ihr versprach: »Du wirst eine weite Reise machen.«

Emma schloss die Augen, sie dachte ganz fest an diesen Wunsch, blies die Kerze aus und nahm ihr Schiffchen aus dem Wasser.

»Komm, das Feuerwerk geht los«, sagte Bernhard und zog sie auf die Terrasse hinaus.

Als die ersten Raketen in den Himmel stiegen und unter dem *Ah* und *Oh* der Gäste ihre bunten Funken sprühten, hatte Emma Tränen in den Augen. Sie bestaunte die Farben und hielt die Nussschale fest in ihrer Hand.

Hoffnungen, Träume, Wünsche. Das Jahr 1914 würde ihr die Erfüllung bringen.

Das neue Jahr war erst eine halbe Stunde alt.

Eine halbe Stunde, in der Moiken Theodor gesucht hatte.

Nun hatte sie ihn gefunden.

Sie sah ihn nicht, aber sie hörte ihn.

Und sie.

Nicht reden. Stöhnen.

In seinen privaten Räumen, zu denen sie noch immer keinen Schlüssel besaß. Einen Schlüssel zu dem Schlafzimmer, in dem sie heute die Hochzeitsnacht verbringen sollte.

Hätte verbringen sollen.

In einiger Entfernung, damit sie das Stöhnen nicht mehr hören musste, die Tür aber noch fest im Blick, kauerte sie sich atemlos in eine Flurnische. Stattdessen hätte sie auch an die Tür trommeln, schreien und toben können, doch sie hatte sich für den Rückzug entschieden.

Wozu um ihn kämpfen?

Sie wartete.

Fassungslos.

Verdammt, was machte das Leben mit ihr? Den ganzen Abend lang war Theodor nicht müde geworden zu betonen, sie sei die schönste Frau auf dem Fest, begehrenswert, attraktiv, wundervoll. All diese Attribute und noch viele mehr hatte ihr Theodor bei jeder Gelegenheit ins Ohr geflüstert. Ihr Ehemann.

Lügen, alles Lügen.

Erklär es mir, schrie sie innerlich, sie brauchte Antworten für das, wofür sie keine Worte fand.

Erklärungen für das Unfassbare, für das es keine Rechtfertigung gab.

Sie wartete.

Wartete.

Wartete.

Kauerte, hockte, wartete.

Sie starrte zur Tür, konnte nicht blinzeln, wollte den Moment nicht verpassen, wenn diese aufging.

Ihre Augen brannten.

Irgendwann musste sie blinzeln. Dann die erste Träne wegwischen. Die nächste. Und die nächste.

Bald war es vergebliche Mühe und ihre Wangen blieben nass. Nichts lohnte sich mehr.

Mit ihren Tränen floss das Vertrauen aus ihr heraus. Das Vertrauen zu Theodor und der Glaube an eine gemeinsame Zukunft.

Wie konnte er ihr Liebesschwüre ins Ohr flüstern und kurz darauf mit dieser Frau im Bett liegen?

Die Tür ging auf.

Mit eigenen Augen musste sie die beiden sehen.

Ihnen direkt in die Augen blicken.

Ohne Tränen.

Schmerz, nichts als Schmerz fühlte sie, als sie der Gräfin ins lächelnde Gesicht blickte. Keine Spur von Schuldbewusstsein bei dieser Frau, stattdessen Triumph.

»Immerhin ist Ihnen der Kuchen gut gelungen«, sagte dieses Weibsstück. »Das Bett ist noch warm, nur der Bräutigam ist etwas erschöpft«, setzte sie nach und schlängelte sich an ihr vorbei, um zurück aufs Fest zu gehen.

Am liebsten wäre Moiken ihr nachgerannt und an die Gurgel gesprungen, doch Theodor hielt sie zurück.

»Lass mich los, fass mich nicht an!« Vergeblich versuchte sie, sich von ihm loszumachen.

»Ich kann dir das alles erklären«, sagte er eindringlich, während er sie fest im Griff behielt, vor sich her ins Büro schob und die Schreibtischlampe anknipste. Nur einen Raum von dem Bett entfernt, wo er ihr gerade untreu geworden war.

Vor Zorn bebend riss sie sich von ihm los, atmete schwer und versuchte einen klaren Gedanken zu fassen. »Erklären? Was willst du mir erklären? Du hast mich in unserer Hochzeitsnacht betrogen! Säuselst mir liebe Worte ins Ohr und gehst im nächsten Moment mit diesem Weibsstück ins Bett – bist du eigentlich noch zu retten?« Alle Wut und Enttäuschung mussten heraus. »Das ist also deine Art, dich um ihr Seelenwohl zu kümmern! Erinnerst du dich noch? So harmlos hast du mir auf dem Neujahrsbankett deine

Beziehung zu dieser Frau erklärt!« Mit großer Mühe gelang es Moiken, gefasster zu werden. »Wie lange geht dieses Verhältnis schon?«

Theodor stand an seinem Schreibtisch, der noch unordentlicher als vor vier Wochen war, den Blick zur Tür gewandt. Sie rückte von ihm ab, indem sie sich an eines der großen Fenster stellte und dort auf seine Antwort wartete, die er sich offenkundig gut überlegte, was ihre Wut erneut hochkochen ließ.

»Ich …«, begann er und wieder machte er eine Pause.

»Nun rede endlich!«

Theodor sah sie mit der flehenden Hoffnung auf Verständnis an. »Es … es geht schon länger, als wir beide uns kennen. Die Gräfin von Schöneck hängt sehr an mir, und ich habe es nicht übers Herz gebracht, die Beziehung zu beenden, ich dachte, sie würde sich sonst etwas antun. Eine Heirat habe ich ihr aber nie in Aussicht gestellt, und ich habe ihr auch nie gesagt, dass ich sie liebe. Ich liebe nur dich.«

»Hörst du dich eigentlich selbst reden, Theodor? Weißt du, was du da sagst?« Im diffusen Licht der Schreibtischlampe funkelte sie ihn an und empfand nur noch Hass für den Mann, den sie vor wenigen Stunden geheiratet hatte.

»Ja, allerdings weiß ich das. Seit ich dich gesehen habe, wollte ich immer nur dich. Dich wollte ich zur Frau, und mit dir wollte ich ein Kind bekommen.«

»Das ist es also!«, platzte sie heraus. »Ich habe mich immer gefragt, was du an mir findest. Du musst doch nur mit dem Finger schnipsen, und sämtliche Frauen liegen dir zu Füßen. Ich bin noch jung genug, ich kann noch ein Kind bekommen, hast du dir gedacht. Du hast geglaubt, ich würde dir deinen Stammhalter schenken und dir aus Dankbarkeit, weil du mich und meine Tochter in die Strandvilla aufgenommen hast, alle deine Eskapaden verzeihen! Aber da hast du dich geschnitten! Wenn du mich wirklich lieben würdest, von ganzem Herzen, dann hättest du mich nicht mit dieser Schöneck betrogen, laufend, seitdem wir uns kennen. Mich angelogen, dass der Graf von Szögyény in meinem früheren Haus Urlaub macht, damit ich nicht dorthin gehe. Aber ich verstehe, im Gegensatz zu mir hat *sie* es mit der Trauerzeit nicht so eng gesehen.«

Noch bis vor einer Stunde hatte sie diesen Mann attraktiv gefunden, doch davon war nichts mehr übrig. Sein Anblick widerte sie nur noch an.

Theodor verschränkte die Arme vor der Brust. »Wenn du, Moiken, mich von ganzem Herzen lieben würdest, dann wärst du nicht immer und immer wieder zu diesem Boy gelaufen. Ich wusste nie, ob du wirklich zu mir stehst, ob du es dir kurz vor unserer Hochzeit nicht noch einmal anders überlegst. Ich wusste nie, ob du wirklich ehrlich zu mir bist. Immer wenn ich über unsere Zukunft sprechen wollte, bist du mir ausgewichen.«

Fassungslos schüttelte sie den Kopf. »Ist das ein Grund, mich zu betrügen? Du hast sie dir warmgehalten für den Fall, dass ich dich verlasse?«

»Nein, ich habe ihr nur Trost gespendet, schon bevor du in mein Leben getreten bist und mein Herz erobert hast. Ich konnte es nicht verantworten, mich von ihr zu trennen, weil sie seit dem Tod ihres Ehemanns seelisch sehr labil ist. Aber das hat nichts mit meiner Liebe zu dir zu tun.« Theodor machte einen Schritt auf sie zu, und Moiken wich noch weiter zurück, bis sie die Fensterbank spürte.

»Trost gespendet nennst du das? Und labil ist dieses Weibsstück bestimmt nicht, vielmehr kalt und berechnend. Jetzt ist mir klar, weshalb du so sicher wissen wolltest, dass ich nicht mehr in mein Haus zurückwill, nachdem du es gekauft hast. Jetzt verstehe ich, warum du es unbedingt besitzen wolltest – warum es wie geschaffen für dich ist, so hast du dich doch ausgedrückt. Du warst also wirklich nie in der Baumannshöhle, du hast in ihrer Gesellschaft getrunken, geraucht und in meinem ehemaligen Bett mit ihr …«

»Das stimmt.«

Moiken blieb die Luft weg. Diese zwei Worte, dieses simple Eingeständnis, traf sie wie ein Faustschlag in den Magen.

»Aber wer im Glashaus sitzt, Moiken, sollte nicht mit Steinen werfen. Du hast dich davongeschlichen, dich sogar nachts am Strand mit diesem Boy getroffen, du hast deinen Verlobungsring angeblich verloren – all das habe ich dir verziehen, und zuletzt sogar diese korrumpierenden Fotos. Mir hat es genügt, dass du die Sache bereut hast, ich habe dir gesagt, dass jeder mal Fehler macht. Ich habe dich deshalb nicht weniger geliebt, aber *du* hast mich noch nie wirklich geliebt. Du hast dich bemüht, Gefühle für mich zu entwickeln, mag sein, aber in Wahrheit ging es dir um deine finanzielle Sicherheit und diesen Pavillon, in dem du dein Café eröffnen willst.«

Sie sah aus dem Fenster, in die Nacht hinaus, wo sich das fahle Mondlicht in den Schaumkronen der Wellen fing und auf dem schneebedeckten Dach des Pavillons glitzerte.

»Du musst kein schlechtes Gewissen haben, in dieser Hinsicht wusste ich immer, woran ich bin.« Theodor kam auf sie zu, blieb nur eine Armlänge entfernt vor ihr stehen und fasste sie vorsichtig an den Schultern. »Meine Liebe zu dir war immer größer als deine. Das habe ich akzeptiert, weil ich dachte, eines Tages würdest du mich lieben können. Und natürlich hatte ich ein schlechtes Gewissen dir gegenüber, darum habe ich so viel getrunken … aber ich bin eben ein Mann.«

Mit einem Ruck ging sie wieder auf Abstand. »Soll ich jetzt etwa Mitleid bekommen? Ich kann dich nicht mehr reden hören!« Sie ging in Richtung Tür. »Mir zu verzeihen war doch reine Berechnung von dir. Damit ich dir, für den Fall, dass ich hinter deine Affäre komme, ebenso die Absolution erteile! Aber bei den Fotos ging es doch um etwas ganz anderes. Damit habe ich dich nicht betrogen.«

»Ich erwarte gar nicht von dir, dass du mir verzeihst«, sagte Theodor ruhig.

»Ach nein?«, fragte sie von der Tür her und hob dabei fassungslos die Augenbrauen.

»Nein. Genauso wenig, wie du von mir erwarten kannst, dass ich diese Affäre beende.«

»Wie bitte?« Zu dieser Dreistigkeit fiel ihr fast nichts mehr ein. »Seitdem ich dich kenne, durfte ich keinen Kontakt mehr zu Boy haben, obwohl in dieser Zeit nie etwas zwischen ihm und mir vorgefallen ist, und nur weil du Boy jetzt die Hand gereicht hast, willst du mir im Gegenzug sagen, dass du deine Affäre …« Sie brach ab. »Dazu hast du kein Recht.«

»O doch.«

»Wie bitte?«

»Ich bin ein Mann, das ist der Grund.«

Es war, als ob er eine Zündschur angesteckt hätte, eine sehr kurze Zündschnur, denn die Explosion folgte nur eine Sekunde später.

»Das war es mit uns«, stieß sie hervor. »Ich werde mich scheiden lassen, so schnell es geht, und die Strandvilla verlassen.«

Sofort war Theodor bei ihr. Er umfasste ihr Handgelenk, so fest, dass ihre Haut brannte.

»Versuch es gar nicht erst.«

»Aua, du tust mir weh.«

Er kam näher an ihr Gesicht. »Das muss ich nur tun, weil du dich so widerspenstig verhältst. Wir gehen jetzt zurück auf das Fest. Mit aller Contenance. Ich werde dafür sorgen, dass die Gräfin nach Keitum gefahren wird. Du wirst lächeln und dir nichts anmerken lassen. Schließlich ist nichts geschehen. Du bist und bleibst meine Frau.«

Nun glaubte Theodor auch noch, die Regeln aufstellen zu können. Moiken holte tief Luft, aber nicht für einen Widerspruch, sondern um neue Kraft zu sammeln. Denn sie hatte nachgedacht.

Sie würde sich nach seinen Wünschen verhalten – weil es perfekt zu ihrem Plan passte.

Es war ihre einzige Chance, ihm zu entkommen.

»Emma, hör zu, wir werden so bald wie möglich die Strandvilla verlassen und nach Berlin ziehen«, raunte sie ihrer Tochter zu.

Wie vom Donner gerührt stand Emma neben ihr am Büfett, wo nach dem Feuerwerk noch eine Mitternachtssuppe, kleine Häppchen und allerlei süße Leckereien dargereicht wurden, darunter auch der Rosenkuchen und die fünfstöckige Windbeuteltorte als Hochzeitstorte, die von allen Seiten bewundert wurde. Am liebsten hätte Moiken dieses mit Perlen und Röschen aufwendig verzierte Jahrhundertwerk, das im Anschnitt die kleinen, mit Erdbeercreme gefüllten Windbeutel preisgab, mit einem Schwung umgeworfen.

Wahrscheinlich dachte Emma, ihre Mutter sei verrückt geworden. »Ich weiß, Emma, du bist jetzt sehr überrascht, aber die Entscheidung ist gefallen. Ich erkläre dir das alles später. Ich kann jetzt nicht lange reden. Du gehst gleich zu Bernhard hinüber, ganz unauffällig, lass dich dabei nicht von Theodor beobachten. Nimm dir in aller Seelenruhe von dem Nachtisch und dann gesell dich langsam zu Bernhard. Keiner darf dich reden hören. Er muss Boy ausrichten, dass wir mit ihm nach Berlin ziehen, am besten schon in den kommenden Tagen.«

»Aber …«

»Frag bitte nicht. Es ist etwas vorgefallen, sodass ich mich von Theodor trennen muss. Umgehend.«

»Ich will nichts fragen, ich muss dir etwas sagen«, flüsterte Emma, während sie sich von der Windbeuteltorte auf den Teller hob. »Boy ist nicht mehr da.«

»Wie? Nicht mehr da?«

»Er ist heute Morgen nach Berlin abgereist. Bis zuletzt hatte er gehofft, dass du nicht Theodors Frau wirst. Er hätte es nicht ertragen, beim Hochzeitsfest mit dabei zu sein.«

»Ich hätte es ahnen müssen«, murmelte sie. »Aber er ist doch nicht für immer dorthin gegangen, so von heute auf morgen?«

»Doch. Mein Vater bleibt in Berlin.«

Je deutlicher sie die Realität erkannte, desto weniger fühlte sie. Eine unbeschreibliche Leere breitete sich in ihr aus. Sie bewegte sich wie eine Marionette, während sie sich ein paar Pralinen auf den Teller legte. Hunger hatte sie schon zuvor keinen gehabt, aber jetzt sah sie den Nachtisch an und wusste nicht, was sie damit tun sollte. »Er hat sich nicht mal von mir verabschiedet«, brachte sie tonlos hervor.

»Aber er wollte sich melden, sobald er dort ist. Wir können ihm nachreisen.« Emma strahlte wie schon lange nicht mehr. »Das Orakel hat recht gehabt. Ich werde eine lange Reise unternehmen. Können Wünsche so schnell wahr werden?«

Moiken schwieg. Auch die dunkle Prophezeiung erfüllte sich. Aber das durfte nicht sein.

Sie wartete, bis sich der Hotelier Busse mit seiner Gattin am Büfett bedient hatte und wieder außer Hörweite war. »Geh zu Bernhard und sag ihm, sobald sich Boy meldet, soll er dir die Adresse mitteilen und ihm telegrafieren, dass wir zu ihm kommen.«

Hoffentlich freut er sich, setzte sie im Stillen nach.

Der zehnte Januar. Entweder ihr Glückstag, dachte Moiken, oder Zeit für das Schicksal, erneut zuzuschlagen.

Heute Nacht musste die Flucht gelingen.

Mit geschlossenen Augen, jedoch hellwach, lag sie neben Theodor im Bett.

Unerträglich sein Schnarchen.

Unerträglich, dort zu liegen, wo er sie betrogen hatte.

Unerträglich, wie er sich das eheliche Recht an ihrem Körper nahm. Sanft, aber bestimmt.

Sie erduldete alles, ruhig und mit zusammengebissenen Zähnen, um ihn in Sicherheit zu wiegen, sie machte ihn glauben, sie hätte ihm verziehen und den Scheidungswunsch nur im ersten Zorn ausgesprochen.

Doch ganz überzeugt hatte sie ihn damit offenkundig nicht. Wie ein Fesselring hielt er ihr Handgelenk im Schlaf umschlossen, locker, solange sie sich nicht bewegte, sobald sie sich jedoch nur ein wenig rührte, schnappte seine Hand zu.

Erschrocken hielt Moiken inne. Sein Schnarchen verwandelte sich ein paar Atemzüge lang zu einem Grunzen, dann sank er wieder in tieferen Schlaf, und sein Griff lockerte sich.

Zehn Minuten noch. In zehn Minuten war das Leben in der Strandvilla ziemlich genau ein Jahr, nachdem es begonnen hatte, hoffentlich vorbei. Vorbei allerdings auch der Traum von ihrem Café am Meer.

Stumme, schmerzhafte Tränen hatte sie geweint, denen sie erst freien Lauf lassen konnte, während sie ihrer ehemaligen Schwiegermutter gestern das letzte Geleit erwiesen hatte und jeder geglaubt hatte, sie würde Berta nachweinen.

Auch Theodor hatte das bestimmt gedacht, der sie keine Sekunde mehr aus den Augen ließ. Nur während sie in der Küche arbeitete, kümmerte er sich um seine eigenen Dinge, doch Wilma hatte strengste Anweisung, sie nicht vom Herd weggehen zu lassen. Selbst zur Toilette durfte sie nur in Begleitung.

Und da Wilma dem Hotelier treu ergeben und außerdem der

Meinung war, eine Frau müsse in der Ehe eine gewisse Leidensfähigkeit unter Beweis stellen, schließlich sei von einem Mann keine lebenslange Treue zu erwarten, war in ihr keine Komplizin zu finden.

Doch die Arbeitszeit in der Küche bedeutete Redezeit mit Emma, und als Moiken gestern vom Keitumer Friedhof an ihren Arbeitsplatz zurückgekehrt war, hatte Emma schon mit der erlösenden Nachricht auf sie gewartet. Ein Telegramm von Boy war bei Bernhard angekommen, mit der Berliner Adresse.

Wenn das kein Zeichen gewesen war.

Sie wandte den Kopf zu Theodor, der seine Bartbinde trug. Wie sie sich vor ihm ekelte!

Nur noch acht Minuten, verriet ihr der selbst gebaute Kaffeewecker auf dem Nachttisch, acht Minuten, in denen sie unbemerkt aus dem Bett schlüpfen, sich im Flur anziehen und Emma das Klopfzeichen an der Tür geben musste, damit sie zusammen zu Bernhard laufen konnten.

Erneut bewegte sie den Arm ganz vorsichtig hin und her und entzog ihn dadurch Millimeter für Millimeter Theodors menschlicher Fessel.

Es fehlte nicht mehr viel, Theodor schlief tief und fest, sein Griff war locker genug.

Nur noch ein kleiner Ruck …

Ein unduldsamer Laut von ihm. »Nein!«, grummelte er, und es klang wie ein Donnern aus weiter Ferne, das ein Gewitter ankündigte.

Moiken verharrte. Tränen stiegen in ihr auf. Es hätte nicht viel gefehlt, und sie hätte es geschafft.

Die Zeit wurde knapp, bald war es zu spät. Dennoch musste sie mit äußerster Vorsicht agieren. Wenn Theodor sie bei ihrem Fluchtversuch erwischen würde …

Moiken dachte an die zweite Nachricht von Boy, um neuen Mut

zu schöpfen. Denn das Schönste war Boys Antwort gewesen, nachdem er durch Bernhard von ihrem Vorhaben erfahren hatte. Keine Nachfragen, keine Verwunderung. Dafür offene Arme. *»Endlich. Mein Herz kann heilen. Bin außer mir vor Freude, B.«*

In wenigen Minuten, um drei Uhr, würde Bernhard mit dem Pferdekarren vor dem Atelier warten und sie nach Munkmarsch bringen. Dort hatte er ein Ruderboot organisiert, mit dem sie über das nächtliche Wattenmeer bis nach Hoyerschleuse fahren konnten. Viel Zeit blieb nicht, denn von dort fuhr der D-Zug um sieben Uhr vierzehn nach Berlin, wo sie um vier Uhr eins am Nachmittag ankommen würden.

Dieses Mal hatte Moiken alle Gegebenheiten drei Mal geprüft. Um drei Uhr nachts herrschte Flut, das Wattenmeer war nicht vereist, und die Züge fuhren.

Außer Bernhard wusste niemand von ihrer geplanten Flucht.

Kein Abschied von Wilma und Leopold, kein Wort zu Julius, obwohl er ein so guter Freund geworden war. Das schmerzte sie sehr, aber die Umstände brachten es mit sich.

Andererseits war da die Vorfreude auf Boy, das gute Gefühl, endlich in Ruhe mit ihm reden zu können, nicht nur Worte, sondern auch die Herzen sprechen zu lassen, zu fühlen, wo sie beide standen. Zugleich machte ihr das Wiedersehen aber auch Angst, diese Ungewissheit, wie alles werden würde und wozu sie bereit war – dazu das Leben in der großen fremden Stadt, in die sie nie ziehen wollte.

Aber wäre es besser, irgendwo ganz allein von Neuem zu beginnen und ihrer Tochter den Traum von Berlin zu nehmen?

Nein, das war auch keine Lösung.

Die Insel zu verlassen fiel ihr nicht so schwer, aber von ihrem Lebenstraum Abschied zu nehmen war unerträglich. Kein Café am Meer, keine bunten Stühle im Außenbereich, keine Gäste, die sie mit ihren Törtchen verwöhnen konnte, keine Namensplakette am Tisch, an dem Julius als Stammgast zufrieden lächelnd hinter seiner Zeitung sitzen würde.

Und wieder steckte ihr Leben in zwei Säcken, die Emma hoffentlich gerade packte, während sie neben Theodor auf den richtigen Moment wartete.

Sie musste aus diesem Bett heraus, irgendwie. Nur noch vier Minuten. Eigentlich schon viel zu spät.

Moiken versuchte es erneut. Es waren doch nur ein paar Zentimeter.

»Nein!«

Der Donnerschlag war laut und deutlich gewesen.

»Ich muss dringend auf die Toilette«, flüsterte sie, weil ihr in ihrer Not nichts Besseres einfiel.

Das Wunder geschah. Theodor ließ ihre Hand los. Und er schlief weiter.

Erst konnte Moiken es gar nicht glauben, dann schlüpfte sie flink aus dem Bett. Lautlos griff sie ihre Kleidung vom Stuhl und schlich zur Tür.

Der Holzboden knarrte, Moiken verharrte mit der Klinke in der Hand. Theodors Schnarchen verstummte, doch seine Atemzüge gingen regelmäßig.

Schlief er weiter, oder gab er es nur vor?

Ganz gleich, nun war sie schon so weit gekommen. Also los!

Kleid überwerfen.

Zu Emma.

Klopfen.

»Ich dachte schon, du kommst nicht mehr«, flüsterte ihre Tochter, hellwach und bereit zur Flucht.

»Schnell!«, entgegnete Moiken und griff nach einem der Säcke, mit denen Emma hinter der Tür bereitgestanden hatte.

»Warum nehmen wir nicht den Aufzug?«, fragte Emma leise, als sie daran vorbeigingen.

»Treppe ist besser. Das Ding macht zu viel Lärm«, entgegnete sie knapp.

»Aber das lässt doch keinen Rückschluss auf uns zu. Es könnten doch Gäste damit fahren.«

»Keine Diskussion jetzt«, zischte Moiken.

»Aber die Treppe ist so steil und eng und mit dem schweren Sack …«

»Los jetzt!«, wies sie ihre Tochter scharf an. »Ich nehme beide Säcke.« Leise, aber zügig ging sie Emma voran. Moiken zählte die Stufen, um sich von ihrer Angst abzulenken.

Ihre Knie zitterten, doch das Gewicht der Säcke spürte sie nicht, mit jedem Schritt fühlte sie Berlin buchstäblich näher kommen. Ihre Freiheit, vielleicht ihr Glück … und womöglich sogar ihre Liebe?

Es war die siebte Stufe, auf der ihr Fuß entglitt.

»Mutter!« Emmas schriller Schrei war das Letzte, was Moiken hörte.

Schmerz, furchtbarer Schmerz. Moiken versuchte sich zu bewegen, ihr Körper war ein einziger Schmerz, am schlimmsten jedoch war das rechte Bein.

Sie wimmerte.

Wo war sie? Sie lag weich, vermutlich in einem Bett, allerdings war sie viel zu müde, um die Augen aufzumachen.

»Sie wacht auf«, hörte sie Wilma sagen.

»Endlich.« Das war Emmas Stimme.

Wer war noch im Raum? Die Neugierde gab ihr Kraft zu blinzeln, und sie erkannte erste Umrisse.

Sie befand sich in der Strandvilla. In Theodors Schlafzimmer. Zurück in seinem Bett.

»Schmerzen«, brachte sie hervor.

»Das ist kein Wunder«, sagte Emma, die nun an ihr Bett kam. »Du hast Prellungen überall, und dein Bein ist kompliziert gebrochen. Das kann Wochen dauern, ehe es verheilt ist. Abgesehen davon musst du strengste Bettruhe halten, sagt der Arzt.«

»Mehr Schmerzmittel«, konkretisierte Moiken und merkte, wie trocken ihr Mund war. »Und Durst.«

»Ich bringe dir ein Glas Wasser«, erbot sich Wilma. »Aber ich darf dir nicht mehr Schmerzmittel geben. Meine Güte, Moiken, was hast du dir dabei nur gedacht? Dein Gatte war ganz außer sich vor Zorn. Aber der Bericht des Arztes hat ihn zum Glück wieder besänftigt.«

Natürlich, dachte Moiken bitter, die Aussicht, dass sie über Wochen hinweg an dieses Bett gefesselt sein würde, war für ihn eine wunderbare Nachricht – und für sie Grund zur Panik. Wie sollte sie das aushalten? Nicht aufstehen zu können war die eine Sache, an seine Seite gefesselt zu sein war viel schlimmer.

Wilma kam mit einem Glas Wasser und half ihr, den Kopf zu heben. Dabei wurde Moiken sofort schwindelig. Obwohl sie so durstig war, schaffte sie es nur, einen kleinen Schluck zu trinken, bevor sie kraftlos zurück ins Kissen sank.

»Ich hole ein nasses Tuch, damit reiben wir dich vorsichtig ab, das wird dir guttun.«

Kaum war Wilma im Badezimmer verschwunden, bedeutete Moiken ihrer Tochter mit einen winzigen Fingerzeig näher zu kommen und flüsterte ihr ins Ohr: »Berlin. In ein paar Wochen.«

Emma schossen die Tränen in die Augen, sie schüttelte den Kopf. »Du musst die nächsten Monate liegen.«

»Unsinn, nicht monatelang«, protestierte Moiken. Sobald sie sich etwas erholt hatte und an Krücken gehen konnte, würde sie nach Berlin fahren, das schwor sie sich.

»O doch, das musst du«, sagte Wilma, die aus dem Badezimmer

zurückkehrte und ihr jetzt mit dem kühlen Tuch das Gesicht sanft abrieb.

»Eine Wohltat«, seufzte Moiken, zu müde, um über ihre Verweildauer in diesem Bett zu diskutieren. Die beiden würden schon sehen, wie schnell sie wieder auf die Beine käme.

»Ich wechsle dir auch gleich noch deine Vorlage«, sagte Wilma, »wollen wir mal hoffen, dass die Blutung schon etwas nachgelassen hat.«

»Blutung? Warum nachgelassen? Außerdem ist es gar nicht an der Zeit bei mir.«

»Eben.« Wilma machte eine Atempause, in der sie bedeutungsvoll dreinschaute. »Moiken, du bist guter Hoffnung. Hast du das nicht geahnt? Der Arzt sagt, du bist im zweiten Trimester, und wenn du bis jetzt noch keine Kindsbewegungen gespürt hast, müsste es demnächst so weit sein. Fünfter Monat also. Der Termin ist Mitte Juni, schätzt er.«

»Ich bin guter …« Moiken versagte die Stimme. »Und schon im fünften Monat? Das kann nicht sein, ich habe doch immer meine Blutungen gehabt und gar keinen Bauch. Gut, ich habe vielleicht ein bisschen zugenommen, aber das ist doch kein Wunder nach all den Geburtstagen, Weihnachten und dem Hochzeitsfest.«

»Deine Blutung war bestimmt deutlich schwächer als sonst.«

»Das stimmt«, gab Moiken zu, aber diesem Umstand hatte sie keine große Bedeutung zugemessen, genauso wenig wie ihrer Gewichtszunahme. Das durfte doch nicht wahr sein. Und jetzt?

»Dein Gatte ist in großer Freude, aber zugleich auch sehr in Sorge, denn Dr. Nicolas sagt, du musst in den kommenden Monaten strengste Bettruhe einhalten, sonst wirst du dein Kind verlieren.« Mit flinken Handgriffen wechselte Wilma ihr die Vorlage.

Das Kind verlieren … Instinktiv legte Moiken eine Hand auf ihren Unterleib. Nein, nicht. Auch wenn die Nachricht ein Schock war und sie noch keine Freude empfinden konnte – aber das durfte nicht passieren. Du musst bleiben, flüsterte sie dem kleinen Wesen in ihrem Bauch tonlos zu.

»Ich sage deinem Gatten Bescheid, dass du wach bist. Das wird ihn sehr freuen.«

Moiken entgegnete nichts. Auch schwieg sie dazu, dass Theodor Dr. Nicolas an ihr Bett gelassen hatte, denn es spielte keine Rolle mehr. Nachdem Wilma aus der Tür war, sagte sie leise zu Emma: »Du musst Boy telegrafieren. Er wartet doch auf uns. Und sag ihm die Wahrheit.«

»Das habe ich bereits gemacht.« Emma griff in ihre Rocktasche und zog ein Telegramm heraus. »Und das ist seine Antwort. Lies selbst.«

Deine zweite Chance - lass das Kind dieses Mal bei seinem richtigen Vater aufwachsen. Dir noch ein schönes Leben. Ohne mich. Gruß B.

3. Buch

Mai bis August 1914

»Theodor, du kannst mich hier nicht wie eine Gefangene halten.«

Er zuckte zusammen, als sie ihn mit diesem Satz begrüßte, auf den er längst gewartet hatte und den er schon genauso lange fürchtete.

Seit rund viereinhalb Monaten lag Moiken in diesem Krankenzimmer, ein Einzelzimmer der Strandvilla, das sie unmissverständlich von ihm gefordert hatte – vordergründig mit dem Argument, viel Ruhe zu benötigen. Außerdem bräuchte auch Emma ihren Raum, der nicht vom Arzt und Krankenbesuchern gestört wurde, aber natürlich ahnte er den wahren Grund: Moiken hatte ihm bis heute nicht verziehen, und wenn er ehrlich war, konnte er sie verstehen.

Zumindest hätte sie nicht unbedingt in der Hochzeitsnacht von dem Verhältnis mit der Gräfin von Schöneck erfahren müssen. Das war natürlich ein Schock gewesen, aber in der Sache leider unvermeidlich, ansonsten wäre es zum großen Eklat gekommen.

Er betrachtete sie liebevoll, um sie zu besänftigen, solange er noch um die richtige Erwiderung rang. Seitdem sie in anderen Umständen war, musste er jedes Wort auf die Goldwaage legen, aber mit ihrem Bauchumfang hatte auch ihre Schönheit zugenommen – wobei er sich fragte, wie das überhaupt möglich war, so hübsch, wie sie schon vorher gewesen war.

Ihr dunkelblondes Haar noch glänzender, ihre Wangen stets rosig, überhaupt war ihr Gesicht fülliger geworden, besonders um ihr spitzes Kinn herum, ganz zu schweigen von ihren Brüsten, die über dem wunderschönen großen Bauch sehr üppig geworden waren. Nur die blauen Augen, umkränzt von ihren dunklen Wimpern, funkelten zornig.

»Theodor, du kannst nicht ignorieren, was ich gesagt habe. Ich meine das ernst. Ich muss raus, unter Leute, es ist jetzt Ende Mai, seit Januar sehe ich nichts außer diesen vier Wänden und dem Himmel. Ich werde noch verrückt hier drin.«

Er setzte sich zu ihr ans Bett, um etwas Ruhe in die Situation zu bringen. Sie wollte sich ihre Freiheit zurückerobern – daran war ihm überhaupt nicht gelegen. Was war das doch für eine entspannte Zeit gewesen, als sie ihr Bein noch nicht belasten durfte. Danach hatte das ungeborene Kind sie im Bett gehalten, doch seit ein paar Tagen, seitdem Dr. Nicolas sich entspannter gab, war sie wie ein junger Seehund, der von der Sandbank zurück ins Meer wollte.

In den vergangenen Monaten hatte sie ihre anfänglich starke Abneigung gegen Dr. Nicolas abgelegt, nachdem die beiden ein Gespräch unter vier Augen geführt hatten. Zwar war ihm diese Geheimniskrämerei nicht recht gewesen, aber es zählte das Ergebnis, denn es gab keinen Arzt, dem er mehr vertraute, und keinen, der sich wie er über die Jahrzehnte auf der Insel gehalten hatte.

Liebevoll betrachtete er ihren runden Bauch. Jetzt half nur noch ein Argument: »Ich habe Angst um unser ungeborenes Kind.«

»Theodor, was soll das? Ich habe seit Wochen keine Blutungen mehr gehabt.«

»Bleib doch bitte noch liegen bis zur Geburt. Es sind nur noch ungefähr vierzehn Tage, die wirst du doch noch rumbringen.«

»Ich habe nichts mehr zu lesen. Es gibt kein Buch mehr in Julius' wohlassortierter Leihbibliothek, das nicht auf meinem Nachtschränkchen gelegen hätte.«

»Ich habe dir durch Julius doch so interessante Zeitschriften zukommen lassen, damit könntest du dich beschäftigen.«

»Beschäftigung nennst du das? Mich eingehend über die Toiletten der höchsten Damen und Herren zu informieren?« Moikens Stimmlage wurde noch eine Nuance höher, als sie eine der Zeitschriften von ihrem Nachtschrank griff und vorlas: »›*Die britische Königin Mary erschien zur Galavorstellung im Königlichen Opernhaus in Covent Garden in Cremespitzen gekleidet. Ihr Ausschnitt war mit Perlen übersät. Um den Hals trug sie ein Collier von unschätzbaren Diamanten, an dem in der Mitte der Cullinan in der Größe eines Hühnereis hing.*‹ Oh, wie aufregend«, lästerte Moiken.

Theodor lächelte in sich hinein. Für andere Frauen war es die Sensation des Tages, zu erfahren, dass die britische Königin ein Schmuckstück, das aus dem bislang größten jemals gefundenen Diamanten gefertigt war, in der Öffentlichkeit getragen hatte.

Moiken hingegen interessierte sich überhaupt nicht für Schmuck, genauso wenig besaß sie eine Sammelleidenschaft für Schuhe und Kleidung, so wie andere Frauen. Das machte sie neben ihrer Schönheit so reizvoll für ihn, denn der Unterhalt einer Frau konnte auf Dauer sehr kostspielig sein.

»Oder hier«, Moiken hatte die nächste Zeitschrift vom Stapel gezogen, »in der Kleinen Damen-Zeitung: ›*Die nationale Föderation des Frauenclubs beabsichtigt, den Pariser Moden den Gnadenstoß zu versetzen. Die Präsidentin kündigt an, im kommenden Monat entscheidende Schritte gegen die Fabrikanten fertiger Kleider zu unternehmen, die den Frauen Röcke aufzwingen, die den Körper bedecken, ohne ihn zu verbergen.*‹ Solche Kleider nach der Pariser Mode würde ich gar nicht erst tragen«, lästerte sie.

»Ich finde diese Röcke ehrlich gesagt sehr reizvoll«, gestand er, auch in der Hoffnung, dass sie über dieses Thema ihr eigentliches Anliegen vergaß.

Moiken beförderte die Zeitung mit einem Wurf zurück auf den Stapel. »Du musst dich ja auch nicht in einem knöchellangen Rock bewegen, der am Saum so eng ist, dass du dich nur noch mit Tippelschritten fortbewegen kannst.«

»Schon gut, schon gut«, beschwichtigte er. »Dann lies doch in der Sylter Zeitung oder im Intelligenz-Blatt.«

»Ich mag keine Nachrichten mehr studieren, das macht mir nur Sorgen. Wenn ich allein diese Schlagzeile lese: ›*Generalprobe für den Großen Krieg*‹, da wird mir ganz anders. Erst recht, wenn ich daran denke, dass ich bald mein Kind bekomme.« Betrübt legte sie die Hand auf ihren wunderschönen großen Bauch. Er konnte es immer noch kaum glauben, dass darin ein Kind heranwuchs – sein Kind. Oder sollte er etwa Zweifel haben, dass es nicht sein Kind war?

Schnell verdrängte er wie so oft den schwarzen Gedanken, dass sie schon eher von ihrer Schwangerschaft gewusst haben könnte und deshalb in jener Nacht nach Berlin fliehen wollte. Zum wahren Vater. Aber er wünschte sich dieses Kind, diesen Nachkommen so sehr, dass er ihr vertrauen wollte. »Ach, mein Herz, hab doch keine Angst. Die Zeitungen bauschen das nur wieder auf. Russland hat lediglich bekannt gegeben, nach der Erntezeit im Herbst eine sechswöchige militärische Übung durchführen zu wollen, und hat dazu die Reservisten-Jahrgänge einberufen.«

»Und das glaubst du? In dem Artikel steht, dass die zaristische Armee dadurch von 1,2 Millionen auf zwei Millionen Mann anwächst – das ist fast eine Verdopplung.«

»Meine Liebste, das ist noch lange kein Grund, einen Krieg zu fürchten.«

»Und wenn es eine heimliche Mobilmachung ist? Wenn Deutschland von beiden Seiten angegriffen wird, weil sich Russland mit Frankreich verbündet?«

»Du machst dir wirklich zu viele Sorgen. Und für den unwahrscheinlichen Fall eines Kriegs werden die Truppen bestimmt nicht bis nach Sylt kommen. Weißt du was, ich lasse dir von Julius noch ein paar Kochbücher bringen, dann kannst du dir ein paar schöne neue Backrezepte aussuchen.«

»Du willst mich nicht verstehen, Theodor! Außerdem, seit wann backe ich nach Rezept? Du hast selbst gesagt, dass es für die Kreativität nicht förderlich ist.«

»Aber so kommst du vielleicht auf neue Ideen. Bitte, Moiken, sei vernünftig, auch Dr. Nicolas sagt, du sollst dich noch schonen.«

»Schonung bedeutet nicht Bettruhe. Und selbst wenn das Kind jetzt käme, so wäre das nur noch zwei Wochen zu früh. Theodor, begreif doch bitte. Ich muss raus, einen Spaziergang machen, ich drehe hier drin sonst durch. Heute ist Pfingstsonntag und herrliches Wetter, ich möchte so gern auf die Promenade.«

»Dafür bist du noch viel zu schwach«, entgegnete er, obwohl er sie natürlich beobachtete hatte, wie sie seit ein paar Tagen nachts im Flur auf und ab ging. Für den Moment fiel ihm jedoch nichts Besseres ein, um ihren Freiheitswillen zu beschneiden.

»Genau das ist es, ich muss dringend meine Muskulatur wieder aufbauen, sonst habe ich keine Kraft für die Geburt – und das scheint mir im Moment das größte Risiko zu sein.«

Verdammt, das leuchtete selbst ihm ein. Außerdem konnte er sich schon denken, weshalb sie auf die Promenade wollte. Bestimmt hatte sie vom Fenster aus gesehen, dass der Pavillon einen neuen blauen Anstrich bekommen hatte – wahrscheinlich das Werk von Julius –, und nun wollte sie genauer in Augenschein nehmen, was dort inzwischen noch passiert war.

Demnächst würde er ihr noch einmal unmissverständlich klarmachen müssen, dass sie kein Café eröffnen würde, schon gar nicht mit einem Säugling an der Brust – aber dafür war jetzt nicht der richtige Augenblick.

Andererseits, immer noch besser, sie wollte zu diesem Pavillon als nach Berlin.

»Dann lass uns gemeinsam spazieren gehen«, schlug er vor.

»Nein«, entgegnete sie direkt, und er fühlte sich vor den Kopf gestoßen. Allerdings wusste er, weshalb sie so reagierte. Sie wollte sich nicht mit ihm in der Öffentlichkeit zeigen.

»Du hast mir immer noch nicht verziehen …«, stellte er traurig fest. Dabei hatte er ihr schon hundertmal versichert, die Beziehung zur Gräfin von Schöneck beendet zu haben, wobei Moiken ihm das wohl nicht abnahm. Zu Recht. Denn der Kontaktabbruch war vonseiten der Gräfin erfolgt, als sie von Moikens anderen Umständen erfahren hatte. Sie war abgereist, weil die Nachricht doch zu viel für sie gewesen war – aber das würde sie bestimmt schnell verdauen, und wer wusste schon, was bei ihrem nächsten Sylt-Urlaub passieren würde.

Außerdem war die Gräfin ja nicht die Einzige, die ihm zur Auswahl stand. Gerade als Hotelier ließ sich eine Affäre nicht immer vermeiden, das lag auf der Hand, wenn auch die weiblichen Gäste mit dem Aufenthalt zufrieden sein sollten. Da konnte und wollte er Moiken keine ewige Treue versprechen, ganz gleich, was das Ehegelöbnis verlangte – dafür hatte er ihr ewige Liebe geschworen, und das meinte er ernst.

Es gab einen Unterschied zwischen Liebe und Treue, daran musste sich Moiken einfach gewöhnen. Seine erste Frau hatte seine außerehelichen Beziehungen zur Kenntnis genommen wie die wöchentliche Verlesung der an- und abgereisten Gäste – so musste das sein. Allerdings konnte er guten Gewissens behaupten, derzeit kein außereheliches Verhältnis zu unterhalten.

»Ich dachte, es spielt keine Rolle, ob ich dir verzeihe«, gab Moiken giftig zurück. »Jedenfalls geht es mir wieder so gut, dass ich allein spazieren gehen kann, auch mein Fuß ist längst wieder in Ordnung, und wenn du es mir verbieten willst, dann versuch es.«

»Schon gut«, beschwichtigte er sie. »Nur keine Aufregung, das ist nicht gut für das Kind. Wenn du also meinst, dann promeniere ein wenig. Aber übernimm dich bitte nicht.«

»Ich passe schon gut auf uns auf, keine Sorge«, sagte Moiken und streichelte über ihren Bauch.

In solchen Momenten war er sich sicher, dass sie sich genauso auf das gemeinsame Kind freute wie er.

Wenn nur endlich seine Sorge verschwinden würde, ob sie bei ihm bleiben würde. Auf ihrem Spaziergang würde er sie vom Fenster aus genau im Blick behalten – selbst wenn er sich dafür in die Nähe seines Schreibtischs begeben musste. Allein das kostete ihn schon Überwindung.

Als er an seine Räume dachte, kam ihm eine Idee, wie er tatsächlich noch einen Vorteil aus ihrem Ansinnen schlagen könnte. »Da es dir ganz offenkundig besser geht und du der Ruhe überdrüssig bist, schlage ich vor, du ziehst heute Abend wieder in das eheliche Schlafzimmer – und bevor du protestierst: Ich halte mich an das, was der Arzt gesagt hat, keine Sorge.« Keinen Beischlaf bis zur Geburt hatte Dr. Nicolas ihm eingebläut, und auf sein enttäuschtes Gesicht hin hatte der mit einem Augenzwinkern bemerkt, dass doch sicherlich andere Damen zur Verfügung stünden.

Aber genau dieser derzeitige Mangel war ja sein Problem.

»Nein«, sagte Moiken, erneut schlicht und direkt.

Diese Frau war wirklich eine harte Nuss, stöhnte Theodor innerlich auf. Aber er liebte es, Nüsse zu knacken.

Wenn das Kind erst auf der Welt war, würde er wieder das Kommando übernehmen.

Schonungslos.

Endlich, jubelte Emma, endlich musste sie sich nicht mehr um ihre Mutter kümmern. Die vergangenen Monate waren furchtbar gewesen. Da Wilma in der Küche gebraucht wurde und Theodor keine Fremde zur Pflege seiner Frau akzeptieren wollte, war sie gar nicht lange gefragt worden und musste wie selbstverständlich ihre bettlägerige Mutter versorgen, mit allem, was dazu gehörte.

Waschen, Kleidung wechseln, Essen bringen, ihr Gesellschaft leisten – und die Bettpfanne entsorgen.

Besonders damit hatte sie sich völlig überfordert gefühlt, aber sie hatte die Zähne zusammengebissen und getan, was von ihr verlangt worden war, damit ihre Mutter sich nicht aufregte. Das könne sich sonst schädlich auf das Ungeborene auswirken, hatte der Arzt immer wieder betont.

Doch gerade unternahm ihre Mutter ihren ersten Spaziergang, und so hatte sich Emma sofort ihre Kamera geschnappt, die sie zu Weihnachten geschenkt bekommen hatte, um sie endlich draußen auszuprobieren.

Weihnachten … zu dem Zeitpunkt hatte sie ursprünglich geglaubt, schon längst in Berlin zu sein, und jetzt war sie immer noch auf Sylt. Erst war sie geblieben, weil sie nicht gewusst hatte, wohin in Berlin, und während der vergangenen Monate hatte sie es nicht übers Herz gebracht, ihre Mutter im Stich zu lassen.

Wie hatte sie die Fotografie vermisst! Das Atelier war zwischenzeitlich von Bernhards Onkel neu eröffnet worden, und jener hatte ihr durch Bernhard ausrichten lassen, dass er leider keinen zweiten Lehrling beschäftigen könne. Der wahre Grund: Sie war eine Frau. Das hatte zumindest Bernhard ihr nicht verschwiegen, doch da ihre Pläne ohnehin andere waren, hatte ihr Ärger darüber nicht lange angehalten. Die Frage nach dem Wohin hatte sich unterdessen geklärt.

Mit Herzklopfen richtete sie die Kamera auf ihr erstes Motiv: den Musikpavillon auf der Promenade, direkt am Strand. Der sechseckige Bau mit dem Zipfelmützendach hatte nach dem Winter einen neuen Anstrich bekommen, und so glänzten die weißen Bretter in der Sonne, dahinter das Meer, das sich bei leichtem Wellengang unter Schäfchenwolken in seinem schönsten Frühlingsblau zeigte.

Ein wunderschönes Motiv – dennoch ließ Emma die Kamera

sinken. Im Auge des Betrachters war es perfekt, aber es war nicht *ihr* Motiv.

Aus dem Augenwinkel erkannte sie, wie sie von einer kleinen Gruppe Sommerfrischler neugierig beäugt wurde, zwei Männer in schwarzen Anzügen, weißer Halsbinde und Spazierstöcken, mit dabei deren Frauen in weißen Kleidern, ausladenden Hüten und aufgespannten Schirmchen – damit sich ja kein Sonnenstrahl dem Gesicht nähern konnte und die vornehme Blässe erhalten blieb. Sie steckten die Köpfe zusammen, und dennoch trug der Wind deren Worte zu Emma hin.

»Schau mal, sie hat eine Kamera, sogar eine ganz moderne. Wie kommt sie denn dazu?«, hörte sie die eine Frau sagen.

»Das mutet schon sehr seltsam an, so ein kompliziertes technisches Gerät in den Händen einer Frau«, erwiderte die andere.

»Ob sie überhaupt damit umgehen kann?«, mischte sich der erste Mann ein.

»Offenbar nicht«, erwiderte der zweite. »Sie hat ja gar nicht auf den Auslöser gedrückt. Wahrscheinlich denkt sie, man macht ein Foto, indem man sich die Kamera vors Gesicht hält.« Er lachte schallend über seinen eigenen Witz, und die anderen stimmten mit ein.

Zornig fuhr Emma herum. »Ich weiß sehr wohl, wo der Auslöser ist, aber Sie haben wohl Ihren Anstand verloren, alle miteinander!«

Blitzschnell hob sie die Kamera und stellte die Gruppe scharf.

Vier Gesichter, vier Emotionen. Entsetzt, peinlich berührt, verärgert und der eine Mann immer noch lachend.

Emma drückte auf den Auslöser. Das perfekte Foto, ganz nach ihrem Geschmack.

»Vielen Dank!«, rief sie in Richtung der Sommerfrischler, die nun allesamt verdutzt dreinschauten. »Genau das habe ich gesucht!«

Sie ließ die Badegäste stehen, überquerte die Promenade und

erklomm kurz entschlossen die Stufen zu einer der steinernen Aussichtsplattformen, von wo aus sie die Übersicht über die gesamten Strandanlagen und die promenierenden Badegäste hatte.

Sie wollte Menschen auf dem Bild.

Bewegung.

Leben.

Welche Motive sie wohl in Berlin vor die Linse bekommen würde? In Gedanken war sie jeden Tag dort. Auf die Briefe an ihren Vater hatte sie nur selten und wenn, dann knappe Antwort bekommen, worüber sie zunächst sehr traurig gewesen war und nach einiger Zeit wütend, so zornig, dass sie sich in einigen Zeilen an ihn Luft machen musste.

Warum war er nicht imstande, den Kontakt zu ihr zu halten? Andererseits konnte sie sich schon denken, weshalb er sich so bedeckt hielt. Er wollte sie auf keinen Fall dazu animieren, die Insel zu verlassen.

Mit ihren Zeilen wollte sie ihn provozieren, sie wollte wissen, woran sie bei ihm war – denn sie hatte Angst, er würde sie vergessen.

Vor zwei Wochen hatte sie sich also nach einem besonders anstrengenden Tag mit ihrer Mutter alles von der Seele geschrieben, und als sie den Brief auf die Post gebracht hatte, hatte der Bedienstete Karl Matzen, der ihre unnachgiebigen Versuche, mit Felice Bauer in Kontakt zu treten, am Ende schon fast mitleidig verfolgt hatte, mit einem Telegramm gewedelt.

»Von der Carl Lindström AG«, hatte er ihr entgegengerufen, kaum dass sie das Amt betreten hatte. »Gerade angekommen!«

Jederzeit herzlich willkommen. Anbei private Adresse. Felice Bauer

Diese eine Zeile, diese wenigen, aber wunderschönen Worte, lösten ein buntes Kribbeln in ihr aus, auch jetzt wieder, wenn sie daran dachte.

Bis das Kind auf der Welt war, würde sie noch warten, weil sie nicht wollte, dass ihre Mutter vor Aufregung eine zu frühe Geburt erlitt, aber dann würde nichts und niemand sie mehr aufhalten, denn wegen des Säuglings hatte sich ihre Mutter schweren Herzens entschlossen, in der Strandvilla zu bleiben, damit das Kind bei seinem Vater aufwachsen könne – ihre Mutter wollte es so lange wie möglich mit Theodor aushalten.

Ihr hingegen war jeder Tag zu lang.

Rüm Hart, klaar Kiming – großes Herz, weiter Horizont. Es war so wundervoll gewesen, erinnerte sich Emma, auf der Aussichtsplattform des Leuchtturms, auch wenn sie Höhenangst gehabt hatte.

Aber Angst gehörte zum Leben nun mal dazu, sie zu überwinden war die große Kunst, um reicher an Erfahrungen zu werden. Das war es, was sie wollte. Auf eigenen Beinen stehen, hinausgehen ins eigene Leben.

Auf der Suche nach dem nächsten Motiv geriet ihr der frisch gestrichene Pavillon ins Blickfeld, in dem ihre Mutter das Café eröffnen wollte, und sie hielt mitten in der Bewegung inne.

Die Tür stand offen.

Ob Julius dort arbeitete? Oder war ihre Mutter etwa so verrückt, im Pavillon herumzuwerkeln? Zuzutrauen wäre ihr das. Aber das war viel zu gefährlich, sie war doch noch gar nicht wieder bei Kräften.

Schon waren die Sorgen da, die Emma sich eigentlich gar nicht machen wollte. Verflucht. Sie konnte nicht anders, sie musste nachsehen.

»Das ist ja ein Traum!«

»Moiken, hast du mich erschreckt!«, rief Julius aus und fasste sich ans Herz. »Mach das nie wieder mit einem alten Mann!«, protestierte er lachend. »Sag bloß, du darfst doch noch vor der Geburt endlich wieder aufstehen.«

»Ja, mit ärztlicher Erlaubnis und Theodors grummelnder Zustimmung.«

Julius lachte erneut. »Ihm blieb ja wohl nichts anderes übrig.«

Moiken blieb ihm die Antwort schuldig und drehte sich einmal um ihre eigene Achse. Die Wände hatte sie selbst vor ihrer Erkrankung gestrichen, nun hatte Julius gegenüber der Tür einen Tresen gebaut und eine Büfettvitrine daneben aufgestellt, die Schiffsplanken hatte er abgeschliffen und vermutlich mit Bernsteinöl behandelt, so schön, wie sie glänzten. »Das sieht nicht aus wie das Werk eines alten Mannes. Wie hast du das nur alles geschafft?«

Julius hob die Schultern. »Eins nach dem anderen. Ich möchte schließlich, dass du bald eröffnen kannst.«

»Bald?« Moiken senkte kopfschüttelnd den Blick. »Das geht nicht …«

»Warum nicht?« Julius hob seine buschigen weißen Augenbrauen. »Es ist fast alles bereit. Du kannst hier und da noch ein wenig dekorieren, aber ansonsten …« Julius sah sich ratlos um und setzte seine runde Brille von ihrem ungewöhnlichen Platz auf der Stirn zurück auf die Nase. »Ich hab zwar trotz Brille schlechte Augen, aber ich wüsste nicht, was noch groß gemacht werden muss.«

Moiken zeigte auf ihren Bauch. »Deshalb.« In ihrer Stimme schwang Bedauern mit, was sie trotz ihrer Freude auf das Kind nicht verhindern konnte. Auch wenn die Schwangerschaft eine Qual gewesen war und das lange Liegen sie fast um den Verstand gebracht hatte, so hatte sie sich dennoch jeden Tag über die Tritte in ihrem Bauch gefreut, ein sicheres Zeichen, dass es dem Ungeborenen gut ging – und darüber war sie unendlich froh.

Julius fuhr nachdenklich seinen langen Spitzbart entlang. »Mit dem dicken Bauch kannst du natürlich nicht arbeiten, aber das Kind soll doch in ungefähr zwei Wochen auf die Welt kommen, Mitte Juni, dann kannst du dich vier Wochen erholen und Mitte Juli eröffnen. Genau zur Hauptsaison, das ist doch perfekt!«

»Julius, mit einem Säugling an der Brust kann ich unmöglich mein Café eröffnen.«

Er machte ein erstauntes Gesicht. »Wo steht das geschrieben?«

Entnervt hob sie die Augen zur Decke. »Nirgends natürlich. Aber es wird schon schwer genug, mich als Besitzerin eines Cafés durchzusetzen – als Frau. Und wenn ich mit einem Säugling … man wird mit den Fingern auf mich zeigen oder gleich dem Café fernbleiben.«

»Weißt du das so genau? Vielleicht kommen sie auch aus Neugierde, und wenn man mit einem Finger auf andere Leute zeigt, dann zeigen immer drei …«

»Ich kenne den Spruch! Aber was hilft mir das? Außerdem, Theodor wird mich festbinden. Niemals wird er die Eröffnung zulassen, so gut kenne ich ihn, das kann ich ganz sicher vorhersagen.«

Vorhersagen. Kaum hatte sie es ausgesprochen, fiel ihr wieder die Prophezeiung der Wahrsagerin ein. Bislang hatte sie nie an solche Vorhersagen geglaubt, darum hatte sie das dunkle Omen verdrängt, doch wenn der Gedanke daran aufkam, so wie jetzt, spürte sie tiefe Angst.

»Seit wann bist du aufzuhalten, Moiken? Wenn du dieses Café am Meer eröffnen willst, dann tu es. Meine Frau hat acht Kinder zur Welt gebracht und bei allen nach spätestens vier Wochen wieder gearbeitet, den Säugling auf den Bauch gebunden, weil sie es zu Hause nicht ausgehalten hat. Und es hat keinem geschadet. Du hast dich außerdem Theodor gegenüber bislang immer durchgesetzt, dann wird es dir auch dieses Mal gelingen, wenn du nur willst, da bin *ich* mir sicher. Also, welcher vernünftige Grund hindert dich?«

Moiken presste die Lippen aufeinander. So viele Zweifel. Allerdings – allein der Gedanke, sie könnte sich in dieser Saison ihren Traum erfüllen, zauberte ihr ein Lächeln auf die Lippen. Mit seinem guten Zureden hatte Julius das erloschene Feuer in ihrem Herzen immerhin wieder zum Glühen gebracht.

Nachdenklich streifte sie durch den Pavillon. Könnte sie diesen Start wirklich schaffen? Oder würde sie sich damit übernehmen, körperlich wie finanziell? Was, wenn die Gäste ihr Café nicht annehmen würden? Wenn Theodor alle Hebel in Bewegung setzen würde, um sie an der Eröffnung zu hindern?

Wenn, wenn, wenn. Wenn sie es nicht wagte, würde sie es nie herausfinden.

Sie brauchte noch ein paar Atemzüge, in denen sie ihre Zweifel beiseiteschob, dann begann sie für die Idee zu brennen.

»Mutter, was machst du hier?« Moiken zuckte unter der vorwurfsvollen Stimme ihrer Tochter zusammen. »Bist du noch zu retten? Gleich auf deinem ersten Spaziergang fängst du an, hier rumzuräumen?«

»Beruhige dich, Emma. Ich sehe mich nur um. Ist das nicht fantastisch geworden, was Julius hier geleistet hat?«

»Oh, hallo Julius«, sagte Emma, die ihn in der Ecke offenbar zunächst nicht bemerkt hatte. »Ja, ist schön geworden«, fügte sie knapp hinzu.

»So schön, dass ich bereits Mitte Juli eröffnen kann, sobald ich mich von der Geburt erholt habe.«

»Du willst – was?«, fragte Emma schockiert.

»Ich weiß, es entspricht nicht unbedingt den gesellschaftlichen Vorstellungen, wenn eine Frau mit einem Säugling …«

»Du bist verrückt.«

»Ich versuche das Beste aus unserem Leben zu machen.«

Emma funkelte sie an. »Und woher weißt du, was das Beste ist?«

Sie atmete tief durch, um Ruhe zu bewahren. »Ich weiß es nicht. Ich *versuche,* das Beste aus unserem Leben zu machen, habe ich gesagt. Dafür hat mir Julius gerade den Mut gegeben. Außerdem hatte ich viel Zeit zum Nachdenken in den vergangenen Wochen.

Ich darf mich nicht aufregen, aber ich kann es dir in Ruhe erklären, wenn du dich mit mir an einen Tisch setzt.«

»Da bin ich gespannt.« Noch immer leicht übellaunig, aber doch bereitwillig setzte sich Emma auf den angebotenen Stuhl.

»Ich glaube, ich lasse euch besser mal allein«, sagte der alte Buchhändler, der sich im Kreuzfeuer zwischen Mutter und Tochter sichtlich unwohl fühlte und auf ihr Nicken hin schnell entfernte.

Moiken nahm den Faden ohne Umschweife wieder auf. »Weißt du, Emma, mir fällt es sehr schwer, an Theodors Seite zu leben, das kannst du mir glauben. Aber Boy hat schon recht, auch wenn mich seine brüske Nachricht sehr schmerzt, das Kind muss bei seinem Vater aufwachsen. Nur will ich nicht von Theodor abhängig sein, ich will auf eigenen Beinen stehen, das ist mir wichtig. Wer weiß, was passiert …«

»Vergiss nicht, dass du zwei Kinder hast. Eines davon möchte nach Berlin. Und tu nicht so, als ob du Boy gar nicht vermissen würdest.«

»Natürlich vermisse ich ihn!« Ihre Stimme brach, und sie räusperte sich, damit sie sich wieder fing. »Wenn du älter bist, kannst du gern nach Berlin, aber noch nicht jetzt. Wir haben das besprochen, fang nicht wieder damit an.«

»Und was mache ich so lange? Meine Ausbildung kann ich nicht weiterführen! Das ist vergeudete Zeit.«

»Ich eröffne am fünfzehnten Juli das Strandcafé, und du arbeitest bei mir als Bedienung. Natürlich bekommst du auch Geld dafür.«

»Natürlich«, echote Emma.

Immerhin hatte sie nicht widersprochen, das nahm Moiken als gutes Zeichen. »Bis dahin muss vor allen Dingen Werbung gemacht werden. Du gehst bitte gleich morgen zu Julius und gibst Flugblätter in Auftrag, damit sie noch rechtzeitig gedruckt werden können. Verteilen musst du sie, während ich im Wochenbett liege.

Den Entwurf können wir gleich zusammen machen, auf dieser Basis kann Julius dann die Anzeige für die Zeitung schreiben.«

»Ganz wie du willst, Mutter.«

Überrascht sah sie ihre Tochter an. Wohnte in Emma doch genug Vernunft, oder gab sie das nur vor? Wahrscheinlich Letzteres. Dennoch fragte sie hoffnungsvoll nach. »Unterstützt du meinen Weg wirklich?«

»Ich denke, du hast eine gute Entscheidung getroffen. Aber der fünfzehnte Juli wäre ein Dienstag, wenn ich richtig gerechnet habe. Wäre es nicht besser, die Eröffnung am vierzehnten Juli zu feiern? Der vierzehnte Juli 1914 um 14 Uhr – das wäre doch toll, und jeder könnte sich das merken.«

»Nein, wir nehmen die Monatsmitte. Der fünfzehnte Juli 1914 um 15 Uhr, das kann sich auch jeder merken, und es ist die bessere Kaffeezeit.«

»Ganz wie du willst, Mutter. Es ist deine Entscheidung.«

»Das war aber ein sehr langer Spaziergang«, empfing Theodor sie mit vorwurfsvoller Miene, kaum dass sie die Stufen der Strandvilla betreten hatte. Er wartete direkt am Eingang auf sie, also hatte er sie bestimmt beobachtet, was sie nicht weiter verwunderte, aber trotzdem ärgerte.

Die Länge des Spaziergangs spürte sie selbst, unterwegs hatte sich ihr Bauch einige Male zusammengezogen, aber das waren harmlose Senkwehen gewesen, die sie schon von Emma her kannte. Nichts weiter als ein gesundes Zeichen, dass sich ihr Körper allmählich auf die Geburt vorbereitete.

Außerdem war dieser Weg von der Strandvilla zum Pavillon und wieder zurück viel mehr gewesen als nur ein Spaziergang.

Nach Monaten im Krankenzimmer war es ihr Weg zurück ins

Leben gewesen, gekrönt von der Aussicht auf ihre Zukunft. Ein Weg, den Julius ihr geebnet hatte und den sie sich von Theodor nicht versperren lassen würde, dazu war sie fest entschlossen.

Mit jeder Zeile, mit der die Eröffnungsanzeige und der Text für das Flugblatt gewachsen waren, war sie in ihrer Entscheidung sicherer geworden, und als sie Emma zu Julius in die Buchhandlung losgeschickt hatte, während sie sich selbst auf den Rückweg zur Strandvilla gemacht hatte, gab es in ihr nur noch schwache Zweifel. Sie freute sich unbändig auf die Herausforderung.

Vielleicht, dachte Moiken beim Anblick von Theodor, wäre es sogar klug, seine derzeitige Sorge um das Wohlergehen des Ungeborenen auszunutzen. Möglicherweise könnte sie ihm jetzt viel eher ein Zugeständnis entlocken, besser, als es noch länger hinauszuzögern und ihn erst nach der Geburt seines ersehnten Nachkommen um die sichere Erlaubnis zur Eröffnung des Cafés zu bitten – denn dann hatte er bereits, was er wollte.

»Das muss jetzt bis zur Geburt reichen, so lange, wie du unterwegs warst«, setzte Theodor nach, als sie vor ihm stand, weil sie nicht auf seine erste Provokation reagiert und eine Entschuldigung vorgebracht hatte, so wie ein kleines Kind, das vom Spielen zu spät nach Hause kam. Dabei war sie nur eine Stunde unterwegs gewesen, und die meiste Zeit davon hatte sie im Pavillon gesessen.

»Theodor, ich muss mit dir reden.«

»Ich bin gespannt, was du mir zu sagen hast.«

»Nicht hier zwischen Tür und Angel, bitte.«

»Gut, wir können uns gern in unseren privaten Räumen unterhalten. Ich habe deine Sachen zurückbringen und das eheliche Bett frisch beziehen lassen.«

Moiken biss sich auf die Lippen, um jede falsche Bemerkung zu unterdrücken. Auch im Fahrstuhl sagte sie keinen Ton. Erst als sie sein Büro betraten und er ihr einen Stuhl anbot, blieb sie an der Tür stehen und kam direkt zum Thema. »Du hast bestimmt gesehen, wie schön der Pavillon geworden ist. Auch von innen ist er wieder komplett hergerichtet. Da hat Julius wirklich ganze Arbeit geleistet.«

Theodor lächelte milde. Sie hatte tatsächlich die richtige Strategie gewählt, obwohl sie nicht darin geübt war, so zu denken.

»Arbeit, für die ich ihn nicht bezahlen werde«, entgegnete Theodor, jetzt wieder ernst.

»Das lass bitte meine Sorge sein. Ich habe genug Ersparnisse, und so teuer war das alles überhaupt nicht. Es ist sehr hübsch geworden.« Sie holte tief Luft, auf den richtigen Moment vertrauend. »Am fünfzehnten Juli um 15 Uhr findet die Eröffnung statt. Julius hat mir gut zugeredet, und es ist wirklich nicht notwendig, dass ich mit einem kleinen Kind zu Hause hocke. Ich möchte dich hiermit um deine Zustimmung zur Eröffnung des Cafés bitten, auch werde ich dir selbstverständlich eine monatliche Pacht bezahlen, wenn du das verlangst.«

Erstaunt hob Theodor die Augenbrauen und musterte sie scharf mit seinen graublauen Augen. »Du bist tatsächlich mit allen Wassern gewaschen, Moiken. Ich wusste nicht, dass ich eine so berechnende Frau geheiratet habe. Um es kurz zu machen, und falls du mich nicht schon längst verstanden hast: ein klares und deutliches Nein! Und wenn mein ersehnter Nachkomme erst auf der Welt ist, herrschen hier wieder andere Sitten. Dann tanzt du mir als meine Frau nicht auf der Nase herum. Es wird kein Café am Meer geben. Punkt!«

»Dann werde ich dich verlassen, mit dem Kind!«, drohte sie ihm ohne Umschweife an.

»Wenn du das versuchen willst, dann kommt es mir am Ende auf dich nicht an. Geh deiner Wege, ich kann dich sowieso nicht halten, aber das Kind wirst du mir nie im Leben wegnehmen, das schwöre ich dir.«

»Wenn du …« Moiken brach ab, weil sich ihr Bauch schmerzhaft zusammenzog. Anders als bei den Senkwehen. Noch während sie darüber nachdachte, was das gewesen sein könnte, spürte sie, wie ihr das Wasser an den Beinen herunterlief.

»Die Fruchtblase«, informierte sie Theodor knapp. »Das Kind kommt.«

»Was? Ist das dein Ernst? Was soll ich denn jetzt tun?« Er sprang vom Stuhl auf und starrte sie hilflos an.

Moiken war nicht in der Lage, ihm zu antworten. Sie hielt sich an der Türklinke fest, weil sonst nichts in der Nähe war, an dem sie sich hätte festhalten können. Schon die erste Wehe nahm ihr die Luft. Es fühlte sich ganz anders an als damals bei Emma, dachte sie panisch. Alles ging viel schneller. Viel zu schnell. Kaum ebbte der Schmerz ab, rollte die nächste Wehe an.

Das war eine Presswehe, schoss es ihr durch den Kopf. Mit aller Konzentration und angehaltenem Atem versuchte sie, dem Drang nicht nachzugeben, doch sie war machtlos gegen ihren eigenen Körper. Mit zitternden Beinen ließ sie sich in die Knie sinken.

»Hol Wilma aus der Küche«, keuchte sie. »Warmes Wasser, Tücher.«

Irgendwie schaffte sie es in die Rückenlage und auch, sich ihrer Unterwäsche zu entledigen. Aus dem Kleid würde sie nicht mehr herauskommen, aber das war nun auch egal.

»Moiken! Du musst ins Bett – du kannst nicht auf dem Holzboden liegen bleiben. Komm, ich helfe dir auf.«

»Lass mich!«, warf sie ihm atemlos entgegen. Sie musste an Ort und Stelle bleiben, weil sie sich vor Schmerz und Anstrengung nicht mehr rühren konnte. Die Wehen kamen ohne nennenswerte Pause, brachen wie ein Sturm über sie herein.

»Große Güte, große Güte! Dr. Nicolas muss kommen! Ich lasse ihn rufen!«

»Zu spät«, keuchte sie. Das Köpfchen bahnte sich bereits seinen Weg nach draußen.

»O Gott, lass das Kind leben, bitte!«, rief Theodor völlig außer sich.

Das Omen, dachte Moiken voller Unglück und schloss vor Schmerz die Augen.

»Größtes Unglück seit dem Untergang der Titanic! Brandaktuell! Lesen Sie den ausführlichen Bericht!«

Unwillkürlich blieb Emma stehen, als sie die bekannte Jungenstimme hörte. Tatsächlich, dort an der Ecke stand Matthis in seiner fadenscheinigen Kniebundhose und mit einem Stapel Zeitungen über dem Arm. Er trug dieselbe Kleidung, aber die Jahreszeit hatte sich geändert, und seit dem Winter war er in sein Hemd hineingewachsen und hatte sich offenkundig zu einem selbstbewussten Verkäufer gemausert.

»Die Empress of Ireland innerhalb von vierzehn Minuten gesunken. Über eintausend Menschen ertrunken. Lesen Sie mehr darüber, heute in der Sonntagsausgabe.«

Im Vorbeigehen grüßte sie ihn mit einem Kopfnicken, und sofort kam er zu ihr hergelaufen. Das hätte jetzt nicht unbedingt sein müssen, denn auf eine Unterhaltung mit ihm hatte sie keine große Lust. Ein letzter Zweifel war geblieben, ob Matthis den Briefumschlag wirklich in der Strandvilla abgegeben hatte, obwohl er es auf die Bibel geschworen hatte. Irgendwie glaubte sie das diesem kleinen Kerl auch, aber ganz sicher war sie sich nicht.

Davon abgesehen wollte sie nicht aufgehalten werden, sondern einfach nur die Druckvorlagen bei Julius abgeben und dann schnell zurück hinter ihre Kamera, um den Tag ihrer wiedergewonnenen Freiheit voll auszukosten.

»Möchten Sie mir wieder meine Zeitungen abkaufen?« Mit treuen Augen sah Matthis sie bittend an.

Emma lachte auf. »Du kannst dreinschauen wie ein kleiner Hund, aber das hilft dir bei mir nichts. Außerdem ist es warm, es sind viele Sommerfrischler unterwegs, und du hast dich zu einem guten Verkäufer entwickelt – du wirst deine Zeitungen auch so los.«

»Das Geld ist trotzdem knapp – vor drei Monaten habe ich noch ein Geschwisterchen bekommen.« Matthis senkte den Blick. »Wir müssen extra behandelte Flaschenmilch beim Bauern kaufen, weil der Säugling nicht an die Brust will. Das ist teuer.«

»Oje«, sagte Emma mitfühlend, und plötzlich kam ihr eine Idee, wie sie dem Jungen zu einer zusätzlichen Einnahme verhelfen könnte. »Hör mal zu, Anfang Juli müssen Flugblätter verteilt werden. Würdest du das für mich gegen Bezahlung übernehmen?«

Sofort leuchteten Matthis' Augen auf. »Unbedingt!«

»Gut, dann holst du die Flugblätter am siebten Juli dort drüben in der Buchhandlung ab und verteilst sie umgehend. Vergisst du das auch nicht?«

»Ganz bestimmt nicht! An dem Tag hat mein dritter Bruder Geburtstag – das kann ich mir merken!«

Zufrieden steuerte Emma nach der Verabschiedung auf die Buchhandlung zu und lobte sich selbst für ihren spontanen Einfall, ihn für die Verteilung der Flugblätter einzuspannen. So schnell, wie sie diese Arbeit von ihrer Mutter aufgehalst bekommen hatte, so schnell war sie die Aufgabe wieder losgeworden, die so gar nicht in ihren Zeitplan passte.

Noch gut vierzehn Tage bis zum Geburtstermin, noch zwei verdammt lange Wochen, bis sie dieser Insel endlich den Rücken kehren konnte und nicht mehr für ihre Mutter da sein musste.

Möglich, dass sie Heimweh bekommen würde oder sie sich nur mit Schwierigkeiten ohne ihre Mutter zurechtfand – aber das war beides zweitrangig. Was zählte, war das Leben in der Metropole und ihre Ausbildung zur Fotografin.

Als sie die Buchhandlung betrat, erinnerte sie sich daran, wie sie hier vor rund eineinhalb Jahren gewesen war – wie viel war seither passiert, und wie viel reifer war sie in dieser Zeit geworden, zumindest aus ihrer Sicht.

Damals war Westerland eine Offenbarung für sie gewesen, die Erkenntnis, wie anders das Leben jenseits des Keitumer Tellerrands war, gefolgt von der Vorstellung, wie viel es in Berlin zu entdecken gab.

Julius bediente gerade eine Kundin, und Emma war versucht, die Zettel einfach nur auf den Tresen zu legen, erst recht, als sie Henriette in der Frau erkannte. Nur leider waren die Notizen ein wenig erklärungsbedürftig, schließlich war so manches durchgestrichen, weil ihre Mutter nicht gleich die richtige Formulierung gefunden hatte.

Ausgerechnet diese unangenehme Person. Aber da konnte man nichts machen. Westerland war eben keine Metropole, da lief man sich unweigerlich häufiger über die Füße. Bald würde sie jedoch auch dieses Problem hinter sich lassen.

Zum Glück fragte Julius sofort, was er für sie tun könne, da Henriette sich einen Stapel Bücher ausleihen wollte und er die Titel erst noch ins Ausleihbuch eintragen musste. Das würde länger dauern.

Emma grüßte Henriette flüchtig, dann besprach sie die Notizen mit Julius sowie die Abholung der Flugblätter durch einen Laufburschen am siebten Juli, was er so notierte. Dann legte er die Zettel beiseite, drehte sich zum rückwärtigen Tresen um und widmete sich wieder dem dortigen Bücherstapel und dem Ausleihbuch.

Erleichtert, den Auftrag ihrer Mutter so schnell losgeworden und noch dazu nicht von Henriette angesprochen worden zu sein, wollte Emma sich gerade zum Gehen abwenden, als Henriette sich über die Notizen für den Druckauftrag beugte. »Am fünfzehnten Juli 1914 um 15 Uhr soll das Café am Meer also eröffnet werden, sieh an. Warum nicht am vierzehnten Juli 1914 um 14 Uhr – das wäre doch ein perfektes Datum.«

Emma zuckte mit den Schultern und dachte sich ihren Teil.

»Julius, was sagst du dazu?«, fragte Henriette, nachdem sie keine Resonanz bekam.

»Ich kann mich jetzt nicht auf etwas anderes konzentrieren«, gab er unduldsam über die Schulter zurück. »Vierzehn oder fünfzehn, hin oder her, es ist doch nur ein Datum.«

»Stimmt«, entgegnete Henriette, »und am Ende ist ohnehin alles Schall und Rauch, nicht wahr, Emma?«

Auf Henriettes herausfordernden Blick hin zuckte Emma lediglich mit den Schultern, denn ihre Zeit war ihr viel zu kostbar, als dass sie sich in ein Gespräch verwickeln lassen wollte.

Außerdem, wenn Henriette eine Rechnung mit ihrer Mutter offen hatte, dachte Emma beim Verlassen der Buchhandlung, dann sollten die beiden Frauen das doch bitte unter sich ausmachen.

Jetzt war ihre Zeit, kostbare Stunden, in denen sie mit ihrer Kamera verschmolz und die Welt durch den Sucher betrachtete.

Am Abend, kurz nach Sonnenuntergang, kehrte Emma glückselig mit Porträtaufnahmen ganz nach ihrem Geschmack in die Strandvilla zurück, und an Leopolds Gesicht erkannte sie sofort, dass etwas passiert sein musste.

»Geh nur gleich hinauf zu deiner Mutter«, forderte er sie auf. »Sie hat eine Sturzgeburt erlitten.«

Emma bekam so weiche Knie, dass sie sich am Tresen festhalten musste. »Aber es geht ihr doch gut, oder?«

»Deine Mutter hat sehr viel Blut verloren, und der Säugling, ein Mädchen, ist zu schwach, um zu trinken. Leider steht es um beide sehr schlecht, sagt der Arzt. Dr. Nicolas ist gerade erst vor einer halben Stunde gegangen. Er meinte, er könne jetzt nichts mehr tun. Alles andere müsse das Schicksal in dieser Nacht entscheiden.«

In dieser Nacht … Voller Angst starrte Emma auf ihre Mutter.

Reglos lag diese im Bett, ihr Atem ging flach, ihr Gesicht war fast so weiß wie das Kopfkissen. Nie hätte Emma geglaubt, dass ein Mensch wirklich so bleich sein konnte, und nun war es ihre eigene Mutter, die dem Leben so fern und dem Tod so beängstigend nah war.

Das Neugeborene ließ sich in seiner Wiege in der Ecke des Zimmers nur erahnen. Ein kleines schlafendes Wesen, ihre Halbschwester, ein Mädchen, das nicht trinken wollte und so schwach war, dass es keinen Mucks von sich gab, nicht einmal vor Hunger schrie.

»Wenn wir meiner Mutter ihr Mädchen an die Brust legen, vielleicht fängt es dann an zu saugen«, schlug sie Wilma hoffnungsvoll vor. Irgendetwas musste doch getan werden.

»Ich habe es versucht, aber beide sind zu schwach. Sieh dir deine Mutter doch an, sie bekommt nicht mit, ob das Kind in ihrer Nähe ist, und dem Säugling ist das auch nicht wichtig. Er braucht nur Nahrung, und die muss er mit aller Kraft einfordern.«

Wie konnte Wilma nur so herzlos daherreden? Und was, wenn ihre Mutter nicht überlebte?

»Du darfst nicht sterben, hörst du?«, flüsterte sie ihrer Mutter zu. »Du hast ein Mädchen bekommen, es braucht dich und …« Emma hoffte auf eine Regung, vielleicht sogar auf ein Wort.

Vergebens.

»Was ist …«, wandte sie sich tränenerstickt an Wilma, »wenn meine Mutter nicht mehr … ich meine, das Kind braucht trotzdem Milch.«

»Herr von Lengenfeldt will für diesen Fall vorsorgen. Er holt gerade höchstpersönlich Milch vom nächstgelegenen Bauern in der Stadumstraße, um sich selbst ein Bild von den hygienischen Bedingungen dort zu machen.«

»Aber so lange könnten wir das Neugeborene dennoch zu meiner Mutter legen, das könnte beiden Kraft geben.«

»Du hast vielleicht merkwürdige Ansichten, Emma. Wir müssen auf den Hungerschrei warten, und so lange lassen wir das Kind in Ruhe in der Wiege liegen, bis der Herrgott entschieden hat.«

Eine Erwiderung blieb Emma im Hals stecken. Dieses schutzlose Mädchen war gerade ein paar Stunden alt und brauchte doch Nähe und Wärme, und wenn keiner versuchte, dem Säugling zu trinken zu geben, wäre der Tod gewiss.

Erneut stiegen Tränen in ihr auf und liefen ihr heiß über die Wangen. Sie fühlte sich so hilflos, machtlos und vor allem allein. Noch heute Nachmittag wäre sie am liebsten sofort in den Zug nach Berlin gestiegen, aber innerlich stark war sie nur gewesen, weil sie ihre Mutter doch wenigstens im Hintergrund gewusst hatte.

Nun spürte sie auf einmal, wie sehr sie diese Frau trotz allem liebte. »Und ich …« Sie wischte sich mit dem Handrücken über die Augen. »Mutter, hörst du mich? Ich brauche dich auch noch.« Verzweifelt schob sie ihre tränenbenetzten Finger unter die Hand ihrer Mutter. Nur noch einmal ihre Hand halten.

Nichts passierte.

Die unerträgliche Stille, in der Emma stumme Tränen weinte, wurde von Theodor unterbrochen, der mit einer Milchflasche zurückkehrte, die sofort von Wilma in Beschlag genommen wurde.

»Herr von Lengenfeldt, bitte, solcherlei Nahrung muss gemieden werden, solange es möglich ist. Jede künstliche Ernährung kann das Kind schädigen, Kuhmilch ist Kälbernahrung und von der Natur nicht für Säuglinge gedacht, und bitte, vor allen Dingen könnten sich trotz Sterilisation noch krankmachende Keime in der Milch befinden, bis hin zu Tuberkuloseerregern, das ist doch allgemein bekannt. Besser, Sie suchen nach einer Amme.«

»Das hilft nichts, wenn mein Nachkomme zu schwach für die Brust ist.« Es klang merkwürdig, wenn Theodor von seinem Kind wie von einem Jungen sprach, den er sich wohl erhofft hatte. Dennoch imponierte es Emma, wie er Wilma die Flasche wieder aus der Hand nahm. »Wenn du gegen diese Ernährung bist, brauche ich dich hier nicht mehr.«

»Aber ich meine es doch nur gut!«, protestierte Wilma.

»Das weiß ich. Dennoch gibt es kein Aber.«

Nachdem sich Wilma brüskiert verabschiedet hatte, setzte sich Theodor stumm an die Seite seiner Frau, den Blick zur Wiege hingewandt.

»Kannst du das Kind herausnehmen?«, bat er Emma nach einer Weile.

Sie wischte sich über die Augen und zog die Nase hoch. »Ich? Warum soll *ich* das machen?«, fragte sie, um Zeit zu gewinnen, denn sie hatte noch nie einen Säugling auf dem Arm gehalten.

»Du bist eine Frau, du kannst das. Ich habe Angst, bei diesem zerbrechlichen Geschöpf etwas kaputt zu machen. Aber es muss Nahrung bekommen, irgendwie. Vielleicht reagiert deine Mutter, wenn das Neugeborene in ihrer Nähe ist, bevor wir es mit der Flasche versuchen.«

Er war also derselben Meinung wie sie. Emma nickte und ging zur Wiege. Mit einem tiefen Atemzug kämpfte sie gegen ihre Scheu an. Dass man das Köpfchen besonders gut halten musste, hatte sie schon bei den Keitumer Frauen gesehen. Die nahmen ihre Kinder, die naturgemäß im Sommer geboren wurden, wenn die Männer nach dem Winter zu Hause wieder zur See fuhren, schon kurz nach der Geburt mit in den Stall oder zur Ernte.

Vorsichtig hob sie ihre Schwester aus der Wiege, dieses in Tücher gewickelte Bündel, dieses zarte Wesen, dessen Gewicht sie kaum spürte. Sie barg das Köpfchen in der Nähe ihres Herzens, das vor Stolz fast überspringen wollte, als sie es sicher hielt und zu ihrer Mutter ans Bett trat.

»Hörst du mich. Mutter? Ich bin es, Emma. Mach die Augen auf, bitte. Ich habe dein Kind auf dem Arm, du kannst es sehen, wenn du nur die Augen aufmachst, bitte.«

Vergebens.

»Mutter, bitte. Oder versuch mir ein anderes Zeichen zu geben, dass du mich hörst. Es ist ein Mädchen, und es hat noch keinen Namen, du musst sagen, wie sie heißen soll.«

Nichts.

Hilflos sah sie zu Theodor, der aufgestanden und um das Bett herumgegangen war, die Hände hinter dem Rücken verschränkt. »Soll ich sie neben meine Mutter legen?«, fragte Emma, obwohl sie selbst ahnte, wie wenig sie damit erreichen würde. Aber es war wenigstens eine kleine Hoffnung – ein Funke, den Theodor auslöschte.

Betrübt schüttelte er den Kopf. »Wir müssen versuchen, wenigstens das Kind zu retten.«

Sie barg das kleine Wesen in ihrem Arm und setzte sich zu ihrer Mutter ans Bett. Wenn es doch nur nicht so aussichtslos wäre, dachte Emma, während sie fast blind vor Tränen mit dem Flaschensauger sanft über die Lippen ihrer kleinen Schwester strich und innerlich darum flehte, dass der winzige Mund sich endlich öffnete.

Natürlich war die Kuhmilch ein Risiko, aber genauso gut konnte sie die Rettung sein, dachte Emma – wenn die Kleine an der Nahrung Interesse zeigte.

»Sie will nicht trinken«, musste sie Theodor nach einiger Zeit schweren Herzens mitteilen.

»Versuch es weiter – bitte.«

In den kommenden Stunden bis Mitternacht gelang es ihr immerhin, ihrer Schwester ein paar Tropfen Milch einzuflößen, und damit wuchs auch ihre Hoffnung. Allerdings holte Theodor sie gleich wieder auf den Boden der Tatsachen zurück, denn natürlich war die Menge viel zu gering.

Als er plötzlich aufstand und sich zur Nachtruhe verabschiedete, glaubte Emma, nicht richtig gehört zu haben. Wie konnte er an Schlaf überhaupt nur denken?

»Schlaf ist wichtig«, gab er ihr auf ihren fassungslosen Blick hin zu wissen. »Du solltest dich auch ein paar Stunden ausruhen, du kannst ja kaum mehr die Augen aufhalten.«

»Ich bin wach«, protestierte sie, »und ich werde meiner Schwester die ganze Nacht über Milch einflößen, solange es nicht zu spät ist. Und ich will über meine Mutter wachen.«

»Dann ist ja gut«, entgegnete er tonlos. »Denk daran, den Pfarrer rechtzeitig rufen zu lassen.« Mit diesen Worten verschwand er aus der Tür.

Wie konnte er nur so reden? Voller Wut blieb Emma zurück. Allein mit zwei Menschen, für die sie kämpfen wollte. Allein gegen das Schicksal. Mutterseelenallein.

Tropfen für Tropfen flößte sie ihrer Schwester in den kommenden Stunden ein. Mittlerweile zeigte die Uhr halb vier. Tropfen für Tropfen. Manche flossen sofort wieder aus dem kleinen Mund heraus, manche blieben drin. Tropfen für Tropfen …

Plötzlich ein Ruck an ihrer rechten Hand, und Emma schreckte auf. War sie etwa eingenickt? Wieder dieser Ruck, dann ein Schmatzen.

Emma sah hinunter auf ihre Schwester. Und tatsächlich. Sie trank. Das Saugen war zwar noch schwach, aber sie hatte sich den Sauger zwischen die Lippen geholt und trank aus eigener Kraft.

Vor Glück hätte Emma schreien können. »Mutter, bitte komm zu dir, dein Mädchen trinkt, sie trinkt wirklich!«

Emma starrte auf den Brustkorb ihrer Mutter, ihre Schwester an sich gepresst. Da war kein Heben und Senken mehr. Panisch griff sie den Arm ihrer Mutter und rüttelte daran. »Nicht sterben, bitte!«

Eine Regung, ein Zucken am Mundwinkel ihrer Mutter, dann ein Laut. »Se.«

»Was willst du mir sagen? Komm zu dir, bitte«, flehte Emma.

»Da.«

»Da? Hast du da gesagt? Ja, hier bin ich und deine neugeborene Tochter.«

»Ri…«

»Du musst deutlicher sprechen, versuch es.« So nah wie möglich beugte sie sich zu ihrer Mutter, ohne ihre Schwester am Trinken zu hindern.

»Nieda.«

»Nie da? Wer ist nie da?«

Ihre Mutter schüttelte kaum sichtbar den Kopf. »Frieda.«

»Frieda? Ach, meinst du, meine Schwester soll so heißen?«

Keine Reaktion mehr.

»Sag doch was!« Sanft, aber mit Nachdruck rüttelte sie an der Schulter ihrer Mutter. »Soll meine Schwester Frieda heißen?«

War das ein Nicken gewesen? Oder nur ein Zucken?

Kein Laut mehr aus dem Mund ihrer Mutter, keine Regung.

Atmete sie noch?

Ja, sie atmete.

Noch.

Furchtbar, wie schnell aus Kindern Waisen werden konnten.

Aber vielleicht sollte es so sein, dachte Theodor, als er sich an diesem Montagmorgen mit der Zeitung auf seinen Schreibtischstuhl sinken ließ.

Er hingegen war der glücklichste Mann der Welt, denn seine Moiken war nach vier bangen Wochen so langsam wieder auf den Beinen, und seine allerliebste kleine Frieda war zwar schwächlich, aber immerhin wohlauf.

Nachdem er jedoch an diesem zunächst ruhigen neunundzwanzigsten Juni die Schlagzeile der aktuellen Zeitung gelesen hatte, war er ziemlich aufgewühlt. *Das Thronfolgerpaar in Sarajevo ermordet.*

Drei Kinder waren von einer Sekunde auf die nächste zu Waisen geworden, ihre Eltern ausgerechnet in Serbien kaltblütig getötet. Das würde Konsequenzen haben, dachte Theodor beunruhigt, nur welche? Gut möglich, dass Österreich-Ungarn mit einem Militärschlag reagierte. Das befürchtete die serbische Regierung wohl auch, denn sie wies natürlich nicht nur jegliche Mitschuld zurück, sondern auch sehr schnell darauf hin, dass der umgehend gefasste Attentäter nicht etwa ein Serbe war, sondern aus dem von Österreich-Ungarn annektierten Bosnien stamme und somit als k. u. k.-Untertan in die eigenen Reihen gehöre. Offenkundig hatte es die serbische Regierung ordentlich mit der Angst zu tun bekommen.

Um einen Überblick über das Geschehen in Sarajevo zu gewinnen, vertiefte er sich in den Artikel:

Eine Nachricht ist heute aus Sarajevo eingetroffen, welche die k. u. k.-Monarchie auf das Tiefste erschüttern wird. Das österreichisch-ungarische Kaiserhaus hat eine schreckliche Tragödie zu verzeichnen. Der Thronfolger Erzherzog Franz Ferdinand und seine Gemahlin Frau Herzogin von Hohenberg sind gestern in Sarajevo das Opfer eines Attentats geworden. Wie uns aus Sarajevo gemeldet wird, hat sich das schauerliche Verbrechen in folgender Weise zugetragen:
Als Se. k. u. k. Hoheit, der durchlauchtigste Herr Erzherzog Franz Ferdinand sich mit höchstseiner Gemahlin am gestrigen Vormittag zum Empfang ins Rathaus begab, wurde gegen das Automobil eine Bombe geworfen, doch diese verfehlte ihr Ziel und explodierte knapp hinter dem erzherzoglichen Automobil.
»Da kommt man nach Sarajevo, um einen Besuch zu machen, und wird mit Bomben beworfen«, wetterte der im Rathaus angekommene Erzherzog nach dem versuchten Atten-

tat. Nachdem sich die Gemüter beruhigt hatten, sollte die Fahrt fortgesetzt werden, allerdings auf dem übersichtlicheren Appel-Kai. Versehentlich bog der Konvoi jedoch auf die alte Route ab, und der Wagen des Erzherzogs kam um 10.50 Uhr vor dem Delikatesswarengeschäft des Moritz Schiller zum Halten, weil der Irrtum bemerkt worden war und die Fahrzeuge wenden wollten.
Ein sich dort befindliches Individuum, ein gewisser Gavrilo Princip, der zum Kreis der ersten Attentäter gehörte und seine Chance bereits verronnen sah, zog seine 9-mm-Pistole FN Browning Modell 1910 und feuerte auf den Erzherzog und seine Gemahlin zwei Schüsse ab. Dem Erzherzog fiel die Kappe vom Haupte, und mit rauchgeschwärztem Antlitz sank er in den Wagen zurück.
Der ebenfalls getroffenen Herzogin wurden in der rechten Hüftgegend die Weichteile zerrissen. Beim Erzherzog durchschlug die Kugel am Hals die rechte Schlagader, wobei auch die Luftröhre vollkommen zerstört wurde. Bei beiden trat Verblutung ein.
Die letzten Worte, die der Erzherzog sterbend noch an seine Gattin gerichtet hatte, waren: »Sophie, bleibe du für unsere Kinder lebend.«

Große Güte, dachte Theodor voller Betroffenheit, als er die Zeitung sinken ließ. Was für eine unsägliche Tragödie.

Jedoch, bei dessen Vater Franz Joseph wird der Tod des Sohnes wohl leider keine allzu große Trauer auslösen, überlegte Theodor weiter, der Kaiser hatte seinem Sohn nie verziehen, eine nichtstandesgemäße Frau geheiratet zu haben. Denkbar, dass er seinem Sohn sogar die Beisetzung in der Kapuzinergruft neben den anderen Habsburgern verweigerte.

Mit ziemlicher Sicherheit jedoch war das Attentat trotzdem ein erschütternder Angriff auf die Langmut des Kaisers, mit der er in den vergangenen Jahren den Kriegstreibereien auf dem Balkan zugesehen hatte. Vorbei war es wohl mit der Besonnenheit und dem Aufruf zur Mäßigung angesichts serbischer Versuche, untrennbare Gebiete von Österreich-Ungarn loszureißen. Jetzt hatte der Kaiser nicht nur die Gelegenheit, sondern vor allem die vorderste Pflicht, mit einem kurzen Militärschlag gegen die Serben für Ruhe zu sorgen, um das Ansehen der Monarchie zu wahren.

Bestimmt würde dadurch die Angst vor einem Weltkrieg erneut hochkochen, da man das Eingreifen Russlands als Schutzmacht von Serbien befürchtete. In diesem Falle müsste nämlich Deutschland seinem Bündnispartner Österreich-Ungarn zu Hilfe kommen, aber wenn Deutschland in den Krieg zöge, würde das im Anschluss an Russland den russischen Bündnispartner Frankreich auf den Plan rufen – und Deutschland wäre nach dieser Kettenreaktion eingekesselt.

Wenn sich am Ende auch noch Großbritannien zum Schutze von Frankreich einmischte, wäre das Schreckensszenario eines Weltkriegs, in dem Deutschland zwischen allen Fronten stünde, tatsächlich gegeben, aber dessen waren sich die Großmächte ja auch bewusst. Insbesondere würde Russland wegen einer Backpfeife gegen Serbien nicht gleich das Kriegsbeil ausgraben.

Einigermaßen beruhigt blätterte Theodor weiter in der Zeitung zum lokalen Teil, überflog den Artikel des Ehrengasts Emil Rappahn aus Berlin anlässlich des Jahrestages seiner Stiftung der beiden Kolossalfiguren aus Muschelkalk »Europa auf dem Stier« und »Triton auf dem Hippokampen«, die gegenüber des Musikpavillons bei den modernen Strandanlagen aufgestellt worden waren und seit einem Jahr viel bewundert von den Sommerfrischlern über der Kurpromenade thronten.

Er blätterte weiter, besah sich die Anzeige von Orth's Modebazar, der mit aufmerksamster Bedienung und soliden Preisen warb und nahm Notiz von einer Kunstausstellung seines Freundes Korwan. Auf der nächsten Seite traf ihn eine Annonce wie ein Schlag ins Gesicht.

Café am Meer

Neueröffnung am 14. Juli 1914 um 14 Uhr

Pavillon in den Dünen
Am Ende der Westerländer Promenade
Mit eigener Terrasse, vortreffliche Ruhe, beste Aussicht
Kuchen aus eigener Herstellung, Ausschank von erlesenen Kaffeesorten, aufmerksame Bedienung durch die Inhaberin selbst
Am Eröffnungstage ein Stück Kuchen nach Wahl und einen Kaffee gratis

Moiken von Lengenfeldt

War das zu fassen? Was hatte er sich für Sorgen um sie gemacht, wie sehr hatte er um ihr Leben gebangt, tagelang hatte er nicht gewusst, ob er Frau und Kind verlieren würde – und nun war Moiken noch nicht richtig auf den Beinen, die Anzeige stand hingegen schon – ohne ihn zu fragen. Was für ein Affront!

Aber ein treffliches Datum hatte sich seine Moiken ausgesucht. Der vierzehnte Juli 1914 um 14 Uhr.

Nur wie sollte er seinen Unmut kundtun, ohne dass sie die Flucht ergriff? Seine Frau meinte es wirklich ernst mit ihrem Café, und da sie die kleine Frieda nicht stillen konnte, hatte er kein stichhaltiges Gegenargument mehr, außer dass eine Frau mit der Führung eines solchen Cafés überfordert sein würde – aber das musste sie wohl selbst merken. Anders war sie nicht zu stoppen.

Er beschloss, es dem Kaiser gleichzutun und sie zunächst mit Langmut gewähren zu lassen, denn er hatte inzwischen einen Grund, um Moiken bei Laune zu halten: Er brauchte sie noch.

Frieda war ja nun leider ein Mädchen geworden, also würde er von seiner Seite alles dafür tun, dass bald wieder ein Kind in Moiken heranwuchs – dann hoffentlich ein Junge.

Frieda war allerliebst, ein zartes und kränkliches, aber sehr süßes Mädchen, das mit seinen vier Wochen bereits jeden um den Finger wickelte. Kein Wunder bei den wunderschönen blauen Augen mit auffallend dunklem Wimpernkranz, die sie von ihrer Mutter geerbt hatte und mit denen sie die Männer eines Tages genauso bezaubern würde.

Er hoffte, bald etwas an dem Mädchen zu entdecken, das er ihr vererbt hatte, um letzte Zweifel auszuräumen.

Eine Sache war allerdings schon sicher: Eine Frau, auch wenn sie seine Tochter war, war als seine Nachfolgerin in der Strandvilla undenkbar. Und was das Café anbelangte, würde Moiken verstehen müssen, dass er just am Tag der Eröffnung einen dringenden

Termin auf dem Festland wahrnehmen musste, weil er sich ganz gewiss nicht an ihre Seite stellte.

Eine Reise aufs Festland – so wären die Nacht und der folgende Tag gleich ohne weitere Erklärungen mit inbegriffen, und es lenkte die Spur von Keitum ab. Denn die Sehnsucht seines Rehs war groß genug geworden – wie gerufen legte es sich ihm vor die Füße. Nach all den nervlich aufreibenden Tagen stand ihm nicht der Sinn nach Jagen, ganz sicher aber nach Entspannung, und die würde ihm die Gräfin verschaffen.

Eine kleine Aufmerksamkeit sollte er ihr schon mitbringen, nur beim Juwelier Jandt brauchte er sich gar nicht erst blicken lassen, denn weder der zweite Verlobungsring für Moiken noch die Eheringe waren bezahlt. Albert Jandt jedoch hatte sich bislang, wie viele andere Geschäftsleute auch, nicht getraut, ihm eine Mahnung zu schicken.

Deren Problem, also konnte er sie auch noch warten lassen. Die Bank in persona seines Freunds Franz Korwan ließ ihn schließlich auch auf die Bewilligung des Kredits warten, obwohl er wie vereinbart eine beachtliche Summe seiner Schulden auf einen Schlag beglichen hatte – in der Hoffnung, die Bank würde ihm den nächsten, noch höheren Kredit bewilligen, was bis heute nicht geschehen war.

Der Grund war angeblich die unsichere politische Lage, doch so langsam vermutete Theodor dahinter eher eine Intrige seiner schärfsten Konkurrenten, den Hoteliers Hast und Busse. Ob Korwan wirklich sein Freund war, musste sich noch herausstellen.

Im Moment war seine Geldquelle jedenfalls versiegt, und selbst wenn er aus den laufenden Einnahmen die eine oder andere Rechnung bezahlen würde, müsste eben der Nächste warten. Überhaupt, bei wem sollte er anfangen? Das Geld reichte vorne und hinten nicht, um alle Außenstände zu begleichen, also konnte er auch gleich alle Rechnungen liegen lassen.

Bald würden wieder bessere Zeiten kommen, und so lange musste er sich nicht unnötig belasten. Was für eine herrliche Aussicht, den Schreibtisch zwei Tage lang nicht sehen zu müssen.

Im Grunde musste er seiner Frau für ihre fixe Idee dankbar sein.

Ein Brief. Als Absender der kaiserliche Botschafter, Graf von Szögyény-Marich. Verwundert betrachtete Theodor den rot unterstrichenen Vermerk auf dem Umschlag.

Vertraulich.

Weshalb sollte dieser Brief nur ihm persönlich ausgehändigt werden? Falls der Graf seinen nächsten Aufenthalt in der Strandvilla umbuchen wollte, so kannte er doch das übliche Prozedere, und ein Telegramm an die Rezeption genügte. Da seine Verwunderung groß genug war, warf er den Brief nicht wie üblich auf einen der Stapel, sondern öffnete den Umschlag und las die Zeilen:

Werter Herr von Lengenfeldt, mein guter Freund,

leider muss ich Ihnen zu meinem tiefsten Bedauern mitteilen, dass ich meinen geplanten Aufenthalt in der Strandvilla absagen und auf unbestimmte Zeit verschieben muss, da mich die politischen Entwicklungen dazu zwingen.

Ich befinde mich derzeit in Berlin, um als Botschafter Gespräche mit Kaiser Wilhelm zu führen, und möchte Ihnen, als meinem guten Freund, vertraulich von den Ergebnissen berichten, da diese für Sie von großer Wichtigkeit sein können, denn ich weiß, wie wenig Sie einen Großen Krieg für möglich halten.

Die Lage jedoch spitzt sich zu, und deshalb möchte ich Sie warnen, damit Sie noch rechtzeitig erforderliche Maßnahmen für sich und Ihre Lieben treffen können. In Wien ist mein kaiser-

licher Herr zu dem Ergebnis gekommen, dass das serbische Problem nur noch militärisch gelöst werden kann, wozu allerdings die Rückendeckung des deutschen Bündnispartners notwendig ist.
Im Gespräch mit mir als Abgesandter sah Kaiser Wilhelm II. zunächst keine ernste Gefahr für Österreich-Ungarn bei einem Alleingang, auch nicht die Notwendigkeit, als Bündnispartner weitergehende Zusicherungen zu machen. Das wurde allein schon an der Art der Audienz deutlich, die er uns noch schnell vor seinem Aufbruch zu seiner geplanten Nordlandreise einräumte. Uns, das bedeutet Alexander Graf Hoyos, Legationsrat und Kabinettschef im Außenministerium, sowie meiner Wenigkeit. Keine Berater an seiner Seite, keine Vorbereitungen, wie man es bei Entscheidungen von solch außenpolitischer Tragweite durchaus erwarten könnte.
Also musste ich ihm die bedrohliche Lage verdeutlichen, da ernste Komplikationen von länderübergreifender Tragweite durchaus zu befürchten sind und Österreich-Ungarn nicht ohne die feste Zusicherung seines Bündnispartners handeln kann, jedoch tätig werden muss.
Am Ende war es wohl die gute persönliche Beziehung der Kaiser untereinander, die Kaiser Wilhelm zum Einlenken bewogen hat. Im weiteren Verlaufe der Konversation sah er schließlich ein sofortiges Einschreiten Österreich-Ungarns gegen Serbien als die radikalste und zugleich beste Lösung an. Vom internationalen Standpunkt aus gesehen hält Seine Majestät Kaiser Wilhelm den jetzigen Zeitpunkt für günstiger als einen späteren, da weder Russland noch Frankreich binnen weniger Tage eingriffsbereit sind, und bis dahin dürfte alles schon wieder vorbei sein.
Schließlich und endlich gab mir Ihr Kaiser einen Freibrief mit auf den Weg nach Wien, dass Kaiser Franz Josef allein ent-

scheiden könne, was notwendig sei, um die politischen Verhältnisse auf dem Balkan zu klären – und wie auch immer seine Entscheidung ausfallen möge – er könne fest damit rechnen, dass Deutschland als Bundesgenosse und Freund der Monarchie hinter Österreich-Ungarn stehe. Ein Blankoscheck für den Kriegsfall.
Serbien soll vor ein Ultimatum gestellt werden, soll konkrete Forderungen zur Unterordnung unter die Habsburgmonarchie erfüllen. Die Zurückweisung wird umgehend zur Mobilisierung der k. u. k. Truppen führen.
Hiermit schließe ich meinen Bericht an Sie, in der Hoffnung, dass meine Schilderungen deutlich genug waren, um die Botschaft zu verstehen und Sie umgehend die notwendigen persönlichen Schritte einleiten zu lassen. Der Große Krieg wird kommen, dessen bin ich mir sicher.

Theodor faltete den Brief zusammen und warf ihn mit einer knappen Handbewegung auf seinen überfüllten Schreibtisch.

Friedas Husten hörte sich gar nicht gut an.

Besorgt nahm Emma ihre sechs Wochen alte Schwester aus der Wiege. Wie gern hätte sie den Vormittagsschlaf genutzt, um die fehlenden Nachtstunden nachzuholen, aber so konnte sie die Kleine nicht liegen lassen, sonst drohte diese zu ersticken.

Die ganze Nacht hindurch hatte Frieda gehustet und weniger getrunken als sonst, und sie war allein damit gewesen, sich um ihre Schwester zu kümmern.

Morgen war die Eröffnung des Cafés, und ihre Mutter hatte seit zwei Tagen in der Küche durchgearbeitet, um Kuchen und Törtchen für zweihundert bis dreihundert Gäste vorzubereiten.

Eigentlich hatte ihre Mutter am Vormittag für ein paar Stunden die Augen zumachen wollen, um danach weiter am Backofen zu stehen, damit bis morgen Nachmittag alles vorbereitet war.

Allerdings war es nun schon halb elf, ihre Mutter kam nicht aus der Küche, und Emma hatte Sorge, dass ihre kleine Schwester einen Arzt benötigte. Mittlerweile fühlte sie sich schon fast wie die Mutter der Kleinen, so viel hatte sie sich in letzter Zeit um Frieda gekümmert. Windeln wechseln, füttern, Kleidung waschen und wechseln, in den Schlaf schaukeln, trösten und Nähe geben. Alles war zu ihrer Aufgabe geworden, nachdem ihre Mutter dafür in den ersten drei Wochen nach der Geburt zu schwach gewesen war.

Alles wieder auf Anfang, wie in den Monaten davor, doch es gab einen großen Unterschied: Der Gedanke an Berlin war weit weg, in die Ferne gerückt durch dieses hilflose kleine Wesen, in das sie sich verliebt hatte.

Schon vom ersten Tag an hatte sie gewusst, dass sie für ihre kleine Schwester alles tun würde, auch wenn wieder keine Zeit für sie selbst blieb oder sie sich zwischenzeitlich überfordert fühlte, so wie in diesem Moment.

Aber lieber wollte sie sich selbst um Frieda kümmern, die kurzen Nächte und die Überforderung in Kauf nehmen, auch jetzt, da ihre Mutter wieder auf den Beinen war und die Eröffnung des Cafés vorbereitete, als einem Kindermädchen die Versorgung zu überlassen.

Außerdem, und das war kein nebensächlicher Grund, wollte sie ihrer Mutter beweisen, was sie leisten konnte und wie erwachsen sie tatsächlich schon war. Allerdings musste ihre Mutter entscheiden, ob Frieda einen Arzt benötigte, und wenn ja, Dr. Nicolas rufen lassen.

In der Küche herrschte kurz vor dem Mittagsdiner Hochbetrieb, die Gäste der Strandvilla wollten versorgt werden, und zwischen all den geschäftigen Köchinnen stand ihre Mutter an ihrem

Arbeitsplatz am großen Fenster im hinteren Bereich. Gerade wog sie Butter mit ihrer schmucken Waage ab und gab diese zusammen mit Wasser und Salz in einen Topf.

Während Emma die Küche durchquerte, legte sie Friedas Köpfchen an ihre Brust und bedeckte das freiliegende Ohr mit ihrer Hand, um ihre kleine Schwester vor den Geräuschen zu schützen. Frieda hustete so sehr, dass es sogar die allgemeine Geräuschkulisse übertönte, doch ihre Mutter war so darauf konzentriert, in der kochenden Flüssigkeit zu rühren, dass sie ihre Anwesenheit noch gar nicht bemerkt hatte.

»Mutter …?«

»Meine Güte, hast du mich erschreckt. Warte, ich muss den Brandteig machen, das ist heikel.«

Sie gab das Mehl zu der kochenden Butter-Wasser-Mischung und rührte zügig. Schnell entstand ein Teigball, den sie weiter im Topf wendete.

»Frieda hustet so stark, hast du das nicht gehört?«

Ihre Mutter wandte sich kurz zu ihr hin. Ihre Augen waren klein und gerötet. »Nein, habe ich nicht. Warte eine Minute, dann ist der Teig für die Windbeutel fertig abgebrannt.«

Stumm beobachtete Emma, wie sich am Topfboden eine weiße Schicht bildete, während ihre Mutter den Teigball unter kräftigem Einsatz des Rührlöffels unablässig wendete. Es fiel ihr schwer, sich in Geduld zu üben.

»Frieda hustet schon die ganze Nacht, ich habe kaum ein Auge zugetan, aber seit heute Morgen hört es sich richtig schlimm an.«

»Warte kurz, habe ich gesagt, sonst verbrennt mir der Windbeutelteig. Ich kann mich gerade auf nichts anderes konzentrieren.«

Ähnlich erging es Emma, denn sie musste ihrer Schwester sanft auf den Rücken klopfen, um ihr das Abhusten zu erleichtern, dabei überfiel sie die Panik. »Ich glaube, Frieda bekommt keine Luft mehr!«

Sofort ließ ihre Mutter den Rührlöffel fallen und wollte ihr Frieda abnehmen, die in diesem Moment einen weißlichen Schleimklumpen hervorwürgte. Danach war der Hustenanfall vorbei.

»Alles wieder gut, siehst du?«, wurde sie von ihrer Mutter beruhigt, die sich schnell wieder dem Topf zuwandte. »O nein, jetzt ist mir der Teig verbrannt. Noch mal alles von vorne.« Tränen glänzten in ihren Augen. »Ich kann bald nicht mehr. Eigentlich müsste ich dringend schlafen, aber dann schaffe ich das alles nicht.«

»Du musst mit Frieda zu Dr. Nicolas gehen«, bekräftigte Emma unbeirrt und mit zunehmender Wut, hervorgebracht durch ihre Hilflosigkeit.

»Das sehe ich auch so«, sagte Wilma, die unterdessen näher gekommen war. »Das könnte sogar Tuberkulose sein. Es ist sechs Wochen her, seit das Mädchen diese vermaledeite Kuhmilch zum ersten Mal bekommen hat, außerdem wirkt sie sehr teilnahmslos und …« Wilma fühlte die Stirn des Säuglings. »Leichtes Fieber hat sie auch. Das passt alles zu den Symptomen. Ein Irrsinn, mit dem hustenden Kind durch die Strandvilla zu gehen, erst recht bis in die Küche.«

Ihre Mutter schüttelte entschieden den Kopf und kratzte energisch die verbrannten Teigreste aus dem Topf. »Hör auf mit dieser Unkerei, Wilma, und mal den Teufel nicht an die Wand. Das ist ein ganz normaler Säuglingshusten. Den hat Emma damals auch gehabt, die Lungen müssen erst noch ausreifen. Der Auswurf ist weißlich und klar, ich hab es doch gerade gesehen. Außerdem, wenn sie sich durch die Milch angesteckt hat, müsste sie ja wohl eine Darmtuberkulose entwickeln.«

»Tuberkulose ist heimtückisch, sie zeigt nicht immer ihr wahres Gesicht«, warnte Wilma.

»Das weiß ich. Dennoch ist das ganz klar ein harmloser Säuglingshusten, auch wenn es sich auf den ersten Blick erschreckend anhört. Aber damit ihr beruhigt seid, soll Dr. Nicolas sie untersuchen. Du kannst ihn rufen lassen, Emma.«

»Aber du musst dabei sein«, insistierte sie.

»Ich muss in der Küche stehen und backen. Du wirst sehen, Frieda hat nichts weiter außer Husten, das wirkt bei Säuglingen schnell beängstigend, ist aber halb so wild, glaub mir. Dr. Nicolas wird dir empfehlen, mit ihr am Meer spazieren zu gehen, und das war tatsächlich schon immer die beste Medizin, so habe ich das mit dir auch gemacht. Und wenn er wider Erwarten etwas Schlimmes feststellen sollte, kannst du mich jederzeit holen. Du weißt, wo du mich ganz sicher findest, nämlich hier am Backofen.«

Ein klein wenig konnte Emma ihre Mutter verstehen, denn die Zeit bis zur Eröffnung lief, und die Arbeit musste gemacht werden, doch die Enttäuschung überwog, weil die kranke Frieda ihr nicht wichtiger war als alles andere. Es schmerzte doppelt, weil sie es als Kind schon genauso erlebt hatte, aber damit war sie unter den Kindern ihres Dorfs wahrlich nicht allein gewesen. Ihr fiel keine einzige Mutter ein, bei der die Arbeit nicht stets Vorrang vor dem Kind gehabt hätte, immer mit dem Zusatz, dass man bei den meisten Krankheiten sowieso nicht viel machen könne.

»Mutter, ich kann nicht mit Dr. Nicolas reden, ich habe Angst vor ihm«, machte sie ihre Überforderung deutlicher.

»Papperlapapp, was wirst du ihm gegenüber den Mund nicht aufkriegen? Du bist doch sonst um kein Wort verlegen«, rief ihre Mutter energisch und machte sich daran, erneut Butter abzuwiegen. »Ach ja, falls du noch Flugblätter hast, kannst du ihm einen Stapel für die Praxis mitgeben.«

»Ich habe alle verteilt.« Die Lüge war ihr glatt über die Lippen gegangen, denn unter die Leute gebracht waren die Blätter tatsächlich – allerdings von Matthis und nicht von ihr. Ein schlechtes Gewissen hatte sie deshalb jedoch nicht, denn sie hatte in letzter Zeit wahrlich genug für ihre Mutter getan.

»Nun gut, aber wo wir gerade dabei sind, ich habe heute die Annonce in der Zeitung vermisst, mit der die Eröffnung einen Tag vorher noch einmal angekündigt werden sollte, so hatten wir das doch besprochen. Hast du Julius das nicht gesagt?«

»Doch, natürlich. Die erste Annonce ist wohl erschienen, während du noch krank warst, das hat mir Julius' Vertretung bestätigt, als ich die Flugblätter abgeholt habe. Was nun mit der zweiten Veröffentlichung ist, weiß ich nicht.«

»Oje, dann ist das wohl schiefgelaufen, weil Julius immer noch mit seinem Rheumaschub im Bett liegt und die Vertretung nicht klarkommt. Mist. Aber die Flugblätter sind ja verteilt, da werden morgen schon genug Gäste kommen. Selbst wenn Theodor dir verboten hat, welche in der Strandvilla auszulegen. Aber das habe ich nicht anders erwartet, und ich bin froh, dass er gestern aufs Festland gefahren ist. Nur schade, dass Julius bei der Eröffnung nicht dabei sein kann.«

»Ja, schade«, gab Emma tonlos zurück und wandte sich von ihrer Mutter ab. Das war also ihr einziger Kummer, nicht ihr kranker Säugling. Wenn sie später ein eigenes Kind haben würde, würde sie alles ganz anders machen. Viel besser.

Was für eine Aufregung! Viertel vor drei, nur noch fünfzehn Minuten bis zur Eröffnung ihres Cafés am Meer.

Moiken hielt es vor Nervosität kaum noch aus. Ob sie bei ihrer kurzen Eröffnungsrede überhaupt ein Wort herausbringen würde, war fraglich. Eigentlich hatte sie geplant, mit Frieda auf dem Arm vor die Tür zu treten und die wartenden Gäste zu begrüßen. Denn wer keine Frau und Mutter als Cafébetreiberin akzeptierte, konnte gleich wieder gehen. Das hatte sie sich geschworen.

Aber nun hatte Dr. Nicolas gestern bei Frieda die Moro-Probe gemacht – natürlich nur zur Sicherheit –, wie er sich ausgedrückt hatte, und zu diesem Zweck Tuberkulinsalbe an einer Stelle auf Friedas Unterarm gerieben.

Nach achtundvierzig Stunden konnte man das sichere Ergebnis dort ablesen, und bis dahin sollte Frieda – natürlich wiederum nur zur Sicherheit – isoliert bleiben. Denn falls sich auf der Haut ein Ekzem bildete, dann … Daran wollte Moiken gar nicht denken, schließlich hatte sie nach den überstandenen dramatischen Geburtsumständen die dunkle Prophezeiung der Wahrsagerin für Humbug erklärt.

So grausam konnte das Schicksal nicht sein, ihr das Kind jetzt doch noch zu nehmen – oder?

Wilma hingegen nahm die Tuberkuloseerkrankung schon als gegebene Tatsache an, denn Dr. Nicolas habe sie ganz bedeutungsschwanger angesehen, so Wilmas Meinung, als er ihr geraten habe, die Kleine nur mit Mundschutz zu versorgen. Auch Emma schien in Gedanken bei ihrer Halbschwester zu sein, zumindest machte ihr abwesender Blick diesen Eindruck.

Große Lust auf die vielen Gäste hatte Emma auf jeden Fall nicht, so unbeteiligt, wie sie im halbdunklen Pavillon in ihrem schicken Matrosenkleid an der Wand lehnte, von wo aus sie gleich beginnen sollte, rundum die Vorhänge aufzuziehen, die zwar im Moment das Sonnenlicht an den Seiten hereinließen, bislang jedoch die neugierigen Blicke abgehalten hatten, um die Spannung für die Gäste zu erhöhen.

Für diesen besonderen Tag hatte Moiken sich ein Blusenkleid nach der neuesten Mode gekauft, von ihrem eigenen Geld, von dem aufgrund der sparsamen Renovierung noch etwas übrig war. Zu der weißen Bluse mit den ausgestellten Ärmeln und dem gemäßigten Stuart-Rüschenkragen trug sie einen langen, dunkelblauen Rock mit einer dezenten und doch reizvollen Schnürung am Rücken.

»Haben wir wirklich an alles gedacht?«, fragte sie ihre große Tochter, um sie aus ihrer Lethargie zu wecken.

Wahrscheinlich wäre Emma viel lieber bei ihrer kleinen Schwester geblieben, als bei der Eröffnung zu helfen, denn sie hatte eine sehr innige Bindung zu ihr entwickelt, was wundervoll anzusehen war. Dadurch war auch Berlin kein Thema mehr für Emma, worüber sich ihr Mutterherz noch viel mehr freute. Endlich kein Bangen mehr, dass ihre Tochter plötzlich abhauen könnte. »Emma? Hast du mich nicht gehört?«

»Doch, und ich habe Ja gesagt, aber das hast du wohl überhört. Sieh dich doch selbst um, besser kann man nicht vorbereitet sein.«

Hoffentlich hatte Emma damit recht, dachte Moiken, während sie sich einmal um die eigene Achse drehte. Kaum vorstellbar, das dieser Raum eine heruntergekommene Abstellkammer gewesen war.

Auf dem weißen Tresen konnte sie die wechselnden Tagesangebote an Kuchen, Törtchen und Pralinen ausstellen. Für heute hatte sie jedoch so viel vorbereitet, dass der Tresen durch eine lange Tischreihe ergänzt werden musste.

Schokotörtchen mit Kirschfüllung, Aprikosen-Schiffchen, Muschelkekse, Honigküsse, Pralinen mit Walnussfüllung oder flüssigem Weinbrandkern, einige schlichte Leckereien wie Marmorkuchen, Apfelkuchen und Quarkkuchen, dazwischen die Windbeutel mit unterschiedlichen Füllungen und als Krönung neben den aufwendigen Torten die fünfstöckige Festtagstorte.

Hinter dem Tresen hatte das bunt gemischte Kaffeegeschirr Platz gefunden, zum Teil ausgestellt in zwei weißen Büfettvitrinen. Griffbereit waren auch die großen Aufgusskannen sowie die Kaffeemühle, der Wasseranschluss funktionierte wieder, und das Herdfeuer brannte, damit sie laufend frischen Kaffee aufbrühen konnte.

Die verschiedenen Sorten hatte sie sich von der Modje empfehlen lassen, kräftig-nussig oder mit herb-schokoladiger Note für die Herren, mit sanftem Karamellgeschmack oder leichtem Vanillearoma für die Damen.

»Hoffentlich habe ich genug Kuchen gemacht …«, dachte sie laut nach. Sie war so erschöpft, dass sie im Stehen einschlafen könnte, nur ihre Nervosität hielt sie wach. Sie fühlte sich wie eine Drehfigur auf einer Spieldose, die am Rädchen bis zum Anschlag aufgezogen war und in Erstarrung auf den Moment wartete, in dem die Flügelschraube losgelassen wurde.

»Ach Mutter, du bist viel zu nervös, so viele Gäste werden bestimmt nicht kommen.«

»Woher willst du das wissen?« Moiken verzog den Mund. »Du redest schon wie Theodor. Es ist Kaiserwetter, wie man es selten auf Sylt erlebt. Das soll wohl zur Feier des Tages so sein. Im Grunde bin ich froh, dass es untersagt ist, auf der Promenade Werbung anzubringen, nicht dass ich noch überrannt worden wäre.« Sie starrte auf die verschnörkelten Zeiger der Wanduhr über der Tür. Nur noch fünf Minuten.

Wie wohl der Wandschmuck bei den Gästen ankommen würde? Wer Bilder erwartete, Blumen im klassischen Goldrahmen, Schiffe oder sonstige maritime Motive, dürfte enttäuscht sein. Denn zwischen jedem der Fenster hing ein großer Rahmen, allerdings kein klassischer Bilderrahmen, sondern aus dem Sperrholz der Möbel gefertigt, die nicht mehr zu verwenden gewesen waren, und genauso bunt gestrichen wie die Tische und Stühle. Diese Rahmen umfassten leeres Papier, Papier aus Druckbögen, die Julius ihr besorgt hatte, noch blütenweiß, aber das würde sich bald ändern, denn die Gäste selbst sollten im Laufe der Zeit für die Wanddekoration sorgen. Wer wollte, konnte sich dort mit einer kleinen Zeichnung, einem Spruch oder mit seinem Namen verewigen. So würde es immer etwas zu schauen geben, etwas Neues zu entdecken, und die Sommerfrischler würden im Jahr darauf wieder bei ihr einkehren, um die eigenen Namen im inzwischen gewachsenen Kunstwerk wiederzufinden.

Verewigt hatte sie auch Julius mit der versprochenen Plakette, gleich am Eingang beim kleinen Tischchen, das sie ihm zuliebe nicht bunt, sondern holzbraun gestrichen hatte, aber mit dem orangefarbenen Stuhl würde er vorliebnehmen müssen, denn darauf hatte sie seinen Namen angebracht.

Allenfalls besser als einer der roten, blauen oder gelben Stühle, dachte sie schmunzelnd. Hoffentlich kam Julius bald wieder auf die Beine, hoffentlich saß er häufig auf seinem Platz und das noch viele Jahre lang.

Was Boy wohl sagen würde, wenn er das hier sehen könnte? Würde er überhaupt noch ein Wort mit ihr reden? Oft dachte sie an ihn, viel öfter, als ihr lieb war – denn jeder Gedanke an ihn schmerzte.

Ob er sich manchmal fragte, wie es ihr ging und was sie gerade machte? Oder war es ihm nach der herben Enttäuschung gelungen, sie aus seinem Gedächtnis zu löschen?

Das war fast anzunehmen nach seinem Telegramm, darum hatte sie es unterlassen, Kontakt zu ihm aufzunehmen, obwohl sie zu gern wüsste, ob er in Berlin Fuß fassen konnte, ob er das Atelier eröffnet hatte und – zugegeben – wie eng der Kontakt zu Felice Bauer geworden war.

Egal, was sie tat, Boy ging ihr einfach nicht aus dem Kopf. Das Schicksal hatte ihnen eine Brücke gebaut, auf der sie sich näher gekommen waren, aber keiner wollte dem anderen an dessen Ufer folgen, am Ende war jeder auf seiner Seite des Lebens geblieben.

War diese Brücke jetzt abgerissen, oder gab es einen Weg, auf dem sie sich noch einmal begegnen konnten? Könnten sie wenigstens eine Freundschaft zueinander aufbauen, im gegenseitigen Respekt? Das wäre doch auch für Emma wichtig.

»Es ist Zeit«, sagte Emma. »Drei Uhr.«

»Puh!«, entfuhr es ihr. »In Ordnung, mach die Vorhänge auf, es kann losgehen.« Plötzlich kribbelte es überall in ihr und ihre Knie wurden so weich, dass sie glaubte, es nicht mehr bis zur Tür zu schaffen.

Ihr Traum wurde tatsächlich wahr.

Emma zog die Vorhänge auf. Sonnenlicht flutete den Raum, brachte das Neue zum Erstrahlen, alle Anstrengung verblasste, alle Tränen waren vergessen. Sie hatte es geschafft.

Das Lächeln wurde zu einer Maske, als sie vor die Tür trat. Kein einziger wartender Gast. Niemand. Nur weit entfernt die Sommerfrischler auf der breiten Promenade, aber keiner auf dem hölzernen Steg unterwegs zu ihr.

Das war doch ein schlechter Scherz. Bestimmt hatten sich die Gäste hinter dem Pavillon versteckt oder sich einen ähnlichen Spaß überlegt. Anders konnte es nicht sein.

Doch es blieb dabei. Kein Gast in der Nähe, niemand war zur Eröffnung gekommen.

Ein Boykott? Oder war das falsche Datum angekündigt worden? Gleich wie, es war ein Albtraum.

»Was ist denn hier los?«, fragte sie ihre Tochter, doch auch die hob die Arme zu einer ratlosen Geste.

Fassungslos wandte Moiken den Blick von der Promenade ab, ließ sich auf Julius' Stuhl direkt am Eingang sinken und starrte auf die Türschwelle, über die in ihren Träumen so viele Füße den Pavillon betreten hatten.

Alles hatte sie erwartet – kritische Fragen, höfliche Zurückhaltung bis hin zur Unfreundlichkeit –, nur keine ausbleibenden Gäste.

Und nun? Am liebsten hätte sie an Ort und Stelle ein Loch gegraben, um sich darin zu verkriechen. Was für eine Enttäuschung!

»Da können wir die Tür wohl wieder zumachen«, sagte Emma,

bevor sie sich in ihrem Matrosenkleid ans andere Ende der einsamen Terrasse stellte, ihr den Rücken zukehrte und aufs Meer hinaussah.

»Nein!«, gab Moiken energisch zurück und starrte weiter mit gesenktem Kopf auf den Eingang. Wenn sie eines genau wusste, dann das: Die Tür blieb offen.

Was glitzerte denn dort im Spalt, am Rand der Türschwelle? Moiken bückte sich danach, bekam dabei eine Ahnung und wollte es zugleich nicht glauben. Sie holte das Fundstück hervor. Tatsächlich!

Ihr Ring! Ihr Verlobungsring, den sie in jener Nacht verloren hatte, als sie den Pavillon zum ersten Mal betreten hatte. Womöglich, als sie die Kerze aus ihrer Rocktasche geholt hatte.

»Guten Tag, die Damen. Ich würde mich gern bei einer Tasse Kaffee erfrischen, wenn es möglich ist.«

Erschrocken hob Moiken den Kopf und barg den Ring in ihrer Hand.

Mit einem charismatischen Lächeln hatte ein gut gekleideter Herr, ungefähr in ihrem Alter, die Terrasse betreten. Er hob seinen Zylinder zum Gruß und deutete eine leichte Verbeugung an. Seine Haare waren dunkel, dicht und leicht gewellt, sodass sie über den Ohren, dort, wo der Zylinder gesessen hatte, etwas mehr vom Kopf abstanden.

Trotz der Hitze hatte er nicht auf seinen modernen schwarzen Anzug, das gestärkte weiße Chemisettehemd und den Kummerbund mit Schmuckkette verzichtet. Er klemmte sich den Spazierstock mit dem aufwendig gearbeiteten Chromknauf unter den Arm, den er offenkundig nur zur Zierde mit sich führte, und zupfte sich die weißen Glacéhandschuhe von den Fingern. Erwartungsvoll sah er sie an, denn sie war noch zu überrascht gewesen, um zu antworten.

»Aber natürlich, sehr gern. Suchen Sie sich einen Platz aus.« Als sie über die unbesetzten Stühle wies, wären ihr fast die Tränen gekommen, aber sie bewahrte Haltung.

»Vielen Dank, das werde ich gleich tun, aber erst würde ich mich gern noch drinnen umsehen.«

»Aber natürlich, selbstverständlich. Dort können Sie sich auch einen Kuchen aussuchen. Natürlich nur, wenn Sie möchten. Also, ein Gedeck ist zur Feier des Tages umsonst – natürlich.« Große Güte, dachte Moiken, wie hatte sie eine Eröffnungsrede halten wollen, wenn sie schon vor einem einzigen Gast nervös wurde – oder war es sein Charisma, das sie durcheinanderbrachte? Er besaß eine Ausstrahlung, wie sie es noch selten bei einem Menschen erlebt hatte. Lag es allein an seinem Lächeln oder auch an seinen graugrünen Augen, an diesem unbestechlichen Blick, ein Blick, der von Unternehmungslust und Lebenserfahrung zeugte, ohne dabei überheblich zu wirken? Oder waren es seine Bewegungen und das damit verbundene selbstsichere Auftreten? Er war jedenfalls ein interessanter Mann, der sie nervös machte, einer von der Sorte, in den sich eine Frau auf den ersten Blick verlieben konnte – doch ihr Herz gehörte immer noch Boy.

Emma blieb auf der Terrasse stehen, den Blick wieder aufs Meer hinaus gerichtet, während Moiken ihrem Gast folgte.

»Oh«, machte der Herr und verharrte vor Erstaunen mitten im Pavillon. »So habe ich mir das Café gar nicht vorgestellt.«

»Wie schade, dass es Ihnen nicht gefällt. Ich weiß, es ist ziemlich bunt, aber ich … so habe ich es vor mir gesehen, vom ersten Tag an. Ich bin einfach meinem Traum gefolgt und …« Nun schossen ihr doch die Tränen in die Augen. Der erste Gast und gleich einer, der enttäuscht war.

»Doch, es gefällt mir«, unterbrach er ihre Erklärungsversuche. »Sehr gut sogar. Es ist anders als die biederen Cafés, innovativ, ein Wagnis in jeglicher Hinsicht. Das finde ich sehr reizvoll. Es ist besonders, so wie die Inhaberin, und Sie zeigen in jedem Winkel Ihre

Persönlichkeit. Sie trauen sich etwas, das gefällt mir. Nur die Kunstwerke in den leeren Rahmen fehlen noch, dann ist es perfekt.«

Aufgrund der vielen Komplimente musste Moiken erst ihre Sprache wiederfinden. »Dort sollen sich die Gäste verewigen … mit Zeichnungen, Sprüchen, ihrer Unterschrift – ganz nach Lust und Laune.«

»Was für eine tolle Idee, da will ich gleich mal loslegen. Darf ich?«

Verdutzt reichte sie ihm die bereitstehende Schale mit bunten Farbstiften vom Tresen.

Er wählte einen roten und machte mit flinken Strichen eine kleine lustige Karikatur, daneben schrieb er etwas. Währenddessen nutzte sie die Zeit und öffnete die Registrierkasse, um den Ring in eines der Fächer hineingleiten zu lassen.

Theodor würde sich freuen, wenn sie ihm von dem Fund erzählte. Wirklich bedauerlich, dass er ausgerechnet in diesen Tagen zu einem Hotelierskongress nach Hamburg hatte reisen müssen, aber auch nicht weiter verwunderlich, dass ihm dieser Termin so wichtig gewesen war, wo er doch längst nicht an jedem dieser Treffen teilnahm. So war ihm dieser Kongress sicherlich gerade recht gekommen, um bei der Eröffnung nicht an ihrer Seite stehen zu müssen.

»Nicht ärgern, nur wundern«, las Moiken vor, was ihr erster Gast unterdessen geschrieben hatte, und musste lachen.

»Nun«, hob er zu einer Erklärung an, »in Ihrem Café werden Sie es mit einigen Kleingeistern zu tun bekommen, vielleicht hilft Ihnen dieses Motto dabei, ein wenig Ruhe zu bewahren.«

»Bestimmt«, versicherte Moiken schmunzelnd. »Darf ich Ihnen nun ein Stück Kuchen anbieten, oder möchten Sie von den feinen Pralinen probieren?«

»Das sieht alles sehr köstlich aus, ich kann mich unmöglich entscheiden. Wählen Sie Ihr Lieblingsgebäck für mich aus, ich bin mir sicher, es wird ganz nach meinem Geschmack sein. Nehmen Sie sich doch auch eine Tasse Kaffee mit nach draußen und leisten Sie mir bei Tisch Gesellschaft. Ich würde mich gern noch mit Ihnen unterhalten.«

Ein wenig fühlte sich Moiken von seiner Art in Beschlag genommen, außerdem konnte sie sein Interesse an ihrer Person nicht richtig einordnen. Wollte er ihr etwa echte Avancen machen, oder sah sie das viel zu eng und musste sie sich einfach daran gewöhnen, dass ein Gast ganz unverbindlich unterhalten werden wollte?

»Ach herrje«, rief er aus, als sie nicht gleich antwortete. »Ich habe mich ja noch gar nicht vorgestellt. Wie unhöflich von mir, Verzeihung. Mein Name ist Adam von Baudissin, ich bin Architekt und gerade von Berufs wegen auf dieser schönen Insel.«

»Angenehm, Moiken von Lengenfeldt.« Der Nachname ging ihr immer noch schwer von den Lippen.

»Ich weiß«, entgegnete er lächelnd. »Ihr Gatte ritt heute Morgen bereits an mir vorbei, als ich einen Ortstermin in Keitum hatte. Er kommt doch sicher auch gleich noch auf eine Tasse Kaffee. Wie schön, dass er Ihre Pläne unterstützt.«

Keitum, dachte Moiken, und es war, als hätte er ihr ein rotes Tuch vor Augen gehalten. Heute Vormittag? Das durfte nicht wahr sein.

Sie atmete tief durch, um Haltung zu bewahren. Nichts, rein gar nichts wollte sie sich anmerken lassen, während unterschiedlichste Gefühle in ihr tobten wie ein Sandsturm.

»Gleich werden sicher noch viele Gäste eintreffen«, gab sie sich heiter und unbestimmt. »Wir haben ja erst seit ein paar Minuten geöffnet.«

»Was mich verwundert. Sie wollten doch gestern um vierzehn Uhr große Eröffnung feiern, da bin ich wie so viele andere umsonst gekommen. Die Gäste waren wohl so enttäuscht, dass sie nicht auf die Idee gekommen sind, den Weg heute noch einmal auf sich zu nehmen. Es gab leider auch einige Herren, die bei dieser Gelegenheit sehr unfreundliche Worte über Sie als weibliche Gastgeberin fanden. Da haben Sie von meinen Geschlechtsgenossen wohl noch recht viel Gegenwind zu erwarten, das tut mir leid.«

Moiken war noch am Anfang seiner Rede hängen geblieben. »Gestern? Nein, heute. Und geplant war um 15 Uhr, es stand nie eine andere Uhrzeit im Raum.« Blitzartig schoss Moiken eine Erklärung für die Blamage in den Sinn. »Ist etwa das falsche Datum in Umlauf gewesen? Der vierzehnte Juli um 14 Uhr?«

»Ja, so stand es auf dem Flugblatt. Hier, das habe ich sogar noch dabei.« Er zog es aus seiner Innentasche des Anzugs und hielt es ihr entgegen. »Die anderen mit mir umsonst wartenden Gäste sprachen davon, dass es ebenso in der Zeitung angekündigt gewesen sei.«

Das genügte. Mehr musste sie nicht wissen. »Einen Moment, bitte«, entschuldigte sie sich und ließ ihren Gast stehen, um im Stechschritt auf die Terrasse hinauszugehen, wo Emma den Blick noch immer aufs Meer gerichtet hatte, so als wäre sie zu einer Statue geworden.

»Du warst das! Ich fasse es nicht. Meine eigene Tochter hintergeht mich.«

Nun kam Bewegung in Emma und sie fuhr herum. »Was? Was redest du da?«

Das Entsetzen konnte ihre Tochter sehr gut spielen. Erschreckend gut. »Das falsche Datum!«, presste Moiken hervor, und nur mit Mühe konnte sie an sich halten. »Der vierzehnte Juli 1914 um 14 Uhr. Überall, auf den Flugblättern, in der Zeitung …«

»Ich war das nicht. Wie kommst du überhaupt darauf?«

»Wie ich darauf komme? *Du* warst immer gegen dieses Café, *du* wolltest nach Berlin. *Du* hattest keine Lust auf die Eröffnung, *du* hast gesagt, es würden nicht viele Gäste kommen. Jetzt wundert mich das nicht mehr. Vor allen Dingen aber: *Du* hast die Flugblätter verteilt, *du* hast das falsche Datum gesehen. *Du* hast es den Leuten hundertfach mit einem falschen Lächeln in die Hand gedrückt. Wie konntest du nur? Ich bin fassungslos.«

»Was machst du mir für Vorwürfe? Ich war das nicht, glaub mir doch!«

Moiken atmete tief durch, ihr war ganz schlecht vor Wut. »Lüg mir nicht ins Gesicht.«

»Mutter, bitte, hör mir doch zu …«

»Ich wüsste nicht, was es da noch zu erklären gibt. Aus meinen Augen, Emma!«

Als Moiken am nächsten Morgen erwachte, galt ihr erster Blick ihrer kleinen Tochter, die schmatzende Geräusche von sich gab. Wilma hatte sie aus der Wiege genommen und gab ihr die Flasche.

Schnell rappelte sich Moiken auf. »Wilma, ich habe gar nicht gehört, wie du ins Zimmer gekommen bist. Frieda trinkt ja – und wie sie trinkt!«

»Du hast lange geschlafen, es ist schon neun Uhr«, sagte Wilma hinter ihrem Mundschutz. »Außerdem ist das bereits Friedas zweite Mahlzeit. Um sechs Uhr habe ich ihr die erste Flasche aus der Küche gebracht, das hast du komplett verschlafen.« Der Vorwurf war deutlich herauszuhören, aber das schluckte Moiken, da sie sich kein schlechtes Gewissen einreden lassen wollte, nur weil sie nach diesen anstrengenden Tagen tief und fest geschlafen hatte. Nach dem ereignisreichen Tag und der unfassbaren Enttäuschung durch ihre Tochter, man konnte es ja schon Verrat nennen, war sie gar nicht zur Ruhe gekommen und erst im Morgengrauen eingeschlafen. Davon abgesehen hatten ihr mindestens drei Stechmücken den Schlaf geraubt. »Frieda hat schon die zweite Flasche getrunken? Das heißt, sie ist deutlich auf dem Wege der Besserung!«

»Leider nein.« Traurig schüttelte Wilma den Kopf und zog das Ärmelchen von Friedas Oberteil höher.

Schon im nächsten Moment war Moiken an der Seite ihrer Tochter, damit sie die mit Stift umkreiste Stelle genau in Augenschein nehmen konnte. Dort hatte sich eine erhabene, gerötete Verdickung unter der Haut gebildet.

Moiken erschrak furchtbar, doch dann erinnerte sie sich an die vergangene Nacht. »Wir hatten Stechmücken im Zimmer, eine davon hat Frieda wohl erwischt. Ich bin auch total zerstochen, und bei mir sieht das genauso aus, sieh doch nur.«

»Aber Frieda hat nur einen Stich und ausgerechnet an dieser Stelle.«

»Warum auch nicht? Sicher ein Zufall, aber da sie in der Nacht dick eingewickelt war, lag ja außer ihrem Gesicht kaum eine andere Stelle frei. Außerdem ist die Haut an dieser Stelle dünn, die Mücke hat direkt eine Ader getroffen und sich satt getrunken. Bei mir hat es mehrere Stiche gebraucht.«

»Hör auf, dir die Sache schönzureden, Moiken. Frieda hat Tuberkulose, daran gibt es nichts mehr zu rütteln. Ich habe bereits Dr. Nicolas rufen lassen, er wird wohl demnächst kommen. Dann kann er dir bestätigen, was du mir nicht glauben willst.«

»Wie kannst du nur so hart sein, Wilma? Das hätte ich nie von dir gedacht.«

»Ich bin nicht hart, ich bin realistisch. Natürlich nimmt mich das Schicksal dieses kleinen Würmchens mit, und es ist sehr traurig, besonders auch für dich, aber glaube mir, in meinem Alter habe ich schon zu viele Kinder sterben sehen, da bekommt man einen anderen Blick auf die Dinge.«

»Frieda wird nicht sterben!«, schrie Moiken so laut, dass ihre kleine Tochter aufhörte, an der Flasche zu nuckeln.

»Erschreck dein Kind nicht so«, murmelte Wilma.

»Mach mir jetzt nicht auch noch Vorwürfe«, knurrte Moiken, »und gib mir meine Tochter, ich füttere sie weiter.«

»Erst musst du noch einen Mundschutz anziehen.«

»Ich muss gar nichts! Mein Kind hat keine Tuberkulose!«

»Du musst es wissen«, gab Wilma schlicht zurück und verließ den Raum.

Voller Liebe barg Moiken ihre kleine Tochter im Arm, die zu allem Überfluss zu weinen anfing. Doch sobald sie wieder an der Flasche nuckeln durfte, war sie zufrieden.

Wie konnte ein Kind, dessen Husten sich besserte und das so kräftig und so viel trank, sterbenskrank sein?

Als es klopfte, zuckte Moiken zusammen, so versunken war sie in die Betrachtung ihrer Tochter gewesen.

Dr. Nicolas erschien in der Tür. Wie auf seinen Hausbesuchen üblich, trug er einen Anzug, blütenweiß von der Hose über das Hemd bis zur Fliege, das Stethoskop um den Hals. In starkem Kontrast zu seiner makellosen Kleidung führte er seinen abgewetzten braunen Arztkoffer mit sich, den er nun neben dem Bett abstellte, ehe er sich verbeugte und ihr die Hand gab.

»Ich habe gehört, es gibt keine guten Nachrichten?«

»Entschuldigen Sie bitte, ich bin eben erst aufgewacht, ich hatte noch gar keine Gelegenheit zur Morgentoilette«, entgegnete Moiken peinlich berührt.

Dr. Nicolas schob seine runde Brille wieder nach oben, die ihm beim Kopfschütteln ein Stück von der Nase gerutscht war. »Das ist unsere geringste Sorge, werte Frau von Lengenfeldt, ich bin es gewohnt, dass mir meine Patienten im Regelfall nicht in Festgarderobe gegenübertreten. Aber es freut mich, dass Sie wohlauf sind und nur lange geschlafen haben.«

»Frieda geht es auch gut – das war nur eine Stechmücke, die ausgerechnet an der Stelle gesessen hat. Wir hatten heute Nacht so viele davon im Zimmer, sehen Sie sich nur an, wie ich zerstochen bin.«

»Ich möchte gern Friedas Ärmchen sehen«, machte Dr. Nicolas deutlich, wogegen sich Moiken am liebsten gewehrt hätte, doch es half ja nichts, und während er die Stelle begutachtete, hielt Moiken den Atem an.

»Hm«, machte der Arzt. »Rötung und Durchmesser der Papel passen leider zu einem positiven Tuberkulintest, aber Ihrer Schilderung gemäß könnte es natürlich auch ein Stich sein, wobei …«

»Ganz bestimmt war es eine Stechmücke! Hören Sie doch, Friedas Husten ist schon viel besser geworden, sie hat zwar noch mäßig Fieber, aber sie hat heute schon zwei kleine Flaschen getrunken.«

»Nun, das ist sehr erfreulich, und möglicherweise ist es wirklich nur ein Säuglingshusten und ein Mückenstich ausgerechnet an der Teststelle, aber wir wissen es nicht genau. Wir werden die Moro-Probe in zwei oder drei Wochen wiederholen müssen.«

»So lange soll ich in Ungewissheit bleiben, ob es nicht doch Tuberkulose ist?«

»Nun, es fehlen die sicheren Anzeichen, wie Sie mir selbst beschrieben haben. Kein gelb-grüner Auswurf, aber immer noch ein starker Husten und mäßiges Fieber. Verbunden mit der Gabe der Flaschenmilch besteht aber durchaus nach diesem Tuberkulintest ein ernst zu nehmender Verdacht auf ein tuberkulöses Geschehen in der Lunge, womöglich aber auch im Darm. Wir werden uns nur leider in Geduld üben müssen, denn eine Tuberkulose entwickelt sich über Wochen hinweg. Darum ist ein erneuter Test auch erst in zwei oder drei Wochen sinnvoll. Es ist ja auch so, selbst wenn Ihre Tochter jetzt nicht erkrankt sein sollte: Solange sie Kuhmilch bekommt, besteht das Risiko weiter.«

»Das weiß ich, aber was soll ich denn machen? Ich habe keine Milch entwickelt, und selbst wenn mein Kind jetzt noch die Brust akzeptieren würde … keine Amme will unter dieser Gefahr ein Kind stillen.«

»Das ist richtig. Sie könnten es mit gesäuerter Ziegenmilch versuchen, diese wirkt heilungsfördernd bei Lungenerkrankungen und wird sogar in den Heilstätten bei Tuberkulosekranken zur Behandlung eingesetzt. Aber nicht alle Säuglinge mögen diese Milch.«

»Wilma hat es bereits mehrfach mit gesäuerter Ziegenmilch versucht, aber Frieda verweigert dann die Flasche.«

»Sehen Sie«, entgegnete Dr. Nicolas ruhig, während er nach seinem Arztkoffer griff. »Es bleibt nur, die Entscheidung des Schicksals weiter abzuwarten. Auf jeden Fall müssen alle Personen, die Kontakt zu Frieda haben, weiterhin einen Mundschutz tragen, das gilt auch für Sie.« Er verbeugte sich vor ihr. »Auf Wiedersehen, werte Frau von Lengenfeldt. Ich wünsche Ihnen alles Gute. Wenn eine Verschlimmerung eintritt, lassen Sie jederzeit nach mir rufen.«

»Ich hasse dieses Schicksal!«, schrie sie ihm anstelle einer Verabschiedung hinterher.

Wenn sie jetzt etwas nicht gebrauchen konnte, dann war es eine schmollende Tochter, dachte Moiken, als Emma auch um zehn Uhr noch nicht aus ihrem Zimmer gekommen war, das sie bis vor einigen Wochen noch gemeinsam bewohnt hatten.

Typisch Emma, sich auch noch im Recht zu fühlen, um sich nicht entschuldigen zu müssen. Es war kein Geheimnis, dass Emma gegen das Café war, das hatte sie regelmäßig zum Ausdruck gebracht, aber das Datum mutwillig zu ändern, um die feierliche Eröffnung platzen zu lassen, das war schon ein starkes Stück.

Ein Gespräch war definitiv noch fällig, doch solange sich Emma hinter ihrer Chinesischen Mauer verbarg, war ein Beikommen unmöglich. Das Leben aber konnte deshalb nicht stillstehen, und wenn Emma heute nicht gern im Café helfen wollte, musste sie es eben ungern tun. Sie war alt genug, um etwas zum Lebensunterhalt beizutragen und zu begreifen, dass auch eine Mutter sich ihre Träume erfüllen durfte, weil sie sich nicht von ihrem Ehemann aushalten lassen wollte, und dass sie sich als Tochter fügen musste, bis sie alt genug war, um ihrer eigenen Wege zu gehen.

Die Tür des Cafés würde heute jedenfalls nicht geschlossen bleiben – auch wenn Emma das wohl gern provozieren wollte. Aber dafür waren gestern doch noch zu viele Gäste gekommen, sodass man schon von einem kleinen Anfangserfolg sprechen konnte. Zwar waren einige nur aus Neugierde da gewesen, andere hatten sich unentschlossen gezeigt und waren nach einer kurzen Runde durch den Pavillon wieder gegangen, aber das hatte ihren Ehrgeiz geweckt, solche Gäste beim nächsten Mal zum Bleiben zu bewegen – und zum Wiederkommen.

Letzteres hatte ihr Adam von Baudissin für heute in Aussicht gestellt, und nicht zuletzt deshalb sollte das Café geöffnet sein. Es blieb ihr also nichts anderes übrig, als auf ihre Tochter zuzugehen, um sie von ihrem hohen Ross runterzuholen, von wo aus Emma glaubte, ihrer Mutter diktieren zu können, wo der Weg langging.

Als Theodor kurz nach Dr. Nicolas ins Zimmer gekommen war, um seine beiden allerliebsten und kostbarsten Schätze, wie er sich ausdrückte, nach seiner Rückkehr vom angeblichen Festland zu begrüßen, hatte sich ihre Wiedersehensfreude sehr in Grenzen gehalten. Seine Besorgnis um Frieda, als er hörte, dass es immer noch keine sichere Diagnose gab, war zwar rührend, doch um das Gespräch nicht auf Keitum und die Gräfin kommen zu lassen, hatte sie ihm knapp erklärt, sie müsse jetzt nach Emma sehen, denn sie hatte sich geschworen, dass er eine Eifersucht gar nicht wert war.

Als Emma auf das Klopfen nicht reagierte, wurde Moiken noch eine Spur ungehaltener. Was bildete sich ihre Tochter eigentlich ein? Wenn sie sich eingeschlossen hatte, dann konnte sie was erleben.

Nein, die Tür war offen, aber niemand im Zimmer. War Emma schon früh mit ihrer Kamera losgezogen, um der mütterlichen Standpauke zu entgehen? Jedenfalls lag der Fotoapparat nicht an seinem Platz auf Emmas Nachtschränkchen.

Moiken sah sich um. Alles wirkte so seltsam aufgeräumt. Nein, nicht aufgeräumt – verlassen. Es fehlten sämtliche persönliche Gegenstände ihrer Tochter.

Moiken riss den Kleiderschrank auf. Halb leer.

Das konnte doch nicht wahr sein! War Emma etwa ohne Nachricht davongelaufen? Nein, bestimmt wollte sie ihr damit nur einen Schreck einjagen und war mit ihren Sachen zu ihrem Halbbruder gegangen – aber wohnte der jetzt nicht bei seinem Onkel? Und wenn ja, wo war eigentlich dessen Haus? Schmerzhaft wurde ihr bewusst, wie wenig sie in letzter Zeit von den Veränderungen in ihrem Umfeld mitbekommen hatte.

Hatte Emma wirklich keine Nachricht, nicht einmal einen kleinen Hinweis hinterlassen? Aber warum auch? Bestimmt wollte sie, dass man nach ihr suchte. Aufmerksamkeit wollte sie erzwingen, Schuldgefühle erzeugen, um damit von ihrer Schuld abzulenken.

Und genau das gelang ihrer Tochter. Schwankend zwischen Ärger und Panik suchte Moiken das Zimmer weiter ab.

Da, auf dem ordentlich gemachten Bett, zwischen Kissen und Bettdecke steckte etwas, kaum sichtbar.

Ein Foto.

Es zeigte Emma auf dem Festbankett, an ihrem ersten Abend in der Strandvilla, in ihrem zartrosa Kleid aus Stehplissee mit Rosenranken und einem Taillengürtel, dessen Verschluss eine täuschend echte Seidenrose zierte.

Es war das Foto, das Bernhard von ihr gemacht hatte, das Emma vor der damals geplanten Abreise unbedingt hatte haben wollen und das Moiken seither noch gar nicht zu Gesicht bekommen hatte. Auch weil sie ehrlicherweise vergessen hatte, danach zu fragen – das war irgendwie komplett untergegangen.

Wie Emma sich allein in den vergangenen eineinhalb Jahren im Gesicht verändert hatte, dachte Moiken verwundert, und dieses Prinzessinnenkleid war zwar wirklich sehr hübsch gewesen, aber wie verkleidet ihre Tochter darin gewirkt hatte, das erkannte sie erst auf diesem Foto.

Warum lag es überhaupt auf dem Bett? War es Emma beim Packen aus der Tasche gefallen, oder hatte ihre Tochter gewollt, dass man es fand, aber erst auf den zweiten Blick?

Vielleicht hatte Emma ja etwas auf die Rückseite des Fotos geschrieben. Moiken drehte es um.

Leer.

Ratlos ließ sie sich auf das Bett sinken. Dabei entdeckte sie noch ein Foto in dem Spalt zwischen Kissen und Bettdecke und nahm es hervor.

Vier Menschen waren darauf angebildet, zwei Paare, die ihr fremd waren, ganz offenkundig jedoch Sommerfrischler – und in einer grandiosen Momentaufnahme abgelichtet. Stammte dieses beeindruckende Foto etwa von Emma? Und was hatte das zu bedeuten? Es bestätigte wohl die Vermutung, dass ihr die Fotos unabsichtlich herausgerutscht waren. Oder hatten diese vier Leute etwas mit ihrem Verschwinden zu tun? Kamen sie vielleicht aus Berlin?

Mehr aus einem Reflex heraus drehte Moiken auch dieses Foto um, obwohl ihre Hoffnung auf eine weitere Information nicht besonders groß war.

Doch da war sie. Die Hiobsbotschaft. Knappe Worte in Emmas sauberer Handschrift.

Ich habe die Insel verlassen. Kehre nicht zurück. Kein Grund zur Besorgnis. Gruß und Dank, Deine Tochter.

PS: Kümmere dich um Frieda – sie hätte eine gute Mutter verdient. Eine Mutter, die ihr eigenes Kind nicht zu Unrecht beschuldigt.

~

»Gibt es das Schokoladen-Törtchen auch ohne Marzipan?«, fragte eine der beiden älteren Damen, die sich trotz des Sonnenscheins auf der Terrasse an einen Tisch im Pavillon gesetzt hatten, wahrscheinlich wegen ihrer schwarzen Kleider.

Oder sie handelten wegen der dunklen Wolkenfront über dem Meer vorausschauend, eine bedrohliche Kulisse, die Moiken schon die ganze Zeit argwöhnisch beobachtete.

Das Wetter auf der Insel war schwer vorherzusagen. Manchmal verloren sich die dunklen Wolken, machten Platz für strahlend blauen Himmel, und die Gäste murrten, weil sie die Terrasse umsonst räumen mussten, und manchmal kam der Regenschauer aus sprichwörtlich heiterem Himmel, und dann brach das große Chaos aus.

Das Chaos.

Die Verzweiflung.

Die Ungewissheit.

Die große Leere.

```
In Berlin ist Emma nicht angekommen. Auch
nicht bei Felice. Melde mich umgehend bei Neu-
igkeiten. Du bitte auch. Gruß B.
```

Nicht an das Telegramm denken, mahnte sich Moiken selbst, doch es war zu spät. Ihre Augen hatten sich bereits mit Tränen gefüllt, und sie blinzelte heftig, um sie zu vertreiben.

Zehn Tage war diese Nachricht schon alt, und es gab noch keine Neuigkeiten. Zehn furchtbare Tage, in denen sie kaum an etwas anderes denken konnte, zehn schlimme Nächte voller Albträume, so viele qualvolle Stunden, in denen sie sich mit der Arbeit im Café aufrecht hielt – aber weit reichte die Kraft nicht mehr.

»Alles in Ordnung mit Ihnen?«, fragte die zweite Dame. Augenscheinlich waren es Schwestern, beide trugen die dünnen grauen Haare zu einem einfachen Knoten im Nacken zusammengesteckt, den Scheitel genau in der Mitte gezogen.

»Ja, natürlich, alles in Ordnung.« Moiken räusperte sich. »Ich habe heute auch Erdbeer-Schokotörtchen im Angebot, die Erdbeeren sind frisch vom Feld.«

»Erdbeeren vertrage ich leider nicht.«

»Dann nehmen Sie doch einen Windbeutel mit Schoko-Mousse, der ist auch sehr lecker.«

»Nein, das ist mir zu viel Sahne.«

»Dann vielleicht diese hier – Schoko-Törtchen mit Aprikosen-Creme gefüllt?«

»Nein, nichts Gefülltes. Haben Sie keinen schlichten trockenen Kuchen mit Schokolade?«

»Doch, selbstverständlich, sehen Sie hier.« Geduldig zeigte Moiken ihr den entsprechenden Kuchen in der Auslage. »Sie hatten mich ja nach einem Törtchen gefragt.«

»Der Kuchen ist aber mit Schokoladenguss, nein, das ist mir zu süß.«

Moiken spürte, wie ihr Geduldsfaden unter Spannung geriet. »Sie wollten doch einen trockenen Kuchen mit Schokolade.«

»Ja, aber mit Stückchen im Teig, nicht mit Guss.«

»Ich fürchte, dann kann ich Ihnen leider nicht dienen.« Das

enttäuschte Gesicht der Dame machte Moiken klar, dass sie kurz davor war, eine Kundin zu verlieren. Eine Kundin, die überall herumerzählen würde, dass es im Café keine Auswahl gebe und die Besitzerin unfreundlich sei.

In Berlin ist Emma nicht angekommen. Auch nicht bei Felice. Melde mich umgehend bei Neuigkeiten. Du bitte auch. Gruß B.

Es kostete so viel Kraft.

Moiken setzte ihr Lächeln auf, erinnerte sich an ihr Credo, immer freundlich zu den Gästen zu sein. Keiner sollte unzufrieden ihr Café verlassen, das war schließlich ihr Herzenswunsch.

Aus dem Augenwinkel nahm sie gerade noch wahr, dass sich ein Herr an einen der kleinen Tische gesetzt hatte und dort hinter seiner Zeitung verschwand. Das könnte Adam von Baudissin sein, dachte Moiken erfreut, aber warum versteckte er sich? Bisher war er jeden Tag auf einen Kaffee gekommen, nur gestern nicht, da hatte sie ihn direkt vermisst.

Wenn im Café nicht viel los gewesen war, dann war er auch noch auf eine zweite und dritte Tasse geblieben, und die Gespräche waren vertrauter geworden, bis sie zuletzt sogar die lächelnde Maske abgenommen hatte, die sie stets vor den Gästen trug, und ihm unter Tränen vom Verschwinden ihrer Tochter erzählt hatte.

Plötzlich kam ihr der rettende Einfall, wie sie die Dame doch noch glücklich machen könnte: »Wissen Sie was, ich richte Ihnen einige von den Schokoladen-Keksen auf einem Tellerchen an, die es gratis zum Kaffee gibt. Das ginge dann selbstverständlich aufs Haus.«

Noch immer unzufrieden verzog die Dame den runzeligen Mund und sah sich nach der Auslage um. »Aber Sie haben doch Schoko-Pralinen, warum sagen Sie das nicht gleich?«

»Weil Sie nichts mit Schokoladenüberzug und nichts Gefülltes haben wollten, sondern einen trockenen Kuchen!« Aus Moikens Ton war der gerissene Geduldsfaden deutlich herauszuhören, anscheinend jedoch nicht für die Dame, die völlig unbeeindruckt blieb.

»Wo denken Sie hin? Die Pralinen sind genau das Richtige, davon nehme ich bitte fünf Stück. Aber nur, wenn keine Haselnüsse drin sind.«

Moikens Antwort ging in einem Tumult unter, der von der Terrasse her kam.

Platzregen. Von einer Sekunde auf die nächste, ohne tröpfelnde Vorboten. Die Gäste suchten Schutz und drängten alle gleichzeitig zur Tür herein. Manche mit ihren Tellern und Tassen, andere hatten ihre Kuchen draußen im Unwetter stehen lassen.

»Wo ist denn noch Platz?«

»Warum gibt es hier drin nicht genügend Stühle?«

»Mein Kaffee steht noch draußen!«

»Meine Güte, ist es eng hier.«

»Mein Kreislauf, ich muss mich setzen.«

»Ich brauche einen neuen Kuchen!«

»Ich bin noch gar nicht bedient worden.«

Moiken wusste nicht mehr, wo ihr der Kopf stand. Sie riss sich zusammen und lief in den Regen hinaus, um Stühle hereinzubringen. Schon nach dem ersten Gang war sie triefend nass. Das Wasser drückte aus ihren Schuhen, ihr Haarknoten löste sich auf, aber Hauptsache, ihre Gäste konnten sitzen.

»Ein neues Stück Prinzesstorte hätte ich gern«, wurde sie im Vorbeieilen von einer Dame angesprochen, die bereits einen Platz ergattert hatte.

»Moment, bitte«, entgegnete Moiken, zwei Stühle rechts und links eingehängt. »Ich habe gerade meine dritte Hand nicht frei.«

»Auch noch unverschämt werden!«

Moiken verkniff sich eine Entgegnung, denn natürlich war sie sauer auf sich selbst, dass ihr diese Bemerkung herausgerutscht war, aber sie war auch nur ein Mensch und am Rand ihrer Kräfte.

In Berlin ist Emma nicht angekommen. Auch nicht bei Felice. Melde mich umgehend bei Neuigkeiten. Du bitte auch. Gruß B.

Wind kam auf, Böen peitschen den Regen gegen die großen Fenster, wo er in Sturzbächen herunterlief, sodass man draußen kaum mehr etwas erkennen konnte.

Was für eine Lautstärke im Pavillon, das Durcheinander der Gäste, die sich über den Lärm des Regens hinweg mit ihren Wünschen bemerkbar machten, einer lauter als der nächste. Eilends versuchte Moiken, ihre Gäste zufriedenzustellen, ganz gleich, was diese wollten. Hier ein Kaffee, und noch einer, dort ein trockenes Tuch, da eine neue Gabel, wieder ein Kaffee, ein Stück Kuchen und schließlich noch ein Stück Prinzesstorte für die Dame, der nicht nur ein Bitte zu viel war.

»Das frische Stück soll ich nach diesen Unannehmlichkeiten auch noch bezahlen?«, fragte besagte Dame pikiert.

»Selbstverständlich«, entgegnete Moiken erstaunt. »Sie hätten ihren Teller mit hereinnehmen können.«

»Ich glaube, ich höre nicht recht? Ich bin doch keine Kellnerin. Das ist Ihre Aufgabe, außerdem bin ich nicht für den Regen verantwortlich.«

»Ich auch nicht«, gab Moiken patzig zurück. Am liebsten hätte sie der Dame den Kuchen in den Schoß gekippt.

In Berlin ist Emma nicht angekommen. Auch nicht bei Felice. Melde mich umgehend bei Neuigkeiten. Du bitte auch. Gruß B.

Wenn Emma doch nur hier sein könnte, denn dann hätte sie nicht nur eine helfende Hand – dann wäre die Welt wieder in den Fugen.

Keine Fortsetzung der Diskussion mit der Dame, mahnte sich Moiken selbst, das war die Sache nicht wert.

Waren sonst alle Gäste zufrieden? Wen hatte sie noch nicht bedient? Ach ja, den Herrn hinter der Zeitung. Wenn es Adam von Baudissin war, dann war sie ein wenig enttäuscht von ihm, weil er so unbeteiligt mitten im Chaos gesessen hatte, denn bislang hatte sie ihn so eingeschätzt, dass er ihr beim Schleppen der Stühle zur Hilfe geeilt wäre. Oder wer saß dort hinter der Zeitung?

»Sie wünschen, bitte?«

Der Angesprochene ließ das Blatt sinken. »Ich dachte schon, du bedienst mich gar nicht mehr.«

»Henriette!«, rief Moiken aus. »Was willst du denn hier?«

»Eine Tasse Kaffee und drei Whiskypralinen dazu, wenn es dir keine Umstände macht. Außerdem wollte ich mich mal umsehen. Hübsch geworden, etwas bunt vielleicht, aber es kommen doch recht viele Gäste. Erstaunlich. Das hätte ich nach der Eröffnungspleite gar nicht geglaubt.«

»Es war keine Pleite, es war das falsche Datum auf den Flugblättern und in der Zeitung abgedruckt.«

»Ich weiß. Ich stand ja schließlich daneben, als Emma die Entwürfe abgegeben hat. Julius war beschäftigt, und ich fand den vierzehnten Juli viel schöner.«

»Du warst das? Du gibst es freimütig zu, und dann traust du dich hierher?«

»Ja, natürlich. Man sollte seine Feinde kennen, der Meinung war ich schon immer.«

»Und ich habe meine Tochter dafür verantwortlich gemacht – deshalb ist sie weggelaufen. Daran bist du schuld!«

»Ich, warum ich? Kann ich etwas dafür, wenn du deine Tochter so falsch einschätzt und sie solcher Dinge bezichtigst? Ich sagte doch gerade, man sollte seine Feinde kennen.«

»Was willst du von mir?«, fragte Moiken lauernd.

»Ich habe gehört, dass deine Tochter verschwunden ist, und da dachte ich mir, vielleicht könnte ich ja bei dir hinterm Tresen anfangen, so als Ausgleich, nachdem du mir meine Arbeit weggenommen hast.«

»Bist du gekommen, um mich zu provozieren?« Sie sah sich um, ob andere Gäste zuhörten, aber aufgrund des starken Regengusses war es viel zu laut im Pavillon, um selbst ein Gespräch am Nebentisch zu verstehen. »Wir hatten eine Abmachung. Ich habe zu Recht gehandelt, nachdem du Theodor das Foto zugespielt hast.«

»Das stimmt doch gar nicht! Verdammt, ich stehe zu dem, was ich tue, und ich habe deinem Theodor keins dieser Fotos zukommen lassen.«

»Henriette, ich warne dich«, zischte sie, »wenn du vorhast, meine Existenz ein zweites Mal zu zerstören, dann …«

»Was dann? Nichts anderes ist mein Plan, seitdem du mich ins offene Messer hast laufen lassen.«

»Du bekommst mich nicht mehr klein. Du nicht. Geh und lass dich hier nie wieder blicken.«

»Ganz wie du willst. Und träum weiter.«

Es war wie im Traum. Ein wunderschöner Traum, eine Hoffnung, die an diesem ersten August am Vormittag Realität geworden war. Emma hatte sich gemeldet, aus Berlin. Wobei das Telegramm nicht von ihr stammte, sondern von Boy.

`Unsere Tochter wohlbehalten in Berlin angekommen. Ich kümmere mich um sie. Es wird alles gut werden. B.`

Nur das Postskriptum verursachte ihr Bauchschmerzen.

> Emma möchte ihre Ausbildung bei mir in Berlin beenden. Ich unterstütze ihren Wunsch. Hoffe sehr, du auch.

Wie sollte sie darauf reagieren? Ihr blieb kaum eine andere Wahl, als Emma gewähren zu lassen, andernfalls drohte das Band zu ihr ganz abzureißen.

Einen langen Brief wollte sie ihrer Tochter heute Abend schreiben, nicht zuletzt nach dem, was sie von Henriette erfahren hatte. Zeilen voller Hoffnung, dass Emma die Entschuldigung annahm. Es blieb zwar die Frage, weshalb Emma den Fehler beim Verteilen der Flugblätter nicht gesehen hatte, aber den Grund konnte sie sich fast denken, denn Emma drückte sich gern vor unliebsamer Arbeit. Das war sehr ärgerlich, aber nicht unverzeihlich.

Gedankenverloren ließ sie sich im Schatten des Pavillons auf dem unbesetzten Stuhl von Julius nieder. An diesem heißen und wolkenarmen Samstag hatten viele Gäste erst spät das Café aufgesucht, sodass es selbst jetzt, um fünf Uhr nachmittags, noch gut besucht war.

Derzeit waren jedoch alle zufrieden und blickten entspannt über unterschiedlichste Kaffeetassen und Teller hinweg auf das ruhige Meer, besonders auf das faszinierend türkisgrüne Wasser nahe dem Strand, sodass sie die Gelegenheit zu einer kurzen Pause nutzte.

Schon August, dachte Moiken, die Sommermonate waren am Nordfenster ihres Krankenzimmers vorbeigezogen, ohne dass sie daran teilhaben konnte. Umso mehr genoss sie nun solche Momente in ihrem Café am Meer, an diesem beschaulichen Ort am Ende des hölzernen Stegs, umgeben von Dünen und fern dem trubeligen Leben auf der Promenade.

Dennoch fanden mittlerweile genug Gäste den Weg zu dieser Oase, und bislang hatte sie erstaunlich wenige Kleingeister zu Besuch gehabt, über die sie sich getreu der Empfehlung von Adam von Baudissin nicht ärgerte, sondern nur wunderte.

Zu ihrem gegenseitigen Bedauern hatte er gestern abreisen müssen, da sein Auftrag als Architekt vor Ort beendet war, aber er hatte ihr versprochen, sie wieder zu besuchen. So lange würde sein Lieblingsgeschirr einen Ehrenplatz in der Vitrine bekommen.

Aus den anfänglich pikierten Blicken aufgrund des zusammengewürfelten Geschirrs war bei den regelmäßig wiederkehrenden Gästen ein heiteres Tippspiel geworden, auf welchem Teller sie heute den Kuchen serviert bekämen – daran hätte auch Julius seine Freude.

Leider war er noch immer ans Bett gefesselt, denn das Rheuma hatte nun auch sein Herz angegriffen, wie sie bei ihrem Besuch heute Morgen erschrocken erfahren hatte, als sie ihm die Nachricht von Emmas glücklicher Ankunft in Berlin überbracht hatte.

Julius hatte wissend gelächelt, denn er hatte nie daran gezweifelt und ihr immer Mut zu gesprochen, genau so, wie er immer an ihren Erfolg geglaubt hatte, und den hatte sie zwei Wochen nach Eröffnung des Cafés durchaus zu verzeichnen.

Dazu trug bestimmt auch ihre Idee bei, dem süßen Heinrich kleine Naschereien zum Verkauf am Strand zu überlassen, hübsch verpackt und mit einem Hinweis auf das Café am Meer versehen.

Noch mehr Arbeit, aber die Muschelkekse entwickelten sich zum Verkaufsschlager, was nicht nur den süßen Heinrich freute, sondern auch Gäste ins Café lockte.

Glückseligkeit breitete sich in Moiken aus. Wenn jetzt nur noch der zweite Moro-Test bei Frieda negativ ausfallen würde, konnte sie wieder frohen Mutes in die Zukunft schauen.

Nachdem sich in den vergangenen Monaten so vieles zum Guten hin gewendet hatte, glaubte sie zunehmend daran, dass das Schicksal seine Keule ruhen ließ.

»Extra-Blatt, gratis Extra-Blatt!« Der Ruf einer Jungenstimme durchtrennte die Stille. Wie schön, dass dieser Junge bereits die Qualitäten eines Marktschreiers zur Schau trug, aber nicht vor ihrem Café. Moiken erhob sich, um ihn des Wegs zu weisen.

»Extra-Blatt, gratis Extra-Blatt! Allgemeine Mobilmachung des Heeres und der Flotte. Alle Gäste der Insel sind zur sofortigen Abreise aufgefordert. Das Seebad wird am fünften August geschlossen. Extra-Blatt, gratis Extra-Blatt!«

Moiken versteinerte, so wie auch ihre Gäste reglos verharrten. Das konnte doch nicht wahr sein, was der Junge da rief und jetzt wiederholte.

Nach dem ersten Schock ging Moiken auf ihn zu. »Was redest du da?«

»Bitte sehr, gnädige Frau, hier das Extra-Blatt. Der Große Krieg ist da.«

»Aber das kann doch nicht sein. Nicht hier auf der Insel und vor allen Dingen nicht so schnell.«

»Im Krieg hat man keine Zeit«, erwiderte der Kleine altklug. »So lesen Sie doch!«

ALLGEMEINE MOBILMACHUNG
DES HEERES UND DER FLOTTE

Da die Antwort Russlands auf das von der deutschen Regierung gestellte Ultimatum ablehnend lautet, hat der Kaiser die sofortige Mobilmachung der Armee und der Marine befohlen. Sämtliche Offiziere, Unteroffiziere und Mannschaften des Beurlaubtenstandes, einschließlich

der Ersatzreservisten, haben sich zu der auf den Kriegsbeorderungen angegebenen Zeit an dem bezeichneten Orte pünktlich einzufinden.
Sämtliche Einberufenen haben, um ihren Gestellungsort zu erreichen, freie Eisenbahnfahrt. Ab sofort gilt der Sonderzugfahrplan mit zusätzlichen Abfahrten, auch in der Nacht.
Gäste werden zur sofortigen Abreise aufgefordert. Das Seebad Westerland wird in drei Tagen geschlossen, danach ist für Zivilisten kein Verkehr mehr zwischen dem Festland und der Insel möglich.

Der Sturm fegte von Westen her zum Festland hin, als wolle die Natur beim Auskehren helfen, um auch den letzten Inselfremden bis zum Morgengrauen zu vertreiben.

Mit einer besonnenen Handbewegung öffnete Theodor das große Fenster sperrangelweit zur Dunkelheit hin. Die ersten Blätter flogen von seinem Schreibtisch auf, wirbelten durch die Luft.

Mit dem nächsten Windstoß noch mehr.

Und noch mehr.

Aber es war noch nicht genug.

Noch nicht genug Chaos. Es war seine Art, Ordnung zu schaffen. Die Ordnung für das Ende.

Sylt war innerhalb von vier Tagen zur Festung geworden. Die Gäste hatten die Insel fluchtartig verlassen. Das Verbot von Vorratskäufen war zu spät verhängt worden, die Geschäfte waren von den Insulanern längst geplündert worden.

Das Seebad war geschlossen. Dafür von heute auf morgen zum

wichtigen Stützpunkt für Marine und Luftwaffe zur Verteidigung gegen Frankreich und Großbritannien geworden.

»Fremde Personen haben sich beim Betreten der Insel dem Inselkommando zu melden«, so hatte heute der erste Tagesbefehl des Inselkommandanten Oberst von Koppelow gelautet.

Jener Oberst von Koppelow, der nach dem Hotel zum Deutschen Kaiser heute Vormittag auch seine Strandvilla beschlagnahmt hatte, um Soldaten einzuquartieren. Jener Oberst von Koppelow, der ihm dringend anempfohlen hatte, noch heute dem Gestellungsbefehl zu folgen, ansonsten müsse er am nächsten Tag Meldung machen.

Er nahm einen Stapel ungeöffneter Briefe und warf ihn mit einer weit ausholenden Armbewegung aus dem Fenster. Dem Wind entgegen, mit dem Wind davon.

Alles fort, alles erledigt. Er war erledigt.

Seine Strandvilla.

Sein Lebenswerk.

Beschlagnahmt.

Von jenem Oberst von Koppelow, der über alles bestimmte – aber nicht über sein Leben.

Er hatte alles verloren, auch seine große Liebe, die ihm nie gehört hatte – und die er nie richtig zu schätzen gewusst hatte. Am Ende hatte er diese Frau behandelt, wie sie es nicht verdient hatte. Sie war seine Kraftquelle und seine Vertraute gewesen, und was hatte er ihr geboten? Ein Leben an der kurzen Leine, voller Eifersucht und Kontrolle – aus Angst, sie zu verlieren, während er sich alle Freiheiten genommen hatte.

Er konnte ihr nichts mehr geben, nur ein paar Zeilen hinterlassen, zusammen mit einem kleinen Geschenk, das zwar nicht wertvoll war, aber von Herzen kam.

In diesem Eckzimmer der Strandvilla hatte sie zusammen mit Emma die erste Nacht verbracht, nicht wissend, was die Zukunft bringen würde, jedoch mit der Aussicht auf glückliche Zeiten.

Nun stand sie mit Frieda auf dem Arm am Fenster, nicht wissend, was die Zukunft bringen würde, und mit der Aussicht auf schreckliche Zeiten. Was blieb, war die Hoffnung.

Hoffnung, dass Frieda keine Tuberkulose in sich trug.

Dr. Nicolas war nicht zu erreichen, an seiner Tür informierte ein Schild darüber, dass er sich in Kriegsdiensten befinde, und so hatte der Moro-Test kein zweites Mal durchgeführt werden können.

Hoffnung, dass Emma und Boy den Krieg in Berlin unbeschadet überstanden.

In den Tagen, bevor Sylt zur Festung geworden war, war sie mehr als einmal versucht gewesen, ihre wichtigsten Habseligkeiten zu packen und mit Frieda in den Zug nach Berlin zu steigen. Allerdings konnte sie ihrem kranken Mädchen die Strapazen dieser Reise nicht zumuten, denn der Husten und das Fieber hatten sich zwar leicht gebessert, waren aber nicht verschwunden – ganz abgesehen von ihrer Verantwortung gegenüber den Mitreisenden in den überfüllten Zügen, falls Frieda doch an Tuberkulose erkrankt war. Schlussendlich war es klüger, auf der Insel auszuharren. Wie auch immer sich dieser Krieg entwickelte, im Zweifelsfall würde es die Hauptstadt am meisten treffen, und so wollte sie Emma und Boy lieber einen Fluchtort bieten, den sie auf irgendeinem Wege erreichen konnten, selbst wenn die Insel zur Festung geworden war.

Hoffnung, dass Theodor die Beschlagnahmung der Strandvilla verkraftete und endlich Vernunft walten ließ, indem er seinem Gestellungsbefehl freiwillig folgte, ehe er dazu gezwungen wurde.

Mit Theodor war seit Tagen nicht zu reden, er hatte sich vollkommen zurückgezogen. Allerdings hatte sie ihm auch nichts mehr zu sagen, seitdem er bei der Eröffnung ihres Cafés nicht in

Hamburg beim Kongress, sondern in Keitum beim Stelldichein gewesen war. Darauf angesprochen hatte sie ihn bis heute nicht. Wozu noch?

Hoffnung, dass die Soldaten die Strandvilla nicht verwüsteten und sie mit den weiblichen Angestellten, die bleiben sollten, freundlich umgingen und die älteren Bediensteten, allen voran Wilma und Leopold, nicht fortjagten. Denn trotz allem bot ihnen die Einquartierung der deutschen Soldaten auch Schutz und die Gewissheit auf tägliche Nahrung, solange es nicht zu Bombenangriffen kam.

Hoffnung, dass sie Julius noch einmal wiedersehen würde und vielleicht sogar Adam von Baudissin.

Hoffnung, dass der Krieg nicht lange dauern würde und Sylt von Bomben verschont bliebe.

Hoffnung, dass ihr Café am Meer nicht zerstört wurde.

Hoffnungen, Hoffnungen, Hoffnungen. Alle vergeblich?

Was flatterte denn da durch die Luft? Etwas Weißes. Papier. Mehrere Stücke davon. Wo kamen die her?

Ehe sie das Fenster öffnete, legte sie Frieda wegen des starken Winds im Bett ab, und prompt erntete sie von ihrem kleinen Mädchen Protest, aber Moiken war zu neugierig, wo sich die Quelle dieses Papierregens befand. Denn sie hatte einen Verdacht.

Der bestätigte sich, als sie sich im Wind aus dem Fenster lehnte. Was ging da in Theodors Büro vor sich? War er durchgedreht oder betrieben die Soldaten erste Verwüstungen?

Ganz gleich, wer es war, Moiken beschloss, den Dingen vorsichtig auf den Grund zu gehen. Vielleicht war es ihr möglich, diesem Tun Einhalt zu gebieten. Weiter tatenlos zusehen konnte sie jedenfalls nicht.

Als sie mit Frieda auf dem Arm bei Theodors Büro ankam, fand sie die Tür zu ihrem Erstaunen offen vor. Von drinnen keine Stimmen, nur das Rascheln von Papier.

Moiken wagte einen Schritt in den Raum hinein. Wie sah es denn hier aus? Verwüstung war gar kein Ausdruck. Papiere lagen auf dem Boden verstreut, außerdem stand das Fenster sperrangelweit offen.

Theodor war doch nicht etwa gesprungen?

Panisch durchquerte sie den Raum und sah in die Tiefe – wohl wissend, dass sie den Anblick nicht verkraften würde. Doch andererseits sagte ihr eine innere Stimme, dass er dort unten nicht zu finden war, und tatsächlich konnte sie, so weit das im Mondlicht möglich war, keine Gestalt am Boden ausmachen.

Wo war Theodor, und was hatte das hier zu bedeuten?

Einem nächsten Impuls folgend, wollte sie das Fenster schließen, aber die Panik hatte so sehr von ihr Besitz ergriffen, dass sie glaubte, ohne frische Luft zu ersticken.

Der Wind trieb weiter sein wildes Spiel mit den Blättern, und Moiken hob einige davon auf, während sie Frieda in ihrem linken Arm barg.

Rechnungen des Restaurants Seestern, Rechnungen von H. B. Jensen, Rechnungen vom Silvesterbankett und der Hochzeitsfeier.

Rechnungen, Rechnungen, Rechnungen.

Mit Schrecken stellte sie fest, dass nicht einmal die Ringe bezahlt waren. Hatte Theodor in letzter Zeit überhaupt irgendetwas bezahlt? Was sie befürchtet hatte, lag nun schwarz auf weiß vor ihr, quer durchs Zimmer verteilt.

Ein Ausmaß, das Leopold ihr bereits im vergangenen Herbst prophezeit hatte, das sie jedoch nicht für möglich gehalten hatte.

Jetzt war der Schreibtisch fast leer gefegt, dafür hatte Theodors Kaffeewecker dort Platz gefunden. Den musste er noch von seinem Nachtschränkchen dorthingestellt haben. Doch weshalb?

Zwischen Weckeruhr und Kanne steckte ein Brief. Wie kam der dahin – oder klemmte er absichtlich dort? Moiken zog ihn heraus. Ihr Name auf dem Umschlag. In Theodors Handschrift.

Mit einer Hand war es ohnehin schon schwierig, doch mit ihren zitternden Fingern gelang es ihr erst nach mehreren Versuchen, den Brief herauszuholen. Sie entfaltete ihn mit einer schüttelnden Handbewegung, der Umschlag fiel zu Boden.

Geliebte Moiken,

was bleibt am Ende? Es gäbe noch so vieles zu sagen, und doch ist alles gesagt. In deinem Herzen steht alles geschrieben, was du wissen musst. Du hast mich besser gekannt, als ich mich je selbst begriffen habe.
Ich weiß nur: Die Strandvilla war mein Leben, aber das ist vorbei.
Sie gehört mir nicht mehr.
Du warst mein Leben, aber du hast einen besseren Mann verdient.
Du hast mir nie gehört.
In den Krieg werde ich nicht ziehen, meinen Gestellungsbefehl habe ich missachtet, denn kein anderer Mensch setzt meinem Leben ein Ende, lieber tue ich es selbst. Ich höre auf mich. Und ich weiß, ich bin am Ende angekommen.
Ich sehe keinen anderen Ausweg mehr. Du hast mir das einfache Leben gezeigt, mir gezeigt, was wirklich wichtig ist, was dir wichtig ist, aber ich wollte deine Wünsche nicht anerkennen, weil sie nicht zu meinen Vorstellungen passten. Du bist auf dem richtigen Weg, ich habe die Kurve längst verpasst und wollte es mir nicht eingestehen.
Vielleicht überleben die Mauern meines Lebenswerks den Krieg, wer weiß das schon, aber eines weiß ich mittlerweile bestimmt: Wenn jemand die Strandvilla wieder zum Leben erwecken kann, dann bist du es. Mir hat am Ende die Kraft und das Geschick dazu gefehlt.

Gerade stand ich am offenen Fenster, ich habe in die Dunkelheit hinuntergeschaut, aber zum Springen war ich zu feige. Außerdem sollst du mich nicht so finden. Den Anblick hast du nicht verdient, wie du so vieles an meinem Verhalten nicht verdient hast.

Als das Kind in deinem Bauch heranwuchs, musste ich feststellen, dass auch du nicht ohne Fehler bist, aber ich war bereit, dir alles zu verzeihen, damit du mir den ersehnten Nachkommen schenkst. Mein oberstes Bestreben war, nicht kinderlos zu sterben. Zu wissen, dass ich in Frieda weiterlebe, macht mir den Abschied jetzt leichter. Glaube mir, ich wäre gern bei euch geblieben, wollte noch weitere Kinder mit dir bekommen, aber der Krieg zwingt mich, den endgültigen Weg zu gehen. Keinesfalls werde ich zum Kriegsdiener, und wenn die Bomben alles in Schutt und Asche legen, würde ich es nicht ertragen, vor den Trümmern meiner Strandvilla zu stehen.

Sobald ich diesen Brief beendet habe, werde ich an den Strand hinuntergehen.

Weißt du noch, an jenem Sommertag, als du mit Emma baden warst? Ich habe dich beobachtet, weil ich Angst um dich hatte – wie so oft. Aber du bist geschwommen wie eine Meerjungfrau, und ich habe dich dafür bewundert. Ich kann nicht schwimmen.

Zum Abschied möchte ich dir noch etwas schenken. Ich hinterlasse dir meinen Kaffeewecker, mehr an Besitz habe ich bei der Beschlagnahmung nicht retten können. Er ist nicht wertvoll, aber er war mir immer sehr viel wert, das weißt du, und nun soll er dir gehören. Er wird sich gut in deinem Café machen und für die Gäste eine kleine Attraktion sein.

Ach Moiken, ich hätte es viel eher zum Ausdruck bringen und mich nicht gegen dich stellen sollen: Ich wünsche dir von Herzen viel Erfolg, mehr, als ich je hatte.

Du bist eine mutige Frau, pass gut auf dich und unsere kleine Tochter auf, möge euch der Krieg verschonen.

Auf ewig dein,
Theodor

Moiken ging mit Frieda auf dem Arm ein paar Schritte zum Fenster, dem Wind entgegen, und sah im Mondschein hinaus auf die dunklen, wogenden Wellen. Traurig, wütend und dankbar zugleich.

So viele Gedanken gingen ihr durch den Kopf. Da waren Erinnerungen, gute und schlechte, Bilder von Ereignissen, die sie zu der Frau gemacht hatten, die sie heute war, da waren Sorgen um ihre beiden Töchter und um die Menschen, die ihr nahestanden.

Eines spürte sie mit jeder Faser ihres Körpers: Angst vor dem Krieg.

Der Mond verdunkelte sich hinter einer Wolke, und es war, als würde sich auch ein Schatten auf ihre Seele legen.

Sie dachte an Theodors letzte Worte, seinen Wunsch, den er zum Ausdruck gebracht hatte, und es war, als würde sie ihm antworten, genau in dem Moment, als die Wolke vorüberzog und der Mond wieder hell erstrahlte.

»Ich hoffe, das Schicksal wird uns verschonen. Die Hoffnung stirbt immer zuletzt, und ich werde nicht aufgeben.«

Nachwort

Es war eine Nebenbemerkung in einem historischen Reisebericht von Graf von Baudissin, den ich bereits 2016 während der Arbeit an meinem Sachbuch »111 Orte auf Sylt, die Geschichte erzählen« las und die mich so sehr faszinierte, dass ich von diesen beiden Frauen erzählen wollte, die im Roman zu Moiken und Emma wurden:

Ein eigenthümlicheres Café mag es kaum auf Erden geben. […] Es herrschte eine clair obscur, eine Ruhe und Stille in dem kleinen Häuschen […] Ich ließ mich nieder und bat die Wirthin, die mit ihrer Tochter ganz allein der Wirtschaft vorstand, mich durch eine Tasse Kaffee zu erfrischen.

Mehr verrät der Reisebericht Baudissins im Buch »Schleswig-Holstein meerumschlungen« nicht, doch bei meinen weiteren Recherchen stieß ich auf eine Postkarte aus dem Jahr 1904, auf der besagter Pavillon abgebildet ist, und fand weiter heraus, dass von diesem achteckigen Bau bereits 1860 die Rede ist, und zwar als eigenständige Restauration unter dem Namen »Zur Erholung«, die dem dänischen König Friedrich VII. – damals noch Sylter Landesherr – samt Gemahlin sogar einen Besuch wert war.

Zu einer Zeit, als es in Westerland noch keine Straßennamen gab und der berühmt gewordene Inselchronist C. P. Hansen mit großer Freude bemerkt: »Das hiesige Seebad ist jetzt ziemlich stark besucht, ca. 2 bis 300 Badegäste sollen hier sein.«

Richtig gelesen, er zählt im Hunderter-Bereich. Kaum vorstellbar angesichts der heutigen Zahl von rund einer Million Gäste, die jährlich auf Sylt Urlaub machen.

Vor der Eröffnung des Hindenburgdamms 1927 war der Weg nach Sylt noch sehr beschwerlich, wie der Schriftsteller Gustav Freytag in einem Brief an seinen Verleger 1868 eindrucksvoll belegt: »Von Hamburg über Husum hierher. Eine stürmische Fahrt durch das Inselmeer, die einen Tag lang dauerte, dann noch zwei Stunden bei blasendem Weststurm auf offenem Wagen durch Sand und Heide, bis in ein kleines, niedriges Friesenhaus neben der Dünenhalle, eine Restauration von Ansprüchen, aber mit sehr schmutzigen Servietten.«

Das wäre meinem Hotelier Theodor von Lengenfeldt nicht passiert, denn 1913 gab es bereits 8000 Betten in Westerland, also eine starke Konkurrenz um die gut 32 000 »Sommerfrischler«, die innerhalb einer Saison beste Erholung suchten.

In der »Strandvilla« hat allerdings keiner von ihnen übernachtet, denn sie existiert nur in der Welt des Romans. Jedoch ist sie in weiten Teilen der »Villa Baur-Breitenfeld« nachempfunden, die zu jener Zeit an ebendiesem gewagten Platz auf der Düne nahe der gefräßigen Nordsee in Sichtweite des Hotels Miramar stand.

Die Villa Baur-Breitenfeld war so modern wie im Roman beschrieben, mit einer Dampfmaschine zur Stromerzeugung und einem weithin sichtbaren Windrad, das die Wasserpumpe antrieb, zudem besaß sie als eines der ersten Hotels in Westerland einen Telefonanschluss.

Den Aufzug und weitere technische Neuerungen habe ich in die Strandvilla eingebaut, sie entsprechen jedoch dem Stand der Zeit – auch der Kaffeewecker ist eine wahre Erfindung.

Georg Baur-Breitenfeld verstarb bereits im Alter von dreiundvierzig Jahren, und von da an führte seine Witwe Elise, die ihn um fast dreißig Jahre überlebte, die Geschicke der Villa.

Das Badeleben auf Sylt vollzog sich wie im Roman dargestellt entlang eines strengen Reglements, das zwölf Paragrafen umfasste und damit auch die zulässigen Uhrzeiten und die Badedauer im Meer auf acht(!) Minuten pro Tag beschränkte.

Heutzutage undenkbar, vor einhundert Jahren noch gang und gäbe für die Sommerfrischler, genau wie die Bekleidungsvorschrift: »Für das Baden sind vollständige, hochgeschlossene Badekostüme von dunkler Farbe zu benutzen, welche zur Bequemlichkeit der Badegäste in Westerland selbst, in allen einschlägigen Geschäften in reicher Auswahl zu erhalten sind.«

Nachgewiesen sind aber auch unterhaltsame Einrichtungen am Strand, wie zum Beispiel das »Internationale Heiratsbureau«, wo Bekanntschaften gemacht und mit einem Augenzwinkern »Ehen« geschlossen wurden.

Außerdem gab es den alljährlichen Burgenbau-Wettbewerb – wobei man sich diese Burgen eher als runde Wallanlagen vorstellen muss, Urlaubsrefugien, die einem Heerlager gleichend mit Wimpeln und Fahnen geschmückt waren und gegen die tückische Flut und ränkevolle Nachbarn verteidigt wurden.

Einem gewissen Herrn Hinsch wurde laut Zeitungsnotiz tatsächlich bei einem dieser Wettbewerbe ein wertvoller Nashornzahn als Sonderpreis zuteil, allerdings verbunden mit dem freundlichen Hinweis der Jury, Monumentalbauten in Zukunft zu unterlassen.

Kreativ zeigten sich die Erbauer auch bei der Namenswahl und gaben damit zugleich Auskunft über den »Eigentümer«: Zur lustigen Schwiegermutter, Feuergefährliche Strohwitwe oder Xanthippes Ruheplätzchen waren da zu lesen. Es wurde gewarnt vor »Bissigen Junggesellen«, anderswo fanden Damen »liebevolle Aufnahme«, und bei der Harmlosen GmbH handelte es sich um die »Gesellschaft mit besonderen Hintergedanken«.

Zum Strandleben gehörte auch der »Süße Heinrich«, der über

Jahrzehnte hinweg nicht nur für Kinder eine Attraktion war – nicht wegzudenken waren auch die Strandfotografen mit entsprechend beschriebener Ausrüstung.

Das Fotoatelier von Boy Lassen entspricht dem Stand der damaligen Zeit, und gleich drei Fotografen hatten sich in Wirklichkeit um 1913 am oberen Ende der Friedrichstraße angesiedelt: Das Atelier Gäbel warb als »ältestes Geschäft am Platz« mit einer »Dunkelkammer für Amateure«, sowie »Atelier und Strand-Aufnahmen in bekannter guter Ausführung«. Wilhelm Monck betrieb in seinem Atelier zugleich eine »Vergrösserungs-Anstalt« und bot »Photographien auf Muscheln an« – und dann gab es noch das Fotoatelier von Bernhard Lassen, das mir als Inspiration diente.

Bernhard Lassen hat sich im Roman lediglich den Namen von jenem Bernhard Lassen geliehen, der als Fotograf in der Friedrichstraße arbeitete, seine Ausbildung bei dem berühmten Paul Ebe Nickelsen, ein Fotograf der ersten Stunde auf Sylt, in der Paulstraße gemacht hatte und einer der zahlreichen Enkel der bekannten Rantumerin Merret Lassen war, die 21 Kinder zur Welt brachte – was ebenfalls eine historische Tatsache ist. Darüber hinaus bestehen keine Ähnlichkeiten.

Boy Lassen liebt und leidet einzig im Roman. Genau wie Moiken, Emma und Theodor von Lengenfeldt, die nie gelebt haben, aber im Roman lebendig wurden.

Eine historische Person ist Julius Meyer, der eine Buch- und Papierhandlung sowie eine wohlassortierte Leihbücherei nebst Logierzimmern unterhielt, während sein Sohn Carl die Druckerei betrieb. Das Haus des Buchhändlers, der Moiken im Roman ein väterlicher Freund ist und bei der Renovierung des Pavillons hilft, steht, äußerlich kaum verändert, in der Friedrichstraße 26 – nur wird heute dort anstelle von geistiger Nahrung alles für das leibliche Wohl angeboten.

Schräg gegenüber befand sich das Restaurant Seestern, wo es – heute unvorstellbar – Schildkrötensuppe als Delikatesse gab. Zubereitet aus Meeres-Schildkröten, die lebend den weiten Weg bis nach Sylt transportiert, im Hinterhof des Restaurants geschlachtet und aufgehängt dem interessierten Gast vor dem Essen stolz präsentiert wurden.

Auch das Gebäude des Friseurs Berlepsch, der Moiken einen modernen Haarschnitt anbot, befindet sich noch in der Strandstraße 17. Tatsächlich offerierte er neben seiner Schneidekunst zugleich »Operation[en] an Hühneraugen und eingewachsenen Zehennägeln«.

Es gibt Dinge, die können sich selbst Autoren nicht ausdenken.

Das gilt insbesondere für die historische Person Marie Köhler, genannt Modje Köhler, die ich mit ihrer nachweislich skurrilen Art besonders ins Herz geschlossen habe.

Die ledig gebliebene und kinderlose »Großmutter«, was Modje auf Sylterfriesisch bedeutet, fuhr ihre Waren in der Tat mit einem Kinderwagen aus und hörte dabei aus allen Ecken den Spottvers: »Die Modje hat'n Fehler, an de Lung, an de Tung, an de Leber!«

Das Ladengeschäft der kaisertreuen Modje, in dem sie »Rhein- und Moselweine, Tiroler Obst, Südfrüchte, Conserven, Chocolade und Nougatstangen« verkaufte, befand sich in der oberen Strandstraße.

Es glich einem Kuriositätenkabinett, da es mit Fotografien Kaiser Wilhelms II. geradezu tapeziert war, wobei sie das an sie gerichtete Telegramm Seiner Majestät besonders in Ehren hielt.

Mehrfach wandte sich die streitbare »Großmutter« in sorgenvollen Briefen über das Aufkommen von Warenhäusern und die Verdrängung des Einzelhandels an den Kaiser, außerdem verfasste sie einen »Appell an unsere deutschen Frauen und Jungfrauen«, einen »patriotisch-sozialen« Vortrag, der in gedruckter

Form erhältlich war und den jeder Kunde auch ungefragt zu hören bekam.

Die Kinder klauten ihr hinterrücks die Süßigkeiten, wenn die Modje sich mal wieder so richtig in Rage geredet hatte, davon berichtet auch Mira Hopfengärtner, die Tochter des Miramar-Hotelgründers Georg Busse.

Aus unserer heutigen Sicht befremdlich ist der Möwen-Bazar von Henriette Grondziel, die in der Strandstraße 13, Ecke Neue Straße ihr gut frequentiertes »einziges Spezialgeschäft der Sylter Möwen-Industrie« unterhielt, ganzjährig geöffnet, mit »Seehundswaren in unübertroffener Auswahl«. Henriettes Grondziels Aussehen und ihr Charakter entspringen jedoch meiner Fantasie.

Ihren Arbeitsplatz in der »Baumannshöhle« gab es tatsächlich, er läge heute im »Amercian Bistro« in der Paulstraße 3, wo noch immer die Nacht hindurch gefeiert wird. »Die Baumannshöhle« warb damit, die »grösste Sehenswürdigkeit auf der Insel« zu sein. Getreu dem Motto »Wer sich in Westerland erholt, ist selbst schuld« wurde übrigens 1930 in dem Lokal der »Verein der Matratzenschoner« gegründet, zu dessen Mitgliedern keine Geringeren als Hans Albers, Max Schmeling und Marlene Dietrich zählten. Gefeiert wurde die Nacht hindurch bis zum Sonnenaufgang – der Vereinsname war schließlich Programm. Laut den Statuten durften eigentlich keine Frauen aufgenommen werden – Marlene Dietrich war die einzige Ausnahme.

Felice Bauer war als Verlobte von Franz Kafka in jenen Tagen wirklich auf Sylt, wie die Briefe zwischen den beiden belegen, und er bat sie am 6. August 1913 mit folgenden Worten um ein Foto: »In Seebädern wird so viel fotographiert, ich möchte dich zum Beispiel im Strandkorb sitzen sehen oder in den Dünen, könnte ich nicht ein Bild bekommen?«

Ihre widerstrebenden Gefühle und sein drängendes Verhalten konnte ich ebenfalls den Briefen entnehmen, auch ist es richtig, dass sie in Berlin lebte und als Stenotypistin bei der Lindström AG arbeitete, ihr weiteres Denken und Handeln im Roman habe ich ihr zugeschrieben.

Dr. Nicolas praktizierte seit 1885 auf Sylt, seine Praxis befand sich zwischen dem Badebureau Ecke Strandstraße und dem Warmbadehaus in der Puttkamerstraße, der heutigen Dr.-Nicolas-Straße. Er war ein Arzt, der seine Prinzipien hatte, wie eine uns erhaltene Postkarte beweist, ein besonderes Fundstück während meiner Recherchen: »Sehr geehrte gnädige Frau! Da ich für die Behandlung von Ärzten und deren Angehörigen nie Honorar nehme, so gestatten Sie mir gnädigst die übersandten 12 Mark Herrn Kfm. Brodersen für einen wohlthätigen Zweck zu übergeben. Sehr ergebenst Dr. Nicolas. Ich war vorgestern noch einmal bei Ihnen, traf aber verschlossene Thüren.«

Der Tausendsassa Franz Korwan ist eine historische Person und tritt im Roman unter seinem Künstlernamen auf, den er auch im wahren Leben führte, eigentlich hieß er Sally Katzenstein. Belegt sind auch seine vielfältigen Tätigkeiten.

Als Maler gestaltete er unter anderem in der St.-Severin-Kirche die Decke von Chorraum und Kirchenschiff mit den Sternbildern der nördlichen Hemisphäre aus, er besaß sein eigenes Atelier in der Strandstraße 12, wo regelmäßig Ausstellungen stattfanden, und Heinrich von Stephan saß in seinem Atelier tatsächlich dem Bildhauer Berwald Modell für die Büste, die heute gegenüber der Alten Post in Westerland aufgestellt ist.

Zudem war Korwan als Ratsmann tätig, malte Werbeplakate und war zugleich in der Leitung der Westerländer Sparkasse. Sein privates Wohnhaus, das er zugleich als »Logirhaus ersten Ranges«

betrieb und mit den Stichworten »Vorzügliche Betten, Wasserleitung und Bade-Einrichtung, elektrisches Licht, grosser schöner Garten mit neuerbautem elegantem Frühstücks-Pavillon, moderate Preise, Diener an der Bahn« bewarb, ist im Hebbelweg 4 erhalten und beherbergt heute einen Teil der Inselverwaltung. Seine Worte und Taten im Roman sind meiner Feder entsprungen.

Auch Gustav Stresemann war 1913 auf Sylt, damals noch nicht Reichskanzler und Außenminister, und dichten konnte er wahrhaftig, allerdings schrieb er seine poetischen Zeilen ins Gästebuch des Hotels Miramar, und ich habe mir erlaubt, ihn in der Strandvilla einzuquartieren. Ähnliche Zimmerangebote habe ich weiteren Gästen im Roman gemacht, die sich jedoch nachweislich auf Sylt aufgehalten haben.

Ihnen allen voran der österreichisch-ungarische Botschafter des Kaisers, Ladislaus von Szögyény-Marich, der mit seiner Gattin mehrmals auf der Insel zu Gast war.

In seiner bedeutenden Rolle während der Julikrise 1914 erhielt er zusammen mit Außenminister Hoyos den berühmt gewordenen »Blankoscheck« von Kaiser Wilhelm II., in dem dieser dem österreichischen Bündnispartner vollumfängliche Unterstützung zusagte – ein verhängnisvoller Freibrief, der eine Kettenreaktion unter den Großmächten und damit den Ersten Weltkrieg auslöste.

Der fatale Weg dorthin wird im Roman entlang der politischen Ereignisse historisch korrekt nachgezeichnet.

Aus heutiger Sicht ist erschreckend, dass kaum jemand einen Weltkrieg für möglich hielt, schon gar nicht die Bevölkerung.

Der Mobilmachungsbefehl glich einem Donnerschlag – ein Gewitter, das bei strahlendem Sonnenschein niemand erwartet hatte. Die Nachricht verbreitete sich am 1. August um 17.10 Uhr wie ein Lauffeuer über den Westerländer Strand. Jäh wurde das Badeleben unterbrochen, die überraschten Sommerfrischler wurden zur sofortigen Abreise aufgefordert.

Nur vier Tage später war das Seebad geschlossen, Hotels wurden von der Kommandantur in Beschlag genommen, Soldaten zogen ein, und die Insel wurde zur Festung umgebaut.

Als besonders dienlich erwies sich hierbei die Sylter Inselbahn, um Material zu transportieren. Während des Kriegs wurde die fehlende Gleisverbindung zwischen der Nord- und der Südbahn hergestellt, sodass die Insel von List bis Hörnum auf einer Strecke von 35,7 Kilometern erschlossen war.

Noch bis zum 29. Dezember 1970 beförderte die liebevoll als Rasende Emma oder Käseschieber bezeichnete Inselbahn die Gäste, die von abenteuerlichen Fahrten berichten können.

So zum Beispiel, wenn der Zug urplötzlich anhielt, die Männer aussteigen mussten und Schaufeln in die Hand gedrückt bekamen, um das Gleis freizuräumen – im Sommer vom Sand, im Winter vom Schnee.

Kein Wunder, dass so mancher selbst bei Sturm lieber zu Fuß ging und die freundliche Einladung des Zugführers, doch unterwegs einzusteigen, mit dem Argument in den Wind schlug, dass er es eilig habe.

Friesischen Humor bewies man auch in den Waggons der langsam dahinschnaufenden Inselbahn mit dem Hinweisschild »Blumen pflücken während der Fahrt verboten« – auf einer Insel, auf der zu jener Zeit außer den Wanderdünen kaum etwas wuchs und das Heidekraut genügen musste, um die Liebste zu erfreuen.

Für das Keitumer Haus, in dem Moiken zu Anfang des Romans lebt, habe ich im Takerwai ein historisches Vorbild gewählt, überhaupt lohnt sich ein Spaziergang durch das heutige Keitum, ein wunderschönes altes Kapitänsdorf, wo in den ruhigen Ecken und engen Gassen die Zeit stehen geblieben zu sein scheint, sodass man glaubt, jeden Moment könne ein Kapitän aus der niedrigen Tür eines Reetdachhauses treten.

Die Leute waren kleiner als heute – aber sie haben große Geschichte(n) zu erzählen. Auch diese Geschichte ist noch nicht zu Ende erzählt, meine Figuren lassen mich nicht los, darum werde ich sie weiter auf ihrem Weg begleiten.

Den Federn, die Flügel verleihen …

Ich danke:

Natalja Schmidt, weil sie »Die Strandvilla« ebenso liebt wie ich und deshalb schon begeistert dem Plan für einen zweiten Band zugestimmt hat. Ich bin sehr glücklich darüber, dass mein Manuskript bei Droemer Knaur ein wunderbares Zuhause gefunden hat und ich Moikens Geschichte weitererzählen darf.

Catherine Beck für das umsichtige Lektorat und den Lacher des Tages, als ich der Überzeugung war, bei der Übertragung des Manuskripts müsse ein Fehler passiert sein, weil die Datei nur so wenige Anmerkungen und Korrekturen enthielt. Aber nein, es gab tatsächlich recht wenig zu beanstanden. Puh, was für eine Erleichterung!

Roman Hocke und dem Team der AVA international. In den vielen Jahren der Zusammenarbeit hat er sich wahrscheinlich so langsam an meine Vorliebe gewöhnt, hin und wieder das Genre zu wechseln. Thriller, lustiger Krimi, Reiseführer und jetzt (wieder) historischer Roman. Er nimmt meine Ideen mit offenen Armen auf und trägt sie begeistert weiter. Keine Selbstverständlichkeit!

Dr. Marco Fiorini-Hamilton. Es ist wundervoll, einen so kritischen Freund zu haben. Ehrlich. Ich mag es auch, wenn er mir meinen Plot umwirft. Wirklich. Auch mitten in der Nacht. Kein Problem. Bei ihm muss man mit allem rechnen – auch dass er bei der Strandvilla keine großen Umbauwünsche hatte. Er hat den

Finger nur auf kleinere Wunden gelegt – als Mediziner kann er eben doch nicht aus seiner Haut, aber dafür schätze ich ihn sehr. Er liefert zwar nicht das Verbandszeug, dafür aber Schreibklausur-Mengen an Schweizer Schoki.

Thommy & Sarah, die mich als Testleser vom ersten Buch an begleiten und auch in diesem Manuskript selbst kleinste Fehler zielsicher gefunden haben. Sie kennen mich eben. Und was für ein Glück, dass ich sie schon gefühlt ein ganzes Leben lang kenne und zu meinen Freunden zählen darf.

Meiner Mutter, die mich gern korrigiert. Aber sie darf das, selbst wenn ich dabei manchmal rot sehe. Nein, nicht im übertragenen Sinne. Nur im Manuskript. Ohne sie hätte meine Lektorin viel mehr Arbeit, und darum ist und bleibt sie die beste Mutter auf der ganzen Welt. Daran gibt's nichts zu korrigieren.

Knud, der mein Fels in der Brandung ist. Mehr Worte braucht es dafür nicht. Doch. Etwas fehlt noch, das man nicht oft genug sagen kann: Ich liebe dich.

Meinen Lesern, die mir treu durch alle Genres folgen, und all jenen, die zum ersten Mal ein Buch von mir gelesen haben und es bis zu diesem letzten Satz immer noch in Händen halten. Es sei denn, Sie haben die Angewohnheit, das Ende zuerst zu lesen – dann heiße ich Sie an dieser Stelle traditionell herzlich willkommen.

Die dramatische Berlin-Saga von Bestsellerautorin Iny Lorentz

TAGE DES STURMS

Als uneheliche Tochter des Schlossherrn hat die junge Magd Resa von ihrer Herrin Rodegard nicht viel Gutes zu erwarten. Da diese auch noch der Heiratsaussicht ihrer Tochter im Weg ist, lässt sie das Mädchen in ein Berliner Bordell verschleppen. Als Prostituierte gebrandmarkt, gehört Resa zum Abschaum der Gesellschaft. Doch während der blutigen Barrikadenkämpfe der Märzrevolution steht plötzlich ein verletzter junger Mann vor den verriegelten Toren des Bordells und bittet Resa um Hilfe. Ist Friedrich für Resa die Chance, sich ihr Leben zurückzuholen und Rache an Rodegard zu nehmen?

LICHT IN DEN WOLKEN

Auf einem Internat für höhere Töchter lernt Rieke, Tochter eines verarmten Offiziers, 1864 Gunda von Hartung kennen. Während eines Ferienbesuchs bei deren Familie trifft sie auch auf Gundas Bruder Theo. Der verhält sich dem selbstbewussten Mädchen gegenüber anfangs äußerst schroff, doch als Riekes Vater im Kampf schwer verwundet wird, steht er ihr selbstlos zur Seite.
Noch bevor die beiden einander allerdings ihre Gefühle gestehen können, kommt es zu einem folgenschweren Missverständnis. Theo tritt in die Armee ein und zieht mit in den Deutsch-Französischen Krieg. Wie geht die Liebesgeschichte aus? Wird Rieke ihn jemals wiedersehen?

GLANZ DER FERNE

(Erscheinungstermin: März 2020)

Den Familien von Hartung und von Gentzsch stehen im Berlin des ausgehenden 19. Jahrhunderts unruhige Zeiten bevor. Mittlerweile hat Theo von Hartung die Leitung der Tuchfabrik von seinem Vater übernommen, doch immer häufiger werden Aufträge storniert oder unter fadenscheinigen Begründungen die Preise gedrückt.

Zur selben Zeit macht Vicky von Gentzsch, die Nichte von Theo und Rieke, die Bekanntschaft einer zauberhaften Dame, die sie in die mondänen Kreise der hochgeborenen Berliner Gesellschaft einführt. Hier scheint Vicky ein Leben zu erwarten, das um so vieles interessanter und freier ist, als ihr steifes Zuhause bei ihrem strengen Vater Gustav. Doch der Schein trügt: Vickys neue Freundin hat keineswegs im Sinn, dem Mädchen zu einem besseren Leben zu verhelfen ...

KNAUR